明清詞譜要籍疏解叢書

重訂詞律

〔清〕萬樹◎撰
蔡國强◎校訂

-下-

上海古籍出版社

詞律卷十

錦纏道 六十六字　　宋祁

燕子呢喃，景色乍長春晝。睹園林、萬花如綉。海棠經雨胭

●●○○ ●●●○○▲ ●○○ ●○○▲ ●○○●○

脂透。柳展宮眉，翠拂行人首。　向郊原踏青，恣歌攜

○▲ ●●○○ ●●○○▲ ●○○●○ ●○○

手。醉醺醺、尚尋芳酒。問牧童、遥指孤村道。杏花深處，

▲ ●○○ ●○○▲ ●●○ ○●○○▲ ●○○●

那裏人家有。

●●○○▲

沈天羽云：“諸本作‘尋芳酒，問牧童’，説不去，《詞譜》欲羡‘問’字，又不必，故定作‘尚尋芳問酒’。”余謂：詞有定律，豈得以羡字解之？又豈得以不必二字委之？俱誤矣。愚意“醉醺醺”句同前“覩園林”句，不應多一字，“問牧童”有何説不去？小杜詩“借問酒家何處有，牧童遥指杏花村”，原是問牧童，故牧童答應也。況此處句法，原與前不同，何故要去“問”字？或云：“牧童”句該於“道”字讀斷，蓋此句雖不叶韻，而與前“海棠”句聲響相合，觀下二句一四一五，可見。明吴純叔於“道”字用平聲，誤矣。或前“海棠”句亦是八字，而上落一字也，此則未必。

【蔡案】

馬子嚴詞，前後段第四拍均叶韻，馬詞與此同，前段"透"字叶韻，故"道"字依律當叶，此有、皓二部通叶，亦循古韻也。詞韻八部、十二部通叶，詞中非爲鮮見者，如趙以夫《荔枝香近》之"翡翠叢中，萬點星球小。怪得鼻觀香清，凉館熏風透。冰盤快剥輕紅，滑凝水晶皺。風姿，姑射仙人正年少。"周紫芝《千秋歲》之"試問春多少。恩入芝蘭厚。松不老，山長久。星占南极遠，家是椒房舊。君一笑。金鑾看取人歸后。"等皆是。惟江衍詞，前後段第四句均爲平收，作"亂山叠翠水回還……大都、風物祇由人"，故可知本詞當是令詞，全詞四均，甚爲清晰。

原譜"問牧童"八字不讀斷，以文理論，此三字爲逗，第二均之起拍，補讀。又按，以本句推之，則前段"海棠"前疑奪一字。

玉梅令 六十六字　　姜　夔

疏疏雪片。散入溪南苑。春寒鎖、舊家亭館。有玉梅幾樹，
○○●▲　●●○○▲　○○●　●○○▲　●●○●●

背立怨東風，高花未吐，暗香已遠。　公來領客，梅花能
●●●○○　○○●●　●○●▲　○○●●　○○○

勸。花長好、願公更健。便揉春爲酒，剪雪作新詩，拚一日、
▲　○○●　●○●▲　●○○●●　●●●○○　○●●

繞花千轉。
●○○▲

"高"字恐贅。蓋自"春寒"以下，前後同也。"更"字恐是"長"字。

〔杜注〕

萬氏以前後段相校，謂"'高'字恐贅"，按，《詞緯》"花"字上無"高"字。惟此爲白石自度曲，其《長亭怨慢》題云："予喜自製曲，初率

意好爲長短句,然後協以律,故前後闋多不同。”據此,則“高”字恐非贅。又按,《詞譜》“梅花能勸”句“梅”下有“下”字。

【蔡案】

“高”字《欽定詞譜》亦無。“高花未吐”與“暗香已遠”構成儷句,或可證明此處無字羡。且雖姜白石自云其自度曲“前後闋多不同”,亦僅參考耳,不能證明凡姜自度曲便均爲“前後不同”,更不可證明此處有羡奪。然余私意以爲後結或有奪字,疑爲“揀□一日、繞花千轉”,奪一平聲之名詞,與“高花未吐,暗香已遠”同,亦爲儷句。此爲筆法,雖無别首可校,却有律理可循。

謝池春 六十六字 又名《賣花聲》　　陸游

賀監湖邊,初繫放翁歸棹。小園林、時時醉倒。春眠驚起,
●●○○ ⊙●◎○○▲ ●○○ ○○●▲ ○○○●
聽啼鶯催曉。嘆功名、誤人堪笑。　朱橋翠徑,不許京塵
●○○○▲ ●○○ ●○○▲ ○○◎● ◎●⊙○
飛到。挂朝衣、東歸欠早。連宵風雨,卷殘紅如掃。恨樽
○▲ ●○○ ○○●▲ ○○○● ●○○○▲ ●○
前、送春人老。
○ ●○○▲

前後同,衹後起句作平平仄仄異。觀黄子常與喬夢符諸作,亦如此平仄。此是换頭也。

放翁詞精警無敵,如此詞用諸去聲字可愛,“醉倒”“欠早”去上,尤妙。

按,此調又名《賣花聲》,因《浪淘沙》亦名《賣花聲》,故本譜各歸其正名,不列《賣花聲》之目。

按,此詞格律,“放翁歸棹”“京塵飛到”宜仄平平仄,“京”字應去聲,恐誤耳,放翁精練,必不然也。觀其别作,用"少"字、"故"字可見;"時時醉倒""東歸欠早"必平平仄仄,别作"凄凉病驥""晴嵐暖翠"可見;"春眠驚起""連宵風雨"必平平平仄,别作"臨風清淚""羣仙同醉"可見;"誤人堪笑""送春人老"必仄平平仄,"誤、送"去聲尤妙,别作"伴人兒戲""露桃開未"可見;"驚"字、"風"字亦必用平聲,此乃詞中句法,抑揚相間,起腔妙處,不可混亂。《譜》《圖》罔知,槩注平仄互用,使一調聲響俱壞矣。更謂"小園林""嘆功名""挂朝衣""恨樽前"之仄平平皆可平平仄,尤爲無理。又云,"聽、卷"可平,"啼、殘"可仄,是不知此是一字領句,而欲作五言詩讀也,謬甚。

〔杜注〕

按,卷九《風亭柳》調,孫夫人道絢詞與此全同,應附於此。

【蔡案】

萬子論字聲,多有自説自話處,而不論緣故。如云"欠早"二字尤妙者,即罔顧放翁别首亦作"暖翠",則用上去。又如云"京"字當仄而平,道是"恐誤",是不顧放翁别首本作"却泛扁舟吴楚","扁"字亦平。而校之别家,孫夫人作"幾阻當年歡笑","當"字平,李子堅作"試問陽關誰唱","陽"字平,陳本堂作"却自依然相認","依"字亦平。此等字聲道理,皆以六經注我,自毫無趣味矣。余謂詞句即詩句,自亦循一三五不論之律,至若"聽啼鶯催曉"之"聽""卷殘紅如掃"之"卷",於詩句可平可仄,而於詞句則在此不可平者,蓋因此處另可讀爲"春眠驚起聽啼鶯""連宵風雨卷殘紅"之故,所以此二字不可作平也。此等關紐,明清以來人多不知,而但人云亦云,以爲至理,甚陋。

風中柳 六十四字　　　　劉　因

我本漁樵,不是白駒空谷。對西山、悠然自足。北窗疏竹。

◎●○○　◎●●○○▲　●○○　○○●▲　◎○○▲

南窗叢菊。愛村居、數間茅屋。　風煙草屨，滿意一川平

○○○▲　●○○　●○○▲　○○●●　◎●●○○

綠。問前溪、今朝酒熟。幽泉歌曲。清泉琴筑。欲歸來、故

▲　●○○　○○●▲　⊙○○▲　○○○▲　●○○　●

人留宿。

○○▲

前後同。衹“風煙”句用平平仄仄，與首句仄仄平平不同，想調當如此。即如《謝池春》前後起句亦平仄全異，此所謂過變也。

〔杜注〕

按，《詞譜》“幽泉歌曲”句，“泉”作“禽”。又，此調《詞譜》名《謝池春》，萬氏已於下又一體孫夫人道絢詞後論及，應附卷十《謝池春》調。

【蔡案】

本詞原載卷九《麥秀兩岐》後，獨立一調，因實即《謝池春》之少字格，故移至此。

“幽泉”抑或“幽禽”？以前段“北窗……南窗……”觀，後段自應是“幽泉……清泉……”，《欽定詞譜》或誤。

多字格　六十六字　　孫夫人

銷減芳容，端的爲郎煩惱。鬢慵梳、宮妝草草。別離情緒，

○●○○　○●●○○▲　●○○　○○●▲　●○○●

待歸來都告。怕傷郎、又還休道。　利鎖名韁，幾阻當年

●○○○▲　●○○　●○○▲　●●○○　●●○○

歡笑。更那堪、鱗鴻信杳。蟾枝高折，願從今須早。莫辜

○▲　●○○　○○●▲　○○○●　●○○○▲　●○

負、鏡中人老。

●　●○○▲

前後第四句不叶，五句多一字，後起與首同，與前詞異。按，此篇

與《謝池春》一字無異，因前詞第四句前後叶韻，而《謝池春》無此體，故另列焉。然細諷玩，確是同調也。如此，則後起或是"名韁利鎖"耳。譜注平仄，謬甚。

【蔡案】

此詞原在卷九《風中柳》（我本漁樵）之後，因即陸游《謝池春》詞體，故移此。

劉詞前後段第四句本屬輔韻，可叶可不叶，據而以爲别調，差矣。

謝池春慢 九十字　　李之儀

殘寒銷盡，疏雨過、清明後。花徑欵餘紅，風沼縈新皺。乳
⊙○⊙● ○●● ○○▲ ⊙●●○○ ⊙●○○▲ ◎

燕穿庭户，飛絮沾襟袖。正佳時、仍晚晝。著人滋味，真個
●○○● ⊙●○○▲ ●○○ ○●▲ ◎○⊙● ○●

濃如酒。　頻移帶眼，空祗恁、厭厭瘦。不見又思量，見
○○▲ ⊙○◎● ○●● ○○▲ ◎●●○○ ◎

了還依舊。爲問頻相見，何似長相守。天不老、人未偶。且
●○○▲ ◎●○○● ⊙●○○▲ ○○● ○●▲ ◎

將此恨，分付庭前柳。
○◎● ○●○○▲

前後同，祇"天不老"句與"正佳時"平仄異。查張子野作，前云"徑莎平"，後云"歡難偶"，是定格，應如此耳。

按，此詞"不見又思量"與前"花徑"句同用平聲住句，"爲問頻相見"與前"乳燕"句同用仄聲住句，子野作則前段與此相同，後段於"不見"句用"秀艷過施粉"，不作平聲住句矣。雖或不拘，不如此詞前後合轍爲妥。

〔杜注〕

按，李端叔《姑溪詞》"花徑欵殘紅"句，"殘"作"餘"，"殘"字與首一字複，宜照改。

【蔡案】

已據杜注改。萬子原注"天不老"之"不"字以入作平。

本調有四處六字折腰句法，其中前段第二拍，萬子均擬爲三字逗結構，爲六字一句，而第七拍則均讀爲三字兩句。清代詞譜，於此最爲紊亂，按其韻律，均應讀爲三三式六字折腰句法，方合乎詞調韻律。

青玉案 六十六字

史達祖

蕙花老盡離騷句。綠漸染、江頭樹。日午酒消聽驟雨。青
●○●●○○▲ ●●● ○○▲ ●●●○○●▲ ○
榆錢小，碧苔錢古。難買東君住。 官河不礙遺鞭路。
○○● ●○○▲ ○●○○▲ ○○●●○○▲
被芳草、將愁去。多定紅樓簾影暮。蘭燈初上，夜香初炷。
●○● ○○▲ ○●○○○●▲ ○○○● ●○○▲
猶自聽鸚鵡。
○●○○▲

此調多有參差，此詞前後第二句皆六字，"古"字、"駐"字俱叶韻者。

〔杜注〕

按，《歷代詩餘》"綠染遍"作"綠漸染"，又，"官荷"作"官河"，又，"初駐"作"初炷"，均應遵改。

【蔡案】

已據杜注改。

本調變化在如下幾處：前後段第二拍以六字折腰爲正，或減字或添字，一也。前後段第四第五拍，或兩句皆押韻；或兩句皆不押韻；或前一句押韻，後一句不押韻；或後一句押韻，前一句不押韻，二也。

前後段尾拍偶有添一字作六字折腰式者，三也。增减字與增减韻交疊，故有數十種填法，而實則一體也。故其後諸體，本無須贅列，而諸式中則以吴文英"東風客雁"詞體最爲常見，宋人多如此填，允爲正體。各詞之增减，均以其爲標準，如本詞後段第二拍，例作七字一句，此爲六字，則是正體之减字形式。

少字格 六十六字　　沈端節

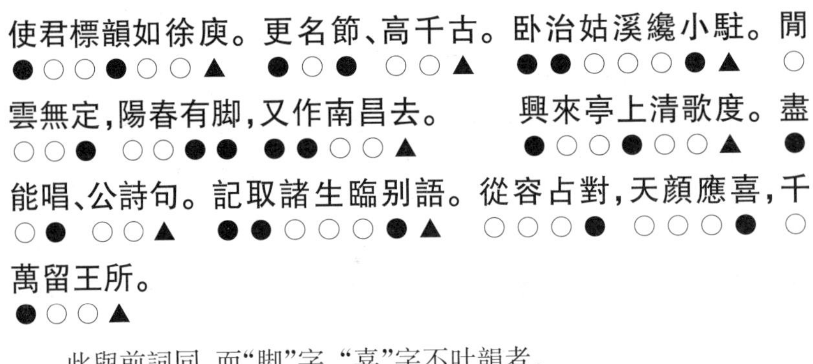

使君標韻如徐庾。更名節、高千古。卧治姑溪纔小駐。閒雲無定，陽春有脚，又作南昌去。　興來亭上清歌度。盡能唱、公詩句。記取諸生臨别語。從容占對，天顔應喜，千萬留王所。

此與前詞同，而"脚"字、"喜"字不叶韻者。

少字格 六十六字　　趙長卿

恍如遼鶴歸華表。閲盡人間巧。天乞一堂山對繞。微波不動，岸巾時照。照見星星好。　舞風荷蓋從攲倒。碧樹生凉自天杪。誰識元龍胸次浩。騎鯨欲去，引杯獨嘯。醉眼青天小。

此前第二句用五字，後第二句用七字者。

多韻格　六十七字　　　賀鑄

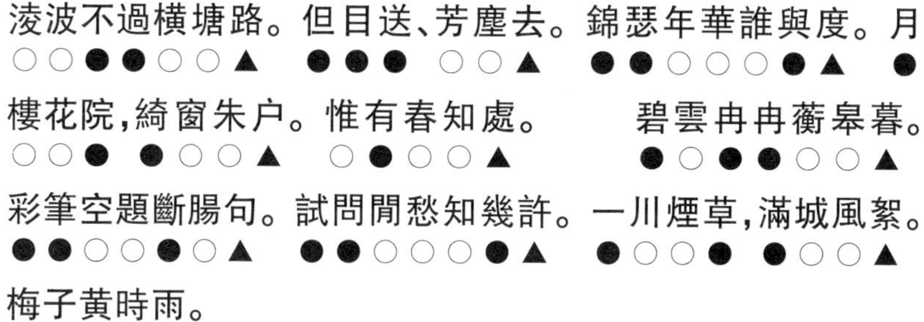

淩波不過橫塘路。但目送、芳塵去。錦瑟年華誰與度。月
○○●●○○▲　●●●　○○▲　●●○○○●▲　●

樓花院，綺窗朱户。惟有春知處。　碧雲冉冉蘅皋暮。
○○●　●○○▲　○●○○▲　●○●●○○▲

彩筆空題斷腸句。試問閒愁知幾許。一川煙草，滿城風絮。
●●○○●○▲　●●○○○●▲　●○○●　●○○▲

梅子黄時雨。
○●○○▲

此前第二句六字，後第二句七字，“户”字、“絮”字叶韻者。

各調中，惟此爲中正之則，人因此詞呼爲賀梅子。詞情詞律，高壓千秋，無怪一時推服。涪翁有云：“解道江南腸斷句，世間惟有賀方回。”信非虛言。

按，此詞和者甚衆，然於“户、絮”二字俱不叶韻。涪翁嘗用“語、浦”二字爲叶，而不和其原字，想亦因“户、絮”二字掣肘也。雖曰不拘，亦是微疵，總之似此絶作，難爲和耳。“知幾許”三字，逃禪作“尋靈藥”，金谷作“如何也”，琴趣作“彤庭杳”，皆拗，不可從。

【蔡案】

“户、絮”二字，和詞者多不叶韻，萬子謂因文字“掣肘”故，甚謬。蓋韻有主韻、輔韻，凡輔韻，於律理而言，皆可叶可不叶者，方、楊、陳等和周詞，不叶輔韻，或增叶輔韻者多矣。

青玉案　六十七字　　　吴文英

東風客雁溪邊道。帶春去、隨春到。認得踏青香徑小。傷
○○●●○○▲　●○●　○○▲　●●●○○●▲　○

高懷遠，亂雲深處，目斷湖山杳。　梅花似惜行人老。不
○○●　●○○▲　●●○○▲　　○○●●○○▲　●

忍輕飛送殘照。一曲秦娥春態少。幽香誰採，舊寒猶在，歸
●○○●○▲　●●○○○●▲　○○○●　●○○▲　○

夢啼鶯曉。
●○○▲

此同賀詞，而“處”字、“在”字不叶韻者。此格作者最多。

“送殘照”，仄平仄，與前“斷腸句”三字同，此定格也。《嘯餘》猶刻作“斷腸句”，注七字，不注可平可仄，不差也。《圖譜》則注“斷”字可平，“腸”字可仄，遂致遊移。而《選聲》更誤刻“腸斷句”，其旁反不注可仄可平，則是以平仄仄爲此句定格。人若從便而填之，大失體矣。各家此作極多，惟逃禪有一首，此句末用“凝不掃”三字，恐是偶筆，然“凝”字可讀去聲，“不”字可作平聲，亦或不誤也。

他如書舟、蘆川、知稼等，後四字句叶，而前不叶，海野、審齋等前四字句叶，而後不叶，因字句同，不另録。

【蔡案】

宋人如此填者最多，允爲正體，填者當首選本格。

後段第二拍，正體爲律拗句法，然即謂正體，或萬子謂定格，則必有變格，“各家此作極多”，則實謂各家亦有變化者，而用平仄仄之句法者，自亦不違律。如趙長卿之“惱亂愁腸成萬縷”、曹冠之“枝上鶯歌如解勸”、趙以夫之“我欲卿卿卿且住”、廖行之之“空腹便便無好句”等等，劉辰翁更有兩首俱用律句句法者，故萬子以爲楊逃禪之“凝不掃”或是誤筆者，非是。

多字格 六十八字　　張　榘

西風亂葉溪橋樹。秋在黃花羞澀處。滿袖塵埃推不去。馬
○○●●○○▲　●●○○○●▲　●●○○○●▲　○

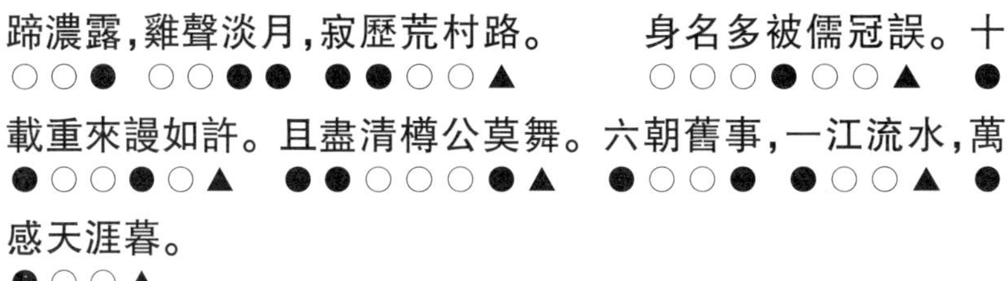

蹄濃露，雞聲淡月，寂歷荒村路。身名多被儒冠誤。十載重來謾如許。且盡清樽公莫舞。六朝舊事，一江流水，萬感天涯暮。

此第二句用七字者。惜香亦有此體。

查惜香又一首，於"羞澀處"三字作"兩眉聚"；石孝友於"推不去"作"落平野"；片玉前起作"良夜燈光簇如豆"，後起作"玉體偎人情何厚"，後第三句作"雨散雲收眉兒皺"；惠洪於前第三句作"日永如年愁難度"，平仄稍異，兹皆不録。

多字格 六十八字　　曹組

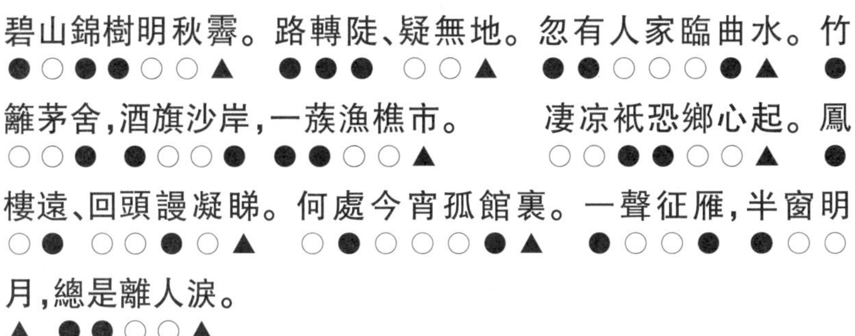

碧山錦樹明秋霽。路轉陡、疑無地。忽有人家臨曲水。竹籬茅舍，酒旗沙岸，一簇漁樵市。淒凉衹恐鄉心起。鳳樓遠、回頭謾凝睇。何處今宵孤館裏。一聲征雁，半窗明月，總是離人淚。

此後第二句用八字者，陳瓘一首亦作"正千里瓊瑶未輕掃"。

凡作詞須將古名篇紬繹諷詠，自得其音節段落，如此調爲體甚繁，用字稍異，而其聲響則莫非《青玉案》也。沈氏新集收吴文定公作，前段次句云"要遊時，春常盡"，"時"字用平聲，不協，然猶於三字分豆也。至後段次句云"可惜情懷不順"，則《青玉案》内無此六字相連句法，亦無此聲響。在作者原於文章政事之外，遊戲爲之，疏節闊目，無足爲異，選者將以垂示後人。觀沈氏所論字句，自謂考究精當，足以爲譜，乃不能訂正，其咎安辭乎？僕以弇鄙之識，而作此狂妄之言，極知開罪先賢，取訕時俗，然寸心之愚，不能自緘，況爲此針砭，將以救世之誤服藥者，想沈公有靈，亦曲諒其責備賢者之心也。

〔杜注〕

按，《詞譜》"一笑漁樵市"句，"笑"作"蔟"，應遵改。

【蔡案】

已據杜注改。

聲聲令 六十六字　　俞克成

簾移碎影，香褪衣襟。舊家庭院嫩苔侵。東風過盡，暮雲
○○●●　○●○△　●○○●●○△　○○●●　●○
鎖、緑窗深。怕對人、閒枕剩衾。　樓底輕陰。春信斷、
●　●○△　●●○　○●●△　○●○△　○●●
怯登臨。斷腸魂夢兩沈沈。花飛水遠，便從今、莫追尋。又
●○△　●○○●●○△　○○●●　●○○　●○△　●
怎禁、驀地上心。
●○　●●●△

"舊家"下與後"斷腸"下同。"今"字似乎用韻，然此句同前"暮雲鎖"，不必叶，恐原是"此"字之訛耳。"怕對人"與後"又怎禁"句同。《嘯餘》未辨三字豆句，將"閒"字刻作"間"字，誤矣。"怕對人間"猶不妨也，"枕剩衾"三字豈不可笑？

明高深甫作，兩結云"儼風走、漁陽甲兵""都付與、東風戰争"，"陽、風"二字平，而"走、與"二字反仄，謬甚。蓋不知"枕、地"二字必用去聲，故其上必用"人、禁"二字平聲也。此正與《戀綉衾》結句同。如高詞則竟與《柳梢青》《太常引》《慶春宮》等調中一句同矣，豈得爲

《聲聲令》乎？如此失調而選之，以誤後人，沈氏之無識，甚矣！

【蔡案】

過片句曹勛詞不押韻，此亦填詞之常法。

三字結構，詞中最爲靈活，平仄多不拘，萬子謂前後段結拍，其三字逗必用平聲字收，未必。本調現僅見三首，曹勛詞，前結用"向野館、愁緒怎禁"，三字皆仄，便是一例。而謂"枕、地"二字必用去聲，更爲發噱，蓋"枕"字作"衾枕"解時，正是上聲，惟作"車軫"解時，方作去聲讀。而校之曹詞，其後段結拍作"應倚夜深"，"倚"字，亦爲上聲；彭子翔詞，前段結拍爲"稚子又多"，後段結拍爲"歡喜也呵"，則兩處均爲上聲。故余謂凡詞中奢談去聲如何如何者，皆爲謬論，此可爲一例。

聲聲慢 九十七字　　吴文英

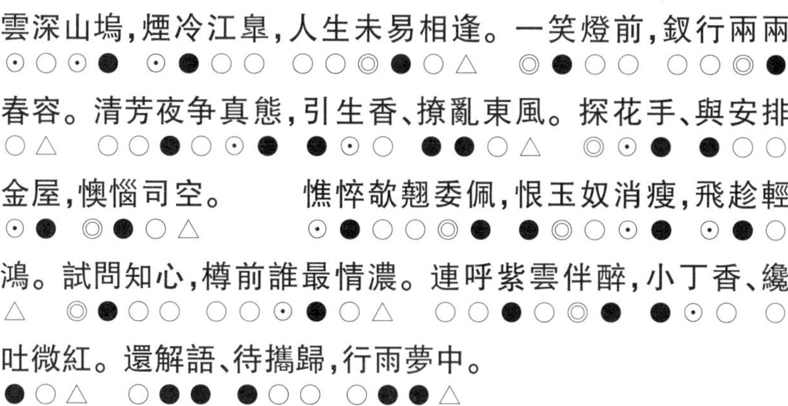
雲深山塢，煙冷江皋，人生未易相逢。一笑燈前，釵行兩兩春容。清芳夜爭真態，引生香、撩亂東風。探花手、與安排金屋，懊惱司空。　　憔悴欹翹委佩，恨玉奴消瘦，飛趁輕鴻。試問知心，樽前誰最情濃。連呼紫雲伴醉，小丁香、纔吐微紅。還解語、待攜歸，行雨夢中。

此則各家所通用之體也。"一笑"至"花手"，"試問"至"解語"前後同。"恨玉奴"句惜香作"空記得當時"，平仄異，亦不拘。"行雨夢中"四字用平仄仄平，乃一定之律，歷考各家作此體者，無不皆然，如此方是《聲聲慢》也。"行"字夢窗間用"起"字,上聲,猶可。若"夢"字自古無用平聲者,即仄韻詞亦於此字必用仄聲,《譜》《圖》岸然注曰"可平",大可駭異,不知有何所據? 嗚呼! 妄矣。若後所載周、趙二詞,乃九十九字者,後結句用十二字,其體原與此各别,不得以此十字結者比而同之也。若用此十字結之體,則萬萬無"夢"字用平之理也。

按,此調惟有此體與仄韻二格,及九十九字平仄各二格,《譜》《圖》所分五體,可駭。今備指其謬於左:其所云第一體者,收稼軒"開元盛日"一首,前段第三四句云"十里芬芳,一枝金粟玲瓏",後云"枉學丹蕉,葉底偷染妖紅",本皆上四下六,譜乃以前爲上四下六,後爲上六下四,豈"枉學丹蕉"不可作四字讀乎? 此總不知詞有前後相合之理也。又後段第二、第三句"被西風醖釀,徹骨香濃"原上五下四兩句,乃認定"被"字以下合爲九字句,不知何意,其後各體皆因此而收也。其所云第二體"停雲靄靄"一首,因認定前詞九字句,將後段第二第三句"列初榮枝葉,再競春風"注爲上三下六,謂與前九字句不同,夫"列初榮枝葉"五字,與"被西風醖釀"五字何異,而收爲第二體乎?《嘯餘》既誤,作圖譜者自應出己意裁審,何以仍訛襲謬若此。至《嘯餘》之所以誤者,因不識"榮"字是八庚韻,音"盈",而讀作一東韻,音"雄",遂謂此句"列初榮"是三字句,叶通篇"蒙、從"等韻,其不通尤甚。稼軒此詞,本櫽陶詩,謂方見佳樹之列於東園者,枝葉初榮,今又見其再競春風矣。故上用"嘆息"二字,下接以"日月于征"也,今以"列初榮"作一句,其義理安在? 稼軒真冤矣。又第三、四句,前既於"枉學丹蕉"處認差,故於此篇謂其前後皆上四下六,遂另收作一體矣。其所謂第三體,亦以此十字彊分上六下四,另收一體,不知此十字語氣一貫,四字斷、六字斷皆無礙音節,詞中如此類者最多,此尚不解,何以論定? 其所謂第四體,本是用仄韻者,乃不注,因仄韻另收而曰"前同第三體,後同第一體",惟第三句四字、第四句六字。余閲之,初甚不解，細思之則彼仍以第二、第三句九字，合爲第二句，而指“枉學丹蕉”十字爲第三四句，且仍謂上六下四，故收此爲第四體耳。至所謂第五體，其謬尤甚，如吴詞“還解語”三字、“待攜歸”三字、“行雨夢中”四字，定格應爾，各家皆同，即其前四體所收辛詞，無不同，他若各家用仄韻者，亦無不同，即其所收第五體，詞末云：“有皓月、照黄昏，眠又未得”，亦無不同也。乃以“有皓月照黄昏”爲六字句，故又另列作第五體，豈“有皓月”三字不許其斷句乎？真所不解矣。此類往往皆然，不能盡舉，姑臚列於此，以告天下之信《譜》《圖》而誤者。

又按，草窗“燕泥沾粉”一首，於“清芳”句作“多憐漂泊”；夢窗“春星當户”一首，於“釵行”句作“暗簌文梁”，俱係誤落二字，非有此體也。

〔杜注〕

按，草窗詞“多憐漂泊”句，“多”字下誤落“情最”二字。夢窗詞“暗簌文梁”句，新刻於“暗”字上補“餘音”二字。

【蔡案】

本詞原列於石孝友詞後，因係正體，故移前。

萬子謂：“行雨夢中”四字，必用平仄仄平，乃一定之律，且萬子“歷考各家作此體者，無不皆然，如是方是《聲聲慢》也。”惟余但考夢窗一家，一作“客又未歸”，一作“起處是州”，一作“入影畫檐”，第一字均非平聲，不知如是還是《聲聲慢》否？清人談譜，每以所見，就事論事，常不從律理出發，難免武斷，且因武斷，常又熟視無睹，如前《聲聲令》杜顧“枕”字上聲，而謂必用去聲，又如本拍之平仄仄平説，第三字猶可以韻前字解釋，於律理有其特殊性，而第一字謂必平則毫無道理，故李彌遜可有“枕畔數枝”，吴潛可有“淚落塞邊”，是律無所禁也。而周密詞，所異者在三字逗擴展，結拍四字，並無依據以爲二者迥異，何以不得比而同之者，亦主觀臆測而已。

詞中句法結構，不可以文理闡述，須循以律理方可，否則是談文，非談律也。萬子論上四下六、上六下四處，謂“詞有前後相合之理”，甚是，惟此亦僅爲一端，另有句法格律一端，亦是重要依據。此二者，惜今人多不知之，凡標點本，均以詞意而斷，無律可言。而萬子所論稼軒詞者，亦落此泥淖，因其九字依律爲首均之收拍，三六也好，五四也罷，均爲詞意而已，據其律理，則一也。稼軒平韻詞三首，另一首作“應笑我、身在楚尾吴頭”，若讀爲“應笑我身在”，豈非破句乎？《嘯餘》之“有皓月、照黄昏”，正是心無律理，但存文理之病。而萬子後云“十字語氣一貫”者，與所論此九字實爲一類，奈何一通一不通焉？

本詞前後段第二均，有兩種不同填法，其甲式爲●●○○　○○●●○△，如吴夢窗有十首，除一句“量減離懷，孤負蘸甲清觴”以上作平外，前後段均用該句法，草窗、碧山亦俱用此體式。其乙式爲●●○○●●　●●○△，如賀梅子之“坐按吴娃清麗，楚調圓長……便許捲收行雨，不戀高唐”。此二種句式，甲式不可填爲六字一句、四字一句，而乙式可填爲四字一句、六字一句。

重　格 九十七字　　石孝友

花前月下，好景良辰，廝守日許多時。正美之間，何事便有輕離。無端珠淚暗簌，染征衫、點點紅滋。最苦是、□殷勤密約，做就相思。　咿啞櫓聲離岸，魂斷處、高城隱隱天涯。萬水千山，一去定失花期。東君鬥來無賴，散春紅、點破梅枝。病成也，到而今、著個甚醫。

“殷勤”句四字，與諸家不同，恐落一字。然文義不差，不敢謂其訛錯,故收爲一體。作者但從後調可耳。

〔杜注〕

按,《詞律拾遺》云:元裕之作此調,前結作"任人笑、風雲氣少,兒女情多",可證此詞並無落字。

【蔡案】

本詞《全宋詞》據校本《金谷遺音》,調名作《勝勝慢》。

前段第三句疑有錯譌,本句宋人皆作六字律句,而本詞實爲"廝守日、許多時"之折腰式句法,"日許"二字必有舛誤,余疑原詞當是"自許"。又按,前結原譜作"最苦是、殷勤密約,做就相思",檢《金谷遺音》原注同萬子,謂"'殷勤'上缺一字",則可知本句當補一脱字符。至若杜注謂元遺山前結十一字,亦有"風雲"前脱一領字之可能。今據補以奪字符,原譜"九十六字"改爲"九十七字",如此,則本詞亦即正體吴文英詞體,全同,故不擬譜。

仄韻體 九十七字　　高觀國

壺天不夜,寶炬生香,光風蕩摇金碧。月灩水痕,花外峭寒
○○●● ●●○○ ○○●■○▲ ◎●◎○ ○●●○
無力。歌傳翠簾盡卷,誤驚回、瑶臺仙跡。禁漏促,拚千金
○▲ ○○●○●● ●○○ ⊙⊙○▲ ●●● ●○○
一刻,未酬佳夕。　卷地香塵不斷,最得意輸他、五陵狂
○● ◎○○▲ ●●○○◎● ◎◎◎⊙⊙ ●○○
客。楚柳吴梅,無限眼邊春色。鮫綃暗中寄與,待重尋、行
▲ ◎●○○ ⊙●●○○▲ ○○●○●● ●○○ ⊙
雲消息。乍醉醒,怕南樓、吹斷曉笛。
⊙○▲ ●●● ●○○ ○●●▲

用仄韻。從來此體皆收易安所作,蓋其遒逸之氣如生龍活虎,非

描塑可擬，其用字奇横而不妨音律，故卓絶千古。人若不及其才，而故學其筆，則未免類狗矣。觀其用上聲入聲，如“慘”字、“戚”字、“盞”字、“點”字、“滴”字等，原可作平，故能諧協，非可泛用仄字，而以去聲填入也。其前結“正傷心、却是舊時相識”，於“心”字豆句，然於上五下四者原不拗，所謂此九字一氣貫下也。後段第二、三句“憔悴損、如今有誰忺摘”，句法亦然。如高詞應以“最得意”爲豆，然作者於“輪他”住句，亦不妨也。余恐人因易安詞高難學，故録竹屋此篇。又，“最得意”句，稼軒作“是傳家合在，玉皇香案”，上五字竟與高詞相反，然平聲調内本是如此，總之不拘耳。

或曰：子論譜，謂宜一字不苟，有若鐵板，而忽於句法及上入作平等，又作籠統顢頇之語，豈非矛盾？余應之曰：所以曉曉辨論者，在不可假借處，若於音律不爽，則原無妨礙，何必拘泥，此中自有一定之理在。君但平心細閲，高聲頻讀，自當於喉吻間得之，豈可漫無主張，而隨意作囈語乎？

〔杜注〕

按，李易安此調，起三句云：“尋尋覓覓，冷冷清清，悽悽慘慘戚戚”，連疊七字，故萬氏謂用字奇横，非描塑可擬。

【蔡案】

萬子原注：“一”字以入作平。“摇”字宋人多用仄聲。

多字格 九十九字　晁集作《勝勝慢》　周　密

瓊壺敲月，白髮簪花，十年一夢揚州。恨入琵琶，小憐重見
○○○●　●●○○　●○●●○△　●●○○　●○○●

灣頭。樽前謾題金縷，奈芳情、已逐東流。還送遠，甚長安
○△　○○●○○●　●○○　●●○△　○●●　●○○

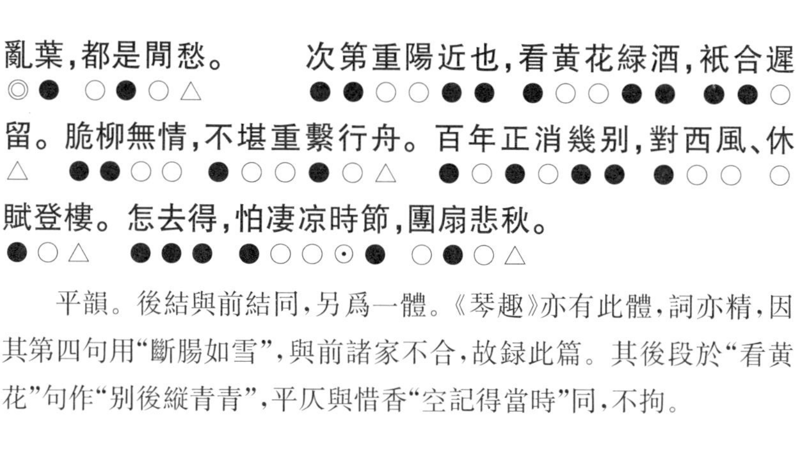
亂葉，都是閒愁。　次第重陽近也，看黄花緑酒，衹合遲留。脆柳無情，不堪重繫行舟。百年正消幾别，對西風、休賦登樓。怎去得，怕凄凉時節，團扇悲秋。

平韻。後結與前結同，另爲一體。《琴趣》亦有此體，詞亦精，因其第四句用“斷腸如雪”，與前諸家不合，故録此篇。其後段於“看黄花”句作“别後縱青青”，平仄與惜香“空記得當時”同，不拘。

多字格 九十九字　　趙長卿

金風玉露，緑橘黄橙，商秋爽氣飄逸。南斗騰光，應是間生賢出。照人紫芝眉宇，更仙風、誰能儔匹。細屈指，到小春時候，恰則三日。　莫論早年富貴，也休問文章，有如椽筆。堯舜逢君，啓沃定知多術。而今且張錦幄，麝煤泛、暖香鬱鬱。華堂裏，聽瑶琴輕弄，水仙新律。

仄韻。後結亦與前結同，另爲一體。

〔杜注〕

按，《惜香樂府》題爲“府判生辰，蓋九月二十七八日也”。

【蔡案】

前段結拍，萬子注云：“則”字以入作平。

前段第六拍，第四字例作平聲，如李清照“三杯兩盞淡酒”，“盞”

字爲以上作平，而第五字則例作仄聲，爲宋詞主流填法，同“淡”字。趙詞作“眉”，用平，失律，依律是敗筆，不可從。其所對應之後段，用“錦”字，便端然合律。但本調平韻體前段第三拍、前後段第六拍，仄韻體前後段第三拍、後段第六拍，時有此類成句，以本調而論，亦不可謂違律，但終非正體，勿用爲是。

酷相思 六十六字　　程　垓

月挂霜林寒欲墜。正門外、催人起。奈離別、如今真個是。
●●○○○●▲　●⊙●　○○▲　●○●　○○○●▲

欲住也、留無計。欲去也、來無計。　馬上離情衣上淚。
◎●●　○○▲　◎●●　○○◆　●●○○○●▲

各自個、供憔悴。問江路、梅花開也未。春到也、須頻寄。
●◎●　○○▲　●○●　○○○●▲　⊙●●　○○▲

人到也、須頻寄。
⊙●●　○○◆

前後同。兩結疊韻。汲古刻《書舟詞》落“個”字，誤。

【蔡案】

萬子喜作前後段對校，而《欽定詞譜》每不以爲然。本詞僅此一首，而萬子作六處可平可仄，皆以前後段互校所得也。余以爲一詞之中，旋律必同，但字句句法相同者，自可前後互校，此猶他詞字句句法相同者可作互校，一也。

慶春澤 六十六字　　張　先

飛閣危橋相倚。人獨立東風，滿衣輕絮。還記憶江南，如今
○●○○○▲　○●●○○　●○○▲　○●●○○　○○

天氣。正白蘋花,繞堤漲流水。　寒梅落盡誰寄。方春
○▲　●●○○　●○●○▲　○○●●○▲　○○
意無窮,青空千里。愁草樹依依,關城初閉。對月黄昏,角
●○○　○○○▲　○●●○○　○○○▲　●●○○　●
聲傍煙起。
○●○▲

此調六十六字,前後各三十三字,其句法乃是照合者。或曰:"滿衣"句六字,"憶江南"句七字,後段自當亦如前。此"草"字乃"翠"字之訛,蓋前則"滿衣輕絮還記",後則"青空千里愁翠"也。人因"里"字似叶韻,故於"千里"斷句,"草樹"又似相連,故認爲"愁草樹依依",以致前後不一耳。余曰:"記憶""草樹"自當相連,前段原是"滿衣輕絮"爲句,"絮"字非韻,乃三影借叶也。若照前説,則上用"記"字,不應下複"憶"字,上用"青"字,不應下複"翠"字。

〔杜注〕

按,《詞譜》云:"'絮'字在六御,屬角音,通首用四紙韻,屬徵音,本不相通,《詞律》注'借叶',無據。"或曰:吴越間方言"絮"讀作枲,轉入八霽,便可與四紙通。然終是出韻,不可爲法。

【蔡案】

此調斷句及叶韻,何必如此囉嗦,以張三影别首"晝毫難上。花影灩金尊……蕊紅新放。聲宛轉疑隨"校之釋之即可,其"影"字、"宛"字俱不叶韻,兩句亦均爲平聲一字領起,與本詞同。如用"青"則不應複"翠"之類,反覺牽强,"記""憶"連用,"青""翠"相複,想詞中不少,或如柳永之"處處踏青鬥草,人人眷紅偎翠"、周邦彦之"翠色四天垂,數峰青、高城闊處",悉爲"青""翠"上下複用者,亦有病乎?

慶春澤慢 一百字 或加“慢”字。即《高陽臺》 劉叔安

燈火烘春，樓臺浸月，良宵一刻千金。錦步承蓮，彩雲簇仗
○●○○ ○○●● ⊙○◎●○△ ◎●○○ ◎○◎●
難尋。蓬壺影動星毬轉，映兩行、寶珥瑤簪。恣嬉遊、玉漏
○△ ⊙○◎●○○● ●◎○ ◎●○△ ●○○ ◎●
聲催，未歇芳心。 笙歌十里誇張地，記年時行樂，憔悴
○○ ◎●○△ ○○●●○○● ●○○⊙● ○●
而今。客裏情懷，伴人間笑閒吟。小桃未盡劉郎老，把相
○△ ◎●○○ ◎○⊙●○△ ◎○◎●○○● ●⊙
思、細寫瑤琴。怕歸來、紅紫欺風，三徑成陰。
○ ◎●○△ ●○○ ⊙●○○ ⊙●○△

按，此調與《高陽臺》字字相同，舊《草堂》兩收之，以此爲《慶春澤》，以僧皎如“紅入桃腮”一首爲《高陽臺》，蓋以此篇後起七字用仄，不叶，皎如後起六字，叶韻也。愚謂如此長調，必不以一字多少而分兩調，從昔致疑，不敢臆斷，及閱竹山《高陽臺》，後起云“臞翁一點清寒性”“人情終似蛾兒舞”，正用七字不叶韻。猶恐有誤，又查王沂孫，後起云“一枝芳信應難寄”“江南自是離愁苦”，張炎後起云“當年燕子知何處”，因爽然自信《高陽臺》即《慶春澤》，而輯《草堂》者未之校勘耳，何況後之著譜作圖者耶？今將舊譜所收《高陽臺》録後，以備查對。

〔杜注〕

按，《詞譜》列此詞爲《高陽臺》調；“錦步成蓮”句，“成”作“承”。

【蔡案】

“錦步承蓮”，“承”字原作“成”，據杜注改。本詞原譜作小令《慶春澤》之“又一體”，誤，蓋令詞與慢詞乃同名異調，故改之。惟本詞即《高陽臺》，故不以爲正體排列。

高陽臺 一百字　僧皎如

紅入桃腮，青回柳眼，韶華已破三分。人不歸來，空教草怨
○●○○　○○●●　⊙○◎◎○△　⊙●○○　○○●●
王孫。平明幾點催花雨，夢半闌、欹枕初聞。問東君、因甚
○△　　⊙○◎◎○○●　●○○　○●○△　●○○　⊙●
將春，老却閒人。　　　東郊十里香塵滿，旋安排玉勒，整頓
○○　●●○△　　　　○○●●○○●　●○○●●　●●
雕輪。趁取芳時，去尋島上紅雲。朱衣引馬黃金帶，算到
○△　◎●○○　●○●●○△　⊙○●●○○●　●●◎
頭、總是虛名。莫閒愁、一半悲秋，一半傷春。

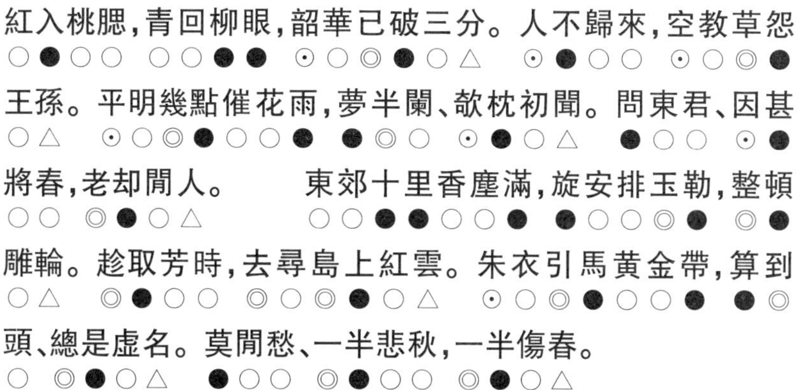

試與《慶春澤》對證,豈非一調? 舊譜兩收,不惟不辨,且將前結注"問東君因甚"爲一句,"將春老却閒人"爲一句,竟不知是一三字兩四字句法,而諸家從之,於是《圖譜》《選聲》皆相沿而未察,獨不見其後結"莫閒愁"三字,下兩句各四字乎? 然則竹山之"好傷情、春也難留,人也難留",亦可讀"好傷情春也"爲一句,"難留人也難留"爲一句乎? 何其忽略如此。而後段以"莫閒愁"至"悲秋"作七字句,又不足奇矣。

《譜》又注前叔安詞,以"蓬壺影動"爲四字句,"星毬轉映"爲四字句,"兩行寶珥瑶簪"爲六字句,此調除兩起三句外,餘字句無不合一,奈何全不照管也。

又按,竹山亦有用平叶如皎如者,又一首前結云"獨裊鞭梢笑不成"七字,後起云"春愁吟未了、煙林曉",人謂换頭八字兩仄叶,宜另一體,余曰: 此汲古誤以前尾"春"字移加後首耳,非有此體。

【蔡案】

本詞原譜係萬子注後所附,因《高陽臺》名爲大衆所熟知,故仍以

之爲正名，以《慶春澤慢》爲别名，兹將此詞小字改排爲大字，獨立爲一譜。原譜本詞無譜，據前一詞修正。

較之前一體，原譜後段因闕“滿”字，故過片少一字，然據《陽春白雪》本，本句作“東郊十里香塵滿”，與宋詞諸詞皆同，正萬子前詞注中所云“（後起）正用七字不叶韻”者，故萬子本詞所據，或誤，今據《陽春白雪》補，原詞“九十九字”改爲“一百字”。但本調確有過片六字一拍，且叶韻之體格，如吴文英之“壽陽空理愁鸞”和“芳洲酒社詞場”，王沂孫之“篝熏鵲錦熊氈”，蔣捷之“芳塵滿目悠悠”，均爲大家手筆，均爲六字、叶韻。

鳳凰閣 六十九字 趙師使

正薰風初扇，雨細梅黃暑溽。並搖雙槳去程速。那更黃流
●○○⊙● ●●○○●▲ ●○⊙●●○▲ ●●○○

浩淼，白浪如屋。動歸思、離愁萬斛。 平生奇觀，頗快
●● ●○○▲ ●⊙● ○○●▲ ○○○● ●●

江山寓目。日斜雲定晚風熟。白鷺飛來點破，一川明綠。
○○●▲ ●○○●●○▲ ◎●○○●● ●○○▲

展十幅、瀟湘畫軸。
●◎● ○○●▲

“白鷺”下十字，上四下六，似與前“那更”下十字稍異，然是一氣，分豆不拘，且於“破”字分斷亦不妨也，蓋“並搖”下與後“日斜”下同耳。“思”字、“觀”字皆去聲。

【蔡案】

本調張炎詞，名《數花風》。前段起拍，萬子所取兩首均爲五字起，而柳耆卿、劉後村、張玉田、仇仁近詞，皆爲四字一句起拍，未加領字，次拍則皆爲六字一句。注而不録。

前段第二拍，原作“黄梅暑溽”，“黄梅”，《欽定詞譜》作“梅黄”，就四字結構論，恰，改。又，汲古閣本《坦庵詞》，本句作“雨細梅黄暑溽”，與前述柳、劉、張、仇詞同，應是主流填法，而後一首葉詞亦爲四字，故據汲古閣本補二字，以爲别格，原譜“六十七字”改爲“六十九字”。後段“點破”二字，原譜屬下，今據萬子“‘破’字分斷亦不妨”而改，以求前後韻律之和諧。

又按，前段“那”字，萬子原注“可仄”。又，浪，借音平讀，對應後段“川”字。

少字格 六十七字　　葉清臣

遍園林緑暗，渾如翠幄。下無一片是花萼。可恨狂風横雨，
●○○●●　○○●▲　●○●●●○▲　●●○○●●
忒煞情薄。盡底把、韶華送却。　楊花無賴，是處穿簾透
●○○▲　●●●　○○●▲　○○○●　●●○○●
幕。豈知人意正蕭索。春去也、這般愁，没處安著。怎奈
▲　●○○●●○▲　○●●　●○○　●●○▲　●●
向、黄昏院落。
●　○○●▲

“春去也”下六字，與前段“可恨”句六字不同，更與前詞亦異。《嘯餘》以“這般愁”連下作七字，不知“没處安著”乃四字句，正對上“忒煞情薄”也。

“煞”音“曬”，是去聲，“處”亦去聲也。前詞“浪”字亦同，衹“川”字作平，恐是“片”字之訛耳。“是花萼”“是”字、“正蕭索”“正”字，與前詞“去”字、“晚”字定格仄聲。又，前詞“暑、浩、萬、寓、晝”，此詞“翠、横、送、透、院”，皆去聲，是調中吃緊處，《譜》俱注可平，豈有此理？

〔杜注〕

按，《花草粹編》“楊花無奈”句，“奈”作“賴”。又，“怎奈何”句，“何”作“向”，均應照改。

【蔡案】

“煞”字余以爲以入作平，與前詞同，萬子以爲是去聲，音“曬”，當是《正韻》所據。惟校之别首，張炎前段作“誰家蕭瑟”，後段作“須尋梅驛”，劉克莊前段作“採麓公藥”、後段作“嘆儂羅雀”，仇遠前段作“香雲深約”，後段作“風鐙疏箔”，柳耆卿前段作“肌膚如削”，後段作“音信難托”，此四家，惟耆卿信字似仄，而實亦平，蓋“信”本有平去兩讀也。故萬子爲證而證，但能通詞，而不能通調也。誤。又，後段首句，“無賴”原作“無奈”，亦誤。楊花穿簾透幕，主動動作，何奈之有？又，“怎奈向”，原作“怎奈何”，形近而誤。均據杜注改。

夢行雲 六十七字　　吴文英

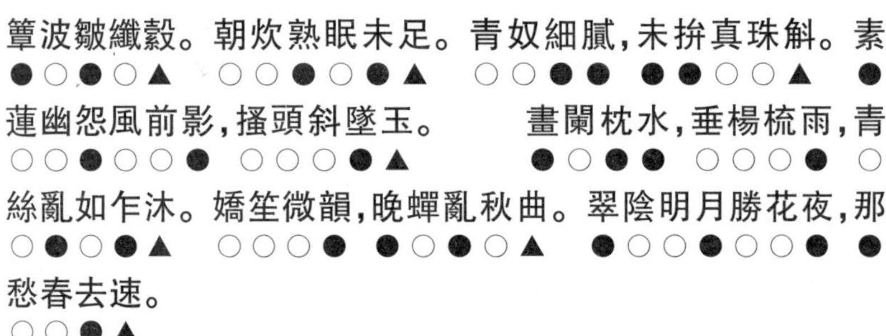
簟波皺纖縠。朝炊熟眠未足。青奴細膩，未拚真珠斛。素蓮幽怨風前影，搔頭斜墜玉。　畫闌枕水，垂楊梳雨，青絲亂如乍沐。嬌笙微韻，晚蟬亂秋曲。翠陰明月勝花夜，那愁春去速。

“朝炊”下與後“青絲”下同。若照“青絲亂”句，則“熟”字是偶合，非叶韻也。“未拚”句可疑，照後“晚蟬”句，恐有訛字。“勝字”平聲。

或云，“朝炊”“青絲”二語，皆六字句。

〔杜注〕

按，“晚蟬亂秋曲”句，“亂”字據毛斧季校本應作“理”。

【蔡案】

本調爲近詞結構，原譜前段第一均，作："簟波皺纖縠。朝炊熟，眠未足。"後段第一均作："畫闌枕水，垂楊梳雨，青絲亂，如乍沐。"依其近詞韻律，後段由四拍構成，未免過於繁複，余以爲前段解爲"熟眠"，後段解爲"亂如"，於韻律而言更恰，故予改易。

看花回 六十八字　　柳　永

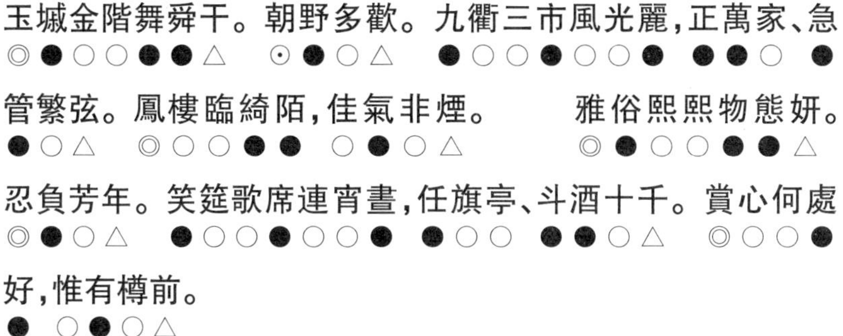

玉城金階舞舜干。朝野多歡。九衢三市風光麗，正萬家、急管繁弦。鳳樓臨綺陌，佳氣非煙。　雅俗熙熙物態妍。忍負芳年。笑筵歌席連宵晝，任旗亭、斗酒十千。賞心何處好，惟有樽前。

"萬家"句六字，而"在旗亭"句七字，又一首前反七字，而後反六字，必皆誤也。此調兩疊相符，作者或前後俱六、或前後俱七可也。

〔杜注〕

按，宋本"萬家急管繁弦"句，"萬"字上有"正"字。又，"笑筵歌席連宵盡"句，"盡"作"晝"。又，"在旗亭、斗酒十千"句，"在"作"任"，均應增改。

【蔡案】

"正萬家"原作"萬家"，"連宵晝"原作"連宵盡"，均據杜注改，原譜"六十七字"改爲"六十八字"。

萬子原注：後段"十"字以入作平。

看花回慢 一百一字

蔡伸

夜久凉生庭院，漏聲頻促。念昔勝遊舊地，對畫閣層巒，雨
●●○○○● ●○○▲ ◎●◎○●● ●●●○○ ◎
餘煙簇。新詩暗藏小字，霜刀刊翠竹。攜素手、細繞回塘，
○○▲ ○⊙◎○●● ○○○●▲ ○●● ●●○○
芰荷香裏彩鴛宿。　別後想、香消膩玉。帶圍減、削寬金
●○○●●○▲ ◎●● ○○●▲ ●⊙◎ ●○○
粟。雖有鱗鴻錦素，奈事與心違，佳期難卜。擬解愁腸萬
▲ ⊙●⊙○●● ●●●○○ ⊙○○▲ ●●⊙○●
結，惟憑樽酒緑。望天涯、斷魂處，醉拍闌干曲。
● ○○○●▲ ●○○ ●○● ●●○○▲

用仄韻。與前調迥别。

【蔡案】

本詞前段起拍處，實爲二字逗領四字兩句筆法，四字兩句亦可添一領字。縱觀萬子所引四首，足可見其全豹，故“注目”可以叶韻，若《全宋詞》讀爲“夜久凉生”爲句，則誤。

“新詩”之“詩”，以仄爲正，若作四字句，則以平爲正，但第四字須仄，如後一首。蓋“新詩暗藏”四字，宋人音步均爲平仄互替，如是方在律。

此爲慢詞，與前調本非一調，自然迥别，原譜此類皆作“又一體”，大誤。前人有令引近慢同名者，宋人雖有在調名中附注“令引近慢”者，然亦多不分調名，或因望而知其别，無須贅言故也。

讀破格 一百一字

周邦彦

惠風初散輕暖，霽景澄潔。秀蕊乍開乍斂，帶雨態煙痕，春
●○○●○● ●○○▲ ●●●○●● ●●●○○ ○

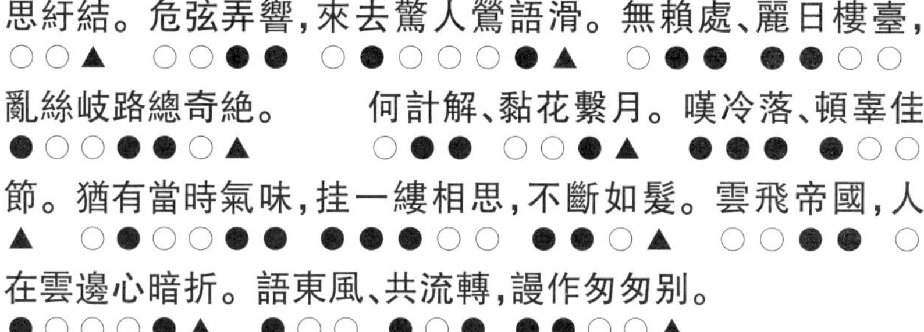

思紆結。危弦弄響，來去驚人鶯語滑。無賴處、麗日樓臺，亂絲岐路總奇絶。　何計解、黏花繫月。嘆冷落、頓辜佳節。猶有當時氣味，挂一縷相思，不斷如髮。雲飛帝國，人在雲邊心暗折。語東風、共流轉，謾作匆匆别。

首句比前詞平仄異。“危弦”至“語滑”，“雲飛”至“暗折”，俱上四下七，比前“新詩”與“擬解”上六下五不同。“景”字、“思”字、“斷”字用仄字，亦異。山谷亦有此體，而“危弦”與“雲飛”四字句，前用“歡意未闌”，後用“暗想當時”，因體同，且有訛字，故不録。

《片玉》又一首，前起云“秀色芳容，明眸就中奇絶”，平仄與此不同，“眸”字恐誤，恐是“媚”字。其“危弦”句用平平仄仄，“雲飛”句用仄仄平平，想不拘也。尾句用“與他衫袖裛”，平仄與前異，恐誤，不可從。

【蔡案】

前後段第三均，四字一句、七字一句是本調正體，其中前段第四字若是仄聲，則七字句首字必須爲平聲，此關乎律法，若趙彦端“春寒風袂，帶雨穿窗如利鏃”，便是敗筆。

“霽景澄潔”，美成别首作“就中奇絶”，歐陽修作“醉魂方覺”，趙彦端三首亦同，故“景”字當是以上作平。汲古閣本《片玉詞》本句又作“霽景微澄潔”，查宋人並無此填法，或非。又，“春思”之“思”平讀，借音法。

多韻格 一百三字　　　　趙彦端

注目。正江湖浩蕩，煙雲離屬。美人衣蘭佩玉。澹秋水凝

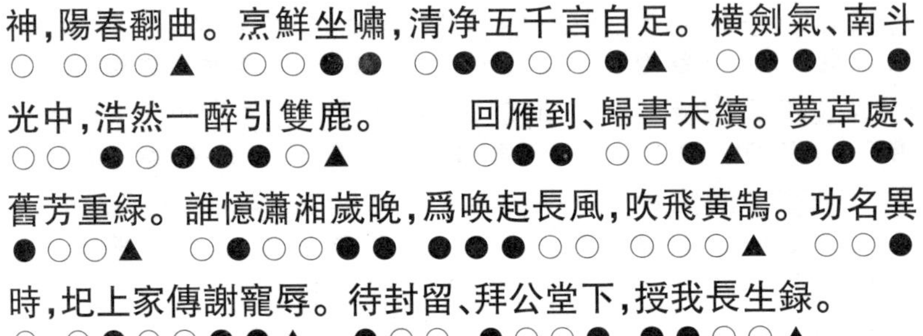

神,陽春翻曲。烹鮮坐嘯,清净五千言自足。横劍氣、南斗
光中,浩然一醉引雙鹿。　回雁到、歸書未續。夢草處、
舊芳重緑。誰憶瀟湘歲晚,爲喚起長風,吹飛黄鵠。功名異
時,圯上家傳謝寵辱。待封留、拜公堂下,授我長生録。

首句第二字即起韻。又一首云:"愛日。報疏梅動意,春前呼得。"餘與前詞大約相同。"衣"字去聲,此句"玉"字用韻,與前詞異。初疑偶合,及觀後詞"竹"字,知是用叶者。"時"字恐應是"日"字,然此十一字總是一串,或四或六斷句皆可,"拜公堂下"比前詞多一字,其别作云"未妨遊戲",亦同。後起句前詞上三下四,介庵别作亦同,惟此用上四下三,亦另爲一體。"功名"下十一字,别作云"他年妙高臺上,優曇會堪折",稍異。

〔杜注〕

按,《詞譜》"誰想瀟湘歲晚"句,"想"作"憶"。又,後結"授"字上有"願"字,應遵補。(若補"願"字,題目字數則該爲"一百四字"。)

【蔡案】

本調後段起拍,宋人皆作上三下四句法,原譜作"回雁未歸書未續",萬子以爲本詞"亦另爲一體",誤。今據《寶文雅詞》改。又,"美人"句,宋人例作仄起仄收式,惟本詞平起,如此則第五字不可用平,填時第二字亦以仄爲正。"南斗光中","中"原作"申",據《欽定詞譜》改。"誰想"據杜注改"誰憶"。

多字格　一百四字　　趙彦端

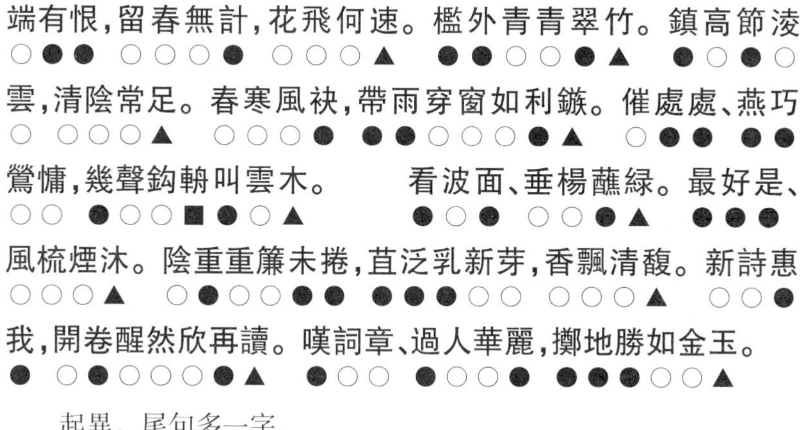

端有恨，留春無計，花飛何速。檻外青青翠竹。鎮高節淩雲，清陰常足。春寒風袂，帶雨穿窗如利鏃。催處處、燕巧鶯慵，幾聲鈎輈叫雲木。　看波面、垂楊蘸緑。最好是、風梳煙沐。陰重重簾未捲，苴泛乳新芽，香飄清馥。新詩惠我，開卷醒然欣再讀。嘆詞章、過人華麗，擲地勝如金玉。

起異。尾句多一字。

此謂"何速"用平仄，"翠竹"用去仄，"常足"用平仄，"利鏃"用去仄，"雲木"用平仄，"蘸緑"用去仄，"煙沐"用平仄，"未卷"用去仄，"清馥"用平仄，"再讀"用去仄，"金玉"用平仄，相間用之。此是詞眼，不可不知。觀前所載各篇及未録諸作，無不皆然，故知閉門造車，出而合轍，非有規矩尺寸，車可信手而造耶？

"輈"字宜用仄聲，查《考工》《毛詩》俱無音仄者，此誤也。

〔杜注〕

按，葉《譜》"風流煙沐"句，"流"作"梳"。又，《詞譜》"熏簾"作"重簾"。

【蔡案】

起拍若讀爲"端有、恨留春無計"，則與前一首同，兩詞俱爲趙彦端作，思路、律法合一，應是常態。又按，後段結拍，《全宋詞》引《寶文雅詞》，本句注："原校：結句多一字"。據此，趙詞三首後結均爲五字一句，故前詞杜注以爲當作"願授我、長生録"者，非是，當從汲古閣本，作五字一句結。前段結拍不律，應是誤填。第四字宋詞例用仄聲，故以應仄而平符擬之。

三奠子　六十七字　　王　惲

帳神光奕奕，天上良宵。花露濕、翠釵翹。風回鸞扇影，愁
●○○●●　○●○△　○●●　●○△　○○○●●　○
滿紫雲軺。恨相望，雖一水、隔三橋。　朱弦寂寂，心思
●●○△　◎⊙●　○◎●　●○△　○○●●　○●
迢迢。人未老、鬢先凋。翻騰驚世故，機巧到鮫綃。涼夜
○△　○●●　●○△　○○○●●　○●●○△　⊙◎
永，簫聲咽、篆煙飄。
●　○⊙●　●○△

後起句比前起少一字，餘同。

〔杜注〕

按，《詞辨》云：“唐宋未有是曲，元遺山《錦機集》中有三闋，爲‘奠酒’、‘奠穀’、‘奠璧’。”又，崔令欽《教坊記》有《奠璧子》詞，字句與此全同。

【蔡案】

此爲元詞。劉秉忠詞前起作“念我行藏有命”，六字起拍，與别家俱異，“我”字或襯。

兩同心　六十八字　　晏幾道

楚鄉春晚，似入仙源。拾翠處、漫隨流水，踏青路、暗惹香
●○○●　◎●○△　◎●◎　◎○⊙●　◎○●　◎●○
塵。心心在、柳外青帘，花下朱門。　對景且醉芳樽。莫
△　⊙○◎　◎●○○　⊙●○△　●◎◎●○△　◎

話銷魂。好意思、曾同明月，惡滋味、最是黃昏。相思處、一
●○△ ◎●◎ ⊙○⊙● ◎○● ◎●○△ ⊙○◎ ◎
紙紅箋，無限啼痕。
●○○ ⊙●○△

祇换頭一句異前，餘同。此詞用詩韻十三元，故用“源”字起韻，不知此字入詞，實與餘音不叶。今人皆知分用，不宜效之矣。

〔杜注〕

按，《詞譜》“閒尋”二字作“漫隨”。（又，萬樹注云：此調用十三元韻。按，宋韻分部系二十二元二十三魂二十四痕，後人並此三部爲十三元，應改“十三元”三字，爲“元魂痕”。）

【蔡案】

第三句内“漫隨”，原作“閒尋”，已按杜注改。

多韻格 六十八字 黃庭堅

一笑千金。越樣情深。曾共結、合歡羅帶，終須效、比翼文
●●○△ ●●○△ ○●● ●○○● ○○● ●●○
禽。許多時、靈利惺惺，驀地昏沉。 自從官不容針。直
△ ●○○ ○●○○ ●●○△ ●○○●○△ ●
至而今。你共人、女邊著子，争知我、門裏挑心。記攜手、小
●○△ ●●○ ●○●● ○○● ○●○△ ●○● ●
院回廊，月影花陰。
●○○ ●●○△

首句即起韻。

仄韻體 六十八字 柳永

佇立東風，斷魂南國。花光媚、春醉瓊樓，蟾彩迴、夜遊香
●●○○ ●○○▲ ○○● ⊙●○○ ⊙◎● ●○○

陌。憶當時、酒戀花迷，役損詞客。　別有眼長腰搦。痛
▲　●○○　●●○○　●○○▲　　●●●○○▲　●

憐深惜。鴛鴦阻、夕雨朝飛，錦書斷、暮雲凝碧。想別來、好
○○▲　○○●　◎●○○　◎⊙●　●○○▲　●○○　●

景良時，也應相憶。
●○○　●○○▲

字句同上，但用仄耳。叶韻上一字俱用平，方有調。《圖譜》概作可仄，誤。

〔杜注〕

按，《詞譜》"蟾彩過"之"過"字作"迴"。又，"鴛衾冷"作"鴛鴦阻"。又，"夕雨淒淒"句，"淒淒"作"朝飛"。又按，此調皆押平韻，有仄韻者必入聲，以入能作平也。

【蔡案】

"蟾彩迴"之"迴"原作"過"；"鴛鴦阻夕雨朝飛"原作"鴛衾冷夕雨淒淒"，均據杜注改。"役損"之"損"，以上作平。"別來"之"別"，萬子原注作平。

多字格 七十二字　　杜安世

巍巍劍外，寒霜覆林枝。望衰柳、尚色依依。暮天靜、雁陣
○○●●　○○●○△　●○●　●●○△　●○●　●●

高飛。入碧雲際，江山秋色，遣客心悲。　蜀道巇嶮行
○△　●●○●　○○○●　●●○△　●●○●○

遲。瞻京都迢遞。聽巴峽、數聲猿啼。惟獨個、未有歸計。
△　○○○○▲　●○●　●○○△　○●●　●○○▲

謾空悵望，每每無言，獨對斜暉。
●○●●　●●○○　●●○△

比前晏詞前後第二句、第五句各多一字。"遞"字、"計"字乃是以

仄叶平，此又一平仄兩叶者。

【蔡案】

"入碧雲際""謾空悵望"，本爲三字句添字而成，故句法爲一三式，不可填爲二二式律句，至要。又按，"未有歸計"句，"有"字以上作平，蓋本句若押仄韻，則第五字例作平聲，宋詞惟本詞及揚无咎"知是你、與我情厚"例外，蓋兩句均爲以上作平手法也。

佳人醉 七十一字　　柳　永

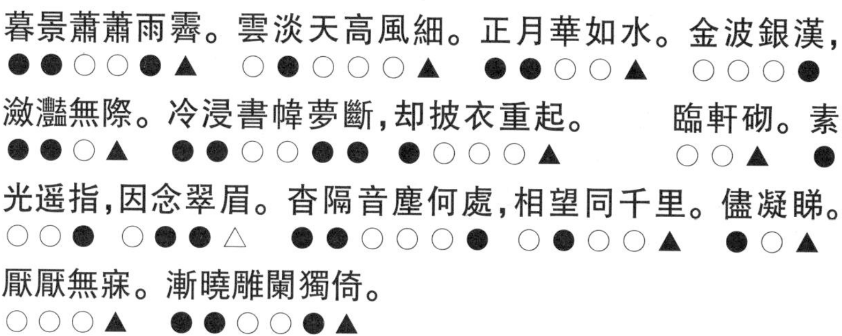

姑依韻分句，恐有訛錯，未必確然。"臨軒砌"恐是後段起句。《圖譜》以"夢斷"下分句，"却披衣"至"軒砌"爲八字句。或又曰：前起該四字三句，因無他作，難以訂正耳。

〔杜注〕

按，宋本"因念翠眉"句，"眉"作"娥"。又，"音塵何處"句，上有"杳隔"二字，均應改補。又，《詞譜》以"臨軒砌"爲後半起句，與萬氏論合。

【蔡案】

本詞前起，劉弇詞亦作六字二句，且首句叶韻，故四字三句者或誤。又，前段尾均原譜萬子讀作"冷浸書帷，夢斷却、披衣重起。臨軒砌”，兹按《欽定詞譜》改。並據《樂章集》後段添“杳隔”二字，原譜“六十九字”改爲“七十一字”。

又按，此爲近詞，依律後段當有三均，而後段至“千里”方叶，則落一韻。然則“翠眉”不可易爲“翠蛾”，“眉”字叶仄韻，庶幾合律。本調今存者卿和劉弇詞各一首，而兩詞句讀多有參差，互不可校，姑作此權宜，以諧其律。

且坐令 七十字　　韓　玉

閒院落。誤了清明約。杏花雨過胭脂綽。緊了秋千索。鬥
○●▲ ●●○○▲ ●○●●○○▲ ●●○○▲ ●

草人歸，朱門悄掩，梨花寂寞。　書萬紙、恨憑誰托。纔
●○○ ○○●● ○○●▲ ○●● ●○○▲ ○

封了、又揉却。冤家何處貪歡樂。引得我、心兒惡。怎生全
○● ●○▲ ○○○●○○▲ ●●● ○○▲ ●○○

不思量著。那人人情薄。
●○○▲ ●○○○▲

前後全異。

〔杜注〕

按，汲古閣刻韓温甫《東浦詞》，此首詞後注云：“纔封了”句一本作“剛忽忽封了”。

月上海棠 七十字　　陸　游

蘭房綉户厭厭病。嘆春酲、和悶甚時醒。燕子空歸，幾曾
○○◎●○○▲ ●○○ ⊙●●○▲ ●●○○ ●○

傳、玉關音信。傷心處，獨展團窠瑞錦。　薰籠消歇沉煙
○ ●○○▲ ○○● ●●○○●▲ ○○⊙●○○

冷。淚痕深、展轉看花影。謾擁餘香，怎禁他、峭寒孤枕。
▲ ●○○ ◎●●○▲ ●●○○ ●○○ ●○○▲
西窗曉，幾聲銀缾玉井。
○○● ●○○○●▲

前後同。“甚”字、“看”字必要去聲，觀後所載段詞及放翁别作用“淚”字、“寄”字可見。或曰：“醒”字、“深”字是暗用平韻，未必。

〔杜注〕

按，王氏校本“和悶甚時醒”句，“悶”作“夢”。又，“玉關音信”句，“音”作“遥”，《歷代詩餘》作“邊”。後結“幾聲銀缾玉井”句，萬氏注“聲”字宜仄。按，放翁别作“楚天危樓獨倚”句，“天”字亦平聲，似可不拘。

少字格 七十字 段成己

酒杯何似浮名好。一入枯腸太山小。喚醒夢中身，鶗鴂數
●○○●○○▲ ●●○○●○▲ ●●●○○ ○●●
聲春曉。昂頭處，幾點青山屋杪。　人生得計魚游沼。
○○▲ ○○● ●●○○●▲ ○○●●○○▲
視過眼光陰、向來少。須卜一枝安，笑月底、驚烏三繞。無
●●●○○ ●○▲ ○●●○○ ●●● ○○○▲ ○
窮事，畢竟何時是了。
○● ●●○○●▲

“喚醒”句、“須卜”句，比前詞各多一字。“一入”句七字，“視過眼”句八字，而平仄聲響亦與前詞不同。

〔杜注〕

按，《詞譜》“花陰”作“光陰”，應遵改。

【蔡案】

已照杜注改。金詞前後段第三拍均作五字一句。

本調前後段第三拍，有添一字作五字句者，如本詞，如宋人張侃“横溪浸疏影”“儘雪壓風欺”，而本詞疑奪二字，當以張侃詞爲范。本詞前段第二拍，循其律可知當爲一字逗領七字拗句句法，如後段“視、過眼光陰向來少”，故前段原詞或爲“□、一入枯腸太山小”，脱一領字。而前段第四拍，宋詞均爲折腰式七字句句法，元詞中除段成己詞，其餘亦同，疑是段氏筆誤，或“鶗鴂”前脱一字，故不足爲範。

惜黄花 七十字　　史達祖

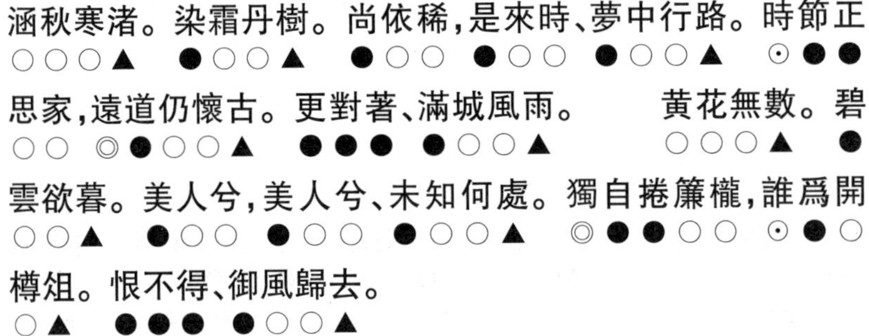
涵秋寒渚。染霜丹樹。尚依稀，是來時、夢中行路。時節正思家，遠道仍懷古。更對著、滿城風雨。　黄花無數。碧雲欲暮。美人兮，美人兮、未知何處。獨自捲簾櫳，誰爲開樽俎。恨不得、御風歸去。

前後同。“美人兮”巧借上三字，非疊句也。

或曰：“尚依稀”二句，是换“稀、時”兩個平韻自相爲叶，後段“美人兮”兩個“兮”字亦是叶前平韻。此説亦新，但未知確否，附筆於此。

〔杜注〕

按，《詞譜》另收許冲元一首，前後第三四句並不間叶平韻。

【蔡案】

萬子原注：“碧雲欲暮”之“欲”作平。

“尚依稀，是來時”六字，宋詞均無换韻或叶韻，應是偶合。但詞中之輔韻，寧信其有，勿信其無，畢竟某一詞調中，“僅此一首用韻與衆不同”者，亦有其例，故填者亦可循此，而另换一韻。此類用譜，韻或不韻，全在自家作品是否和諧。

惜黃花慢 一百八字

揚无咎

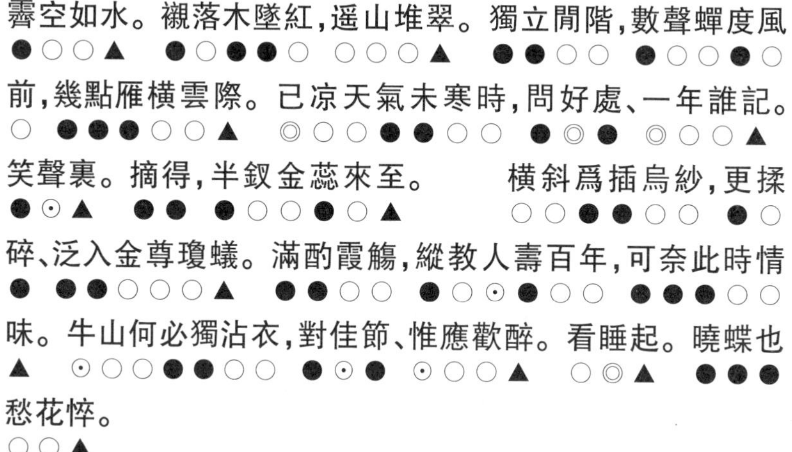

霽空如水。襯落木墜紅，遥山堆翠。獨立閒階，數聲蟬度風前，幾點雁橫雲際。已凉天氣未寒時，問好處、一年誰記。笑聲裏。摘得，半釵金蕊來至。　橫斜爲插烏紗，更揉碎、泛入金尊瓊蟻。滿酌霞觴，縱教人壽百年，可奈此時情味。牛山何必獨沾衣，對佳節、惟應歡醉。看睡起。曉蝶也愁花悴。

祇换頭多二字，結尾少二字，餘同。“願人”句同前，“數聲”句必無五字之理，偶落無疑，爲□補之。“墜”字、“泛”字去聲，不可平。或謂“時”字、“衣”字亦以平叶仄，未必。

〔杜注〕

萬氏所空一字，按王氏校本“人”字上補“教”字。又按，《花草粹編》作“縱教人壽百年”，可從。

【蔡案】

“數聲蟬”，《欽定詞譜》作“數聲笛”，兩較之，“蟬”更佳。又，原譜後起作“橫斜爲插烏紗，更揉碎泛入，金樽瓊蟻”，五字句音律失和，雖萬子注云“入”字作平，亦覺詞意尚欠圓轉，本句别家多作上三下六句法，如趙以夫作“記往昔、獨自徘徊籬下”，其六字句法與此同，“入”字更不可作平,應是正體,謹改。又,“願教人壽百年”,原譜作“願人□壽百千”,據《花草粹編》改。又按,原譜前結作“笑聲裏。摘得半釵,金蕊來至”,後一句音律欠諧,且本調前段尾均,此十一字實多爲五字一句、六字一句,即意爲“笑聲裏摘得,半釵金蕊來至”,五字句中且每藏有腹韻。如田爲詞作“晚風底。落日亂鴻,飛起無際”,實則爲“晚風底落日,亂鴻飛起無際”,然則“摘得”讀住乃至讀斷,便有其字聲及音律基礎。

平韻體 一百八字 吴文英

送客吴皋。正試霜夜冷,楓落長橋。望天不盡,背城漸杳,

●●○△ ●●○●● ⊙●○△ ●○○● ●○●●

離亭黯黯,恨水迢迢。翠香零落紅衣老,暮愁鎖、殘柳眉梢。

○○●● ◎●○△ ●○⊙●○○● ●○● ○●○△

念瘦腰。沈郎舊日,曾繫蘭橈。　仙人鳳咽瓊簫。悵斷

●●△ ●○●● ○●○△ ○○●●○△ ●●

魂送遠,九辯難招。醉鬟留盼,小窗剪燭,歌雲載恨,飛上銀

○●● ◎●○△ ●○○● ●○●● ○○●● ⊙●○

霄。素秋不解隨塵去,敗紅趁、一葉寒濤。夢翠翹。怨鴻料

△ ●○◎●○○● ●○● ○●○△ ●●△ ●○●

過南譙。

●○△

用平韻。

夢窗詞“七寶樓臺,拆下不成片段”,然其用字精審處,嚴確可愛。如此調有二首,其所用“正、試、夜、望、背、漸、翠、念、瘦、舊、繫、鳳、悵、送、醉、載、素、夢、翠、怨、料”諸去聲字,兩篇皆相合,律吕之學,必有不可假借如此。

〔杜注〕

按,《詞譜》"隨船"作"隨塵"。

【蔡案】

後段"隨塵去"原作"隨船去","怨鴻"原作"怨紅",據《詞譜》改。又,萬子原注:前段"望天不盡"之"不"字,後段"一葉寒濤"之"一"字,以入作平。

千秋歲 七十一字 謝逸

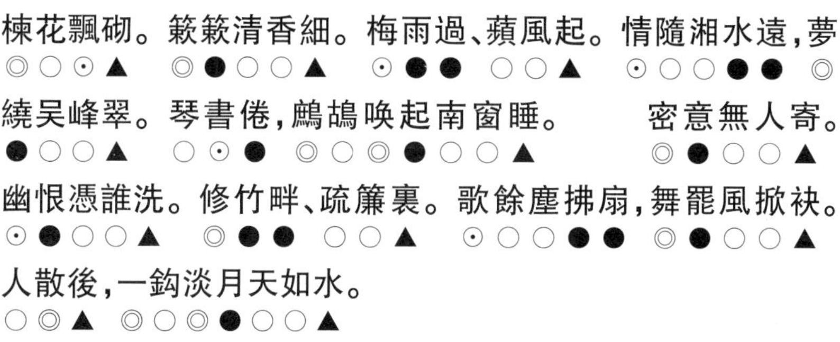
楝花飄砌。簌簌清香細。梅雨過、蘋風起。情隨湘水遠,夢繞吴峰翠。琴書倦,鷓鴣唤起南窗睡。密意無人寄。幽恨憑誰洗。修竹畔、疏簾裏。歌餘塵拂扇,舞罷風掀袂。人散後,一鈎淡月天如水。

衹後起一句换五字,餘同。《圖譜》云:"歌餘"句可作仄仄平平仄,奇。而"情隨"句又得免改,何也?

青田後第三句"良會知何許",乃刻者誤落一字。沈氏謂有少一字格,謬也。青田豈如此疏略哉?

【蔡案】

《圖譜》謂"歌餘"句可作仄仄平平仄,並無可奇處,必是因子野詞故,子野本句作"心似雙絲網",但子野前段並未改變句法。萬子糾《譜》《圖》之誤甚多,然亦偶有武斷處,此爲一例。而青田詞則爲"良宵會、知何許",誠有脱字也,萬子但憑直覺,每有明斷,是其知律理故。

然萬子選詞時有不精當處，如本體則當引秦少游“春去也，飛紅萬點愁如海”詞爲例，不但名作，即按詞人之生年先後，亦當取秦也。

易韻格 七十一字　　葉夢得

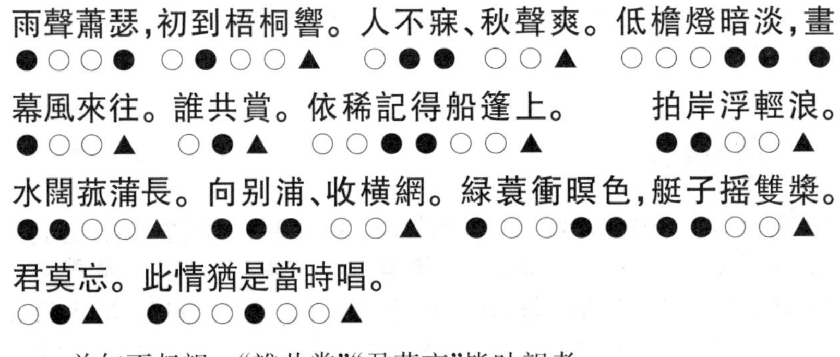
雨聲蕭瑟，初到梧桐響。人不寐、秋聲爽。低檐燈暗淡，晝
●○○●　○●○○▲　○●●　○○▲　○○○●●　●
幕風來往。誰共賞。依稀記得船篷上。　拍岸浮輕浪。
●○○▲　○●▲　○○●●○○▲　●●○○▲
水闊菰蒲長。向別浦、收橫網。綠蓑衝暝色，艇子搖雙槳。
●●○○▲　●●●　○○▲　●○○●●　●●○○▲
君莫忘。此情猶是當時唱。
○●▲　●○○●○○▲

首句不起韻。“誰共賞”“君莫忘”皆叶韻者。

姑溪一首，前後起句俱不用韻，玆不備録。

〔杜注〕

按，《詞譜》“秋聲爽”句，“聲”作“襟”。又，後結作“當時唱”，應遵改。

【蔡案】

“人不寐，秋襟爽”自不如“秋聲爽”，不改。後段結拍“當時唱”原作“當是唱”，據《欽定詞譜》改。

多字格 七十二字　　李之儀

柔腸寸折。解袂留清血。藍橋動是經年別。掩門春絮亂，
○○●▲　●●○○▲　⊙○◎●○○▲　●○○●●
欹枕秋蛩咽。檀篆滅。鴛衾半擁空牀月。　妝鏡分來
○●○○▲　○●▲　○○●●○○▲　○●○○

缺。塵汚菱花瀲。嘶騎遠、鳴機歇。密封書錦字，巧綰香囊
▲ ○●○○▲ ○●● ○○▲ ●○○●● ●●○○
結。芳信絶。東風半落梅梢雪。
▲ ○●▲ ○○●●○○▲

第三句七字，六一亦有此作。

此調雖略有參差，大約尾上三字句可叶可不叶，而兩起句以叶爲妥。

千秋歲引 八十二字　　王安石

別館寒砧，孤城畫角。一派秋聲入寥廓。東歸燕從海上去，
●●○○ ○○●▲ ●●○○●○▲ ○○●○●●●
南來雁向沙頭落。楚臺風、庾樓月，宛如昨。　無奈被些
○○●●○○▲ ●○○ ●○● ●○▲ ○●●○
名利縛。無奈被他情擔閣。可惜風流總閒却。當初謾留華
○●▲ ○●●○○●▲ ●●○○●○▲ ○○●○○
表語，而今誤我秦樓約。夢闌時、酒醒後，思量著。
●● ○○●●○○▲ ●○○ ●○● ○○▲

與前詞迥別，其平仄宜悉遵之。"庾"不可讀平，"醒"不可讀仄。《圖譜》於此調衹一"庾"字作可平，誤。餘俱不議改。使此詞得成全璧，手眼獨高，急表而贊之。

明人徐元玉一首，亦自名爲《千秋歲引》，因繙沈氏書，讀之令人訝絶，今全録於後，以見作詞選調，不可不致審也。

千秋歲引　　徐元玉

風攪柳誤仄絲，雨誤仄揉花誤平纈。蚤過了、清明時節誤作上三下四。新來燕子誤仄語何誤平多誤平，老去鶯花飛未歇全句誤拗。秋誤平千院誤仄，蹴踘誤仄場誤平，人誤平蹤絶。　踏青拾翠都休説全句誤拗。是誤仄誰誤平馬走誤仄章臺雪。是誰簫弄秦樓月全句誤拗。從前已自誤仄無情誤平緒，可奈而今更離別全句誤拗。一回頭，人誤平千里，腸百誤仄結。

〔杜注〕

按，王荆公此詞即《千秋歲》調，添減攤破，自成一體。與《千秋歲》相較，前段第一二句減一字，第三句添一字，後段第一、二句各添二字，第三句添一字，前後段第四、五句各添二字，結句各減一字，攤破作三字兩句。其源實出於《千秋歲》，非與前調迥别也。

又按，凡題有"引"字者，乃引申之義，字數必多於前。

【蔡案】

萬子謂本詞即前一詞體，甚誤。若各句均可謂增減攤破，則《滿江紅》亦可爲《念奴嬌》之别格矣。

"無奈被他情擔閣"句，"擔"字須仄讀，借音法也，《欽定詞譜》正如此讀。

西　施 七十一字　　柳　永

柳街燈市好花多。盡讓美璠娥。萬嬌千媚，的的在層波。
●○○●●○△　●●●○△　●○⊙●　◎●●○△

取次梳妝、自有天然態，愛淺畫雙蛾。　斷腸最是金閨
●●○○　●●○○●　●◎●○△　●○●●○○

客，空憐愛、奈伊何。洞房咫尺、無計枉朝珂。有意憐才、每
●　○⊙●　●○△　●○◎●　○●●○△　●●○○　●

遇行雲處，幸時恁相過。
●○○●　●⊙●○△

後起用仄。第二句六字，與前段異。"取次"句、"有意"句俱九字一氣，第六字下略豆亦可，"盡、愛、幸"三字皆領句，與"的的""無計"二句雖同五字，而句法各殊。

多字格 七十二字　　柳　永

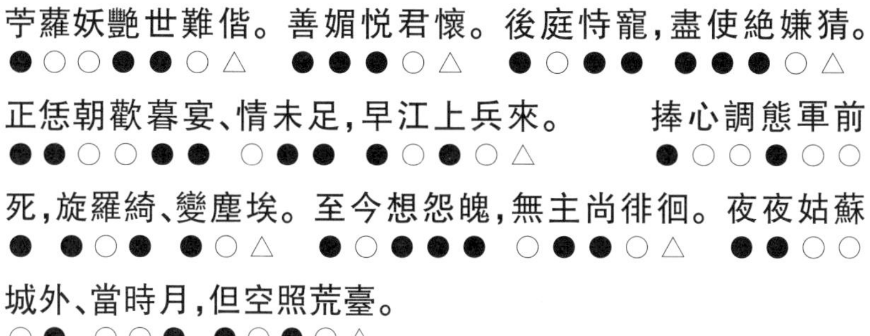

苧蘿妖艷世難偕。善媚悦君懷。後庭恃寵，盡使絶嫌猜。
●○○●●○△　●●●○△　●○●●　●●●○△
正恁朝歡暮宴、情未足，早江上兵來。　捧心調態軍前
●●○○●●　○●●　●○●○△　●○○●○○
死，旋羅綺、變塵埃。至今想怨魄，無主尚徘徊。夜夜姑蘇
●　●○●　●○△　●○●●●　○●●○△　●●○○
城外、當時月，但空照荒臺。
○●　○○●　●○●○△

"難"字下原缺一字，"後庭"下恐有訛錯。

"後庭"句比前調"萬嬌"句，"至今"句比"洞房"句，各多一字。

〔杜注〕

按，首句空一字，《閩詞鈔》作"偕"，《詞譜》作"儕"。又按，《詞譜》"羅綺旋"三字作"旋羅綺"。又，"怨魂無主"句，"魂"作"魄"。均應遵改。

【蔡案】

前段首拍原作"苧蘿妖艷世難□"，缺一字，據彊村叢書本《樂章集》補。第三拍原譜五字，作"後庭恃愛寵"，然本句諸家均爲四字，故萬子以爲"恐有訛錯"，實衍"愛"字也，據《樂章集》删。與之對應之後段"至今想怨魂"五字，其餘諸家亦爲四字，於詞意玩之，"想"字顯衍。"旋羅綺"原作"羅綺旋"，"怨魄"原作"怨魂"，均據《欽定詞譜》改。

又，原譜前段"後庭"下十字、"正恁"下九字，後段"至今"下十字、"夜夜"下九字，四庫本均不讀斷，四部備要本前段讀斷，但"宴"字誤標爲叶韻，後段亦皆不讀斷。又按，"未足"之"未"當平，此爲誤填。

惜奴嬌 七十二字 史達祖

香剥酥痕，自昨夜、春愁醒。高情寄、冰橋雪嶺。試約黃昏，
⊙●○○　●●○●　○○▲　⊙⊙◎　⊙○○●▲　●●○○

便不誤、黃昏信。人靜。倩嬌娥、留連秀影。　　吟鬢簪
●○○　○⊙▲　○○▲　●○○　○○●▲　　　　⊙●○

香，已斷了、多情病。年年待、將春管領。鏤月描雲，不枉
○　●◎●　○○▲　⊙○●　⊙○○▲　●●○○　●◎

了、閒心性。謾聽。誰敢把、紅顏比並。

第二句六字，與後段同。

按，此句自應六字，晁詞恐有脱字也。此調凡七字句，於第六字皆用仄聲，如此詞"雪、秀、管、比"是也。間有用平者，不如從仄爲是，故未注可平。友古於"將春管領"句作三字，"誰敢把"上多一字，皆誤刻，無此體也。至惜香一首，本是"少"字韻，而以"秀、後"爲叶，更於"不枉了、閒心性"作"捧出金盞銀臺"，"金盞"相連，又不叶韻，且作平聲，訛而愈訛矣。

〔杜注〕

按，"便不誤、春昏信"句，"春"應作"黄"，與上句相應。又按，此後有石次仲二詞，七十二三字，萬氏注云"多有脱誤"，且語太俚俗，援卷七、八黄山谷詞例删之。

【蔡案】

本詞原列於晁補之詞後，因係正體，故移前。本調諸家均有文字參差，惟史詞最爲整齊，竊以爲完玉，所有增減，皆以本詞爲準而行文，填者亦宜以此爲範。

前段第二拍，宋人多作六字折腰句法，故本句應以此詞爲正。又，"黄昏信"原作"春昏信"，已據杜注改。

少字格 七十一字　　　　晁補之

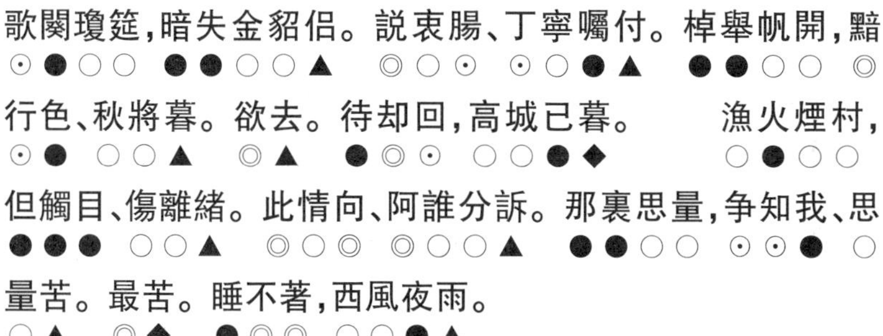

歌闌瓊筵，暗失金貂侶。説衷腸、丁寧囑付。棹舉帆開，黯行色、秋將暮。欲去。待却回，高城已暮。　漁火煙村，但觸目、傷離緒。此情向、阿誰分訴。那裏思量，争知我、思量苦。最苦。睡不著，西風夜雨。

前後同，衹後第二句六字。“欲去”“最苦”乃叶韻兩字句。友古詞：“衹是。唱曲兒，詞中認意”“衹替。火桶兒，與奴暖睡”，讀者不覺其在兩字用韻，因於題下訛注“一作《粉蝶兒》”，不知《粉蝶兒》自另一調，判然不同也。

〔杜注〕

按，《歷代詩餘》“睡不著”作“眠不穩”。

【蔡案】

本調所謂二字句，實爲句中短韻，如本詞之“欲去”“最苦”，均由“欲去待却回”“最苦睡不著”兩句中脱化而來，然則，既爲五字一句，後三字原本屬上，而非屬下。原譜萬子“待却回”“睡不著”後均作逗，顯誤。友古“衹是唱曲兒”“衹替火桶兒”亦同。至若如後一體者，實爲句法讀破耳。

又，本調有多處六字、七字折腰式句子，宋人填爲六字律句格式者，然終非正體，不必從。

少字格 七十三字 石孝友

我已多情,更撞著、多情底你。把一心、十分向你。盡他們,劣心腸、偏有你。共你。撇了人、衹爲個你。　　宿世冤家,百忙裏、方知你。没前程、阿誰似你。壞却才名,到如今、都因你。是你。我也没、星兒恨你。

第二句多一字。“盡他們”比前後詞少一字,必係脱去。

次句或是誤多“底”字。

【蔡案】

次句“底”字,應是襯字,如前文萬子謂友古多一字處,亦同,不當皆謂爲誤多。

“盡他們”一句各家均爲四字,作●●○○,萬子以爲脱一字,極是,然則無示範之價值,不擬譜。至若前段第二拍,少一字雖可疑爲奪去,然視爲减一字,而成第一體晁補之詞體,亦可,添一字則成本詞之折腰式七字句,他如王之道亦填爲“怎奈向、前緣注定”,當是同法,應可。惟此類增减,均非正體,無須摩擬。

易韻格 七十三字 石孝友

合下相逢,筭鬼話、須沾惹。閒深裏、仿場話覇。負我看承,
●●○○ ●●● ○○▲ ○○● ●○●▲ ●●○○
枉馳我、許多時價。冤家。你教我、如何割捨。　　苦苦孜
●○● ●○○▲ ○△ ●○○ ○○●▲ ●●○
孜,獨自個、空嗟呀。便心腸、捉他不下。你試思量,亮從
○ ●●● ○○▲ ●○○ ●○●▲ ●●○○ ●○

前、説風話。冤家。休直待、教人咒罵。
○ ●○▲ ○△ ○●● ○○●▲

"枉馳"句多一字,"冤家"二字乃以平叶仄,此又一平仄通叶之體也。

離亭燕 七十二字 黄庭堅

十載樽前談笑。天禄故人年少。可是陸沉英俊地,看即鎖
◎●⊙○○▲ ○●●○○▲ ◎●◎○○●● ●●◎
窗批詔。此處忽相逢,潦倒禿翁同調。 西顧郎官湖渺。
○○▲ ●●●○○ ⊙●◎○○▲ ⊙●⊙○○▲
東看庾樓人小。短艇絶江空悵望,寄得詩來高妙。夢去倚
○●○○○▲ ◎●◎○○●● ●●⊙○○▲ ●●●
君旁,蝴蝶歸來清曉。
○○ ⊙●⊙○○▲

"事看","事"字誤,恐是"争"字。前後同。

【蔡案】

本調後段第二拍,原作"事看庾樓人小",萬子疑是"争"字,若是,則"西顧"便脱空。《花草粹編》作"試看",亦未慮及駢偶,宋岳珂之《寶真齋法書贊》引本詞,該句爲"東看庾樓人小",與"西顧"正合,且出宋人之手。再檢本調宋人諸詞,第二拍第一字亦以平聲爲正,必是原文,據改。

重格 七十二字 晁補之

憶向吴興假守。雙溪四垂高柳。儀鳳橋邊蘭舟過,映水雕
●●○○●▲ ○○●○○▲ ○●○○○■● ●●○
甍華牖。燭下小紅妝,争看使君歸後。 攜手松亭難又。
○○▲ ●●●○○ ○●●○○▲ ○●○○○▲

題詩水軒依舊。多少綠荷相倚恨，背立西風回首。悵望採
○○●○○▲　○●●○○●●　●●○○○▲　●●●
蓮人，煙水萬重吳岫。
○○　○●●○○▲

“雙溪”“争看”“題詩”“煙波”八字，皆作平平，與前異。“舟”字恐是“棹”字，此句不宜拗，觀後段可見。前黄詞及張昇“一帶江山如畫”一首，亦無拗句。

〔杜注〕

按，《歷代詩餘》後結“煙波”作“煙水”，則前結“争看”之“看”字亦不必作平。又按，《詞譜》此調“燕”作“宴”，此二詞未收，另收張昇詞，與此同，前後結第二字均仄聲，足證“煙水”之“水”應遵改。

【蔡案】

前段第三拍第六字，張先、張昇、黄山谷均作仄聲，萬子以爲或爲“棹”字，可信，惟無書證，但譜擬爲仄。又，本詞前後段第二拍，晁氏均作拗句處理，其別首亦作“章臺墜鞭年少……香爐紫霄簪小”，同爲兩平頓相連填法，故當非錯訛，而是作者之刻意，余以爲此類變化，當是二字逗之標識，亦即唱詠時此處須作一讀斷也。又按，原譜結拍之“煙波”已改爲“煙水”。

憶帝京　七十二字　　黄庭堅

鳴鳩乳燕春閒暇。化作綠陰槐夏。壽斝舞紅裳，睡鴨飄香
⊙○●●○○▲　●●◎○○▲　●●●○○　●●○○
麝。醉此洛陽人，佐郡深儒雅。　况座上、玉麟金馬。更
▲　●●●○○　●●○○▲　◎●●　◎○○▲　●
莫問、鶯老花謝。萬里相依，千金爲壽，未厭玉燭傳清夜。
◎●　⊙○○▲　●●○○　○○⊙●　●○◎●○○▲

不醉欲言歸，笑殺高陽社。

“老”字各家俱用平聲，“未厭”句平仄如此，是定格。欄谷老又一首“指下花落狂風雨”、耆卿作“衹恁寂寞厭厭地”，皆同。《圖譜》讀“厭”字作平，且云可作平仄平平平仄仄，何據？

【蔡案】

“未厭”句，第二字逗領五字一句依律須平，《圖譜》讀平，是“厭”字本可平讀，並無不妥，而“可作平仄平平平仄仄”云云，應是主要據朱敦儒“第二君言亦大好”而擬，亦無誤。

多字格 七十六字　　　黄庭堅

銀燭生花如紅豆。占好事、如今有。人醉曲屏深，借寶瑟、
○●○○○○▲　○●●　○○▲　○●●○○　●●●

輕招手。一陣白蘋風，故滅燭、教相就。　花帶雨、冰肌
○○▲　●●●○○　●●●　○○▲　○●●　○○

香透。恨啼鳥、轆轤聲曉。柳岸微凉吹殘酒。斷腸人、依舊
○▲　●○●　●○○▲　●●○○○○▲　●○○　○●

鏡中消瘦。恐那人知後。鎮把你、來僝僽。
●○○▲　●●○○▲　●●●　○○▲

起句平仄拗，次句分兩三字，前結六字，俱與前詞異。“恨啼鳥”下更不同，《詞統》以“曉”字斷句，然以前詞推之，此句宜叶韻。《詞匯》以“曉”作“驟然啼鳥轆轤聲”，恐未可言“驟”。或云“曉”字屬下句。又或云“舊”字亦是叶，總係可疑，未敢臆斷。

〔杜注〕

按，《詞譜》以“聲曉”之“曉”字爲句，注云：“曉”字與“透”字叶，亦遵古韻。

【蔡案】

原譜"恨啼"下十四字、"斷腸"下九字皆不讀斷。

余以爲本詞與各詞之不同，在多處五字句添字，如前段次拍、尾拍，後段尾拍等。其次，"柳岸"七字，山谷別首均爲四字兩句，如"萬里相依，千金爲壽""淚粉行行，紅顔片片"，柳永亦爲四字兩句，則山谷此處當是"柳岸微凉"一句，"吹殘酒"補一字又一句，方是，不至"微凉吹殘"四字連平。又次，後段第五拍，各詞皆作二字逗領五字一句，故疑"斷腸人"三字乃衍文，"依舊"二字依然爲逗，並入韻，整句當是"依舊、□鏡中消瘦"。

粉蝶兒 七十二字　　蔣　捷

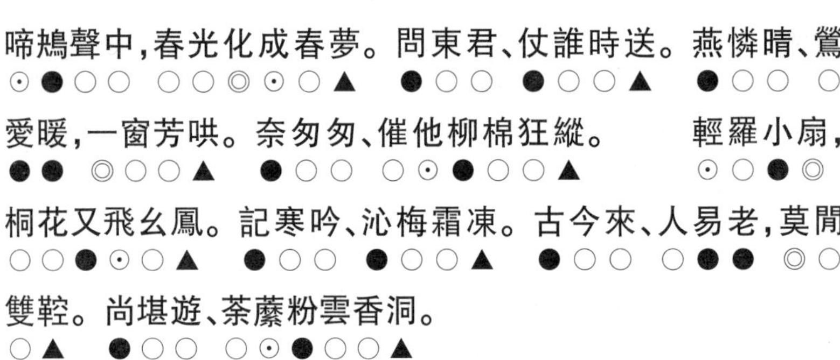

啼鴂聲中，春光化成春夢。問東君、仗誰時送。燕憐晴、鶯愛暖，一窗芳哄。奈匆匆、催他柳棉狂縱。　輕羅小扇，桐花又飛幺鳳。記寒吟、沁梅霜凍。古今來、人易老，莫閒雙鞚。尚堪遊、荼蘼粉雲香洞。

前後同，衹後起句平仄異。"燕憐晴"二句與後"古今人"二句同。本集"人"字下落一字，非有此七十一字體也。《譜》《圖》於澤民詞以"燕憐晴"二句、"古今人"二句俱作六字句，且注"晴"字可仄，人若依之，於"晴鶯"二字用相連仄平二字，大誤矣。《嘯餘》又另收稼軒作，前後首、次句俱作十字一句，"燕憐"至"芳哄"前後各十字，亦注作十字一句，因與毛詞分爲兩體，奇矣。《圖譜》遵《嘯餘》者也，乃止於題名注"粉蝶兒第一體"，却並無第二體，更奇也。

旁注雖如此，然玩此調音響，“春光”“催他”“桐花”“荼蘼”四句俱宜平平仄平平仄，“仗、一、沁、莫”四字亦宜仄。

〔杜注〕

萬氏於“古今人易老”句“人”字下空一字。按《四庫全書·竹山詞提要》作“古今來人易老”，乃落“來”字於“人”字之上，應遵改。

【蔡案】

後段原譜作“古今人，□易老”，已據杜注改。然萬子既云此與前段同，而“燕憐晴”後用逗，“古今人”後用句，便已然不同，再改，均擬爲折腰式六字句。

又，前段第二拍後“春”字，原譜萬子注爲平可仄，甚誤。按，本調詞韻，均爲○▲，乃固定不易之格，全宋七首，莫不如此，而本句第五字，惟辛棄疾一首不用平聲，作“十三女兒學綉”，却是以入作平無疑，故可仄云云，顯從此來，而未明判矣。據改。

粉蝶兒慢 九十八字　　周邦彦

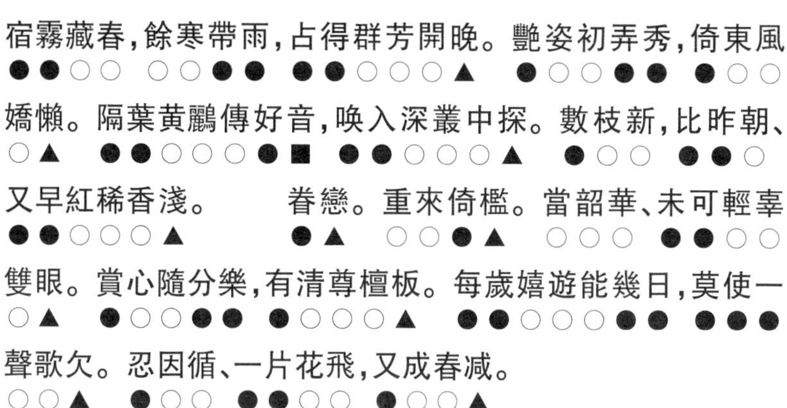
宿霧藏春，餘寒帶雨，占得群芳開晚。艷姿初弄秀，倚東風嬌懶。隔葉黄鸝傳好音，唤入深叢中探。數枝新，比昨朝、又早紅稀香淺。　眷戀。重來倚檻。當韶華、未可輕辜雙眼。賞心隨分樂，有清尊檀板。每歲嬉遊能幾日，莫使一聲歌欠。忍因循、一片花飛，又成春减。

“艷初弄秀”不成語，且後段“賞心隨分樂”是五字，可知“艷”字下落一字，蓋“占得”至“昨朝”，與後“未可”至“花飛”俱同也。或謂，此二句應在“弄”字、“分”字下斷，則“艷初弄”更不成語，總應添一字於“艷”字下也。故補一“□”。又或謂，“艷”字是起韻，尤非。“音”字平聲不協，定是“語”字之誤。此句對後“每歲”句也。雖此句是用杜工部詩，然“音”字於此不合。或曰：“隔葉黄鸝”原是一句，“傳好音”原屬下句，“每歲”句亦然，是三字略豆，平仄總可通用也。“當韶華”“當”字下亦疑有“此”字。

〔杜注〕

按，戈氏校本“艷初弄秀”句所空之字作“姿”。又，後結“片花飛”句作“一片花飛”，《詞譜》同，應遵改。

【蔡案】

前段第三拍，“占得”原作“古得”，刻誤；“艷姿”原作“艷□”，據杜注改補；“晚”字當韻而未記，保滋堂藏版亦無，但查光緒二年刻本、恩杜合刻版均有注韻，當是刻誤。“傳好音”，疑是“傳好意”，落去一“心”字，此字依律須仄，故以應仄而平擬之。後結原作“忍因循，片花飛、又成春減”，句讀失當，改。“片花飛”前脱去“一”字，據杜注補。原譜“九十六字”改爲“九十八字”。又按，萬子疑後段首均爲“當此韶華”，但與前段“餘寒帶雨”句法反，起調處本不必相合也。

詞律卷十一

于飛樂 七十六字　　張　先

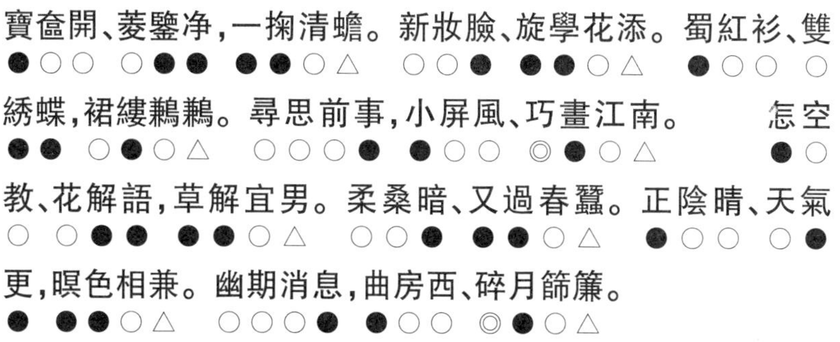

"怎空教"七字是换頭，餘同。《圖譜》不解，注"正陰晴天氣"爲五字句，"更瞑色相兼"爲五字叶。不知"更"字乃以住句字作轉語過下，所謂言斷氣連流走體也。不可拘執而分破調格，毋論他家詞無兩五字體，即本詞前段"蜀紅衫"端然是一句三字，豈可上句作"蜀紅衫雙綉"，下句作"蝶裙縷鵜鶘"耶？其則不遠，胡不睨而視之？

〔杜注〕

按，《詞律拾遺》云："後半起句'怎空教'下有'花解語'三字。"與下四字相偶，語氣亦足，宜從。

【蔡案】

本詞原列於晏幾道詞之後，因係正體，故移前。本詞或作歐陽修詞，唐圭璋《全宋詞》取此。

後起原譜無“花解語”三字，本調另有毛滂三首，後段起均分爲“望西園，飛蓋夜，月到清樽”“繫畫船，楊柳岸，曉月亭亭”“黛尖低、桃萼破，微笑輕顰”，則與前段皆合，故《詞律拾遺》云後半起句“怎空教”後有“花解語”三字者，可信，據補，原譜“七十三字”改爲“七十六字”。然則本調應以本詞詞體爲正體。

萬子所駁《詩餘圖譜》句讀，所關涉詞譜句讀，當以韻律爲主，而非語意爲主也。萬子謂“更”字作轉語過下云云，本質與賴以邠相類，亦無非以語意相解耳，故所謂“言斷氣連流走體”，亦與韻律無涉，蓋屬臆説，隔靴搔癢。而萬子更援以前段句法，尤不足訓，因爲前後段句法不合者多矣。而杜氏校勘記謂“‘更’字作句似屬牽强”者，仍以語意爲視點。

前結“巧畫江南”，原作“仍畫江南”，今據《彊村叢書》《張子野詞》改。

少字格 七十二字　　晏幾道

曉日當簾，睡痕猶占香腮。輕盈笑倚鸞臺。暈殘紅、匀宿
●●○○ ●○○●○△ ○○●●○△ ●○○ ○●
翠，滿鏡花開。嬌蟬鬢畔，插一枝、淡蕊疏梅。　每到春
● ◎●○△ ⊙○◎● ◎◎⊙ ◎●○△ ●●○
深，多愁饒恨，妝成嬾下香階。意中人、從別後，縈繫情懷。
○ ○○○● ○○●●○△ ●○○ ○●● ⊙●○△
良辰好景，相思字、喚不歸來。
⊙○◎● ⊙⊙◎ ◎●○△

“妝成”下與前“輕盈”下同。梅溪詞於“良辰”句刻作“將終怨魂”，誤，“魂”字不可平，必是“魄”字。

【蔡案】

本調當以補正後之張先詞爲正。即便是按照年齒,子野亦是小山父輩人物,合當在前。前起十字,由三三四句法攤破爲四字一句、六字一句,故後起實爲“每到春深,多愁饒恨□□。”少二字、一韻。此或非脱落,而是作者刻意减字,以减少首均規模故也。史達祖亦有如此填法,賀鑄、李流謙後起更作上三下四句法,再减一字。而李流謙詞,前後段起調均减去該二字一韻,可見其脈絡。而兩種筆法,雖文字懸殊可多達五字,但實爲同調,因其同爲近詞規格,且第二第三均完全相同。

“暈殘紅”“意中人”原譜均爲句,與基本韻律不合。

重　格 七十六字　　毛　滂

水邊山、雲畔水,新出煙林。送秋來、雙檜寒陰。檜堂寒、香霧碧,簾箔清深。放衙隱几,誰知共、雲水無心。　望西園、飛蓋夜,月到清樽。爲詩翁、露冷風清。退紅裙、去碧袖,花草争春。勸翁彊飲,莫辜負、風月留人。

前後同。後段起句用兩三、一四,與前詞七字異。“去”字仄聲,宜用平乃是。毛又一首於“望西園”句作“繫畫船”,“畫”字用仄,或不拘,然亦用平爲是。

〔杜注〕

按,《詞譜》字句韻豆均與此同,惟“去碧袖”句“去”作“祛”,此字宜平,應遵改。

又按,此詞前半用侵韻,後半用真文韻,名家詞於侵韻,向皆獨用,且前半有“送秋來”句,後半又有“花草争春”句,語氣亦不符,疑是一調兩詞,各留其半。

【蔡案】

前詞補足"花解語"後即與本詞同體,故本詞重格,且疑其爲拼合詞,不作擬譜。

後段"去碧袖",彊村叢書本《東堂詞》作"雲碧袖",首字平聲,毛詞别二首、晏詞、史詞俱爲平聲,惟"雲碧袖"語意生澀。彊村注云:原本爲"雲"。又按,杜氏校勘記謂後起應爲五字兩句,此偶合耳,毛詞三首,其餘二首均爲兩三、一四起,可證,晏詞、史詞亦俱爲兩三、一四,應是韻律如此。

撼庭竹 七十二字　　黄庭堅

嗚咽南樓吹落梅。聞鴉樹驚飛。夢中相見不多時。隔城今
⊙●○○○●△ ○⊙●○△ ◎○⊙●●○△ ◎○○

夜也應知。坐久水空碧,山月影沉西。 買個宅兒住著
●●○△ ◎●●○○ ○●●○△ ◎●○○●●

伊。剛不肯相隨。如今却被天嗔你,永落雞羣受雞欺。空
△ ○◎●○△ ⊙○◎●○○● ◎○○■●○△ ⊙

恁惡憐伊,風日損花枝。
●●○○ ○●●○△

前後同。後尾二句俱用平叶。前段"碧"字亦是作平。"如今却被"句即前段"夢中相見"句,必該用韻,觀後王詞"畫欄"句是叶可知。"你"字乃以上叶平,作者或仍用平聲,必不可不叶韻也。"永落雞羣"拗,即同上"隔城今夜"句法亦不妨,觀後詞"佳辰"句可見。《圖譜》於"受雞欺"之"雞"字竟注可仄,但要此句不拗,而不管此調之拗矣。即欲改順,亦止可於"永落雞羣"改仄平平仄,蓋前段"隔城今夜"可據也。若"雞欺"之"雞",豈可用仄乎?後結五字二句,正與前同,觀後

王詞亦然。《圖譜》乃分"空恁惡"爲三字句，下爲七字句，尤爲無理。

〔杜注〕

按，《詞譜》云：既押平聲韻，其句中平仄即與仄韻詞不同，《詞律》强爲參校，終屬無據，所注可平可仄不必從。

【蔡案】

本詞前段第二句爲平聲一字逗領四字句法，黄詞、王詞前後段皆同，故此處非"聞鴉"爲頓，而是"鴉樹"爲頓，惟"鴉樹驚飛"云云於文理似有不通，疑有錯譌。

萬子原注"空碧"之"碧""宅兒"之"宅"均爲以入作平。且因後段"伊"字叶，故以爲"碧"字亦叶平韻。惟入聲雖可作平，然入聲作平且叶平韻者，似未有所聞也。蓋本句原爲輔韻，可叶可不叶，前段不叶後段叶，詞中常態耳，校之後一體，雖韻有平仄之異，然該拍王詞前後皆不叶，可知"伊"字偶合撞韻而已，後段起拍已然用"伊"字入韻，可證，若此處再韻，則爲重韻也。同理，後段第三句原譜作"天嗔你"，萬子以爲亦是以上叶平，而第三句本亦輔韻，大可不必。萬子並以爲該句亦可用平聲叶韻，則句法便成三平而收，豈有此理哉？檢《山谷琴趣外篇》，本句作"天嗔作"，"你"字當是形近而誤也，則非韻明矣。此二處，《譜》《圖》皆不作韻標識。

"永落"句，惟"群"字當仄而平，是爲誤填也，"落"，以入作平。

仄韻體 七十二字　　王　詵

綽略青梅弄春色。真豔態堪惜。經年費盡東君力。有情先
◎●○○●○▲　○◎●○▲　⊙○◎●○○▲　◎○⊙

到探春客。無語泣寒香，時暗度瑶席。　月下風前空悵
●●○▲　⊙●●○○　○●○○▲　◎●○○○●

望,思攜手同摘。畫欄倚遍無消息。佳辰樂事再難得。還
● ○⊙●○▲ ◎○◎●○○▲ ⊙○◎●●○▲ ⊙

是夕陽天,空暮雲凝碧。
●●○○ ○●○○▲

此用仄韻,而句中平仄較前詞整妥可從。前後段同。所稍異者,後起句不叶耳。"雲"字若依前段及前詞,宜用仄聲,想不拘也。蓋前詞兩結如五言詩一句,此詞兩結則以"時、空"二字領句,句法本不同耳。

此係《撼庭竹》,與《撼庭秋》無涉。

【蔡案】

萬子以爲"雲"字可平可仄,或可商榷。且前首與本詞句法既不同,又如何相依?以句法論,此字必平,前段"度"字,或爲誤填,或爲借音入聲,依舊須平。

風入松 七十四字 周紫芝

禁煙過後落花天。無奈輕寒。東風不管春歸去,共殘紅、飛
◎○⊙●●○△ ⊙●○△ ⊙○◎●○○● ◎○⊙ ⊙

上秋千。看盡天涯芳草,春愁堆在闌干。 楚江橫斷夕
●○△ ◎●⊙○⊙● ⊙○⊙●○△ ◎○⊙●●

陽邊。無限青煙。舊時雲去今何處,山無數、柳漲平川。與
○△ ⊙●○△ ◎○⊙●○○● ⊙○◎ ◎●○△ ◎

問風前回雁,甚時吹過江南。
●⊙○⊙● ◎○⊙●○△

前後第四句七字。

按,此調前後相同,不應互異。各譜所收伯可一首,第四句前云"與誰同撚花枝"六字,後云"嘆樓前流水難西"七字,必無此體,斷是前段少一字也。故本譜不收七十三字一格。沈氏謂:“撚”字下添“好”字。亦非。若作“與誰同撚好花枝”,竟像七言詩句,非上三下四句法矣。

【蔡案】

本詞原列於趙彦端詞之後,因係正體,故移前。本調應以本詞爲初始模式,趙詞爲少字格,後吴詞則爲多字格,雖吴詞之體式填者更多。此皆因萬子之體例,以字數多少臚列,自不免有顛倒之憾。

本調第四拍之字數多寡,萬子所疑惑者,實詞之句型變化問題,本句正體爲三四式折腰句法。按詞中句法,本句法有時可减一領字,作六字句,此乃填詞之基本法則也。趙詞即如此。究其本質,兩者實爲一體。然則某調前段减字或後段减字,均在詞律允許之中,前六後七或前七後六,亦並無所乖也,如韓温甫詞,前段作“水沈煙暖餘香”,後段作“到而今、好處難忘”,與康伯可詞正同,即可爲證。萬子於後一體吴詞中又以“傳誤”論,則何傳誤如此之多,且傳誤者皆在此句式耶? 一笑。

原譜本詞僅前後第四拍有可平可仄標示,因屬正體,故將前一格之可平可仄録此。

少字格 七十二字　　趙彦端

傳聞天上有星榆。歷歷誰居。淡煙暮擁紅雲暖,春寒乍有
⊙○⊙●●○△　◎●○△　◎○◎●○○●　⊙○◎●
還無。作態似深仍淺,多情要密還疏。　移樽環坐足相
○△　◎●◎○⊙●　⊙○◎●○△　⊙○⊙●●○
娛。醉影憑扶。江南歸到雖憐晚,猶勝不見踟躇。儘拚緑
△　◎●○△　⊙○⊙●○○●　⊙○◎●○△　◎●◎

陰青子，憑肩攜手如初。
○⊙● ⊙○⊙●○△

前後同。“拚”字去聲讀。

【蔡案】

本詞前後段第四拍六字，較正體減一字，宋人極少如此填，僅本詞與康與之二首，故填本調，總以周、吳二體爲正，本詞不足爲範。

多字格 七十六字 吴文英

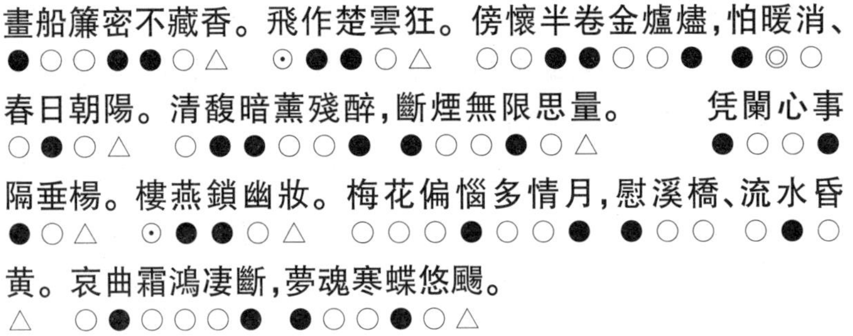

畫船簾密不藏香。飛作楚雲狂。傍懷半卷金爐燼，怕暖消、
●○○●●○△ ⊙●●○△ ○○●●○○● ●◎○
春日朝陽。清馥暗薰殘醉，斷煙無限思量。 凭闌心事
○●○△ ○●●○○● ●○○●○△ ●○○●
隔垂楊。樓燕鎖幽妝。梅花偏惱多情月，慰溪橋、流水昏
●○△ ⊙●●○△ ○○○●○○● ●○○ ○●○
黃。哀曲霜鴻凄斷，夢魂寒蝶悠颺。
△ ○●○○○● ●○○●○△

前後第二句五字。

按，孏窟一首，五字句前作“曾格外疏狂”，後作“空煙水微茫”，其句法以“曾”字、“空”字領句，與此吳詞不同，是另一格也。因句字同，不另列。又按，夢窗“春風吴柳”一首、“一番疏雨”一首，第四句皆作前六後七，亦是傳誤，與康詞同，本譜亦不收七十五字一格。

〔杜注〕

按，戈氏校本“清馥晴薰殘醉”句，“晴”作“暗”，可從。

【蔡案】

萬子原注“第四句皆作前六後七”，意謂前段第四句六字、後段第四句七字，不知其所本。據彊村本《吴文英詞》，此二首前後段第四拍，分别爲“被玉龍、吹散幽香……夜寒深、都是思量”“早凉生、傍井梧桐……稱十香、深蘸瓊鍾”，均爲七字句，吴文英本調共計六首，體式如一，並無六字句者，應是萬子所據本有誤。

“暗薰”佳於“晴薰”，據杜注改。

荔枝香近 七十三字 周邦彦

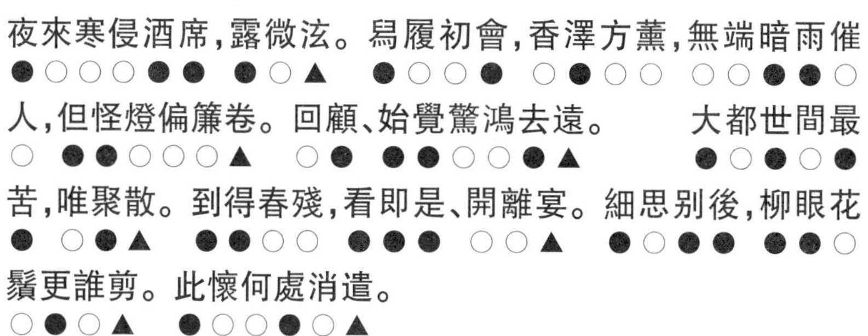

夜來寒侵酒席，露微泫。舄履初會，香澤方薰，無端暗雨催人，但怪燈偏簾卷。回顧、始覺驚鴻去遠。　大都世間最苦，唯聚散。到得春殘，看即是、開離宴。細思别後，柳眼花鬚更誰剪。此懷何處消遣。

“卷”字應是叶韻，但千里和詞通本皆字字模仿，此調亦平仄不異，而於“無端”以下作：“鶯啼燕語交加，是處池館春遍。風外、認得笙歌近遠。”“館”字不用平聲，而“遍”字不和“卷”字，未審何故？或疑“卷”字原非叶韻，則自“舄履”起二十八字，直至“遠”字方叶韻，必無是理也。首句似拗，然千里所和“小園花梢雨歇，浪羞泫”，無異，而夢窗亦作“睡輕時聞晚鵲，噪庭樹”，則正相同也。但夢窗於此句之下，則與後方詞“翠壁”以下同耳。

〔杜注〕

萬氏疑方千里和詞，於原作“但怪燈偏簾卷”句作“是處池館春遍”，“館”字不用平聲，而“遍”字不和“卷”字，按，《歷代詩餘》方詞此句作“是處簾櫳高卷”，乃傳抄之誤，平聲、叶韻均無誤也。

【蔡案】

前後段起拍俱用平起律拗句法，萬子謂“似拗”，顯見不知律拗之律。詞之起調畢曲最爲要緊,而以律拗開拍,則其詞樂必有其特殊處,惜不能識。又,"舄履"之"履",及萬注中之"館"字,均爲以上作平。"舄履"句宋詞均爲仄音步相連式句法,惟第二字或上或入,均當平讀爲是。

前結原譜作"回顧始覺、驚鴻去遠",韻律不諧,據《欽定詞譜》改讀。又,本調凡前段第三第四句爲四字兩句者,則前段結拍均爲八字,陳允平、方千里和詞亦均爲八字,可見其實所見之周詞,亦應爲八字,一本《片玉集》本句作"去雲遠",語意不通,"雲"字顯誤。而楊澤民詞爲"三勸。記得當時送□遠",疑脱字符亦爲後人所增。

惟本詞均拍特異,與一般形式不同,本調其他體式均於第四拍叶韻,獨本格不叶,疑周詞有脱誤,而後人依樣畫瓢耳。填者宜以後一詞爲範。

荔枝香 七十六字　　　　方千里

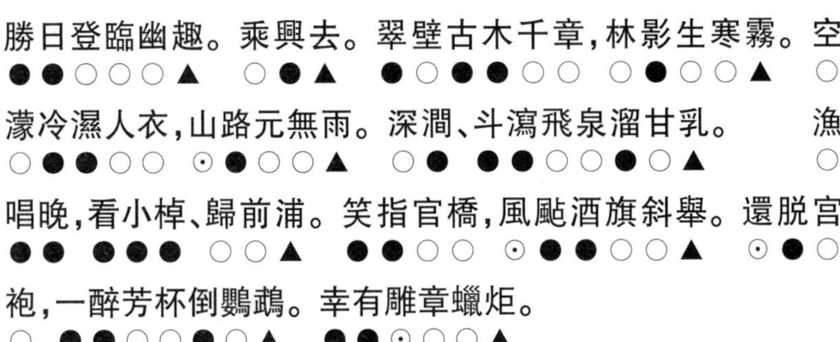

此和清真詞,字字相同,衹"深澗"句周本作"看兩兩相依燕新乳",此詞却多一字。耆卿此句作"遥認衆裏盈盈好身段",夢窗作"天上未比人間更情苦",則原應九字而周本於"看"字上落一字,或係"閒"字、"愁"字也。《圖譜》顛倒,作"新燕乳",更謬。首次二句,周云

"照水殘紅零亂,風唤去",《圖譜》改"唤"字作"掀"字,因於"紅"字斷句。觀千里用"興"字,則此字是仄,而"唤"字甚妙,蓋殘紅隨風,如聞其呼唤而去也,作"掀"字便没意味。柳詞"甚處尋芳賞翠,歸去晚",亦是六字斷,而"去"字用去聲也。至夢窗,一首作"錦帶吴鈎征思,渡淮水","淮"字平而"渡"字仄,則用前周詞體而又略變耳。夢窗又一首前結云"因詰,駐車新堤步秋綺","詰"字必訛,"車"字必是"馬"字,耆卿後起云"擬回首",平仄稍異,或不拘。

按,《片玉集》刻周末句作"如今誰念悽楚",與耆卿尾平仄同,《清真集》作"共剪西窗密炬",與夢窗尾平仄同,想亦不拘。然觀方和詞,則周詞是"炬"字煞者。余謂學前周體,則作前煞,學此體,則作此煞可也。

〔杜注〕

萬氏注夢窗又一首前結云:"'因詰,駐車新堤步秋綺','詰'字必訛。"按,此詞"因詰"之"詰"字作"語",即"錦帶吴鈎"詞之前結,非又一首也。

【蔡案】

"翠壁"之"壁",萬子注可平,然亦可視爲以入作平,兩種句法皆可,吴文英詞一作"夜吟敲落霜紅",一作"又説今夕天津",可爲旁證。詞末"蠟炬"之"蠟",萬子原注以入作平。

彊村四校本《吴文英詞》,别首前結作"因話,駐馬新堤步秋綺",則萬子、杜氏所引或俱誤,蓋末句第二字諸家皆用仄聲。吴文英别首亦作"未比人間更情苦",豈有吴文英一家一詞用平者?

萬子"余謂學前周體,則作前煞,學此體,則作此煞可也"語,未解。

師師令　七十三字　　張　先

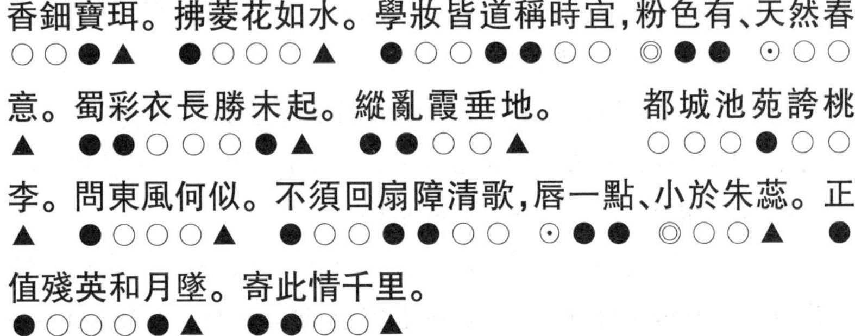
香鈿寶珥。拂菱花如水。學妝皆道稱時宜，粉色有、天然春
○○●▲　●○○○▲　●○○●●○○　◎●●　⊙○○
意。蜀彩衣長勝未起。縱亂霞垂地。　都城池苑誇桃
▲　●●○○○●▲　●●○○▲　○○○●○○
李。問東風何似。不須回扇障清歌，唇一點、小於朱蕊。正
▲　●○○○▲　●○○●●○○　⊙●●　◎○○▲　●
值殘英和月墜。寄此情千里。
●○○○●▲　●●○○▲

後起换頭，餘同。《圖譜》亂注平仄，不可從。五字四句，俱以一字領句者，勿誤。"菱、東"用平，"亂、此"用仄。

〔杜注〕

按《蓮子居詞話》云："《本事詞》：張子野爲汴妓李師師特製新調，直題曰《師師令》。考《吴興志》，子野卒於熙寧十年，年八十九，距政和、重和、宣和又三十餘年，是不及見師師，何由而爲是言乎？乃好事者率意附會，並忘子野年幾何矣。何其疏與？"

【蔡案】

後段第五拍"和"字，據義當爲仄讀，《欽定詞譜》擬作平聲，是借音法，從之。

郭郎兒近拍　七十三字　　柳　永

帝里。閒居，小曲深坊，庭院沉沉朱户閉。新霽。畏景天
●▲　○○　●●○○　○●○○○●▲　○▲　●○○
氣。薰風簾幙無人，永晝厭厭如度歲。　愁瘁。枕簟微
▲　○○○●○○　●●○○○●▲　○▲　●●○

凉，睡久輾轉慵起。硯席塵生，新詩小闋，等閒都盡廢。這
○ ●○●●○▲ ●●○○ ○○●● ●○○●▲ ●
些兒、寂寞情懷，何事新來常恁地。
○○ ●●○○ ○●○○○●▲

此詞非有落字，必有訛字，難以論定，姑注如右。所無疑者，"愁瘁"二字，必是後段起句，蓋"何事"句與"永晝"句合耳。"畏景"决係誤字。或謂"帝里"即是起韻，總無他闋可考，恨！恨！

〔杜注〕

按，宋本"帝里"之"里"字是起韻。又，"轉轉慵起"句，上"轉"字應作"輾"。又，"愁悴"二字是後段起句。又按，《詞譜》注云："照《詞暎》點定"，與宋本合。

【蔡案】

原譜"帝里"未作叶韻，"愁瘁"爲前段尾拍，"輾轉"原作"轉轉"，均據杜注改。

萬子以爲"畏景"决係誤字，不知所思爲何。畏景者，此處爲夏日也。白居易《旱熱》詩云："持此聊過日，焉知畏景長。"故正與後文"熏風"合，是"枕簟微凉"時節。而"景"字上聲，此處作平，於律亦無不妥者。然本詞爲近詞，後段三均儼然，而前段第二均，正如萬子所云，必有殘缺，若作"新霽□□，□□畏景，□□□天气"則合格律矣。又按，後段"睡久"之"久"，亦爲以上作平。

隔浦蓮近拍 七十三字　或無"近拍"二字，或止有"近"字　周邦彦

新篁摇動翠葆。曲徑通深窈。夏果收新脆，金丸落驚飛鳥。
○○○●●▲ ●●○○▲ ●●○○● ○○●○○▲
濃靄、迷岸草。蛙聲鬧。驟雨鳴池沼。　水亭小。浮萍
○● ○●▲ ○○▲ ●●○○▲ ●○▲ ○○

破處，檐花簾影顛倒。綸巾羽扇，困卧北窗清曉。屏裏吴山
●● ○○○●○▲ ○○◎● ●●●○○▲ ○●○○
夢自到。驚覺。依前身在江表。
●●▲ ○▲ ○○○●○▲

此調作者頗多，而注者每誤，今爲細細正之。首句六字，三平三仄，定格也。《譜》《圖》衹剩一“葆”字韻脚，不注上五字，俱曰“可平可仄”，則此句可填作“性旺耀同催葆”之聲矣。豈是《隔浦蓮》首句乎？查千里和詞云“垂楊煙濕嫩葆”，放翁云“飛花如趁燕子”“騎鯨雲路倒景”，夢窗云“榴花依舊照眼”，海野云“凉秋湖上過雨”，梅溪云“洛神一醉未醒”，逃禪云“牆頭低蔭翠幄”，竹屋云“銀灣初霽暮雨”，無非三平三仄者。若論其細，尚宜於第四第五字用去，第六字用上，豈有可用仄仄仄平平仄之理乎？“濃靄”句，平仄平仄仄，定格也。《譜》注“濃”可仄，“靄、岸”可平，查千里云“花妥庭下草”，放翁云“雪澤秋萬頃”，介庵云“秋館寒意早”，夢窗云“年少驚送遠”，海野云“妝臉宜淡濘”，梅溪云“侵曉鷗夢穩”“陰壑生暗霧”，竹屋云“纖巧雲暗度”，俱第二第四用仄，止逃禪云“新晴人意樂”，“晴”字或係“霽”字，豈可以其拗而竟改作五言詩句法乎？“夢自到”三字俱仄，定格也。《譜》注“夢”字可平，查千里云“倦再到”，放翁云“怕蜀倚”“夜漏永”，介庵云“待見了”，夢窗云“蕩素練”，海野云“待怨訴”，梅溪云“暗折贈”，逃禪云“怕又惡”，無非二去一上，豈可用平仄仄乎？其餘亂注，更不可枚舉矣。“金丸落”六字，汲古刻注云：“一作‘金丸落飛鳥’。”按譜此處應三字兩句，宜作“金丸落，驚飛鳥”，毛氏可謂訂正矣。然今歷查各家詞，惟夢窗作“汀菰緑，薰風晚”，而放翁作“金籠鸚鵡飛起”“寥然非復塵境”，海野作“蕭然姑射儔侣”，梅溪作“虚堂中自回互”，逃禪作“餘酲推枕猶覺”，俱於第三第四字相連者，且此二字俱用平仄，衹竹屋有“凉生一天風露”句，“一天”用仄平，然亦相連。況千里乃和清真者,原作“彝猶終日魚鳥”,則周詞本是“金丸驚落飛鳥”,而誤以“驚落”爲“落驚”耳。汲古又注云:“時刻或於‘池沼’下分段。”愚謂“水亭小”三字是後段起句,觀千里和詞“野軒小”屬後段,可信。蓋前尾不宜有此贅句,用作换頭爲妥。然各家如放翁、梅溪、竹屋屬前結,海野、夢窗屬後起,則此句自來傳刻參差,無有定例,不敢鑿然,姑仍舊繫於“池沼”之下。至於《嘯餘譜》,則竟將“驟雨鳴”注作三字句,而以“池沼”二字連下“水亭小”作五字句,其謬如此,可發一笑。“鬧”字是叶韻,千里和云“鳴蟬鬧”是也。《譜》《圖》不注叶,差。然此句放翁、夢窗俱不用韻,想不拘耳。

〔杜注〕

按,葉《譜》第四句“落驚”作“驚落”,與萬氏説合。又按,《詞譜》“水亭小”句作後起。

【蔡案】

“金丸落驚飛鳥”一句,現可見有兩種填法,或六字一氣貫之,或三三式折腰,吴文英“汀菰緑、薰風晚”、趙聞禮“楊花撲、春雲暖”俱爲後一填法。惟此類填法,實因誤讀周詞爲“金丸落、驚飛鳥”而來。周詞多從唐詩汲取營養,此處即採自李白《贈崔侍郎》詩,李詩云:“高風摧秀木,虚彈落驚禽。不取回舟興,而來命駕尋。”周詞“夏果收新脆,金丸落驚飛鳥”之原型,應是“夏果收新脆,金丸落驚鳥”,對偶句,十字,與後段第二均亦爲十字者正合。且其後文“濃靄、迷岸草。蛙聲鬧。”云云,其構思顯然亦來自李詩之“不取回舟興,而來命駕尋”,思路之脈絡極爲清晰。由此可見,“落驚”絶非“驚落”之誤,謂其有誤,是因句法別拗故也,而若以五字研究,則恰是標準律拗句法,毫無違逆處。而讀爲三三式句法,蓋亦緣此。就詞之語意論,“金丸”若已落,則於“飛鳥”又何驚之有,顯然不通,除是“金丸起、驚飛鳥”。

"濃靄"起八字，原爲二字逗領兩三字句，且兩三字句時作對仗法，如趙聞禮之"啼鳥、驚夢遠，芳心亂"、揚无咎之"新晴、人意樂，雲容薄"、趙彦端之"幽館、寒意早。檐聲小"等，詞形諧婉美觀，若不讀斷，則不成句矣。

"水亭小"三字原譜屬上，據其詞意，與"蛙鬧雨鳴"顯無涉，故應屬下，與"檐花簾影"構成一景。據《欽定詞譜》改。

隔簾聽 七十五字 柳　永

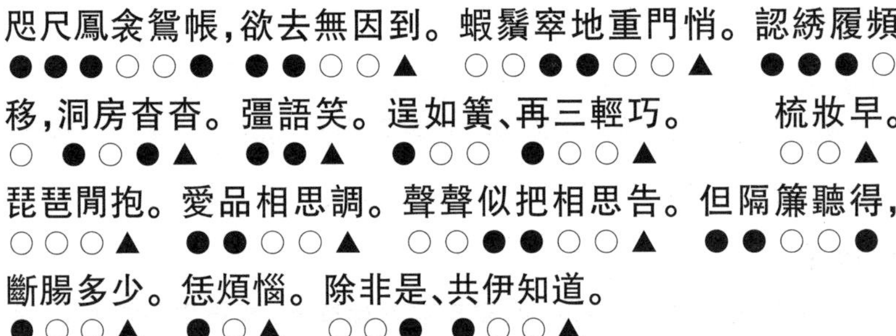
咫尺鳳衾鴛帳，欲去無因到。蝦鬚窣地重門悄。認綉履頻
●●●○○● ●●○○▲ ○○●●○○▲ ●●●○
移，洞房杳杳。彊語笑。逞如簧、再三輕巧。　梳妝早。
○ ●○●▲ ●●▲ ●○○ ●○○▲ ○○▲
琵琶閒抱。愛品相思調。聲聲似把相思告。但隔簾聽得，
○○○▲ ●●○○▲ ○○●●○○▲ ●●○○●
斷腸多少。恁煩惱。除非是、共伊知道。
●○○▲ ●○▲ ○○● ●○○▲

《樂章》如此分段。然"梳妝早"三字，不應贅於前結之下，玩其語意，自爲過變起句。且"蝦鬚"句七字，抵後"聲聲"句七字，"認綉履"二句，抵後"隔簾"二句，"彊歡笑"三字，抵後"恁煩惱"三字，"逞如簧"句七字，抵後末句，則"梳妝早"非屬後段而何？況語意亦謂"梳妝早完，閒暇無事，故抱弄琵琶"耳。

〔杜注〕

按，宋本"梳妝早"作後段起句。又，"聲聲似把相思告"句，"相思"作"芳心"，又，"隔簾贏得"作"但隔簾聽得"，有"但"字，"贏"作"聽"。又，末句"除非共伊知道"句，"非"字下有"是"字，均應增改。

【蔡案】

除"相思"二字，餘皆已據杜注改，原譜"七十三字"改爲"七十五字"。

碧牡丹 七十五字　　程垓

睡起情無著。曉雨盡、春寒弱。酒盞飄零，幾日頓疏行樂。試數花枝，問此情何若。爲誰開、爲誰落。　正愁却。不是花情薄。花元笑人蕭索。舊觀千紅，至今冷夢難托。燕麥春風，更幾人驚覺。對花羞、爲花惡。

前詞第二句五字，此三字兩句。前兩結皆六字一句，此皆三字兩句。餘同。“曉雨盡”无咎作“銀箏低”，三平字。“爲誰開”无咎作“梁舟緊”“梁”字平，“緊”字仄；子野作“芭蕉寒”，“芭”字平。“問此情”“更幾人”是一字領句者，无咎作“紅浪隨鴛履”“眼亂樽中翠”，如五言詩句，想不拘。“至今”句與“幾日”句，平仄不同，子野詞亦然，無咎則前後相同，與晏詞體合，亦不拘也。觀“酒盞”“舊觀”各二句，愈可知《圖譜》注前詞以“静憶天涯路”爲五字之誤矣。

【蔡案】

本詞原列於晏幾道詞之後，因係正體，故移前。前段第二拍、結拍，後段結拍，原譜均讀爲三字兩句，實誤。此類詞句，對照前一首詞即可明了，此六字實爲一句，而非兩句。若作爲詞選，猶差可，作爲詞譜，則斷不可以兩句視之矣。此爲範例，其餘詞調亦皆如此，概莫能外。

萬子所謂晁无咎詞者，“銀箏低”或爲“銀箏雁”之誤，第三字仍爲去聲，晁氏别首作“春山事”，亦爲平平仄。余疑上首小山詞本句原作“凉葉落，催歸燕”，脱去一字耳。然則“曉”字爲上聲作平也。

少字格 七十四字 晏幾道

"事何限"是换頭起句。子野、正伯各詞皆同。因舊刻誤連前結，《圖譜》因之，謬矣。"一夜西風"以下俱與後段同。"静憶天涯"乃四字，下"路比"句是六字，《圖譜》誤分五字兩句，尤大謬。豈前段亦可以"一夜西風幾"爲句耶？又於"傳素期"句"傳"字下誤多"與"字。

【蔡案】

"凉葉"句五字，或有脱落，其餘諸家本句均爲六字折腰式句法，諒是"凉葉落、催歸燕"之訛。宋詞獨此一首五字，故不以爲正體。與之相對之後段"離人"句，原譜不讀斷，宋人平仄皆如此，此等句法，均不可一氣貫之，而須讀出二字一逗，即余所謂兩平頓相連，是爲二字逗之標識也。

"悵望"句原譜作"悵望秋意晚"，雖"望"字亦可平讀，然查宋詞本句均爲仄起仄收式律句，張子野作"閒照孤鸞戲"，晁無咎作"舊事如雲散""綉帶因風起"，程正伯作"不是花情薄"，第四字皆平，故小山此"意"字必有舛誤，《欽定詞譜》本句作"悵望秋色晚"，但第四字亦標爲仄讀，而"色"實當是以入作平，庶幾與諸家合。

"静憶"下十字，應作一四一六，萬子所論極是。惟萬子每以前後段不可同讀爲據，則略覺牽强，蓋句有讀破，前後段兩句字數同而句法異者，非爲偶見，如本卷此後《蕊珠閒》調即爲一例，萬子以不可“一夜西風幾”爲據，錯。

傳言玉女 七十四字　　晁冲之

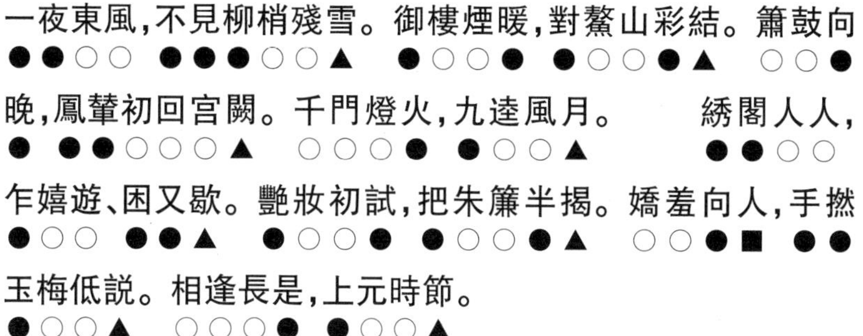
一夜東風，不見柳梢殘雪。御樓煙暖，對鼇山彩結。簫鼓向晚，鳳輦初回宮闕。千門燈火，九逵風月。　綉閣人人，乍嬉遊、困又歇。艷妝初試，把朱簾半揭。嬌羞向人，手撚玉梅低說。相逢長是，上元時節。

“艷妝”以下與前同。“對鼇山”句即同“把珠簾”句，“對、把”二字領句，各家皆然。竹齋後段亦用“比年時更瘦”，而前則云“礫礫敲春晝”，此誤筆，不可學。其篇甚佳，惜此句爲疵也。“鼓、晚”二字俱仄，“羞、人”二字俱平，或不拘。竹齋前云“衾綉半卷”，後云“雙燕乍歸”；金谷前云“華國翠路”，後云“花旗翠帽”，“國”字恐訛；不如海野前云“華胥夢裏”，後云“幽期密約”；逃禪前云“看猶未足”，後云“韶華過半”，爲易填而諧聽耳。此句第三字必用去聲，勿誤。“困又歇”三仄，是定格。石之“照夜賞”，黄之“似病酒”，楊之“與有問”“氣味俗”，皆同。獨曾氏云“不似少年懷抱”，“年、懷”二字皆平，且不於三字豆句，則竟與前段同格矣。或另有此體，然當從其多者。

“不見”二字作訝然，意妙，《圖譜》改作“吹散”，真如嚼蠟矣。此則《嘯餘》仍作“不見”二字，未差也。又，以“晚”字訛作“曉”字，則仍《嘯餘》之謬，吾未見上元必待天曉而張燈火也，何不從其是處，而偏從其謬處耶？

〔杜注〕

按,《歷代詩餘》“九逵風月”句“九逵”作“九衢”。又,“嬌羞向人”句作“嬌波溜人”。

【蔡案】

“簫鼓向晚”句,宋人多作○○●●,惟本句及黄機“衾綉半卷”二句例外,且黄詞後段作“雙燕乍歸”,爲●●○○句式,故“卷”字以上作平。然則本句之“鼓”,亦爲以上作平,與諸詞同句法。與之對應者,下段之“嬌羞向人”句,“人”字亦須仄讀。按,“人”字仄讀,詞中時有所見,余不知其緣由也,可參見《閒中好》《古調笑》《歸田樂》。

百媚娘 七十四字 張先

珠閣五雲仙子。未省有誰能似。百媚等應天乞與,净飾艷
⊙●●○○▲ ●●●○○▲ ●●●○○●● ◎●●
妝俱美。取次芳華皆可意。何處無桃李。 蜀被錦文鋪
○○▲ ●●⊙○○●▲ ○●○○▲ ◎●●○○
水。不放彩鸞雙戲。樂事也知存後會,争奈眼前心裏。緑
▲ ●●●○○▲ ●●●○○●● ⊙●●○○▲ ●
皺小池紅疊砌。花外東風起。
●◎○○●▲ ○●○○▲

前後同。“會”字不是叶韻。

〔杜注〕

按,葉《譜》“百媚等應天乞與”句,“等”作“算”,“乞”作“付”,可從。

剔銀燈 七十四字 杜安世

昨夜一場風雨。催促牡丹歸去。孫武宫中,石崇樓下,多情
◎●◎○⊙▲ ⊙●◎○○▲ ⊙●○○ ◎○⊙● ⊙■

怎生爲主。真疑洛浦。雲水莫、杳無重數。　獨倚闌干凝佇。香片亂沾塵土。争似當初，不曾相見，免恁惱人腸肚。緑叢無語。空留得、寶刀剪處。

"情"字宜用仄聲。前後同。

【蔡案】

本調多處六字句與七字句不拘，但六字句均爲律句，檢宋詞前段第五句第二字，莫不用仄者，故"情"字不當是"宜用"仄聲，而是必用仄聲。而此處填平，余以爲或爲"□多情、怎生爲主"之奪誤而成。

多字格 七十五字　毛　滂

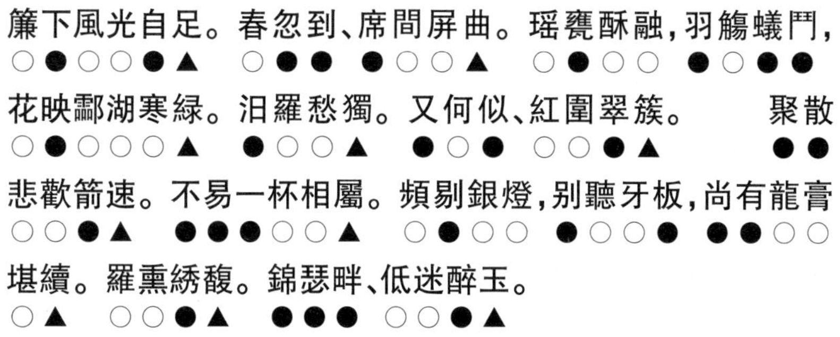

簾下風光自足。春忽到、席間屏曲。瑶甕酥融，羽觴蟻鬥，花映酃湖寒緑。汨羅愁獨。又何似、紅圍翠簇。　聚散悲歡箭速。不易一杯相屬。頻剔銀燈，别聽牙板，尚有龍膏堪續。羅熏綉馥。錦瑟畔、低迷醉玉。

前段第二句七字，後段第二句六字，初謂前後不宜參差，查耆卿、壽域皆有前七後六者，故録此以備一格。

耆卿於"頻剔銀燈"句作"論籃買花"，或平仄不拘，然不可學。但從其前段"艶杏夭桃"爲是也。

〔杜注〕

按，《花草粹編》第二句"春忽到、席間屏曲"，無"忽"字，與後段第二句同是六字。又，此調題爲“賦侑歌者”，乃澤民自製曲，故以詞内“頻剔銀燈”句爲調名，應以此闋爲正調。萬氏因誤多“忽”字，列杜壽域詞，而以此爲又一體，誤。

【蔡案】

柳永“論籃買花”，音步連平失諧，故萬子以爲“不可學”。按，彊村叢書本《樂章集》，本句作“論檻買花”，後人利登亦有“論檻移花，量船載酒，寂寞當年情味。”句，正從柳詞來，故“檻”字於理可信，於律可從，無違矣。

至於杜注因毛詞有“頻剔銀燈”句，故以爲本調乃毛滂所創，誤。古人有詞中嵌調名之習慣，若詞中有調名輒以爲創調，其説甚陋。萬氏已云耆卿有詞，而耆卿早東堂七十餘年，安有七十餘年後反爲創調者？

又按，《東堂詞》次句有“忽”，則是字未必爲衍。且第二句前七後六，宋人有此填法，如柳永作“綉畫出、萬紅千翠……便好安排歡計”。姑存之，以備一體。

多字格　七十六字　　　　杜安世

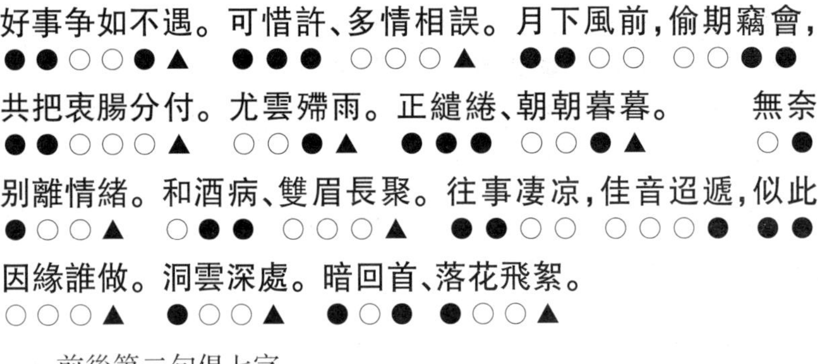

好事争如不遇。可惜許、多情相誤。月下風前，偷期竊會，
●●○○●▲　●●●　○○○▲　●●○○　○○●●
共把衷腸分付。尤雲殢雨。正繾綣、朝朝暮暮。　無奈
●●○○○▲　○○●▲　●●●　○○●▲　○●
别離情緒。和酒病、雙眉長聚。往事凄凉，佳音迢遞，似此
●○○▲　○●●　○○○▲　●●○○　○○○●　●●
因緣誰做。洞雲深處。暗回首、落花飛絮。
○○○▲　●○○▲　●○●　●○○▲

前後第二句俱七字。

越溪春 七十五字 歐陽修

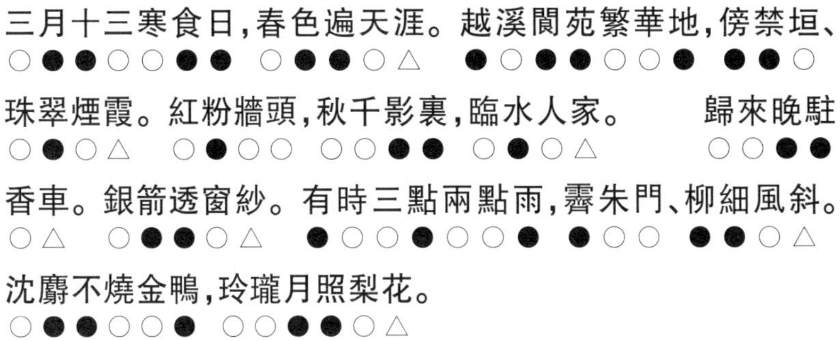
三月十三寒食日,春色遍天涯。越溪閬苑繁華地,傍禁垣、
○●●○○●● ○●●○△ ●○●●○○● ●●○
珠翠煙霞。紅粉牆頭,秋千影裏,臨水人家。 歸來晚駐
○●○△ ○●○○ ○○●● ○●○△ ○○●●
香車。銀箭透窗紗。有時三點兩點雨,霽朱門、柳細風斜。
○△ ○●●○△ ●○○●○○● ●○○ ●●○△
沈麝不燒金鴨,玲瓏月照梨花。
○●●○○● ○○●●○△

向來俱作"沉麝不燒金鴨冷,籠月照梨花",今依《詞綜》校正,作六字兩句。

按,"銀箭"句即同前"春色"句,則"有時"句似應作七字,於"兩點雨"分斷,而以"霽"字屬下爲是,然臆測不敢謂必然,故依舊注之。"兩點"二字皆上聲作平者,少游《金明池》亦云"過三點兩點細雨",其句正對後段"才子倒玉山休訴"也,作者不必泥此,而於此二字誤用去聲。《圖譜》於"瓏"字作可仄,想誤刻也。

【蔡案】

萬子原譜"有時"二句仍作一八一六,誤。余以爲,惟作七字句句讀,方合前段"越溪閬苑繁華地,傍禁垣、珠翠煙霞",非臆測也,據改。

長生樂 七十五字 晏 殊

玉露金風月正圓。臺榭早凉天。畫堂佳會,組綉列芳筵。
●●○○◎●△ ⊙●●○△ ●○○● ●◎●○△
洞府星辰龜鶴,福壽來添。歡聲喜色,同入金爐,泛濃
●●○○○● ◎●○△ ○○◎● ⊙●○○ ●○

煙。　　清歌妙舞，急管繁弦。榴花滿酌觥船。人盡祝、富
△　　○○●●　●●○△　⊙○◎●○△　○●●　●

貴又長年。莫教紅日西晚，留著醉神仙。
●●○△　●○○●○●　⊙◎●○△

此比前詞略明，然亦未必無誤也。無可證，姑依舊刻録存。

"來添福壽"改用叶韻語，如前詞"飄散歌聲"則佳，或原是"福壽來添"也。

〔杜注〕

按，葉《譜》正作"福壽來添"，與萬氏論合。

【蔡案】

本詞原列於下一首之後，因係正體，故移前。

已據杜注改。然本詞前後段字句參差，均數不合，當亦有差誤。

前段尾均，原作四字一句、七字一句，七字句韻律不諧，此類句法，實爲三字托結構，惜人多不識，萬子亦未言及。三字托，類三字逗，如本句，即等之"泛濃煙、歡聲喜色，同入金爐"。

原譜無可平可仄，據前一首校。

畸變格　七十五字　　晏　殊

閬苑神仙平地見，碧海架蓬瀛。洞門相向，倚金鋪微明。處處天花撩亂，飄散歌聲。裝真延壽，賜與流霞，滿瑶觥。　　紅鸞翠節，紫鳳銀笙。玉女雙來近彩雲。隨步朝夕拜三清。爲傳王母金籙，祝千歲長生。

中多難句豆處，必有訛錯。

〔杜注〕

按，此詞與下一闋相同，惟後半第三句"玉女"下四字誤平仄，失一韻耳。

【蔡案】

原譜"裝真"起十一字、"玉女"起十四字均未讀斷。按，"裝真延壽"可句，據改。而"玉女"十四字《欽定詞譜》讀爲七字兩句，姑仍之。然本詞句多不通，應是錯訛過多，故不擬譜。填者可依後一體爲范。

千年調 七十五字 辛棄疾

卮酒向人時，和氣先傾倒。最要然然可可，萬事稱好。滑稽
⊙●●○○ ⊙●○○▲ ◎●○○◎● ●●○▲ ◎○
坐上，更對鴟彝笑。寒與熱，總隨人、甘國老。 少年使
◎● ●●○○▲ ⊙◎◎ ●○○ ○●▲ ◎○●
酒，出口人嫌拗。此個和合道理，近日方曉。學人言語，未
● ◎●○○▲ ◎●○○◎● ●○○▲ ◎○⊙● ●
會十分巧。看他們，得人憐、秦吉了。
●○○▲ ◎⊙⊙ ●○○ ○●▲

衹後起一句换頭，餘同。"事"字、"日"字俱仄。稼軒又一首，後用"賜汝蒼壁"，亦同。但前用"叫開閶闔"，或偶誤，或不拘，未敢臆斷，然作者依此用仄爲是。"寒與熱"下三句，每句三字，後結亦同。《圖譜》分此九字，前作三六，後作六三。又，"笑"字失注叶韻，且注可平，誤矣。而《嘯餘》之奇，更可大粲，"更對鴟彝"作四字句，"笑寒與熱"作四字句，"總隨人甘國老"作六字句。後段結"看他們得人"作五字句，"憐秦吉了"作四字句，"吉"字注可平，豈非怪事。蓋"甘國老"是甘草也，用以配後"秦吉了"鳥名作結，巧絶，作譜者不知耳。其"隨"字注作可仄，意中竟以"人甘"二字連讀矣。"合"字音"呵"，《譜》《圖》無一字不亂注，獨於"合"字作平者，偏不注可平，怪哉！怪哉！《圖譜》既知"笑"字屬上句，又仍《嘯餘》之謬，以"笑"字爲可平，且反注“彝”字可仄，其去《嘯餘》一間耳。稼軒又一首，於“隨”字作“斛”字，亦是作平。

【蔡案】

前後段第四拍，王義山前作“雪回雲遏”，後段作“對兒孫説”，第二字均爲平聲，雖後段句法不同。故該句應是平仄不拘填法，今日填詞，竊以爲總以平聲爲是。又，兩結句法，似以一三一六爲宜，原譜“人”後、“憐”後均作句。

“和合”之“合”，萬子原注以入作平，宋詞此字俱作平。“十分”之“十”，萬子原注亦作平。另，“近日”之“日”，以前述而論，亦可視爲以入作平，萬子所舉稼軒别首作“賜汝蒼壁”者，“汝”，以上作平。該字除王義山詞，元人長筌子則一作“般”，一作“山”，皆平。

又按，萬子原注“‘隨’字注作可平”，“平”字刻誤，改。

蕊珠閒 七十五字　　趙彦端

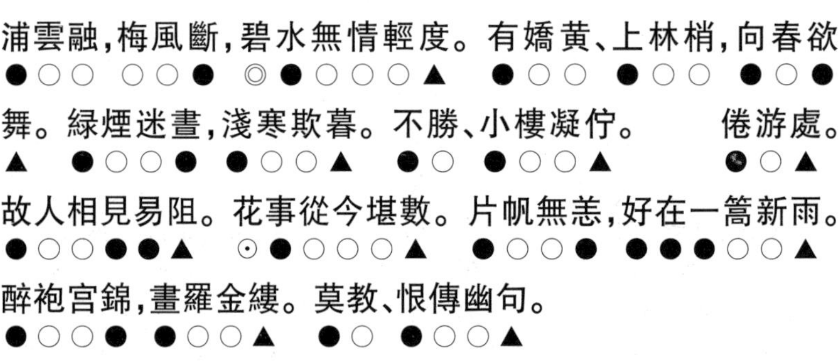
浦雲融，梅風斷，碧水無情輕度。有嬌黃、上林梢，向春欲
●○○ ○○● ◎●○○○▲ ●○○ ●○○ ●○●
舞。緑煙迷晝，淺寒欺暮。不勝、小樓凝佇。 倦游處。
▲ ●○○● ●○○▲ ●○ ●○○▲ ●○▲
故人相見易阻。花事從今堪數。片帆無恙，好在一篙新雨。
●○○●●▲ ⊙●○○○▲ ●○○● ●●●○○▲
醉袍宮錦，畫羅金縷。莫教、恨傳幽句。
●○○● ●○○▲ ●○ ●○○▲

“倦遊”二句是换頭。“花事”以下俱與前合，但“有嬌黃”下十字不若後段“片帆”四字、“好在”六字，明順可從。“有嬌”至“林梢”六字，必有誤處，惜無可考證也。或曰：“嬌黃”是“嬌鶯”之誤。蓋謂“鶯飛上林梢”也，然句法亦不可作上四下六。

〔杜注〕

按,《歷代詩餘》"嬌黄"作"嬌鶯",與萬氏説合。

【蔡案】

詞之特色,前後段對應之均,字數每同,但句法偶可不同者,此即一例。前段第二均,作一六一四,後段則一四一六,且兩六字句亦句法不同。

原譜"有嬌黄"起十字不讀斷。萬子以爲前後段相校節奏不合,其必有舛誤,或非。本調前後段第二均,皆十字,極規整,句法不同而已。此等格式,詞中比比皆是,如柳永《望海潮》詞前後尾作"市列珠璣,户盈羅綺,競豪奢""異日圖將好景,歸去鳳池誇",一作四字兩句、三字一句,一作六字一句、五字一句,然皆爲十一字也,豈"必有誤處"哉? 而《欽定詞譜》十字作六字一句、四字一句,六字不讀斷,則讀來不暢,故作折腰式點斷。又,前後段尾句原譜均不讀斷,兩平聲頓相連,二字逗標識也。

解蹀躞 七十五字 周邦彦

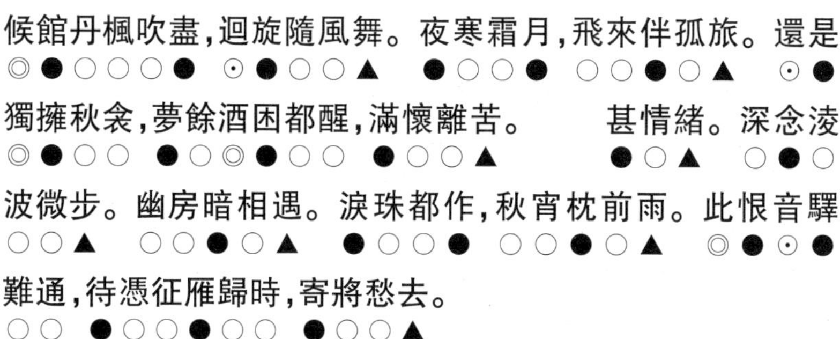
候館丹楓吹盡,迴旋隨風舞。夜寒霜月,飛來伴孤旅。還是獨擁秋衾,夢餘酒困都醒,滿懷離苦。 甚情緒。深念淩波微步。幽房暗相遇。淚珠都作,秋宵枕前雨。此恨音驛難通,待憑征雁歸時,寄將愁去。

"夜寒"下與後"淚珠"下同。首句六字,次句五字,各家皆然。《嘯餘》作一七一四,謬甚。"面"字應是"回"字之訛,沈作"百"字,未妥。“旋”字去聲，《圖譜》不解，讀作平聲，故反注可仄。又因讀“旋”爲平，則“風”字拗，遂並注“風”字可仄，愈誤矣。諸家於“旋”字皆用去聲。“夜寒”句與後“淚珠”句皆九字，各家俱然。《譜》乃注“夜”字可平，“霜”字可仄，“伴孤”可平仄，尤謬。如逃禪云“又還撩撥春心倍凄黯”，夢窗云“倦蜂剛著梨花惹遊蕩”，千里云“自憐春晚漂流尚羈旅”，而諸篇後段九字句，亦無不與前同。蓋此句以“夜”字去聲領起，而第三字用“霜”字平聲接之，至“伴孤旅”又用仄平仄，音響所以諧協也。若改此數字，何以爲調乎？“暗相遇”宜仄平仄，《譜》注可平仄仄，總欲改拗作順，而不知成其爲詩句，不成其爲詞句矣。“夢餘”下十字，與後“待憑”下十字，各家俱上六下四。“醒”字須讀作平聲，而千里和云“恨添客鬢，終日子規聲苦”，則上四下六。愚謂有各家可據，作者但照後段填之，不誤也。又，夢窗一篇首句云“醉雲又兼醒雨”，平仄異，因餘同，不録。

〔杜注〕

按，葉《譜》第二句“面旋”作“回旋”，與萬氏説合。

【蔡案】

已據萬注改第二句“面旋”作“回旋”。原注字可平，改爲平可仄。原譜“夜寒”起九字、“淚珠”起九字均不讀斷。

讀破格 七十五字 揚无咎

金谷樓中人在，兩點眉顰緑。叫雲穿月，橫吹楚山竹。怨斷
○●○○○● ●●○○▲ ●○○● ○○●○▲ ●●
憂憶因誰，坐中有客，猶記在、平陽宿。 淚盈目。百囀
○●○○ ●○●● ○●● ○○▲ ●○▲ ●●
千聲相續。停杯聽難足。漫誇天海風濤，舊時曲。夜深煙
○○○▲ ○○●○▲ ●○○●○○ ●○▲ ●○○

慘雲愁，倩君沈醉，明日看、梅梢玉。
●○○　●○○●　○●●　○○▲

兩結俱用四字一句、三字兩句，與前詞異。

〔杜注〕

按，《詞譜》"洗醉"作"沉醉"，此字宜平，應遵改。

【蔡案】

原譜"叫雲"起九字、"漫誇"起九字均不讀斷；前後段結拍各作三字兩句讀。

瑞雲濃 七十五字　　揚无咎

暌離謾久，年華誰信曾換。依舊當時似花面。幽歡小會，記
○○●●　○○○●○▲　⊙●○○●○▲　⊙○◎●　●

永夜、杯行無算。醉裏屢忘歸，任虛檐月轉。　能變新
●◎　⊙○○▲　●●●○○　●○○●▲　○●○

聲，隨語意、悲歡感怨。可更餘音寄羌管。倦遊江淛，問似
○　○●●　○○●▲　◎●○○●○▲　◎○⊙●　●●

伊、阿誰曾見。度已無腸，爲伊可斷。
⊙　◎○○▲　●●○○　●○●▲

"依舊"至"無算"，與後"可更"至"曾見"同。

此是《瑞雲濃》，與《瑞雪濃》無涉。

【蔡案】

宋詞無《瑞雪濃》，清人有自度《瑞雪濃》，亦爲慢詞，不知萬子何以指清詞。

番槍子 七十五字　　韓　玉

莫把團扇雙鸞隔。要看玉溪頭、春風客。妙處風骨瀟閒，翠
●○○●○○▲　●●●○○　○○▲　●◎○●○○　●
羅金縷瘦宜窄。轉面兩眉攢、青山色。　到此、月想精
○○●●○▲　●●●○○　○⊙▲　●●　●●○
神，花似秀質。待與不清狂、如何得。奈何、難駐朝雲，易成
○　○●●▲　●●●○○　○○▲　●⊙　○●○○　●○
春夢恨又積。送上七香車、春草碧。
○●●□▲　●●●○○　○◎▲

"要看"以下，與後"待與"以下同。

〔杜注〕

按，後李獻能《春草碧》一闋，即因此詞尾句三字爲名，應附於此調後。說見《春草碧》注。

【蔡案】

調名原刻《番搶子》，惟《欽定詞譜》作《番槍子》，四庫備要本亦作《番槍子》，康熙本當是誤刻，據改。

原譜"翠羅"句、"易成"句均作上四下三式讀斷，殊爲無謂。均予改正。

檢金元明清歷代詞家，首句第二字均填爲平聲，故本句"把"字以上作平無疑。"妙處"第二字，金元人多作平聲，偶作入聲，如邵亨貞四首各作"江南荒草寒烟""垂端寄迹兵戈""儒冠已負平生""桃源祇在人間"，惟完顔璹作"底事胜賞匆匆"，與韓詞同，偶例也。校之後段，對應句爲"奈何難駐朝雲"，亦爲平起平收式律句，故填本句時第二字宜以平爲正。

換頭原譜作六字一句，雖可以律拗句解，然兩頓連仄，亦爲二字逗之標識也，本調最能體現。蓋本調換頭有兩種填法，一爲甲式●

●　●●○○，一爲乙式○○●●○○，前者宋元詞中均爲二字逗領四字儷句，除本詞外，尚有完顔璹之“賴有、玉管新翻，羅襟醉墨”、李獻能之“心事、鑒影鸞孤，箏弦雁絶”二例，共計三首，此外之乙式均爲後一種填法，如錢應庚之“當年錦里依稀，青山似削”、邵亨貞之“自憐兵後多愁，吟肩頭削”、錢霖之“梨花燕子清明，誰家院宇”等，均非儷句。故若爲第一種句法，則讀斷後全句庶幾合律。

又，後段“易成”句失律，第六字自金至清皆填爲平聲，蓋律當如此也，疑是“恨還積”之誤刻，學者務以平填爲正。另，此二句原譜作“奈何難駐朝雲，易成春夢恨又積”，細玩之，似以讀爲“奈何、難駐朝雲，易成春夢，恨又積”最爲合律，且中八字亦爲儷句。如此，則對應之前段亦爲“妙處、風骨瀟閒，翠羅金縷，瘦宜窄”，“妙處”句之雙音步連仄亦可解釋。觀全宋元詞，凡甲式之平仄均如此，仍爲●●　●●○○，而乙式則此處前後段六字句之平仄均爲○○●●○○，此絶非偶然，當時詞律如此也，故予重新讀斷。又按，“奈何”之“何”字，《全宋詞》所據汲古閣版《東浦詞》作“向”，余嘗疑乃“何”字形近之誤，而甲式填法該字位則均作仄聲也。

重　格 七十五字　　李獻能

紫簫吹破黄昏月。簌簌小梅花，飄香雪。寂寞花底風鬟，顔色如花命如葉。千里涴凝塵，淩波襪。　　心事、鑒影鸞孤，箏弦雁絶。舊時雪堂人，今華髮。腸斷金縷新聲，杯深不覺琉璃滑。醉夢繞南雲，花上蝶。

後起二句换頭，餘同。然“杯深”句平仄異。“時”字平、“上”字仄，亦稍異。此調作者甚少，平仄悉宜依之。

〔杜注〕

按,《兩般秋雨庵隨筆》云:"《詞律》收韓玉《番槍子》,又收李獻能《春草碧》,細考字數句法,無不相同也。"愚謂韓詞尾句有"春草碧"三字,故李詞以爲新名。有數字平仄稍異,當收作又一體,附本卷前《番槍子》調後。

【蔡案】

本詞及後一體原版列於本卷《撲蝴蝶》調之後,因本詞亦即《番槍子》,故特移至此。《欽定詞譜》未收《春草碧》,僅附注於《番槍子》題注中,故本體不作正體處理,且本詞與《番槍子》所收韓玉詞均爲同一體式,故亦不擬譜。原譜句讀同《番槍子》,亦不改,詳見《番槍子》考正。

春草碧 九十八字　　万俟雅言

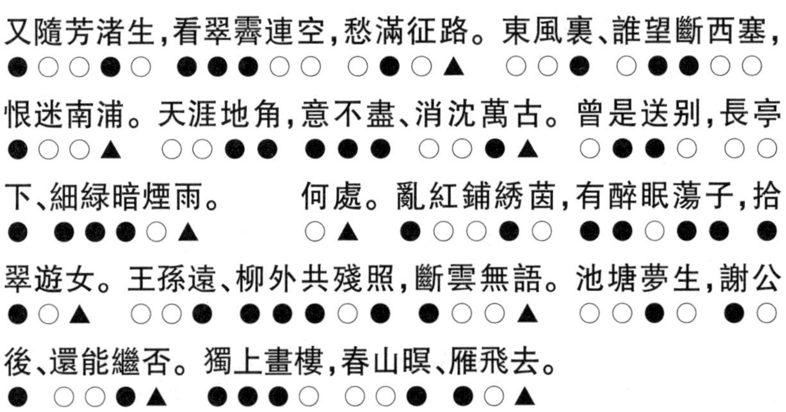

又隨芳渚生,看翠霽連空,愁滿征路。東風裏、誰望斷西塞,恨迷南浦。天涯地角,意不盡、消沈萬古。曾是送別,長亭下、細緑暗煙雨。

何處。亂紅鋪綉茵,有醉眠蕩子,拾翠遊女。王孫遠、柳外共殘照,斷雲無語。池塘夢生,謝公後、還能繼否。獨上畫樓,春山暝、雁飛去。

亦惟《詞隱》有此調,他不可考,詞亦精妙可法。"坐"字一作"生"字。"角"字、"别"字以入作平,蓋此句即後段之"池塘夢生""獨上畫樓"也。或云:"坐"字應從"生"字爲是,首句五字,當於生字讀斷。蓋此後之"亂紅鋪綉茵"五字平仄脗合，而下以"看"字領下二句，即如後之以"有"字領下二句也。有一傖父云："又隨芳渚"下作"生"字無理，"地角""角"字何必作平？"夢生"必是"夢草"之誤。余笑謂曰：此詞乃是詠草，先輩尚未詳玩耳。

〔杜注〕

按，此詞詠春草，《詞譜》收爲《春草碧》正調。又，"愁遍"作"愁滿"。

【蔡案】

本詞原作"又一體"，顯誤。然萬子本有類列之體制，故以《春草碧》同名類列於此，亦未違其例，惟本詞爲慢詞，與前李詞非爲一調，故不得稱又一體也。

首句原作"又隨芳渚"，而萬子已云"坐"字一作"生"字，則校之後段，當知起拍應爲五字句，"坐"字誤，據《欽定詞譜》改爲"生"。次句原作"坐看翠連霽空"，據《全芳備祖後集》改。

前段"東風"起十二字與後段"王孫遠"十二字，形同而句法不同，前段"望斷西塞，恨迷南浦"乃一儷句，故"塞"字以入作平，而後段五字句句法仄起仄收，迥異。

下水船 七十五字　　黄庭堅

總領神仙侶。齊到青雲岐路。丹禁風微，咫尺諦聞天語。
●●○○▲　○●○○⊙▲　⊙●○○　◎●●○○▲

盡榮遇。看即如龍變化，一擲靈梭風雨。　真遊處。上
●○▲　●●○○●●　◎●○○○▲　⊙○▲　●

苑尋春去。芳草芊芊迎步。幾曲笙歌，櫻桃艷裏歡聚。瑤
●○○▲　○●○○⊙▲　◎●○○　⊙○●●○▲　○

觴舉。回祝堯齡萬萬，端的君恩難負。
○▲　○●○○●●　⊙●○○○▲

後段比前多起句三字。

【蔡案】

萬子原注"咫尺"之"尺"以入作平，"瑶觴"之"瑶"宜仄，"艷裏"之"裏"可仄。按，"瑶"字本平仄不拘，宜仄云云無謂，而"尺"字、"裏"字依律須仄，不可平。萬子或校之晁詞作此論，而晁詞與此句法不同，不可互校也。又按，原譜後起"真遊處"三字與後連讀，誤。此本過片添句添韻，俗稱"添頭"，乃本調重要之韻律變化，不可不明。

少韻格 七十五字　晁補之

百紫千紅翠。惟有瓊花特異。便是當年，唐昌觀中玉蕊。
●●○○▲　○●○○●▲　●●○○　○○●○●▲
尚記得、月裏仙人來賞，明日喧傳都市。　甚時又、分與
●●●　●●○○○●　○●○○○▲　●○●　○●
揚州本，一朵冰姿難比。曾向無雙亭邊，半酣獨倚。似夢
○○●　●●○○○▲　○●○○○○　●○●▲　●●
覺、曉出瑶臺十里。猶憶飛瓊標致。
●　●●○○●▲　○●○○○▲

"便是"以下十字，"曾向"以下十字一氣，故前宜於"當年"下斷句，後宜於"亭邊"下斷句，其實一也。"尚記得""似夢覺""又"字、"本"字俱不用韻，"里"字却叶，與前詞異。

【蔡案】

此即黄詞體，惟後段第四句六字，第五句四字，句讀參差，句法不同耳。而前段第五句，後段第一、二句、第六句俱不押韻，蓋因均爲輔韻，本可叶可不叶者。第七句多押一韻，亦偶叶而已。

前段“便是”、後段“曾向”以下十字，原譜均不讀斷，萬子甚好如此作譜，余以爲此等作譜法，與詞調原貌探求固甚爲吻合，然在標點時代未免不能與時俱進，總以讀斷爲是。而前後句法不同，本爲常見，若作譜者有意强調四字一句、六字一句爲正，自可附注詳叙也。

前後段尾均，原譜“尚記得”作句，“似夢覺”作逗，此類三字結構，明清詞譜總是太過潦草，顯見對句法結構極爲輕視，以致影響至今。今此類句法，一律作逗標示。

多韻格 七十五字　　晁補之

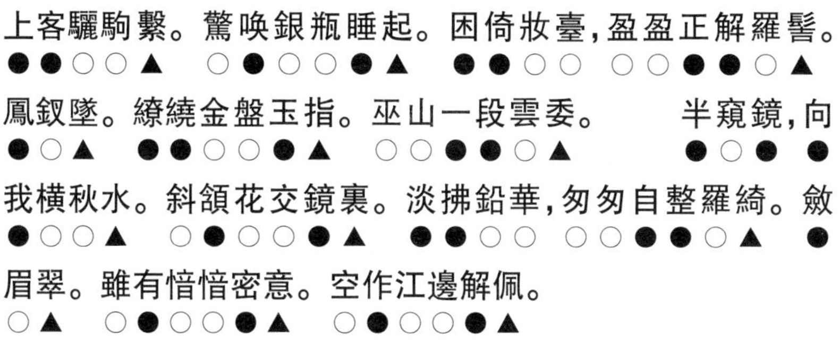
上客驪駒繫。驚唤銀瓶睡起。困倚妝臺，盈盈正解羅髻。
●●○○▲　○●○○●▲　●●○○　○○●●○▲
鳳釵墜。繚繞金盤玉指。巫山一段雲委。　半窺鏡，向
●○▲　●●○○●▲　○○●●○▲　●○●　●
我横秋水。斜頷花交鏡裏。淡拂鉛華，匆匆自整羅綺。斂
●○○▲　○●○○●▲　●●○○　○○●●○▲　●
眉翠。雖有愔愔密意。空作江邊解佩。
○▲　○●○○●▲　○●○○●▲

“斜頷”句比前多一字，“指”字、“意”字俱叶韻。“巫山”句平仄變，若作“一段巫山雲委”，則與後結合，而亦符前調矣。

〔杜注〕

按，《漁隱叢話》載此詞，首句“繫”字作“至”字。次句“驚唤”作“鶯唤”。又，“羅髻”作“螺髻”。又，“金盤”作“金環”。又，“花枝交鏡裏”句，無“枝”字。又，“愔愔”下無“密”字。又，“解佩”下有“情何寄”三字，是爲七十八字調。又按，首句“至”字似不及“繫”字，餘均可照改。

【蔡案】

杜氏所注，謂“枝”字羡字，校之其餘宋詞，信然，然則與諸體合，

據改,原譜"七十六字"改爲"七十五字"。餘皆不從。《苕溪漁隱叢話》載此詞"愔愔"下無"密"字,顯係奪字,而尾多"情何寄"三字,則當是别詞竄入。

撲蝴蝶 七十七字 吕渭老

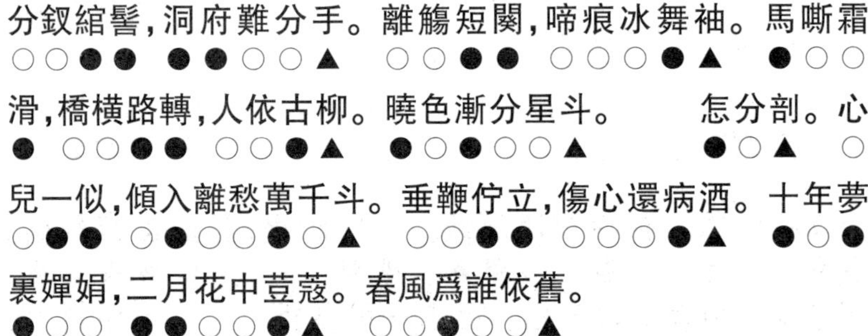
分釵綰髻,洞府難分手。離觴短闋,啼痕冰舞袖。馬嘶霜滑,橋横路轉,人依古柳。曉色漸分星斗。 怎分剖。心兒一似,傾入離愁萬千斗。垂鞭佇立,傷心還病酒。十年夢裏嬋娟,二月花中荳蔻。春風爲誰依舊。

"洞府"句平仄與前異。"傾入"句比前調多二字。"萬千"二字仄平,亦與前異。無名氏一首"玉人應在,明月樓中畫眉嬾",正與此同,《圖譜》乃作上八字下三字,誤。聖求别作,於"馬嘶"二句作"乍涼衣著輕明,微醉歌聲審聽穩",必多一"審"字,此二句俱用對偶語,無七字之理也,故不收七十八字格。

兩叶"斗"字,誤。

〔杜注〕

按,葉《譜》"馬嘶"下十二字作四字三句。又,"橋横"之"横"字作"迴"。

【蔡案】

本詞原列於趙彦端詞之後,因係正體,故移前。

萬子原注第七句"色"字作平,是校之後段"風"字也。前後段結拍,本調均用大拗句法,以平平仄三頓作結,此爲特殊韻律,不可有違。又,"馬嘶"下十二字,原譜作六字二句,萬子亦必欲與後段同,而其實不必。蓋詞譜固以韻律爲主,然作四字三句,亦不忤律。前後結原譜未讀斷,其末四字當以●○○▲爲正。

萬子又謂,本詞"斗"字兩叶爲誤,或亦不然。詞者,固不宜重韻,然宋詞重韻者亦偶有所見,如李清照《鳳凰台上憶吹簫》有:"欲説還休。……休休。"張元幹《醉花陰》有:"昨夜東風惡。……傷春比似年時惡。"周邦彦《醉落魄》有:"葺金細弱。……清香不與蘭蓀弱。"陳師道《西江月》有:"詩人此日凄涼。正須蠻素作伊涼。"等等。

少字格 七十五字 或加"近"字 趙彦端

清和時候,薰風來小院。琅玕脱籜,方塘荷翠颭。柳絲輕度流鶯,畫棟低飛乳燕。園林緑陰初遍。　　景何限。輕紗細葛,綸巾和羽扇。披襟散髮,心清塵不染。一杯洗滌無餘,萬事消磨去遠。浮名薄利休羨。

前後段森然對峙,祇"景何限"三字爲過變首句耳。汲古不校,以此三字刻附前結,然未嘗云作譜也,乃各書之。自以爲譜者,亦俱不肯訂正,何歟?

【蔡案】

萬子以爲本詞爲添頭式詞調,或誤。按,本調後段首均應是三四七式結構,本詞"綸巾"前當有一仄音步脱落。檢宋詞諸作,除曹組詞作"幸容易。有人□□,争奈祇知名與利"奪二字外,均爲三四七格式。就本詞言,"輕紗細葛"和"綸巾羽扇"間,當有一連接詞,方不兀然。是故本詞不必爲範,不予擬譜,填者可準吕詞。

又,本調前後段尾句正體均爲二四格式,而惟本詞後段結句爲

"浮名薄利、休羡"四二格式，故亦惟其平仄律爲標準六言平起平收式律句格式，而前段疑"陰"字借讀爲"蔭"，音律與後段同。

望月婆羅門引 七十六字　　曹　組

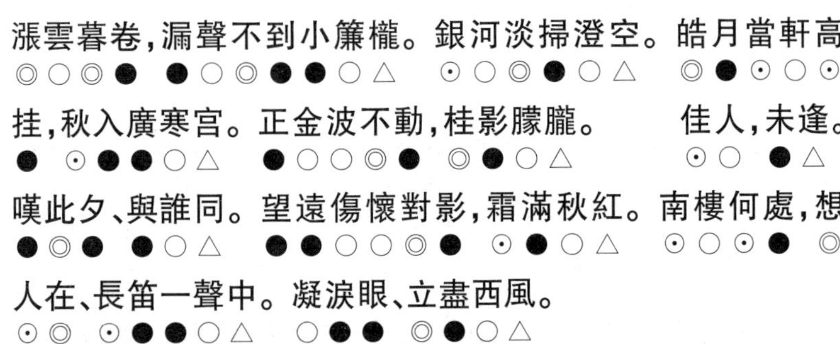
漲雲暮卷，漏聲不到小簾櫳。銀河淡掃澄空。皓月當軒高挂，秋入廣寒宫。正金波不動，桂影朦朧。　佳人，未逢。嘆此夕、與誰同。望遠傷懷對影，霜滿秋紅。南樓何處，想人在、長笛一聲中。凝淚眼、立盡西風。

按此調向於《婆羅門引》上加"望月"二字，誤也。因是望月而作，故傳訛以詞題加於牌名之上耳。稼軒、友古本名衹四字。

〔杜注〕

按，《樂府雅詞》"銀河澹掃澄空"句，作"銀河夜洗晴空"。又，"嘆此夕"句"嘆"作"悵"。又，"望遠傷懷對影"句，作"對酒當歌追念"。又，"長笛"作"横笛"。又，"淚眼"作"望眼"。又按，此調原名有"望月"二字，萬氏據稼軒、友古之作删去，按，"婆羅門"，外國名，唐楊敬述《進婆羅門曲》，《理道要訣》云：天寶十三載改"婆羅門"爲"霓裳羽衣"，《唐樂志》載：婆羅門，"外國舞"，宋隊舞亦有此名。唐《教坊記》有《望月婆羅門引》之名，此"望月"二字可不删。

【蔡案】

杜氏云，"長笛"爲"横笛"，"淚眼"作"望眼"，余以爲，詞譜例詞，它本若有涉律之不同，則當悉數相校，擇其最合律者，若"嘆"當作"悵"之類，於律毫無所礙，其實無須贅述，故但凡此類，皆予忽略。

過片四字，玩其語氣，應是二字兩句韻律，故稼軒詞作："已而。已而。""瓊而。素而。"吴文英詞作："雙成。夜笙。"皆非偶然，惟後人每忽略二字句耳。

又按，據杜注改詞調名。

婆羅門令 八十六字

柳　永

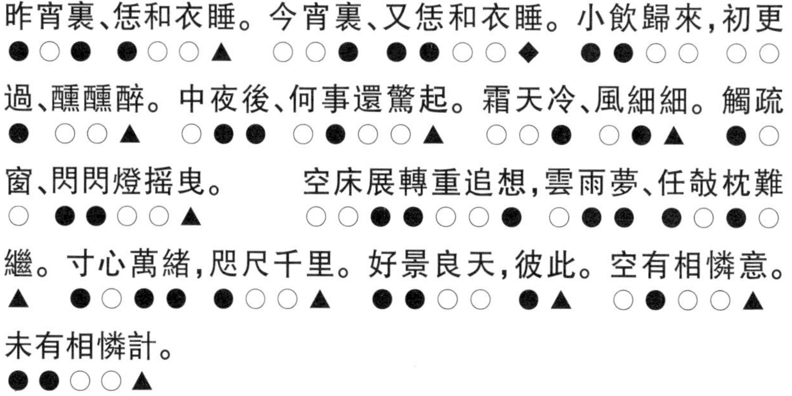

與前詞全不同。句豆以意點定，或有訛處，未可知也。

【蔡案】

尺，以入代平。

後段尾均原譜作"好景良天，彼此空有相憐意，未有相憐計"，七字句兩頓連仄失譜。連仄處恰是二字逗未標示者，讀斷後，"空有……未有……"，文理格律極爲工整，學者於此，亦當如此修辭方爲得味，而"此"字，於此則是句中短韻。

原譜以"驚起"後分段，《花草粹編》本詞以"摇曳"分段，余以爲以均概念考察，則自當從《花草粹編》爲是，以其前後各三均也，若依原譜，則前段勉强可算三均，而後段則爲四均半，結構處即有瑕疵。就詞意而論，"何事還驚起"發問之後，問而不答，筆法宕開一筆，作環境描寫，便有藏而不露，意藴雋永之功，正是高手手筆。且原譜如此分段，則除前後段第二句整齊外，其餘語句依然参差錯落，其實大可不必。此正清代詞譜編者無"均"概念之一例也。

御街行 七十六字　　柳　永

燔柴煙斷星河曙。寶輦回天步。端門羽衛簇雕欄，六樂舜

⊙○⊙●○○▲ ◎●○○▲ ⊙○◎●●○○ ◎●◎

韶先舉。鶴書飛下，雞竿高聳，恩露均寰寓。 赤霜袍爛

○○▲ ◎○⊙● ⊙○⊙● ○●○○▲ ◎○⊙●

飄香霧。喜色成春煦。九儀三事仰天顏，八彩旋生眉宇。

○○▲ ◎●○○▲ ◎○⊙●●○○ ◎●◎○○▲

椿齡無盡，蘿圖有慶，常作乾坤主。

⊙○⊙● ⊙○◎● ○●○○▲

【蔡案】

本格原譜未作詮釋，按，此爲本調正體，填者應以此爲正。後一首，宋詞僅一首，偶例。

讀破格 七十六字　　柳　永

前時小飲春庭院。悔放笙歌散。歸來中夜酒醺醺，惹起舊

○○●●○○▲ ●●○○▲ ○○○●●○○ ●●●

愁無限。雖看墜樓換馬，争奈、不是鴛幃伴。 朦朧暗想

○○▲ ○●●○●● ○● ●●○○▲ ○○●●

如花面。欲夢還驚斷。和衣擁被不成眠，一枕萬回千轉。

○○▲ ●●○○▲ ○○●●●○○ ●●●○○▲

惟有畫梁新來，雙燕、徹曙聞長嘆。

○●●○○● ○● ●●○○▲

“雖看墜樓”以下十四字，語氣宜在“换馬”斷句，然此調結處，俱是兩四字、一五字者，想一氣貫下。“馬”字可以作平，歌時無礙耳。“樓梁”二字用平，與前異。“暗”字宜平，恐誤。

〔杜注〕

萬氏注謂：“朦朧俱妙暗花面”句“暗”字宜平，恐誤。按，宋本作“朦朧暗想如花面”，《詞譜》同，應遵改。

【蔡案】

本詞前後結萬子未詳讀，前結十三字均未讀斷，後結“惟有”起八字不讀斷，雖有解説，終覺粗獷而無見解。蓋此二結考之音律，俱有同音頓相連處，故可知兩結必有二字逗所藏。而萬子以爲“馬”字宜平，是不能解釋此連仄之異也。後段“來”字，仄讀，參《夢還京》下考正。與“馬”字相對應，此即余所謂“句法變，平仄微調”者也，庶幾前後皆諧，音義兩和。

過片句已據杜注改。

多字格 七十八字 又名《孤雁兒》 范仲淹

紛紛墜葉飄香砌。夜寂靜、寒聲碎。真珠簾卷玉樓空，天澹
○○●●○○▲ ●◎● ○○▲ ○○○●●○○ ○●

銀河垂地。年年今夜，月華如練，長是人千里。 愁腸已
○○○▲ ○○⊙● ◎○○● ○●○○▲ ○○●

斷無由醉。酒未到、先成淚。殘燈明滅枕頭欹，諳盡孤眠滋
●○○▲ ●◎● ○○▲ ○○○●●○○ ○●○○○

味。都來此事，眉間心上，無計相回避。
▲ ○○◎● ⊙○○● ○●○○▲

次句用三字兩句，與前異。歐詞一首，刻前六字、後五字，誤。

書舟有《孤雁兒》詞，查與此調同，故不另列。

【蔡案】

本調主要變化在第二、第四、第七三拍之文字增減，本詞則在次拍與前異也，從之者甚衆。

多字格 八十二字　　高觀國

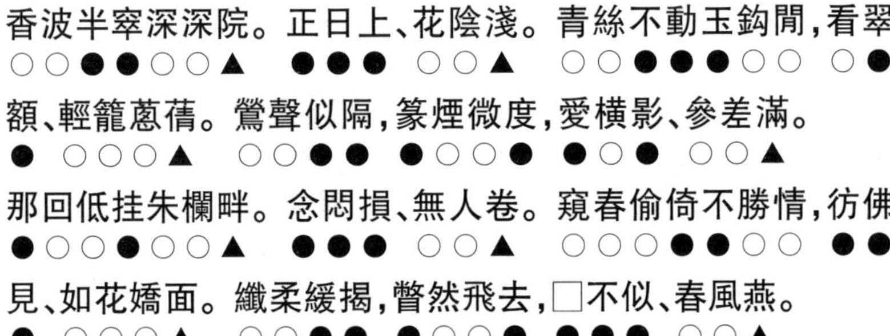

香波半窣深深院。正日上、花陰淺。青絲不動玉鈎閒，看翠額、輕籠蔥蒨。鶯聲似隔，篆煙微度，愛橫影、參差滿。

那回低挂朱欄畔。念悶損、無人卷。窺春偷倚不勝情，彷佛見、如花嬌面。纖柔緩揭，瞥然飛去，□不似、春風燕。

按此調前後不宜參差，此後結誤落一字耳。友古一首，前五字，後六字，亦誤。

〔杜注〕

萬氏謂"後結誤落一字"，按，高别作，此句云"扶下人殘醉"，亦衹五字，似無脱落。

【蔡案】

萬子每固守前後段一致之理念，雖有合理處，然所謂過猶不及，必斤斤較之一字不差，則亦陋矣。本調前後結，既有五字者、六字者，則前五後六、前六後五便皆爲在律，若無特别依據，則不必疑其有脱羨也。且詞之起結，增減文字尤其常見。

側犯 七十七字　方千里

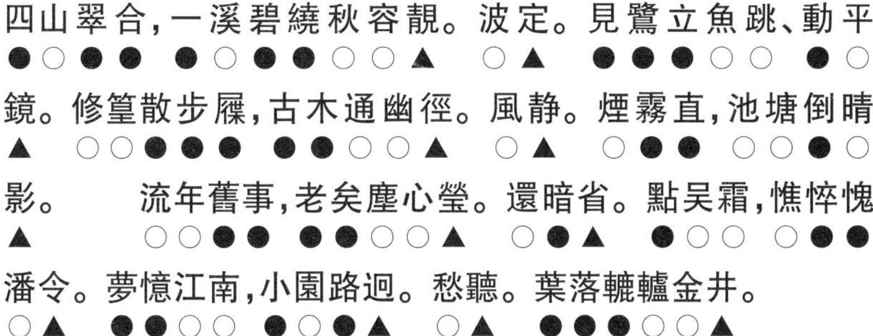

四山翠合，一溪碧繞秋容靚。波定。見鷺立魚跳、動平鏡。修篁散步屧，古木通幽徑。風静。煙霧直，池塘倒晴影。　流年舊事，老矣塵心瑩。還暗省。點吴霜，憔悴愧潘令。夢憶江南，小園路迴。愁聽。葉落轆轤金井。

詞至千里而繩尺森然，纖毫無假借矣。四聲確定，欲旁注而不可得矣。舊刻《片玉詞》於“小園路迴”句作“酒壚寂静”，“静”字犯重。“愁聽”以下作“煙鎖漠漠藻地苔井”。“鎖”字失叶。《詞統》云“方千里改之爲是”，愚謂美成爲樂府創始之人，豈有謬誤？况千里之和清真，無一字聲韻不合，寧有改之之理？“迴、聽”二字必其原韻，因傳寫致訛，而後遂不可考耳。或曰：白石作，於尾句云“寂寞劉郎，自修花譜”，“寞”字亦不叶韻，千里之“聽”字或是偶合。然前段有“波定”“風静”兩個二字叶韻句，“聽”字亦必用韻也。或白石之“寞”字借作“暮”字音，亦未可知。《譜》注尾句八字，無足怪者，乃以“煙、鎖”二字注可用仄平，則大誤矣。觀白石用“劉郎”，則方之“葉落”、周之“漠漠”或皆以入作平，是“鎖”字萬無用平之理也。又以“還暗省、點吴霜”作六字句，“動平鏡”爲可用平仄仄，“愧潘令”爲可用平平仄，“還暗省”爲可用仄平仄，皆謬之謬者。

又，《詞統》云：“‘修篁散步屧’不成句，恐有誤。”此不知何故，若論音律，則“散步”二字去聲，正合周詞“度暗”二字，若論文理，則修篁之間可以散步，無害於理，“步屧隨春風”係杜詩，“散步詠凉天”係韋詩，何爲不成句乎？如謂“通幽徑”屬木，“散步屧”屬人，兩句不對，則周詞“度暗草”屬飛螢,“遊花徑”屬秉燭之人,亦不成句乎?此種論詞,真不可解耳。

〔杜注〕

按,《詞綜補遺》云:《側犯》後段本四字四句,白石精於律吕,尾句云“寂寞劉郎自修花譜”,與周美成同。紅友因“聽”字同韻,臆斷爲二字句。又云:白石之“寞”字借作“暮”字,强作解事,可笑也。愚謂以文氣論,究以六字結句爲妥。

【蔡案】

原譜“見鷺立”八字未讀斷。

後段結,若以《全宋詞》觀,則惟此一首爲一二一六,其餘諸家,均爲四字兩句作結,但玩其文氣,實應讀爲一二一六,惟二字句或二字逗,向不爲明清詞譜學家所鍾,且後六字讀,則多有大拗句式,余疑後人讀四字兩句,蓋欲避拗也。然前段尾均,諸家均用二字逗,則是後段二字逗之暗示。而六字句之所以拗,蓋因八字所減故。

四園竹 七十七字 “四”或作“西” 周邦彦

浮雲護月,未放滿朱扉。鼠摇暗壁,螢度破窗,偷入書幃。
○○●● ●●●○△ ●○●● ○●●○ ○●○△
秋意濃,閒佇立、庭柯影裏。好風襟袖先知。 夜何其。
○●○ ○●● ○○●▲ ●○○●○△ ●○△
江南路繞重山,心知謾與前期。奈向燈前墮淚,腸斷蕭娘,
○○●●○○ ○○●●○△ ●●○○●● ○●○○
舊日書辭。猶在紙。雁信絶、清宵夢又稀。
●●○△ ○●▲ ●●● ○○●●△

諸刻皆以“奈向”誤作“奈何”,遂致此句律拗。而《譜》《圖》以“腸斷”句作七字讀,且注叶韻,蓋吴越鄉音多以魚虞韻混入支微,如呼

“樞”爲“癡”、呼“儲”爲“遲”之類，故作譜者認“書”字是韻耳。豈清真詞伯，而亦作此蠻音醜態耶？觀方千里詞，“無限當年，往復詩辭”，明明於“辭”字和韻，何竟不一查也？其“裏”字、“紙”字乃以仄聲叶平，方用“疏疏雨裏”“千萬紙”，亦是和韻，可見詞中平仄兩叶者甚多，此又其一，人未及細考耳。《圖譜》不知此義，竟以“辭猶在紙”連下“雁信絶”作七字句，更爲可笑。豈方詞可讀作“辭千萬紙甚近日”耶？且因誤讀句拗，遂又注此七字可用仄平平仄平平仄，如七言詩一句，真怪絶矣！嗚呼！是可作譜乎哉？余每贊嘆方氏《和清真》一帙，爲千古詞音證據，觀其字字摹合，如此不惟調字可考，且足見古人細心處，不僅有功於周氏，而凡詞皆可以此理推之，豈非詞家所當蒸嘗者耶？故字旁不敢復注平仄。

〔杜注〕

按，楊澤民和詞，前作“凄凉客裏”，後作“何用紙”，可爲“裏、紙”二字叶仄韻之證。

【蔡案】

方、楊和詞“裏”“紙”均步之，然陳允平和詞則前作“闌干瘦倚”，後作“粉淚盈盈，先滿紙”，“裏”字未步，而用“倚”字入韻，後段雖步“紙”字，但原詞“辭”字不押，且此韻爲主韻所在，必有舛誤。

祝英臺近 七十七字 或無“近”字　　吴文英

剪紅情，裁緑意，花信上釵股。殘日東風，不放歲華去。有
●○○ ○●● ⊙●●○▲ ⊙●○○ ◎●●○▲ ◎
人添燭西窗，不眠侵曉，笑聲轉、新年鶯語。　舊樽俎。
○⊙●○○ ◎○⊙▲ ●○● ⊙○○▲ ●○▲
玉纖曾擘黃柑，柔香繫幽素。歸夢湖邊，還迷鏡中路。可憐
◎○⊙●○○ ⊙○●○▲ ⊙●○○ ⊙○●○▲ ◎○

千點吴霜，寒銷不盡，又相對、落花如雨。
⊙●○○ ⊙○◎● ●○● ◎○○▲

此調中多用仄平仄句，而《圖》《譜》皆注可用平平仄，倘有一句錯，則非《祝英臺》調矣，況句句俱改之乎？"迷"字，多用仄者，不拘也。"笑聲轉""又相對"亦多用仄平仄然，亦不甚拘，只"轉""對"二字不可平耳。《竹山集》於"還迷"句上多一字，是誤，非有此體。"裁緑意"，夢窗作"收燈後"；"柔香"句，聖求作"鶯聲留不住"，書舟作"春歸愁未斷"，俱係偶筆，不可從。

【蔡案】

恩杜合刻本萬子注文與此大異，茲録於下：

此調多用仄平仄句，《譜》皆注可平平仄，誤。"笑聲""又相"有作平仄者，"柔香繫幽"，聖求、書舟偶用平仄，不宜從。

《詞品》載："戴石屏所娶江西女子，作《惜多才》一首"，即《祝英臺》也，傳流殘缺，前段三十七字不少，後則逸去起處三句十四字，《圖譜》不識，合前後爲一，另立一調，作六十三字。而於尾句"澆奴墳土"作"墳上土"，是六十四字矣。且即取詞中第四語"揉碎花箋"四字，命作調名，因即杜撰出許多可平可仄來，乃以爲譜，怪極矣！

按，萬子原注"有人"之"人""玉纖"之"纖""還迷"之"迷""可憐"之"憐"，均作可仄，似非。此四句，除第三句可作仄起仄收式句法外，其餘三句六字句之第二字宋人多作平聲，尤其至宋末，除吴文英外，草窗三首、玉田七首、竹山一首均如此填，可見此調此三句已基本規範成平起平收式句法，自是吾輩之圭臬也，故可譜之。

鳳樓春 七十七字 歐陽炯

鳳髻緑雲叢。深掩房櫳。錦書通。夢中相見覺來慵。匀面
●●●○△ ○●○△ ●○△ ●○○●●○△ ○●

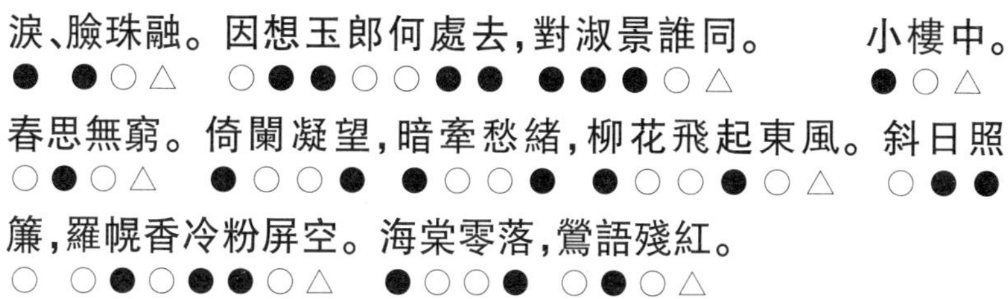

淚、臉珠融。因想玉郎何處去，對淑景誰同。　小樓中。春思無窮。倚闌凝望，暗牽愁緒，柳花飛起東風。斜日照簾，羅幌香冷粉屏空。海棠零落，鶯語殘紅。

"照簾"一作"照簾櫳"，《詞綜》仍之，但前用"房櫳"，此處不宜複叶。《譜》《圖》以"羅幌"句拗，因注"羅幌香三字可用仄平仄"，此調自五代迄金元，無第二首傳世者，何從知"幌"字可平耶？此句或當在"幌"字斷句，而"簾"字上尚有"綉"字或"珠"字耳。即謂"幌"字或是"幃"字之訛，亦止可存其臆説，相傳已久，豈可竟改其平仄以示後人乎？

〔杜注〕

按，《歷代詩餘》"柳花飛起東風"句，"起"作"趁"。又，"斜日照簾"句，"簾"字上有"珠"字，與萬氏注合。又按，《花草粹編》"照簾"下有"櫳"字，係重韻，不可從。

【蔡案】

"幌"字以上作平，或應據《全唐詩》易爲"幃"字。然本詞前後段句式參差，疑或有錯訛處。

一叢花 七十八字　　秦　觀

年時。今夜見師師。雙頰酒紅滋。疏簾半卷微燈外，露華上、煙裊涼颸。簪髻亂抛，偎人不起，彈淚唱新詞。　佳期。誰料久參差。愁緒暗縈絲。相應妙舞清歌夜，又還對、

秋色嗟咨。惟有畫樓,當時皓月,兩處照相思。
⊙●○△ ○●●○ ○○◎● ◎●●○△

前後同。"露華上""又還對"多用仄平仄,或有用仄平平、仄仄平者。"亂"字、"畫"字必用去聲,即不能,亦用上入聲,必不可用平,此爲定格。如子野用"漸、細",東坡用"縱、少",惜香用"乍、厚"等字,可見。書舟、放翁於此句用平平仄仄,則又一格,亦可從也。

惜香一首第四句作"東西芳草漫茸茸",係誤刻,無此體。

〔杜注〕

按,《淮海集》首句"年來"作"年時"。又,"相應妙舞清歌夜"句,"夜"作"罷"。又,"當時皓月"句,"皓"作"明"。又按,前起"年時"之"時"字,後起"佳期"之"佳"字,爲短韻。萬氏因前"時"字誤作"來",故漏注叶。

【蔡案】

原譜前後段起拍均未作句中短韻標示。惟本詞前後段俱叶,故予補注。然本調前後段起拍,例不用句中短韻,他如蘇軾之"今年。春淺臘侵年"、晁補之之"東君密意在花心"、趙長卿之"柳鶯啼曉夢初驚"三首,勉强可謂句中韻,亦僅此數種而已。故填者當以⊙○⊙●●○△句法爲正。

陽關引 七十八字 又名《古陽關》 晁補之

草草蛩吟噎。暗柳螢飛滅。空庭雨過,西風緊、飄黃葉。卷
●●○○▲ ●●○○▲ ○○●● ○○● ○○▲ ●

書帷寂静,對此傷離别。重感嘆,中秋數日又圓月。 沙
○○◎● ●●○○▲ ●●○ ○○●●●○▲ ⊙

觜檣竿上,淮水闊。有飛舄客,詞珠玉、氣冰雪。且莫教皓
●○○● ○●▲ ●○○● ○○● ●○▲ ●○○◎

月，照影驚華髮。問幾時，清樽夜景共佳節。
● ●●○○▲ ●●○ ○○●●●○▲

"卷書帷"與"且莫教"二句句法，用"卷、且"二字領句，與下"對此"句、"照影"句如五言詩者不同，不可不知。

按，寇萊公作，前結云："動黯然，知有後會甚時節"，後結云"念故人，千里自此共明月"，"有"字、"里"字俱用上聲，不拘也。"空庭"以下前後相同。"有飛鳧客"仄平平仄，與前異，而"飛鳧"二字相連。寇云"嘆人生裹"，"嘆"字亦仄，"人生"亦連。"氣"字用去聲，與前異。寇亦用"易"字，必非偶合，作者須留意焉。《譜》《圖》將"西風緊"連上作七字，"詞珠玉"連下作六字，前結一三、一七，後結兩五，俱誤。

按第一"草"字恐誤。

【蔡案】

寇詞，"有"字、"里"字俱用上聲，非不拘也，是句法不同之故。

前後段尾均，原譜"重感嘆""問幾時"均讀爲逗，則形成孤拍，故應讀爲句，改。

金人捧露盤 七十九字 《西平曲》。又名《上西平》 程 垓

愛春歸，憂春去，爲春忙。旋點檢、雨障雲妨。遮紅護緑，翠
●○○ ○⊙● ●○△ ●◎◎ ◎●○△ ⊙○◎● ◎

幃羅幕任高張。海棠明月，杏花天、更惜濃芳。 唤鶯
○⊙●●○△ ◎○⊙● ●○⊙ ◎●○△ ●○

吟、招蝶拍，迎柳舞、倩桃妝。盡呼起、萬籟笙簧。一觴一
○ ○○● ○●● ●○△ ●⊙◎ ◎●○△ ◎○◎

詠，儘教陶瀉綉心腸。笑他人世，漫嬉遊、擁翠偎香。
● ◎○⊙●●○△ ◎○⊙● ●○⊙ ◎●○△

此調因有别名，故各書多複收之，而《圖譜》乃收至三體，既收《金

人捧露盤》與《上西平》，又收一元人詞《上南平》調，奇絶。蓋《嘯餘》於兩結，原讀作一七字、一四字，故《圖譜》亦以"杏花天"三字屬上句，而《嘯餘》所收之詞，於"天"字用仄，《圖譜》所收之詞於"天"字用平，且偶與通篇韻合，故以爲另一體而列之。又其後段於"盡呼起"至"綉心腸"，云"洗五州、妖氣關山。已平全蜀，風行何用一泥丸。"，是於"州"字豆、"山"字叶、"蜀"字句、"丸"字叶者。《圖譜》誤認"洗五州妖氣"爲一句"關山已平"爲一句，"全蜀風行"爲一句，"何用一泥丸"爲一句。則此詞比前詞原未嘗有異，而讀者差到底，故遂另列一體耳。豈非奇絶乎？

又《稼軒集》"九衢中"一首，前結云"自憐是，海山頭、種玉人家"，乃於"自憐是"一句内落去一字。觀其後段，仍是兩句十一字，可知《譜》因將"自憐是"連下作十字句，故認爲另格。然則如東浦刻後結"不如早問，溪山高養吾慵"，亦不管其是誤落，而亦可另收一體耶。總之，此調起處三字三句，換頭三字四句，其餘字字相同，豈有前後互異之理？書籍之誤刻者甚多，安可不一細心體認？凡讀書皆然，不獨一詞也。

蘆川後起作"名與利"，不必學。

〔杜注〕

按，正伯《書舟詞》此調名《上平曲》。

【蔡案】

萬子注云，蘆川後起不必學，或因其平字起，然本調現存諸詞，仄字起者實僅得三之一，若後段以平平仄起，並不爲差也，故此説不可從。

又按，"盡呼起"七字，原譜未讀斷。

望雲涯引 八十三字 李 甲

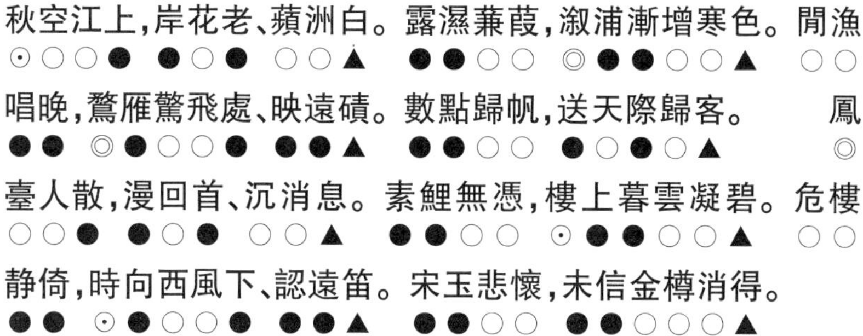
秋空江上,岸花老、蘋洲白。露濕蒹葭,溆浦漸增寒色。閒漁
⊙○○● ●○● ○○▲ ●●○○ ◎●●○○▲ ○○
唱晚,鷩雁驚飛處、映遠磧。數點歸帆,送天際歸客。 鳳
●● ◎●○○● ●●▲ ●●○○ ●○●○▲ ◎
臺人散,漫回首、沉消息。素鯉無憑,樓上暮雲凝碧。危樓
○○● ●○● ○○▲ ●●○○ ⊙●●○○▲ ○○
靜倚,時向西風下、認遠笛。宋玉悲懷,未信金樽消得。
●● ⊙●○○● ●●▲ ●●○○ ●●○○○▲

此詞後段比前少“閒漁唱晚”四字,尾句多一字,愚以爲不全之調也。蓋尾句或多或寡,詞原有换尾之例,若通篇前後字句平仄音響皆同,而中間缺去四字,則各調無此例,故謂其不全。惜他無可考證耳。〔杜注〕

按,《詞譜》“秋容”作“秋空”。又,“浦嶼”作“溆浦”。又,“樓上暮雲凝碧”句下,有“危樓静倚”四字。又,“曉向西風”句“曉”作“時”,應遵照改補。

【蔡案】

已據杜注改。

夢還京 七十九字 柳 永

夜來匆匆飲散,欹枕背燈睡。酒力全輕,醉魂易醒,風揭簾
●○○○●● ○●●○▲ ●●○○ ●○●● ○●○
櫳,夢斷披衣重起。悄無寐。追悔當初,綉閣話別太容
○ ●●○○○▲ ●○▲ ○●○○ ●○●●●○
易。 日許時、猶阻歸計。甚況味。旅館虛度殘歲。想
▲ ●●○ ○●○▲ ●●▲ ●○○●○▲ ●

嬌媚。那裏。獨守鴛幃静，永漏迢迢，也應暗同此意。
○▲ ●▲ ●●○○● ●●○○ ●○●○●▲

無可引證，姑爲分句，恐有差落，未必確然。

〔杜注〕

按，此調《詞緯》分三段，以"悄無寐"爲二段起句，"甚況味"爲三段起句，《詞譜》同。

【蔡案】

本詞前後段各爲三均，然前後參差不合，竟無一拍相同，未識原調旋律如此，抑或有舛誤，如此章法，極爲罕見。且萬子原譜分爲兩段，自"追悔"起爲後段，則前後篇章亦太過參差，愚以爲從詞體規模觀之，該詞最宜以近破體式按之，故全詞當爲兩段，然須以"日許時"起爲後段，如此，則中規中矩，合乎長短句之基本規則。若按杜注，則三段式亦覺均拍嚴重不諧，《欽定詞譜》即如此分，顯係無均拍概念者所分，不可從。

又，"那裏"起七字原譜不讀斷。按，此處原義實爲五字兩句，即"想嬌媚那裏，獨守鴛幃静"，"嬌媚那裏"兩頓連仄，用腹韻隔之。近人汪東詞，此處爲"怎經歲。僂指。結盡千條恨"，可知汪東亦作如是理解。

前段起拍與後段結拍，皆爲平起仄收式律拗句法，第五字不可爲平。又，"綉閣"之"閣"，以入作平。"旅館"之"館"，以上作平。

山亭柳 七十九字　　晏 殊

家住西秦。賭博藝隨身。花柳上、鬥尖新。偶學念奴聲調，
○●○△ ●●●○△ ○◎● ●○△ ●●◎○⊙●

有時高遏行雲。蜀錦纏頭無數，不負辛勤。　數年來往
●○⊙●○△ ●●○○⊙● ◎●○△ ●○○●

咸京道，殘杯冷炙謾消魂。衷腸事、托何人。若有知音見
○○●　○○●●●○△　○⊙●　●○△　●●⊙○◎
採，不辭遍唱陽春。一曲當筵落淚，重掩羅巾。
●　●○◎●○△　●●○○◎●　⊙●○△

"花柳"下與後"衷腸"下同。

【蔡案】

"花柳上""衷腸事"，原譜均讀爲三字兩句，而實應讀爲六字折腰句法。

仄韻體 七十九字　　杜安世

曉來風雨，萬花飄落。嘆韶光、虚過却。芳草萋萋，映樓臺、
●○○●　●○○▲　●○○　○●▲　○●○○　●○○
淡煙漠漠。紛紛絮飛院宇，燕子過朱閣。　玉容淡妝添
●○●▲　○○●○●●　●●○○▲　●●●○○
寂寞。檀郎孤願太情薄。數歸期、絶信約。暗恨春宵，向平
●▲　○○○●●○▲　●○○　●●▲　●●○○　●○
康、恣迷歡樂。時時悶飲緑醑，甚轉轉、思量著。
○　●○○▲　○○●●●○　●●●　○○▲

用仄韻。而首句不起韻，次句四字，前結五字，後結六字。"芳草"下、"暗添"下各十一字，皆上四下七，俱與前調異。姑分其句，然或有訛脱也。"暗添""添"字該仄，其誤尤明。

〔杜注〕

按，《花草粹編》首句"曉來風雨"下有"惡"字起韻。又，"暗添春宵恨平康"七字，萬氏注謂"添"字該仄。按，《詞譜》作"暗恨春宵向平康"，乃誤"恨"作"添"，又落一"向"字也。應遵照增改。

【蔡案】

已據杜注改。

換頭句第二字平讀，兩頓連平失諧。按，容，段玉裁認爲“今字假借爲頌貌之頌”，即與“頌”通。兩字相同之基礎，是《説文解字》之“古文‘容’，從公。”而“頌”字，《説文解字》注云：“頌，貌也。”段玉裁注云：“貌下曰：頌儀也，與此爲轉注。……古作頌貌，今作容貌，古今字之異也。”此一觀點，顔師古注《前漢書》亦云：“古頌與容同。”故“容”有仄讀，音“涌”，在上聲腫韻部，《正字通》擬音爲余壟切。又，“緑醑”之“醑”，亦以上作平手法。

鎮　西 七十九字　　蔡　伸

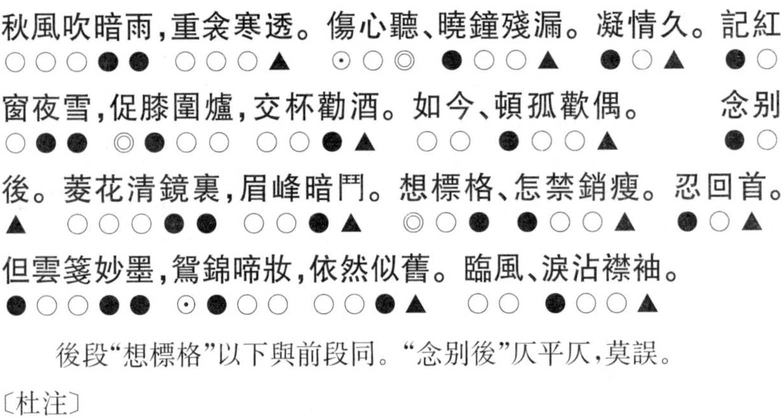

後段“想標格”以下與前段同。“念别後”仄平仄，莫誤。

〔杜注〕

按，此調《詞譜》即作《小鎮西》。“想標容”之“容”字作“格”。

【蔡案】

原譜起調作“秋風吹雨，覺重衾寒透”，與柳永二詞之起調不同，當誤，據吴訥本《友古居士詞》改。

原譜前後兩結句皆不讀斷，雙頓連平，若連讀則音律失諧，此實二字逗之標識也。又，“勸酒”，原作“歡酒”，“標格”，原作“標容”，“妙墨”，原作“墨妙”，均據《欽定詞譜》改。又按，萬子原注“别”以入作平。

讀破格 七十九字 本集作《小鎮西》 柳 永

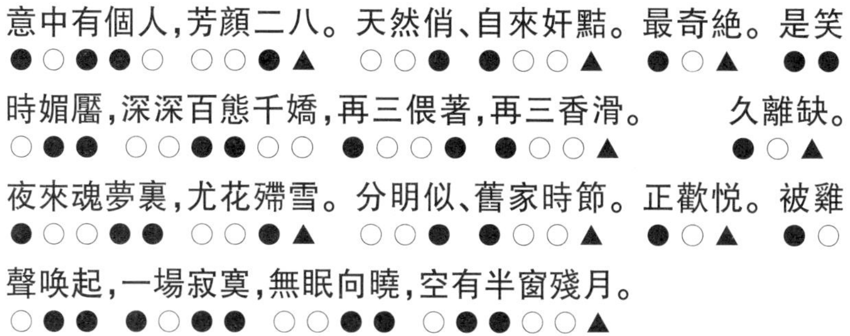
意中有個人,芳顔二八。天然俏、自來奸黠。最奇絶。是笑時媚靨,深深百態千嬌,再三偎著,再三香滑。 久離缺。夜來魂夢裏,尤花殢雪。分明似、舊家時節。正歡悦。被雞聲喚起,一場寂寞,無眠向曉,空有半窗殘月。

首句五字,次句四字,"無眠向曉"不叶韻,與前詞異。或云:前詞或亦五字起。余謂"秋風吹雨",如何覺起來?除是脚字則可。

按,此調"天然俏"以下前後相同。"久離缺"三字係後段换頭句,前詞甚明,汲古誤將此三字贅附前尾,遂失却此調之體。況論文義,亦云離别已久,而夜來夢中,猶是舊時光景,乃正當歡悦,却又被雞聲驚覺也。豈可割一句搭上截耶?本應改正。今仍舊録之者,因欲覽者與前蔡詞相較,自見分明耳。"一場"以下十四字,若照前詞,原可作"一場寂寞"一句、"無眠向曉"一句、"空有半窗殘月"一句,但前段"是笑時"以下不可如此分讀,故注斷句如右。

〔杜注〕

按,"靨"字疑是叶韻。

【蔡案】

《小鎮西》即《鎮西》,兩詞相較幾一,可證,而《小鎮西犯》則是《小鎮西》犯别調(未知)而成,實與本調不同。

本調分段,原譜"久離缺"仍屬上,誤。此三字自應屬下,校之前一體即明。《欽定詞譜》亦作如此讀，謹據萬注改。

又按，前後段兩結，萬子以爲後段當作四字兩句、六字一句，甚是。蓋詞句前後相合爲佳，然亦不必犧牲韻律，强爲之合也，况詞於起調畢曲處，本多變化。

小鎮西犯 七十二字 柳　永

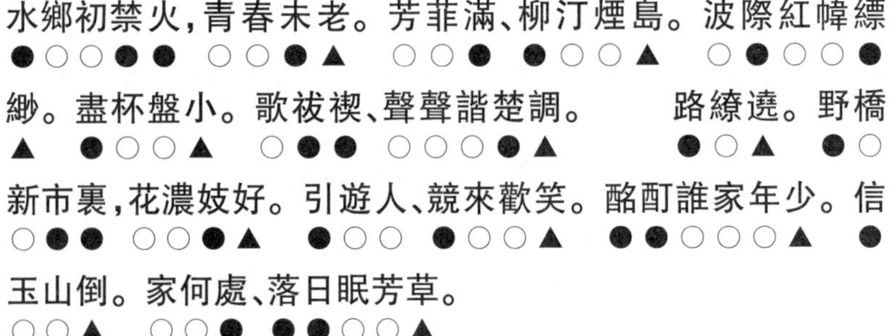
水鄉初禁火，青春未老。芳菲滿、柳汀煙島。波際紅幃縹緲。盡杯盤小。歌祓禊、聲聲諧楚調。　路繚遶。野橋新市裏，花濃妓好。引遊人、競來歡笑。酩酊誰家年少。信玉山倒。家何處、落日眠芳草。

汲古亦將"路遼遶"三字屬上段，又"祓"字重寫，今改正。"落日"句五字，比前結異。"玉"字照前似應作平聲。"杯盤""玉山"皆四字句中用二字相連者，不可不知。

本譜以字少者居前，此調因題有犯字，必非《鎮西》全體，故以列於正調之後。

〔杜注〕

按，宋本前結作"聲聲諧楚調"，此落"楚"字。又，"路遼遶"句，"遼"作"繚"。又，《花草粹編》"信玉山倒"句，"倒"字上有"傾"字。均應增改。又按，《詞譜》"芳華"作"芳菲"。

【蔡案】

杜氏以爲，後段應據《花草粹編》作"信玉山傾倒"，非是。本調前段"波際"後與後段"酩酊"後全部對應，當是《小鎮西》所犯之别調詞句,故“信玉山倒”對應前段“盡杯盤小”,均爲一三式結構,若添一“傾”字則誤。餘皆據杜注改,原譜“七十一字”改爲“七十二字”。

紅林檎近 七十九字　　方千里

曉起山光慘,晚來花意寒。映月衣纖縞,因風佩琅玕。三弄江梅聽徹,幾點岸柳飄殘。宛然舞曲初翻。簾影卷波瀾。　把酒同喚醉,促膝小留歡。清狂痛飲,能消多少杯盤。况人生如寄,相逢半老,歲華休作容易看。

起四句、後起二句竟似五言古詩,甚拗。結一句亦拗,但此係美成按腔製體,有冬初、雪景二首,平仄相同,千里和之,亦一字不異,是知調格應是如此,不可任意更改,不然美成既苦守不變,千里又苦相模彷,何其迂拙,大遜今人之巧便乎。於此可悟詞律之嚴。愚之迂拙,見哂於今人,而或見諒於古人處,亦可稍自白已。乃《圖譜》無一字不改拗爲順,不知皆改順爲拗矣。每見今之名流云:作詞但要鍊字尖新、鍊句妥俊,讀之諧耳,即爲甚工,必費心力求合於古,毋乃愚而無益。余謂若然,則隨意做成長短句,便是詞矣,何必更名爲某調某調耶?未有名爲某某調,而平仄字句故與相乖之理。如五七言古詩,而强名曰律,豈理也哉!

“衣”字去聲,“影”字周用“池”字,初疑千里《和周詞》一卷,步趨不差分寸,此字何以不守?及觀清真雪詞亦用“手”字,故千里不妨亦用上聲耳。

〔杜注〕

按,此爲和清真詞,後半漏注可平可仄,今照千里另作“花幕高燒燭”一首補注。

【蔡案】

萬子原注“三弄”之“弄”可平、“宛然”之“然”可仄。又,“把酒”之“酒”以上作平,方諧。該字宋元詞中或用平聲,或用入作平、上作平。

萬子謂“影”字因“手”而仄,必無是理,疑周詞“池”字亦誤。

詞律卷十二

過澗歇 八十字　　晁補之

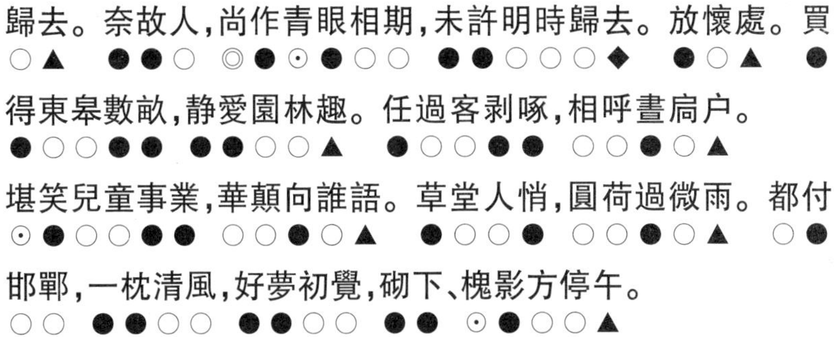
歸去。奈故人，尚作青眼相期，未許明時歸去。放懷處。買得東皋數畝，静愛園林趣。任過客剥啄，相呼書扃户。堪笑兒童事業，華顛向誰語。草堂人悄，圓荷過微雨。都付邯鄲，一枕清風，好夢初覺，砌下、槐影方停午。

草堂舊刻及各選，俱載柳七“淮楚。曠望極”一首，久而傳訛，於後段落去二字，《嘯餘》乃因而作譜，硬注字句。《圖譜》因之，遂爲千古貽誤。今以無咎詞爲據，並録柳作於後，以證訛脱之説。

淮楚。曠望極、千里火雲燒空。盡日西郊無雨。厭行旅。數幅輕帆旋落，艤棹蒹葭浦。避畏景、兩兩舟人夜深語。　此際争可便恁，奔利名九衢塵裏，衣冠冒炎暑。回首江鄉，月觀風亭，水邊石上，幸有散髮披襟處。

首句兩字起韻，次句三字，“千里”句六字，“盡日”句六字，晁詞明明可證也。而譜注云：首句七字，以“里”字爲起韻。是一注而破亂三句，失一“楚”字韻，反妄添一“里”字韻，豈不大誤？且此闋是魚虞韻，豈首句便借支字韻乎？而“淮”字注可仄，“避”字可平，“夜深”注可平仄，必欲改盡此調而後已矣。後段“九衢”以下，與前詞“草堂”以下字字相同，則“九衢”之上該有十一字，今落去二字，止存九字，因而不可句豆。據愚揣之，必“奔”字與“名”字下各落一字，或是“奔馳利名路”耳。故下便接“九衢”“冒暑”等語，於理爲當。而《譜》乃硬注“此際争可便”爲一句？“恁奔”至“塵裏”爲一句，豈不大誤！又自以“恁奔利名”爲拗，因注此四字平仄皆可反用，豈不誤而又誤？蓋以“裏”字爲叶，即首句“里”字起韻之説，柳七縱有俳俗之謗，豈意至五六百年後，又以不識韻之罪加之乎？況“恁奔”是何言語？夫舊刻傳訛，非後人之過，但闕疑則可，若强不知以爲知，則自誤不可，況以誤人乎？

〔杜注〕

萬氏注謂：“柳詞‘九衢’之上該有十一字，今落去二字”。按，《歷代詩餘》“奔利名”三字作“奔名競利去”五字，與所論合。

【蔡案】

“奈故人”，萬子原作三字逗讀，或誤。蓋“歸去奈故人”本爲一五字句，柳永詞二首，一作“淮楚曠望極”，一作“酒醒夢才覺”，“楚”字、“醒”字均爲句中短韻，與本詞同。

前段尾均，原譜讀爲“任過客、剥啄相呼晝扃户”，檢柳永詞一首，結九字爲“漏聲隱隱，飄來轉愁聽”，其四字爲平平仄仄節奏，可知“客”字當是以入作平者。而此十字爲前段尾均，若作上三下七式句法，則成孤拍，於律不合，故必是五字兩句。

“初覺”之“覺”，以入作平。萬子原譜誤注“夢”字可仄，必是“可平”之意，蓋柳永二首俱爲平聲故。惟本詞應是“覺”字可平，平平仄仄句法改爲仄仄平平而已。又，後段結拍原譜不讀斷。

安公子 八十字　　柳　永

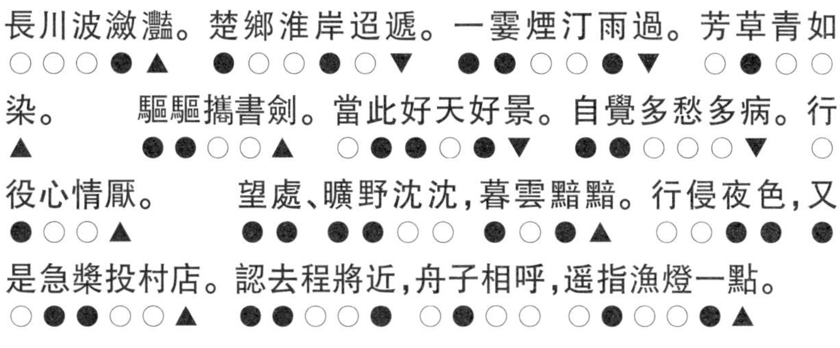

長川波瀲灩。楚鄉淮岸迢遞。一霎煙汀雨過。芳草青如染。驅驅攜書劍。當此好天好景。自覺多愁多病。行役心情厭。望處、曠野沈沈，暮雲黯黯。行侵夜色，又是急槳投村店。認去程將近，舟子相呼，遥指漁燈一點。

惟耆卿有此詞，他無可證。

按，此調當作三疊，"長川"至"如染""驅驅"至"情厭"，字句相同，宜分作兩段，所謂雙拽頭也。

〔杜注〕

按，葉《譜》分三疊，以"芳草青如染"作首段尾句，與萬氏注合。

【蔡案】

原譜以"行役心情厭"屬上分兩段，已據二注改。

驅驅，去聲，《廣韻》：區遇切，音姁，在遇部。與平聲義同。班固《東都賦》："舉烽伐鼓，申令三驅。輕車霆激，驍騎電鶩。"陶侃《相風賦》："華蓋警乘，奉引先驅。豹飾在後，葳蕤先路。"又，"又是"之"是"，以上作平。

前段"迢遞"之"遞"爲均脚所在，當叶韻。此雙曳頭韻法爲中間二句换韻，故第二段"景、病"相押，第一段"過"字必是"逝"字之誤，與"遞"相叶。本詞宋人雖僅此一首，然觀清丁澎詞，其見顯與余同，丁詞前段第二第三拍作"三生休負。爲着些子，驀騰騰地"，顯係理解柳詞爲"楚鄉淮岸。迢遞一霎，煙汀雨過"，而後段作"埋冤着人薄幸。忒煞女兒心性。"兩句互押，是視柳詞爲换韻之旁證。則前段因"過"

字之誤而不入韻，而次段作换韻也。

又按，第三段過片原譜不讀斷，仄音步相連，正二字逗之標識也，“望處”所領，非四字，乃儷句八字，故以讀斷爲佳。

安公子慢 一百六字 柳　永

遠岸收殘雨。雨殘稍覺江天暮。拾翠汀洲人寂静，立雙雙
●●○○▲　●○●●○○▲　●●○○○●●　●○○

鷗鷺。望幾點、漁燈掩映蒹葭浦。停畫橈、兩兩舟人語。道
○▲　○●●　○○●●○○▲　○●○　●●○○▲　●

去程今夜，遥指前村煙樹。　遊宦成羈旅。短檣吟倚閒
●○○●　○●○○○▲　○●○○▲　●○○●○

凝佇。萬水千山迷遠近，想鄉關何處。自别後、風亭月榭孤
○▲　●●○○○●●　●○○○▲　●●●　○○●●○

歡聚。剛斷腸、惹得離情苦。聽杜宇聲聲，勸人不如歸去。
○▲　○●○　●●○○▲　●●●○○　●■●○○▲

“雙雙”上多一“立”字，“鄉關”上多一“想”字，與前兩詞異。柳又一首前用四字，後用五字，乃前段落一字也。“杜宇聲聲”應作仄平平仄，“人”字應仄，或是偶誤，或是不拘，然後學宜從其前段式爲妥。

【蔡案】

原譜體例以字數多寡臚列，故本詞列爲慢詞第三體，惟本詞最爲早見，且宋人多依此作，自是正體，故今移至首列。以此視點觀之，萬子謂多一字者，蓋非，當是陸詞、晁詞少一字，彼爲少字格也。

前後段第二均，原譜讀爲“拾翠汀洲，人寂静、立雙雙鷗鷺”“萬水千山，迷遠近、想鄉關何處”，爲統一譜式，均予改易。

尾句“勸人不如歸去”，“人”字依律當仄，其餘諸家亦均用仄聲。宋人多有將“人”字用爲仄聲者，未知其故，可參見《閒中好》《古調笑》

《歸田樂》《傳言玉女》等注，填者當填仄爲是，不可下平聲字。

少字格 一百二字　　陸　游

風雨初經社。子規聲裏春光謝。最是無情，零落盡、薔薇一

⊙●○○▲　◎○⊙●○○▲　◎●○○　○●●　○○○

架。況我今年，憔悴幽窗下。人盡怪、詩酒消聲價。向藥爐

▲　◎●○○　⊙●○○▲　○●◎　⊙●○○▲　●●○

經卷，忘却鶯窗柳榭。　萬事收心也。粉痕猶在香羅帕。

○●　⊙●○○◎▲　◎●○○▲　◎○⊙●○○▲

恨月愁花，争信道、如今都罷。空憶前身，便面章臺馬。因

◎●○○　○●●　○○○▲　⊙●○○　◎●○○▲　○

自來、禁得心腸怕。縱遇歌逢酒，但説京都舊話。

●⊙　⊙●○○▲　●●○○●　◎●○○◎▲

此調整順可從，前後段同。

〔杜注〕

按“鶯窗”句與上“幽窗”複，疑“鶯簾”之誤。

【蔡案】

原譜作“又一體”，因與前詞顯屬同名異調，故改之。

又，杜氏謂“窗”字或誤，按，慢詞並不嫌複。

少字格 一百四字　　晁補之

柳老荷花盡。夜來霜落平湖净。征雁横天鷗舞亂，魚遊清

●●○○▲　●○○●○○▲　○●○○○●●　○○○

鏡。又還是、當年我向江南興。移畫船、深渚蒹葭映。對半

▲　●○●　○○●●○○▲　○●○　○●○○▲　●●

篙碧水，滿眼青山魂凝。　一番傷華鬢。放歌狂飲猶堪

○●●　●●○○○▲　●●○○▲　●○○●○○

逞。水驛孤帆明夜事，此歡重省。夢回處、詩塘春草愁難
▲ ●●○○○●● ●○○▲ ●○● ○○○●○○
整。宦情與、歸思終朝競。記他年相訪，認取斜川三徑。
▲ ●○● ○●○○▲ ●○○○● ●●○○○▲

"又還是"句與"夢回處"句十字，與《摸魚兒》中語同，比前詞各多一字。"番"字詞人常作仄聲用。"明夜"句該上三下四，今"此"字不可豆，而"歡重事省"亦難解，必系訛錯。

〔杜注〕

萬氏注謂"明夜此歡重事省"句"必係訛錯"。按，《歷代詩餘》作"明夜事、此歡重省"，應遵改。又按，《琴趣外篇》"歸思"作"歸期"，似誤，此字必去聲始諧。

【蔡案】

"水驛"前後段第二均之正體當是七字一句、五字一句，第二句亦有減一字，作四字一句者，故本詞原譜雖讀爲"征雁横天，鷗舞亂、魚遊清鏡""水驛孤帆，明夜此、歡重事省"四字一句、七字一句，總不如以正體爲是。而後段文字，《歷代詩餘》《欽定詞譜》作"水驛孤帆明夜事，此歡重省"，與《全宋詞》所據同，可取，據改。

多韻格 一百六字　　杜安世

又是春將半。杏花零落閒庭院。天氣有時陰淡淡，綠楊輕
●●○○▲ ●○○●○○▲ ○●●○○●● ●○○
軟。連畫閣、綉簾半卷。招新燕。殘黛斂、獨倚闌干遍。暗
▲ ○●● ●○●▲ ○○▲ ○●● ●●○○▲ ●
思前事，月下風流，狂蹤無限。　惜恐鶯花晚。更堪容易
○○● ●●○○ ⊙○○▲ ●●○○▲ ●○○●
相抛遠。離恨結成心上病，幾時消散。空際有、斷雲片片。
○○▲ ○●●○○●● ●○○▲ ○●● ●○●▲

遥峰暖。聞杜宇、終日哀啼怨。暮煙芳草，寫望迢迢，甚時
○○▲ ○●● ○●○○▲ ●○○● ●●○○ ◎○
重見。
○▲

“天氣”句、“離恨”句與前稍異。“連畫閣”二句與後“空際有”二句，各止七字，亦與前異。兩結各四字三句，更不同。

或曰：“天氣”與“離恨”句，原可作四字照前讀，“連畫閣”與“空際有”亦可照前。“卷”字、“片”字不是叶韻，乃偶合耳。此論亦是，然其結則固是另一體也。

【蔡案】

“天氣”句、“離恨”句本與諸詞無異，萬子前詞誤讀爲四字句耳。故擬譜句讀，須宏觀慮及諸詞，方才妥帖。

本詞第三均之“卷”字、“片”字，俱爲句中短韻，故“綉簾半卷”當屬下爲是，不可連上而讀斷，否則後三字脱矣。填者構思，務須知之。

早梅芳近 八十字 或無“近”字 吕渭老

畫簾深、妝閣小。曲徑明花草。風聲約雨，暝色啼鴉暮天杳。染眉山對碧，匀臉霞相照。漸更衣對客，微坐自輕笑。　醉紅明、金葉倒。恣看還新好。瑩注粉淚，滴爍波光射庭沼。犀心通密語，珠唱翻新調。佳期定約秋了。

“霞相照”“翻新調”以上，前後同。尾句恐誤。《聖求詞》每多訛字。

〔杜注〕

按，後結應作八字二句。《詞譜》收周美成别首作“路迢迢，恨滿千里草”，可證。此詞脱二字。

【蔡案】

本調據其均拍結構，當屬慢詞，而非近詞，另有李德載兩首令詞，一本亦誤作“早梅芳近”，則其時詞調之體例已然混亂。

後結諸詞均爲八字，本詞必脱二字，其原詞或爲“□佳期，定約秋□了”。故不足爲範，不擬譜，填者應以下一首周詞爲準。

早梅芳 八十二字　周邦彦

花竹深、房櫳好。夜闃無人到。隔窗寒雨，向壁孤燈弄餘
⊙◎○ ○○▲ ●●○○▲ ○○○● ●●○○●○

照。淚多羅袖重，意密鶯聲小。正魂驚夢怯，門外已知
▲ ●○○●● ●●○○▲ ●○○●● ⊙●●○

曉。　去難留、話未了。早促登長道。風披宿霧，露洗初
▲ ●○○ ◎●▲ ●●○○▲ ○○○● ●●○

陽射林表。亂愁迷遠覽，苦語縈懷抱。謾回頭、更堪歸
○●○▲ ●○○●● ●●○○▲ ●○○ ●○○

路杳。
●▲

後結“謾回頭”下比前詞多二字，但查《片玉》此調二闋及《姑溪詞》，俱八字，則前詞必是脱落，作者衹依此填之可也。《姑溪》於“路”字作“人”字，周又一首於“堪”字作“滿”字，總不如依此爲妥。

【蔡案】

本詞前後段各爲四均，端然慢詞結構，故稱其爲“近”者，必誤。又，前後段起拍，原譜均讀爲三字兩句。

萬子原注，“隔窗”之“隔”字、“宿霧”之“宿”字，以入作平。

瑶階草 八十字 程　垓

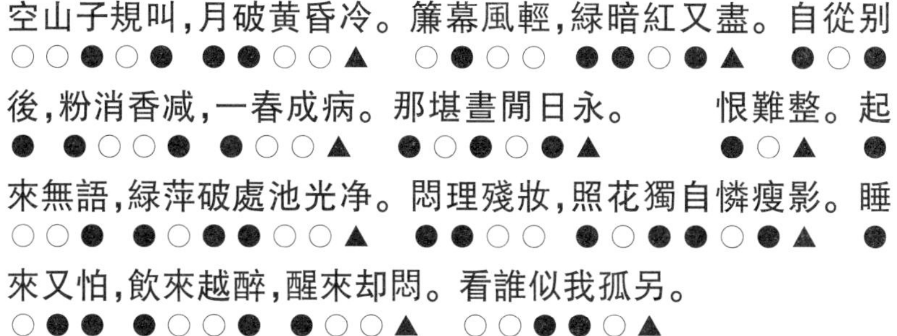
空山子規叫，月破黄昏冷。簾幕風輕，綠暗紅又盡。自從別後，粉消香減，一春成病。那堪晝閒日永。　恨難整。起來無語，綠萍破處池光浄。悶理殘妝，照花獨自憐瘦影。睡來又怕，飲來越醉，醒來却悶。看誰似我孤另。

"自從"下與後"睡來"下同。

或曰："我"字注可平，"閒"字何以不注可仄？余曰：平則一途，仄兼兩義，詞中細處，上去原不可混。凡於平字注可仄者，原當詳審，可上去通用，則不妨隨填，若止可上而不可去者，自宜還他或平或上，不可以去字混入。注不便細分上去，故不得已，衹以仄字概之也。如此"我"字可以用平，"閒"字亦不妨用上，然若注可仄，則人謂去聲亦可用，而調乖矣。通部皆然，偶記於此。

〔杜注〕

按，王氏校本"粉消香膩"句，"膩"作"減"，與"消"字意合，可從。

【蔡案】

萬子原注"日永"之"日""越醉"之"越""却悶"之"却"，以入作平。其中"日"字誤，不可作平。萬子絮絮而談"我"字可平，亦誤。蓋此二句句法迥異，不可互校，"那堪"句是律拗句法，其二四字爲平，故第五字必仄；"看誰"句則爲平起仄收式律句，第四字必仄，不可用平，若第四字用平，則第五字不可平，此乃鐵律。

又，"香減"原作"香膩"，顯誤，據杜注改。又，"綠暗"句疑脱二字，其前二句及後諸句，前後段皆合，惟此句少二字，詞中此類句子，多有奪字之疑。

鬥百花　八十一字　又名《夏州》　晁補之

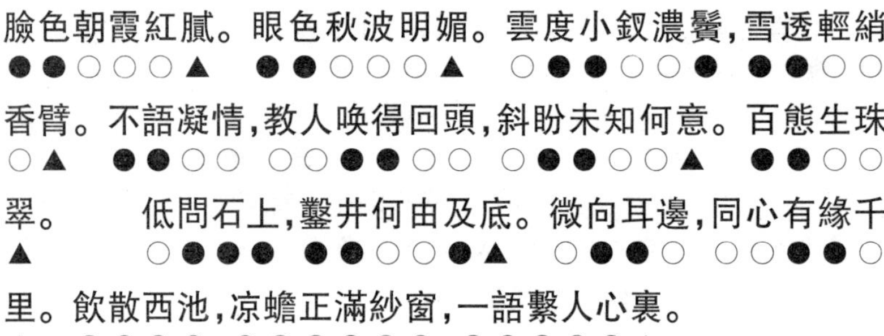
臉色朝霞紅膩。眼色秋波明媚。雲度小釵濃鬢，雪透輕綃
●●○○○▲　●●○○○▲　○●●○○●　●●○○
香臂。不語凝情，教人喚得回頭，斜盼未知何意。百態生珠
○▲　●●○○　○○●●○○　○●●○○▲　●●○○
翠。　低問石上，鑿井何由及底。微向耳邊，同心有緣千
▲　○●●●　●●○○●▲　○●●○　○○●●○
里。飲散西池，凉蟾正滿紗窗，一語繫人心裏。
▲　●●○○　○○●●○○　●●●○○▲

楊誠齋有云：詞須擇腔，如《鬥百花》之無味，是知此調當時原不以爲佳，故作者寥寥。且其調中多有參差。今細考注之：如起句，晁三首俱起韻，柳三首一韻二不韻。第三句，晁二作俱同仄聲，一則叶韻；柳一與此同，其二則一云“池塘淺蘸煙蕪”，平聲，一云“長門深鎖悄悄”。第四句，柳二同，一云“滿庭秋色將晚”，平仄皆參差。後段起十字，晁一云“教展香裀，看舞霓裳促遍”，“香裀”用平，與此“石上”二字異，一云“與問階上，簸錢時節，記微笑，但把纖腰，向人嬌倚”，人多讀於“節”字斷句，下作“記微笑”，甚誤。此乃“記”字上落一“猶”字或“應”字也，“記”字是叶韻。“微笑但把”乃四字句，柳亦作“年少傳粉”，平仄正合，是此調原無八十字格也。柳换頭，一與“教展香裀”同，一云“無限幽恨，寄情空殢紈扇”，一云“争奈心性，未會先憐佳壻”，亦皆參差，與此篇異。“微向耳邊”，“耳”字必要仄聲，或作平仄仄平，或作平仄仄上，慎勿用去仄平平。

按，“不語凝情”以下三句，一四兩六，前後相同，對照爲結，不宜前尾拖一五字句。愚謂此必係後段起句，而誤移耳。然傳之已久，不敢遽改，知音者請自玩味，或以鄙言爲諒乎。

又，柳一首，於次句亦不起韻，直至第四句方起韻，恐是誤也，不必從。

【蔡案】

余細訂本調，疑晁詞别首後段第二拍，當作“籤錢時節□記”，蓋本句爲均脚所在，主韻所在，不可不叶韻也，而標點本俱作“籤錢時節，記微笑，但把纖腰，向人嬌倚”，顯誤。再讀萬子分析，正與余合，萬子於律，直覺最爲精準，嘆服。惜萬子無均脚概念，而未能闡述其所以然也。“微笑但把”之“把”“年少傅粉”之“粉”，則俱爲以上作平，觀柳永别首用“王、深”，晁氏别首用“邊、翻”可知。

“百態生珠翠”，當屬下段之起拍，此猶後譜《彩鳳飛》之“嗽經慣”。而後段第四拍“微向耳邊”應係殘句，奪去“説道”之類二字，原詞或作“微向耳邊□□”，如此，則前段第二拍起與後段第三拍起，上下對應諧和，惟今存諸詞俱爲四字。

有有令 八十一字　　趙長卿

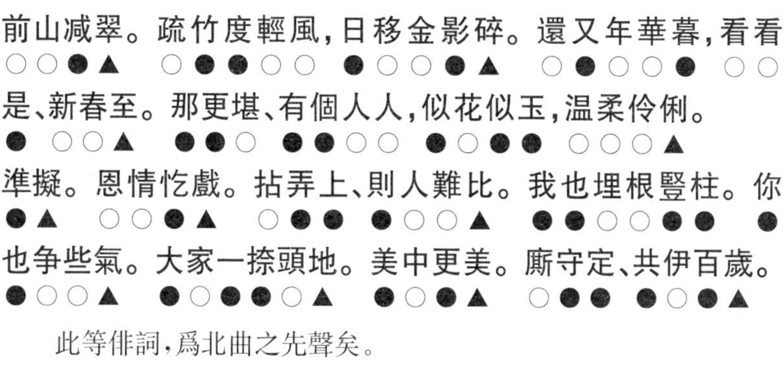

前山减翠。疏竹度輕風，日移金影碎。還又年華暮，看看是、新春至。那更堪、有個人人，似花似玉，温柔伶俐。

準擬。恩情忔戲。拈弄上、則人難比。我也埋根竪柱。你也争些氣。大家一捺頭地。美中更美。厮守定、共伊百歲。

此等俳詞，爲北曲之先聲矣。

〔杜注〕

按，《惜香樂府》“情忔戲”句作“恩情海似”。又，“我也埋根竪柱”

句，作“我也誠心一片”。又，“大家一捺頭地”句，作“大家到底如此”。又按，此等俳體謔詞，原不必求之字句間也。

皂羅特髻　八十一字　　蘇　軾

采菱拾翠，算如此佳名，阿誰消得。采菱拾翠，稱使君知客。
●○●●　●○●○○　●○○▲　●○●●　●◎○○▲

千金買、采菱拾翠，更羅裙、滿把真珠結。采菱拾翠，正髻鬟
○○●　●○●●　●○⊙　●●○○▲　●○●●　●●○

初合。　真個采菱拾翠，但深憐輕拍。一雙手、采菱拾
○▲　○●●○●●　●⊙○○▲　○○●　●○●

翠，綉衾下、抱著俱香滑。采菱拾翠，待到京尋覓。
●　●○◎　●●○○▲　●○●●　●●○○▲

疊用“采菱拾翠”字，凡七句。或此調格應如此，或是坡仙遊戲爲之，未可考也。“稱使君”下與後“但深憐”下同。

〔杜注〕

《詞譜》注云：“此調無别詞可按，想其體例應然。”按，此爲一時遊戲之作，與《阮郎歸》等之福唐體等耳。

【蔡案】

本調爲特殊結構，前段四均，後段三均，極爲罕見。

萬子原注，“一雙手”之“一”以入作平。又按，杜氏以爲此爲一時遊戲之作，類福唐體然，終未有佐證，亦臆測耳。

彩鳳飛　八十一字　　陳　亮

人立玉、天如水，特地如何撰。海南沈，燒著欲寒猶暖。算
○●●　○○●　●●○○▲　●○○　○●●○○▲　●

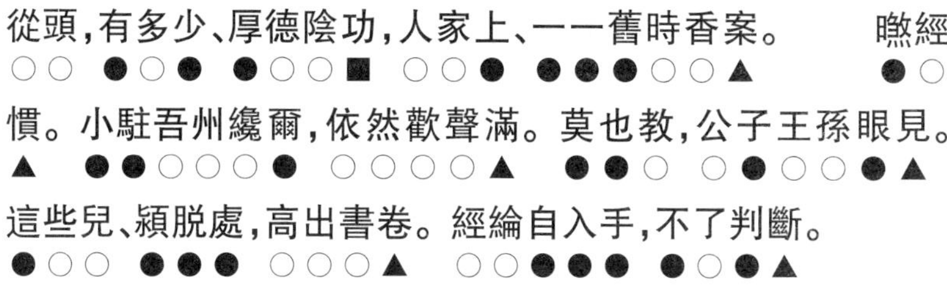

從頭，有多少、厚德陰功，人家上、一一舊時香案。　嗽經慣。小駐吾州纔爾，依然歡聲滿。莫也教，公子王孫眼見。這些兒、穎脱處，高出書卷。經綸自入手，不了判斷。

中多難明，所當闕疑。

玩前後相合處，則“特地”句與“依然”句各五字；次各九字，於三字一豆；又次各三字；又次各七字，於三字一豆。但此句照後段“卷”字叶韻，則前“功”字平聲不合，不可解也。次“人家”至“香案”九字，比後“經綸”下九字。而“嗽經慣”三字當爲後段换頭起句，誤屬前尾耳。字雖多訛，其段落定應如此。“嗽”宜作“煞”，音“嗽”，忒煞也。“嗽”則爲日曬字，坡詞“江南父老，時與嗽漁簑”。

【蔡案】

“陰功”之“功”萬子以爲不可解，是該字爲均脚所在，當叶，故必誤。又，“高出”之“出”對應“厚德”之“德”，皆爲以入作平。又，“不了”之“了”，以上作平。又按，“依然”對應前段之“特地”，疑爲“依舊”之誤。

又按，“這些兒、穎脱處”顯爲一句，故前段：“算從頭，有多少、”原譜一句一逗即不當，學者填此，須前後一致爲是。而後結九字原譜不讀斷，亦甚無必要，蓋前後段結拍不同，本爲常見者，無須一一對應，且“人家上”九字晦澀不通，當是有文字舛誤，“一一”，或竟是符號而已。

最高樓 八十二字　　毛　滂

微雨過、深院芰荷中。香冉冉、綉重重。玉人共倚闌干角，
○●●　○●●○△　○●●　●○△　●○●●○○●

月華猶在小池東。入人懷、吹鬢影，可憐風。　　分散去、
●○○●●○△　　●○○　○○●　●○△　　　○●●

輕如雲與雪。剩下了、許多風與月。侵枕簟、冷簾櫳。剛能
○○○●▲　　●●●　●○○●▲　　○●●　●○○　○○

小睡還驚覺，略成輕醉早惺忪。仗行雲，將此恨、到眉峰。
"香冉冉"三字兩句,與前異。後段起處,兩句仄韻不自相叶,愚意謂"夢"字乃是"雪"字,與下"月"字爲叶也。而毛又一首作"謾良夜、月圓空好意,恐落花、流水終寄恨","落花流水"必"流水落花"之訛,然"恨"字亦不叶"意"字,或另有此格亦未可知。但其"侵枕簟"兩句作"悲歡往往相隨",則竟作六字連句,大與前體不合,定係差誤,不可從矣。作者於仄聲韻必叶爲是。

〔杜注〕

萬氏注謂:"輕如雲與夢"句,"夢"字乃是"雪"字,與下"月"爲叶,而毛又一首亦不叶,或另有此格。按,此調劉潛夫有一首,此二句亦换叶仄韻,則爲"雪"字無疑。又按,《詞譜》"略成輕醉早醒鬆"句,"醒鬆"作"惺忪"。

【蔡案】

本詞原譜列於劉詞後,惟毛滂早劉克莊百餘年,且究其韻律,"香冉冉"六字與後段"侵枕簟"六字正合,此體無疑爲正體在先。劉詞作"君莫是前身"五字,顯屬少字格,爲變格無疑,故將其移前,以爲正體。

又,本調後段兩仄韻爲一均,第二句爲主韻,故必叶韻。毛詞别首,必是以"寄"字爲韻,叶"意"字。

"雲與雪"原作"雲與夢","惺忪"原作"醒鬆",已據萬注及杜注改。

少字格 八十一字 劉克莊

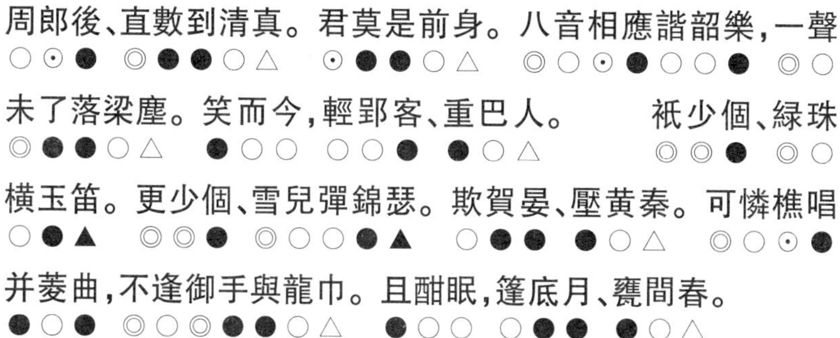
周郎後、直數到清真。君莫是前身。八音相應諧韶樂，一聲
○⊙● ◎●●○△ ⊙●●○△ ◎○⊙●○○● ◎○
未了落梁塵。笑而今，輕郢客、重巴人。　祇少個、綠珠
◎●●○△ ●○○ ○○● ●○△ ◎◎● ◎○
橫玉笛。更少個、雪兒彈錦瑟。欺賀晏、壓黄秦。可憐樵唱
○●▲ ◎◎● ◎○○●▲ ○●● ●○△ ◎○⊙●
并菱曲，不逢御手與龍巾。且酣眠，篷底月、甕間春。
●○● ◎○◎●●○△ ●○○ ○●● ●○△

後段起兩句換仄韻。稼軒一首，第四、五句用“是夢松後追軒冕，是化鶴後去山林”，“夢、化”二字去聲，因使丁氏故事而用之，不可學也。後起二句，元司馬昂父作“按秦筝、學弄相思調，寫幽情、恨殺知音少”，平仄全反，甚誤，雖《詞綜》載之，不可學。

〔杜注〕

按，劉後村名克莊，萬氏作“克壯”，誤。後村别調原刻“且酣眠”句，“酣”作“醉”。以前半校之，仍當從平聲作“酣”。

【蔡案】

本調過片二句，兩處三字逗以重複或半重複句式爲常用。

又按，據杜注改作者名。

倒垂柳 八十一字 揚无咎

曉來煙露重，爲重陽、增勝致。記一年好處，無似此天氣。
◎○○●● ●○○ ○●▲ ●●○●● ○●●○▲
東籬白衣至，南陌芳筵啓。風流曾未遠，登臨都在眼
○○●○● ⊙●○○▲ ○○○●● ○○○●○

底。　人生如寄。謾把茱萸看仔細。擊節聽高歌，痛飲
▲　○○⊙▲　●●○○○●▲　●●●○○　●●

莫辭醉。烏帽任教，顛倒風裏墜。黄花明日，縱好無情味。
●○▲　○●●○　○●○○▲　○○○●　●●○○▲

無咎又一首，“記一年”至“天氣”十字作“而今精神傾下越樣風措”，必係訛謬；“烏帽任教”作“情山曲海”，平仄不同，或亦不拘。

〔杜注〕

按，萬氏所引無咎另一首“而今精神傾下越樣風措”十字，原作“而今精神爽傾下越風措”。又按，另首首句云：“南州初會遇”，“遇”字叶韻。

【蔡案】

“眼底”之“眼”“風裏”之“裏”，以上作平。又，“烏帽任教”句校之前段疑亦當爲五字，雖别首亦爲四字。

柳初新 八十一字　　柳　永

東郊向曉星杓亞。報帝里、春來也。柳擡煙眼，花匀露臉，
○○●●○○▲　●●●　○○▲　●○○●　○○●●

漸覺緑嬌紅姹。妝點層臺芳榭。運神功、丹青無價。
●●●○○▲　○●○○○▲　●○○　⊙○○▲

别有堯階試罷。新郎君、成行如畫。杏園風細，桃花浪暖，
●●○○●▲　○○○　○○○▲　●○○●　○○●●

競喜羽遷鱗化。遍九陌、相將遊冶。驟香塵、寶鞍驕馬。
●●●○○▲　●●●　○○○▲　●○○　◎○○▲

“柳擡”下與“杏園”下前後皆同，衹“遍九陌”句多一字，必“妝點”上落一字，今姑照舊録之，作者添字與後同可也。《圖譜》於“相將遊冶”落“相”字，遂致前段六字相連，後段三字兩句不合矣。“運神”“驟

香”俱作可用平仄，何據？

【蔡案】

前段“妝點”句或脱一字，校後段“遍九陌”句七字，可知其律應如此，且晁端禮詞作“這好事、難成易破”、《梅苑》無名氏詞作“天匠與、雕瓊鏤玉”，均爲七字，應是原譜如此，惟沈蔚詞作“誰拂瑶琴巧弄”，亦爲六字，或沈氏填詞最晚，其時柳詞已然殘缺。

前段第三拍“柳擡”原作“柳臺”，誤，據彊村叢書本《樂章集》改。萬注中“柳臺”亦改爲“柳擡”。

新荷葉 八十二字　　趙彦端

欲暑還涼，如春有意重歸。春若歸來，任他鶯老花飛。輕雷
◎●○○　⊙○◎●○△　⊙●○○　●○⊙●○△　⊙○
澹雨，似晚風、欺得單衣。檐聲驚醉，起來新緑成圍。
◎●　◎◎⊙　⊙●○△　⊙○⊙●　◎○⊙●○△
回首分攜。光風冉冉菲菲。曾幾何時，故山疑夢還非。嗚
⊙●○△　⊙○◎●○△　⊙●○○　●○⊙●○△　⊙
琴再撫，將清恨、都入金徽。永懷橋下，繫船溪柳依依。
○◎●　⊙⊙◎　⊙●○△　◎○⊙●　◎○⊙●○△

前後俱同，衹後段起句叶韻。查稼軒諸作皆用韻，孏窟、惜香、介庵亦有不叶者，可不拘也。因餘同，不另録。此詞乃和稼軒者，“曾幾何時”非叶韻。仲殊一首於“輕雷”二句云“波光艷粉，紅相間、脈脈嬌羞”，《圖譜》收之，乃於“艷”字讀斷，而下作八字句，誤矣。“曾幾”下十字，“永懷”下十字，俱不分斷，總不解查照前段故也。

【蔡案】

後段第四句，原譜萬子作“故山疑夢還飛”，“飛”字重韻。重韻雖非病，然其意不通，且《介庵趙寶文雅詞》作“非”，應據改。

夢玉人引 八十一字　　呂渭老

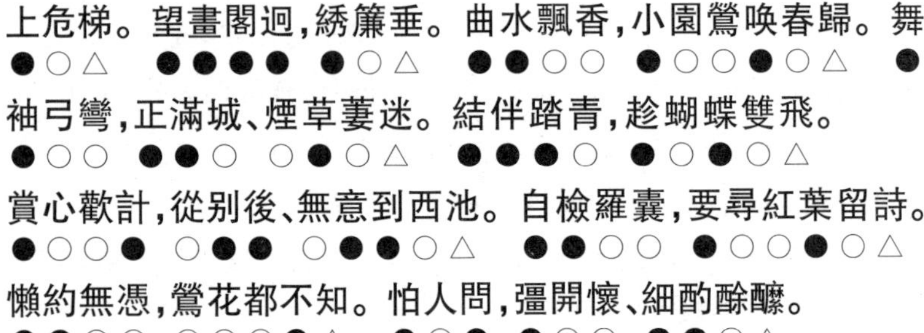
上危梯。望畫閣迴，綉簾垂。曲水飄香，小園鶯喚春歸。舞
●○△　●●●●　●○△　●●○○　●○○●○△　●
袖弓彎，正滿城、煙草萋迷。結伴踏青，趁蝴蝶雙飛。
●○○　●●○　○●○△　●●●○　●○●○△
賞心歡計，從别後、無意到西池。自檢羅囊，要尋紅葉留詩。
●○○●　○●●　○●●○△　●●○○　●○○●○△
懶約無憑，鶯花都不知。怕人問，彊開懷、細酌酴醾。
●●○○　○○○●△　●○●　●○○　●●○△

汲古刻作八十四字。“望”字作“盡盡”二字；“蝴蝶”下有“一”字；“無憑”下少“據”字；“細酌”下有“一”字；與此不同，未知孰是。毛刻固多訛處，而此亦未必確然也。“酴醾”二字宜從酉旁，謂酒也。故上有“酌”字，《詞綜》作“荼蘼”，非是。

〔杜注〕

按，葉《譜》起句“上危梯望”，以“望”字爲句，“梯”字不叶，似不可從。

【蔡案】

前段起拍，余校讀秦氏詞譜後，再三品之，終以爲以三字爲佳。秦氏以爲非，蓋因仄韻體首拍四字故也。然仄韻體與平韻體本屬異調，但可參考，不可爲據，如仄韻體尾均皆爲十二字，而本詞則僅十字，若據而以爲本詞奪二字，便謬。詞之爲體，首拍叶韻，乃重要韻律特征，諸異之選，當以韻律爲先，次結構，再次句法，蓋因詞有讀破之法也。余於前一稿竟未識此，甚愧。

原譜“懶約無憑據”句，萬子云汲古本無“據”字，《唐宋名賢百家詞》早汲古本二百餘年，所收《聖求詞》中亦無，且前段對應句爲“舞袖弓彎”，亦爲四字，校諸仄韻體，本句均爲四字一句，則此五字當誤，故删之。

柳腰輕 八十二字 柳　永

英英妙舞腰肢軟。章臺柳、昭陽燕。錦衣冠蓋，綺堂筵會，

○○●●○○▲　○○●　○○▲　●○○●　●○○●

是處千金争選。顧香砌、絲管初調，倚輕風、佩環微顫。

●●○○○▲　●○●　○●○○　●○○　●○○▲

乍入霓裳促遍。逞盈盈、漸催檀板。慢垂霞袖，急趨蓮

●●○○●▲　●○○　●○○▲　●○○●　●○○

步，進退奇容千變。笑何止、傾國傾城，暫回眸、萬人腸斷。

●　●●○○○▲　●○●　○●○○　●○○　●○○▲

"錦衣"以下前後相同，依後段"步"字，則前段"宴"字乃是偶合韻脚，而非叶也，作者可以不叶。

〔杜注〕

按，宋本"筵宴"作"筵會"，不叶韻。又，"笑何止"句，"笑"作"算"。又，《詞譜》云："調近《柳初新》，無别首可校。"

【蔡案】

原譜"傾城"注叶，當是誤筆。"筵會"原譜作"筵宴"，叶韻，據《欽定詞譜》改。

爪茉莉 八十四字 柳　永

每到秋來，轉添□、甚況味。金風動、冷清清地。殘蟬噪

●●○○　●○○　●●▲　○○●　●○○▲　○○●

晚，甚聒得、人心欲碎。更休道、宋玉多悲，石人也、須下

●　●●●　○○●▲　●○●　●●○○　●○●　○●

淚。　衾寒枕冷，夜迢迢、更無寐。深院靜、月明風細。

▲　○○●●　●○○　●○▲　○●●　●○○▲

巴巴望曉，怎生捱、□更迢遞。料可兒、祇在枕頭根底。等
○○●● ●○○ ○○○▲ ●●○ ●●●○○▲ ●

人睡、來夢裏。
○● ○●▲

孤調，他無可援證，所可辨者，“金風動”句即後“深院静”；“殘蟬”句即後“巴巴”句；則“怎生”句比前，應於“更”字上加一字。舊譜總作六字，則“捱更迢遞”不成語矣。“捱”字去聲，“更”者，更漏之更，或是“三更”，落“三”字。《譜》却認作去聲，若是去聲，則“迢遞”者何物？兩結俱作六字，余謂尾句該分斷，蓋所憶之人纔入夢即見之，如隱於枕底者，但等人睡熟即來也。如“睡來”連讀，便不通矣。審爾，則前結亦是兩句，以“也”字作虚字用耳。

〔杜注〕

按，《詞譜》“料我兒”之“我”字作“可”，應遵改。

【蔡案】

本詞前段“金風”後與後段“深院”後應同。余校此詞，見“更迢遞”與前不合，又見前文已有“更休道”“更無寐”，則此處柳永必無再用“更迢遞”之理，復觀萬子之注，竟又相合，此萬老兒必奪吾輩之碗也。然萬子以爲此處或是“三更”者，竊以爲非，蓋“巴巴望曉”者，“怎生捱、長更迢遞”也，必是奪一表“長”意之字。而前文有“冷清清”“夜迢迢”，則此處“巴巴”而望者，或竟是迢遞之“更更”，敢補一字。此外，與“夜迢迢”句同，前段第二拍，本亦應爲六字，庶幾可對應後段“夜迢迢、更無寐”，故更添一奪字符，原譜“八十二字”改爲“八十四字”。如此，本調之基本框架，便端然是一齊頭式詞調。

又，其後“料可兒、祇在枕頭根底”一句，“可”字已據杜注改，“祇在”二字應爲添字。

祭天神 八十四字 柳　永

嘆笑筵歌席輕拋嚲。背孤城、幾舍煙村停畫舸。更深釣叟歸來，數點殘燈火。被連綿、宿酒醺醺，愁無那。寂寞擁、重衾卧。　又聞得、行客扁舟過。蓬窗近、蘭棹急，好夢還驚破。念生平、單棲蹤跡，多感情懷，到此厭厭，向曉披衣坐。

前後各異，祇"數點"句與"好夢"句相似，"宿酒"句與"到此"句相似耳。

〔杜注〕

按，宋本後結"披衣坐"句，上有"向曉"二字，應增。

【蔡案】

後結已據杜注補，原譜"八十二字"改爲"八十四字"。原譜以"寂寞"六字爲换頭，屬後段，彊村叢書本《樂章詞》於"重衾卧"後分段，則與後一體同，據改。然前後段必有多處落字落韻，故不予擬譜。余詳加考定，試探其本來，計補六字一韻，重加圖譜，當爲：

祭天神 九十字 柳　永

嘆笑筵、歌席輕拋嚲。背孤城、□幾舍，煙村停畫舸。□更深、釣
●●○ ○●○○▲ ●○○ ○●● ○○○●▲ ●○○ ●
叟歸來，數點殘燈火。被連綿、宿酒醺醺，愁無那。寂寞擁、重衾
●○○ ●●○○▲ ●○○ ●●○○ ○○▲ ●●● ○○
卧。　又聞得、行客扁舟過。蓬窗近、蘭棹急，好夢還驚破。
▲ ●○● ○●○○▲ ○○● ○●● ●●○○▲
念生平、單棲蹤跡，多感情懷□。□□□、到此厭厭，向曉披
●○○ ○○○● ○●○○▲ ●○○ ●●○○ ●●○
衣坐。
○▲

少字格 八十六字 柳 永

憶綉衾相向輕輕語。屏山掩、紅蠟長明，金獸盛熏蘭炷。何
●●○○●○○▲ ○○● ○●○○ ○●●○○▲ ○
期到此，酒態花情頓辜負。愁腸斷、還是黄昏，那更滿庭風
○●● ●●○○●○▲ ○○● ○●○○ ●●●○○
雨。　　聽空階和漏，碎聲鬥滴愁眉聚。算伊還共誰人，争
▲ ●○○○● ●○●●○○▲ ●○○●○○ ○
知此冤苦。念千里煙波，迢迢前約，舊歡慵省、一向無心緒。
○●○▲ ●○●○○ ○○○● ●○○● ●●○○▲

與前調迥别，字句亦不確，"風雨"處應是分段，然不敢彊注也。

按，毛氏《填詞名解》述《因話録》所載，北方季冬二十四日，以板畫一人，有形無口，人各佩之，謂可辟眚。時有作謔詞，名《祭祆神》，而《祭天神》反失注解。

〔杜注〕

按，宋本"舊歡省"句，"省"字上有"慵"字，應增。

【蔡案】

原譜後起十二字未讀斷。後結原譜作"舊歡省、一向無心緒"，參校前一體，據杜注增"慵"字。又，原譜萬子未分段，是萬子不識均拍故也。按，本調近詞，前後段自當各爲三均，故"風雨"處分段，正在其律。

驀山溪 八十二字 又名《上陽春》 張元幹

一番小雨，陡覺添秋色。桐葉下銀牀，又送個、凄凉消息。
◎○◎▲ ◎●○○▲ ⊙●●○○ ◎◎◎ ○○⊙▲
故鄉何處，搔首對西風，衣綫斷、帶圍寬，衰鬢添新白。
◎○⊙● ⊙●●○○ ⊙◎◎ ◎⊙⊙ ⊙●○○▲

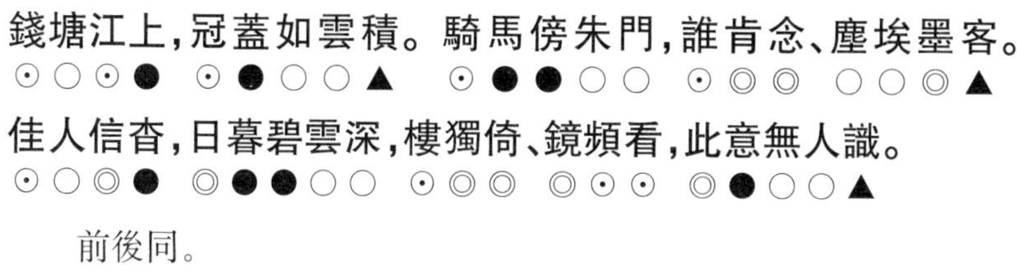

錢塘江上，冠蓋如雲積。騎馬傍朱門，誰肯念、塵埃墨客。
佳人信杳，日暮碧雲深，樓獨倚、鏡頻看，此意無人識。

前後同。

多韻格 八十二字　　石孝友

鶯鶯燕燕。搖盪春光懶。時節近清明，雨初晴、嬌雲弄
○○●▲　○●○○▲　○●●○○　●○○　○○●
暖。醉紅濕翠，春意釀成愁，花似染。草如剪。已是春強
▲　●○●●　○●●○○　○●▲　●○▲　●●○○
半。　小鬟微盼。分付多情管。癡騃不知愁，想怕晚、貪
▲　●○○▲　○●○○▲　○●●○○　●●●　○
春未慣。主人好事，應許玳筵開，歌眉斂。舞腰軟。怎便輕
○●▲　●○●●　○●●○○　○○▲　●○▲　●●○
分散。
○▲

前詞次句起韻，後段亦次句叶韻，此則前後首句俱用韻者外，又有前首句起韻、後起不叶者，有前首不起韻、後起叶者，總不拘也。前詞"衣帶斷"等三字四句俱不叶，此則俱叶者。其餘各體參差摘列於後，有前上下句俱叶、後上仄下平者，如山谷"李、氣"韻，前"斜枝倚。風塵裏"，後"書謾寫，夢來空"也；前後俱上仄不叶、下叶者，如易祓"語、宇"韻，前"梨花雪，桃花雨"，後"吴姬唱，秦娥舞"也；前上平下仄不叶、後上仄不叶而下叶者，如于湖"近、印"韻，前"綉工慵，圍棋倦"，後"禽聲喜，流雲盡"也；前上仄下平、後上平下仄俱不叶者，如無咎"檜、翠"韻，前"將風調，改荒凉"，後"汝南周，東陽沈"也；前上平下仄、後上仄下平俱不叶者，如姑溪"户、處"韻，前"泛新聲，催金盞"，後

“歡暫歇，酒微醺”也；前兩叶、後上仄不叶而下叶者，如美成“水、尾”韻前“山四倚。雲漸起”，後“因個甚，煙霧底”也；前後俱上平下仄不叶者，如澤民“絮、去”韻，前“葉依依，煙鬱鬱”，後“隔斜陽，斷芳草”也；前上平下仄不叶、後俱叶者，如永叔“滿、晚”韻，前“駕香輪，停寶馬”，後“春宵短。春寒淺”也；前上平下叶、後上平下仄不叶者，如盧炳“旦宴”韻，前“倩雙哦，敲象板”，後“鬢長青，顏不老”也；前兩仄不叶、後上仄下平者，如惜香“翠、碎”韻，前“高一餉，低一餉”，後“不妒富、不憎貧”也；前上仄下平、後俱仄不叶者，如曹組“樹、暮”韻，前“風細細，雪垂垂”，後“消瘦損，東陽也”也；前上仄俱仄不叶、後上平下叶者，如無咎“可、我”韻，前“我心裏，忡忡也”，後“天天天，不曾麽”也；前上仄不叶下叶、後上仄不叶下平者，如惜香“了、到”韻，前“笙簧奏，星河曉”，後“一歲裏，一翻新”也；前後俱上叶下平者，如惜香“士、戲”韻，前“三徑裏。四時花”，後“爾富貴。爾榮華”也。其三字中平仄亦不畫一，總可隨填，不拘耳。

〔杜注〕

按，《詞譜》後結“怎向輕分散”句，“向”作“便”。應遵改。

【蔡案】

萬子絮絮所云者，即余所謂輔韻者也，可叶可不叶，悉在作者，非惟本調如此，各詞皆然。故該四處三字句，亦不惟本體如此，前一體亦如此。如此闡述，是活詞譜，如某體某格定於一式，是死譜也。

拂霓裳 八十二字

晏殊

笑秋天。晚荷花綴露珠圓。風日好，數行新雁貼寒煙。
●○△ ●○○●●○△ ○◎● ●○○●●○△

銀簧調脆管，瓊柱撥清弦。捧觥船。一聲聲、齊唱太平
⊙○○●● ⊙●●○△ ●○△ ●○○⊙●●○

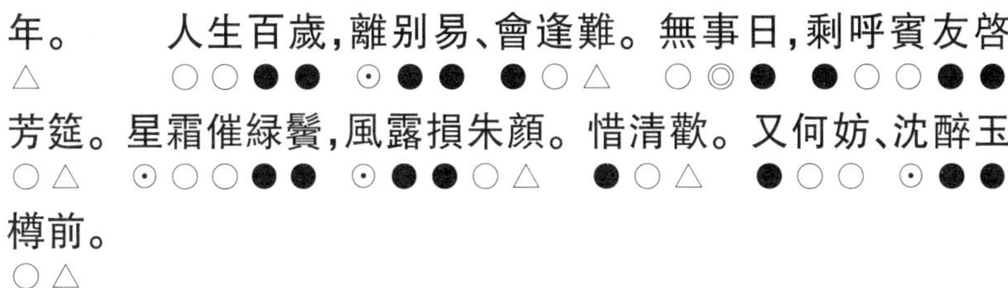

年。　　人生百歲,離別易、會逢難。無事日,剩呼賓友啓
△　　　　○○●●　●●●、●○△　○○◎、●●○○●
芳筵。星霜催綠鬢,風露損朱顏。惜清歡。又何妨、沈醉玉
○△　⊙○●●●　○●●○△　●○△　●○○、⊙●●
樽前。
“風日好”下,前後同。

多字格 八十三字 晏殊

喜秋成。見千門萬户樂昇平。金風細,玉池波浪縠文生。
●○△　●○○●●○△　○○●　●○○●●○△
宿露霑羅幕,微凉入畫屏。張綺宴,傍熏爐蕙炷、和新
●●○○●　○○●●△　○●●、●○○●●、○○
聲。　　神仙雅會,會此日、象蓬瀛。管弦清。旋翻紅袖學
△　　　○○●●　●●●、●○○　●○○　○○○●●
飛瓊。光陰無暫住,歡醉有閒情。祝辰星。願百千萬壽、獻

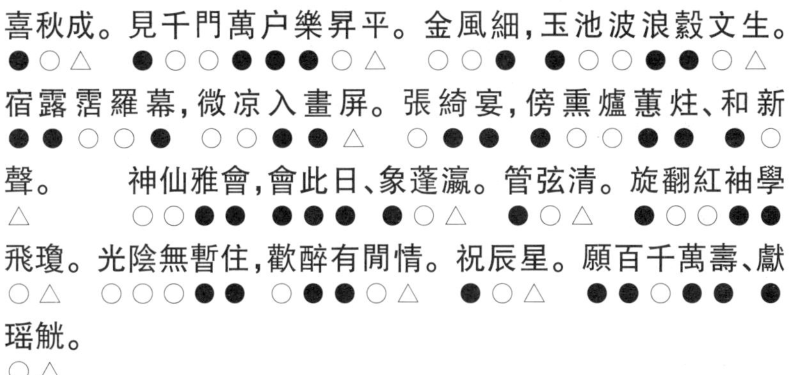

次句比前多一“見”字。“宿露”二句與前詞平仄相反。按,晏詞三首,前後共六用五字對句,惟此一聯獨異,前後兩樣,恐亦不宜,作者但學前調可也。“宴”字不叶,“清”字轉叶,與前篇及别作異,作者亦當依前。

〔杜注〕

按,《歷代詩餘》第二句無“見”字。後結“願百千爲壽”之“千”字,作“年”。又按,《詞譜》作“愿百年萬壽”,應遵改。

【蔡案】

前後結原譜作三字一逗、五字一句,且後結作“願百千、爲壽獻瑶

觥”，現據康熙内府刻本《欽定詞譜》改。又按，“清”字乃偶合耳，不必視爲叶韻。

秋夜月 八十四字 尹鶚

三秋佳節。罥晴空、凝碎露，茱萸千結。菊蕊和煙輕撚，酒
○○○▲ ●○○ ○●● ⊙○○▲ ●●○○○● ●
浮金屑。徵雲雨、調絲竹，此時難輟。歡極、一片艷歌聲
○○▲ ⊙○◎ ○⊙● ◎○⊙▲ ○○ ●●●○○
揭。　黄昏慵別。炷沈煙、熏綉被，翠帷同歇。醉並鴛鴦
▲ ○○○▲ ●○○ ○●● ◎○○▲ ●●○○
雙枕，暖偎春雪。語丁寧、情委曲，論心正切。夜深、窗透數
○● ●○○▲ ◎○⊙ ○◎● ⊙○◎▲ ●○ ○●●
條斜月。
○○▲

此比前詞整齊可學。

或曰：“極”字是叶韻二字句。余曰：照後結，該四字兩句，“極”字乃以入作平，而於“片”字分句耳。況“極”字不是通篇同韻。

【蔡案】

本詞原列於柳永詞後，因係正體，故移前。前後結原譜各作四字兩句，文理板滯，“極”字可不作韻，然句讀於此讀斷，顯係在理，觀柳永詞可悟，據校勘記改。

少字格 八十三字 柳永

當初聚散。便唤作、無由，再逢伊面。近日來，不期而會重歡宴。向樽前、閒暇裏，斂著眉兒。長嘆。惹起舊愁無

限。　盈盈淚眼。謾向我、耳邊作，萬般幽怨。奈你自家心下，有事難見。待音信、真個恁，别無縈絆。不免。收心共伊長遠。

中多參差不確，觀後尹詞，則此篇必有訛脱。

〔杜注〕

按，宋本“事難見”句，“事”字上有“有”字，應增。

【蔡案】

原譜“便唤作”九字、“近日來”十字、“謾向我”十字、“奈你”十字皆不讀斷。又，“事難見”前已據杜注補“有”字。

本詞極爲紊亂，故萬子多處未予校讀，今試作解析如下：

前段第一均，校之後段及尹鶚詞，“再逢伊面”應該是一個完整的四字句，即尹詞之“茱萸千結”，亦對應後段“萬般幽怨”。而本調前後段首均正例當是四六四句法，故“無由”處，則應是一殘缺的三字結構，且以仄聲字收，故原詞應是“無由□”，脱一仄聲字。“近日”十字，究其韻律，則必有錯訛，尹詞前後段及柳詞後段，均爲雙字起式句法兩拍，則前段必無一單字起式句子。“斂著眉兒長嘆”原譜不讀斷，但“眉兒”依律爲主韻所在，故須叶，“兒”字或是“看”“盼”之誤。“長嘆”爲句中短韻，對應後段，則亦應是“不免。收心共伊長遠”，失記後結“免”字一韻，惟結拍六字句中“心”字必誤，檢尹詞及前段，均爲仄聲可知。

本詞錯訛過多，且顯有文字奪誤，故不擬譜。原譜“八十二字”改爲“八十四字”。

洞仙歌 八十三字　　蘇　軾

冰肌玉骨，自清凉無汗。水殿風來暗香滿。綉簾開、一點明
⊙○◎●　●○○○▲　◎●○○●○▲　●○○　●●⊙

月窺人，人未寢、攲枕釵横鬢亂。 起來攜素手，庭户無聲，時見疏星渡河漢。試問夜如何、夜已三更，金波淡、玉繩低轉。但屈指西風、幾時來，又不道流年、暗中偷换。

此乃常用之體，而其間句法多有不齊，今不能遍録，聊摘采附後，以備考擇。

第二句以"自"字領句，亦有如五言詩者，如稼軒"大半成新貴"是也。"綉簾開"至"窺人"，九字一氣，此詞三字豆，亦有於五字豆者，如竹山"此時無一醆""此時"二字相聯也；如稼軒"記平沙鷗鷺"，以一"記"字領句也。"攲枕"句可七字，如竹坡"偏守定、東風一處"是也，然此恐誤多一字，不宜從之。後段起二句，可上四字下五字，如初寮"迎人巧笑，道好個今宵"是也，然他家無此，亦不宜從。"試問"二句，可上三下六，如劉一止"腸斷處，天涯路遠音稀"是也；又可作四字兩句，如竹坡"病來應怕，酒眼常醒"是也；友古亦有之。又，"試問夜如何"，可用仄聲住，如稼軒"任掀天事業"是也；又可用六字，如初寮"見淡净晚妝殘"是也。至如克齋一首，於"綉簾開"下九字用"向曉開簾，淩亂重寒光"，則絶無此體，是誤也，不可從。

《嘯餘》注"攲枕釵横髩"五字云，可用仄平仄仄平，字字相反。余曰：幸而"亂"字是叶韻，不然亦注可平矣。危哉！

〔杜注〕

按，《詞苑叢談》載此詞，東坡自序："僕七歲時見眉州老尼，姓朱，年九十餘，自言入蜀主孟昶宫中，王與花蕊夫人避暑摩訶池上，作一詞，獨記其首兩句，云：'冰肌玉骨，自清凉無汗'，暇日尋味，豈《洞仙歌》乎？乃爲足之。"

【蔡案】

此首原列於吴文英詞後，因係正體，故移前。前段第二拍，實以律句爲正，即萬子後文所云竹山詞之“此時無一醆”句法。如本詞“自清凉無汗”式折腰句法，宋詞中只佔四成。故填時不妨以●●○○▲句法爲之。前段結拍，例作六字一句，宋詞惟竹坡一首作“偏守定、東風一處”七字，必有衍誤，無須爲範。

又，後段起調處，例作五字一句、四字一句。初寮詞，並非上四下五，應是“迎人巧笑道，好個今宵”之讀誤。但過片一四一五式填法，並非萬子所説“他家無此”者，宋詞中亦偶有人填，但存五例，爲：趙長卿之“東園盛事。五畝濃陰芘”、趙師俠之“心忙腹熱，没頓渾身處”、陳亮之“騎鯨汗漫，那得人同坐”、林外之“雨巾風帽。四海誰知我”、葛長庚之“黄昏人静，踏碎階前月”，惟僅此五例，究屬偶見，亦不必爲範。至若竹坡之後段起調，亦非四字兩拍，原詞爲“病來應怕酒，□眼常醒”，萬子所見者，有一奪字耳。

“但屈指”八字，原譜讀爲上三下五式，但若讀爲上五下三式，則韻律更暢，亦可避免後五字平仄之不律，當是正讀，就宋詞諸詞而言，亦爲本調此句之主要表現形式之一。

重　格 八十三字　或加“令”字。又名《羽仙歌》　　吴文英

花中慣識，壓架瓏璁雪。可見湘英間琅葉。恨春風將了，染額人歸，留得個、裊裊垂香帶月。　鵝兒真似酒，我愛幽芳，還比荼蘼又嬌絶。自種古松根，待看黄龍，亂飛上、蒼髯五鬣。更老仙、添與筆端春，敢喚起桃花、問誰優劣。

歷查此調，“待黄龍”句俱用四字，惟此詞三字，或有脱落亦未可

知。作者衹作四字句可也。各家"仙"字用仄,"與"字作平,如此雖或不妨,然當從其多者。大約此調宜從八十三字之體,如竹山於"還比"句作"燭心懸小紅豆",乃"燭"字上落一字。克齋於"留得個"作"捺地"二字,初寮於"更老仙"少一"更"字,皆係脱誤,非有此等格也。又蒲江於首句即用韻起,他家所少,亦不必從。

〔杜注〕

按,此爲姜白石詞,非吴夢窗作,"可見湘英"句《白石道人歌曲》作"乍見緗蕤",又"待黄龍"句,萬氏注云:"歷查此調,俱用四字",按,《歌曲》"待"字下有"看"字,宜從。

【蔡案】

"待看黄龍",原譜脱"看"字,據杜注補。原譜"八十二字"改爲"八十三字"。補足後即蘇軾詞體,故不作擬譜。又,"添與筆端春","春"原作"香",據光緒本改。

多字格 八十四字　　辛棄疾

松關桂嶺,望菁葱無路。費盡銀鈎榜佳處。悵空山歲晚,窈
○○●● ●○○○▲ ●●○○●○▲ ●○○●● ●

窕誰來,須著我、醉卧石樓風雨。　仙人瓊海上,握手當
●○○ ○●● ●●●○○▲ ○○○●● ●●○

年,笑許君攜半山去。劖疊嶂,卷飛泉,洞府凄凉,又却怕、
○ ●●○○●○▲ ○●● ●○○ ●●○○ ●●●

先生多取。怕夜半、羅浮有時還,好長把雲煙,再三遮住。
○○○▲ ●●● ○○●○○ ●○●○○ ●○○▲

"劖疊嶂"二句,比前"試問"句多一字,小山、東堂皆同。又,李元膺云"記當年得意處",亦是六字,而上句平,下句仄,與此不同,想不拘也。因餘同,不録。又,阮閲作前結云"便江北也,何曾慣見",比此少一字，恐誤，不可從。又，東堂於“悵空山歲晚”句用“相看露凉時”，平仄不合，他家無之，亦不必從。

【蔡案】

本調主要變化之一，即後段第四拍添一字，作六字折腰句法，宋詞三成如此填。又，前結九字，是一定之格，宋詞獨阮閱一首八字，必是“便江北、□也何曾慣見”之脱誤。又按，檢毛東堂並未有《洞仙歌》，本調唐宋元諸詞中，亦未檢出有“相看露凉時”一句，疑萬子抄誤。但前段第四拍，雖以一領四句法爲正，亦偶有律句填法，如黄裳之“陣雲行碧落”、向子諲之“誰道斫却桂”等，疑皆依“綉簾開一點”而填，實爲填誤，不應從。

多字格 八十五字　　李元膺

雪雲散盡，放曉晴庭院。楊柳於人便青眼。更風流多致、一

●○●● ●●○○▲ ○●○○●○▲ ●○○○● ●

點梅心，相映遠、約略顰輕笑淺。　一年春好處，不在穠

●○○ ○●● ●●○○●▲ ●○○●● ●●○

芳，小艷疏香最嬌軟。到清明時候、百紫千紅，花正亂、已失

○ ●●○○●○▲ ●○○○● ●●○○ ○●● ●●

春風一半。早占取韶光、共追遊，但莫管春寒、醉紅自暖。

○○●▲ ●●●○○ ●○○ ●●●○○ ●○●▲

“花正亂”下比前多“已失”二字。竹屋、蒲江皆同。“遠”字、“亂”字偶合，不必叶也。山谷於“更風流”下九字作“望中秋，纔有九日十分圓”，共十字。友古云“但人心堅固後，天也憐人”，亦十字，又各不同，兹不另録。

【蔡案】

原譜“早占取”八字作上三下五讀。詳參前蘇詞注。

“遠”字、“亂”字萬子謂是偶合，不必叶，誤。此非主韻，不必叶固然如此，但此二句前後對應，應非偶合，而是有意爲之者。宋詞在該兩個三字句中亦多有叶韻者，或僅前段叶，或僅後段叶，或前後段皆叶。如前後並叶者，有丘宻之“才半吐”“誰道許”、晁補之之“春猶淺”“鶯千片”、趙長卿之“金翠裏”“那更是”、盧祖皋之“塵不到”“人猶道”等等，而單邊叶韻者尤多。

多字格 八十六字　　　　吴文英

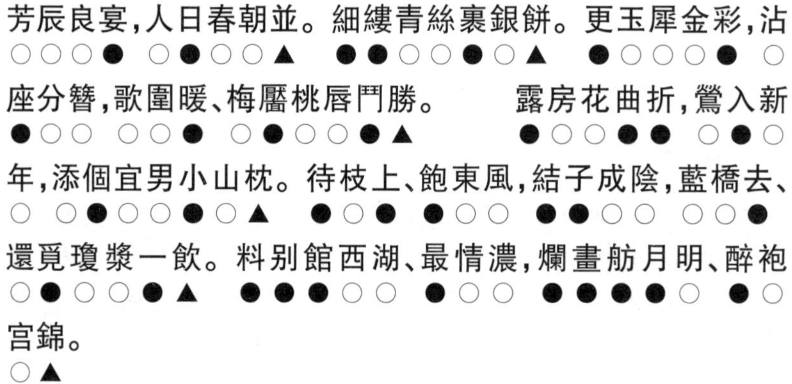

芳辰良宴，人日春朝並。細縷青絲裹銀餅。更玉犀金彩，沾座分簪，歌圍暖、梅靨桃唇門勝。　露房花曲折，鶯入新年，添個宜男小山枕。待枝上、飽東風，結子成陰，藍橋去、還覓瓊漿一飲。料别館西湖、最情濃，爛畫舫月明、醉袍宫錦。

“待枝上”十字同辛詞。“還覓”句六字同李詞。

按，《嘯餘》於八十六字收林外詞，今載於左，且照舊刻句字録之，以爲訂訛之證。

飛梁壓水，虹影清光曉。橘里漁村半煙草。嘆今來古往，物換人非，天地裏，惟有江山不老。　雨中風帽四字句，四海誰知我更韻，五字句。一劍横空幾番過按八字句，玉龍嘶未斷五字句，月冷波寒歸去也七字句，林屋洞門無鎖叶後段第二句韻，六字句。認雲屏煙障是吾廬八字句，任滿地蒼苔年年不掃叶前段首句韻，九字句。

按，宋林外題此詞於垂虹橋，不書姓名，人疑仙作，傳入禁中，孝宗笑曰：以“鎖”字叶“老”字，則“鎖”當音“掃”，乃閩音也。後訪之，林果閩人。舊《草堂》收之，極爲無識。然“我、過、鎖”林原借用三韻，何嘗是更韻？如譜注，豈不誤使今人錯認可用兩韻乎？且“一劍”句體當七字，“過”字正是叶韻，而譜竟罔知，注作八字，不但使此句多了一字，且使此調少了一韻矣。況“幾番過按”如何解説？文理乃至如此乎？“月冷”句亦不可作七字，當以“月冷波寒”爲一句。沈天羽改“我”爲“道”，改“過”爲“到”，《圖譜》因之，而仍不注叶韻，則是作譜者到底要使人滅却此一韻而後快也！嗚呼！豈不怪哉。

〔杜注〕

按，《詞譜》首句作“飛梁欹水”，次句作“虹影澄清曉”。

【蔡案】

“料别館”下八字，原譜作上三下五式句法讀，五字韻律不諧。

萬子引《嘯餘譜》所收林外詞，後段“洞門”，《嘯餘》作“洞關”。又，杜注原位於萬子引林外詞後，爲免混淆，故移萬子注文後。

多字格 八十七字　　康與之

若耶溪路。别岸花無數。欲斂嬌紅向人語。與緑荷、相倚
●○○▲ ●●○○▲ ●●○○●○▲ ●●○ ○●
恨，回首西風，波淼淼、三十六陂煙雨。　新妝明照水，汀
● ○●○○ ○●● ○●●○○▲ ○○○●● ○
渚生香，不嫁東風被誰誤。遣踟躕、騷客意，千里綿綿，仙浪
●○○ ●●○○●○▲ ●○○ ○●● ○●○○ ○●
遠、何處淩波微步。想南浦潮生、畫橈歸，正月曉風清、斷腸
● ○●○○○▲ ●○●○○ ●○○ ●●●○○ ●○
凝佇。
○▲

“與緑荷”下十字，作五字兩句，龍川亦有此體。若謝勉仲，則“與緑荷”下仍用兩三一四，又稍不同。

【蔡案】

原譜“想南浦”八字作三字逗領五字句，五字結構音律不諧。

萬子本詞之分析錯誤。按，擇其要，本調變化主要有如下兩處：一、前後段第四拍，或五字一句，或添一字作折腰式六字一句；二、後段第六拍，或用上三下四折腰式句法，或添二字作上三下六句法。在前一種模式下，第四第五兩句或一五一四，或一六一四，後一句皆以四字句爲正，偶有一五一四式讀破爲上三下六句法者，而無論何種讀法，第五句均不可讀爲五字一句。故萬子本詞前段第四第五句讀爲五字兩句，便是誤讀，今據改爲一六一四式句法。

多字格 八十八字　　趙長卿

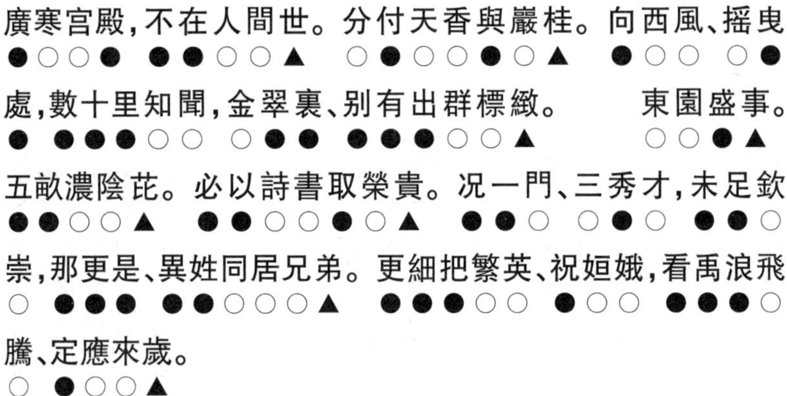
廣寒宫殿，不在人間世。分付天香與巖桂。向西風、摇曳處，數十里知聞，金翠裏、别有出群標緻。　東園盛事。五畝濃陰芘。必以詩書取榮貴。况一門、三秀才，未足欽崇，那更是、異姓同居兄弟。更細把繁英、祝姮娥，看禹浪飛騰、定應來歲。

“數十里”句多一字。後段起處同前段，亦與他體異。“芘”字應是“庇”字，“才”字宜仄聲。趙詞又有於後結作“要趁他，橘緑橙黄時候”，是上用三字豆，下用六字句，亦稍異。

潘牥此調題曰《羽仙歌》，於“况一門”下六字，用“莫問愁金杯瀲灧”，與此詞稍異。《圖譜》不知即《洞仙歌》，另收《羽仙歌》一調，蓋“數十里”二句，潘詞作“落日平蕪行雲斷幾見花開花謝”，作譜者誤讀“落日平蕪行雲斷”爲一句，又自以爲拗，因注“平”字、“雲”字可仄，意中口中想竟無《洞仙歌》聲調在，故不覺也。又更奇者，正集既仍《嘯餘》之舊，收《洞仙歌》四體，而續集又收《洞仙歌令》，即前康詞，乃以“恨回首”下作八字句，以“不嫁東風”爲四字句，“被誰誤”連下“遣躑躅騷客意”爲九字句，且謂“意”字叶韻，“千里綿綿仙浪遠”爲七字句，讀至此，有不噴飯滿案者乎？

【蔡案】

原譜“姮娥”記爲叶韻，誤。又，原譜“更細把”八字作三字逗領五字句，五字結構音律不諧。

洞仙歌慢 一百二十三字 柳 永

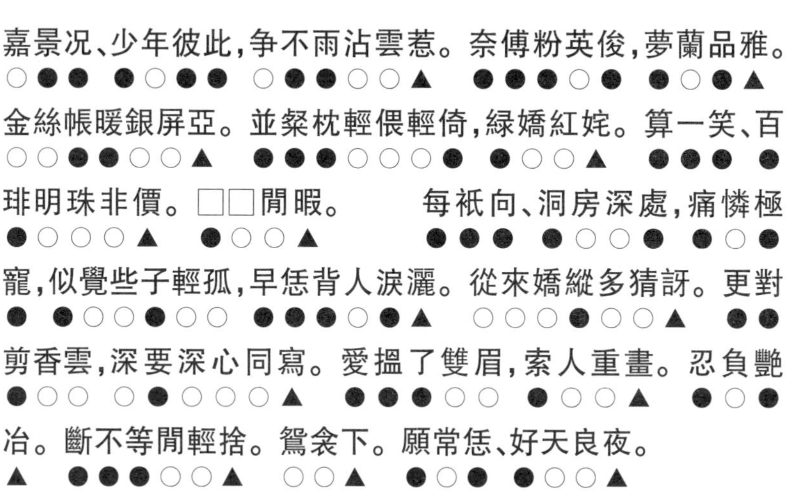

嘉景况、少年彼此，争不雨沾雲惹。奈傅粉英俊，夢蘭品雅。金絲帳暖銀屏亞。並粲枕輕偎輕倚，綠嬌紅姹。算一笑、百琲明珠非價。□□閒暇。　每祗向、洞房深處，痛憐極寵，似覺些子輕孤，早恁背人淚灑。從來嬌縱多猜訝。更對剪香雲，深要深心同寫。愛搵了雙眉，索人重畫。忍負艷冶。斷不等閒輕捨。鴛衾下。願常恁、好天良夜。

此以下三調，與《洞仙歌》全不相涉，而字句多有訛錯，難以訂定，且三詞又是三樣,不知何故,未敢彊論也。此篇衹“金絲”句七字似後段“從來”句七字,若以“並燦枕”句配“更對剪”句,則後多二字,想“深要”二字是誤多耳。“算一笑”至“非價”,似後“愛印了”至“重畫”,其餘前後俱不合。“閒暇”二字似後段起句,然不應前短後長如此,闕疑可也。

〔杜注〕

按,宋本“並粲枕輕倚”句,“粲枕”下有“輕偎”二字。又,“早恁背人沾灑”句,“沾”作“淚”。又,“愛印了雙眉”句,“印”作“揾”。均應增改。

【蔡案】

已據杜注增改。

原譜本詞作“又一體”,按,本詞以下,皆爲慢詞,與之前諸體均屬同名異調,故不可以又一體視之,今以慢詞名之,以示區別。

“並燦枕”九字、“更對”十一字,原譜均未讀斷。前者補足文字後,兩處均可讀爲三四四句法,但“香雲深要,深心同寫”不通,必有文字舛誤,一本作“更對剪香雲須要深心同寫”,亦詰屈聱牙,絶非原本,姑依前段讀。如此,則此十一字應屬一均,即第三均。

以該均爲基點,其後“算一笑百琲明珠非價閒暇”十一字即是尾均,但校之後段爲“愛揾了雙眉索人重畫忍負艷冶”十三字,則“閒暇”二字前或尚脱二字,而這種以二字句充當歇拍的填法,幾乎未曾有見,本身就頗爲怪異,無怪《欽定詞譜》要將其挪至後段,以爲後起之拍。《欽定詞譜》之改,或有其據,或有其理,然多爲孤例考察,綜而考之,本詞與其後“佳景留心慣”頗類,其詞前段尾均,及與其對應之後段“情眷戀向其間密約輕憐事何限”一均,亦皆爲十三字,正與“愛揾了雙眉索人重畫忍負艷冶”同,更可證明前段有二字脱落。據此,敢補二字。原譜"一百十九字"改爲"一百二十三字"。

第三第四均一旦明朗,全詞惟後段第一第二均尚有瑕疵。以前段論,"奈傅粉英俊,夢蘭品雅。金絲帳暖銀屏亞",三拍爲第二均,極爲清晰,而所對應之後段,則並無第一均之均脚,則"似覺些子輕孤"一句必有舛誤處。校之後一詞,本詞脱落與"漁浦"所對應之韻。

"似覺"之"覺"字,以入作平,方合。"忍負"之"負"字,當讀爲平聲方合。

多字格 一百二十五字　　柳永

乘興閒泛蘭舟,渺渺煙波東去。淑氣散幽香,滿蕙蘭江渚。
○●○●○○ ●●○○○▲ ●●●○○ ●●○○▲

緑蕪平畹,和風輕暖,曲岸垂楊,隱隱隔、桃花塢。芳樹外、
●○○● ○○○● ●●○○ ●●● ○○▲ ○●●

閃閃酒旗遥舉。□□羇旅。　漸入三吳風景,水村漁浦。
●●●○○▲ ●○○▲ ●●○○○● ●○○▲

閒思更繞神京,抛擲、幽會小歡何處。不堪獨倚危樓,凝情
○○●●○○ ○● ○●●○○▲ ●○●●○○ ○○

西望日邊,繁華地、歸程阻。空自嘆、當時言約無據。傷心
○●●○ ○○● ○○▲ ○●● ○○○●○▲ ○○

最苦。佇立對、碧雲將暮。關河遠,怎奈向、此時情緒。
●▲ ●●● ●○○▲ ○○● ●●● ●○○▲

"羇旅"二字亦似换頭語,總有訛錯,不敢彊定。或曰:"緑蕪"四字對後"不堪"四字;"和風"四字對後"危樓"四字;"情"字或是"想"字之訛;"曲岸"四字對後"西望"四字;"隱隱隔"三字豆、"桃花塢"三字句,對後"繁華地"三字豆、"歸程阻"三字句;"芳樹"至"遥舉",對後"空自"至"無據",此説亦通,然前後亦不合也。

【蔡案】

"绿蕪"下十二字，對"不堪"下十二字，固然不錯，但萬子太過拘泥，以四字三句相對，便須改易文字，否則"危樓凝情"非但文意不通，且韻律不諧。而後段讀爲六字兩句，則"不堪獨倚危樓，凝情西望日邊"便無須改字。又，"羈旅"二字則對應後段"傷心"四字，同前一首，亦須補二字，原譜"一百二十三字"改爲"一百二十五字"。又按，"抛擲"八字，原譜作四字兩句，亦因兩頓連仄而音律不諧，且以句法論，"抛擲幽會"，本亦不成句也。校之别首，前一首本句作"早恁背人沾灑"，後一首作"記得翠雲偷剪"，皆爲六字句，故疑"抛擲"二字或衍，或錯版。

又按，"閒思"句，"思"字可平仄兩讀，如唐齊己之"風月閒思到極精"；"遠"字一作"繞"字，更恰，故改。

多字格 一百二十六字　　柳　永

佳景留心慣。況年少彼此，風情非淺。有笙歌巷陌，綺羅庭
○●○○▲　●●○●●　○○○▲　●○○●●　●○○

院。傾城巧笑如花面。恣雅態、明眸回美盼。同心綰。算
▲　○○●●○○▲　●●●　○○○●▲　○○▲　●

國豔仙材，翻恨相逢晚。　繾綣。洞房悄悄，綉被重重，
●●○○　○●○○▲　●▲　●○●●　●●○○

夜永歡餘，共有海約山盟，記得翠雲偷剪。和鳴彩鳳于飛
●●○○　●●●●○○　●●●○○▲　○○●●○○

燕。閒柳徑花陰攜手遍。情眷戀。向其間、密約輕憐事何
▲　●●●○○○●▲　○●▲　●○○　●●○○●○

限。忍聚散。況已結、深深願。願人間天上，暮雲朝雨長
▲　●●▲　●●●　○○▲　●○○○●　●○○●○

相見。
○▲

“繾綣”二字亦似後段語，此調衹“傾城”至“美盼”與後“和鳴”至“手遍”相似，餘亦前後參差。“傾城”句似前一百十九字内“金絲”句，而起處“佳景”“年少彼此”字亦似相同，然他處又别，不可比而同之耳。

〔杜注〕

按，《詞譜》“閒柳徑”之“閒”字作“向”。又，“向其間”之“向”字作“問”。

【蔡案】

“繾綣”二字應屬後，較之“佳景况”詞，前段尾均爲一三一六一四，則正和“同心綰”下十三字合。又，萬氏注中“年少彼此”誤作“少年彼此”，據原詞改。

長壽樂 一百十三字　　柳　永

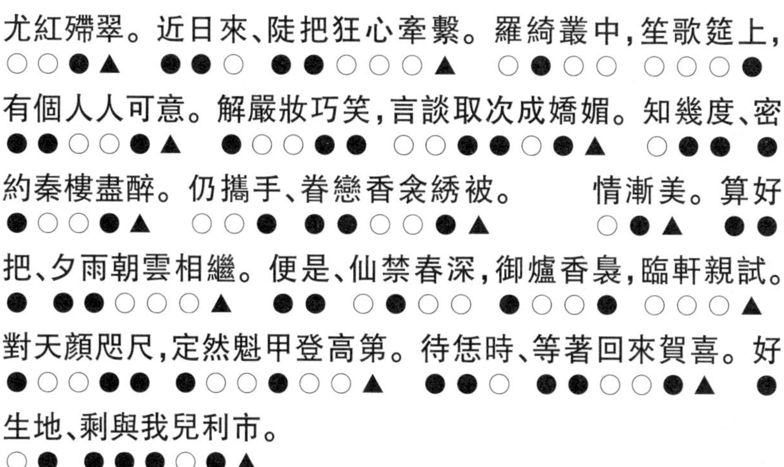
尤紅殢翠。近日來、陡把狂心牽繫。羅綺叢中，笙歌筵上，有個人人可意。解嚴妝巧笑，言談取次成嬌媚。知幾度、密約秦樓盡醉。仍攜手、眷戀香衾綉被。　情漸美。算好把、夕雨朝雲相繼。便是、仙禁春深，御爐香裊，臨軒親試。對天顔咫尺，定然魁甲登高第。待恁時、等著回來賀喜。好生地、剩與我兒利市。

此調句字多訛，分段處亦錯，後亦必不全，無可考矣。《圖譜》何據而論定其可平可仄也？

〔杜注〕

按，首一字"花"應作"尤"。又，"次姿則成嬌媚"句，應作"言談取次成嬌媚"。又，"臨軒親試"四字下有"對天顔咫尺，定然魁甲登高第。待恁時，等著回來賀喜。好生地，剩與我兒利市。"凡六句，原刻衹一"對"字，共落二十九字，萬氏亦謂後必不全，應從宋本改補。又按，《詞譜》載此詞與《詞律》同，另收耆卿"繁紅軟翠"一首，一百十三字，句法與宋本無異。

【蔡案】

已據杜注增改，原譜"八十三字"改爲"一百十三字"。

原譜"知幾度"下九字未讀斷應於三字處逗。"便是仙禁春深"六字原譜不讀斷，於文理論，"便是"後八字爲四字驪句，二字逗所領非四字，八字也，故宜讀斷。

迷仙引 八十六字 柳　永

才過笄年，初綰雲鬟，便學歌舞。席上尊前，王孫隨分相許。
○●○○　○●○○　●○○▲　●●○○　○○○●○▲

算等閒、酬一笑，但千金慵覷。常衹恐、容易蕣華偷換，光陰
●●○　○●●　●○○○▲　○●○　○●●○○●　○○

虚度。　已受君恩顧。好與花爲主。萬里丹霄，何妨攜
○▲　●●○○▲　●●○○▲　●●○○　○○○

手同去。去□□、□永棄，却煙花伴侶。免教人得見，朝雲
●○▲　●●○　○●●　●○○●▲　●○○●●　○○

暮雨。
●▲

衹"席上"二句與後"萬里"二句相合，餘各不同。"瞬"字應是"蕣"字，第二"去"字必訛，或誤多此一字。大約此調定有訛脱處，無他詞可證也。

與《迷神引》無涉。

〔杜注〕

按，宋本“瞬華偷换”句，“瞬”作“蕣”。又，“何妨攜手同去去”句，上“去”字作“歸”。萬氏注亦謂“瞬”應是“蕣”，二“去”字必譌。又，“免教人見妾”句，“見妾”作“得見”，應照改。又按，《蓮子居詞話》云：“上‘去’字叶，下‘去’字疊。頓折成文，猶北曲《醉春風》體，且詞意完足，雖無他詞可證，即亦不證可耳。”其説甚新，然究不如宋本可信。

【蔡案】

前段第三句“學”以入作平。“常祇恐”下十三字，原作“常祇恐容易，蕣華偷换，光陰虚度”，語意詰曲，韻律不諧。

後段“永棄却”前，定落三字，此處依律當是六字折腰句法，與前段“算等閒、酬一笑”相合，如此，後段第三均即爲六字一拍、四字一拍，奪三字，則僅得七字一拍，自不合律矣。余以爲“去去”並未有誤，前句止於上“去”叶韻，下“去”後落二字，如此，“何妨”句與前段“王孫”句正合，字數、平仄、韻脚皆同。杜注據宋本，謂二“去”字必有訛誤者，不合韻律，應非。據律理改補，原譜“八十三字”改爲“八十六字”。

黄鶴引 八十三字　　　方　失名

生逢垂拱。不識干戈免田隴。士林書圃終年，庸非天寵。
○○○▲　●●○○●○▲　●○○●○○　○○○▲
才粗闒茸。老去支離何用。浩然歸弄。似黄鶴、秋風相
○○●▲　◎●⊙○○▲　●○○▲　●○●　○○○
送。　塵事塞翁心，浮世莊生夢。漾舟遥指煙波，群山森
▲　○●●○○　○●○○▲　●○○●○○　○○○

動。神閒意聳。回首利韉名鞚。此情誰共。問幾許、淋浪
▲ ○○●▲ ⊙●◎○○▲ ●○○▲ ●●● ○○

春甕。
○▲

宋方勺《泊宅編》云:"先子晚官鄧州,於紹聖改元,致政歸隱,遂爲此詞。序曰:'因閲阮田曹所制《黄鶴引》,詞調清高,寄爲一闋,命稚子歌焉。'"

按,方勺父名無可考,阮田曹亦未知爲誰,録之以存其調。"士林"至"何用"與後"漾舟"至"名鞚"同。"漾"應作"颺",蓋取《歸去來辭》"舟揺揺以輕颺"也。

〔杜注〕

按,首句"先逢垂拱","先"字疑"生"字之誤。又,萬氏注"方勻"之"勻"字應作"勺"。

【蔡案】

據《全宋詞》,本詞作者爲浙東方資。

《欽定詞譜》起拍正是"生逢垂拱",已據杜注改。又,"才粗"原譜作"才初",據《欽定詞譜》改。又按,原譜前結爲"浩然歸,算是、黄鶴秋風相送",且"算是"下八字原譜不讀斷,兩頓連仄,有違音律之諧。檢《全宋詞》所據本《泊宅篇》,其詞爲"浩然歸弄。似黄鶴、秋風相送",正與後段字句、韻脚相合,想來因形近,"弄"誤作"算",故據改。

滿路花 八十三字 或加"促拍"二字 方千里

鶯飛翠柳揺,魚躍浮萍破。斑斑紅杏子、交榴火。池臺晝
○○●●○ ⊙●○○▲ ○○○●● ○○▲ ⊙○◎

永,繚繞花陰裹。山色遥供座。枕簟清凉,北窗時唤高
● ⊙●○○▲ ⊙●○○▲ ◎●○○ ●○⊙●○

卧。　翻思年少，走馬銅駝左。歸來敲鐙月、留闌鎖。年

▲　○○⊙●　◎●○○▲　○○○●●　○○▲　⊙

華老矣，事逐浮雲過。今吾非故我。那日樽前，衹今問有

○◎●　◎●○○▲　⊙○○●▲　◎●○○　●○◎●

誰呵。

○▲

"魚躍"下與後"走馬"下同。"今吾"句宜同前"山色"句，而平仄相反，但千里是和周作，片玉此詞亦前後各異。至"金花落燼燈"一首，則前反用"玉人新間闊"，後反用"除共天公説"，想所不拘耳。

"呵"，上聲。"那日樽前"二句，周用"不成也還似伊，無個分别"，蓋此句貫下十字相連，可以協於歌板，故不妨如此句法，所謂通乎音理，不必拘也。若不能者，惟守繩尺爲是。

【蔡案】

據校勘記改題注。

多韻格 八十三字　　秦　觀

露顆添花色。月彩投窗隙。春思如中酒、恨無力。洞房咫

●●○○▲　●●○○▲　○○○●●　●○▲　●⊙◎

尺，曾寄青鸞翼。雲散無蹤跡。羅帳春殘，夢回無處尋

◎　⊙●○○▲　⊙●○○▲　○●○○　●○○●○

覓。　輕紅膩白。步步薰蘭澤。約腕金環重、宜裝飾。

▲　○○●▲　●●○○▲　◎◎⊙⊙●　⊙○▲

未知安否，一向無消息。不似尋常憶。憶後教人，片時存濟

●⊙○◎　●●○○▲　●●○○▲　●●○○　●○○●

不得。

○▲

前起句用韻，平仄各異。後起句亦用韻，俱與前詞不同。"思"字

去聲,“中”字如字讀,乃平仄平平仄,與後“約腕”句合,與周、方詞異也。《譜》《圖》因周詞,遂注“思”可平、“中”可仄,不知用周體則依周,用秦體則依秦,不可互從。“恨”字還宜用平爲是,“恨無力”恐亦誤耳。

〔杜注〕

按,《詞譜》“羅帳熏殘”句“熏”作“春”,“熏”字與下複,應遵改。

【蔡案】

“春思”句之“中”字,萬子以爲平讀,或可商榷。按,本調平韻體本句宋人皆作○○○●●,蓋此“中”字如“中毒”“中槍”之意,當爲仄讀。萬子云“周體依周,秦體依秦”者,是無律之論,甚謬。又,“思”,借音法,平讀。至若“恨”字,宋詞中多有作平者,然本句宋人亦有填仄之例,如袁去華之“易凌亂”、辛棄疾之“大如斗”、秦觀之“苦撋就”等,故本讀即可。又,本調兩結句之基本形態爲○○●●○●,第五字不得用仄聲,本句之“不”蓋以入作平手法也。另,“薰殘”當是“春殘”,已據杜注改。

平韻體 八十三字　　柳　永

香靨融春雪,翠鬢嚲秋煙。楚腰纖細正笄年。鳳幃夜短,偏
⊙◎○⊙●　◎●●○△　◎○○●●○△　◎○◎●　⊙
愛日高眠。起來貪顛耍,祗恁殘却黛眉,不整花鈿。　有
●●○△　◎⊙○⊙●　◎●○○●○　◎●○△　●
時攜手閒坐,偎倚緑窗前。温柔情態儘人憐。畫堂春過,悄
○○●○●　⊙●●○△　⊙○○●●○△　◎○⊙●　◎
悄落花天。長是嬌癡處,尤殢檀郎,未教拆了鞦韆。
●●○△　⊙●○○●　⊙◎○⊙　●○◎●○△

用平韻,與前調異。

此雖以其與他詞另格收列於此，然恐有訛處，“正”字下舊失二字，觀後段“人憐”二字，應是七字句，叶韻語。“顛俊”二字誤。至兩結各十字，則一氣貫下，前之上六下四，非誤也。

〔杜注〕

按，宋本“翠鬟彈秋煙”句，“鬟”作“鬢”。又，“楚腰纖細正”下缺二字作“笄年”，又，“起來貪顛俊”句，“俊”作“傻”，均應改補。

【蔡案】

“殘却”之“却”，以入作平。另據杜注改。惟“顛俊”杜氏據宋本謂當作“顛傻”，意與前後文不合，此據彊村叢書本《樂章集》改。

又，“楚腰”“温柔”七字，校之宋詞本調諸詞，除廖剛一首，無論平韻體、仄韻體，均爲上五下三式句法。但本詞前後段對應整齊，應非文字脱落，廖詞如此，亦前後相應，則顯係摹柳，更可證明其體式如此。

讀破格 八十三字　　呂渭老

西風秋日短，小雨菊花寒。斷雲低古木、暗江天。星娥尺
○○○●●　●●●○△　●○○●●　●○△　○○●
五，佳約誤當年。小語憑肩處，猶記西園。畫橋斜月闌
●　○●●○△　●●○○●　○●○△　●○○●○
干。　鳥啼花落，春信遣誰傳。尚容清夜夢、小留連。青
△　　●○○●　○●●○△　●○○●●　●○△　○
樓何處，寶鏡注嬋娟。應念紅箋事，微暈春山。背窗愁枕
○○●　●●●○△　○●○○●　○●○△　●○○●
孤眠。
○△

此亦用平韻，而整齊可從，後段衹起句换頭，餘同。

【蔡案】

萬注"後段祇起句換頭"句後應脱"少二字"三字。蓋柳詞後段起句亦是換頭,與前段不同。

多字格 八十六字 趙師使

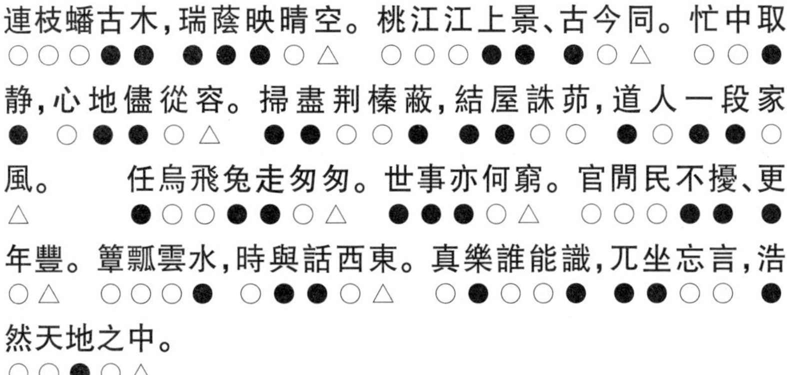

連枝蟠古木,瑞蔭映晴空。桃江江上景、古今同。忙中取静,心地儘從容。掃盡荆榛蔽,結屋誅茆,道人一段家風。 任烏飛兔走匆匆。世事亦何窮。官閒民不擾、更年豐。簞瓢雲水,時與話西東。真樂誰能識,兀坐忘言,浩然天地之中。

前調後起四字,此調七字,兼增一韻。"結屋"句、"兀坐"句前叶此不叶,山谷亦有此詞,整齊可學。其刻本不分段,誤。

又按,周美成有"歸去難"一詞,與《滿路花》全同,故合爲一調,録後備證。

歸去難 八十三字 周邦彦

佳約人未知,背地伊先變。惡會稱停事、看深淺。如今信我,委的論長遠。好來無可怨。自合教伊,因些事後分散。 密意都休,待説先腸斷。此恨除非是、天相念。堅心更守,未死終相見。多少閒磨難。到得其時,知他做甚頭眼。

【蔡案】

黄庭堅並未填寫本調,查《豫章先生遺文》中,有黄庭堅《跋"秋風吹渭水"詞》一章,謂吕洞賓嘗於廣陵市上,醉歌本詞,則後人或因此以爲,“秋風吹渭水”一首爲黄庭堅所作,由是誤入。其詞體格,與趙師俠兩首並同。

原譜過片作上三下四折腰式讀,欠準,余以爲此乃一六式句法,不當讀斷也。而本句原爲六字一句,趙氏手法乃是添一領字耳。若作三四式句法,則無來龍去脈。

又按,《歸去難》乃本調别名,詞即第一體方千里詞。“好來”原作“好彩”,於律不合,又“因些”原譜作“推些”“相見”作“須見”“其時”作“其間”,均據《片玉詞》改。

一枝花 九十字 辛棄疾

千丈擎天手。萬卷懸河口。黄金腰下印、大如斗。任千騎
○●○○▲ ●●○○▲ ○○○●● ●○▲ ●○●
弓刀,揮霍遮前後。百計千方久。似鬥草兒童,贏個他家偏
○○ ○●○○▲ ●●○○▲ ●●●○○ ○●○○○
有。 算枉了、雙眉長皺。白髮空回首。那時閒説向、山
▲ ●●● ○○○▲ ●●○○▲ ●○○●● ○
中友。看丘隴牛羊,更辨賢愚否。且自栽花柳。怕有人來,
○▲ ●○●○○ ●●○○▲ ●●○○▲ ●●○○
但衹道、今朝中酒。
●●● ○○●▲

此與《滿路花》定是一調,其後起七字,即與前趙詞同,彼用平、此用仄耳。但較多“任、似、看、但”四個虚字,其爲同調何疑?况調名亦有花字乎?

〔杜注〕

按,此調《詞譜》列入《促拍滿路花》,注云:“元人南吕調《一枝花》詞皆宗此體。”

【蔡案】

本詞原列於《滿園花》之後，因本詞即《滿路花》，故移至此。本詞即秦觀詞體，除後起添字外，惟前後段各添“更、似、看、怕”四領字異。後段尾均，似讀破句法，但余疑本爲“怕有人來□，祇道今朝中酒”，與前段尾均合。

“那時閒”一本作“那時間”。

滿園花 八十七字　　秦　觀

一向沉吟久。珠淚盈襟袖。我當初不合、苦撋就。慣縱得

●●○○▲　○●○○▲　●○○●●　●○▲　●●●

軟頑，見底心先有。行待癡心守。甚撚著脈子，倒把人來僝

●○　●●○○▲　○●○○▲　●●●○○　●●○○●

僽。　近日來、非常羅皂醜。佛也須眉皺。怎掩得、衆人

▲　●●○　○○○●▲　●●○○▲　●●●　●○

口。待收了孛羅，罷了從來斗。從今後。休道共我，夢見

▲　●○●●○　●●○○▲　○○●　○●●○　●●

也、不能得勾。

●　●○●▲

此調既與前調牌名相似，而句法亦多相合，前段竟同，祇多一“慣”字與“甚”字耳。後段稍異，然“佛也”句、“罷了”句及結處二句，俱與前調仿佛，故以附於《滿路花》之後，而《一枝花》尤爲脗合，故並類列焉。

〔杜注〕

按，此詞見《淮海集》，應補“秦觀”二字。又，第二句“淚珠”應從本集作“珠淚”。

【蔡案】

本詞余向以爲即《滿路花》，今細玩其律，方知兩者非一調甚明。

少游有《滿路花》,即前列“露顆添花色”一首,兩相比較,則後段毫無相似處,尤其换頭用一三、一五之八字句,後結用兩個上三、下四折腰式句法,與正調均迥異,且此二處本屬詞之緊要處,韻律如此之異,如何可謂同一詞調？若《滿園花》即《滿路花》,則余以爲本詞“慣縱得”起,或爲他詞竄入,亦是一解。

原譜前起未作叶韻,誤。又,“脈子”二字,依律爲平,故一以入作平,一以上作平。“我”,以上作平。又按,“怎掩得”六字原譜不讀斷,於律不諧。

鶴冲天 八十六字　　杜安世

清明天氣。永日愁如醉。臺榭、緑陰濃、薰風細。燕子巢方
○○○▲　●●○○▲　○●　●○○　○○▲　●●○○
就,盆池小,新荷蔽。恰是逍遥際。單夾衣裳,半攏軟玉肌
●　○○●　○○▲　●●○○▲　○●○○　●○●●○
體。　石榴美艷,一撮紅綃比。窗外、數修篁、寒相倚。
▲　●○●●　●●○○▲　○●　●○○　○○▲
有個關心處,難相見、空凝睇。行坐深閨裏。懶更妝梳,自
●●○○●　○○●　○○▲　○●○○▲　●●○○　●
知新來憔悴。
○○■○▲

前後俱同,與前詞换頭者異。

【蔡案】

本詞原列於柳永詞後,因係正體,故移前。本調現存五首宋元詞,綜合各首韻律特質,本詞前後段最爲端正,應屬正體。惟本詞後結音律失諧,“來”字應仄而平,誤填,學者當以前段結句之平仄爲準,或以第三體兩結句,●●●○○▲之句法平仄爲準。

前後段第三、第四兩拍，其結構爲二字逗領一折腰式六字句，勿以五字一句、三字一句構思，如本詞前段，實爲“臺榭、緑蔭濃、熏風細”，後六字爲三字偶句，後段則是“窗外、數修篁、寒相倚”，宋元諸詞，莫不如此。

少字格 八十四字　　柳永

閒窗漏永，月冷霜華墮。悄悄下簾幕、殘燈火。再三思往事，離魂亂、愁腸鎖。無語沈吟坐。好天好景，未省展眉則個。　從前早是多成破。何況、經歲月、相抛嚲。假使重相見，還得似、當初麽。悔恨無計那。迢迢良夜，自家衹恁摧挫。

後段换頭七字起。

按，此調名《鶴冲天》，然與《喜遷鶯》迥别，故另列於此。

又按，此體亦與《滿園花》相似，或亦一調異名也。其用字平仄，前後稍有不同，作者審而自填，兹不旁注。

【蔡案】

本詞後段起拍或有文字脱落，柳永原文應爲“從前□□，早是多成破”，校之杜詞及柳永别首“黄金榜上”詞，便可了然也。補足此二字，則本詞即杜安世詞體，故不擬譜。又，“何况”下八字，原譜作五字一句、三字一句，五字句音律不諧。按，此當爲二字逗領一折腰式六字句。

較之前一詞，兩者有較大不同，尤其此類近詞，韻拍原本不多，而詞句無非幾種，故極易雷同，小令尤甚。

多字格　八十七字　　柳　永

黃金榜上。偶失龍頭望。明代暫遺賢、如何向。未遂風雲
○○●▲　●●○○▲　○●●○○　○○▲　●●○○

便，争不恣遊狂蕩。何須論得喪。才子詞人，自是白衣卿
●　○●●○○▲　○○○●▲　○●○○　●●●○○

相。　煙花巷陌，依約丹青屏障。幸有意中人、堪尋訪。
▲　○○●●　○●○○○▲　●●●○○　○○▲

且恁偎紅翠，風流事、平生暢。青春都一晌。忍把浮名，換
●●○○●　○○●　○○▲　○○○●▲　●●○○　●

了淺斟低唱。
●●○○▲

"依約"句、"且恁"句各多一字。

【蔡案】

本詞前段第六拍，萬子原譜讀爲"争不恣、遊狂蕩"，作六字折腰句法，"恣遊"或不可讀破，蓋六字句亦有律句與折腰式並存之例也。現存宋元諸家，本句均爲六字折腰式一句，惟《全宋詞》所本此句五字，脱一"遊"字。又，後段第二拍，宋元詞均爲五字一句，獨本詞六字，疑"屏"字衍。學者填本調，總以杜詞爲準。又按，"明代"八字、"幸有"八字，原譜均作五字一句、三字一句讀。

後段第五句原作"且恁偎紅倚翠"，萬子以爲多一字，現據彊村叢書本《樂章集》改，原譜"八十八字"改爲"八十七字"。

踏青游　八十四字　　周邦彦

金勒狨鞍，西城嫩寒春曉。路漸入、垂楊芳草。過平堤、穿
⊙●○○　○○●○○▲　●●●　○○⊙▲　●○○　○

緑徑，幾聲啼鳥。是處裏、誰家杏花臨水，依約靚妝斜
●● ◎○○▲ ●●● ○○●○○● ⊙●●○○

照。　極目高原，東風露桃煙島。望十里、紅圍翠繞。更
▲ ◎●○○ ○○●○○▲ ●●● ○○◎▲ ●

相將、乘酒興，幽情多少。待向晚、從頭記將歸去，説與鳳樓
○○ ○●● ⊙○○▲ ●●● ○○●○○● ◎●●○

人道。
○▲

前後段同。又有《贈妓崔念四》一首，吴虎臣云："政和間士人作，都下盛傳。"《詞統》載爲東坡詞，而坡集無之。於"過平堤"下十字作"向巫山重重去如魚水"，祇有九字。後段則云："拚三入清齋，望永同鴛被"，雖十字，而句法却非兩三、一四者，殆有誤字，不可從也。故此譜不收八十三字格。

〔杜注〕

按，此爲王詵詞，今作周邦彦，誤。

【蔡案】

本調變化最多者，爲前後段尾均中之三字句，本詞皆不叶，亦有皆叶者，如蘇軾、陳濟翁等，諒所不拘也，填者自可隨意。又按，有《梅苑》無名氏詞，後段"從頭"一句作"無言分付甘桃李"，校之諸詞皆多一字，"甘"字或衍，不可從。周邦彦之"彦"，原作"産"，乃刻誤，徑改。

蕙蘭芳引 八十四字　　周邦彦

寒瑩晚空，點青鏡、斷霞孤鶩。對客館深扃，霜草未衰更緑。
○●●○ ●○● ●○○▲ ●◎●○○ ○●●○◎▲

倦遊厭旅，但夢繞、阿嬌金屋。想故人別後，盡日空疑風
●○●● ◎●● ◎○○▲ ●●○◎● ●●○○○

竹。　塞北氍毹，江南圖障，是處温燠。更花管雲箋，猶
▲　◎●○○　⊙○○●　●●○▲　●⊙●○○　⊙
寫寄情舊曲。音塵迢遞，但勞遠目。今夜長、争奈枕單
●●○●▲　⊙○⊙●　●○◎▲　⊙●○　○●●○
人獨。
○▲

"瑩、鏡、斷、對、未、更、倦、厭、但、夢、故、後、障、是、處、更、寄、舊、遞、但、夜、奈"等字俱用去聲，妙絶。而"瑩"下用"晚""厭"下用"旅""夢"下用"繞""奈"下用"枕"，俱去上，"草未、想故、寫寄"又俱上去，且用"鏡"，則上隔字用"點"；用"館"，則上隔字用"對"；用"管"，則上隔字用"更"。此種乃詞中抑揚發調之處，所以美成爲詞壇宗匠，而製律造腔稱再世周郎也。向讀方氏和詞，驚愛其一字不改，及閲《夢窗集》，取以相較，亦一字不改，愈信定格之不可輕亂如此。不然，填詞亦文人末技，有何棘手，而古人傳者寥寥哉。他調莫不皆然，偶於此及之。

【蔡案】

上去用字之説，最爲無聊，此更有"隔字"之説，越發神神叨叨。願後文無隔句之説。又，楊澤民詞，前段起拍作"池亭小，簾幕初下"，或是誤讀周邦彦詞，以之爲"寒瑩晚，空點清鏡"故也，而致四字句音律失諧，此或爲古人句讀失誤之一例。一笑。而元人張玉娘後段第四五兩句作"未應輕散，磨寶簪將折"，則當是脱落二字，非有此體也。

清波引 八十四字　　姜　夔

冷雲迷浦。倩誰喚、玉妃起舞。歲華如許。野梅弄眉嫵。
●○○▲　●○●　●○●▲　●○○▲　●○●○▲
屐齒印蒼蘚，漸爲尋花來去。自隨秋雁南來，望江國、渺何
●●●○●　●●○○○▲　●○○●○○　●○●　●○

處。　　新詩謾與。好風景、長是暗度。故人知否。抱幽
▲　　○○●▲　●○●　○○●▲　●○○▲　●○

恨難語。何時共漁艇，莫負滄浪煙雨。況有清夜啼猿，怨人
●○▲　○○●○●　●●○○○▲　●○○●○○　●○

良苦。
○▲

惟石帚有此調，平仄無可證，當皆依之。然自“歲華”以下，即與後“故人”以下字句同，至尾少二字耳。“時”字平聲，前段“齒”字上聲，上原可作平，但斷不可用去聲，蓋此字或平或上，而下以去聲字接之，如“印”字、“共”字，故妙，勿謂是仄聲而隨意用去也。詞中此類甚多，不能枚舉，亦不能細注，高明熟玩，自當得之。“抱幽恨”句，與“野梅”句句法異，不拘。

【蔡案】

玉田詞押“許、雨”韻，前後段第五拍作“弭節澄江樹”“難覓真閒處”，均入韻，此處爲輔韻，可叶可不叶，填者可據需要斟酌，不必一律也。又按，“長是”之“是”“況有”之“有”，以上作平，律如此，觀張玉田詞，作“人”字、“然”字可知。

本詞自首拍起，前後段即整齊對應，萬子謂自“歲華”以下同，不知何故，或是看差。

詞律卷十三

簇　水 八十六字　　　　　　　　　　趙長卿

長憶當初，是他見我心先有。一鉤纔下，便引得魚兒開口。
○●○○　●○●●○○▲　●○○●　●●●○○○▲
好事重門深院，寂寞黃昏後。廝覷著、一面兒酒。　試摑
●●○○○●　●●○○▲　○●●　●●○▲　●○
就。便把我、得人意處，閔子裏、施纖手。雲情雨意，似十二
▲　●●●　●○●●　●●●　○○▲　○○●●　●●●
巫山□舊。更向枕前言約，許我長相守。歡人也、猶自眉
○○○▲　●●●○○●　●●○○▲　○○●　○●○
頭皺。
○▲

"一鉤"下與後"雲情"下同，衹"巫山舊"三字"舊"字上恐落"依"字耳。"摑"，如專切。"閔子裏"，即《西廂》《琵琶》所云"酩子裏"，乃"暗地裏"之謂也。"歡人"恐是"勸人"。

【蔡案】

"便引得"句、"似十二"句原譜均讀斷爲三字逗領起之折腰式。按，以律論之，"十二巫山"句應對應前段"引得魚兒"句，故其原句應爲"似十二巫山依舊"，方才切合前一句，語意亦合，脱一字也。故補一奪字符，原譜"八十五字"改爲"八十六字"。雖本詞僅此一首，無從

校對，但據其律理，補一字方合律。而“十二巫山”自不可讀破，萬子讀爲折腰式，誤。由本句校，並可知前段亦不當讀斷，應作“便引得魚兒開口”，即一字逗領六字句，方確。

華胥引 八十六字　　方千里

長亭無數，羈客將歸，故園换葉。乳鴨隨波，輕蘋滿渚、時共
○○○● ○●○○ ●○●▲ ●●○○ ○○●● ○●
唼。接眼春色何窮，更櫓聲伊軋。思憶前歡，未言心已愁
▲ ●●○●○○ ●●○○▲ ○●○○ ●○○●○
怯。　欺鬢吴霜，恨星星、又還盈鑷。錦紋魚素，那堪重
▲ ○●○○ ●○○ ●○○▲ ●○○● ●○○
翻再閲。粉指香痕依舊，在綉裳鴛篋。多少相思，皺成眉上
○●▲ ●●○○○● ●●○○▲ ○●○○ ●○○●
千疊。
○▲

各書俱選周詞“川原澄映”一首，衹作八十五字，蓋“在綉裳”句止云“鳳牋盈篋”，故比此少一字也。不知此句正與前段“更櫓聲”句相合，當用五字，則知《片玉集》乃落去一字，而從來讀者未查校玩味耳。又，周尾句云“夜來和淚雙疊”，“來”字平聲，與前段“醉頭扶起寒怯”之“頭”字相同，與此詞前結“言”字、後結“成”字俱同。《圖譜》乃作“夜夜和淚雙疊”，第二“夜”字竟改用去聲，而所繪黑圈偏不以爲可平，豈非故意欲改壞此調乎？

〔杜注〕

按，此爲千里和美成詞，平仄與原詞全同，惟“那堪”之“那”字，原作平聲。

【蔡案】

《片玉集》一本第六句作“但鳳牋盈篋”，可知周詞亦爲八十六字體者，則是萬子所讀"各書"均奪一字耳，檢《嘯餘譜》《詩餘圖譜》《填詞圖譜》等，俱是四字。

又，前段第五句非七字句，乃四三式句法，"輕蘋滿渚"與前四字句構成儷句，"時共嗖"爲托字。詞有領字，有托字，"托字"之名，雖爲余所杜撰，然爲唐宋詞所驗證者也，人多知領字，而不識托字焉。別調如《絳都春》中吴文英之"路幕遮香，街馬冲塵東風細"、竹山之"細雨院深，淡月廊斜重簾挂"等；《望海潮》中柳永之"市列珠璣，户盈羅綺競豪奢"、淮海之"茂草臺荒，苧蘿村冷起閒愁"等，皆是，此本爲填詞常用手法也，故此等句法不可以常見句式等觀，填詞構思，尤不可以七字句創作。

又，"接眼"之"眼"須用上聲或入聲，不可用去聲，蓋本字律用平聲也。又按，杜氏以爲"那堪"之"那"讀去聲，誤，其字本爲平仄二讀。

離別難 八十九字　　薛昭藴

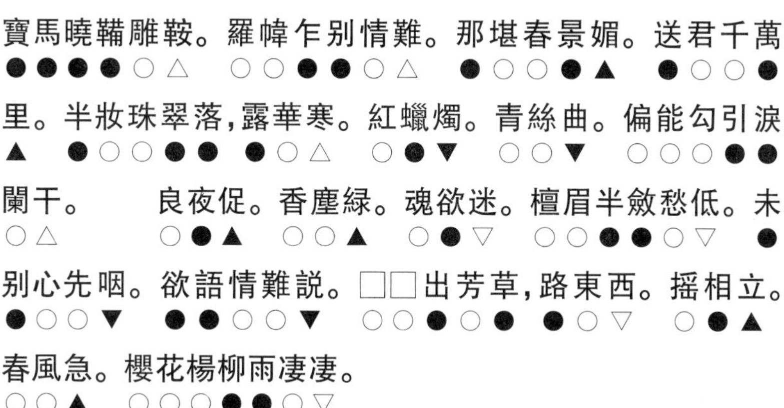

寶馬曉鞴雕鞍。羅幃乍別情難。那堪春景媚。送君千萬里。半妝珠翠落，露華寒。紅蠟燭。青絲曲。偏能勾引淚闌干。　良夜促。香塵緑。魂欲迷。檀眉半斂愁低。未別心先咽。欲語情難説。□□出芳草，路東西。摇相立。春風急。櫻花楊柳雨凄凄。

凡六易韻。《譜》《圖》以"促、緑"爲更韻，非也，此是叶"燭、曲"耳。若"立、急"則與"咽、説"不同，乃爲更韻也。

【蔡案】

原譜"出芳草"六字未讀斷，《欽定詞譜》讀爲六字折腰一句，然考之前段及遣詞達意，"出芳草"無疑爲五字句脱落二字，而非與下形成四個三字句。據律補，原譜"八十七字"改爲"八十九字"。

離别難慢 一百十二字　　柳永

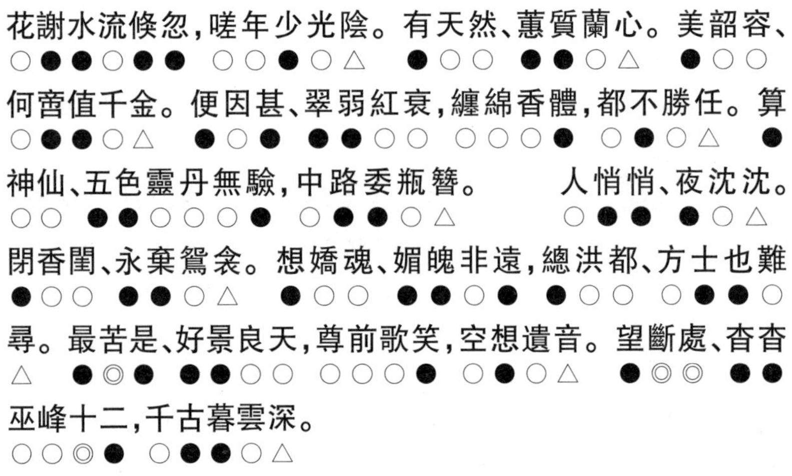

花謝水流倏忽，嗟年少光陰。有天然、蕙質蘭心。美韶容、
○●●○●●　○○●○△　●○○　●●○△　●○○
何啻值千金。便因甚、翠弱紅衰，纏綿香體，都不勝任。算
○●●○△　●○●　●●○○　○○○●　○●○△　●
神仙、五色靈丹無驗，中路委瓶簪。　人悄悄、夜沈沈。
○○　●●○○○●　○●●○△　○●●　●○△
閉香閨、永棄鴛衾。想嬌魂、媚魄非遠，總洪都、方士也難
●○○　●●○△　●○○　●●○●　●○○　○●●○
尋。最苦是、好景良天，尊前歌笑，空想遺音。望斷處、杳杳
△　●◎●　●●○○　○○○●　○●○△　●◎◎　●●
巫峰十二，千古暮雲深。
○○◎●　○●●○△

與前調迥别。"總洪都"以下俱與前段合。此詞俱用十二侵韻，甚嚴。

【蔡案】

原譜本詞作"又一體"，誤，本詞爲慢詞，與前之唐詞同名異調者也，故新擬慢詞名。

醉思仙 八十九字　　吕渭老

斷人腸。正西樓獨上，愁倚斜陽。稱鴛鴦瀏鶒，兩兩池塘。
●○△　●○○●●　○●○△　●○○○●　●●○△

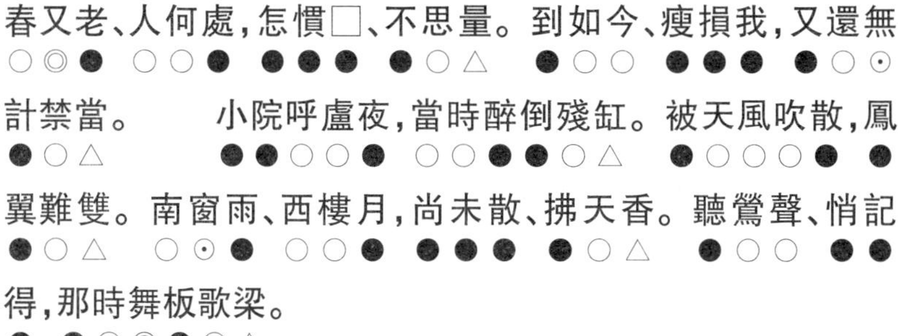

春又老、人何處，怎慣□、不思量。到如今、瘦損我，又還無計禁當。　小院呼盧夜，當時醉倒殘缸。被天風吹散，鳳翼難雙。南窗雨、西樓月，尚未散、拂天香。聽鶯聲、悄記得，那時舞板歌梁。

"被天風"以下與前"稱鴛鴦"以下皆同。"尚未"句不應比"怎慣"句多一字，非"散"字羨則"拂"字羨也。蓋"春又老"兩句俱三字，而"怎慣"句用五字住，"到如今"兩句亦三字，而"又還"句用六字住，後段亦然，若皆用六字，便句法雷同，再加後疊則四段皆三三六，必無是理也。故知"怎慣"句爲是，而"尚未"句爲多一字耳。

〔杜注〕

萬氏注謂"尚未散拂天香"句不應比"怎慣"句多一字。按，王氏校本無"散"字。

【蔡案】

"怎慣"句與"尚未"句，校之宋詞別首，應有兩種填法，一爲六字折腰句法，如孫道絢之"弄清影、月明中""夜悄悄、恨無窮"，一爲七字折腰句法，如朱敦儒之"但萬里、雲水俱東……便分路、青竹丹楓"，故本詞前段疑是"怎慣得"之脱誤，全句應是"怎慣□、不思量"，才與後段相合。

八六子　八十九字　　楊　纘

怨殘紅。夜來無賴，雨催春去匆匆。但暗水新流芳恨，蝶凄

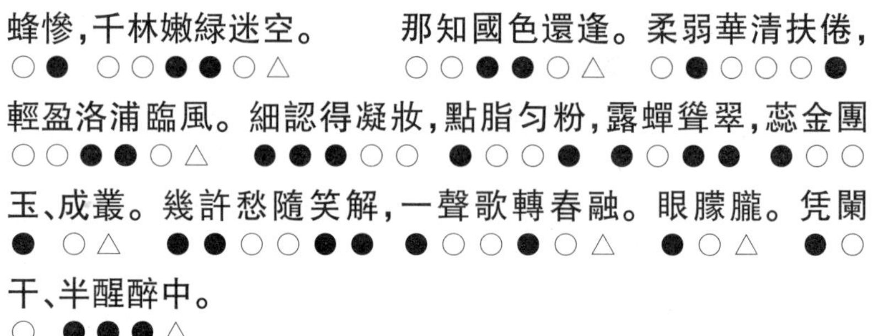
蜂慘，千林嫩緑迷空。　那知國色還逢。柔弱華清扶倦，輕盈洛浦臨風。細認得凝妝，點脂匀粉，露蟬聳翠，蕊金團玉、成叢。幾許愁隨笑解，一聲歌轉春融。眼朦朧。凭闌干、半醒醉中。

此學秦體者。但“蝶凄”句語氣當作四字，而“千林”二字屬下句者，秦則上句六字、下句四字也。觀杜詞及後晁詞，“千林”句可六字，但上句亦應六字耳。然此十字一氣，可以借讀上六下四也。祇“緑”字仄、“迷”字平，於各家不合，必是誤處。此句與尾句“半醒醉中”，皆去平去平，乃此調定格，聲響如此。秦之“愴然暗驚”“又啼數聲”，杜之“細飄鳳衾”“又移翠陰”，晁之“漏長夢驚”“舊愁旋生”，無不相同。此等若誤，便失腔調。《圖譜》注秦詞“黄鸝又啼數聲”云：“可用仄平平仄平平”，真信意妄改也。“細認得”二句，上五下四，與秦“怎奈何”以下九字上三下六微異，然此亦不妨借讀。或曰：秦之“何”字本是“向”字，原於“娱”字斷句，此亦不必。蓋杜詞此處亦上三下六，第三字亦用“垂”字，平聲也。“露蟬”二句，上四下六，與秦“素弦”二句皆四字者不同，而“叢”字是叶韻。此則晁詞亦於此處用叶，余故謂杜、秦兩家恐有傳訛耳。“幾許”二句各六字，正對秦之“片片”以下、杜之“望處”以下、晁之“賴有”以下各十二字，皆相對偶者。祇秦於此句上多“那堪”二字，杜於此句上多“愁重”二字，晁於此句上多“難相見”三字，而此篇則缺之。余則謂此處晁詞爲獨全也。尾句各家皆六字，此恐原是“憑闌半醒醉中”，誤多一“干”字耳。“雨”字宜平，勿用去聲，“凭”字宜作“憑”，平聲，“醒”字應讀平聲。

【蔡案】

本詞原列於秦觀詞後，因係正體，故移前。宋詞惟本詞合律。

後段結拍唐宋諸家俱爲六字一句，獨此作七字句。或因之前諸家俱用拗句不諧，故添字改爲律句。萬子以爲“醒”字宜讀平，但考之前段結拍，也是改拗爲律，則顯應仄讀爲是。楊瓚爲宋末著名知音律者，如此改，必有其原因。

八六子 九十字　　杜　牧

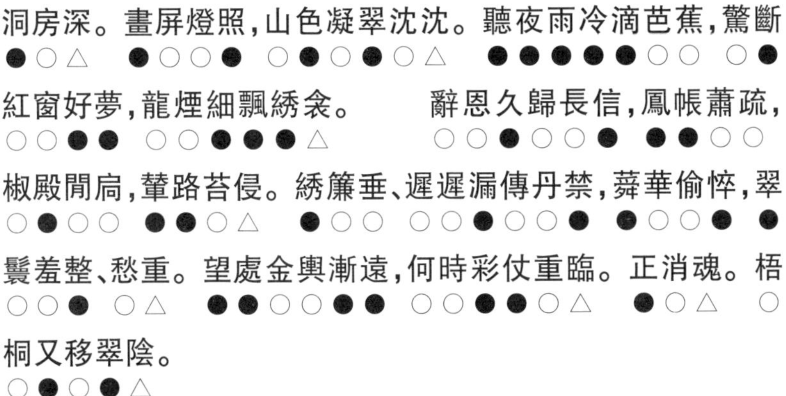
洞房深。畫屏燈照，山色凝翠沈沈。聽夜雨冷滴芭蕉，驚斷紅窗好夢，龍煙細飄綉衾。　辭恩久歸長信，鳳帳蕭疏，椒殿閒扃，輦路苔侵。綉簾垂、遲遲漏傳丹禁，蕣華偷悴，翠鬟羞整、愁重。望處金輿漸遠，何時彩仗重臨。正消魂。梧桐又移翠陰。

此詞字數雖較多於秦，亦有訛處。前段當於“綉衾”分住，“鳳帳”至“苔侵”十二字，自應與前詞“夜月”十二字相合，該在“殿”字分句。蓋此處是六字兩句，况“扃”字不是閉口韻，非叶也，至“侵”字方是叶耳。以下俱與前合矣。總之此兩篇恐俱有誤，觀後所載諸作可知。

【蔡案】

本詞原在秦詞之後，然要梳理本調，必須以首見詞爲基礎展開研究，方爲正則。

唐詞僅此一首，與宋詞相校，最大的差異在分段之不同，這種差異無論孰是孰非，均源於後人誤讀杜詞，故以擬譜而論，便須統一兩者。原詞在"閒扃"後分段，今與宋詞劃一。其餘字句上差異，則僅在：一、前段結拍減二字；二、後段六七拍讀破，小異而已。

前段"聽"字領六字二句，宋詞多作六字儷句，可以之爲範。又，"飄"字有去聲讀法，《集韻》云匹妙切，如《曹植·感節賦》："折若華之翳日，庶朱光之長照。願寄軀于飛蓬，乘陽風而遠飄。"故本詞當標爲仄。又，"翠鬟"下十二字，原作四字一句、八字一句，而"愁重"二字實爲托結構，托前八字。故"重"字依律應爲韻脚所在，故此字必誤。楊瓚精通音律，宋詞惟其於此處用韻，可爲旁證。

少字格 八十八字　　秦　觀

倚危亭。恨如芳草，萋萋剗盡還生。念柳外青驄別後，水邊
●○△　●○○●　○○●●○△　●●●○○●●　●○
紅袂分時，愴然暗驚。　無端天與娉婷。夜月一簾幽夢，
○●○○　●○●△　○○○●○△　●●●○○●
春風十里柔情。奈回首歡娛、漸隨流水，素弦聲斷，翠綃香
○○●●○△　●○●○○　●○○●　●○○●　●○○
減、那堪，片片飛花弄晚，濛濛殘雨籠晴。正銷凝。黃鸝又
●　●○　●●○○●●　○○○●○△　●○△　○○●
啼數聲。
○●△

〔杜注〕

按，《詞譜》"怎奈何"三字作"奈回首"。

【蔡案】

本詞即前一詞體，惟前段結拍減二字異。"素弦"下十六字，原作

四字二句、八字一句，誤。此與前一首同，“那堪”是二字托，托前四字驪句，就詞意而言，等同於“那堪、素弦聲斷，翠綃香減”。參見本卷前《華胥引》調蔡案。

又按，後起原作“怎奈何、歡娱漸隨流水”，據校勘記改，並重新句讀。

少韻格 八十八字　　李 濱

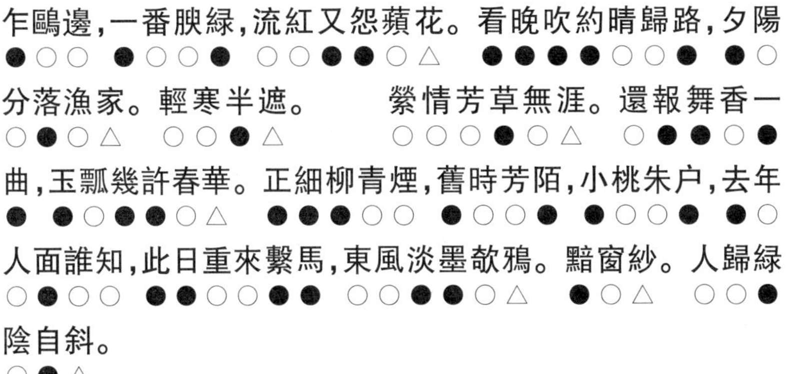
乍鷗邊，一番腴緑，流紅又怨蘋花。看晚吹約晴歸路，夕陽分落漁家。輕寒半遮。　縈情芳草無涯。還報舞香一曲，玉瓢幾許春華。正細柳青煙，舊時芳陌，小桃朱户，去年人面誰知，此日重來繫馬，東風淡墨欹鴉。黯窗紗。人歸緑陰自斜。

此篇“正細柳”九字、“此日重來”下十二字，俱與前同。而“去年人面誰知”六字，比前少四字，恐有脱誤。愚謂“去年人面”四字，即同秦“素弦聲斷”四字，其“那知”二字連下，同秦“那堪”二字，而“人面”之下落四字一句耳。“家”字叶韻，與他家不同。“煙青”恐是“青煙”，對下朱户也。此調第二句或云當作六字，第三句當作四字。余觀杜、晁作，宜上四下六，然通玩之，皆可兩讀者，是亦在所不拘。兩結“半”字、“自”字去聲，甚妙。

〔杜注〕

按，此爲李演詞，非李濱作。“乍鷗邊”句，“邊”字注韻，誤。又，“正細柳煙青”句，“煙青”應作“青煙”。又，萬氏注謂“去年人面誰知”

句，比前少四字，恐有脱誤。考周草窗《絶妙好詞》，此句上有"舊時芳陌"四字，應增。

【蔡案】

已據杜注及校勘記改，原譜"八十四字"改爲"八十八字"。

本詞亦同正體，衹前段起拍不叶韻異。

多字格 九十一字　　晁補之

喜秋晴。淡雲縈縷,天高群雁南征。正露冷初减蘭紅,風緊
●○△　○○●●　○○○●○△　　●●○○○○

潛雕柳翠,愁人夢長漏驚。　　　重陽景物凄清。漸老何時
○○●●　○○●●○△　　　○○●●○△　●●○○

無事,當歌好在多情。暗自想朱顏,並遊同醉,宦名韁鎖,世
○●　○○●●○○　●●●○○　○○○●　●○○●　●

路蓬萍。難相見、賴有黄花滿把,從教淥酒深傾。醉休醒、
●○△　○○●●●○○●●　○○●●○△　●○△

醒來舊愁旋生。

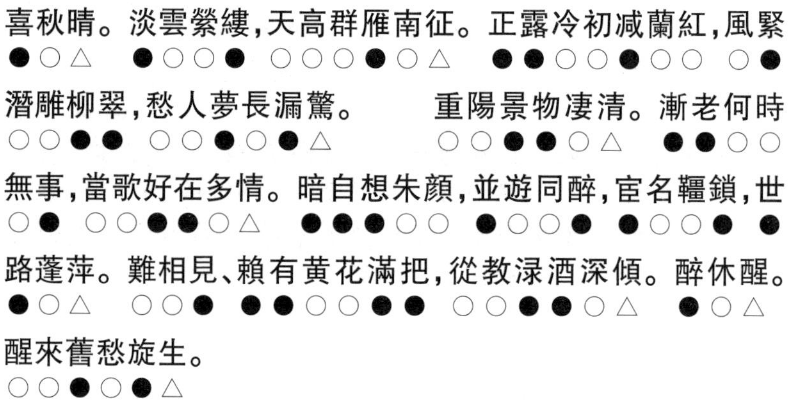

此學杜體者。但"重陽"句叶韻，杜則仄聲。"漸老"二句各六字，應是正體。余故謂杜刻訛分，作者自依秦、晁及前載楊、李，此二句竟作偶語可也。"暗自想"下九字，可同各家上五下四，然依杜作上三下六亦可。而其下則較杜及秦爲明整矣。余自幼讀《草堂》秦詞，即深訝之。"怎奈何"以下三十一字方以"晴"字叶韻，疑有脱誤，繼讀杜詞，其三十一字方叶處，亦與秦同，至於"閒扃"處分段，乃必無之理。故余確謂杜詞傳訛，而秦亦未必確然，蓋前結與後尾，杜俱用平平去平去平，秦則少"龍煙"二字，是亦或不全也。繼又讀晁詞，疑團方釋，一者，於萍字用平叶，可見非三十一字方叶者，較秦之"香減"、杜之

"羞整"，仄聲者明白易曉；二者，用"難相見"三字爲短句，啓下六字相對兩句，較秦之"那堪"、杜之"愁重"，止用兩字者尤明，蓋六字句，上以三字領之，則易讀易填，以二字領之，則難讀難填，自然之理也。

總論之，此調首句三字起韻；次二句或上四下六，或上六下四，不拘；四句、五句以一字爲領，下各六字。杜"蕉"字、"夢"字，先平後仄，晁從之；秦"後"字、"時"字，先仄後平，李從之，亦隨人所擇。既有李詞可證，則前結如秦四字亦不妨。至換頭以下，則從晁爲妥，高明以爲何如？

【蔡案】

"渌"，原譜作"緑"。

"正露冷"句與後一句，爲一字逗領六字儷句，此與秦詞筆法同。他如前體李詞及方岳之"正柳絮簾櫳清晝，牡丹欄檻新晴"皆是。兩句音律，皆爲律句，故"冷"字當是以上作平者。

惜紅衣 八十八字　　姜　夔

枕簟邀凉，琴書換日。睡餘無力。細灑冰泉，并刀破甘碧。
●●○○ ○○●▲ ●○○▲ ●●○○ ○○●○▲
牆頭喚酒，誰訊問、城南詩客。岑寂。高樹晚蟬，説西風消
○○●● ○●● ○○○▲ ○▲ ○●●○ ●○○○
息。　虹梁水陌。魚浪吹香，紅衣半狼籍。維舟試望，故
▲ ○○●▲ ○●○○ ○○●○▲ ○○●● ●
國。渺天北。可惜柳邊沙外，不共美人遊歷。問甚時同賦，
▲ ●○▲ ◎●●○○● ●●●○○▲ ●●○○●
三十六陂秋色。
○●●○○▲

夢窗此調於"墻頭"至"岑寂"云："烏衣細語，傷伴惹、茸紅曾約，

南陌。”“傷伴惹”難解，“約”字非韻。玩其語意，似以“傷伴”二字屬上句，而“曾約南陌”四字相連，則與姜句法異，且失一韻矣。“維舟”至“天北”，夢窗作“當時醉近綉箔夜吟”，不惟少一字，且少一韻，是必“吟”字下落一字，或“吟”字乃“吹”字之訛，而其下尚有一“笛”字耳。必無此句用平，直至二十二字才用韻之理。況此調創自石帚，夢窗自注：從石帚遊苕霅間三十五年，感而賦此。必仿其調而作，决無異同，且其餘平仄無字不合也。故本譜不收八十七字體。

或曰：據夢窗則此“誰訊問”句當五字，而“詩客岑寂”爲四字，“客”字偶在句中，非韻也。“傷伴惹”謂燕子心傷同伴去惹紅花耳。此解有理。

〔杜注〕

按，《詞譜》“故國”“國”字注叶短韻，考李萊老一首亦叶。又注引《夢窗詞》“吟”字下落一字，係“寂”字。

【蔡案】

“故國渺天北”五字，原譜作一句，不讀斷，失記一腹韻。萬子喜作前後段對齊，此則必以“維舟”下九字對前段“細灑”下九字也。迂。

勸金船　八十八字　　蘇　軾

無情流水多情客。勸我如曾識。杯行到手休辭却。這公道
○○⊙●○○▲　●●○○▲　○○●●○○▲　●○○

難得。曲水池邊，小字更書年月。如對茂林修竹，似永和
○▲　●●○○　●●●○○▲　○●●○○●　●○○

節。　纖纖素手如霜雪。笑把秋花插。尊前莫怪歌聲
▲　○○◎●○○▲　●●○○▲　○○●●○○

咽。又還是輕別。此去翱翔，遍賞玉堂金闕。欲問再來何
▲　●○●○▲　●●○○　●●●○○▲　●●●○○

歲，應有華髮。
● ⊙○○▲

前後相同。“却”字乃坡老借韻，非不叶也。《圖譜》失注，誤“上”字與後“翔”字同，應用平聲，或是“頭”字、“邊”字之訛耳。

〔杜注〕

按，《詞譜》“曲水池上”句，“上”作“邊”。又，“笑把秋光插”句，“光”作“花”。應遵改。

【蔡案】

“這公道難得”“又還是輕別”兩句五字，爲一字逗領四字句格式，東坡第三字俱用上聲，填詞用聲之法也，不可用去聲替。檢張子野詞，前後段一用上聲，一用平聲，則是以上作平法，理一。填者亦以上聲或平聲爲是。又，參校張詞，可知本調之結句，其律當爲○○●●，張詞俱用平聲，則蘇詞前段之“永”，後段之“有”，亦均爲上聲用如平聲。

又按，張子野詞，前後段第五拍、第六拍各添一字，作“綠定見花影，並照與、艷妝争秀……翰閣遲歸來，傳騎恨、留住難久”。

滿江紅 九十三字　　程垓

門掩垂楊，寶香度、翠簾重疊。春寒在、羅衣初試，素肌猶
⊙●○○ ◎⊙● ◎○⊙▲ ⊙⊙● ⊙○○● ●○○

怯。薄霧籠花天欲暮，小風送角聲初咽。但獨褰、幽幌悄無
▲ ◎●⊙○○●● ◎○◎●○○▲ ●◎○ ○●●○

言，傷初別。　衣上雨、眉間月。滴不盡、顰空切。羨棲
○ ○○▲ ○●▲ ○○▲ ○◎● ○○▲ ◎⊙

梁歸燕，入簾雙蝶。愁緒多於花絮亂，柔腸過似丁香結。問
○○● ●○○▲ ⊙●⊙○○●● ⊙○◎●○○▲ ●

甚時、重理錦囊書，從頭説。

各家詞多從此體。

按，前後段中，俱用七字兩句，多作對偶，萬無用八字而前後參差者。惟坡公二首，於後段上句兩用“君不見”，多一“君”字，孏窟前段亦用“君不見”。文溪後段下句多一“望”字，稼軒於“羅衣”句多一“見”字，皆係誤傳。即當時偶筆，亦是差處，不可學也。至于湖作，前段七字，上句用“巴滇緑駿追風遠”，平仄全反，尤是錯處，無此體也。他如友古後起之“並蘭舟”，“舟”字平，文溪尾句之“劍休舞”，“劍”字仄，金谷尾句之“秋更緑”、坦庵尾句之“無杜宇”，更“杜”用仄，此類尚多，俱不可從。

此調平順，字之平仄可以遊移，然如“眉間月”“鞳空切”之平平仄，自不可改。《圖譜》謂俱可三仄，若用三仄，豈不落腔乎？沈氏收鳳洲一首，謂後段可少一“羨”字；白陽一首，於“羨棲梁”句作“看有斐堂前”，俱誤。

【蔡案】

本詞原列於二首吕渭老詞後，因係正體，故移前。

萬子謂前後段之七字句添字者“皆係誤傳”，此説不確。檢宋詞填爲八字句者，計二十句，當非皆爲誤傳，且其中有八句爲“君不見”起，則顯係作者所爲，而非傳抄所誤。蓋詞句本有添字减字之格，惟七字處恰是一對偶句，添一字便覺突兀不順，故易疑誤也。又，此類添字，除柳永兩句在前段，其餘均在後段，且以前一句爲主。

原譜“滴”字，萬子注云“可平”，本調换頭四個三字句，以宋詞觀之，雖偶有第一字仄聲者，然總體皆以平字起，故“滴”字以入作平視之爲佳，更合本調原律。謹改。此外，前後段結拍中兩個三字句，應以平字起爲正，不可用仄聲字。

少字格 八十九字 吕渭老

晚浴新凉,風蒲亂、松梢見月。庭陰盡、暮蟬啼歇。螢繞井
●●○○ ○⊙● ⊙○◎▲ ○○● ●○○▲ ⊙●◎
闌簾入燕,荷香蘭氣供摇箑。賴晚來、一雨洗遊塵,無些
○○●● ⊙○⊙●○○▲ ●◎○ ◎●●○○ ○○
熱。 心下事、峰重疊。人甚處、星明滅。想行雲應在,
▲ ○●● ○○▲ ○●● ○○▲ ●○○○●
鳳凰城闕。曾約佳期同菊蕊,當時共指燈花説。據眼前、何
●○○▲ ⊙●⊙○○●● ⊙○◎●○○▲ ●◎○ ⊙
日是西風,吹凉葉。
●●○○ ○○▲

第三句七字,初疑有誤,及查本集,又有别作,亦是如此,始知有此八十九字一體也。

書舟有九十字一首,乃於“賴晚來”處缺一“賴”字,故本譜不收九十字體。

【蔡案】

原譜“峰”作“蜂”,誤,據光緒本改。

聖求本調共傳四首,此體二首,前段第二均均奪一拍,於律不合,應是誤填,不足爲範,本不必擬譜,因萬子所注有可平可仄,故予標示。又,書舟詞廿二首,除兩首九十五字外,均爲九十三字者,不知萬子所云九十字者爲何詞,或亦是脱字而已。且吕詞八十九字,若再缺一字,亦當爲八十八字。

少字格 九十一字 吕渭老

燕拂危檣,斜日外、數峰凝碧。正暗潮生渚,暮風飄席。初
●●○○ ○●● ●○○▲ ○●○○● ●○○▲ ○

過南村沽酒市,連空十頃菱花白。想故人、輕箑障遊絲,聞
●○○○●● ○○●●○○▲ ●●○ ○●●○○ ○
遙笛。 魚與雁、通消息。心與夢、空牽役。到如今相
○▲ ○●● ○○▲ ○●● ○○▲ ●○○○
見,怎生休得。斜抱琵琶傳密意,一襟新月橫空碧。問甚
● ●○○▲ ○●○○○●▲ ●○○●○○▲ ●●
時、同作醉中仙,煙霞客。
○ ○●●○○ ○○▲

"正暗潮"二句九字,與前詞異。

文溪、芸窗有九十二字一首,乃於"問甚時"處缺一"問"字,故本譜亦無九十二字體。

【蔡案】

宋詞本調,前段第二均爲九字者頗多,多作五字一句、四字一句,亦偶有一三一六者,如葉夢得之"春欲半,猶自探春消息"之類。此類填法顯係減字,壓縮三字逗爲一字逗,其用意,應是求與後段第二均相合。

多韻格 九十三字 張元幹

春水連天,桃花浪、幾番風惡。雲乍起、遠山遮盡,晚風還
○●○○ ○○● ●○○▲ ○●● ●○○● ●○○
作。緑遍芳洲生杜若。楚帆帶雨煙中落。認向來、沙觜共
▲ ●●○○○●▲ ●○●●○○▲ ●●○ ○●●
停橈,傷飄泊。 寒猶在、衾偏薄。腸欲斷、愁難著。倚
○○ ○○▲ ○○● ○○▲ ○●● ○○▲ ●
蓬窗無寐,引杯孤酌。寒食清明都過却。最憐輕負年時約。
○○○● ●○○▲ ○●○○○●▲ ●○○●○○▲
想小樓、日日望歸舟,人如削。
●●○ ●●●○○ ○○▲

兩段中七字句俱叶韻。客有見余收此體者，謂此“若、却”二字乃是偶合，非故叶者。余因檢程洺水詞示之，程詞用“語”字韻，前七字句云：“當日卧龍商略處。秦淮王氣真何許。”後七字句云：“可笑唐人無意度。却言此虎淩波去。”豈非四句俱叶乎？客大笑而服。

〔杜注〕

按，《詞譜》“迷天”作“連天”。又，“傍向來”之“傍”字作“認”。又，“歸舟”作“孤舟”。

【蔡案】

此類叶韻方式，宋詞中並非僅一二例，前後均叶者即有八首，單邊僅兩句相叶者更多，應屬一種填法。蓋此即輔韻，詞中本可叶可不叶者。

“連天”原作“迷天”，“認向來”原作“傍向來”，據杜注改。“歸舟”文意中更佳，且内府本《欽定詞譜》亦爲“歸舟”，不改。又，原譜“終日望歸舟”，“終日”，内府本作“日日”，據改。

平韻體 九十三字　　吴文英

雲氣樓臺，分一派、滄浪翠蓬。開小景、玉盆寒浸，巧石盤
⊙●○○ ⊙◎● ○○●△ ○◎● ◎○○● ◎●○

松。風送流花時過岸，浪摇晴楝欲飛空。算鮫宮、衹隔一紅
△ ○●⊙○○●● ◎○○●●○△ ●⊙○ ◎●●○

塵，無路通。　神女駕、淩曉風。明月佩、響丁東。對兩
○ ○●△ ○◎● ○●△ ○◎● ●○△ ●◎

蛾猶鎖，怨緑煙中。秋色未教飛盡雁，夕陽長是墜疏鐘。又
○⊙● ●●○△ ○●◎○○●● ◎○○●●○△ ●

一聲、欸乃過前巖，移釣篷。
◎○ ⊙●●○○ ○●△

用平韻。“無路通”“淩曉風”“移釣篷”用平仄平,乃是定格。夢窗又一首用“猿鶴驚”“朝馬鳴”“秋一聲”,彭芳遠一首用“何處尋”“晴又陰”“霜滿林”,作者勿誤可也。

〔杜注〕

按,戈氏選本“浪摇晴楝欲飛空”,“楝”作“練”,宜從。又按,姜白石詞注云:“《滿江紅》舊用仄韻,多不協律,如末句‘無心撲’三字,歌者將‘心’字融入去聲方諧。予欲以平韻爲之,久不能成。因泛巢湖,值湖神姥壽辰,予祝曰:‘得一席風,徑至居巢,當以平韻《滿江紅》爲迎送神曲。’言訖,風與筆俱駛,頃刻而成。末句云‘聞佩環’,則協律矣。”據此,則平韻始於白石,而末句第二字尤以去聲爲協。

【蔡案】

後結“欸乃”原譜作“款乃”,顯系刻誤。

多字格 九十七字 柳　永

萬恨千愁,將年少、衷腸牽繫。殘夢斷、酒醒孤館,夜長滋
●●○○ ○○● ○○○▲ ○●● ●○○● ●○○

味。可惜許、枕前多少意。到如今、兩總無終始。獨自個、
▲ ●●● ●○○●▲ ●○○ ●●○○▲ ●●●

贏得不成眠,成憔悴。 添傷感、消何計。空祗恁、厭厭
○●●○○ ○○▲ ○○● ○○▲ ○●● ○○

地。無人處,思量幾度垂淚。不會得、都來些子事。甚恁
▲ ○○● ○○●●○▲ ●●● ○○○●▲ ●●

底、抵死難拚棄。待到頭、終久問伊著,如何是。
● ●●○○▲ ●●○ ○●●○● ○○▲

兩段七字句俱作八字。此則另爲一體,非前後參差者比也。其用“意”字、“事”字亦鑿然是韻,愈足知前張蘆川是叶韻矣。

〔杜注〕

按,《詞譜》首一字"翦"作"萬"。又,"何計"上所空之字作"消",應遵照改補。

【蔡案】

已據杜注改。又,"無人處"九字,萬子讀爲五字一句、四字一句,竊以爲當讀如戴復古之"覽遺蹤,勝讀史書言語",更諧。

石湖仙 八十九字　　　　姜　夔

松江煙浦。是千古三高,遊衍佳處。須信石湖仙,似鴟夷、

○○○▲ ●○●○○ ○○○▲ ○●●○○ ●○○

翩然引去。浮雲安在,我自愛、緑香紅嫵。容與。看世間、

○○●▲ ○○○● ●●● ●○○▲ ○▲ ●●○

幾度今古。　盧溝舊曾駐馬,爲黄花、閒吟秀句。見説吴

●●○▲ ○○●○●● ●○○ ○○●▲ ●●○

兒,也學綸巾欹羽。玉友金蕉,玉人金縷。緩移箏柱。聞好

○ ●●○○○▲ ●●○○ ●○○▲ ●○○▲ ○●

語。明年定在槐府。

▲ ○○●●○▲

此堯章自度腔也,宜悉遵之。

〔杜注〕

按,《詞譜》"見説吴兒"句,"吴兒"作"燕山",又,"欹雨"作"欹羽"。

【蔡案】

《欽定詞譜》"鴟彝"作"鴟夷","紅舞"作"紅嫵","欹雨"作"欹羽",均據改。綸巾欹羽,非南方裝束,云"吴兒"更恰,不改。

又按,本詞前後段應有多處脱漏,致詞意不暢,音律失致。如"我

自愛”後當有一韻字脱落，蓋此處爲均脚所在也；而其後當是“緑香紅嫵□容與”一句，對應後段“緩移筝柱聞好語”，兩句均有腹韻修飾；後段“見説”二拍，則是“見説□吴兒，也學□、綸巾欹羽”，對應前段之“須信石湖仙，似鴟夷、翩然引去”；後段結拍則當爲“明年□、定在槐府”，雖結拍不必前後文字相應，然“明年定在槐府”一句達意不清，所定爲何物，不得而知也。僅此一首，指明而不改。

魚游春水 八十九字　　無名氏

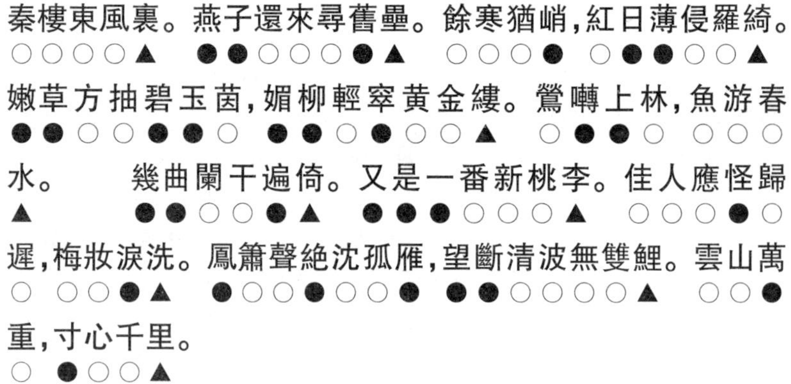
秦樓東風裏。燕子還來尋舊壘。餘寒猶峭，紅日薄侵羅綺。
○○○○▲ ●●○○○●▲ ○○○● ○●●○○▲
嫩草方抽碧玉茵，媚柳輕窣黃金縷。鶯囀上林，魚游春
●●○○●●○ ●●○●○○▲ ○●●○ ○○○
水。　幾曲闌干遍倚。又是一番新桃李。佳人應怪歸
▲ ●●○○●▲ ●●●○○○▲ ○○○●○
遲，梅妝淚洗。鳳簫聲絶沈孤雁，望斷清波無雙鯉。雲山萬
○ ○○●▲ ●○○●○○● ●●○○○○▲ ○○●
重，寸心千里。
○ ●○○▲

“縷”字是借叶。

按，《復齋謾録》云：政和中，一中貴使越州回，得詞於古碑，無名無譜，録以進。御命大晟府填腔，因詞中語，賜名《魚游春水》。又《古今詞話》云：是東都防河卒，於汴河掘地得石刻，此詞唐人語也。是則此調起於此詞，後之作者皆宜從其平仄。今查蘆川於“窣”字用“傳”字，平聲，“窣”字原可以入作平，而“鳳簫”句用“夢想濃妝碧雲邊”，平仄大異，想謂與前段相同耳，但於原詞不合。又，蒲江於“嫩草”一聯用“軟紅塵裏鳴鞭鐙，拾翠叢中勾伴侣”，趙聞禮用“剪勝裁旛春日戲，簇柳簪花元夜醉”，後段皆各同前，與原詞相去更遠。惟元人

梁寅“家鄰千峰翠”一首,仿古甚嚴,愚謂作者雖有遊移,然論理則當照原腔填之也。至首句起用四平定格,蒲江作“離愁禁不去”,“不”字是以入作平,後人不可貪其易填,而用仄也。《圖譜》注“秦樓”二字可仄,可笑。中七字、結四字尤爲亂注,至以“嫩草”句七個字全改作平平仄仄平平仄,怪極。蘆川於“無”字用“夕”字、“重”字用“客”字,亦皆作平。至於“上”字、“萬”字,必去聲乃起調,蘆川用“岸、送”,蒲江用“歲、暮”,可見。

〔杜注〕

萬氏注“黄金縷”之“縷”字是借叶,按,《詞譜》《詞苑》均作“蕊”,應遵改。又按,《草堂詩餘》以此調爲阮逸女作,未審所據。

【蔡案】

“縷”字,《欽定詞譜》作“蕊”字,在韻。然玩其文意,則以“縷”字爲是,或淺人爲叶韻而妄改也,不從。又按,趙聞禮詞,前後段第五拍均入韻,輔韻也。

雪獅兒 九十二字　　張　雨

含香弄粉,便勾引、游騎尋芳,城南城北。別有西村,斷港冰
○○●● ●○● ○●○○ ○○○▲ ●●○○ ●●○
澌微緑。孤山路熟。伴老鶴、晚先尋宿。怕凍損、三花兩
○○▲ ○○●▲ ●●● ●○○▲ ●●● ○○●
蕊,寒泉幽谷。　幾番花陰濯足。記歸來、醉卧雪深平
● ○○○▲ ●●○○●▲ ●○○ ●●●○○
屋。春夢無憑,鬢底鬧蛾争撲。不如圖畫。相對展、官奴風
▲ ○●○○ ●●●○○▲ ○○○▲ ○●● ○○○
竹。燒黄燭。自聽瓶笙調曲。
▲ ○○▲ ●●○○○▲

比前詞多“便勾引”三字。“游騎尋芳”與“輕煙帶暝”平仄亦反，餘同。“别有”至“尋宿”俱與後段無異。《圖譜》乃注“‘别有’句作六字”，誤矣。“圖畫”應是“畫幅”或“畫軸”之訛，蓋此句同前“孤山”句，應叶韻者。前程詞“紅爐對謔”“花嬌柳弱”，且“對”字、“柳”字俱仄，則此用“路”字、“畫”字何疑。《譜》不及考，但據傳訛之“圖畫”二字，遂注“不如圖畫相對”爲一句，而“展官奴風竹”爲一句，失韻破體爲甚。且因此並注“不如圖畫”四字可用平仄仄平，訛而又訛矣。“北”字，詞家多取叶“屋沃”。黄獨，生土中，或云即“黄精”，杜詩“黄獨無苗山雪盛”，此必用之。“燒黄獨”者，即煨芋之意，若“燭”，則可云“紅”，而不可云“黄”也。

〔杜注〕

萬氏注謂：“不如圖畫”句，“畫”字應叶，或“畫幅”“畫軸”之誤。按，《詞譜》正作“畫幅”，應遵改。

【蔡案】

本詞原列程垓詞後，因係正體，故移前。張詞爲步仇遠韻之作。仇詞前段首均《全宋詞》讀作“武林春早，乘輿試問，孤山枝南枝北。”，校之張詞，顯係三字逗奪一字，正讀應爲“×乘輿、試問孤山，枝南枝北”，如此，亦可知七字句中之後四字，當以仄仄平平爲正。另，“不如圖畫”句，仇詞作“江空歲晚”，“畫”字失律，然亦不必在韻，蓋前段“熟”字本爲輔韻，可叶可不叶。《欽定詞譜》作“畫幅”，固協律，但亦屬偶韻，學者本可從可不從也。

又，萬子譜中原注：“花影”一作“花陰”“黄獨”一作“黄燭”。按，换頭句六字，而本詞六字句均作仄仄平平仄仄，或本句亦然，則“花陰”可取，《欽定詞譜》《全宋詞》所據本亦均作“花陰”，據改。惟“番”字此處取仄讀。一本“黄燭”當誤，檢仇詞此句作“忒幽獨”，正與張詞

"黄獨"合，决是本字。

又，過片换頭句原譜未作叶韻，或是偶誤，仇詞本句亦以"足"爲韻，據改。又，"記歸來"九字，原譜作五字一句、四字一句。又按，萬子原注"不如"之"不"作平，仇、程二詞皆平，是。

又按，後段"圖畫"，萬子以爲當作"畫幅"，其以前後段互校，並校之程詞，固然有理，然萬子失察於張雨此詞乃是步仇遠韻者，而仇遠詞此處爲"江空歲晚，最難是、舊交松竹"，前一拍並不入韻，此正所謂亦步亦趨者也。惟《欽定詞譜》本句亦作入韻，且前後相對，平仄音律和諧，加之該句本爲輔韻所在，可韻可不韻，故衹指明而不改。

少字格 八十九字　　程　垓

斷雲低晚，輕煙帶瞑，風驚羅幕。數點梅花，香倚雪窗搖落。
●○○● ○○●● ○○○▲ ◎●○○ ⊙●◎○○▲
紅爐對謔。正酒面、瓊酥初削。雲屏暖、不知門外，月寒風
○○●▲ ●●● ○○○▲ ○⊙● ◎○⊙● ◎○○
惡。 迤邐慵雲半掠。笑盈盈閒弄，寶箏弦索。暖極生
▲ ●●○○●▲ ●○○⊙● ●○○▲ ◎●○
春，已向橫波先覺。花嬌柳弱。漸倚醉、要人摟著。低告
○ ●●○○○▲ ○○●▲ ●●● ⊙○○▲ ○●
託。早把被香薰却。
▲ ●●●○○▲

"數點"至"初削"，與後"暖極"至"摟著"同。"要"須讀作平聲，蓋去聲之"要"是人心中欲得也，作"邀"字音，乃强索人摟，正是醉後嬌憨，不復矜持景態，待其已摟，故下即"低告"耳。

〔杜注〕

按，《歷代詩餘》"要人摟著"句，"摟"作"扶"，應遵改。

【蔡案】

本調衹有仇遠、張雨及本詞三首，校之仇詞、張詞，前段第二句原句疑爲"◐○、煙帶暝○"，下四字與"風驚羅幕"相儷。

遠朝歸 九十二字 趙耆孫

金谷先春，見乍開江梅，晶明玉膩。珠簾院落，人静雨疏煙
○○○○，●●○○○，○○●▲。○○●●，○●●○○
細。橫斜帶月，又別是、一般風味。金尊裏。任遺英亂點，
▲。○○●●，●●●、◎○○▲。○○▲。●○○●●，
殘粉低墜。　　　惆悵秦隴當年，念水遠天長，故人難寄。山
○●○▲。　　　○●○○○○，●●●○○，●○○▲。○
城倦眼，無緒更看桃李。當時醉魄，算依舊、徘徊花底。斜
○●●，○●●○○▲。○○●●，●○●、○○○▲。○
陽外。謾回首、畫樓十二。

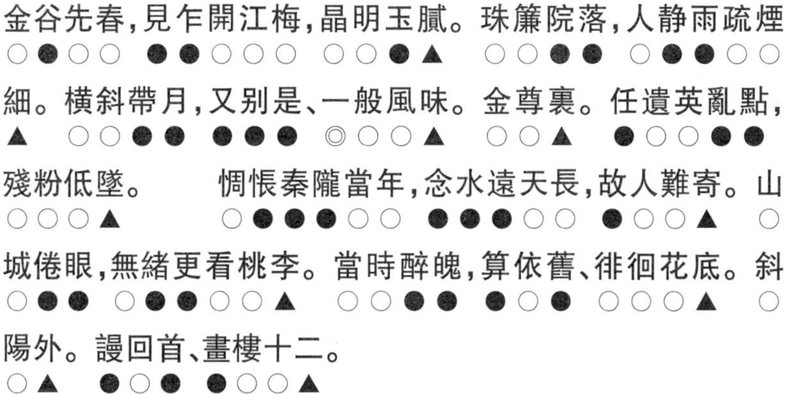

前"珠簾"至"風味"，與後"山城"至"花底"同。衹"算依舊"比前"别是"句多一字。"裹"字用韻，則"斜陽外"句亦宜叶，此用"外"字非韻。或曰：永叔《踏莎行》云"行人更在春山外"，亦以"外"字叶"細、轡"等字，通用處北宋人時有之耳。

〔杜注〕

按，《梅苑》"江梅玉膩"四字作"江梅晶明玉膩"六字，又，"别是一般風味"句，"别"字上有"又"字，均應遵改。

【蔡案】

已據杜注改，原譜"八十九字"改爲"九十二字"。又，前結"粉"字以上作平，無名氏和詞本句作"低丫斜墮"，可證。换頭六字兩頓連仄，律拗句法，亦可二字一逗讀，蓋兩頓連仄，二字逗之標識也。無名

氏詞此處亦二字一逗，叶韻，即爲旁證。

探芳信 八十九字　又名《玉人歌》　　張　炎

坐清晝。正冶思縈花，餘醒倦酒。甚探芳人老，芳心尚如
●○▲　●●◎○○　○○◎▲　●●○○●　○○●○
舊。消魂忍説銅駝事，不是因春瘦。向西園、竹掃頽垣，蔓
▲　⊙○◎●○○●　◎●○○▲　●○○　●●○○　●
蘿荒甃。　風雨夜來驟。嘆歌冷鶯簾，恨凝蛾岫。愁到
○○▲　○●●○▲　●⊙●○○　◎○○▲　⊙●
今年，都似去年否。賦情嬾聽山陽笛，目極空搔首。我何
○○　○●●○▲　◎○◎●○○●　◎●○○▲　●○
堪、老却江潭漢柳。
○　●●○○●▲

題"探"字及"探芳人老""探"字，去聲。"正冶思"至"西園"，與後"嘆歌冷"至"何堪"同。祇"甚探芳"句比後"愁到"句多一字。首句及"尚如舊""夜來驟""去年否"，俱仄平仄，如夢窗、梅溪、竹山，莫不皆然。《圖譜》俱注可用平平仄，殊不可解。"竹掃"疑是"掃竹"，此對"蔓蘿"也。

按，楊炎有《玉人歌》一調，與此調通篇皆同，祇"甚探芳"句少一"甚"字，實係一調而異名者，今録於後。

（〔杜注〕萬氏注云："竹掃"疑是"掃竹"，此對"蔓蘿"也。按，戈氏《詞選》"蘿"作"羅"，正與"掃"字對，可從。又，《山中白雲詞》"漢柳"作"深柳"，此字各家皆用去聲，仍當作"漢"。）

玉人歌　　楊　炎

西風起。又老盡籬花，寒輕香細。漫題紅葉，句裏意誰會。長天不恨江南遠，苦恨無書寄。最相思、盤橘千枚，鱠鱸十尾。

鴻雁阻歸計。算愁滿離腸，十分豈止。倦倚闌干，顧影在天際。

淩煙圖畫青山約，總是浮生事。判從今、買取朝醒夕醉。

〔杜注〕

按，《詞譜》另收《玉人歌》一調，注云：祇此一首，“風西起”作“西風起”，應遵改。又按，此詞爲楊炎昶作。

【蔡案】

萬子原注“醒”字可仄，或誤。“正治思”九字若作五字一句、四字一句，則此字必平，且領字外多作四字儷句；若作上三下六式，則第七字可仄，然第八字必平，方才合律，如蔣竹山“似有人、黄裳孤佇埃表”。後段亦同，如吴文英詞，若作儷句式，則“但酒斂春濃，棋消日永”，“消”字平；若作“問霧暖、藍田玉長多少”，則“長”字仄，且“多”字必平。萬子後段注云“凝”字可平，亦失之籠統。

又，萬子原注“探”字去聲，或亦不必，仇遠、周密、李彭老詞，此字皆爲平聲者，蓋此字本可平可仄不拘也。又，後段换頭之“雨”字，萬子注曰可叶，或據史達祖“説道試妝了”，可從。過片第二字詞調多用腹韻，此亦律也。

又按，據校勘記改首句。

多字格　九十字　　吴文英

探春到。見彩花釵頭，玉燕來早。正紫龍眠重，明月弄清
●○▲　●●○○○　●●○▲　●●○○●　○●●○

曉。夜塵不沁銀河水，金盎供新澡。鎮帷犀、護緊東風，秀
▲　●○●●○○●　○●○○▲　●○○　●●○○　●

藏芝草。　星斗燦懷抱。問霧暖藍田，玉長多少。禁苑
○○▲　○●●○▲　●●●○○　●●○▲　●●

傳香，柳邊語、聽鶯報。片雲飛趁春潮去，紅軟長安道。試
○○　●○●　○○▲　●○○●○○●　○●○○▲　●

回頭、一點蓬萊翠小。

"見彩花釵頭"句三字連平，亦有此體。夢窗别作"更瘦如梅花""正賣花吟春"，竹山"如有人黄裳"可證。"燕"字用仄，夢窗别作"弄"字，竹山"竚"字同。"月"字用仄，梅溪"都未有人掃"同。"長"字用仄，竹山"紅鞸茸帽"同。若"柳邊語"用三字兩句，比前調"都似"句多一字，而句法亦異，吴、蔣、史皆同，可從。"翠小"用去上，妙！妙！觀前玉田之"漢柳"及竹山之"正好"、梅溪之"夢老"，皆可師法。夢窗别作云"笑拍東風醉醒"，汲古刻作"醇醒"，一字之訛，謬乃千里。

【蔡案】

"見彩花"句之三平，實爲九字句法有異故，即此九字句法應是●●○　○○●●○▲，六字結構爲平起仄收式律句句法。

遥天奉翠華引 九十字　　侯寘

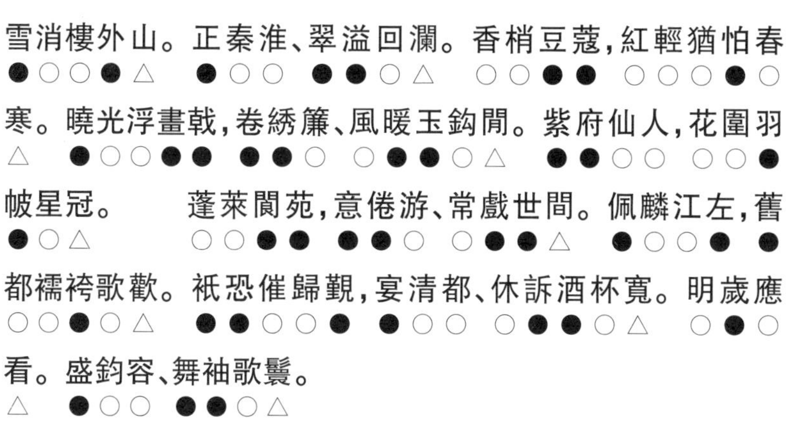

雪消樓外山。正秦淮、翠溢回瀾。香梢豆蔻，紅輕猶怕春寒。曉光浮畫戟，卷綉簾、風暖玉鈎閑。紫府仙人，花圍羽帔星冠。　蓬萊閬苑，意倦游、常戲世間。佩麟江左，舊都襦袴歌歡。祇恐催歸覲，宴清都、休訴酒杯寬。明歲應看。盛鈞容、舞袖歌鬟。

"意倦遊"以下，與前"正秦淮"以下俱同。祇"佩麟"下十字難讀。愚謂必是"佩麟江左舊都，襦袴歌歡。"錯倒寫耳。如此，則不惟與"香梢”下十字脗合，而文理亦通矣。“衹恐”句五字與前平仄異。“賸宴”下八字，應與前“卷綉簾”同，平仄雖不差，而“賸宴都”三字難解，或有誤也。“明歲應看”之下比前多一字，然亦是誤。蓋“君鈞容”亦不可解，必止一“鈞”字，録者因“君、鈞”二字同音，信手錯寫，不然則於“君”字住句，而“應”字誤多，惜無他詞可證也。“薀”字平聲，拗。或曰：當讀作“搵”音，然考《左傳》“薀藻之菜”及“凡我同盟毋薀年”，皆無作去聲讀者，此恐“藻”字之訛也。“世”字或是“人”字。

〔杜注〕

萬氏注云：“翠薀回瀾”之“薀”字平聲，恐“藻”字之訛。按，王氏校本“薀”作“溢”，宜從。又，“佩麟舊都江左襦袴歌歡”二句，萬氏謂必是“江左舊都”倒寫，王本亦照此更正。又按，《詞譜》“賸宴都”三字作“宴清都”。又，“君鈞容”三字，“君”作“盛”。均應遵改。

【蔡案】

“溢”字、“盛”字及“宴清都”三處，已據杜注改。“佩麟”下十字，原譜不讀斷，萬子所論極是，今依萬注改。後結一本作“鈞容舞袖歌鬟”，則與前段同。

玉京秋 九十五字　　周　密

煙水闊。高林弄殘照，晚蜩淒切。畫角吹寒，碧砧度韻，銀
○●▲　○○●○●　●○○▲　●●○○　●○●●　○

床飄葉。衣濕桐陰露冷，采凉花、時賦秋雪。嘆輕別。一襟
○○▲　○●○○●●　●○○　○●○▲　○○▲　●○

幽事，砌蛩能說。　客思吟商還怯。怨歌長、瓊壺暗缺。
○●　●○○▲　●●○○○▲　●○○　○○●▲

翠扇陰疏，紅衣香褪，翻成銷歇。玉骨西風，恨最恨、閒却新
●●○○　○○○●　○○○▲　●●○○　●●●　○●○

涼時節。楚簫咽。誰倚西樓淡月。

他作甚少，照填可也。或云："衣濕"句宜五字，下作八字，"玉骨"下亦應如前分句，蓋前"碧砧"、後"紅衣"下俱同耳。

〔杜注〕

按，《詞緯》"晚蜩淒切"句下有"畫角吹寒"四字。又，《蘋洲漁笛譜》"難輕别"句，"難"作"嘆"。又，"翠扇疏"句，"疏"字上有"恩"字，均應改補。

【蔡案】

已據杜注改，惟"疏"字前依《欽定詞譜》補一"陰"，不取"恩"字。原譜"九十字"改爲"九十五字"。

後段第三均，"恨最恨、閒却新涼時節"或"玉骨西風恨，最恨閒却，新涼時節"似皆未達，余疑"恨最"二字有錯譌，原貌或爲"玉骨西風××，恨閒却、新涼時節"。

戀香衾 九十二字　　呂渭老

記得花陰同攜手，指定日、許我同歡。喚做真成，耳熱心安。
●●○○○○● ●●● ●●○△ ●●○○ ●●○△
打疊從來不成器，待做個、平地神仙。又却不成些事，驀地
●●○○●○● ●●● ○●○△ ●●●○○● ●●
驚殘。　據我如今沒投奔，見著你、淚早偷彈。對月臨
○△ ●●○○●○● ●●● ●●○△ ●●○
風，一味埋冤。笑則人前不妨笑，行笑裏、斗覺心煩。怎生
○ ●●○△ ●●○○●○● ○●● ●●○△ ●○
分得煩惱，兩處勻攤。
○●○● ●●○△

前後俱同，衹"又却"句六字、"怎分"句五字異。至於"唤做"下七字，比後"對月"下八字，則必於"熱"字上少了一字，蓋不惟兩疊宜同，而"熱心安"三字亦欠妥。

此《戀香衾》與《戀綉衾》無涉。

〔杜注〕

按，《詞譜》"熱心安"句，"熱"字上有"耳"字。又，"驀地心殘"句，"心"作"驚"。又，"怎分得煩惱"句，"怎"字下有"生"字，均應遵照改補。

【蔡案】

已據杜注改，原譜"九十字"改爲"九十二字"。

首句"同攜手"，據後段首拍，必是"共攜手"之誤，且後文已有"同歡"，二字不當一均内相重。

駐馬聽 九十四字 柳 永

鳳枕鴛帷。二三載、如魚似水相知。良天好景，深憐多愛，
●●○△ ●○● ○○●●○△ ○○●● ○○○●
無非盡意依隨。奈何伊。恣性靈、忒殺些兒。無事孜煎，萬
○○●●○△ ●○△ ●●○ ●●○△ ○●○○ ●
回千度，怎忍分離。 而今，漸行、漸遠、漸覺，雖悔難追。
○○● ●●○△ ○○ ●○ ●● ●● ○●○△
謾恁寄消傳息，終久奚爲。也擬重論繾綣，争奈翻復思維。
●●●○○● ○●○△ ●●○○●● ○●○●○△
縱再會，祇恐恩情，難似當時。
●●● ●●○○ ○●○△

衹此一首，無可查對，然亦無訛。

〔杜注〕

按，宋本"鳳枕鴦幃"句，"鴦"作"鴛"。又，"撻煞些兒"句，"撻"作

“忒”。又，“怎免分離”句，“免”作“忍”。又，“而今漸疏漸遠”句，“疏”作“行”。又，“雖悔難追”句，“雖”字上有“漸覺”二字。又，“謾怎寄消息”句，“消”字下有“傳”字。又，“恐恩情”句，“恐”字上有“祇”字，均應改補。

【蔡案】

已據杜注改，原譜“九十字”改爲“九十四字”。又，“煞”字《欽定詞譜》作“殺”，亦據改。

過片原譜作“而今漸疏漸遠，雖悔難追”，文字訂補後，《全宋詞》作“而今漸行漸遠，漸覺雖悔難追”，余以爲“漸覺”實不當屬下，而應與前二“漸”構成一體，作六字一氣，則“遠”字以上作平，如此則文意暢達渾然。

法曲獻仙音　九十一字　　柳　永

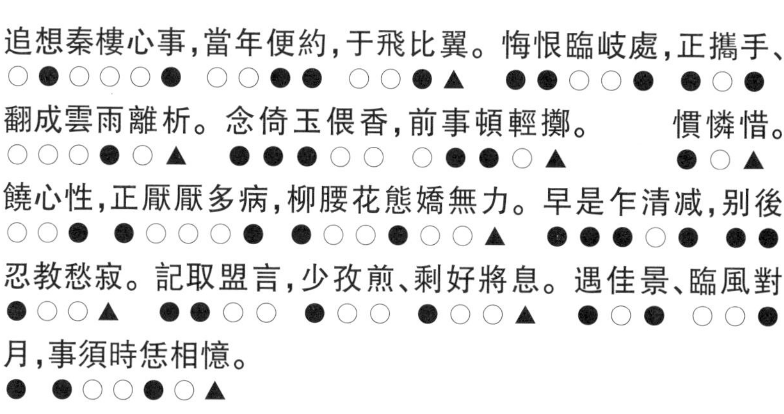
追想秦樓心事，當年便約，于飛比翼。悔恨臨岐處，正攜手、翻成雲雨離析。念倚玉偎香，前事頓輕擲。　慣憐惜。饒心性，正厭厭多病，柳腰花態嬌無力。早是乍清減，別後忍教愁寂。記取盟言，少孜煎、剩好將息。遇佳景、臨風對月，事須時恁相憶。

柳詞多訛，此調與諸家句法大異，必有錯誤處，不可從，姑存之，以俟識者。

〔杜注〕

按，葉《譜》“慣輕擲”句，“慣”作“頓”，以此句分段。“慣憐惜”三字爲後段换頭。《詞譜》則仍以"慣憐惜"爲前結。又按，此詞句法音節均與本調不合，疑是另調。

【蔡案】

原譜未作句讀，僅於"翼、析、擲、惜、力、寂、息、憶"八字標示叶韻。

又，本調前段三均，後段四均，屬詞中非主流結構。然杜氏以爲本詞之句法、音節不同於通行體式，或是别調者，應非是。萬子謂句法大異者，亦未必如此。如前段第一均，例作四字二句、六字一句，而本詞則爲六字一句、四字二句，似乎大爲不同，而此實爲讀破句法而已，如《玉蝴蝶》首均，例以六字一句、四字二句起，但辛棄疾作"貴賤偶然，渾似隨風簾幌，籬落飛花"，便與主流不同。又如《月上海棠》首均，姜夔作"紅妝艷色，照浣花溪影，絶代姝麗"，而陳允平則爲"游絲弄晚，捲簾看處，燕重來時候"。本書中所有讀破體式，均與此同。蓋詞本爲字本位者，明清建文字譜，漸以句本位研究詞體，致誤如此。又如第二均，柳詞首拍五字，若將一字屬後，則即吴文英體式之"瘦不關秋，淚緣生别"，而此類讀破，正如《念奴嬌》之"舉杯邀月，對影成三客"與"小喬初嫁了，雄姿英發"，若此爲别調，《念奴嬌》可謂别調乎？總是清人於詞體内部結構、基本句型演化方式、詞體句法實際應用等，未具足够認識故也。

又按，杜氏所注，已據改，分段則從《欽定詞譜》。

法曲獻仙音 九十二字　　吴文英

落葉霞翻，敗窗風咽，草色凄凉深院。瘦不關秋，淚緣生别，
○●○○ ●○○● ●●○○○▲ ●●○○ ●●○○

情銷鬢霜千點。恨翠冷搔頭燕，那能語恩怨。　紫簫遠。
○○●○○▲ ●●●○○▲ ○○●○▲ ●○▲

記桃枝、向隨春渡，愁未洗、鉛水又將恨染。粉縞澀離箱，忍
●○○ ●○○● ○●● ○●●○●▲ ●●●○○ ●
重拈、燈夜裁剪。望極藍橋，彩雲飛、羅扇歌斷。料鸚籠玉
○○ ○●○▲ ●●○○ ●○○ ○●○▲ ●○○◎
鎖，夢裏隔花時見。
● ●●●○○▲

"紫簫遠"三字，諸家多作前段之尾，汲古刻《片玉詞》亦兩存其說，今照《夢窗稿》録之，故不敢移屬上句。然照前柳詞"慣輕擲""慣憐惜"，則此句宜屬於前。又，夢窗别作，起用"上、浪"韻，而前結云："過數點、斜陽雨，啼銷粉痕冷，宛相向。""冷"字不叶韻，則"宛相向"三字連上無疑。然"冷"字諸家無不叶者，恐是誤也。

篇中用平仄抑揚，乃是定體，歷查諸家皆同。《圖譜》乃注"情銷"可仄、"悵翠"可平、"能語"可仄平、"紫"字可平、"桃枝"可仄、"鉛水又"三字可仄平平，試問於周、方、吴、姜、張諸公外，有何傳稿，可據而注之乎？後結凡作者皆是上五下六，而注作上七下四，因謂周詞"待花前月下見了"爲一句，"不教歸去"爲一句；又因"月下見了"皆仄，自以爲拗，遂注"月下"二字可平；更因"月下"注作可平，則連上"花前"二字爲四平，又拗，遂並注"花前"二字可仄。直似眯目而猜黑白矣，嗚呼！何其陋哉。

"恨染"，吴别作"佩響"，周作"間阻"，方作"尚阻"，而白石用"紅舞"，玉田用"春感"，想不拘，然以去上爲佳。"燕"字各家俱不叶，惟周詞"處"字似叶，然皆係偶合，觀方和詞不叶，可知不必韻也。"渡"字玉田用叶，亦不必，周、方亦皆不叶。

〔杜注〕

按，汲古閣《甲乙丙丁稿》"草色凄凉深院"句，"草"作"暮"。又按，此調首句第二字、次句第四字、四句第二字、五句第四字必用入聲，方是此調音節。

【蔡案】

本調原作“又一體”，以萬子、杜氏之觀點，當爲同名别調，故補擬正名，且宋人俱以此爲正體。又，萬子注首字“落”以入作平。

前段第七拍“恨翠冷搔頭燕”，原譜讀爲三字二句，大誤。按，此乃一特殊句法，其基本結構爲一字逗領五字句句法，即“燕”字所關聯者爲“翠冷”，而非獨立成分，亦非勾連“恨”字，本調諸詞莫不如此，如周邦彦“向、抱影凝情處”、姜夔“奈、楚客淹留久”、王沂孫“記、唤酒尋芳處”、吴文英“過數點斜陽雨”等，皆是，若讀爲三三式，則俱讀破而不成句也。《全宋詞》讀姜夔詞爲“傍綺閣、輕陰度”、李彭老詞爲“甚何遜、風流在”、張炎詞爲“正人在、銀屏底”“記夜悄、曾乘興”，讀者細玩之，自可知其錯誤。此類句法，極易演化爲六字折腰句法，填者務須知之。

又，萬子謂“‘冷’字諸家無不叶者，恐是誤也”，此或是循古韻也，至今吴語之蕭紹話，仍讀“冷”字爲“朗”。

採蓮令 九十一字 柳永

月華收、雲淡霜天曙。西征客、此時情苦。翠娥執手送臨
●○○ ○●○○▲ ○○● ●○○▲ ●○●●●○
岐，軋軋開朱户。千嬌面、盈盈佇立，無言有淚，斷腸争忍回
○ ●●○○▲ ○○● ○○●● ○○●● ⊙○○●○
顧。 一葉蘭舟便恁、急槳淩波去。貪行色、豈知離緒。
▲ ●●○○●● ○●○○▲ ○○● ◎○○▲
萬般方寸，但飲恨、脈脈同誰語。更回首、重城不見，寒江天
●○○● ●●● ●●○○▲ ●○● ○○●● ○○○
外，隱隱兩行煙樹。
● ●●◎○○▲

“清苦”應是“情苦”。“血”字差。“急槳”下與前段合，衹“飲恨”

二字、“更”字、第二“隱”字、“兩三”二字平仄稍異，不拘。

〔杜注〕

萬氏注云：“清苦”應是“情苦”，與宋本合。又，“千嬌血”句，“血”作“面”，均應照改。又按，《詞譜》“兩三煙樹”句，“三”作“行”。

【蔡案】

已據二注改。

本詞萬子分析與實際句讀不合，其謂“急槳”下與前段合，則當與“便恁”後讀斷，不應讀爲“便恁急槳淩波去”爲一句。以韻律論，一四一七亦不合律，而一六一五，則兩句皆諧，此處自應遵循韻律高於文意之原則。若“便恁”屬後，讀爲七字，則兩頓連仄，而有失諧和，即余所謂二字逗之標識者，亦應讀斷。至於第二均，前段作七字一句、五字一句，將“翠蛾執手送臨岐”讀爲一體，亦無非後段讀破句法而已。此例正是讀破例，可參照前一調柳永詞之詮釋。

凄凉犯 九十三字　　姜　夔

緑楊巷陌。西風起、邊城一片離索。馬嘶漸遠，人歸甚處，
◎○●▲　○○●　○○●●○▲　◎⊙●◎　⊙○◎●
戍樓吹角。情懷正惡。更衰草寒煙淡薄。似當時、將軍部
●○⊙▲　○○●▲　●⊙●○○●▲　●○○　⊙⊙◎
曲，迤邐度沙漠。　追念西湖上，小舫攜歌，晚花行樂。
◎　⊙●●○▲　⊙●⊙○●　◎●○○　●○○▲
舊遊在否，想如今、翠凋紅落。謾寫羊裙，等新雁來時係著。
◎○●●　●○○　●○○▲　◎●○○　●○●○○●▲
怕匆匆、不肯寄與，誤後約。
●○⊙　◎◎◎○　●●▲

比前“更衰草”句多一字、“將軍部曲”句多一字，“寄與”二字與前詞“金錢”二字用平聲異。

按，此篇載《白石集》，題下注云：“仙吕調，犯雙調，合肥秋夕作。”而《夢窗乙稿》亦載之，題曰：凄凉調。注云：“合肥巷陌皆種柳，秋風起，騷騷然。余客居闔户，時聞馬嘶，出城四顧，則荒煙野草，不勝凄黯，乃著此體。琴有《凄凉調》，假以爲名。歸行都，以此曲示國工田正德，使以亞觱栗吹之，其韻極美。”亦曰：“《瑞鶴仙影》據此。”則是篇乃夢窗自製之調，非姜作明矣。想此二公交厚，同遊最久，故集中混入耳。豈吴作此篇後，又以其調賦前詞，詠重臺水仙乎？余又思焉，知非姜所作，此注亦姜所注而混入吴稿乎？蓋姜有《淡黄柳》詞，亦是客合肥作也。既自注用琴曲名，則此詞宜曰“凄凉調”矣。而傳作“犯”字者，亦有故，其題下又注云：凡曲言犯者，謂以宫犯商、商犯宫之類，如道調宫上字住，雙調亦上字住，所住字同。故道調曲中犯雙調，或於雙調曲中犯道調，其他準此。唐人《樂書》云：犯有正、旁、偏、側。宫犯宫爲正，宫犯商爲旁，宫犯角爲偏，宫犯羽爲側。此説非也。十二宫所住字，各不同，不容相犯，十二宫特可犯商、角、羽耳。據此，則因此詞用犯，故自注於下，而姜集題下所注“仙吕犯商調”，正與此注同在一處耳。愚按，宫商之理，今已失傳，自詩餘變爲北曲，北曲變爲南曲，雖亦相沿，有宫調之殊，而莫能辨悉。南曲自故明中葉有吴腔傳習，至今但知某曲是如何唱法，音響各别，而宫調則置而不論。北曲則並各宫各調而一樣音響矣。元音不絶於天壤之間，我朝以文治天下，詞學甚盛，而宫調之理、律吕之學無能通明者，大爲恨事，安得起白石、夢窗輩於九京，而暢言之乎？其注云“惟道調、雙調可以互犯”，而又云“仙吕犯商，恐‘商’字即‘雙’字”，豈仙吕即道調乎？吕之名仙或以道故邪？今南曲亦止有仙吕入雙調曲，他宫不入雙調，亦其證也。但北曲有仙吕，又有道宫，總不可解矣。

〔杜注〕

按,《白石道人歌曲》旁譜"綠楊巷陌"句"陌"字,及"將軍部曲""曲"字均非叶韻。又按,此調後結七仄聲,以照此用三聲爲合格,然張玉田一首此句云"平沙萬里盡是月",首二字用平,則上入二聲可通平耳。

【蔡案】

本詞原列於吴文英詞後,因係正體,故移前。原譜萬子於"部曲"作叶,檢宋人填此,本句皆不叶,後段"寄與"亦不叶,故改之。首句則吴文英亦韻,故仍之。又,"衰草寒煙""新雁來時"不可讀斷,而萬子均作上三下四讀,欠妥,改之爲一六式。

萬子糾結創調者,蓋因舊集誤人。其所見《吴文英詞乙稿》,竄入姜夔"綠楊巷陌"詞一首,其長篇詞序,皆爲姜夔客合肥時所記,然則萬子自然茫茫然而不知其正也。

少字格 九十一字 "犯"又作"調"。又名《瑞鶴仙影》 吴文英

空江浪闊。清塵凝、層層碎刻冰葉。水邊照影,華裾曳翠,露搔淚濕。湘煙暮合。塵襪淩波半涉。怕臨風、欺瘦骨。護冷素衣疊。　樊姊玉奴恨,小鈿疏唇,洗妝輕怯。汜人最苦,粉痕深、幾重愁靨。花溢香濃,猛薰透、霜綃細摺。倚瑶臺、十二金錢暈半□。

〔杜注〕

按,《歷代詩餘》,結句所空之字作"滅"。

【蔡案】

萬子以爲吴文英詞少二字,彊村四校本《吴文英詞》此二句分作

“□塵襪淩波半涉”“怕臨風、□欺瘦骨”，則本詞即姜詞體也，故不另擬譜。又，尾句奪字符彊村四校本《吴文英詞》作“掐”字。

夏雲峰 九十一字 柳　永

宴堂深。軒楹雨、輕壓暑氣低沈。花洞彩舟泛斝,坐繞清
潯。楚臺風快,湘簟冷、永日披襟。坐久、覺疏弦脆管,時換
新音。　　越娥蕙態蘭心。逞妖艷、昵歡邀寵難禁。筵上
笑歌間發,舄履交侵。醉鄉深處,須盡興、滿酌高吟。向此、
免名韁利鎖,虛費光陰。

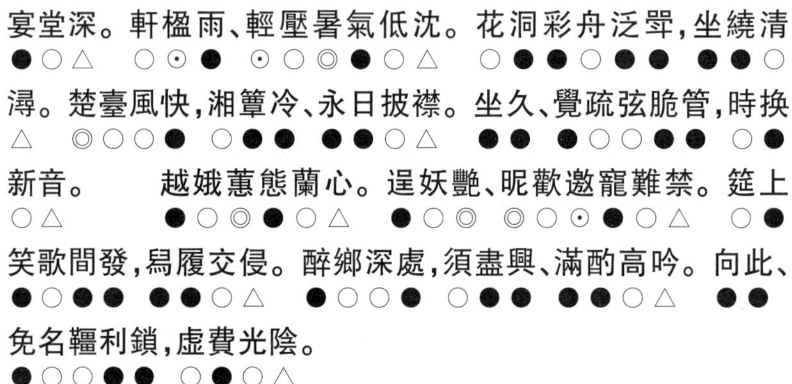

“暑氣”上去、“洞彩、泛斝、坐繞、簟冷、坐久、脆管、向此、利鎖”各去上聲，俱妙。而“脆管、利鎖”之下，接以“時换、虚費”之平去，尤妙。“花洞”至“清潯”十字，惜香作“朱户小窗，坐來低按秦箏”，似句法四六不同，然此是十字一氣，所謂可上可下者也。“筵上”十字亦然。結句“向此”以下，趙云“是我不卿卿，更有誰可卿卿”，亦是語氣貫下，音韻諧適，不必拘也。“須盡興”七字，趙作“一任側耳與心傾”，句法不同，不可從。前段結語原係“時换新音”四字，本集現明，因《草堂》舊刻傳訛，落去“時”字，《譜》《圖》遂以爲據，將“坐久”至末作十字句，不知前後衹首句有異，其餘字字相同，“時换新音”正如後之“虚費光陰”也。趙作“體段輕盈”、蘆川作“玉燕投懷”，俱同。今少一字，不惟失却古調，且使作者棘手，可嘆哉！

此調本非僻調，舊《草堂》即已收之，而《詞統》《詞滙》《圖譜》等書竟皆遺却，所更奇者，《詞滙》反將仲殊“天闊雲高”一首收作《夏雲

峰》,不知"天闊雲高"詞乃《金明池》也,大誤,大奇。

〔杜注〕

按,《歷代詩餘》及《閩詩鈔》"沉沉"均作"低沉",可從。

【蔡案】

"壓"字,萬子原注可平。按,該字除張元幹一首,諸家皆平,故柳永"壓"字本作平,而非可平也。"坐久"七字,原譜作上三下四式,清儒二字逗觀念淡薄,動輒以三字逗之,影響至今。蓋三字逗有兩種模式,一爲一二式,一爲二一式,其中二一式每可分析爲二字逗,細察之,方能斷定孰是孰非。本調前後段,宋人均爲二一式,如張元幹之"正暑、有祥光照社,玉燕投懷""笑傲、且山中宰相,平地蓬萊"、趙長卿之"那更、玉肌膚韻勝,體段輕盈"、曹勛之"班列、立瞻雲就日,職貢衣冠",均爲二字逗明矣,若作"笑傲且""那更玉""班列立"則不成語也。以本詞論,"坐久覺""向此免"均有語意斷裂感,若作二字逗,則文字暢通,詞意豁達,高下立判。謹改。

醉翁操 九十一字　　蘇　軾

琅然。清圓。誰彈。響空山。無言。惟翁醉中和其天。月明
○△　○△　○△　●○△　○△　○○●○○○△　●○
風露娟娟。人未眠。荷蕢過山前。曰有心也哉此賢。　醉
○●○△　○●△　●●●○△　●●○●○●△　●
翁嘯詠,聲和流泉。醉翁去後,空有朝吟夜怨。山有時而童
○●●　○●○△　●○●●　○●○○●△　○●○○○
巔。水有時而回川。思翁無歲年。翁今爲飛仙。此意在人
△　●●○○○△　○○○●△　○○○○△　●●●○
間。試聽徽外三兩弦。
△　●○○●○●△

起處三句皆兩字，第三句三字，第四句兩字，稼軒效之，云："長松。之風。如公。肯余從。山中。"是也。《圖譜》以首句、次句爲兩字，而以"誰彈響"作三字句，"空山無言"作四字句，得無供人噴飯乎？《詞滙》又將"三兩弦"改作"兩三弦"，蓋以此句爲拗，而改作七言詩句法耳。亦奇。又以"今"字訛作"既"字，不特"既"字去聲失調，而文義亦差，皆失考之故也。

按，"和其天"向來傳刻皆然，或謂"知"字之訛。"娟"字，余謂是"涓"字，附記以俟識者。

按稼軒本仿此而作，與此異者，"月明"作"湛湛"，第二"湛"字去聲，或不拘。"曰有心"句作"望君之門兮九重"，"君、門"二字平聲，想此二字平仄皆可用，但不可用去聲耳。"娟"字，稼軒用"江"字，非失韻，本集常有借叶字也。"聽"字平聲讀，觀稼軒用"之"字可知。"荷蕢"句，稼軒云："噫，送子於東"。"空有"句，稼軒云"或一朝兮取封"。汲古刻本集落"於"字、"兮"字，因使此調衹存八十九字，人不可爲此誤也。

【蔡案】

萬子原注以爲"娟娟"或是"涓涓"之誤，是未見樓鑰詞也。按，樓詞有步蘇詞韻者，本句作"悠揚餘響嬋娟"，樓與蘇相去約五十年，其所見蘇詞蓋爲原貌，可見蘇詞或並無誤。又，辛棄疾詞，前段尾均作四字一句、六字一句，與諸家皆異，是脱落二字故，非减字也。又，前結"賢"字下，原注"泛聲同此"四字。

萬子注文，"第三句三字，第四句兩字"，誤，應爲"第四句三字，第五句兩字"。而此十一字，若以"句"論，實衹兩句耳。"句"乃文法概念，非韻法概念，若以韻法論，則謂此共"二句、五拍"更切。

露　華 九十一字　　王沂孫

紺葩乍坼。笑爛熳、嬌紅不是春色。換了素妝，重把青螺輕
◎○●▲ ●●● ○○●●○▲ ●●◎○ ⊙●⊙○○
拂。舊歌共渡煙江，却占玉奴標格。風霜峭、瑶臺種時，付
▲ ●⊙◎●○○ ●●●○○▲ ○⊙● ○○●● ●
與仙骨。　閒門晝掩淒惻。似淡月、梨花重化清魄。尚
○○▲ ⊙○●●○▲ ●●● ○○○●○▲ ●
帶唾痕香凝，怎忍攀摘。嫩緑漸暖溪陰，蔌蔌粉雲飛出。芳
●●○○● ◎○○▲ ◎●●●○○ ◎●●○○▲ ○
艷冷，劉郎未應認得。
●● ○○●○●▲

"笑爛熳"至"風霜峭"，與後"似淡月"至"芳艷冷"同。"換了"下十字，上四下六，"尚帶"下十字，上六下四，然是一氣貫下，分句不拘。"是"字、"素"字、"化"字、"唾"字不惟用仄，且俱去聲，不可依《譜》槩作可平。"瑶台"下兩四字句，《圖譜》注上三下五，誤。"種"字去聲，非上聲也。

〔杜注〕

按，《花外集》"風霜峭"句，"霜"作"露"，此字應去聲，可從。又，"軟緑漸暖溪陰"句，"暖"作"滿"。又按，《瓶隱山房詞集》云：填詞須試難調，如此闋及卷十六之《絳都春》《繞佛閣》，卷十七之《氐州第一》，卷十八之《秋霽》等，要須四聲悉合，方稱完璧。

【蔡案】

"笑爛熳""似淡月"九字，原譜並作五字一句、四字一句，四字句兩頓連仄失諧。按，此九字本爲一氣，如張詞爲"總付與、花神月底深斲"、陶詞爲"記露影、瓊空一笑曾識"，皆同，後六字爲一平起仄收式律句句法。此類句法，文法上固可作五字一句、四字一句讀，而韻法

上，則宜填爲三六式折腰句法，今標點時代，猶應如此。謹改。又，“種時”之“時”爲古字，今字即“蒔”字，種蒔，種植也。故應仄讀。又按，“付與”之“與”“怎忍”之“忍”，俱以上作平。

前後段尾均，“風霜峭”“芳艷冷”兩三字句，例應作二一式句法，諸家皆如此，不可用一二式句法填。

又按，本調仄韻體，宋詞惟本詞及曹原一首，本詞之可平可仄，玩萬子所校，似並不依據曹詞，則難免無據。惟前後段第七拍，曹詞及平韻體各首均爲折腰式七字一句，余嘗疑本詞有闕，然觀元人張翥之仄韻體，亦爲六字，則或有此減字之填法。

宣清　一百十六字　　柳永

殘月朦朧，小宴闌珊，歸來輕寒凜凜。背銀釭、孤館乍眠，擁
○●○○ ●●○○ ○○○○●▲ ●○○ ○●●○ ●

重衾、醉魂猶噤。永漏頻傳，前歡已去，離愁一枕。暗尋思、
○○ ●○○▲ ●●○○ ○○●● ○○●▲ ●○○

舊追遊，神京風物如錦。　念擲果朋儕，絶纓宴會，當時
●○○ ○○○●○▲ ●●●○○ ●○●● ○○

曾痛飲。命舞燕翩翻，歌珠貫串，向玳筵前，儘是神仙流品。
○●▲ ●●●○○ ○○●● ●●○○ ●●○○○▲

至更闌、疏狂轉甚。更相將、鳳幃鴛寢。玉釵亂横處，任散
●○○ ○○●▲ ●○○ ●○○▲ ●○●○● ●●

盡高陽，這歡娛、甚時重恁。
○○● ○○● ○○▲

“森”字平起，是又一平仄兩叶之調矣。若以“噤”字起韻，恐無自首起二十八字纔用韻之理也。或云“衾”字亦是叶，總因衹此一篇，無可考證。

按，杜曾詩“哀猿藏森聳，渴鹿聽潺湲”，自注“森”字去聲，或此亦

作去叶耳。

〔杜注〕

按，宋本"森森"作"凜凜"，並非此一韻叶平也。又，"醉魄猶噤"句，"魄"作"魂"。又，"會擲果朋儕"句，"會"作"念"。又，"命舞燕翻翻"句，上"翻"字作"翩"。又，此句下落"歌珠貫串，向玳筵前，盡是神仙流品。至更闌疏狂轉甚。更相將鳳幃鴛寢。"自"歌珠"至"相將"，共落二十四字，誤"幃"作"樓"。又，"玉釵亂横信任"句，"信"作"處"，應以"處"字爲句，"任"字屬下句，非叶韻，均應增改。

【蔡案】

均已據杜注改，原譜"九十二字"改爲"一百十六字"。

塞翁吟 九十二字　　吴文英

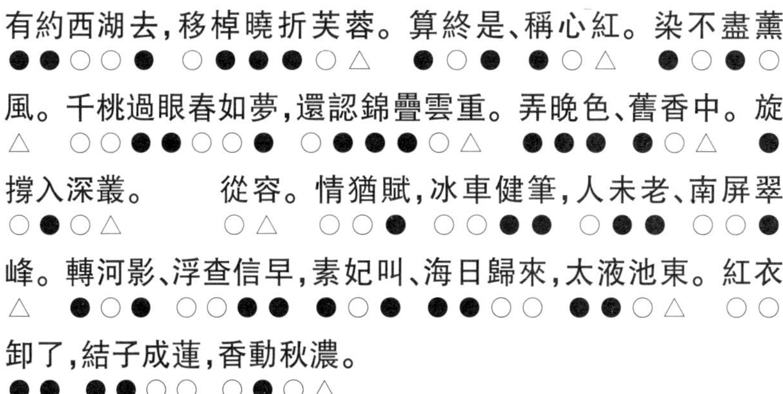

有約西湖去，移棹曉折芙蓉。算終是、稱心紅。染不盡薰風。千桃過眼春如夢，還認錦疊雲重。弄晚色、舊香中。旋撑入深叢。　從容。情猶賦，冰車健筆，人未老、南屏翠峰。轉河影、浮查信早，素妃叫、海日歸來，太液池東。紅衣卸了，結子成蓮，香動秋濃。

查夢窗别作，及片玉、千里、趙文諸詞，平仄俱與此同。"終"字宜仄聲，恐是"縱"字之訛。"卸了"去上，妙。各詞皆然。夢窗别作，於"南屏翠峰"刻作"吴女暈濃"，乃誤也。"女"字必"娥"字。或謂娥不可言暈，則又必"蛾"字而再誤耳。蓋其下用"唱入眉峰”，可推耳。

按，此調應分三疊，自起至“薰風”爲第一段，“千桃”至“深叢”爲第二段，蓋“千桃”句七字换頭，“還認”句即同“移棹”句，“弄曉色”兩句即同“算終是”兩句，“旋撑入”句即同“染不盡”句，平仄一字無異。即如《瑞龍吟》所謂雙拽頭也。其第三疊則另爲長短句，與前絶不相類矣。《譜》《圖》不識，所載《片玉詞》第三、四句“散水麝，小池東”本是兩句，乃以爲六字，不知其第二句“窗外曉色瓏璁”是六字，而三四句乃三字，“曉色”可連讀，豈“麝小”亦可連讀乎？如此吴詞“是稱”二字可連乎？更可笑者，周於“弄晚色”下云“夢遠别，淚痕重，淡鉛臉斜紅”，“重”字乃是叶韻處，《譜》《圖》以“夢遠别”爲三字句，以“淚痕重淡”爲四字句，豈不笑破人口。周意謂淚重疊，故臉上紅色淡也，“重淡”如何解？然則此詞可讀爲“舊香中旋”、吴别作可讀爲“桂花宫爲”、千里作可讀爲“綉衾重尚”、趙文作可讀爲“斗牛箕彊”矣。不惟失韻、失體，且使古作者俱判作不通文理人矣！豈不冤哉？

〔杜注〕

按，“海目歸來”句，“目”應作“日”。又，“夭勁秋濃”句，“夭勁”二字疑“香動”之誤。

【蔡案】

萬子原注：“終”字宜仄，“不盡”之“不”作平。吴文英别首，彊村四校本《吴文英詞》作“吴妝暈濃”，該句確爲兩頓皆平之特殊大拗句法。

萬子謂本詞當作三段，甚是。傳統以爲雙曳頭調式，則一二段必爲字句皆同者，或非，此爲一例。另又如卷七《傾杯樂》第四體、《白苧》等，詳參《白苧》下“蔡案”。

東風齊著力 九十二字

胡浩然

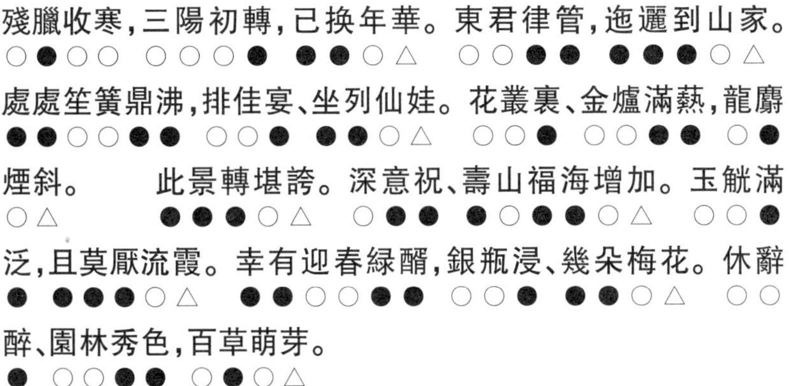

殘臘收寒，三陽初轉，已換年華。東君律管，迤邐到山家。處處笙簧鼎沸，排佳宴、坐列仙娃。花叢裏、金爐滿爇，龍麝煙斜。　此景轉堪誇。深意祝、壽山福海增加。玉觥滿泛，且莫厭流霞。幸有迎春緑醑，銀瓶浸、幾朵梅花。休辭醉、園林秀色，百草萌芽。

本譜所注平仄，俱查此一體，有他詞互用者方敢旁列，否則於其前後段合拍者注之，如此調他無可證，衹“玉觥”以下與前“東君”以下相同，故爲略注。此外如“殘、已、迤、處、坐、此、壽、福、且、幸、幾”等字，或亦可平仄互用，因無考據，槩不亂填，非曰太拘，蓋以尊古從嚴爲主耳。於此偶識，可例其餘。

〔杜注〕

按，《詞譜》“會佳宴”句，“會”作“排”。又，“壽酒”作“緑醑”。

【蔡案】

萬子據前後段互校，注“東”字可仄，而未作“玉”字可平。余以爲若以前後段互校原則，則當是“玉”字作平，“東”字仍其音，故擬“玉”爲平，“東”字不改。同理，萬子注“龍”字可仄，“百”字可平，亦不可取，而擬“百”字爲平。

已據杜注及杜氏校勘記改。

金盞倒垂蓮 九十二字　晁補之

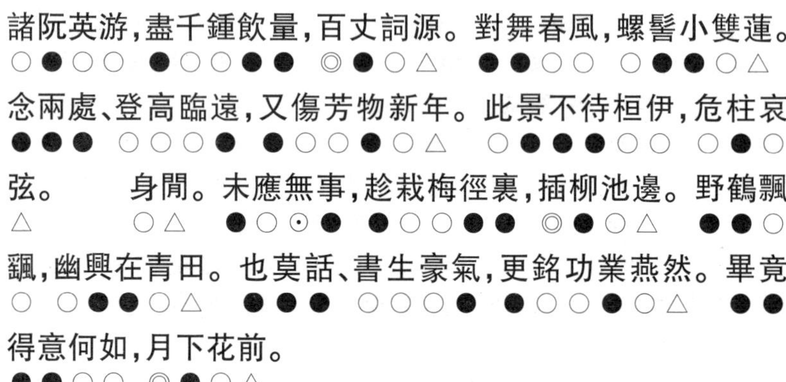

諸阮英游，盡千鍾飲量，百丈詞源。對舞春風，螺髻小雙蓮。念兩處、登高臨遠，又傷芳物新年。此景不待桓伊，危柱哀弦。

身閒。未應無事，趁栽梅徑裏，插柳池邊。野鶴飄飄，幽興在青田。也莫話、書生豪氣，更銘功業燕然。畢竟得意何如，月下花前。

無咎又一首亦和此韻，"又傷"句云"會須行樂"，止四字，乃誤落去"華年"二字，非有此體也。換頭六字與前異，餘同。兩結各十字，姑於四字略豆，實則一氣注下者，其用"此景不待""畢竟得意"，皆仄仄入去，乃是定格。觀其别作，用"衹有一部""後會一笑"可見。學者勿誤。或謂"身閒"是换頭二字叶者，不知晁别作和韻，此字用"情"字，故知非叶韻也。

"倒垂蓮"乃金盞之像，即如左相之金卷荷耳。竹山《糖多令》有句云："金盞倒垂蓮，歌摇香霧鬟。"

〔杜注〕

按，無咎另一首於"又傷"句作"會須行樂年年"，一本作"芳年"，此作"華年"，三字尚無軒輊。

【蔡案】

前結原作"此景不待、桓伊危柱哀弦"，四字連仄，於律不諧，改爲仄起式律拗句法。他如晁端禮之"别後空報瑶琴，誰聽朱弦"、晁補之之"况有一部隨軒、脆管繁弦"、無名氏之"人静幺鳳翩翩，踏碎殘枝"

等，皆是。後段亦同，如晁端禮"此外莫問昇沈，且鬥樽前"最爲典型。而過片句中亦藏一腹韻，萬子原譜失記，致兩頓連平失諧，而萬子以別首未叶，證此首偶叶，亦謬，蓋换頭之句中韻可叶可不叶，縱和韻亦如此，詳參諸家和周邦彦《滿庭芳》詞可知。

意難忘 九十二字 周邦彦

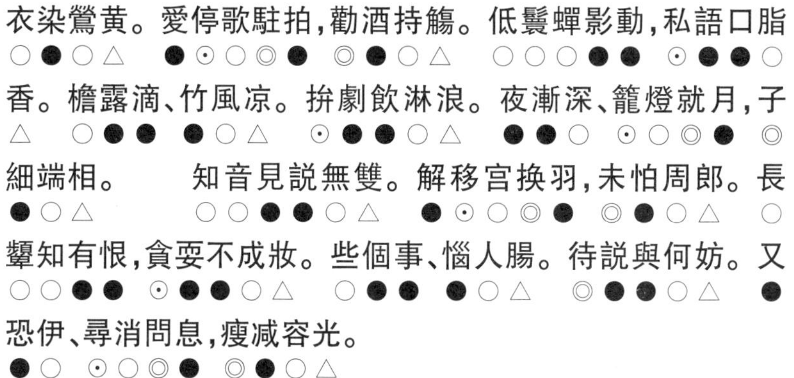
衣染鶯黄。愛停歌駐拍，勸酒持觴。低鬟蟬影動，私語口脂香。檐露滴、竹風凉。拚劇飲淋浪。夜漸深、籠燈就月，子細端相。　知音見説無雙。解移宫换羽，未怕周郎。長顰知有恨，貪耍不成妝。些個事、惱人腸。待説與何妨。又恐伊、尋消問息，瘦減容光。

詞中七言，有上四下三者，有上三下四者，各譜總作七字句，往往誤認誤填，而圖中黑白圈尤爲炫目，故本譜於七言如詩句者，不注，於上三下四者，注豆字於第三字旁，庶不致混亂也。若五字句，有上二下三如五言詩者，亦有以一字領句而二三兩字相聯者，尤多誤認。但又不可注豆，學者當自詳之，如此詞"拚劇飲淋浪""待説與何妨"是也。若誤作五言詩句，則大謬矣。此類甚多，偶記於此。

〔杜注〕

按，《歷代詩餘》收此調九首，平仄約略相同。"蓮露滴"句，"蓮"作"檐"。"尋消問息"句，"問"作"聽"。

【蔡案】

"蓮露"已據杜注改爲"檐露"。

惜秋華 九十三字 吴文英

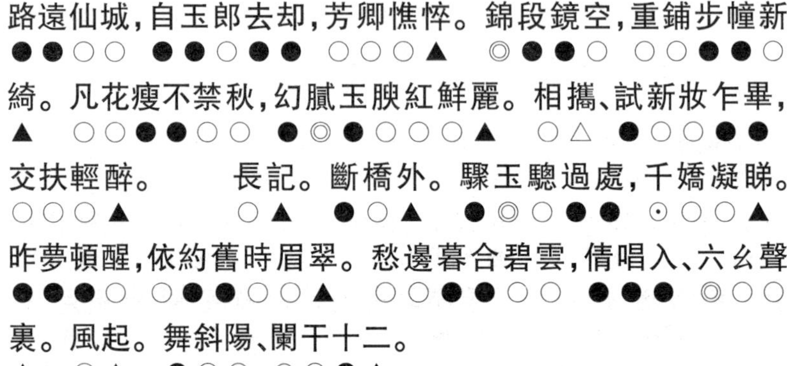

路遠仙城，自玉郎去却，芳卿憔悴。錦段鏡空，重鋪步幛新綺。凡花瘦不禁秋，幻膩玉腴紅鮮麗。相攜、試新妝乍畢，交扶輕醉。　長記。斷橋外。驟玉驄過處，千嬌凝睇。昨夢頓醒，依約舊時眉翠。愁邊暮合碧雲，倩唱入、六幺聲裏。風起。舞斜陽、闌干十二。

此調他家罕覯，夢窗所作五闋，亦不盡同。《詞統》收其“思渺西風”一首，於“凡花”句讀作七字句，不知此詞“自玉郎”至“鮮麗”，與後段“驟玉驄”至“聲裏”相同，“凡花”句，即如後“愁邊”句及後詞“秋蛾”句皆六字。“攜”字似叶，然非平仄通用者，豈亦可作去聲邪？

“步、瘦、舊、暮”去聲，至於“鏡”字、“頓”字必用去聲，勿誤。

〔杜注〕

按，《詞譜》“相攜”之“攜”字注叶平，蓋因後一首此句“清淺”之“淺”字叶韻也。今查夢窗另作九十三字三首，此字均未叶。

【蔡案】

原譜萬子“相攜”十一字未讀斷。《欽定詞譜》於“相攜”處叶韻，謂是三聲叶。余以爲此本輔韻，可叶可不叶者，於此間入一平韻，且他首皆無，大可不必，去之。

過片“長記”爲腹韻，原譜失記。蓋長短句多於過片處添入一腹韻，以豐富詞之韻律色彩，此爲詞之大律，非惟本調如此者也。又，“膩玉腴紅”原譜讀斷，而此爲一緊密文法結構，不當斷之，謹改。蓋詞有韻法,有句法,凡詞句必先審韻法,而後句法,若有違韻法,以句法爲準,則誤矣;若不違韻法,則句法調整,亦在情理中矣。

讀破格 九十三字 吴文英

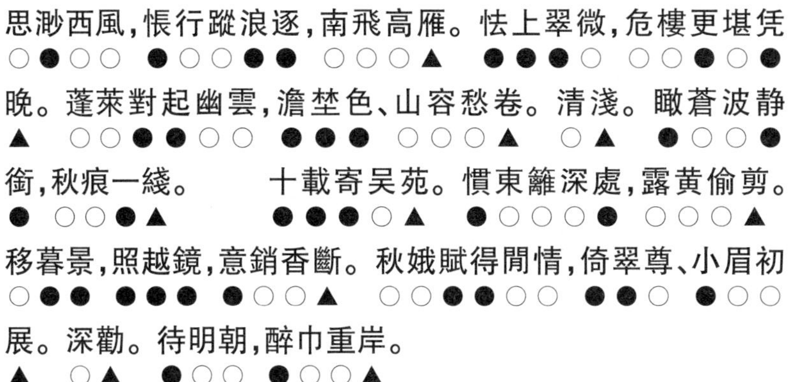
思渺西風,悵行蹤浪逐,南飛高雁。怯上翠微,危樓更堪凭晚。蓬萊對起幽雲,澹埜色、山容愁卷。清淺。瞰蒼波静銜,秋痕一綫。 十載寄吴苑。慣東籬深處,露黄偷剪。移暮景,照越鏡,意銷香斷。秋娥賦得閒情,倚翠尊、小眉初展。深勸。待明朝,醉巾重岸。

比前,於後段第三句多一"把"字,故爲九十四字體。然照前段及他作,此句止宜四字,此或偶誤,不足據也。所異者,"清淺"二字儼然叶韻,蓋後"深勸"二字是叶,前亦相同也。但其所作五闋,惟此用"淺"字仄聲,其餘一云"新鴻,唤凄凉、漸入紅萸烏帽"、一云"相逢,縱相疏、勝却巫陽無準"、一云"留連,有殘蟬韻晚,時歌金縷",第二字皆作平聲,非用韻者,是可知此調乃另爲一體耳。其前詞"相攜"以下十一字,語氣蟬聯,不便分豆,大約皆於第二字一頓,其下則或於三字、或於五字略斷,俱無不可也。

又按,前詞"昨夢頓醒,依約舊時眉翠","頓醒"二字相連,而此詞"移暮景,照越鏡"乃是三字兩句,其下"意銷香斷"自爲四字句。又,其别作一云"晚夢趁,鄰杵斷,乍將愁到"、一云"彩雲斷,翠羽散,此情難問"、一云"此去杜曲,已近紫霄尺五",多不相合,余因再四讀而斷之,曰:此詞及"晚夢、彩雲"三處,皆是三字兩句、四字一句。前詞

“昨夢頓醒”“醒”字應讀平聲，與前段之“錦段鏡空”相合。“此去杜曲”“曲”字亦應以入讀作平聲，與其前段之“瓜果夜深”相合，皆上四下六句法。“鏡、頓、夜、杜”四去，余所謂此與前詞另爲一體，於此更明耳。又，“露罥蛛絲”一首，於“危樓”句刻作“當時鈿釵送遺恨”七字，乃抄書者因“遺”字邊旁相同，偶誤多一“送”字，遂使人疑有此體，其實此句衹六字，且加“送”字不通矣。

〔杜注〕

按，汲古閣本“山容乍展”句，“乍”作“愁”。又，“愁痕一綫”句，“愁”作“秋”。又，《心日齋詞選》“把露黄偷剪”句，無“把”字，注云：“舊刻多一‘把’字，蓋俗手所增，去之恰得夢窗真面目。”均可從。

【蔡案】

已據杜注改，並删“把”字，原譜“九十四字”改爲“九十三字”。又，“移暮景”下十字，原譜不讀斷，校之吴文英别首作“晚夢趁、鄰杵斷，乍將愁到”“彩雲斷、翠羽散，此情難問”，可見此十字應以三三四讀，與前一體四六讀不同。又按，後段尾均原譜作“深勸待明朝，醉巾重岸”，失記一句中短韻，而吴文英本調共計五首，每首此處均有一句中韻，當是其律如此，不可落也。

滿庭芳 九十五字　又名《鎖陽臺》《滿庭霜》　　程　垓

南月驚烏。西風破雁，又是秋滿平湖。採蓮人盡，寒色戰菰
○●○△　○○◎●　●●○●○△　⊙○○●　○●●○

蒲。舊信江南好景，一萬里、輕覓蓴鱸。誰知道、吴儂未識，
△　◎●○○●●　○◎●　⊙●○△　○○●　○○●●

蜀客已情孤。　憑高增悵望，湘雲盡處，都是平蕪。問故
○●●○△　○○○●●　○○●●　⊙●○△　●◎

鄉何日,重見吾廬。縱有荷紉芰製,終不似、菊短籬疏。歸
○⊙● ⊙●○△ ◎●○○●● ○◎● ◎●○△ ○
情遠、三更雨夢,依舊繞庭梧。
○● ◎○●● ○●●○△

前後第七句比前詞俱多一字,不作儷語,此通用體也。後起二字不用韻,"問故鄉"五字亦與前異。

沈選詞後起云"有舟中弦管""終不似"句云"不道是個老儒生""誰知道"句平叶、"望故鄉"二句云"總成就天涯一病身",此非詞選,乃笑林耳。

〔杜注〕

按,《詞譜》第三句作"又還是",多一"還"字。又按,"重見吾廬"句,《山中白雲詞》作"料理護花鈴"五字,又失叶,疑"鈴"字爲"符"字之訛。

【蔡案】

本詞原列於黄公度詞後,因係正體,故移前。本調首句叶韻爲宋人常見填法,約佔宋詞之一成,如周邦彦:"山崦籠春。江城吹雨,暮天煙淡雲昏。"晁補之:"欲買廬山。山前三畝,小橋横過松間。"周紫芝:"江繞淮城。雲昏楚觀,一枝煙笛誰横。"劉過:"淺約鴉黄。輕勻螺黛,故教取次梳妝。"晁端禮:"雪滿貂裘。風摇金轡,笑看錦帶吴鈎。"等等,不一而足,而原譜毫無體現,可謂一失。蓋詞之首句均可叶韻,非惟本調如此也。其最著名者,或許爲淮海居士:"山抹微雲。天連衰草,畫角聲斷譙門。"故本詞首句改爲叶韻。

本調前段第三句依例當作平起平收六字句,宋人皆如此填,宋詞三百餘首,僅二首無名氏詞本句作七字句,《欽定詞譜》乃是衍誤,不可取。

少字格 九十三字 黄公度

一徑叉分，三亭鼎峙，小園別是清幽。曲闌低檻，春色四時
●●○○ ○○●● ●○●●○△ ●○○● ○●●○
留。怪石參差卧虎，長松偃蹇拏虬。攜笻晚、風來萬里，冷
△ ●●○○○●● ○○●●○△ ○○● ○○●● ●
撼一天秋。 優遊。銷永晝，琴尊左右，賓主風流。且偷
●●○△ ○△ ○●● ○○●● ○●○△ ●○
閒，不妨身在南州。故國歸帆隱隱，西崑往事悠悠。都休
○ ●○○●○△ ●●○○○●● ○○●●○△ ○○
問、金釵十二，滿酌聽輕謳。
● ○○●● ●●●○△

"怪石"二句與"故園"二句皆作對偶，如《雨中花慢》調中二語，此知稼翁所獨也。

【蔡案】

萬注"故園"應爲"故國"之誤。萬子謂本格爲知稼翁所獨，非是。按，本調前後段第三均，例作六字一句、七字一句，本詞雖爲刻意减字，然全宋本調如此填者，僅二首，别首爲梅嬌之"樓上笛聲三弄，百花都未知音……麗質芳姿雖好，一時取媚東君"，並非駢句，故不足爲范。

多韻格 九十五字 黄庭堅

修水柔藍，新條淡緑，翠光交映虚亭。錦鴛霜鷺，荷徑拾幽
○●○○ ○○●● ●○○●○△ ●○○● ○●●○
蘋。香度欄杆屈曲，紅妝映、薄綺疏櫺。風清夜，横塘月滿，
△ ○●○○○●● ○○● ●●○△ ○○● ○○●●
水静見移星。 堪聽。微雨過，嫛姗藻荇，瑣碎浮萍。便
●●●○△ ○△ ○●● ○○●● ●●○△ ●

移轉交牀，湘簟方屏。練靄鱗雲旋滿，聲不斷、檐響風鈴。

○●○○　○●○△　●●○○●●　○●●　○●○△

重開宴、瑶池雪沁，山露佛頭青。

○○●　○○●●　○●●○△

“香度”下與後“練靄”下同。“便移轉”句“轉”字仄、“牀”字平，與前詞異。此兩體隨意不拘。

按，此調作者如林，嘗細加玩校，其中仄韻住句者，須留意不可以其調太穩熟，率筆填之。大抵次句“淡緑”二字，“淡”字平仄不拘，“霜露”必用平仄，“屈曲、月滿、藻荇、旋滿、雪沁”，俱要仄仄，是此調中得法處。“荷”字、“水”字、“山”字以用平爲主，上入亦不妨，切不可用去聲。古詞豈無一二出入，然歷查諸大家名詞，無不如前説者，人但平心考古，而更調其音響，自知愚言之非穿鑿耳。《譜》《圖》分句、注字，俱不可從。

晁無咎一首，次句“乘槎心閒懶”，乃誤多一字，無此體。又，小晏於“紅妝隱”下七字作“可憐流水各東西”，句法乃如詩句，此必傳訛，無此體也。觀其後段，仍用上三下四，可知。《譜》《圖》以“微雨過”連下作七字句，非。後起二字用叶爲正。此篇爲涪翁最整練當行之作。〔杜注〕

按，《詞林萬選》“錦鴛霜露”句，“露”作“鷺”。又，“紅妝隱”句，“隱”作“映”。均應照改。又，“水淨”作“水静”。又，葉《譜》“吴牀”作“交牀”。

【蔡案】

已據杜注改，凡萬子謂“必用”處，余皆懷疑。蓋其多爲主觀想象，而毫無律理之依據也。如“錦鴛霜鷺”，乃一平起仄收式律句，以律理探究，則“霜”字自可平仄不拘，何以必平？考之宋詞，周邦彦作“都城漸遠”、毛滂作“芳醪滿載”、秦觀作“碎身粉骨”，皆爲仄仄收束；

又如萬子謂,“屈曲、月滿、藻荇、旋滿、雪沁”,俱要仄仄,而周邦彦“白玉樓高”一首便有“瀛海”“如掌”“吹徹”三處用平仄,豈周邦彦乃個中新手乎? 要之,詞乃詩餘,詞句即詩句,除非偶有特别處,所有句法並無“必用”之講究。

瀟湘夜雨 九十七字 趙長卿

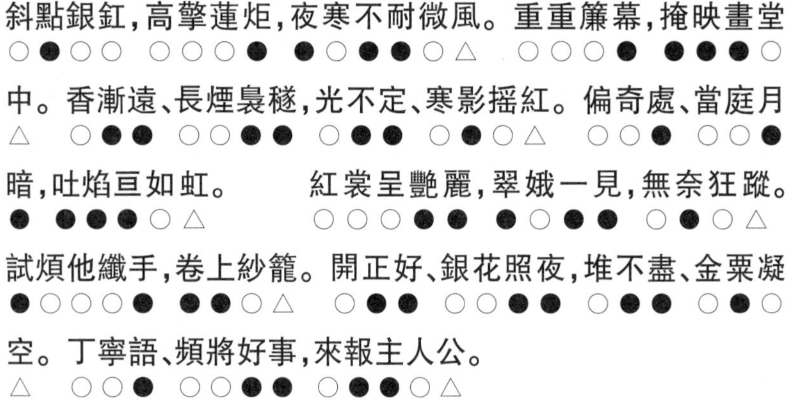
斜點銀釭,高擎蓮炬,夜寒不耐微風。重重簾幕,掩映畫堂中。香漸遠、長煙裊穟,光不定、寒影揺紅。偏奇處、當庭月暗,吐焰亘如虹。 紅裳呈艷麗,翠娥一見,無奈狂蹤。試煩他纖手,卷上紗籠。開正好、銀花照夜,堆不盡、金粟凝空。丁寧語、頻將好事,來報主人公。

此調與《滿庭芳》相近而實不同。或曰:此即《滿庭芳》。起三句無異,“重重簾幕”句雖止七字,然其後段“試煩他”九字與《滿庭芳》無異,則此句或於“卷堂中”上落二字未可知。前結句雖衹四字,然其後結與《滿庭芳》無異,或於“吐焰”上下落一字亦未可知。後起是“麗”字斷句,“娥”字上亦落一字。故《周紫芝集·瀟湘夜雨》凡四首,實即《滿庭芳》,是一調而異名耳。余曰:此説固是,但其中前後兩七字句對偶整齊,揣其音響,竟與《滿庭芳》相去甚遠,豈可將“香漸遠”與“開正好”亦各删一字,以合《滿庭芳》調乎? 其另爲一調無疑,故列於此。本譜欲黜新名復古調,然實係殊體,不敢不收也。《選聲》既收《瀟湘夜雨》調,而不收此詞,反收紫芝之真《滿庭芳》以爲式,則不可解矣。

〔杜注〕

按《詞譜》"夜深"作"夜寒"。又,"卷堂中"三字作"掩映畫堂中"五字。又,"吐餤如虹"句"餤"下有"亘"字。又,"紅裳呈艷,麗娥一見"二句,"麗"字屬上,娥字上有"翠"字,均應遵照改補。又按,此調九十三字者,僅知稼翁一首,《歷代詩餘》收九十五字者八十二首,九十六字者四十二首,皆爲正體。趙仙源此闋如增四字,則爲九十七字,係又一體矣。

【蔡案】

已據杜注改,原譜"九十三字"改爲"九十七字"。

本詞實即《滿庭芳》,校之宋人所填最多之黄庭堅體,惟前後段第六句各添一字耳,此類填法,他詞亦偶有所見。如曹彦約前段作"遇好景、何妨笑飲",晁端禮後段作"痛念你、平生分際",無名氏詞則前後段如此填者更多,可見本調旋律於本句中有七字填法。

步　月　九十六字　　史達祖

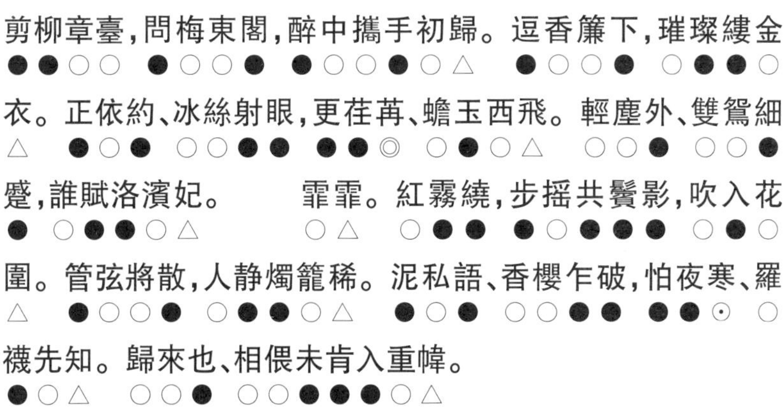

剪柳章臺,問梅東閣,醉中攜手初歸。逗香簾下,璀璨縷金衣。正依約、冰絲射眼,更荏苒、蟾玉西飛。輕塵外、雙鴛細蹙,誰賦洛濱妃。　霏霏。紅霧繞,步摇共鬢影,吹入花圍。管弦將散,人静燭籠稀。泥私語、香櫻乍破,怕夜寒、羅襪先知。歸來也、相偎未肯入重幃。

按,此調與《滿庭芳》相似,但"正依約"句、"泥私語"句俱多一字,

“步摇”句亦多一字,末句“相偎下”少二字耳。然其體格自是不同,中間兩七字句,即如《瀟湘夜雨》中二語自相對偶,與《滿庭芳》之上句六字、下句七字者,判然不同。“管弦”二句,雖亦是九字,却與前段“逗香”二句一樣句法,乃前後比合者,與《滿庭芳》之上句五字、下句四字者,亦判然不同。至末句少字,不必言矣。故不彊扭作《滿庭芳》也。或曰:子於他調,有一二字參差者,往往合而爲一,獨於此歧而别之,何也?余曰:詞有聲響,如此篇聲響自各異耳。及閲施仲山《梅川詞》,亦有此調,用入聲叶者,比史詞少二字,其聲響更别,愈知與《滿庭芳》逕庭矣。今録於右。

【蔡案】

本調原列於卷十四《漢宫春》之前,疑即《滿庭芳》,故移至此,以便參閲。

“燭籠”,原譜作“燭龍”,據詞譜改。

本詞校之《滿庭芳》,所不同者惟如下幾點:其一,“步摇”句多一字;其二,前後段第三均爲七字折腰對句句法;其三,“管弦”下九字讀破句法;其四,後段尾均少二字。萬子據此以爲二者“判然不同”,且謂“詞有聲響,如此篇聲響自各異耳”,余則以爲萬子所言差矣。蓋此四者,《滿庭芳》中多有所見:其一,“步摇”句多字者,葛長庚有兩首、王義山有一首,該拍均爲五字一句;其二,前後段第六句作七字折腰者,且不論趙長卿詞與此正同,《事林廣記》中便有多首添一字者,曹彦約、如愚居士本句亦有七字折腰填法;其三,沈端節、葛長庚、李曾伯、張掄等六人,也將“管弦”下九字句讀破,作四字一句、五字一句;其四,惟有後段尾均,《滿庭芳》例作一三一四一五句法,而本詞爲一三一七句法,少二字,僅此一處不同。但校之前段,尾均正是一三一四一五格局,則何以斷定此處必非作者减字,甚或是“歸來也,相偎

□□，未肯入重幃”之奪誤邪？須知古詞之一二字多寡，本屬正常，惟觀乎整體耳。後一詞中萬子謂：“或謂‘相偎’下必落‘相倚’二字，蓋欲增入以合《滿庭芳》也。不知《滿庭芳》此句應於第三字仄聲，梅溪精審絶倫，必不用‘相倚’‘相’字。”此尤奇語，《滿庭芳》中該字位平聲字近百，佔總數三成，何以梅溪精審絶倫如此，必用仄聲字邪？而萬子所謂“聲響”云云，僅主觀臆斷，並無實證可予直觀考察，純屬欲加之辭而已。至於施岳詞後段結拍，則平韻體與仄韻體詞調已然不同，於起結處增減數字，以爲變化，本屬正常，如：《樂府雅詞拾遺》收録《漢宫春》詞，前段尾均平仄韻體俱同，而後段尾均，平韻體作三句，爲一三、一四、一六，仄韻體則爲一三、二四兩句。有鑒於此，本調移至《滿庭芳》後，以作類例。

仄韻體 九十四字　　施　岳

玉宇薰風，寶階明月。翠叢萬點晴雪。煉霜不就，散廣寒霏
●●○○ ●○○▲ ●○●●○▲ ●○●● ●●○○

屑。采珠蓓、緑萼露滋，嗔銀艷、小蓮冰潔。花魂在、纖指嫩
▲ ●○● ●●●○ ○○● ●○○▲ ○○● ○●●

痕，素英重結。　枝頭香未絶。還是過、中秋丹桂時節。
○ ●○○▲ ○○○●▲ ○●● ○○○●○▲

醉鄉冷境，怕翻成消歇。玩芳味、春焙旋熏，貯穠韻、水沈頻
●○●● ●○○○▲ ●○● ○●○○ ●○● ●○○

爇。堪憐處，輸與夜凉睡蝶。
▲ ○○● ○●●○●▲

用入聲叶。其句法與前詞稍異處，則“散廣寒”句、“怕翻成”句是一字領句者；後起二字不叶韻；“還是”句平仄相反；兩結各少一字耳。

按，前詞尾句，或謂“相偎”下必落“相倚”二字，蓋欲增入以合《滿庭芳》也。不知《滿庭芳》此句應於第三字仄聲，梅溪精審絶倫，必不用“相倚”“相”字。至於此“輸與”句，則與《滿庭芳》之尾一四字、一五字者相去河漢，豈得謂之合調乎？況前結不惟上四字句平仄不同，“素英”句四字與《滿庭芳》之五字，聲響全别，不可添一字而相合，尤爲明證矣。

又按，此體九十四字，字數較少於前，然梅溪詞家標準，用平自爲正體，施詞另格，故載後云。

【蔡案】

萬子云：施詞别格，故字少亦載於後，此乃編排缺乏統一，隨心如意也。以本卷論，《尾犯》九十八字體、《留客住》九十七字體、《鳳凰臺上憶吹簫》九十七字體均爲正體，何以又一體置之於後邪？詞調體隨韻改，施詞自爲别格，不妨相並而視之。

原譜“還是”下九字作五字一句、四字一句，四字句不諧。又，“醉鄉”原作“醉香”，據《欽定詞譜》改。

詞律卷十四

如魚水 九十四字　　　　柳　永

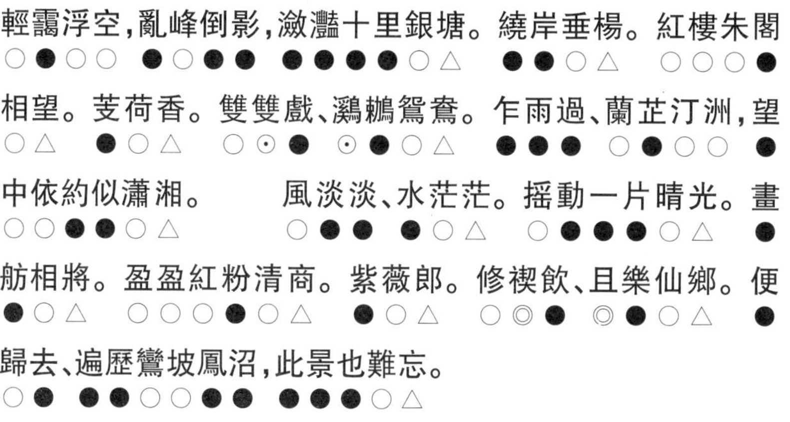
輕靄浮空，亂峰倒影，瀲灩十里銀塘。繞岸垂楊。紅樓朱閣
○●○○ ●○●● ●●●●○△ ●●○△ ○○○●
相望。芰荷香。雙雙戲、鸂鶒鴛鴦。乍雨過、蘭芷汀洲，望
○△ ●○△ ○⊙● ⊙●○△ ●●● ○●○○ ●
中依約似瀟湘。　風淡淡、水茫茫。搖動一片晴光。畫
○○●●○△ ○●● ●○△ ○●●●○△ ●
舫相將。盈盈紅粉清商。紫薇郎。修禊飲、且樂仙鄉。便
●○△ ○○○●○△ ●○△ ○◎● ◎●○△ ●
歸去、遍歷鸞坡鳳沼，此景也難忘。
○● ●●○○●● ●●●○△

柳詞僻調，難得如此嚴整者。

愚謂“中”字恐是“裏”字，“乍雨過”下當作“蘭芷汀洲望裏”爲一句，“依約似瀟湘”爲一句，正與後結二句相符。蓋此調前段“繞岸”下、後段“畫舫”下字句無不合轍，“蘭芷”句必系六字耳。或曰：人方以君爲穿鑿，似此詞頗順妥，即如其舊亦無不可，若執此説，則穿鑿之毁更不免矣。相與一笑。

〔杜注〕

按，《詞譜》“動一片晴光”句，“動”字上有“摇”字，應遵補。

【蔡案】

後段第二句對應前段第三句，故《欽定詞譜》“摇動”當是的本，據補，原譜“九十三字”改爲“九十四字”。

前結一六一五抑或一四一七，應屬隨意，此十一字終是一氣，如柳永别首，前段亦以一四一七結，蓋此爲歇拍處，音樂變化本屬常態，句法不同，乃至字數不同，均是基本規則。

梅子黄時雨 九十四字　　張　炎

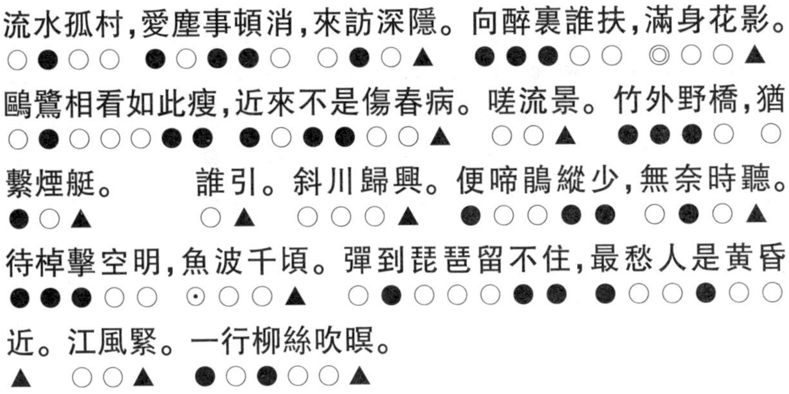

流水孤村，愛塵事頓消，來訪深隱。向醉裏誰扶，滿身花影。鷗鷺相看如此瘦，近來不是傷春病。嗟流景。竹外野橋，猶繫煙艇。

誰引。斜川歸興。便啼鴂縱少，無奈時聽。待棹擊空明，魚波千頃。彈到琵琶留不住，最愁人是黄昏近。江風緊。一行柳絲吹暝。

“鷗鷺”句，多刻“鷗鷺相看如瘦”，《詞綜》亦相仍録之，但於“如”字下注云：“一作驚相比”。余考此調，前後祇頭尾稍變，自“來訪”下俱係相同，“鷗鷺”句正與後段“彈斷”句合，斷宜七字。若作“如瘦”語，甚晦。或作“鷗鷺驚相比瘦”，亦少一字，觀玉田自注題下曰“病中懷歸”，蓋其意謂病而消瘦，竟與鷗鷺同，故鷗鷺見之，訝其瘦甚，與己相比，故曰“鷗鷺驚看相比瘦”也。或去“相比”字，或去“看”字，則意難解，而調亦失矣。“頓”字、“訪”字、“野”字、“繫”字、“奈”字用仄，方是此詞聲響，若依《圖譜》亂注可平可仄，每句雖覺順便，奈不是《梅子黄時雨》何？“醉裏”“外野”“縱少”之去上，“比瘦”之上去，皆妙，甚可法。

〔杜注〕

按，《山中白雲詞》第六句作“鷗鷺相看驚比瘦”，又，“嗟流景”句，“嗟”作“嘆”。又，“魚波”作“魚湖”。又，“彈斷”作“彈到”。又，“柳絲”作“柳陰”。按，《詞譜》與此同。惟第六句作“鷗鷺相看如此瘦”。

【蔡案】

《欽定詞譜》“彈斷”作“彈到”，第六句“鷗鷺驚看相比瘦”作“鷗鷺相看如此瘦”，據改。

又按，兩仄聲字爲一頓，此韻律中最基本之結構單位，若謂每頓宜忌用相同聲字，其有韻律學之依據，故凡仄仄處，宜用上去、去上、入上等，但不必謂之“必用”某某，即便某處現可見均爲“上去”，亦不必以爲其律如此，因無律理依據也。故“醉裏”所對應之後段，玉田用“棹擊”，俱用去聲；“縱少”之前段平仄都反；而“外野”尤爲荒謬，本非音頓，居然亦以之爲例，此去聲病已然無厘頭矣。至若“比瘦”，本屬萬子揣測之詞，並非出玉田之手，亦謂之“妙”，令人無語。

尾　犯　九十五字　　　吴文英

翠被落紅妝，流水膩香，猶共吴越。十載江楓，冷霜波成纈。
●●●○○　○●●○　○●○▲　●●○○　●○○○▲
燈院靚、凉花乍剪，桂園深、幽香旋折。醉雲吹散，晚樹細
○●●　○○●●　●○○　○○●▲　●○○●　●●◎
蟬，時替離歌咽。　長亭曾送客，爲偷賦、錦雁留别。淚
○　○●⊙○▲　○○○●●　●○●　●●○▲　●
接孤城，渺平蕪煙闊。半菱鏡、青門重售，採香堤、秋蘭共
●○○　●○○○▲　●○●　○○○●　●○○　○○●
結。故人顦顇，遠夢越來溪畔月。
▲　●○○●　●●●○○●▲

"膩"字、兩個"共"字、"乍"字、"旋"字、"雁"字，俱去聲，各家皆然，此系用字要緊處，勿爲譜注所誤。若"細"字、"離"字則平仄可通用也。"乍剪"去上，"晚樹""錦雁"上去，俱妙。夢窗别作及竹山、耆卿等皆同。"送"字、"半"字、"故"字亦須去聲。"遠夢"句夢窗别作"滿地桂陰無人惜"，與此異。説詳後注。

〔杜注〕

按，毛斧季校本"偷賦錦雁留别"句，"偷"字上有"爲"字，應增。

【蔡案】

已據杜注增改，原譜"九十四字"改爲"九十五字"。前段"冷霜波成纈"句，應是一字逗領四字句法，不可讀爲五字詩句，宋詞本調别首皆如此，其所對應之後段，作"渺平蕪煙闊"，句法相同，亦可爲證。

又按，《尾犯》一調，實有兩種，以宫調論，此爲正宫，另一種則爲林鐘商，兩者屬同名異調者，但向被誤作一調。

重　格　九十五字　又名《碧芙蓉》　　蔣　捷

夜倚讀書牀，敲碎唾壺，燈暈明滅。多事西風，把齋鈴頻掣。人笑語、温温芋火，雁孤飛、蕭蕭稷雪。遍闌干外，萬頃魚天，未了予愁絶。　　雞邊長劍舞，念不到、此樣豪傑。瘦骨稜稜，但凄其衾鐵。是非夢、無痕堪記，似雙瞳、繽紛翠纈。浩然心在，我逢著、梅花便説。

"念不到"比前多一字，尾句用上三下四，與他家不同。

〔杜注〕

按，"蕭蕭檢雪"句，王氏校本"檢"作"稷"。毛子晉《蘆川詞》跋，"共灑窗間惟稷雪"句，引毛詩注爲證，《説文》：霰，稷雪也。《埤雅》

云："霰，閩俗謂之米雪，言其霰粒如米。"所謂稷米，意蓋如此。據此則改作"稷"爲是。又按，《詞譜》"人共語"句，"共"作"笑"。

【蔡案】

已據杜注改。

本詞即前一詞體，惟後段結拍作折腰式七字句異。宋詞諸家，本調惟此一首如是填，疑是誤填，不足爲據。不擬譜。

重　格 九十五字　　柳　永

夜雨滴空階，孤館夢回，情緒蕭索。一片閒愁，想丹青難貌。秋漸老、蛩聲正苦，夜將闌、燈花漸落。最無端處，忍把良宵，祗恁孤眠却。　　佳人應怪我，自别後、寡信輕諾。記得當時，剪香雲爲約。甚時向、幽閨深處，按新詞、流霞共酌。再同歡笑，肯把金玉珠珍博。

按，此詞舊《草堂》所收，而《樂章》《片玉詞》皆載之，然玩其語句，則爲柳作無疑。但《柳集》止作"别後寡信輕諾"，少一"自"字。此字雖可有可無，而有之爲妥。"詞"字，汲古、柳集誤刻"調"字，不可錯認。於此字用去聲也。尾句較前兩詞又各異。愚謂依吴詞"遠夢"句、蔣詞"我逢著"句，順而易填。然此"肯把"句，與夢窗别作"滿地桂陰"句相合，必有定格，從之爲是。故雖同是九十五字，特具列於此，以備參考。蓋作譜欲使人明白易曉，若《選聲》葫蘆《嘯餘》，而删其各體，惟略注題下，欲取簡省，謂小册便攜，未免晦而難考耳。至《譜》《圖》注"肯把金"三字可作平平仄，不知出於何典？此亦亂注中之最無理者。而"夢、漸、後、共"等去聲字，皆云可平，亦誤甚。

"貌"字，正韻在入聲六藥韻，讀若莫音，乃描畫人物。《荀子》"貌而不切”、《楊妃傳》“命工貌妃于别殿”、韓詩“不得畫師來貌取”、杜詩“屢貌尋常行路人”，皆謂寫人容貌也。《嘯餘》注叶未詳，疑從卜各反，一作邈，非。沈天羽云：“貌字於義合，邈字於韻合，詞韻貌字作轉韻，亦通。”觀此等注，皆因未識“貌”字入聲，故紛紛如此，可嘆哉。

〔杜注〕

按，别刻“想丹青難貌”句，無“想”字。又按，《詞譜》“自别後”句，無“自”字。

【蔡案】

杜注兩處異文，皆不可取。“想”句，吴文英二首、竹山、虚齋、仇遠均爲五字一句，故别刻必誤脱。“自别後”句亦同，諸家除仇遠作“鈞天舊夢難醒”外，均爲上三下四折腰式句法，而仇句之本貌，疑亦爲“●鈞天、舊夢難醒”。故皆不從。

本詞即第一體吴文英詞體，因萬子已詳注可平可仄於彼處，故本詞亦不擬譜。而校之吴文英詞，本詞後結應有錯簡，必是“肯把珠珍金玉博”之倒文也。

尾犯 九十八字 柳永

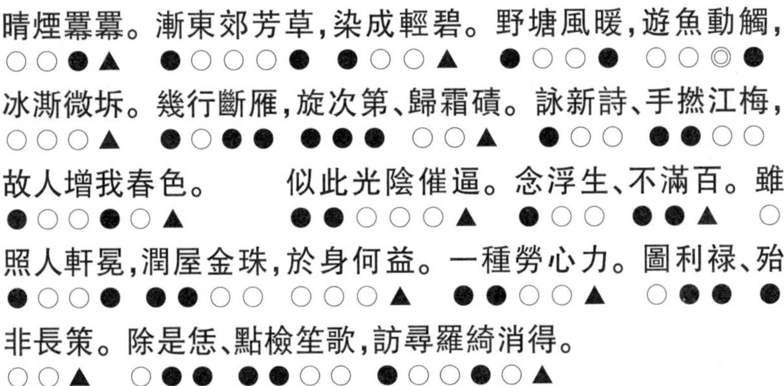

晴煙羃羃。漸東郊芳草，染成輕碧。野塘風暖，遊魚動觸，冰澌微坼。幾行斷雁，旋次第、歸霜磧。詠新詩、手撚江梅，故人增我春色。　似此光陰催逼。念浮生、不滿百。雖照人軒冕，潤屋金珠，於身何益。一種勞心力。圖利禄、殆非長策。除是恁、點檢笙歌，訪尋羅綺消得。

首句四字起韻，刻本誤“羃”作“幕”，便不是韻矣。“勞”字刻“芳”，亦誤。或謂“野塘”句應於“動”字分斷，則下句五字，便合前調“想丹青”句法。余謂此本兩體，不可彊同。及讀後晁詞“深溪池底”句，益信余言非妄。又，或謂此十二字宜作兩六字讀，未審然否。

〔杜注〕

葉《譜》“故人增我春色”句，“增”作“贈”，可從。

【蔡案】

本詞即余所謂同名異調者，故再予擬名，重新排列。

前段第二均，自可讀爲六字二句，如後晁詞，亦可爲“綵橋飛過深溪，池底奔雷餘韻”，然校之後段，爲一字逗領四字三句，則本均亦以四字三句爲宜，庶幾合乎韻律，所謂字正腔圓者也。

四庫本原譜前結“增”亦作“贈”。按，該字本非韻律之節奏點，依律可平可仄，且校之後段之“羅”字，正與此相合，應更佳，故不改。

重　格 九十九字　　晁補之

廬山小隱。漸年來疏懶，浸濃歸興。綵橋飛過，深溪池底，奔雷餘韻。香爐照日，望處與、青霄近。想羣仙、呼我應還，怪曉來、鬢絲垂鏡。　海上雲車回軔。少姑傳、金母信。森翠裾瓊佩，落日初霞，紛紜相映。誰見湖中景。花洞裏、杳然漁艇。别是個、瀟灑乾坤，世情塵土休問。

“怪曉來”句比前詞多一字，但柳作前後兩結，上七下六相同，此作後結與柳合，其前結多一字，恐誤耳。“鬢絲”亦應作“絲鬢”，乃與後尾及柳同。琴趣刻本“鬢”字訛“鬚”，故知此句必有誤處。今不敢輒謂與前一體同，故另收於此，作者自照柳填之足矣。

〔杜注〕

按,《琴趣外篇》此調名《碧芙蓉》,題爲"廬山"。

【蔡案】

本詞雙照樓本《晁氏琴趣外篇》前段結拍作"怪來鬢絲垂鏡",與諸本皆合,萬子所據者惟此一句七字,大不可信,應據改,並據萬子分析,作"怪來絲鬢垂鏡"。然則本詞即柳永詞體,故不予擬譜。

雪梅香 九十四字 柳 永

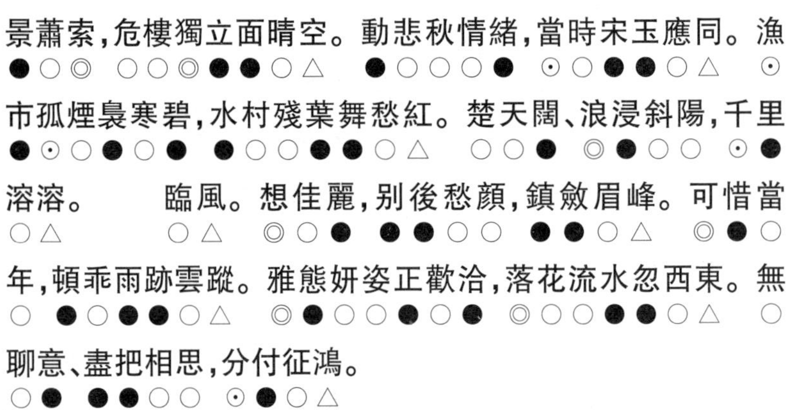

景蕭索,危樓獨立面晴空。動悲秋情緒,當時宋玉應同。漁市孤煙裊寒碧,水村殘葉舞愁紅。楚天闊、浪浸斜陽,千里溶溶。臨風。想佳麗,别後愁顔,鎮斂眉峰。可惜當年,頓乖雨跡雲蹤。雅態妍姿正歡洽,落花流水忽西東。無聊意、盡把相思,分付征鴻。

"當時"下與後"頓乖"下同。此調惟耆卿有之,他無可考,其平仄自應守之。乃《譜》於第一"景"字便注可平,奇矣。"漁市"句與"雅態"句,祇第一字平仄可通用,餘乃鐵板定格,必如此,方成爲《雪梅香》調也。《譜》乃於下五字云:可作仄平平仄仄,蓋欲與下句相對作七言詩一聯,後之趁便者悉從之矣。豈非作俑者之過乎?或謂"風"字非叶,然過變處於第二字儼然用韻,不敢謂其偶合也。

〔杜注〕

按,"無憀恨、相思意盡"句,宋本作"無聊意,盡把相思",《詞譜》

同，應遵改。

【蔡案】

萬子因僅見柳詞，便斷然云除“漁市”句與“雅態”句，祇第一字平仄可通用外，“餘乃鐵板定格，必如此方成爲《雪梅香》調也”，此語未免太過武斷，今據《梅苑》無名氏二首補其可平可仄處。前段第二拍，無名氏和柳永詞作“六出瑶花滿長空”，平仄反；第六拍作“小亭寒梅吐輕紅”，“梅”字出律；“楚天”之“楚”，無名氏一作“香”，一作“凝”，校之柳詞後段，作“無聊意”，亦爲平起，則斷“楚”字當是以上作平。後段，“別後”句無名氏一與柳同，一作“驛使來自”，第四字出律，應是誤填，不校；“落花流水”，無名氏詞一作“羌笛嗚咽”，“笛”字以入作平；“無聊意”，一作“賞南枝”，平仄反；“盡把相思”，一作“倚闌凝望”，平仄反。其餘句例不出，徑改。

至於七言一聯，拗句本亦未嘗不可，其揣度已然偏差也。又按，後段尾均，已據杜注改。

金浮圖 九十六字　　尹　鶚

繁華地。王孫富貴。玳瑁筵開，下朝無事。壓紅裀、鳳舞黃
○○▲　○○●▲　●●○○　●○○▲　●○○　●●○
金翅。玉立纖腰，一片揭天歌吹。滿目綺羅珠翠。和風淡
○▲　◎●○○　●●◎○○▲　◎●●○○▲　○○●
蕩，偷散沈檀氣。　堪判醉。韶光正媚。折盡牡丹，艷迷
●　⊙●○○▲　○○▲　○○●▲　●●□○　●○
人意。縱金張許史應難比。貪戀歡娱，不覺金烏西墜。還
○▲　●○○●●○○▲　○●○○　●●○○○▲　⊙
惜會難別易。金船更勸，勒住花驄轡。
●●○○▲　○○●●　◎●○○▲

前後整對，後段不應偏少，乃“金張”上落去一“便”字，“金烏”下落去一“西”字。作者竟與前段同填可也。“判”字宜作拚，平聲。

〔杜注〕

萬氏注：金張上落一“便”字，按，《詞緯》乃“縱”字。又，“不覺金烏墜”句，“墜”上有“西”字，均應照補。

【蔡案】

已據杜注改，原譜“九十四字”改爲“九十六字”。本調宋已不傳，無宋詞可校。

一枝春 九十四字 周密

碧淡春姿，柳眠醒、似怯朝來疏雨。芳塵乍數。唤起探花情
○●○○ ●○○ ●●○○○▲ ○○●▲ ●●●○○

緒。東風尚淺，甚先有、翠嬌紅嫵。應自把、羅綺圍春，占得
▲ ○○●● ●○● ●○○▲ ○●● ○●○○ ●●

畫屏春聚。 留連、綉叢深處。愛歌雲裊裊，低隨香縷。
●○○▲ ○○ ●○○▲ ●○○●● ○○○▲

瓊窗夜暖，試與細評新譜。妝眉媚粉，料無奈、弄顰佯妒。
○○●● ●●●○○▲ ○○●● ●○● ●○○▲

還祗怕、簾外籠鸚，笑人醉語。
○●● ○●○○ ●○●▲

草窗此調二首，音節俱同。但“應自把”作“空自傷”。愚謂“把”字即同後“怕”字。“傷”字平聲，或誤。觀其後段，用“深院悄”，“悄”字用仄，無異也。“料無奈”作“曾記是”，愚謂此三字即同前“甚先有”，或係“記曾是”誤倒。觀其前段用“倩誰畫”，無異也。草窗爲顧曲周郎，其所用“乍數、唤起、尚淺、夜暖、試與、媚粉”等去上字，俱宜恪遵。至於尾句“笑人醉語”，别作云“倩鶯寄語”，皆是去平去上，尤不可差。《圖譜》載楊守齋一首，與此詞用字平仄全同，可愛。而"羅綺圍春"本作"歌字清圓"，誤刻"歌清字圓"，"得"字用"誇"字，或不拘。乃將"醒、朝、芳、東、留、連、瓊、新、妝、眉、無、還、簾"等字俱注可仄，"似、乍、喚、尚、甚、翠、自、把、與、自"等字俱注可平，絶妙好辭，可惜都遭改壞，作者費盡拈髭走甕一片苦心，讀者全然不知，無怪浪仙有歸卧故山之痛也。

〔杜注〕

萬氏注首句"淡"字可平。按，草窗詞首句作"碧淡春姿"，"碧"字以入聲作平聲，不能用仄。又，《詞譜》收張玉田一首，前後段第二句五字，以一字領調，下則四字四句，係又一體。又按，宋詞用韻，衹重五音，可以古韻土音通叶，用字於去上聲之辨，亦時有出入，往往以上聲作去，去聲作上，用平聲處，更可以上以入作平。獨於應用去上二聲相連之處，則定律甚嚴，如此調萬氏注出"乍數、喚起、尚淺、夜暖、試與、媚粉"六處，尚有前段第七句之"自把"、後結之"醉語"，亦去上聲，共八處，皆定格也。凡仄聲調三句接連用韻，則中之四字必用去上。又，後結五字一句，而尾二字皆仄者，亦必用去上，如用入聲韻則用去入，各詞皆然。此卷後之《掃花游》用去上六處，卷十七之《花犯》用去上十二處，爲至多者。蓋去聲勁而縱，上聲柔而和，交濟方有節奏。近人歌曲去聲揚而上聲抑，平聲長而入聲斷，同此音律也。

【蔡案】

前段起拍，據杜注改，《蘋洲漁笛譜》正是如此。結拍，第二字依律須仄，周密别首、張炎詞均用仄聲，守齋"誇"字應是誤填，或竟是隨"歌清字圓"同被刻誤。過片守齋作"從他歲窮日暮"，第五字仄，蜕庵亦同，玉田則作"東閣漫撩詩興"，第二字仄，均合律。本詞不律，故以二字逗讀之。

白 雪 九十五字 揚无咎

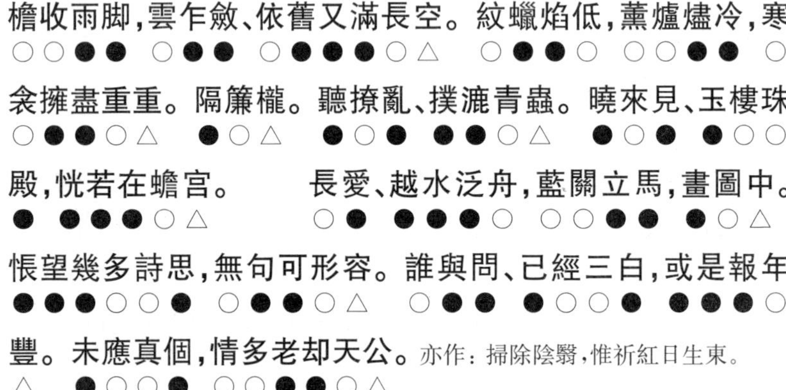

“誰與問”下三句,似前結語。“立馬”下似有脱落。大抵此詞有誤刻處。 試據愚意移補録後:

蟾收雨脚,雲乍斂、依舊又滿長空。紋蠟焰低,薰爐燼冷,寒衾擁盡重重。隔簾櫳。聽撩亂、撲漉春蟲。曉來見、玉樓朱殿,恍若在蟾宫。未應真個,情多老却天公。 長愛越水泛舟,藍關立馬,幾多悵望,□□畫圖中。無詩句、□可形容。誰與問、已經三白,或是報年豐。掃除陰翳,惟祈紅日生東。

以“未應”二句補前尾,以“掃除”二句改後尾,“長愛”處爲换頭。玩“越水泛舟”句“泛”字去聲,確與“紋蠟焰低”相合。衹换頭字太少,或更有脱落耳。

〔杜注〕

按,《詞譜》首一字“蟾”作“檐”。又,“依舊”作“依然”。又,“幾多詩”,“詩”字下有“思”字。應遵照改補。

【蔡案】

已據杜注改,原譜"九十四字"改爲"九十五字"。原譜"悵望"下兩句,因奪字不讀斷。另,"珠殿"原作"朱殿""青蟲"原作"春蟲",均據《欽定詞譜》改。

原譜换頭六字一句,不讀斷,此處實爲二字逗領四字儷句,兩頓連仄,是爲標誌也。學者於此,不可填爲六字一句、四字一句。

又,所謂言多必失,萬子據其意所補者,以萬子語,則可謂"妄改",全無章法可言,連張炎所説"慢詞八均"之基本規則,都毫無蹤影,毫不遵守,顯見萬子並無詞調之基本均拍理念也。讀者於此,一哂可矣。但揚无咎本詞,有所脱落則無異議,以原句云"悵望幾多詩無句可形容"十字,即可見一斑。而所脱誤者,在前後段之第二第三均,試以宋詞均拍規則,並校之米友仁仄韻詞,對第二第三均作揣度如下(奪字符爲疑奪之字):

紋蠟焰低,薰爐燼冷,寒衾擁盡重重。隔簾櫳。□聽撩亂,撲漉□青蟲。(前段)

悵望□□,幾多詩思,無句可□形容。誰與問、已經三白,或是報年豐。(後段)

羽扇綸巾,雲流處,水繞山重雲委。好雨新晴,綺霞明麗,全是丹青戲。(米詞前段)

投組歸來,欣自肆,目仰雲霄醒醉。論少卑之,家聲接武,月旦評吾子。(米詞後段)

綜上所補,計脱五字。

天　香 九十六字　　王　充

霜瓦鴛鴦,風簾翡翠,今年較是寒早。矮釘明窗,側開朱户,
○●○○　○○●●　○○●●○▲　●●○○　●○○●

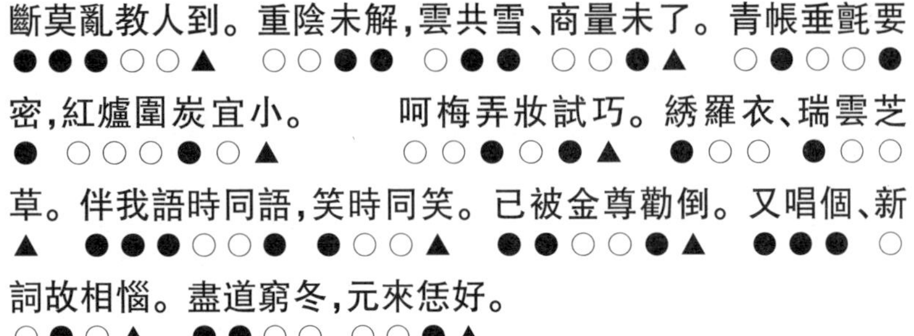
斷莫亂教人到。重陰未解，雲共雪、商量未了。青帳垂氈要密，紅爐圍炭宜小。　呵梅弄妝試巧。綉羅衣、瑞雲芝草。伴我語時同語，笑時同笑。已被金尊勸倒。又唱個、新詞故相惱。盡道窮冬，元來恁好。

《草堂》舊載如此，舊譜分句如此，余閱他家詞皆九十六字者，因疑此前結"青氈"二句，各家皆六字兩句，且多爲對偶語，此必以"放圍宜小"對上"垂氈要密"，而"縫"字乃係脱誤，但思其字不得，及觀沈天羽所駁，謂"密"字下是"紅窗"二字，乃"紅"字誤作"縫"，而"窗"字誤缺耳，初亦謂然。沈又云："窗"字犯上"明窗"，宜改。因思作者必不連用兩"窗"，而上之"明窗"非訛字，沈所云"紅窗"未必確也。又，"伴我"以下各家俱十字，沈謂當作"語時同語"，而缺一字，余又信之，乃今查校各集，始得其説，方知舊譜之非誤，而沈爲臆説耳。蓋毛澤民詞，本有此體，其前結云："對罷宵分，又金蓮、燭引歸院"，句法亦上四下七，是此結所云縫密而圍小者，即是青氈一物，而"密"字作平讀耳。其"伴我下"九字，毛云："碧瓦千家，借袴襦餘暖。"亦是九字，是與《草堂》舊載者正同九十四字。余因爽然信有此體，而《譜》注爲非謬也。本譜於《嘯餘》駁正最多，此調又幾因沈氏謬爲論定，故詳識於此，以表愚意之公云。"陰"字向訛"冷"字，或作"寒"字，亦誤。

〔杜注〕

按，《詞譜》"今年又是寒早"句，"又"作"較"。又，"雲共雪、商量不少"句，"不少"作"未了"。又，"要密縫、放圍宜小"句，作"紅爐圍炭宜小"，蓋"要密"二字屬上句，"紅爐圍炭"四字誤作"縱放圍"三字也。又，"伴我語同語"句，"同"字上有"時"字。應遵照改補。又按，《古今詞話》及《樂府雅詞》與《詞譜》同，惟“已被金尊勸酒”句，“酒”作“倒”，叶韻，宜從。又，此詞爲王觀作。

【蔡案】

原譜前段尾均作“青帳垂氈，要密縫、放圍宜小”，按，本調前段尾均宋詞皆爲十二字，且多作六字兩句，惟毛澤民一首四字三句異，此變亦詞中常見耳。萬子所引本已脱一字，應作“對罷宵分，又是金蓮，燭引歸院”，故不得其正。則原譜脱奪一字彰矣。又，後段第三句，原譜“語同語”，沈氏謂是“語時同語”，萬子所引毛詞又奪一字，當是“碧瓦千家，少借袴襦餘暖”，此所謂盡信書不如無書，詞調之校，還當以宋詞爲準。此二處均據《樂府雅詞拾遺》改補，原譜“九十四字”改爲“九十六字”。又，《樂府雅詞拾遺》“又是”作“較是”“商量不少”作“商量未了”，並改。如此，王詞亦爲九十六字體，正體也。

又按，後段第五拍原作“已被金尊勸酒”，不通，據《樂府雅詞》改。

重　格 九十六字　　　　唐藝孫

螺甲磨星，犀株搗月，蕤英嫩壓拖水。海蜃樓高，仙娥鈿小，縹緲結成心字。麝媒候暖，載一朵、輕雲未起。銀葉初生薄暈，金猊旋翻纖指。　　芳杯惱人漸醉。碾微馨、鳳團閒試。滿架舞紅都換，嬾收珠佩。幾片菱花鏡裏。更摘索雙鬟伴秋睡。早是新凉，重薰翠被。

此則前結六字，“滿架”以下十字者。“芳杯”句，草窗作“素被瓊篝夜悄”，乃是偶誤，不可從。“壓”字亦有用平者，亦不如用仄爲是。“裏”字可不必叶韻。篇中諸去聲字，凡名家皆同，俱宜細玩。譜於“搗、嫩、壓、結、候、漸、碾、鳳、滿、鏡、更、摘、早、翠”等字，俱注可平，

“螺、蕤、芳、杯、閒、菱、重”等字，俱注可仄，謬甚。而將“伴秋睡”注可用平仄仄，尤可怪，從未見此三字用平仄仄之《天香》也。

又，景覃有二闋，前結俱作四字三句，如云：“宿雨新晴，隴頭閒看，露桑風麥。”又云：“紙帳練衾，日高睡起，懶梳蓬鬢。”此又是一體，因其餘皆同，且作者多從唐體，故不録。其餘“滿架”下十字有用上四下六，此則語氣本係一貫，不必拘也。又，《譜》《圖》載劉方叔“漠漠紅皐”一首，自《草堂》舊刻，皆於後段第二句作“不許蝶親蜂近”，然查從來作家，此句皆七字，無六字者，此必係脱落一字，故本譜不收九十五字格。沈氏刻，“不許”上加“全”字。

〔杜注〕

按，《歷代詩餘》“犀株搗月”句，作“犀枝杵月”。又，“輕雲未起”句作“輕雲不起”，“不”字以入作平，應遵改。

【蔡案】

前詞校正後，即本詞詞體，故不擬譜。

玉漏遲 九十四字　　元好問

浙江歸路杳。西南却羨，投林高鳥。升斗微官，世累苦相縈
●○○●▲ ○○●● ○○○▲ ⊙●○○ ◎●●○○

繞。不似麒麟殿裏，又不與、巢由同調。時自笑。虛名負
▲ ◎●○○●● ●◎● ○○○▲ ○●▲ ⊙○●

我，半生吟嘯。　擾擾。馬足車塵，被歲月無情，暗消年
● ◎○○▲ ●▲ ●●○○ ●●●○○ ◎○○

少。鐘鼎山林，一事幾時曾了。四壁秋蟲夜雨，更一點、殘
▲ ⊙●○○ ◎●●○○▲ ◎●○○●● ●◎● ○

燈斜照。清鏡曉。白髮又添多少。
○○▲ ○●▲ ○●●○○▲

“投林”至“自笑”，與後“暗消”至“鏡曉”同。“杳”字可不起韻。宋子京、吴夢窗皆有之，然不必起韻爲正。查竹山一首，於“更一點”處少一“更”字，此句宜同前段“又不與”句，乃誤落一字也。又，草窗一首，“西南却羨”句作“錦鯨去”三字，亦誤落一字也。又，歸愚於“被歲月”句止有四字，“殘燈斜照”止有三字，亦誤落二字也。故本譜不收九十三字格。又，書舟於“升斗”下十字，作“忍對危欄數曲，暮雲千疊”，是上六下四，然可不拘。後尾“白髮”二字，乃以入作平，觀子京用“東風”，夢窗用“瑶臺”“黄昏”，歸愚用“何人”，竹山用“盈盈”，皆兩平聲，竹山又一首用“鶴立”二入聲，正與“白髮”二字同。此二字用平，其下一字必仄，如“白髮”之下必用“又”字也。書舟用“不耐飛來蝴蝶”，“耐”仄“飛”平，乃誤筆，不可從。後起“擾”字非叶，不可誤認。

沈選有於“虚名”上多一字者，非。

【蔡案】

原譜换頭六字一句，失記一腹韻。本調宋人换頭雖多不用腹韻振起，然蔣竹山後起首均：云“縹渺。柳側雙樓，正綉幕圍春，露深煙悄。”則正是此格，而現存元人本調十八首，十三首有句中韻，可見宋末以降，以用腹韻爲正，故當予標明。

六幺令 九十四字 又名《樂世》。或作《緑腰》《録要》 李 琳

淡煙疏雨，香逕渺啼鴂。新晴畫簾閒卷，燕外寒猶力。依約
◎○○● ⊙●◎○▲ ⊙○●○○● ◎●⊙○▲ ⊙●
天涯芳草，染得春風碧。人間陳跡。斜陽今古，幾縷遊絲趁
○○⊙▲ ●●○○▲ ⊙○○▲ ⊙○⊙● ◎●○○●
飛蝶。　誰向尊前起舞，又覺春如客。翠袖折取薦紅，笑
○▲ ○◎○⊙●▲ ◎●○○▲ ◎●○●○○ ●

與簪華髮。回首青山一點，檐外寒雲疊。梨花揺葉。柳花
●○○▲　○●○○●▲　⊙●○○▲　⊙○○▲　◎○
飛絮，夢繞闌干滿園雪。

“燕外”下與後“笑與”下同。“渺”“寒”二字，片玉俱用平，亦有俱用仄者，不拘。“趁”字、“滿”字則必用仄耳。柳詞前結，刻作“夢裏欲歸歸不得”，誤。“歸不得”恐是“怎歸得”也。

此篇絶妙好辭，惜於“梨花”下用“著雨”二字，忘却叶韻。愚僭改如右，非敢妄易前賢之句，因欲以爲程式，必用韻爲佳，又愛其詞，故不取他作而録之。

〔杜注〕

按，《歷代詩餘》“燕外寒尤力”句，“尤”作“猶”。又，“梨花揺葉”句，“揺葉”本作“著雨”，萬氏改以就韻，今《詩餘》作“淡白”，似“白”字可通叶也。又，後結“滿園”作“一株”。

【蔡案】

據杜注改“尤”爲“猶”。但《歷代詩餘》之“淡白”，疑亦爲後人所改，因本句第三字宋詞均爲平聲，惟“淡”字作去聲，頗覺突兀，故不取。

四犯剪梅花　九十四字　　劉　過

水殿風凉，賜環歸、正是夢熊華旦。解連環**疊雪羅輕，稱雲章題扇。**醉蓬萊**西清侍宴。望黄傘、日華籠輦。**雪獅兒**金券三王，玉堂四世，帝恩偏眷。**醉蓬萊　**臨安記、龍飛鳳舞，信神明有後，竹梧陰滿。**解連環**笑折花看，橐荷香紅潤。**醉蓬萊**功名歲**

晚。帶河與、礪山長遠。雪獅兒**麟脯杯行，狨薦坐穩，内家宣勸。**醉蓬萊

此調爲改之所創，采各曲句合成。前後各四段，故曰“四犯”。柳詞《醉蓬萊》屬林鐘商調，或《解連環》《雪獅兒》亦是同調也。“剪梅花”三字，想亦以剪取之義而名之。但前段起句與《解連環》本調全不相似，殊不可解。後段起句比《解連環》多一“記”字，此係誤傳，宜去之。此篇雖是集成，仍分前後段，汲古所刻《龍洲詞》，乃欲連刻之。又因舊刻分段處空白，疑有落字，遂於分處多加一“□”，誤矣。“寵”字應是“龍”字、“薦”字應是“韉”字，此二處俱宜平聲。“橐”字疑亦有誤，或用荷囊故事，恐是“笑折花香，看荷囊紅潤”。或云“紫荷囊”“荷”字去聲，與前“雲章”“雲”字不合，不知《醉蓬萊》此字原平仄可以通用也。“潤”字借叶，非失韻。

又按，《玲瓏四犯》史邦卿起處云：“雨入愁邊，翠樹晚、無人風葉如剪”，與此詞起句相似，恐史之《四犯》亦即與此同。

〔杜注〕

按，秦氏玉笙云：此調兩用《醉蓬萊》合《解連環》《雪獅兒》，故曰“四犯”，所謂“剪梅花”者，梅花五瓣，四，則剪去其一。犯者，犯宫調，不必字句悉同也。又按，《詞譜》“橐荷香紅潤”句，作“裛荷香紅淺”，“寵輦”作“龍輦”。又，“狨薦”作“狨韉”。與萬氏注合。應遵改。又，卷十三之《轆轤金井》一調與此句法全同，惟後起少一字，應以《轆轤金井》詞列此調後。

【蔡案】

萬子所解，有幾處不符。其一，萬子謂“前段起句與《解連環》本調全不相似，殊不可解”，乃萬子及前人本詞句讀有誤而致。以周邦彦《解連環》爲例，其詞前段首均爲“怨懷無托。嗟情人斷絶，信音遼

邈。”則若改之詞讀爲“水殿風凉，賜環歸正是，夢熊華旦。”豈非正合？惟一不合者，《解連環》起拍例以叶韻爲正，《四犯剪梅花》亦同，惟本詞一首首拍未叶韻耳，此屬選詞失當。其二，後段起拍多一字，乃填詞之基本變化，本書添字或減字之例俯拾皆是，今所見宋詞雖無七字者，而《四犯剪梅花》恰可證明其調可以增一字，作七字起，亦可證明明人史鑒詞，其過片七字乃是循宋而爲，並非妄作。

盧祖皋詞，前段首均之句讀，俱作四字一句、五字一句、四字一句，與今所見之《解連環》合，兩四字句均叶韻，亦正是《解連環》之風度。後段首均，盧詞三首、汪元量詞一首，悉作六字一句，亦與《解連環》一般無二，六字句之拗法亦全同，均爲平起仄收式律拗句法。其餘三均，則均與《醉蓬萊》《雪獅兒》一致。有鑒於此，特録盧詞一首於此，以作本調正體：

四犯剪梅花 九十二字　　盧祖皋

五雲騰曉。望凝香畫戟，恍然蓬島。玉露冰壺，照神仙風表。詩
●○○▲　●○○●●　●○○▲　●●○○　●○○○▲　○
書坐嘯。喚淮楚、滿城春好。雨穀催耕，風簾戲鼓，家家歡
○●▲　●○●　●○○▲　●●○○　○○●●　○○○
笑。　南湖細吟未了。看金蓮夜直，丹鳳飛詔。鬢影青青，辦
▲　○○●○●▲　●○○●●　○●○▲　●●○○　●
功名多少。持杯滿釂。聽千里、載歌難老。試問尊前，蟠桃次
○○○▲　○○●▲　●○●　○○○▲　●●○○　○○●
第，紅芳猶小。
●　○○○▲

本詞換頭六字句，爲平起仄收式律拗句法，此類句法亦可視爲上三下四式句法減字後之異化，故不用律句。盧詞別首作“洛陽圖畫舊見”，疑是“洛陽畫圖舊見”。而劉改之兩首皆作七字一句，則當是上三下四式句法之還原法而已，萬子以爲誤填，亦未必。《欽定詞譜》據萬子之見，以爲改之詞與《解連環》不合，是不知詞調句法本可改變

也。校之前段，此"逗"即爲本調結構之"添頭"，若刪去，則前後段字句、韻律皆同。

又按，本調盧詞又名《三犯錦園春》，所謂"三犯""四犯"者，立足點不同耳。三犯，乃因本調集三調而成，四犯，則因前後段四均皆犯調而成，《欽定詞譜》云"凡集四調，故曰'四犯'"者，謬。

轆轤金井 九十三字　　劉　過

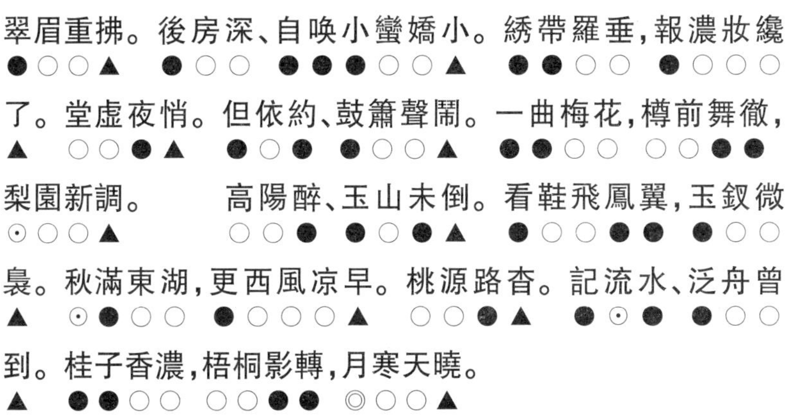
翠眉重拂。後房深、自喚小鸞嬌小。綉帶羅垂，報濃妝纔了。堂虛夜悄。但依約、鼓簫聲鬧。一曲梅花，樽前舞徹，梨園新調。　高陽醉、玉山未倒。看鞋飛鳳翼，玉釵微裊。秋滿東湖，更西風涼早。桃源路杳。記流水、泛舟曾到。桂子香濃，梧桐影轉，月寒天曉。

"夜悄""路杳"俱去上聲，妙絶。此二字不惟不可用平去，亦不可用去去，"褪"字亦不可平聲，"變"字恐"蠻"字、"鸞"字之訛。"溜"字非韻，誤也。"秋滿"以下俱與前段"綉帶"以下同。則"釵褪"句不可不叶，豈改之偶爾借韻耶?

〔杜注〕

按，《詞譜》"自喚小變嬌小"句，"變"作"蠻"。又，"但夜約"句，"夜"作"依"。又，"高陽醉，山未倒"句，"山"上有"玉"字。又，"釵褪微溜"句，作"玉釵微裊"。均應遵改。又按，此調與卷十四之《四犯剪梅花》句法全同，祇後起少一字，應列《四犯剪梅花》後。

【蔡案】

本詞原譜單列於卷十三《塞翁吟》之後，因本爲《四犯剪梅花》多字格之别名，故移至此。

涉及去聲，萬子所言“必用”“不可用”基本不實，余已多處論及，此則又一例也。萬子謂，“夜悄”“路杳”“不惟不可用平去，亦不可用去去”，而萬子前録劉過詞，前段即用“侍宴”，録盧祖皋詞則用“坐嘯”，俱爲去去，而後段盧詞則用“滿醑”，亦非去上。尤爲至要者，若僅停留於羅列現象，謂平上去入如何云云，則毫無意義，詞譜類著作，當就其形式，探究其意義何在，作用何在。且僅云“夜悄”爲何須去上亦無意義，蓋如此分析，是析詞，而非析譜也。

已據杜注改，原譜“九十二字”改爲“九十三字”。

留客住 九十四字　　周邦彦

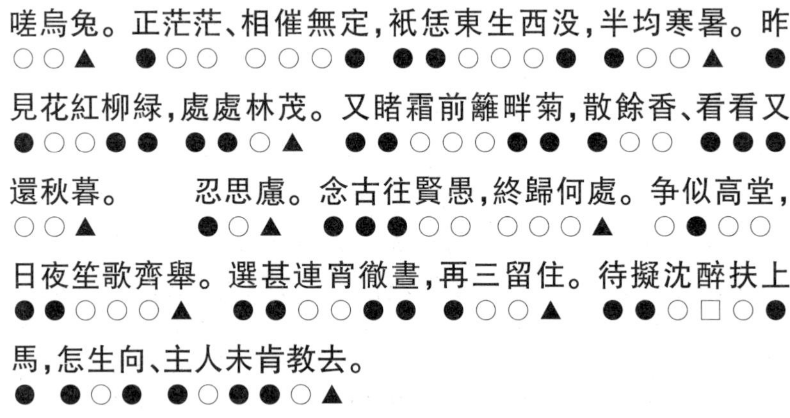
嗟烏兔。正茫茫、相催無定，衹恁東生西没，半均寒暑。昨見花紅柳緑，處處林茂。又睹霜前籬畔菊，散餘香、看看又還秋暮。　忍思慮。念古往賢愚，終歸何處。争似高堂，日夜笙歌齊舉。選甚連宵徹晝，再三留住。待擬沈醉扶上馬，怎生向、主人未肯教去。

字有脱落，姑仍舊録之。

愚謂“没”字音“暮”“緑”字音“慮”，皆用北音爲叶，不然前段用韻太稀，恐無此詞體也。

〔杜注〕

按，《詞譜》"昨見花紅柳緑"句，"昨"作"乍"。又，"忍思處"句，"處"字重韻，作"慮"。又，"主人未肯交去"句，"交"作"教"。均應遵改。又，萬氏注謂"没"字音"幕""緑"字音"慮"，皆用北音爲叶，按，此處别詞皆不叶韻，後柳詞可證，似不必强爲之説。

【蔡案】

本詞原譜前段第六、第七句作"處處林茂，又睹霜前籬畔"，誤。按，本調慢詞，故前後段均當爲四均規模，而周、柳二詞均有主韻奪處。其一，本詞"無定"之"定"字爲主韻韻脚所在，此必有錯譌。但檢柳永詞，此句亦不叶韻，則本調或傳至北宋柳、周時，譜式已然有誤。而校之後段，"無定"正對其首均韻脚"何處"，可證此處應予叶韻。其二，前段尾均，目前各本標點俱誤，當讀爲"又睹霜前籬畔菊，散餘香、看看又還秋暮"方是，校之後段，即可知其句拍完全相合，惟後段"醉"之失律，疑是抄誤。

後段尾九字原譜不讀斷。餘據杜注改。

多字格 九十八字　　柳　永

偶登眺。凭小樓、艷陽時節，乍晴天氣，是處閒花野草。雲
●○▲ ●●○ ●○○● ●○○● ●●○○●▲ ○
散遥山萬疊，漲海千重，潮平波浩渺。煙村院落，是誰家、緑
●○○●● ●●○○ ○○○●▲ ○○●● ●○○ ●
樹數聲啼鳥。　旅情悄。念遠信沈沈，離魂杳杳。對景
●●○○▲ ●○▲ ●●●○○ ○○●▲ ●●
傷懷，度日無言誰表。惆悵舊歡何處，後約難憑，看看春又
○○ ●●○○○▲ ○●●○○● ●●○○ ○○○●
老。盈盈淚眼，望仙鄉、隱隱斷霞殘照。
▲ ○○●● ●○○ ●●●○○▲

此亦有差落處，但比前詞稍全。“旅情悄”係後段起句，舊刻屬前結尾，今照周詞改正。“度日”句可擬“是處”句。“遥山”至“浩渺”十五字，宜同“惆悵”至“又老”十五字，今觀後段不差，此必前段訛錯。愚謂“里”字應作“重”字，而顛倒之云“雲散遥山萬疊，漲海千重，潮平波浩渺”，則可與後相符。“煙村”以下則前後原同矣。

〔杜注〕

按，宋本“恁小樓”句，“恁”作“凭”。又，“遥山萬疊雲散”句，作“雲散遥山萬疊”。又，“漲海千里”句，“里”作“重”，與萬氏論合。又按，《詞譜》“遠信沉沉”句，“遠”字上有“念”字，均應遵照改補。

【蔡案】

已據杜注改“凭”字、“重”字，補“念”字，並改“遥山萬疊雲散”爲“雲散遥山萬疊”，原譜“九十七字”改爲“九十八字”。又，“時節”處當叶韻，此處爲主韻所在，柳詞或爲後人所改，學者於此務必韻之。現本調除周、柳外，僅存元詞三首，此處均爲叶韻，可知。又，原譜“遥山”下十五字不讀斷，據諸詞校讀。

玉女迎春慢 九十五字　　彭元遜

纔入新年，逢人日、拂拂淡煙無雨。葉底嬌禽自語。小啄幽
○●○○ ○○● ●●●○○▲ ●●○○●▲ ●●○

香還吐。東風辛苦。便怕有、踏青人誤。清明寒食，消得渡
○○▲ ⊙○○▲ ●●● ●○○▲ ○○○● ○●●

江，翠黄千縷。　看臨小帖宜春，填輕暈濕，碧花生霧。
○ ●○○▲ ○○●●○○ ○○●● ●○○▲

爲説釵頭裊裊，繫著輕盈不住。問郎留否。似昨夜、教成鸚
●●○○●● ●●○○○▲ ◎○○▲ ●●● ●○○

鵡。走馬章臺，憶得畫眉歸去。
▲ ●●○○ ●●●○○▲

"葉底"至"人誤",與後段"爲説"至"鸚鵡"同。"填輕"句似宜同"逢人日"句,恐"填"字有誤。否則"輕"字下落一字耳。《圖譜》以"填輕暈濕"爲一句,"填輕"二字難解,余不敢從。"語"字似乎用韻,故《圖譜》注叶。然觀後段"裊"字非韻,因知"語"字乃偶合也。

〔杜注〕

按,葉《譜》"妖禽"作"嬌禽"。又,"黄翠"作"翠黄"。宜從。

【蔡案】

萬子原注"不住"之"不"以入作平。"填輕"八字,原譜不讀斷。"填輕"不通,萬子謂"填"字或誤,然而謂"輕"下落字,則意欲後段作"填輕□、暈濕碧花生霧",以與前段之句法相合,此則未必,蓋前後段首均不合,本詞中常見,不必同。

掃花遊 九十五字 又名《掃地花》《掃地遊》 方千里

野亭話別,恨露草芊綿,曉風酸楚。怨絲恨縷。正楊花碎
●○●● ●●●○○ ●○○▲ ●○●▲ ●○○●
玉,滿城雪舞。耿耿無言,暗灑闌干淚雨。片帆去。縱百種
● ●○○▲ ●●○○ ●●○○●▲ ●○▲ ●●●
避愁,愁早知處。 離思、都幾許。但漸慣征塵,斗迷歸
●○ ○●○▲ ○● ○●▲ ●●●○○ ●○○
路。亂山似俎。更重江浪淼,易沈書素。瞪目銷魂,自覺孤
▲ ●○●▲ ●○○●● ●○○▲ ●●○○ ●●○
吟調苦。小留佇。隔前村、數聲簫鼓。
○●▲ ●○▲ ●○○ ●○○▲

"恨露草"至"帆去",與後"但漸慣"至"留佇"同。千里和周,一字不異,或謂太拘,不知有不可假借處也。如此詞衹"種"字,夢窗兩首用"陰"字、"湖"字,其餘皆同。歷查清真、西麓、夢窗五首、碧山四首、玉田二首、邵清溪、張半湖，如出一轍，其中“恨縷、淚雨、似俎、浪淼、調苦”諸去上字並諸仄字，俱是定例。《譜》《圖》亂注，“話、恨、露、曉、怨、恨、正、碎、滿、耿、暗、淚、片、怨、思、但、漸、斗、亂、似、更、易、瞪、目、調、小、隔”俱謂可平，而“楊、離、歸、前”數字必須用平者，則反注可仄，豈非深恨《掃花遊》之調，必欲盡壞之而後快邪？吾不知舍宋元諸公外，别何可宗？既欲如此，則作譜者何不自我作古，悉載自度之腔，而猶勉彊襲古人之調名，列古人之詞句邪？

按，第一“野”字，碧山用“商”字，係偶筆，不必從。玉田一首，“野”字用“煙”，“避”字用“荒”，“思”字用“天”，玉田於此中最精深，必不如此，皆誤刻也。

《圖譜》既收《掃地花》，又收《掃花遊》，其注亦差，至“縷”字、“俎”字二句，不注叶韻，意欲將後之作者皆勒令失韻，可謂忍矣。

〔杜注〕

按，此調去上聲凡六處，萬氏注出“恨縷、淚雨、似俎、浪淼、調苦”五處，尚有第二句之“露草”，亦去上定格也。説見前《一枝春》調後。

【蔡案】

萬子原注“雪舞”之“雪”“百種”之“百”，以入作平。檢吴文英五首、碧山四首、周密二首、玉田二首皆作平聲，其餘或平、或上、或入，可知此處當是以入作平，周邦彦詞亦然。

水調歌頭 九十五字　夢窗名《江南好》，白石名《花犯念奴》

蘇　軾

明月幾時有，把酒問青天。不知天上宫闕，今夕是何年。我
⊙●●○●　◎●●○△　◎○⊙●⊙◎　⊙●●○△　◎

欲乘風歸去。又恐瓊樓玉宇。高處不勝寒。起舞弄清影，
●⊙○⊙▲　◎●○○○▲　⊙●●○△　●●●○●

何似在人間。　　　轉朱閣，低綺戶，照無眠。不應有恨，何
⊙●●○△　　　　◎⊙●　⊙●●　●●△　　◎○○●　⊙

事常向別時圓。人有悲歡離合。月有陰晴圓缺。此事古
◎⊙●●○△　　⊙●○●○⊙　▼　○●○○⊙　▼　◎●●

難全。但願人長久，千里共嬋娟。
“幾時有”“弄清影”用仄平仄，絶妙。“人長久”之“人”字，若亦用仄聲尤妙。後人多用平平仄，全不起調矣。“不知”至“何年”十一字，語氣一貫，有於四字一頓者，有於六字一頓者，平仄亦稍有不同，但隨筆致所至，不必拘定。而“闕”字用仄，覺有調耳。起句“月”字有用平者。竟有作偶語如五言律者，不如此起爲妙。“舞”字或用平，“清”字、“長”字或用仄，亦皆不妥。“無”字有用仄者，縱入聲可代平，終是不響。至稼軒多用上去字，雖或不妨，然不可學。

〔杜注〕

按，王氏校本“轉朱閣”句作“轉珠簾”。又，“不應有恨”句，“應”作“因”，可從。

【蔡案】

萬子原譜“不知”下十一字、“不應”下十一字均不讀斷，因其句讀不定故也，此所謂不爲而爲，竟勝似讀斷者也。如本調，前作六五，後作四七，並未有不諧者，若依標點讀斷，則反不能達其本意。惟今通用標點，不得不斷，學者切不可死守，方爲識譜。惟五六二字之平仄，若作四字一句、七字一句者，則以第六字用平爲宜，如賀鑄之“斜橋曲水小軒窗”“有人同載世無雙”、張元幹之“望中依舊柳邊洲”“未應容易此身休”等。因此，此二句有兩種填法，甲式爲○○●●○● ○●●○△，如前段；乙式爲○○●● ○○●●●○△，如張玉田之“化機消息，莊生天籟雍門琴”。間有用甲式而作四字一句、七字一句者，如後段，是古無標點故也。而吟唱誦讀，則當在第六字後略作停頓，蓋此類問題，亦即“小喬初嫁，了雄姿英發”之問題，應以韻法大於文法爲原則。而今人用標點，填此，自當忌之爲要，以避免音步連仄失諧。至“不知天上宫闕”六字，平起仄收，第六字若仄，則第五字必平，填者務須知之。

前段“我欲”二句、後段“人有”二句，宋人常作换韻作法，或前後各爲一韻，或前後同爲一韻，本詞原譜並未標注换韻，而“去、宇”“合、缺”各自爲叶，讀者明矣。

鳳凰臺上憶吹簫 九十七字 侯寘

浴雪精神，倚風情態，百端邀勒春還。記舊隱、溪橋日暮，驛
◎●○○ ◎○⊙● ◎○⊙●○△ ●●● ○○●● ◎
路泥乾。曾伴先生蕙帳，香細細、粉瘦瓊閒。傷牢落、一夜
●○△ ⊙●○○●● ○◎● ◎●○△ ○○● ●●
夢回，腸斷家山。　空教映溪帶月，供遊客無情，折滿雕
●○ ○●○△ ○○●○●● ○○●○○ ◎●○
鞍。便忘了、明窗净几，筆研同歡。莫向高樓噴笛，花似我、
△ ●●● ○○●● ◎■○△ ◎●○○●● ○◎●
蓬鬢霜斑。都休説，今夜倍覺清寒。
⊙●○△ ○○● ⊙●●●○△

前詞“似此”句六字，“聽未穩”句七字，不如此詞爲全。蓋“記舊隱”“便忘了”兩句，前後宜同也。“一夜夢”三字用仄，“回”字用平，及“夜倍覺”三字用仄，皆此體定格。嬾窟四首皆同。

〔杜注〕

“百瑞邀勒春還”句，“瑞”當作“端”，此字各家均用平聲。

【蔡案】

本詞原列於吴元可詞後，因係正體，故移前。已據杜注改。後段第五句第二字，宋人皆作仄聲，故“研”字必是“硯”字之誤。至若萬子三連仄之説，亦未必。“一夜”句，宋人亦時有作平平仄仄者，如彭履道“勝時種柳”、權無染“清新雪月”、趙文“酴醿失色”等，“今夜”句也有作平平仄仄平平者，如曹勛“蕭蕭雨入潮頭”、彭履道“數聲又遞寒砧”、吴元可“數聲别似春禽”等。此類解析，頗覺無聊，如“一夜夢回”句，第三字不可作平之依據爲何？萬子從無言及，亦無法言及，蓋其並無律理之支撑也。而又謂“夜倍覺”三字用仄，更是發噱，已墮入純自然主義泥淖中，此三字毫無韻律瓜葛，非要研究，亦當以“今夜倍覺”爲對象，或直言“夜、覺”二字。就韻法關係而論，本句所需探討著，並非此三字，重點當在第五字，蓋此句爲仄起式律拗句法，若第二、四字爲仄，則第五字必平，此方爲關紐所在，方中肯綮。而該句法有時第二字可平，平則句法變爲平起式律句，非惟本調如此，乃基本律理也。

少字格 九十五字　　李清照

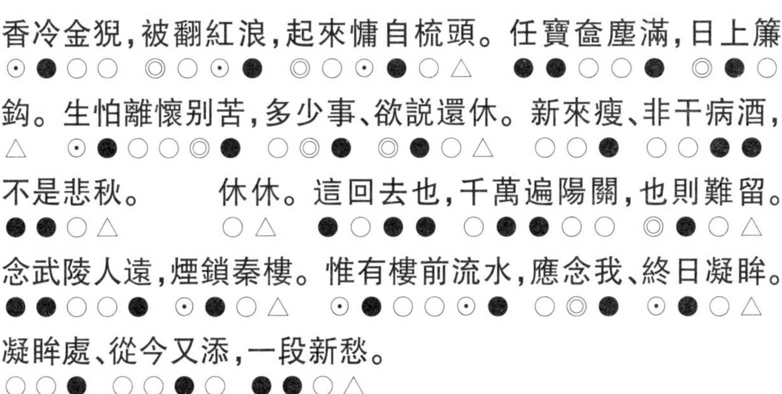
香冷金猊，被翻紅浪，起來慵自梳頭。任寶奩塵滿，日上簾鈎。生怕離懷别苦，多少事、欲説還休。新來瘦、非干病酒，不是悲秋。　休休。這回去也，千萬遍陽關，也則難留。念武陵人遠，煙鎖秦樓。惟有樓前流水，應念我、終日凝眸。凝眸處、從今又添，一段新愁。

“休休”二字，查他人不叶，然此篇二字定是用韻，作此體者自宜依之。“添”字若照前結，亦可用仄，但不敢擅注也。

〔杜注〕

按,《樂府雅詞》"起來慵自梳頭"句,"慵自"作"人未"。又,"任寶奩塵滿"句,"塵滿"作"閒掩"。又,"生怕離懷别苦"句,作"生怕閒愁暗恨"。又,"新來瘦"作"今年瘦"。又,後起换頭"休休"作"明朝",不叶韻。又,"煙鎖秦樓"句,作"雲鎖重樓"。又按,《九宫譜》"離懷别苦"作"别愁離苦",似誤。

【蔡案】

萬子原注"千萬"之"萬"可平,失之籠統。按,此九字或作三字逗領六字句,或作五字一句、四字一句,若是前者,則第二字平仄不拘;若是後者,則應視五字句句法而定,若作五字律句,如"千萬遍陽關""佳麗擁繒筵"(曹勛)之類,則第二字必仄,不可用平,若作一字逗領四字句法,則第二字可平可仄,如張炎之"竟棹入蘆花"爲仄,趙文之"怪天上冰輪"爲平。然此亦僅以律理論,實際填寫,第二字總以仄聲爲佳,蓋宋詞此處作平者,僅見二首,不必爲範。

"休休"二字,萬子以爲"定是用韻",或非。蓋前段已然有"欲説還休",雖並無詞律規定詞不可重韻,但易安乃此中作手,斷不會如此重韻填法。惟該版本今人盡知,且此爲譜書,以描摹格式爲要,故不予改正,亦不擬爲重韻格式。

又按,本調基本格式,爲九十七字體,即前後段第四拍七字,並後段結拍爲六字一句。惟李清照作九十五字格:前後段第四拍五字,並後段結爲四字兩句,僅趙文一首從其格。故本譜擬九十七字者爲正體,李詞爲變格,其後元詞,前後段第四拍均用五字一句者,當是本體式之承繼。

少字格 九十六字　　　　吴元可

更不成愁,何曾是醉,豆花雨後輕陰。似此心情自可,多了

閒吟。秋在西樓西畔，秋較淺、不似情深。夜來月、爲誰瘦小，塵鏡羞臨。　　彈箏舊家伴侶，記雁啼秋水，下指成陰。聽未穩、當時自誤，又况如今。那是柔腸易斷，人間事、獨此難禁。雕籠近，數聲别似春禽。

"似此"句比前調"任寶奩"句多一字。"聽未穩"句比"念武陵"句多二字，"數聲"句比"從今"句少二字，而"記雁啼"句與"千萬遍"句平仄亦異。或曰："彈箏"是叶韻，非也。此調原不必叶，况通篇用十二侵閉口韻，必不搭一庚青字也。

〔杜注〕

按，"下指成陰"句，"陰"字複韻，疑當作"音"。

【蔡案】

"似此"句，宋人除易安體作五字外（亦僅見易安、趙文二首），均爲上三下四式填法，疑本詞"似"字前奪一字。若添一字，則即本調正體九十七字體，故本詞不注平仄。

雙瑞蓮 九十五字　　趙以夫

千機雲錦裹。看並蒂新房，駢頭芳蕊。清標艷態，兩兩翠裳
○○○●▲　●◎●○○　○○○▲　○○●●　◎●◎○
霞袂。似是商量心事，倚緑蓋、無言相對。天蘸水。彩舟過
○▲　●●○○○●　●●●　⊙○○▲　○●▲　●○●
處，鴛鴦驚起。　　縹緲漾影揺香，想劉阮風流，雙仙姝麗。
●　○○○▲　●●●●○○　●⊙●○○　○○○▲
閒情未斷，猶戀人間歡會。莫待西風吹老，薦玉醴、碧筒拚
○○●●　⊙●⊙○○▲　●●○○○●　●●●　◎○○
醉。清露底。月照一襟凉思。
▲　○●▲　●●●○○▲

"看並蒂"至"蘸水",與後"想劉阮"至"露底"同。

按,此調比《玉漏遲》衹第二句多一"看"字,"清標""閒情"二句,平仄顛倒,其餘句字通首皆同,應是一體。想趙公原以《玉漏遲》調詠"雙頭瑞蓮",或自變其名,或後人因題而誤也。不然何長調而相同如此?本應合前《玉漏遲》之後,終以多一字、顛倒四字,不敢確信同調,故仍另列於此。《圖譜》以"倚緑蓋無言"爲五字句,"相對天蘸水"亦爲五字句,不僅句法兩差,調因隨失,而"相對"二字如何連得"天蘸水"?趙虚齋文理豈至如此乎?

〔杜注〕

萬氏注謂:此調與《玉漏遲》應是一體。秦氏玉笙云:此二詞,宫調各有不同,不得以句同而混之也。按,《雙瑞蓮》屬小石調,《玉漏遲》屬黄鐘宫,誠不同。又,《詞譜》:此調亦另列,注云:"近《玉漏遲》",然無别首可校。

【蔡案】

秦巘謂:因宫調不同,故《雙瑞蓮》非《玉漏遲》,此説至今猶爲學界視爲標準,是論之謬,人皆未識。按,此蓋以樂詞混同於文詞也。而宫調如何,與文字無涉,今日之"詞",是文詞,非樂詞,今日之詞譜,是文字之譜,非音樂之譜,故今日研譜,則自當以字句之特性爲基本特性,於宫調已亡之時,嘵嘵於宫調者,貌是而實非,若今日仍需處處以宫調爲準繩,則仙吕調之《迷神引》,與中吕調之《迷神引》,當别而譜之乎?

夢揚州 九十九字　　秦觀

晚雲收。正柳塘花塢,煙雨初休。燕子未歸,惻惻輕寒如
●○△　●●○○●　○●○△　●●●○　●●○○○

秋。小闌干外東風軟,透綉幃、花密香稠。江南遠、人今何
△　●○○●○○●　●●○　○●○△　○○●　○○○

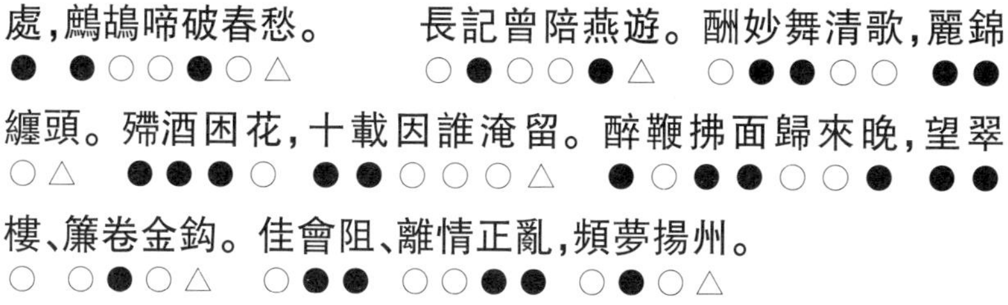

處，鷓鴣啼破春愁。　長記曾陪燕遊。酬妙舞清歌，麗錦
纏頭。殢酒困花，十載因誰淹留。醉鞭拂面歸來晚，望翠
樓、簾卷金鈎。佳會阻、離情正亂，頻夢揚州。

如此丰度，豈非大家傑作！乃爲傖父讀錯、注錯，可嘆哉！"燕子"至"香稠"，與後"殢酒"至"金鈎"同。"燕子""殢酒"俱用去上，妙絶。"未"字、"困"字用去聲，是定格。蓋上面用去上，下面用平，此字非去聲不足以振起。况有此去字，則落下"輕寒如秋"與"因誰淹留"四個平聲字，方爲抑揚有調。不解此義，於"燕、殢、未、困"四字俱注可平，"寒、誰"二字俱注可仄，有此《夢揚州》乎？從"長記"起至"金鈎"，皆追想當時遊宴之樂，爲酒所殢、爲花所困也。沈氏及《圖譜》，以"困"作"爲"，全失意味。而沈氏又注云："爲"一作"因"，不惟平聲失調，而下即有"因誰"之"因"字，豈不一顧邪？"誰"字《嘯餘》刻"猶"，不差，但注可仄，沈氏竟刻"甚"字，注"一作誰"，《圖譜》竟作"甚"字矣。此真爲訛以傳訛也。《譜》《圖》俱落去"干"字，而以"透"字連上，作上三下四句法，"綉緯"句止有六字，亦從未取後段試一較量，此則沈氏已注缺"干"字，誤矣。何《圖譜》於徐氏之《嘯餘》、沈氏之别集不從其是處，而偏從其誤處邪？

〔杜注〕

按，《詞譜》"正柳塘煙雨初休"句，"柳塘"下有"花塢"二字。又，"人何處"句，"人"字下有"今"字。《詞緯》、葉《譜》均同，應遵補。

【蔡案】

已據杜注改，原譜"九十六字"改爲"九十九字"。又，萬子原注"拂"字作平，無謂，不取。

“燕子”下十字、“殢酒”下十字,實爲四字二句加二字托結構,不可用四字一句、六字一句構思。

塞垣春 九十六字 周邦彦

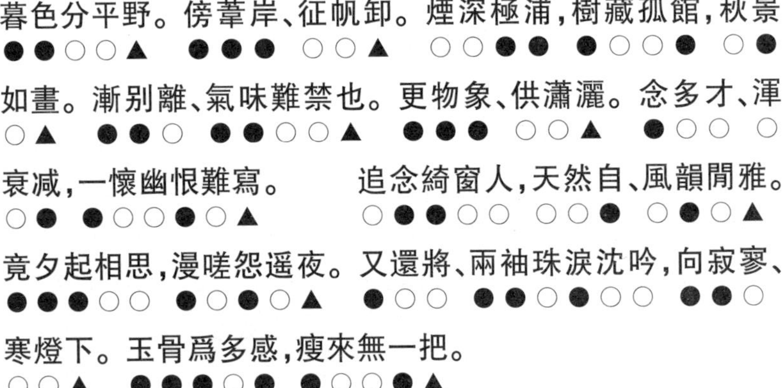
暮色分平野。傍葦岸、征帆卸。煙深極浦,樹藏孤館,秋景如畫。漸別離、氣味難禁也。更物象、供瀟灑。念多才、渾衰減,一懷幽恨難寫。 追念綺窗人,天然自、風韻閒雅。竟夕起相思,漫嗟怨遥夜。又還將、兩袖珠淚沈吟,向寂寥、寒燈下。玉骨爲多感,瘦來無一把。

觀千里和詞,其四聲無字不同,未便臆注。祇各處所刻千里詞,前結俱作“短長音如寫”,比此少一字,愚謂必無此體。方上句云“聽黄鸝啼紅樹”,則此句必於“短長音”下落一“韻”字或“調”字耳。人不可但見《詞統》《詞綜》等所載,而誤認有此五字句格也。“兩袖珠淚”,方和云“堆滿襟袖”,而自汲古刻及《統》《綜》等書,皆倒作“滿堆”,不知此二字不可用仄平,説見後注。《譜》《圖》以“暮、傍、葦、景、漸、韻、謾、怨、向、爲”俱作可平,“秋、多、衰、遥”俱作可仄,更將“又還將兩袖珠”六字翻作平仄仄平平仄,不知出於何典。

〔杜注〕

按,《戈氏詞選》“一襟幽恨難寫”句,“難”作“誰”。又,萬氏論方千里和詞,此句作“短長音如寫”必落一“韻”字或“調”字,考别刻有“韻”字。

【蔡案】

原譜後段第三均作“又還將、兩袖珠淚，沉吟向、寂寥寒燈下”，致四字結構、五字結構均音律大拗，校之前段，作如是修改，庶幾本均收拍之折腰式六字句，亦與前段全同，且亦切合吴文英詞之句法。而本均起拍爲九字，與前段起拍之八字，竊以爲必有一處有衍奪，惟考之本調其他宋詞，均爲前八後九，或其調至周邦彦時已然如此。

多字格 九十八字　　　　吴文英

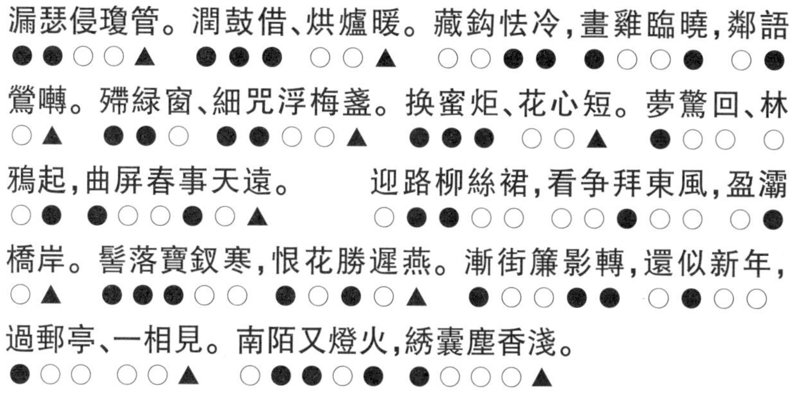
漏瑟侵瓊管。潤鼓借、烘爐暖。藏鈎怯冷，畫雞臨曉，鄰語鶯囀。殢緑窗、細咒浮梅盞。换蜜炬、花心短。夢驚回、林鴉起，曲屏春事天遠。　　迎路柳絲裙，看争拜東風，盈灞橋岸。髻落寶釵寒，恨花勝遲燕。漸街簾影轉，還似新年，過郵亭、一相見。南陌又燈火，綉囊塵香淺。

前詞“天然自”句七字，此“看争拜”句九字，則當於“風”字斷句，未審是否。或有訛字，不可知也。“漸街簾”至“相見”十五字，照前周詞及方和，俱上句七字、下句八字，此詞平仄雖與周無異，而分句不得不於“轉”字、“年”字住，“亭”字爲略豆。想平仄字數不差，其斷句可不拘也。觀此“影轉”二字，可知方詞“堆滿”必不可作“滿堆”。或曰：《譜》《圖》於前詞注“又還將”作九字，“向寂寥”作六字，則與此彷佛，君何於此互異？余曰：千里和周云：“念征塵、堆滿襟袖。那堪更、獨遊花陰下”，則自當於“襟袖”分句，不可以“念征塵堆滿”爲一句，“襟袖那堪”爲一句，“更獨遊花陰下”爲一句也。是周詞讀法必當依前所注，而不可與吴詞同矣。"香"字，周用"一"字，方用"滿"字，或曰：可通用，或曰："堆滿"可作平，俱未可知。然方詞上已用"滿"字，不宜重出，恐本是"盈"字。如此，則此字必以用平爲是，既有吴詞可據，作者自宜用平。蓋此調韻脚上一字，通篇皆平，此處亦必平字，或仍用上聲、入聲，斷不可用去聲也。客曰："囊塵香"三平拗，余曰：其上"郵亭一相"之"一"字、周詞"寂寥寒燈"之"寂"字、方詞"獨遊花陰"之"獨"字，互玩之，皆以入作平，是上句已疊用四平，下句疊三平，何足爲異？必其調之音響如此耳。

〔杜注〕

按，《詞譜》"晝難臨曉"句，"難"作"雞"，應遵改。又按，此調周草窗作，平韻，名《采緑吟》，注云：霞翁會吟社諸友，逃暑於西湖之環碧，探題賦詞，余得《塞垣春》，翁爲翻譜數字，短簫按之，音極諧婉，因易今名云。其詞已列《拾遺》内。

【蔡案】

已據杜注改。

後段第二拍，諸家均作上三下四句法，如張子野作"平山月、應照棋觀"，楊澤民作"清才對、真態俱雅"，獨本詞迥異於其他宋詞，疑"看争拜東風，盈灞橋岸"九字中，有後人妄添二字。又，"看"字此處當作平讀。另，張詞、楊詞後段第三均句讀與本詞同，均爲五字一句、四字一句、六字一句，惟五字句不叶韻，則吴文英之"轉"字入韻，當屬偶合耳。

後段第三均，或謂九字一句、六字一句，正合其律，萬子嘵嘵，是思惟已入死胡同，故再三分析，皆有彆扭不諧處，若不作五字一句、四字一句、六字一句讀，自然豁然開朗。"香"字，依律應仄，宋人諸詞，除此之外無平聲者，可證，吴詞應是填誤。而萬子謂"上句四平"云云，更是强爲之辯，蓋“過郵亭、一相見”本爲折腰句法，並不連讀，如何與之相比邪。至於萬子謂方詞“上已用‘滿’字，不宜重出，恐本是‘盈’字”云云，更屬無稽，詞本不忌重，况且慢詞更加不忌，否則蘇軾之“明月幾時有”一詞，便有無數重字。且即便是詩，重字之忌亦多出於後人之口，唐詩亦不以此爲病。

倦尋芳 九十六字　或加“慢”字　　　王　雱

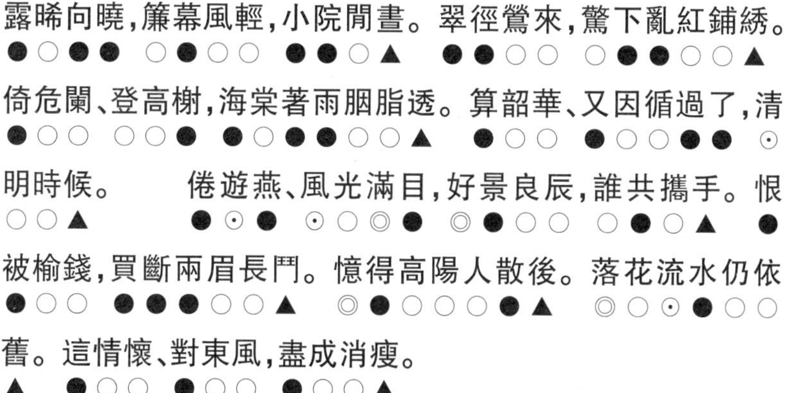
露晞向曉，簾幕風輕，小院閒晝。翠徑鶯來，驚下亂紅鋪綉。倚危闌、登高榭，海棠著雨胭脂透。算韶華、又因循過了，清明時候。　倦遊燕、風光滿目，好景良辰，誰共攜手。恨被榆錢，買斷兩眉長鬥。憶得高陽人散後。落花流水仍依舊。這情懷、對東風，盡成消瘦。

首句用去平去上，各家皆同，是定格。“院、共”二字亦定用仄聲，得去聲更佳。古詞無不同者，不可受誤於《譜》《圖》也。餘諸去聲字皆當學之，必如此，然後爲《倦尋芳》耳。“後”字不必叶韻。

〔杜注〕

按，《詞林紀事》云：“元澤爲安石子。《捫蝨新語》載：元澤一生不作小詞，或笑之，遂作《倦尋芳慢》一首，時服其工，自此亦不復作。”“買斷兩眉長鬥”句，“鬥”作“皺”。又，“海棠著雨胭脂透”句，萬氏注“著”字作平，《樂府雅詞》作“經”，本平聲。又，“憶得高陽人散後”句，無“得”字。

【蔡案】

“或加慢字”四字原譜在下首潘詞題注後，而《樂府雅詞拾遺》收録本詞，調名後有“慢”字，故移至此。惟“令、引、近、慢”僅是調名之標籤，並非調名本身，但凡有該字之調，俱可删去，無此之字，俱可添之，今人對“令、引、近、慢”之認識，蓋源自明清詞譜，以爲乃屬調名中字，大誤，俱屬常識性錯誤。

多字格 九十七字　　潘元質

獸鐶半掩，鴛甃無塵，庭院瀟灑。樹色沈沈，春盡燕嬌鶯姹。
●○●△ ○●○○ ○●○▲ ●●○○ ○●●○○▲
夢草池塘青漸滿，海棠軒檻紅相亞。聽簫聲、記秦樓夜約，
◎●○○○●● ●○○●○○▲ ●○○ ●○○●●
彩鸞齊跨。　　漸迤邐、更催銀箭，何處貪歡，猶繫驄馬。
●○○▲ ●●△ ○○○△ ○●○○ ○●○▲
旋剪燈花，兩點翠眉誰畫。香滅羞回空帳裏，月高猶在重簾
●●○○ ●●●○○▲ ⊙●○○○●● ●○○●○○
下。恨疏狂、待歸來，碎揉花打。
▲ ●○○ ●○○ ●○○▲

“夢草”二句七字，與“香滅”二句相對，如《滿江紅》中語。比前“倚危欄”二句不同。

按盧申之一首，前起句用“香泥壘燕”，第三句用“春晴寒淺”，“記秦樓”句用“記寶帳”，“歌慵猶繫”句用“牡丹開遍”，“待歸來”用“但鎮日”，俱與此不合。因其句字同，且不足取法，故不録。又查夢窗三首，篇篇用字精當無疵，俱與此相合。衹一首於第三句作“空閒孤燕”，“閒”字當是“閉”字之訛，蓋此句即與後第三句同。其後云：“衫袖濕遍”，“袖”字既用去聲，則知其“閒”字必無用平之理。夢窗非率筆者流，其爲誤刻無疑，况上句“塵鏡迷樓”則是用燕子樓事，尤可信

爲"閉"字。《詞統》亦照舊刻録之,未及深辨。人不可貪用平聲,而以此藉口也。

《圖譜》既收王詞爲《倦尋芳》,又收潘詞爲《倦尋芳慢》,蓋前則以"算韶華"作八字,此則分一三一五;前則以"倦遊燕"作七字,此則分一三一四;前則以"這情懷"作六字,此則分一三一七。故列兩體,其意見真獨出矣。

【蔡案】

原譜二例,前段首句均不叶韻,而《陽春白雪》卷五翁元龍詞,前段首均作:"燕簾挂晚。鶯檻迷晴,花思零亂。"本句入韻。宋人湯恢:"錫簫吹暖。蠟燭分煙,春思無限。"陳允平:"杏檐轉午。青漏沈沈,春夢無據。"皆如此填,譜當示例,特標注可韻可不韻圖符。

又,彊村四校本《吴文英詞》吴文英詞,後段首均作:"聽細語、琵琶幽怨。客鬢蒼華,衫袖濕遍。"第一句入韻。王質兩首,换頭處三字逗均叶韻。以上均爲本調變式,應予説明,亦添注可韻可不韻圖符。

雙雙燕 九十八字　　史達祖

過春社了,度簾幕中間,去年塵冷。差池欲住,試入舊巢相
●○●● ●○●○○ ●○○▲ ○○●● ◎●●○○
並。還相雕梁藻井。又軟語、商量不定。飄然快拂花梢,翠
▲ ○●○○●▲ ●◎● ○○○▲ ○○●●○○ ●
尾分開紅影。　芳徑。芹泥雨潤。愛貼地争飛,競誇輕
●○○○▲ ○▲ ○○●▲ ●●●○○ ●○○
俊。紅樓歸晚,看足柳昏花暝。應是棲香正穩。便忘了、天
▲ ⊙○○● ●●●○○▲ ○●○○●▲ ●⊙● ○
涯芳信。愁損翠黛雙蛾,日日畫欄獨凭。
○○▲ ○○●●⊙○ ◎●●○◎▲

“愛”字以下同前。通首平仄除前吴詞所注數字外，俱不可遊移。《圖譜》從第一字改起，可笑。蓋此調所用仄平仄仄與仄平平仄、平平仄仄、平平平仄，似可相混，不知皆有分别。如首句必仄平仄仄，而第三字必以去聲爲妙。其下“去年、舊巢、競誇、柳昏、畫欄”等句，必仄平平仄；“雕梁、芹泥、棲香”等句，必平平仄仄。“商量、分開、天涯”等句，必平平平仄。試以後段較前段，更以此詞較彼詞，則古人名作無不整齊明白，若指掌列眉，一定不易。所謂律也，豈可一槩抹却，亂注亂填乎？且凡詞篇中，必有語氣段落，如“還相”二語，乃上呼下應，“還”字與下“又”字相照應，是二語亦然，“正”字與下“便”字相照。此語氣也，而段落因之，“試入”句束住上語，“飄然”句另起下意。後段亦然，自不可以“還相”句截連於上，又，“軟語”句截連於下。此段落也，而音響因之。“藻井”用去上，“藻”字去聲一縱，則“不定”須用平去，“不”字平聲一收，此音響也。凡此皆至理所存，各詞皆有其義，作者但取名篇細玩熟吟，必得其解，慎勿貪便，而以妄譜爲據，致來識者之譏也。偶注此調，不覺饒舌，覽者亮焉。

〔杜注〕

按，《絶妙好辭》及《詞源》“愁損翠黛雙娥”句，作“愁損玉人”四字，與前吴夢窗詞“還過短墻”句正同。恐因不知吴詞落二字，特改去以同之耳。

【蔡案】

本詞原列於吴文英詞後，因係正體，故移前。詞爲添頭式結構，故萬子謂“‘愛’字以下同前”者，不確，“過春社了”即對“芹泥雨潤”，故前段起拍，依律亦可叶韻。而萬子謂諸四字句“必”如何者，則不知其律理何在矣。若詞調之平仄，於未填之前，便知其“必”如何，則平平仄仄即有實際意義，且四聲必須嚴加分别，非如此，則可知萬子所言,俱爲謬論。

"愁損"之"損",以上作平。

少字格 九十六字 吴文英

小桃謝後,雙雙燕飛來,幾家庭户。輕煙曉暝,湘水暮雲遥度。簾外餘寒未卷,共斜入、紅樓深處。相將占得雕梁,似約韶光留住。　　堪舉。翩翩翠羽。楊柳岸、泥香半和梅雨。落花風軟,戲逐亂紅飛舞。多少呢喃意緒。盡日向、流鶯分訴。還過短牆,誰會萬千言語。

"卷"字照後段"緒"字及後史詞,宜用韻。

按,史詞於"還過短牆"句六字,與前段同,此衹四字,另爲一體,或謂恐是落去二字。然玩此句,似亦無字可添,詞體常有後結比前較少者,或另有此體,故收之。

〔杜注〕

按,《詞譜》"半知梅雨"句,"知"作"和"。又,"還過短墻"句,"還"字下有"憐又"二字。應遵照改補。

【蔡案】

"還過短墻"句,語意明顯殘缺,萬子謂無字可添,奇。添二字後,本詞即史達祖詞體,故不擬譜。但元詞均據九十六字體填,如丘處機後段結爲"千聖寶珠,酬價問君誰解"、王吉昌作"出入杳冥,無礙混通三際",因其餘字句皆同,故但注明,不另擬譜。

黃鶯兒 九十六字　　柳　永

園林晴晝誰爲主。暖律潛催幽谷。暄和黃鸝，翩翩乍遷芳

○○○●○○▲　●●○○○▲　○●○○　○○●○○

樹。覲露濕縷金衣，葉映如簧語。曉來枝上綿蠻，似把芳

▲　○●●●○○　●●○○▲　●○○●○○　●●○

心，深意低訴。　無據。乍出暖煙來，又趁遊蜂去。恣狂

○　○●○▲　○▲　●●●○○　●●○○▲　●○

蹤跡，兩兩相呼，終朝霧吟風舞。當上苑柳濃時，別館花深

○●　●●○○　○○●○○▲　○●●●○○　●●○○

處。此際海燕偏饒，都把韶光與。

▲　●◎◎●○○　⊙●○○▲

向讀此詞，於“暖律”下難以句豆，《嘯餘》彊分“和”字住，爲八字句，“黃鸝”以下爲八字句，心嘗疑之，無可考證。後讀晁無咎詞，亦有此調，方喜得以校正矣。而晁詞此數句，比柳更多一字，尤難分斷。其首句七字用韻起，與柳同。其下云：“兩兩三三修篁，新筍出初齊，猗猗過牆侵户”，共十七字，再四紬繹，不得其理。既而悟曰：此晁詞誤多一“出”字耳。蓋柳第二句是“暖律潛吹幽谷”六字，用鄒衍事，“吹”字誤“催”，其“谷”字乃以入聲叶首句“主”字韻，中州韻云：“‘谷’叶‘古’”是也。晁詞“修篁”“篁”字乃是“竹”字之訛，其詞首句“暑”字，亦是魚虞韻，故以“竹”字叶，中州韻云：“‘竹’叶‘主’”是也。柳詞“暄和黃鸝”是四字句，“翩翩乍遷芳樹”是六字句。“和”字去聲，謂當春暄，鶯聲相和而鳴，或是“喧”字之誤。晁詞“新筍初齊”四字句，“猗猗過牆侵户”六字句，蓋竹至過牆，不宜言新出，但言新筍爲是。如此則兩詞皆字字相合，而於文理條貫，無聱牙矣。蓋“暄和”至“綿蠻”，與後“兩兩”至“偏饒”，俱相同也。兩“乍”字、“露、葉、似、意、又、趁、恣、霧、上、別、此”諸仄字，兩詞如一，不可照《譜》用平。“幽、黃鸝、觀、枝、蹤、終、風、當”諸平字，不可照《譜》用仄。

〔杜注〕

按，宋本首句作“園林晴晝春誰主”，應照改。又按，《詞譜》“静晝”亦作“晴晝”。

【蔡案】

前段五六兩句爲一字逗領五字儷句，後段“當上苑柳濃時，别館花深處”亦然，如晁補之作“聽亂颭芰荷風，細灑梧桐雨”“觀數點茗浮花，一縷香縈炷”、陳允平作“看並宿暗黄深，織霧金梭小”“隨燕啅軟塵低，蝶妥遊絲裊”等皆是，填者務須知之，切不可作六字一句、五字一句填。

又按，余作《欽定詞譜考正》，“暖律”下十六字之句讀，亦同萬子，然付印後再四思忖，總覺猶有無理處。其一，即便“谷”字、“竹”字勉强可謂入韻，然其餘宋詞元詞何以無一入韻者？其二，“暖律潛催，幽谷暄和，黄鸝翩翩，乍遷芳樹”之句讀，其實文從字順，更有王詵之“北圃人來，傳道江梅，依稀芳姿，數枝新發”及陳允平之“南陌嚶嚶，喬木初遷，紗窗無眠，畫闌憑曉”可作旁證，何以有疑？然本調爲慢詞，若如此讀，則前段但有三均，必不在律，而“谷”字若入韻，則在律矣。終難釋惑。又按，杜氏《校勘記》中原有“又暖律……”下四十字，恩杜合刻本中悉予删去該段文字，似亦如余之糾結也。

漢宮春　九十六字　　吴文英

花姥來時，帶天香國艷，羞掩名姝。日長半嬌半困，宿酒微
⊙●○○　●⊙○◎●　⊙●○△　○○●○●●　◎●○

蘇。沈香檻北，比人間、風異煙殊。春恨重、盤雲墜髻，碧花
△　○○●●　●○○　⊙●○△　○●●　○○●●　●○

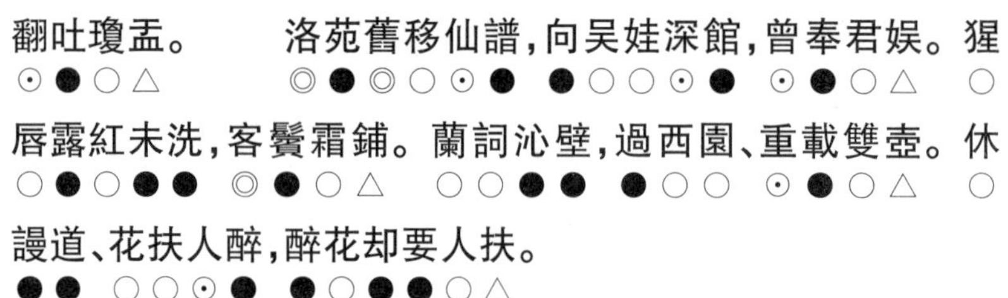

後段起句换頭，餘同。賦此調者甚衆，此篇用字穩妥，可爲程式。"日長"二句與"猩唇"二句，本上六下四，而稼軒用"無端風雨，未肯收盡餘寒"，乃上四下六，且"風雨"二字平仄亦異，余謂雖此句十字貫下，或可不拘，然歷觀諸家，皆用此篇之體，即稼軒此首，後段亦云"閒時又來鏡裏，轉變朱顔"矣。更有作"長把清明夜雨"者，尤不可從。此平平仄平仄仄則爲中正之理也。後段起句，亦有用平平仄平平仄者，不拘。"檻沁"二字以仄爲妙，"比人間""過西園"兩處，有作仄平仄，有作仄仄平，皆不拘。凡詞調，於此等七字句往往互異，然此調似用仄平平爲響，知音者審之。至"春恨重"，"春"字自當用平，有作仄者，不可學也。"墜"字是仄、"人"字亦宜仄，此則古人用平者亦多，然求無瑕之璧，其亦以用仄爲全美乎？

又，前後首句有起韻者，如惜香"講柳談花""從前萬事堪誇"，是又一體，因字同不録，附記於此。若放翁後起，用"無事又作南來"，又非叶韻，乃用平聲斷句，他無同者，恐不可從。

〔杜注〕

按，《歷代詩餘》"曾奉君娱"句，"君"作"歡"。又，"蘭詞沁碧"句，"詞"作"池"。

【蔡案】

萬子謂本詞爲换頭，非是。本格除去過片二字後，前後段俱同，故其體式實爲添頭式，即後段添二字爲頭。萬子不明此理，故謂"後段起句，亦有用平平仄平平仄者，不拘"，平平仄平平仄爲大拗句法，於律極不和諧，此即余所謂兩頓連平，是二字逗標識之處，而其二字逗之律理依據，即此添頭也。分析詞調格律，必以律理爲依據，方爲有理，萬子之論，時有無律理依據處，便覺自説自話，有主觀臆斷之病矣。

前後段起拍，以詞之律理論，本皆爲可叶可不叶者，萬子以惜香前後皆叶爲例，並非叶則必前後同叶，亦可前叶後不叶，如梅溪"花隔東垣"詞，或後叶前不叶，如坦庵"丹詔天飛"詞。

原譜"蘭詞"下七字未讀斷，惟該七字對應前段"沉香"下七字，必須讀斷，否則本均句法大亂。

仄韻體 九十六字　　康與之

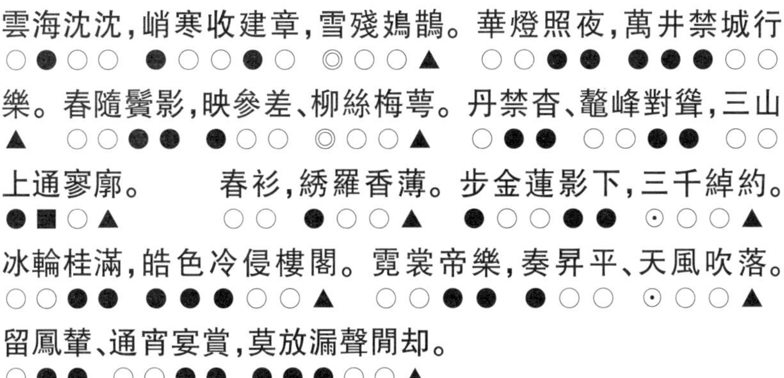
雲海沈沈，峭寒收建章，雪殘鳷鵲。華燈照夜，萬井禁城行樂。春隨鬢影，映參差、柳絲梅萼。丹禁杳、鼇峰對聳，三山上通寥廓。　春衫，綉羅香薄。步金蓮影下，三千綽約。冰輪桂滿，皓色冷侵樓閣。霓裳帝樂，奏昇平、天風吹落。留鳳輦、通宵宴賞，莫放漏聲閒却。

用仄韻，兩結平仄稍異。所用"峭、照、鬢、映、禁、對、上、綉、步、桂、帝、奏、鳳、宴、漏"諸去聲宜學。"帝樂"二字偶合，非叶韻，觀前段"影"字可知。第一字《嘯餘》作"雪"字，誤，下有"雪殘"也。

按，"春隨鬢影"與"霓裳帝樂"乃四字句，其下七字，上三下四，於"差"字、"平"字爲豆，而"萼"字、"落"字爲叶也。其下又七字，亦上三下四,於“杳”字、“鞏”字爲豆,而“聳”字、“賞”字爲句也。結句皆六字,前後相對,明明白白,且此體雖仄韻,而句字與用平一樣,甚爲顯而易見。乃《圖譜》將“映参差”與“奏昇平”分屬上句,誤矣。猶未足奇也,竟以“丹禁”至“三山”作九字,末作四字,而後段之尾則又作一七一六,何所見而云然乎?又以“禁”字、“聳”字注可平,奇甚。更可笑者,《嘯餘》不識“丹禁杳”讀斷,竟將“杳”字讀作“香”字,遂刻作“丹禁香鼇”,不知“鼇”有何香臭?真足捧腹。

【蔡案】

詞調前後段對舉校讀,固是一法,而萬子以之爲圭臬,不可越雷池一步,則又迂甚。古無標點,詞本以字爲本位,而非以句爲本位,如十字一樂句,或作六字四字,或作四字六字,乃詞中通例,其例俯拾皆是,如後一體《採明珠》,前後段結十四字,前段作四字兩句、六字一句,後段則作六字一句、四字兩句,意達韻諧則可,無須工整。

前結“三山”六字,第四字宋詞均作仄聲,疑“通”字爲“達”字之誤。又,换頭六字,兩頓連平,音律不諧,即余前一詞下所云,此二字結構中是爲“添頭”,本屬獨立結構,當作二字一逗讀,别首無名氏仄韻體作“綽約。暗塵浮動”,可知此調後段第二字後有一讀住,亦是旁證。又,後結另有四字一句之填法,如宋無名氏之“南樓畫角”、元王重陽之“天書紫詔”,皆少二字。

陽臺路 九十七字 柳永

楚天晚。墜冷楓敗葉,疏紅零亂。冒征塵、匹馬驅驅,愁見
●○▲ ●●○●● ○○○▲ ●○○ ●●○○ ○●
水遥山遠。追念少年時,正恁鳳幃、倚香偎暖。嬉遊慣。又
●○○▲ ○●●○○ ●●●○ ●○○▲ ○○▲ ●

豈知、前歡雲雨分散。　　此際空勞回首，望帝里、難收淚

●○ ○○○●○▲ ●●○○○● ●●● ○○●

眼。暮煙衰草，算暗鎖、路歧無限。今宵又、依前寄宿，甚處

▲ ●○○● ●●● ●○○▲ ○○● ○○●● ●●

葦村山館。寒燈畔。夜厭厭，憑何消遣。

●○○▲ ○○▲ ●○○ ○○○▲

此篇婉順可從，平仄宜悉遵之。幸《譜》《圖》失收，尚留得本來面目，未被雕鎪塗抹也。

〔杜注〕

按，宋本“墜冷風敗葉”句，“風”作“楓”。又，“匹馬區區”句，“區區”作“驅驅”。又，“追念年時”句，“年”上有“少”字。又，“寒燈半”句，“半”作“畔”。均應改補。

【蔡案】

已據杜注改，原譜“九十六字”改爲“九十七字”。

前後段相校，第二均後段少二字，“路歧無限”前應脱二字，而前後段第二第三均皆有讀破，故句式不同而參差。

採明珠 九十七字　　　　杜安世

雨乍收、小院塵消，雲淡天高露冷。坐看月華生，射玉樓清

●●○ ●●○○ ○●○○●▲ ●●●○○ ●●○○

瑩。蟋蟀鳴金井。下簾幃、悄悄空階，敗葉墜風，惹動閒愁，

▲ ●●○○▲ ●○○ ●●○○ ●●●○ ●●○○

千端萬緒難整。　　秋夜永。涼天迥。可不念光景。嗟薄

○○●●○▲ ○●▲ ○○▲ ●●●○▲ ○●

命。倏忽少年，忍教孤另。燈閃紅窗影。步回廊、懶入香

▲ ●●●○ ●○○▲ ○●○○▲ ●○○ ●●○

閨，暗落淚珠滿面，誰人知我，爲伊成病。

○ ●●●○●● ○○○● ●○○▲

他無作者，莫可校勘，姑注其句豆如右。然或有訛落，非確然也。其中確然者，惟"蟋蟀"句至"空階"，與後"燈閃"句至"香閨"，可以無疑。"珠"字上必有"淚"字。"孤冷""冷"字不宜犯重，恐是"另"字。"景"字亦未必是叶。

〔杜注〕

按，《詞譜》"忍教孤冷"句，"冷"作"另"。又，"暗落珠滿面"句，"珠"上有"淚"字，應遵照改補。

【蔡案】

已據杜注改，原譜"九十六字"改爲"九十七字"。

本詞依律當於"階"字、"閨"字處叶韻，若無文字脱落，則其結構極爲怪異，惜僅此一首，無從校起。

慶清朝 九十七字　或加"慢"字　史達祖

墜絮孳萍，狂鞭孕竹，偷移紅紫池亭。餘花未落，似供殘蝶
●●○○ ⊙○●● ⊙○⊙●○△ ○○●● ◎●⊙●
經營。賦得送春詩了，夏帷攏斷緑陰成。桑麻外、乳鴉穉
○△ ◎●◎○⊙● ◎○○●●○△ ○○● ●○●
燕，别樣芳情。　荀令舊香易冷，嘆俊遊疏懶，枉是銷凝。
● ◎●○△ ⊙●◎○◎● ●●○○● ●●○△
塵侵謝屐，幽徑斑駁苔生。便覺寸心尚老，故人前度謾丁
⊙○●● ○●⊙●○△ ◎●◎○◎● ●○⊙●●○
寧。空相誤、祓蘭曲水，挑菜東城。
△ ○⊙● ◎○◎● ⊙●○△

"餘花"下與後"塵侵"下同。此詞是此調正體，穩順可從。王碧山詞亦與此合，較後載王通叟所作易填也。細玩各家詞，於"未、送、乳、穉、舊、易、俊、謝、寸、尚、祓、曲"等字，皆宜用仄。此篇"詩"字，恐

是"句"字，此乃起調處，不可謂古人之拙而愚見之迂也。

【蔡案】

"塵侵"下十字，或四字一句、六字一句，如本詞；或六字一句、四字一句，如王觀詞。前者第六字可平可仄，宋人皆如此填，後者則第六字須仄，如"須教撩花撥柳"。

讀破格　九十七字　　王　觀

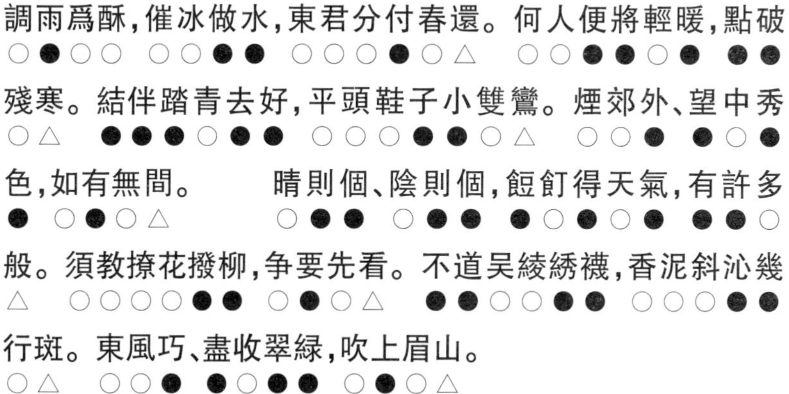
調雨爲酥，催冰做水，東君分付春還。何人便將輕暖，點破
殘寒。結伴踏青去好，平頭鞋子小雙鸞。煙郊外、望中秀
色，如有無間。　晴則個、陰則個，餖飣得天氣，有許多
般。須教撩花撥柳，争要先看。不道吴綾綉襪，香泥斜沁幾
行斑。東風巧、盡收翠緑，吹上眉山。

"何人"二句，與"須教"二句，上六下四，與前詞異。後起兩句亦異。故雖字同，另録之，然亦因其詞佳也。"晴則個"二句，雖各三字，然與前調六字一句者，平仄恰合，故妙。"餖飣"二句，用流走活字，巧合音律，故《譜》《圖》疑之，不敢注斷，作九字句。此無足怪，所怪者，此調自"何人"下即前後相同，如何將"結伴"句分作五字，而以"好"字連下"平頭"句，作八字乎？豈後段可讀"不道吴綾綉"爲句，而下可作"襪香泥"乎？以較前詞，可讀"了夏帷""老故人"乎？

〔杜注〕

按，秦氏校本"東君分付春還"句，"東君"二字作"化工"。又，"餖飣得天氣”句，作“便帶得芳沁”。又，“須教撩花撥柳”句，作“空教鏤花撥柳”。又，“盡收翠緑”句，“翠”作“軟”。又“吹上眉山”句，“山”作“端”。均可從。

【蔡案】

前段“何人”句，第四字依律須仄，宋人多如此填，“將”字是“率領”意，非“把”意，去聲。原譜擬爲平聲，違律。

绿蓋舞風輕 九十七字 周　密

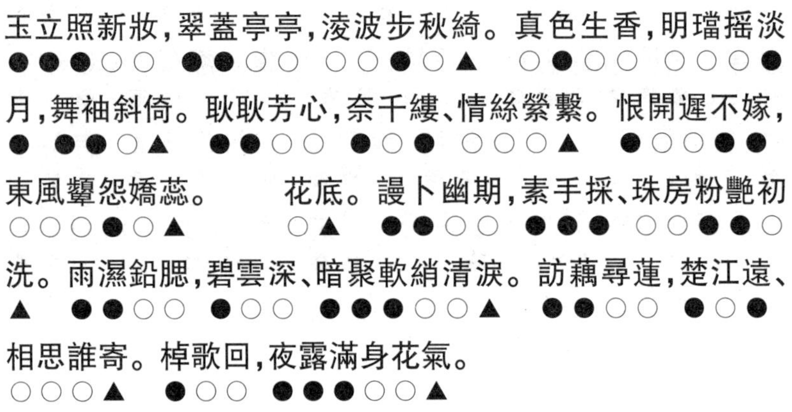
玉立照新妝，翠蓋亭亭，淩波步秋綺。真色生香，明璫摇淡
●●●○○ ●●○○ ○○●○▲ ○●○○ ○○○●
月，舞袖斜倚。耿耿芳心，奈千縷、情絲縈繫。恨開遲不嫁，
● ●●○▲ ●●○○ ●○● ○○○▲ ●○○●●
東風顰怨嬌蕊。　　花底。謾卜幽期，素手採、珠房粉艷初
○○○●○▲ ○▲ ●●○○ ●●● ○○●●○
洗。雨濕鉛腮，碧雲深、暗聚軟綃清淚。訪藕尋蓮，楚江遠、
▲ ●●○○ ●○○ ●●●○○▲ ●●○○ ●○●
相思誰寄。棹歌回，夜露滿身花氣。
○○○▲ ●○○ ●●●○○▲

“袖”字、“怨”字、“艷”字去聲，不可依《圖譜》作平。而“淩波步”謂可用仄仄平，尤無理。

按，“漪”字平聲，想草窗偶作仄用，亦誤也。不然則是“綺”字之誤耳。

〔杜注〕

按，《蘋洲漁笛譜》“凌波步秋漪”句，“漪”作“綺”，與萬氏注合。又，“晴絲縈繫”句，“晴”作“情”。又，“衣露滿身花氣”句，“衣”作“夜”。應照改。

【蔡案】

已據杜注改。

前結原作"恨開遲，不嫁東風，顰怨嬌蕊"，校之後段，前後段尾均可視爲均由六字一句收束，故作如此句讀，以規避末四字音律之不諧。又，後段第二句原譜作"素手採珠房，粉艷初洗"，次句兩頓連仄失諧。

玉京謡 九十七字　　吴文英

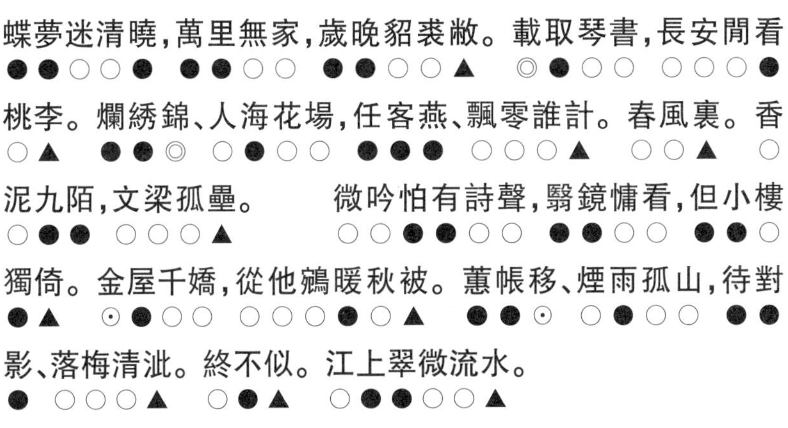

蝶夢迷清曉，萬里無家，歲晚貂裘敝。載取琴書，長安閒看桃李。爛綉錦、人海花場，任客燕、飄零誰計。春風裏。香泥九陌，文梁孤壘。　微吟怕有詩聲，翳鏡慵看，但小樓獨倚。金屋千嬌，從他鴟暖秋被。蕙帳移、煙雨孤山，待對影、落梅清泚。終不似。江上翠微流水。

"載取"至"春風裏"，與後段"金屋"至"終不似"同。

按，此詞結句亦似《玉京秋》，或謂即是一調，但他句不合。且陳隨《隱謾録》云：先君號藏一，夢窗吴先生爲度彝則商，犯無射宫，製《玉京謡》一篇相贈。則此調創於夢窗，與《玉京秋》無涉，故不敢連載於前也。

【蔡案】

本詞文字，上段"萬里"、下段"翳鏡"起，既前後段相同，而萬子則以"載取"起，是因第三拍句法不同故也。惟詞以字爲本位，非以句爲本位,萬子之理念,由是可見差異所在,似有理,似精到,而實非是。

原譜後起兩句作"微吟怕有詩聲翳。鏡慵看",似有强爲取韻之嫌,此亦萬子前述對應依據之一。調整句讀,則全詞前後段僅首句後結多一二字,第三句句法不同而已,其餘全同。據《欽定詞譜》改。

萬子原注:"落梅"之"落""不似"之"不"以入作平。

西子妝 九十七字　或加"慢"字　吴文英

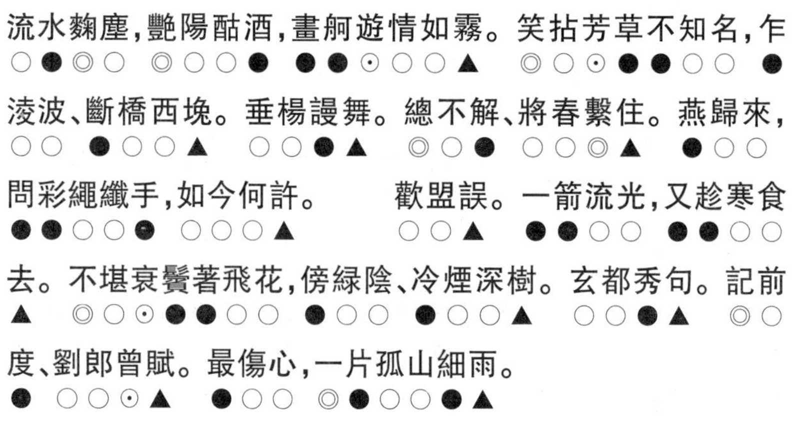

流水麴塵,豔陽酤酒,畫舸遊情如霧。笑拈芳草不知名,乍淩波、斷橋西堍。垂楊謾舞。總不解、將春繫住。燕歸來,問彩繩纖手,如今何許。　歡盟誤。一箭流光,又趁寒食去。不堪衰鬢著飛花,傍緑陰、冷煙深樹。玄都秀句。記前度、劉郎曾賦。最傷心,一片孤山細雨。

"謾"字、"秀"字俱要去聲,張叔夏作,於"謾舞"用"寸碧"二字,其詞是"意"字起韻,"碧"字乃以入聲爲叶者,故知入聲不但可作平,兼可作上聲而叶韻矣。《中州音韻》原以"碧"叶"比"也。"細雨"去上煞,妙甚。張亦用"萬里",若作平仄,或上上、或去去,便落調矣。凡詞結尾字,皆不宜草草亂填,可於此類推。换頭起句,叔夏用"外"字,或謂可以不叶,余云:詞中多以"外"字叶支微韻,作者自當用韻爲是。况叔夏原注效夢窗自度而作,無不同之理也。"酤酒""酤"字無理,汲古刻本集及《圖譜》《詞綜》等書皆相沿誤刻。余謂是"酤"字之訛耳。

〔杜注〕

按，《歷代詩餘》"艷陽醅酒"句，"醅"作"酤"。與萬氏説合，應遵改。又，後結"細雨"作"煙雨"，此處應用去上，仍當作"細"，或作"夜"。

《校勘記》：據戈氏云："醅"字《説文》謂酒味厚也，汲古不誤。

【蔡案】

萬子原注"不解"之"不""緑陰"之"緑"以入作平。又"寒食"之"食"亦當是以入作平，萬子失記。玉田此句作"隔塢閒門閉"，可證。

後段結拍，萬子與杜氏均以爲當是"細雨"，余獨不然。蓋自古至今，"一片細雨"之説，未嘗見也。

被花惱 九十七字　　　楊　纘

疏疏宿雨釀輕寒，簾幕静垂清曉。寶鴨微温瑞煙少。檐聲

○○●●●○○ ○●●○○▲ ●●○○●○▲ ○○

不動，春禽對語，夢怯頻驚覺。欹珀枕、倚銀床，半窗花影明

●● ○○●● ●●○○▲ ○●● ●○○ ●○○●○

東照。　惆悵夜來風，生怕嬌香混瑶草。披衣便起，小徑

○▲ ○●●○○ ○●○○●○▲ ○○●● ●●

回廊，處處都行到。正千紅萬紫競芳妍，又還似、年時被花

○○ ●●○○▲ ●○○●●●○○ ●○● ○○●○

惱。驀忽地，省得而今雙鬢老。

▲ ●●● ●●○○○●▲

此楊守齋自度腔也。以詞中語名題。亦因山谷水仙詩"坐對真成被花惱"，故取其三字耳。

〔杜注〕

按，《歷代詩餘》首句"輕寒"作"寒輕"。

【蔡案】

"瑞煙"原作"睡煙",據《欽定詞譜》改。

本詞前後段幾無一句相合,僅"夢怯"五字,與後段"年時"五字略合,細玩詞意,竊以爲前段多字脱誤,如"披衣便起""又還似"均失對應句,惟本調僅此一詞,無可校也。

詞律卷十五

玉簟凉 九十七字　　　　史達祖

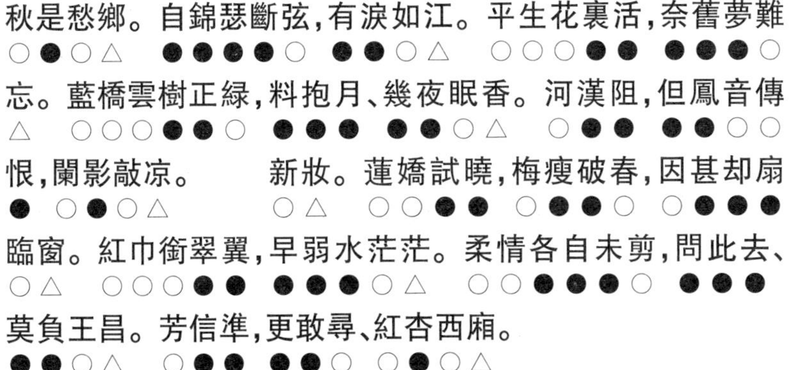

秋是愁鄉。自錦瑟斷弦，有淚如江。平生花裏活，奈舊夢難忘。藍橋雲樹正緑，料抱月、幾夜眠香。河漢阻，但鳳音傳恨，闌影敲凉。　新妝。蓮嬌試曉，梅瘦破春，因甚却扇臨窗。紅巾銜翠翼，早弱水茫茫。柔情各自未剪，問此去、莫負王昌。芳信準，更敢尋、紅杏西廂。

"平生"至"漢阻"，與後"紅巾"至"信準"同。"指各"二字照前"橋雲"二字，宜用平聲，想皆借用耳，若認是用仄，填入去聲字，便拗矣。"平生"二句，同是五字，但上句"平生"二字連，與五言詩句同，下則"奈"字領句，而"舊夢"二字相連，不可比而同之也。"紅巾"二句亦然。

〔杜注〕

按，《詞譜》"柔指各自未剪"句，"指"作"情"，此字宜平，應遵改。

【蔡案】

萬子所謂"想皆借用"云，是謂"指"字以上作平，"各"字以入作平。此句實爲萬子所用版本錯誤，但從中可見萬子對三頓連仄之否定，並不以拗句即爲有聲色。該句"指"實爲"情"，則萬子所過慮者便不存在，但句末"剪"字不律，韻律仍有所不諧，當是以上作平用法，前段對應之"緑"字亦同，均宜用平，亦爲以入作平者。

月邊嬌 九十七字 周　密

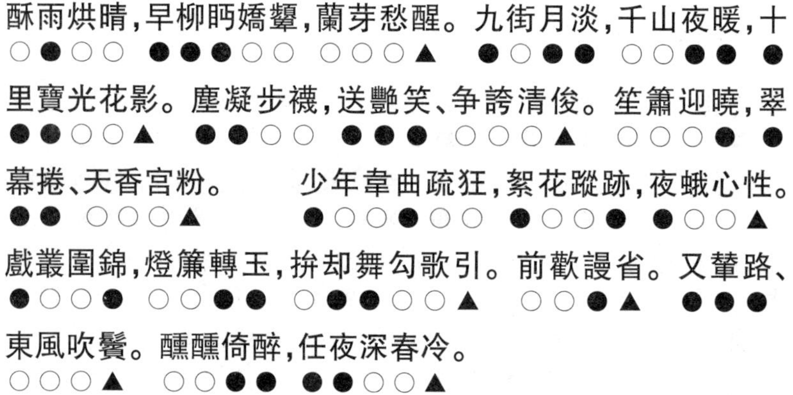
酥雨烘晴，早柳眄嬌顰，蘭芽愁醒。九街月淡，千山夜暖，十里寶光花影。塵凝步襪，送艷笑、争誇清俊。笙簫迎曉，翠幕捲、天香宫粉。　少年韋曲疏狂，絮花蹤跡，夜蛾心性。戲叢圍錦，燈簾轉玉，拚却舞勾歌引。前歡謾省。又輦路、東風吹鬢。醺醺倚醉，任夜深春冷。

"九街"至"迫曉"，與後"戲叢"至"倚醉"同。"省"字照前"襪"字，不必叶韻。

〔杜注〕

按，《蘋洲漁笛譜》"早柳盼嬌顰"句，"嬌顰"作"顰嬌"。又，"千山夜暖"句，"山"作"門"。又按，《詞譜》"塵凝步襪"句作"步襪塵凝"。又，"笙簫迫曉"句，"迫"作"迎"。又，"少年顧曲疏狂"句，"顧"作"韋"。均應遵改。

【蔡案】

"迎曉"原作"迫曉""韋曲"原作"顧曲"，據《欽定詞譜》改。又，《欽定詞譜》前段第七句作"步襪塵凝"，校之後段，不從。又按，《欽定詞譜》"謾省"句，原譜未作叶韻，而此本屬輔韻，可叶可不叶。

前段首均，各本皆如是讀，愚以爲，或讀如"酥雨烘晴早，柳眄嬌顰，蘭芽愁醒"，亦無不可，然則前後段對應更爲工整。

暗　香 九十七字　又名《紅情》　　吴文英

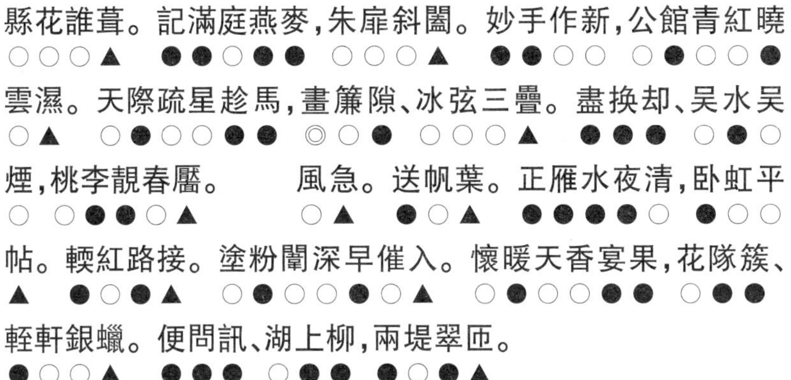

"公館"至"换却"，與後"塗粉"至"問訊"同。此調惟堯章創之，君待填之耳。觀其步趨原曲，如此謹嚴，所謂斷髭踏醋，令人有擊鉢揮毫之懼。姜詞首句第三字是"月"字，《譜》俱作仄，觀此"誰"字，則知可用平，"吴水"姜作"竹外"，可知"竹"字可平。"送帆葉"，姜作"正寂寂"，可知第二個"寂"字作平。"卧虹"，姜作"夜雪"，可知"雪"字作平。有此一闋，姜遂不孤矣。至《圖譜》所注，於"作"字、"靚"字、"送"字、"夜"字、"輭"字、"問"字、"兩"字俱作可平，而"花隊簇輕軒"五字謂可用仄平平仄仄，則其見太廣，其說太玄，非愚之淺鄙所識矣。按，詞調有《紅情》《緑意》二體，向原疑爲巧立名色，近校之，即《暗香》《疏影》二詞也。詳見《疏影》調下。

〔杜注〕

按，《夢窗甲乙丙丁稿》"輊軒銀蠟"句，"輊軒"作"輕軒"。

【蔡案】

萬子編譜，時有所選不達之憾，或與萬子寫作本書多在流離中有關，一嘆。惟《暗香》一調，萬子知爲白石所創，而不用其詞，余不知其所以也。

詞中字之平仄，關紐處有須謹守者，然多循之律理即可，過度詮釋，甚覺無謂。如萬子譏《圖譜》"太玄"處，"作""夜"均爲平收式四字句之第三字，則依律本可平可仄，即便今日存詞僅白石一首，亦當作如是觀。如玉田本調三首，"夜"字一作"梅"，一作"遲"，便可知作平無妨，而"作"字玉田三首均用平聲，更可知"作"字非但不是"可平"，而本爲以入作平者，故該字位擬入譜中，則當以平聲字爲正，即如《欽定詞譜》擬爲仄可平，亦是誤擬，似是而非者也。統觀本調宋詞，玉田、均衡、虛寮皆用平聲，白石、吴文英用入聲，履齋四首，一入三上，可見亦均是作平用法，獨汪元量一首用"化"字，故本句正體應是仄仄平平。有鑒於此，本譜將"作"擬爲平聲，此處絶不可用去聲也。又按，首字"縣"即"懸"字，平聲。

夜合花　一百字　　周　密

月地無塵，珠宫不夜，翠籠誰煉鉛霜。南州路杳，仙子誤入
◎●○○　○○◎●　●○○●○△　○○●●　○○◎●
唐昌。零露滴、濕微妝。逗清芬、蝶夢空忙。梨花雲暖，梅
○△　⊙◎●　●○△　●⊙○　◎●○△　⊙○○●　○
花雪冷，應妒秋芳。　虛庭夜氣方凉。曾記幽叢採玉，素
○●●　○●○△　○○●●○△　○●○○●●　◎
手相將。青蕤嫩蕚，指痕猶映瑶房。風透幕、月侵牀。記夢
●○△　○○●●　◎○⊙●○△　⊙◎●　●○●　●◎
回、粉艷争香。枕屏金絡，釵梁絳縷，都是思量。
○　◎●○△　◎○○●　○○◎●　○●○△

作者多用此體。“南州”下與後“青蕤”下同。“零露滴”二句、“風透幕”二句各三字，與前“謾腸斷”“念往事”句五字異。按，“梨花”句、“枕屏”句他家多於中二字相連，如前晁詞“清平”二字、“歸來”二字，史用“共淒凉處”“向銷凝裏”，吴用“共追遊處”，高用“隔花陰淺”，想體當如此。

按，夢窗一首，於“曾記”句作“似西湖燕去”五字，查各家俱六字，故不另收，附記於此。梅溪“柳鎖鶯魂”一首，於“逗清芬”三字原作“早窺春”，而《譜》《圖》相沿，俱誤刻“早去窺春”，遂謂此句八字，蓋未審其後段之“是當初”三字，及將他家詞相校，故竟作一百一字調耳。“路、嫩”二字妙在去聲，注作可平，全然没味矣。

〔杜注〕

按，《草窗詞》“虚庭夜氣方凉”句，“方”作“偏”。

【蔡案】

本詞原列於晁補之詞後，因係正體，故移前。本調前後段第六句宋人多作折腰式六字，五字句惟晁詞一首，故以本體爲正。

萬子原注：“仙子”之“子”以上作平。

又按，余疑本調與平韻體《聲聲慢》有染，兩者之異，惟後段尾均小異，本詞爲四字三句，《聲聲慢》則爲三四四結構，僅差一字。

少字格 九十七字　　晁補之

百紫千紅，占春多少，共推絶世花王。西都萬户，擅名不爲
●●○○ ●○○● ●○●●○△ ○○●● ●○●●
姚黄。謾腸斷巫陽。對沈香、亭北新妝。記清平調，詞成進
○△ ●○●○△ ●○⊙ ○●○△ ●○○● ○○●
了，一夢仙鄉。　天葩秀出無雙。倚朝暉、半如酣醉成
● ●●○△ ○○●●○△ ●○○ ●○○●○

狂。無言自省，檀心一點偷芳。念往事情傷。又新艷、曾説
△　○○●●　○○●●○△　●●●○△　●○◎　○●
滁陽。縱歸來晚，君王殿後，別是風光。
○△　●○○●　○○●●　●●○△

"西都"下與"無言"下同，但"西都"句六字，"無言"句四字，稍異。然此十字句分豆，可上可下，而他家則俱用上四下六耳。

〔杜注〕

按，《詞譜》"西都萬家俱好"句作"西都萬户擅名"。又，"半如酣酒成狂"句，"酒"作"醉"。又，"無言自有"句，"有"作"省"。應遵改。

【蔡案】

已據杜注改。又，"西都"下十字，萬子斷爲六字一句、四字一句，《欽定詞譜》斷爲四字一句、六字一句，觀宋詞均如此填，故取《欽定詞譜》之讀改之。

本調前後段第六拍，以周密詞格爲正，作六字折腰句法，晁詞五字，獨此一首，故不必以之爲範。

醉蓬萊 九十七字　　呂渭老

任落梅鋪綴，雁齒斜橋，裙腰芳草。閒伴遊絲，過曉園庭沼。
●◎○⊙●　◎●○○　⊙○○▲　⊙●○○　●◎○○▲
厮近清明，雨晴風軟，稱少年尋討。碧縷牆頭，紅雲水面，柳
⊙●○○　◎○⊙●　●◎○○▲　◎●○○　⊙○◎●　◎
堤花島。　誰信而今，怕愁憎酒，對著花枝，自疏歌笑。
○○▲　⊙●○○　●○○●　◎●○○　●○○▲
鶯語丁寧，問甚時重到。夢筆題詩，帊綾封淚，向鳳簫人道。
⊙●○○　●◎○○▲　◎●○○　◎○⊙●　●◎○○▲
處處傷懷，年年遠念，惜春人老。
◎●○○　⊙○◎●　◎○○▲

"對著"下與前"雁齒"下俱同。"任、過、稱、問、向"諸字定用仄聲,且須去聲方妙。歷覽古人作者,無不如此,蓋此一字領句,必去聲方唤得起下面也。此亦易明之理,况舊詞篇篇可證。而《譜》俱注可平,一字之訛,便失一調之體,豈得如此率意乎? 而"庭、花、憎、人"等字,翻注可仄。且將"過曉園"句不注叶韻,《嘯餘》既誤,《圖譜》再誤,必欲去此一韻矣。此調凡五字句者,皆一字領下四字,不可上二下三作五言詩句法,查揚无咎作,有用"况是當佳致""歲歲稱眉壽"者,竟與《念奴嬌》中三語同,此乃其誤處,不可從也。夢窗首句作"碧天書信斷",雖或第一句可通用,然亦是敗筆。後起四句,每句四字,係定格,坡公作"此會應須爛醉,仍把紫菊茱萸,細看重嗅",上二句六字,下一句四字,而醉字又用去聲,定難協律,亦不可從。又,晁無咎於"稱少年"句作"與花争艷",乃落去一字,非有此體。"晴"字坡作"飲","綾"字坡作"我"、柳作"輦",上可借作平,不得用去聲。

聖求此詞,汲古刻本於"懷"字作空格,"念"字上又多一空格,誤。

【蔡案】

萬子謂,"任、過、稱、問、向"諸字定用仄聲,且須去聲方妙。此類判斷皆非是,余已多處辨之,如此五領字,碧山、夢窗、醉翁、惜香、詞隱、逃禪等無數詞家有用非去聲者,顯見"去聲便妙"云云,實屬無稽之談也。

燕春臺 九十八字　　張　先

麗日千門,紫煙雙闕,瓊林又報春回。殿閣風微,當時去燕
●●○○　●○○●　○○●●○△　●●○○　○○●●

還來。五侯池館屏開。探芳菲、走馬天街。重簾人語,轔轔
○△　●○○●○△　●○○　●●○△　○○○●　○○

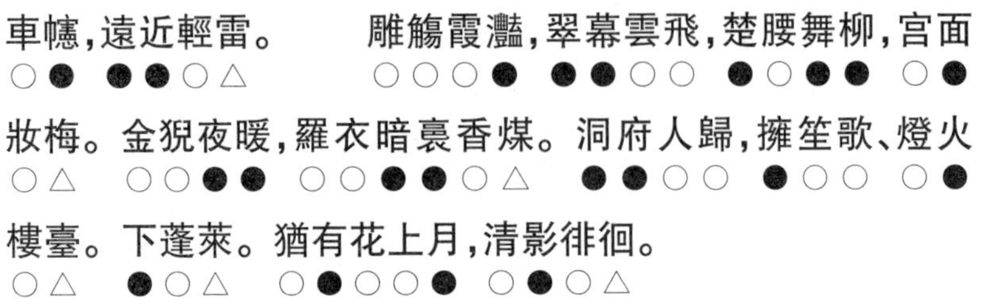

車幰，遠近輕雷。　　雕觴霞灩，翠幕雲飛，楚腰舞柳，宮面妝梅。金猊夜暖，羅衣暗裛香煤。洞府人歸，擁笙歌、燈火樓臺。下蓬萊。猶有花上月，清影徘徊。

此詞疑有訛脱，惜無他篇可證。愚謂"探芳"句下或尚有叶韻語，蓋"走馬"句與"重簾人語"詞意不連也。或謂"微"字、"飛"字、"歸"字亦是叶韻，詞中微灰原通用，未知是否。

按，《嘯餘譜》於"春"字題内收《燕臺春》，又於"宮室"題内收《燕春臺》，將下二字顛倒，遂收兩調。又，兩處所載，俱即張子野此篇，豈不貽笑千古。當日欲作譜示人，寧竟未一考邪？又於《燕春臺》内少却"院落"二字，至所注之可平可仄兩處互異，又不必言矣。真奇絶，奇絶。此調沈氏作《燕春臺》，《圖譜》作《燕臺春》，若作《燕春臺》則"燕"字當作"燕會"之"燕"，若作《燕臺春》，則是黄金臺事，當作"幽燕"之"燕"。但舊草堂所載，是《燕春臺》，合當從之也。

又按，《夏初臨》一調與此相同，即載此後，以便考訂。

〔杜注〕

按，《詞譜》"探芳菲走馬"句，"馬"字下有"天街"二字，"街"字注叶。又，"笙歌院落燈火樓臺"句，作"擁笙歌燈火樓臺"，此落"擁"字，多"院落"二字，應遵照增删。又按，四庫全書《詞律提要》云：其論《燕春臺》《夏初臨》爲一調，乃謂《嘯餘譜》顛倒複收，因欲於張子野詞"探芳菲走馬"下添入"歸來"二字爲韻，而不知其上已用"當是去燕還來"，一韻兩用，其謬較一調兩收爲更甚云云。蓋由萬氏未知"走馬"之下本有"天街"二字，故有此誤耳。"歸來"原論，見下《夏初臨》詞注。

【蔡案】

已據杜注改,原譜"九十七字"改爲"九十八字"。又,"花上"之"上"字,以上作平。又,"殿閣"原作"殿角",據《欽定詞譜》改。又按,王之道有步子野韻詞一首,其字句韻律與改後詞同。

夏初臨 九十七字　洪咨夔

鐵甕栽荷，銅彝種菊，膽瓶萱草榴花。庭戶深沈，畫圖低映
● ● ○ ○，○ ⊙ ○ ●，⊙ ○ ○ ● ○ ○。◎ ◎ ○ ○，⊙ ○ ⊙ ●

窗紗。數枝奇石嶔䴔。染宣和、瑞露明霞。於菟長嘯，風林
○ △　● ○ ○ ● ○ ○。● ○ ○、● ● ○ ○。○ ○ ○ ●，○ ○

□□，霜草先斜。　　　雪絲香裏，冰粉光中，興來進酒，睡起
□ □，○ ● ○ △。　　　◎ ○ ○ ●，○ ● ○ ○，⊙ ○ ⊙ ●，● ●

分茶。輕雷急雨，銀筝迸插檐牙。凉入琵琶。枕幃開、又送
○ △　● ○ ● ●，○ ○ ● ● ○ ○。⊙ ● ○ △。● ○ ○、● ●

蟾華。問生涯、山林朝市，取次人家。

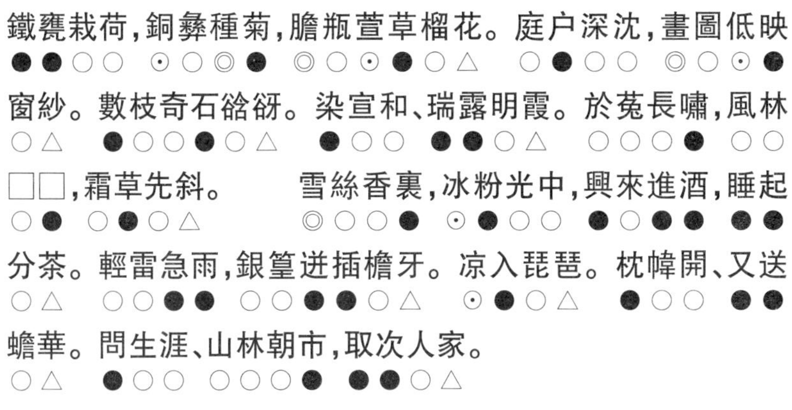

此詞缺二字,照後結應是平仄。

按,此調與《燕春臺》聲響句法俱同,衹"染宣和"句上三下四,與前"探芳菲"下不同。余反覆玩之,而斷其爲一調,何也?蓋前"探芳菲"下原有闕文,今以此相較,是"走馬"之下當有二字落去,竊恐是"歸來"二字也。其詞意謂:五侯之家,同諸閨人出遊,至暮,則探芳菲者,走馬而歸來矣。其閨人則在車上簾中,將到第宅,故簾中有語,而其時宅中迎候,故池館屏開耳。後段則言歸後重整筵宴歌舞之景,故用"夜"字、"燈"字、"月"字也。若上無"歸來"二字,則接不下矣。"笙歌"句必上落一字,而下誤多"院落"二字。是因"笙歌歸院落,燈火下樓臺"二句成語而誤寫耳。此句即同前"探芳菲"句,亦宜上三下四,蓋"探芳菲"即洪詞之"染宣和"七字,"□笙歌"即洪詞之"枕帷開"

七字，前後相同也。查草堂舊刻，止“笙歌燈火樓臺”六字，是雖缺上一字而原無“院落”二字，汲古所刻亦同，愈可證余説之不謬。自《嘯餘》收作兩調，於《燕春臺》内作“笙歌燈火樓臺”六字，《燕臺春》内作“笙歌院落，燈火樓臺”八字，於是沈氏刻，仍其八字，反注云“一本缺‘院落’二字”，而《圖譜》則竟作八字矣，豈不謬歟？“猶有花上月”，亦誤多一字，此即洪詞之“山林朝市”也，玩其節奏，豈不脗合乎？是則前“洞府人歸”句，果是叶韻，正與“凉入琵琶”合矣。蓋他處猶可謂偶同，若换頭處四字四句，斷無兩調而如此相符者。愚見如此，然以五六百年後，尚論而獨創異説，其能免於時俗之駭怪乎？

【蔡案】

兩體相校，惟前者後結作“下蓬萊。猶有花上月，清影徘徊”，後者少一字，作“問生涯，山林朝市，取次人家”，差别因增減字而成，惟《燕春臺》亦有三四四結構之尾均填法，如黄裳《宴春臺》詞，後段尾均即爲：“縱更深。歸來洞府，紅燭如林。”與本詞正同，故萬子以爲兩體本爲一調，信然。有鑒於此，本詞不作正體臚列。

重　格 九十八字　　　　劉　涇

泛水新荷，舞風輕燕，園林夏日初長。庭樹陰濃，雛鶯學弄新簧。小橋飛蓋入横塘。跨青蘋、緑藻幽香。朱欄斜倚，霜紈未摇，衣袂先凉。　　歡歌稀遇，怨别多同，路遥水遠，煙淡梅黄。輕衫短帽，相攜洞府流觴。况有紅妝。醉歸來、寶蠟成行。拂牙牀。紗廚半開，月在回廊。

舊刻此詞，俱作“小橋飛入横塘”，沈天羽云“飛”字下缺“蓋”字。愚謂據此調風範，“小橋”句當以六字爲正，况有前洪詞可據，但天羽或有所考,故收此九十八字體。然作者祇從洪平齋可耳。

此篇"霜紈未揺""紗廚半開",用平平去平,比洪詞"山林朝市"句用平平平仄者不同,想所不拘也。

〔杜注〕

按,《歷代詩餘》"小橋"句無"蓋"字,此詞亦九十七字也。

【蔡案】

本詞誤多一字,非别體也,故不作譜。

瑶臺第一層 九十七字　　張元幹

寶曆祥開,飛練上、青冥萬里光。石城形勝,秦淮風景,威鳳
◎●○○ ○●● ○○●●△ ●○○● ⊙○⊙● ⊙●
來翔。臘餘春色早,兆鈞璜、賢佐興王。對熙旦,正格天同
○△ ●○○●● ●●○ ⊙●○△ ●○● ●◎○○
德,全魏分疆。　　熒煌。五雲深處,化鈞獨運斗魁旁。綉
● ○●○△ ○△ ●○○● ●○●●●○△ ●
裳龍尾,千官師表,萬事平章。景鍾文瑞世,醉尚方、難老天
○○● ⊙○⊙● ◎●○△ ●○○●● ●●⊙ ⊙●○
漿。慶垂裳。看雲屏間坐,象笏堆床。
△ ●○△ ●○○○● ●●○△

"石城"至"興王",與後"綉裳"至"金漿"同。"鈞"字即同後"尚"字,《圖》注可平,誤。"垂裳"是用韻,其别作亦以"觴"字叶"長、光"等字,《圖》失注。"璜、方"二字似叶而非,觀别作後用"旦、宇"也。

按,《圖譜》收其别作,"臘餘"二句云:"豆花初秀雨,散暑空、洗出秋凉",亦於"雨"字斷句,正與其後段"舊山同梓里,荷月旦、久已平章"同,此正前後相合處。如此篇後段"景鍾"二句也,上五下七,甚明,何乃後作上五下七,而前則另讀爲四字三句邪?

〔杜注〕

按，《詞譜》"難老金漿"句，"金"作"天"。

【蔡案】

原譜起拍爲七字一句、五字一句，校之宋詞各體，則多作四字一句、八字一句，且於義理亦不當七字成句，據改。

長亭怨慢 九十七字　或無"慢"字　　姜　夔

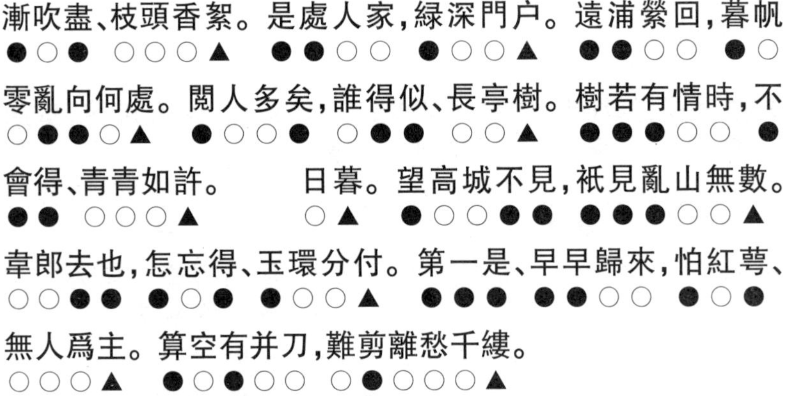
漸吹盡、枝頭香絮。是處人家，綠深門户。遠浦縈回，暮帆
●○●　○○○▲　●●○○　●○○▲　●●○○　●○
零亂向何處。閲人多矣，誰得似、長亭樹。樹若有情時，不
○●●○▲　●○○●　○●●　○○▲　●●●○○　●
會得、青青如許。　日暮。望高城不見，衹見亂山無數。
●●　○○○▲　○▲　●○○●●　●●●○○▲
韋郎去也，怎忘得、玉環分付。第一是、早早歸來，怕紅萼、
○○●●　●○●　●○○▲　●●●　●●○○　●○●
無人爲主。算空有并刀，難剪離愁千縷。
○○○▲　●○●○○　○●○○○▲

按，此調爲白石所創，其字句自應守之。但前結"此"字不是韻，乃白石借叶者，後人不知，遂將後起句"日暮"二字割連前尾，如《沈氏别集》《詞統》《圖譜》等書，皆遞相傳誤，加以圈點，注其平仄，而不知其非也。周公謹、張叔夏皆南宋人，去白石最近，其所作《長亭怨》，周詞用"處"字韻，前結云"嘆轉眼、歲華如許"，後起云"凝佇"，張一首是"絶"字韻，前結云"誰爲主、都成消歇"，後起云"凄咽"；一首是"處"字韻，前結云"應笑我、飄零如羽"，後起云"同去"，是端端正正兩個韻脚，豈可硬判"日暮"二字連上，而使此調前結少却一韻乎？但有不可曉者，"第一是"句上三下四，周乃作"燕樓鶴表半飄零"，與姜不合，而

張詞則合。又，“誰得似”句六字，“樹若”句五字，張一作“渾忘了、江南舊雨”七字，“不擬重逢”四字；一作“愁千折、心情頓别”七字，“露粉風香”四字，與姜不合，而周詞則合。此二者又不知何以參差如此？後人但依姜填之可耳。

“枝”字，周、張作仄，“是處”“是”字張作平，“暮帆”“暮”字周作平，“不會、衹、玉、第一是、早、衹”等字，張兩首内或作平，想不拘也。又，張一首於首句不起韻。“閲人”句周、張俱叶。“韋郎”句張一首叶。

〔杜注〕

萬氏於前結“青青如此”句，“此”字注借叶。按，《歷代詩餘》“向何許”句，“許”作“處”，“如此”作“如許”，本屬叶韻，不必强作借叶。

【蔡案】

萬子原注：“日暮”之“日”作平。又按，原譜後結作“算衹有并刀，難剪離愁千縷”，語義不通，此據彊村叢書本《白石道人歌曲》改。二韻亦已據杜注改。

“第一是”句，獨草窗作律句句法，萬子謂不可解，此即字本位之故也，此類字數同而句法不同者，並非僅見。而“誰得似”下十一字，姜、周皆爲六字折腰一句、五字一句，而張玉田四首均爲七字折腰一句、四字一句，此種差異，余以爲仍係讀破手法，惟此類讀破，並非通常讀破法俱在一均之中，而在兩均之間而已，罕見。

黄鸝繞碧樹　九十七字　　周邦彦

雙闕籠佳氣，寒威日晚，歲華將暮。小院閒庭，對寒梅照雪，
○●○○●　○○●●　●○○▲　●●○○　●○○●●
淡煙凝素。忍當迅景，動無限、傷春情緒。猶賴是、上苑風
●○○▲　●○●●　●○●　○○○▲　○●●　●●○

光漸好，芳容將煦。　　草莢蘭芽漸吐。且尋芳、更休思

○●● ○○○▲　　●●○○●▲ ●○○ ●○○

慮。這浮世、甚驅馳利禄，奔競塵土。縱有魏珠照乘，未買

▲ ●○● ●○○●● ○●○▲ ●●●○●● ●●

得、流年住。争如盛飲流霞，醉偎瓊樹。

● ○○▲ ○○●●○○ ●○○▲

平仄照填。

或云"上苑風光漸好"爲一句。

〔杜注〕

按，《詞譜》"争如剩引榴花"句，作"争如盛飲流霞"。宜遵改。

【蔡案】

已據杜注改。原譜前結爲七字折腰一句、六字一句，亦據《欽定詞譜》改。

本詞"忍當"句四字，而所對應之後段，則爲"縱有"六字，疑前段應是"□□忍當迅景"，惟晁端禮平韻詞亦如是。

帝臺春 九十七字　　李　甲

芳草碧色。萋萋遍南陌。暖絮亂紅，也似知人，春愁無力。

○○●▲ ○○●○▲ ●●●○ ●●○○ ○○○▲

憶得盈盈拾翠侶，共攜賞、鳳城寒食。到今來、海角逢春，天

●●○○○●● ●○● ●○○▲ ●○○ ●●○○ ○

涯爲客。　　愁旋釋。還似織。淚暗拭。又偷滴。漫倚遍

○●▲　　○●▲ ○●▲ ●●▲ ●○▲ ●●●

危闌，儘黄昏，也祇是、暮雲凝碧。拚則而今已拚了，忘則怎

○○ ●○○ ●●● ●○○▲ ○●○○●○● ○●●

生便忘得。又還問鱗鴻，試重尋消息。

○●○▲ ●○●○○ ●○○○▲

宋人作此調者絶少，向來《譜》《圖》相傳，俱首作三字句，以“碧”字起韻，“色萋萋”作一句、“遍南陌”作一句，不知後有“暮雲凝碧”，斷無複韻之理。況“春草碧色”乃江文通《别賦》中語，此正用之，其爲“色”字起韻無疑。《詞綜》於“飛”字作“暖”字，“也似知人”句無“似”字，必有所考，但從來舊刻如右，故仍之。《嘯餘》所注平仄，皆以意爲之，“遍南”謂可平仄，至“忘則怎生便”五字逐字反注，蓋欲字字改順，幾於變盡本來面目矣。本譜則不敢也。

〔杜注〕

按，《詞譜》“飛絮亂紅”句，“飛”作“暖”。又，“天涯行客”句，“行”作“倦”，此字宜去聲，應遵改。又按，《樂府雅詞》“謾遍倚危闌”句，“謾”字下有“佇立”二字，宜增。

【蔡案】

萬子原注：“拾翠”之“拾”以入作平。又，“芳草”之“草”以上作平。

《樂府雅詞》卷下所載本詞，文字多有不合處，前段四、五兩句作“也知人、春愁無力”。本句對應後段之“也衹是、暮雲凝碧”，可見七字爲正。又，原譜前結作“天涯行客”，文理欠達，據《樂府雅詞》改。又，後段第二均，原作“謾遍倚危闌，儘黄昏也，衹是暮雲凝碧。”校之《樂府雅詞》，或爲因錯簡而添一“佇”字，似當作“謾倚遍危闌，立盡黄昏，也衹是、暮雲凝碧。”更是，與前亦略同。惟主觀臆測，不敢妄改。餘綜合杜注改。

又按，本詞前後段極爲參差，文字差異亦大，疑後段爲别首《滿江紅》之後段羼入。

珍珠簾 一百一字　　張　炎

雲深別有深庭宇。小簾櫳、占取芳菲多處。花暗曲房春，潤
⊙○◎●○○▲　◎○⊙　◎●○○○▲　⊙●●○○　●

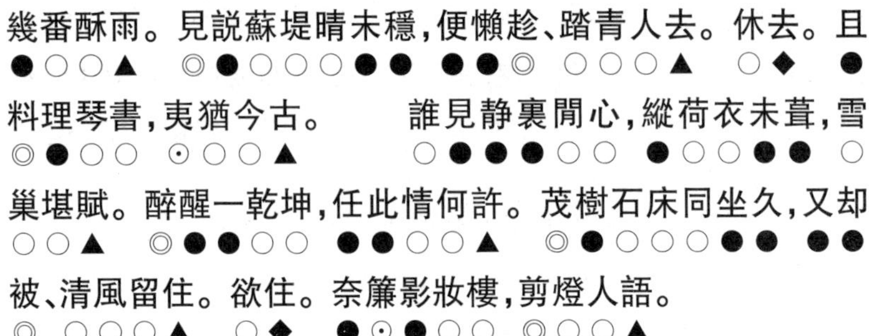

幾番酥雨。見説蘇堤晴未穩，便懶趁、踏青人去。休去。且
料理琴書，夷猶今古。 誰見靜裏閒心，縱荷衣未葺，雪
巢堪賦。醉醒一乾坤，任此情何許。茂樹石床同坐久，又却
被、清風留住。欲住。奈簾影妝樓，剪燈人語。

比前詞多"小簾櫳"三字。詞家多宗此體，"去、住"二字即用上韻，此玉田巧筆，非必要疊韻也。此詞用"料理琴書""簾影妝樓"，草窗用"鮫人織就""歸時人在"，平仄相反，而前夢窗詞，前用"東風垂柳"，與周同，後用"客枕幽單"，與張同，前後互異，想亦不拘。然他家俱用草窗體，可從之。"坐"字，竹山作"珠"字，係誤刻，此字無用平理。

〔杜注〕

按，《詞譜》"酥雨"作"疏雨"。又，"好趁"作"懶趁"。又，"醒醉"作"醉醒"。又，"春風"作"清風"。

【蔡案】

本詞原列於吴文英詞後，因係正體，故移前。萬子原注："踏青"之"踏"、"雪巢"之"雪"、"石床"之"石"、"欲住"之"欲"，均爲以入作平。

萬子以爲"去、住"二字乃是巧筆，並非必須疊韻，此爲填詞之真諦也，所有疊韻皆如此。另已據杜注改，惟内務本《欽定詞譜》未作"疏雨"，且"酥雨"更切，不改。

少字格 九十八字 "珍"一作"真" 吴文英

蜜沈爐暖餘煙裊。竚立行人官道。麟帶壓愁香，聽舞簫雲

杪。恨縷情絲春絮遠，帳夢隔、銀屏難到。寒峭。有東風垂柳，學得腰小。　　還近綠水清明，嘆孤身如燕，將花頻繞。細雨濕黄昏，半醉歸懷抱。蠹損歌紈人去久，謾淚沾、香蘭如笑。書杳。念客枕幽單，看春漸老。

“麟帶”以下前後相同。但“東風垂柳”與“客枕幽單”平仄異。“麟帶”二句、“細雨”二句雖皆五字，但上句是上二下三，下句是上一下四，不可誤作一樣。

〔杜注〕

按，毛斧季校本“佇立”句上有“層簾卷”三字。又，“聽舞簫雲渺”句，“渺”作“杪”。均應增改。

【蔡案】

本詞若據杜注改，添“層簾卷”後，即後張炎體。又按，“半醉歸懷抱”句，頗有律句味，故本詞不作擬譜，學者可以張炎詞爲範。

多韻格 一百一字　　陸　游

燈前月下嬉遊處。向笙歌、錦綉叢中相遇。彼此知名，纔見
○○●●○○▲　●○○　●●○○○▲　●●○○　○●
便論心素。淺黛嬌蟬風調別，最動人、時時偷顧。歸去。想
●○○▲　●●○○○●●　●●○　○○○▲　○▲　●
閒窗深院，調弦促柱。　　樂府。初翻新譜。謾裁紅點翠、
○○○●　○○●▲　　●▲　○○○▲　●○○●●
閒題金縷。燕子入簾時，又一番春暮。側帽燕脂坡下路，料
○○○▲　●●●○○　●●○○▲　●●○○○●●　●
也記、前年崔護。休訴。待從今須與，好花爲主。
●●　○○○▲　○▲　●○○○●　●○○▲

“彼此知名”四字、“才見便論心素”六字,比前二詞兩句五字者不同,或以爲誤。渭南又一首亦云“掠地穿簾,知是竟歸何處”,是知另有此體也。其後段首句兩字叶韻,次句四字叶韻,亦與前六字用平者不同,其又一首亦云:“自古。儒冠多誤。”

《圖譜》前收《珍珠簾》,後又收《真珠簾》,不知“珍”即“真”,本是一調也。而後起二字句亦失注叶韻。

〔杜注〕

按,《歷代詩餘》“坡下過”之“過”字作“路”。又,“料也計”之“計”作“記”。應遵改。

【蔡案】

已據杜注改。此即前一詞體,惟過片多二韻異。

玲瓏玉 一百字　　姚雲文

開歲春遲,早贏得、一白瀟瀟。風窗淅簌,夢驚鴛帳春嬌。
○●○○ ●○● ●●○△ ○○●● ●○○●○△
是處貂裘透暖,任尊前回舞,紅倦柔腰。今朝。虧陶家,茶
●●○○●● ●○○○● ○●○△ ○△ ○○○ ○
鼎寂寥。　料得東皇戲劇,怕蛾兒街柳,先鬥元宵。宇宙
●●△ ●●○○●● ●○○○● ○●○△ ●●
低迷,倩誰分、淺凸深凹。休嗟空花無據,便真個、瓊雕玉
○○ ●○○ ●●○△ ○■○○○● ●○● ○○●
琢,總是虛飄。虛飄。且沈醉,趁樓頭、零片未消。
● ●●○△ ○△ ●○● ●○○ ○●●△

首句或云五字,雪舫曰:非也。蓋因春遲,故雨雪耳。“亞”字恐是“凸”字。“寂寥”“未消”是定格,不可照《圖譜》作平。

〔杜注〕

按,《詞譜》“錦帳”作“鴛帳”。又,“淺亞”作“淺凸”。《草堂詩餘》

同,應遵改。又按,鳳林書院本“總是虚飄”句,“飄”字疊,不必從。

【蔡案】

“早贏得”句,原譜未讀斷。“休嗟”句,對應前段“是處”句,故“嗟”字應仄而平,填者總以仄聲爲是。另據杜注改。又,前段“夢驚金帳春嬌”所對應者爲後段“倩誰分、淺凸深凹”,故余疑前段落一字,原詞似爲“夢驚□、鴛帳春嬌”。同理“任尊前回舞”對應“便真個、瓊雕玉琢”,或亦落二字,以其前後句皆整齊而論,原詞必爲“任□□、尊前回舞”。如此,“虚飄”後復疊一“虚飄”,便恰與前段“今朝”二字句合,惟其不必用疊韻法。其律之本貌,必當如此也,據《草堂詩餘》補“虚飄”二字,原譜“九十八字”改爲“一百字”。

揚州慢 九十八字　　　　姜　夔

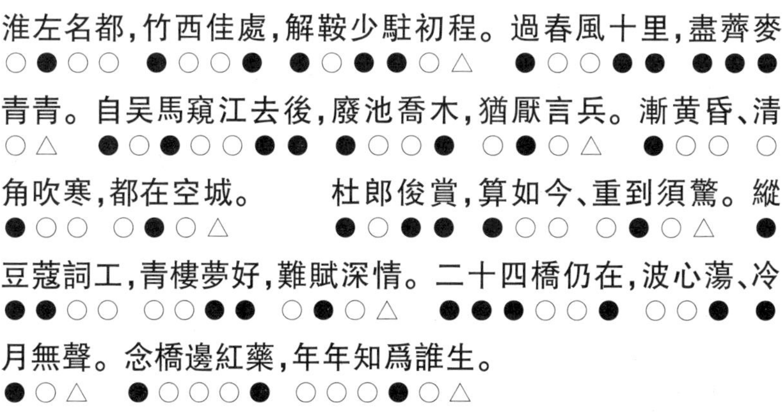
淮左名都,竹西佳處,解鞍少駐初程。過春風十里,盡薺麥
○●○○ ●○○● ●○●●○△ ●○○●● ●●●
青青。自吴馬窺江去後,廢池喬木,猶厭言兵。漸黄昏、清
○△ ●○●○○●● ●○○● ○●○△ ●○○ ○
角吹寒,都在空城。杜郎俊賞,算如今、重到須驚。縱
●○○ ○●○△ ●○●● ●○○ ○●○△ ●
豆蔻詞工,青樓夢好,難賦深情。二十四橋仍在,波心蕩、冷
●●○○ ○○●● ○●○△ ●●●○○● ○○● ●
月無聲。念橋邊紅藥,年年知爲誰生。
●○△ ●○○○● ○○○●○△

查鄭覺齋有此調,於“淮、佳、吴、喬、清、吹”等字作仄,“竹、十、薺、去、廢、杜、俊、夢、四”等字作平。又,李彭老於“漸黄昏”二句作“嘆而今、杜郎還見,應付悲春”句法,平仄皆有異。然此係石帚自度腔,從之爲妥。

〔杜注〕

按，此調前後結有作三字一豆、四字兩句者。

【蔡案】

按，《欽定詞譜》“吴馬”作“戎馬”，今人通行本用“胡馬”，且本句七字不讀斷，但“吴馬窺江”爲一完整文法單位，原譜讀破，作上三下四句法，誤。他如吴元可之“記、當日西廊共月”、鄭覺齋之“記、曉剪春冰馳送”、李萊老之“笑、紅紫紛紛成雨”、趙以夫之“想、長日雲階佇立”、羅志仁之“盡、江上青峰好在”，均以一字逗讀爲佳，而不宜讀斷爲三四式。校之後段，第六句對應本句，而爲六字一句，則正是本句減一領字之變，當爲明證。據改。又，前結原譜作五字一句、六字一句，惟宋人多用三字一逗、四字兩句者，於意更達，亦予重讀。

月下笛 九十九字 周邦彦

小雨收塵，凉蟾瑩徹，水光浮璧。誰知怨抑。靜倚官橋吹
◎●○○ ○○●● ●○○▲ ○○●▲ ●●○○○
笛。映宮牆、風葉亂飛，品高調側人未識。想開元舊譜，柯
▲ ●○○ ⊙●●○ ●○●●○●▲ ●○○◎● ○
亭遺韻，盡傳胸臆。　闌干空四繞，聽折柳徘徊，數聲終
○○● ●○○▲ ○○○●● ●●●○○ ●○○
拍。寒燈陋館，最感平陽孤客。夜沈沈、雁啼正哀，片雲盡
▲ ○○●● ●●○○○▲ ●○○ ◎○●○ ●○●
卷清漏滴。暗凝魂，但覺龍吟萬壑，天籟息。
●○●▲ ●○○ ●●○○●● ○●▲

“水光”至“未識”，與後“數聲”至“漏滴”同。“葉”字是以入作平，不可泛用仄聲字。“人未識”“清漏滴”定格，不可用平平仄。並觀其所用“品”字、“調”字、“片”字及“盡卷”之“盡”字皆仄，可知此句有定格也。“怨、陋、籟”三字亦不可平，他如“静、映、亂、最、夜、正”等去聲字，皆妙，宜玩之。“館”字即前“抑”字，應叶不叶。觀後陶、張二詞俱叶可見。雖美成如此，學者還當用韻爲是。不然或“室”字之訛耳。《圖譜》注“光、誰、橋、風、寒、平”可仄，“水、映、品、側、想、數、夜、片、卷、黯”可平，我所不解。

〔杜注〕

按，王氏校本“闌干四繞”句，“干”字下有“空”字，《詞譜》同，應遵補。又，“寒燈陋館”句，萬氏注“館”字應叶，或“室”字之訛，按，周稚圭《心日齋詞選》作“室”，然此句他詞亦有不叶者，似可不拘。又按，此詞與卷十六美成另作《鎖窗寒》一詞字句相同，因有别體，故《詞譜》亦另列一調。

【蔡案】

原譜“但覺”九字未讀斷。“浮壁”原作“浮碧”，據《欽定詞譜》改。後起“闌干”下據杜注補“空”字，原譜“九十八字”改爲“九十九字”。

本調雖歷來以本詞爲正，然校之宋詞諸家，多不如此填，其不同者二：其一，後段起句以叶韻爲正，且每用二字腹韻，該五字填法，學者不妨以曾詞爲例；其二，前後段第三均，本詞爲七字折腰一句、七字拗句一句，但别家均不如是填，而用平起仄收式律句一句、七字折腰一句，韻律迥異。余疑本詞並非《月下笛》，實爲《鎖窗寒》，故前後段第三均與後諸詞皆别。今將原列於卷十六之《鎖窗寒》移於下，以資比較。

鎖窗寒 九十九字　　周邦彦

暗柳啼鴉，單衣佇立，小簾朱户。桐花半畝，静鎖一庭愁雨。
●●○○　○○●●　●○○▲　○○●●　●●●○○▲

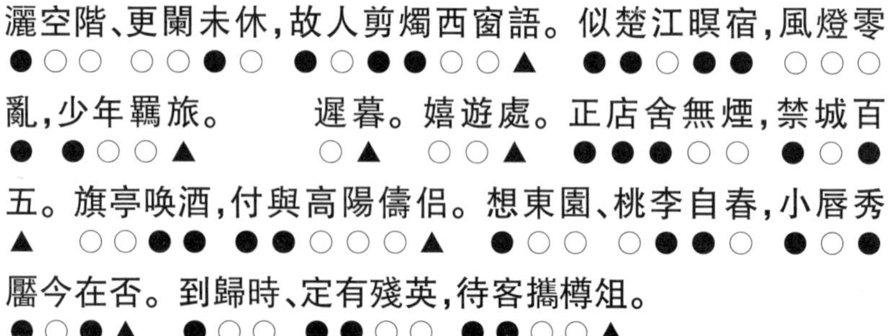

灑空階、更闌未休，故人剪燭西窗語。似楚江暝宿，風燈零亂，少年羈旅。　遲暮。嬉遊處。正店舍無煙，禁城百五。旗亭喚酒，付與高陽儔侶。想東園、桃李自春，小唇秀靨今在否。到歸時、定有殘英，待客攜樽俎。

千里和詞，於“畝”字用“許”“酒”字用“羽”，似叶而非也。“更闌未休”“闌”字平聲，“桃李自春”“李”字上聲，可通用，不可因仄聲而用去聲也。“未”字、“自”字則必用去耳。汲古刻《片玉》，“更”字作“夜”，此字用仄不妨。“自”字作“經”則誤矣。“桐花”至“窗語”，與後“旗亭”至“在否”同，而“在”字用去聲。查此字他家有作平聲，如前段“窗”字者，但千里和詞亦用“舊”字，碧山、玉田亦用“更、雁、自”等字，故知用去聲者當從也。《嘯餘》一槩混注，切不可依。如“灑空階、更闌未休”作仄平仄、仄仄平平，有此《鎖窗寒》否？前結有作一七字、一六字者，如蕭竹屋“悵佳人、有約難來，綠遍滿庭芳草”、揚无咎“恨遲留、載酒期程，孤負踏青時候”是也。此十三字語氣相貫，平仄不異，作兩句亦無礙，故不另列。後起“暮、處”二字俱叶，是定格。蕭於起二字叶，次三字不叶；程先於二字不叶，至第五字方叶，皆不可從。至逃禪竟用“忽雙眉暗鬥”，以“忽”字領句，“雙眉”二字相連，且“雙”字平聲，尤不妥矣。若夢窗於“似楚江”句少“似”字，程先於“正店舍”句少“正”字，及玉田“舊時燕歸”作“歸燕愁魂”“正遥”作“正遠”，皆刻誤。更於“付與”句、“想東園”句各多一字，以致字數參差。今細加訂正，惟有此一體可從而已。

汲古刻《夢窗甲集》，題作《瑣寒窗》，元蕭允之亦作《瑣寒窗》，然查各家，俱作《瑣窗寒》，今南曲南吕調亦有《瑣窗寒》，是《瑣寒窗》乃誤倒也。

〔杜注〕

按,《歷代詩餘》"桐花半畝"句,"花"作"陰"。又,"更闌未休"句,"更"作"夜",此字各家皆用仄聲,均應遵改。又按,卷十五之《月下笛》調與此字句相同,《詩餘》及《詞譜》均各列一調。

【蔡案】

本詞原列于卷十五《金菊對芙蓉》前,而實即與前一首《月下笛》同,故移至此。

本詞與前一首較,除過片小異,其餘均同,後段尾均,前一詞本可讀爲"暗凝魂,但覺龍吟,萬壑天籟息",與本詞劃一。是故余謂周之《月下笛》,或爲後人誤植調名。蓋本詞《片玉集》不載,故方、陳、楊等均無唱和,可見曾經失傳,有調名舛誤之可能。

又,前後段第二均起拍,亦是輔額,張炎詞作:"香留酒殢。蝴蝶一生花裏。""形容憔悴。料應也,孤吟山鬼。"最爲典型。故方詞之"許、羽"自是叶韻,萬子謂"似是而非"者,甚誤。

月下笛 九十九字　　曾允元

吹老楊花,浮萍點點,一溪春色。閒尋舊跡。認溪頭、浣紗
○●○○ ○○●● ●○○▲ ○○●▲ ●○○ ●○
磧。柔條折盡成輕別,向空外、瑶簪一擲。算無情更苦,鶯
▲ ○○●●○○● ●○● ○○●▲ ●○○●● ○
巢暗葉,啼破幽寂。 凝立。闌干側。記露飲東園,聯鑣
○●● ○●○▲ ○▲ ○○▲ ●●●○○ ○○
西陌。容消鬢減,相逢應是難識。東風吹得愁如海,謾點
○▲ ○○●● ○○○●○▲ ○○○●○○● ●●
染、空階自碧。獨歸晚、解説心中事,月下短笛。
● ○○●▲ ●○● ●●○○● ●●●▲

"浮萍點"衹三字。"認溪頭、浣紗磧"兩三字句。"柔條"句上四下三,"向空外"句上三下四,"東風"二句亦然。後起首句二字、次句三字叶韻。末句一五一四。以上俱與前不同,"相逢"句平仄亦異。

〔杜注〕

按,《詞譜》"浮萍點"句作"點點",疊一字,應遵改。

【蔡案】

據杜注補"點"字,原譜"九十八字"改爲"九十九字"。本調第三均,以本詞句法爲正,宋詞未見有從周邦彦詞格者,所有《月下笛》均如此填,所微異者,在後段尾均,或如本詞,或如陶詞,而兩者亦衹讀破而已,其律本一。

讀破格 九十九字　　陶宗儀

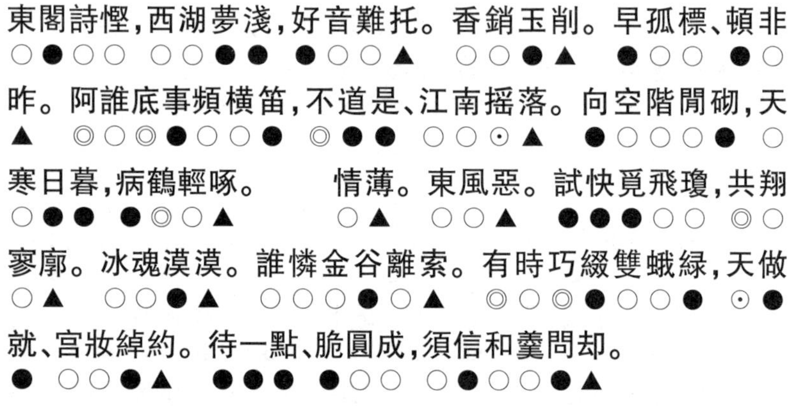
東閣詩慳,西湖夢淺,好音難托。香銷玉削。早孤標、頓非昨。阿誰底事頻横笛,不道是、江南搖落。向空階閒砌,天寒日暮,病鶴輕啄。　情薄。東風惡。試快覓飛瓊,共翔寥廓。冰魂漠漠。誰憐金谷離索。有時巧綴雙蛾緑,天做就、宮妝綽約。待一點、脆圓成,須信和羹問却。

"西湖"句四字,同周詞,餘同曾詞。尾句兩三一四,與前二體異。

【蔡案】

此爲明詞,不足爲範。且同一體式者,有張玉田"千里行秋"詞一首可録,萬子捨名家詞而取明詞,怪哉。其云"尾句兩三一四"者,當是"兩三一六"之誤，玉田詞，其結云"倦遊處，减羈愁，猶未消磨是酒"，必是陶氏之所本也。惟兩三一六乃是宋詞之常格，後一體玉田亦作"恐翠袖、正天寒，猶倚梅花那樹"。玉田之外，白石亦有"怎知道，誤了人，年少自恁虛度"。

多字格 一百字　　張　炎

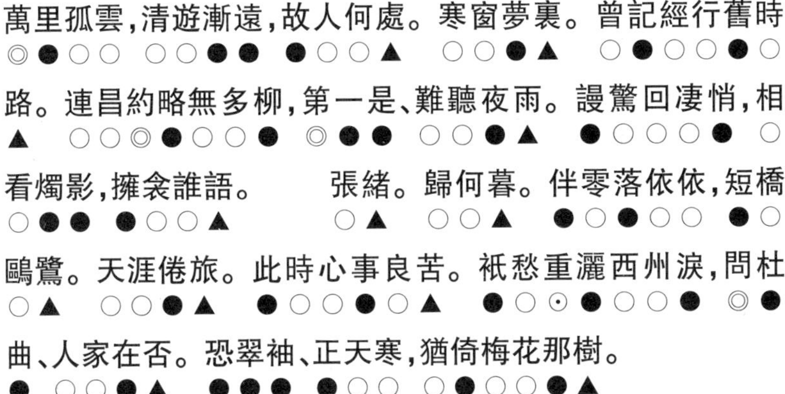

萬里孤雲，清遊漸遠，故人何處。寒窗夢裏。曾記經行舊時路。連昌約略無多柳，第一是、難聽夜雨。謾驚回凄悄，相看燭影，擁衾誰語。　張緒。歸何暮。伴零落依依，短橋鷗鷺。天涯倦旅。此時心事良苦。祇愁重灑西州淚，問杜曲、人家在否。恐翠袖、正天寒，猶倚梅花那樹。

上二詞於第四句四字叶韻，而此用"寒窗"下十字，大異。或曰"寒窗裏""裏"字誤，必有兩字用韻，與前合，蓋"窗裏"不可云"經行路"也。"天涯"二句，則與前同矣。"那"字去聲，妙，妙。陶南村學宋人者，故亦用"問"字，至其"摇"字，不若曾詞"一"字、"自"字，張詞"夜"字、"在"字兩仄聲矣。蓋此二字，即周詞"未"字、漏字也。

〔杜注〕

按，《山中白雲詞》"寒窗裏"句，"裏"上有"夢"字。考玉田另有"千里行秋"一首，此句作"殊鄉聚首"，亦四字，則"夢"字應增。惟另首下句作"夢吟猶自詩瘦"，較此少一字，不知是此句多一字，抑另首少一字矣。

【蔡案】

前段第四拍，原作"寒窗裏"，據杜注改補，原譜"九十九字"改爲"一百字"。"裏"字叶韻，並非本句不韻，宋人詞中"紙""遇"兩部通叶者甚多。又，"零落"，原譜作"冷落"。

本詞與諸家所異者，惟前段第五句多一字，而各家均作六字句，玉田别首亦爲"愛吟猶自詩瘦"，疑本句後人添衍一字。

三部樂 九十九字　　蘇　軾

美人如月。乍見掩暮雲，更增妍絕。算應無恨，安用陰晴圓
●○○▲　●●●○○　　●○○▲　　○●○○○
缺。嬌羞甚、空祇成愁，待下牀又懶，未語先咽。數日不來，
▲　○○●、○○○○　●●○●●　●●○▲　●●●○
落盡一庭紅葉。　　　今朝猛起置酒，問爲誰減動，一分香
●●●○○▲　　　　○○●●○●　●○○●●　●○○
雪。何事散花却病，維摩無疾。却低眉、慘然不答。唱金
▲　○●●○●●　○○○●　●○○、●○●●　●○
縷、一聲怨切。堪折便折。且惜取、少年花發。

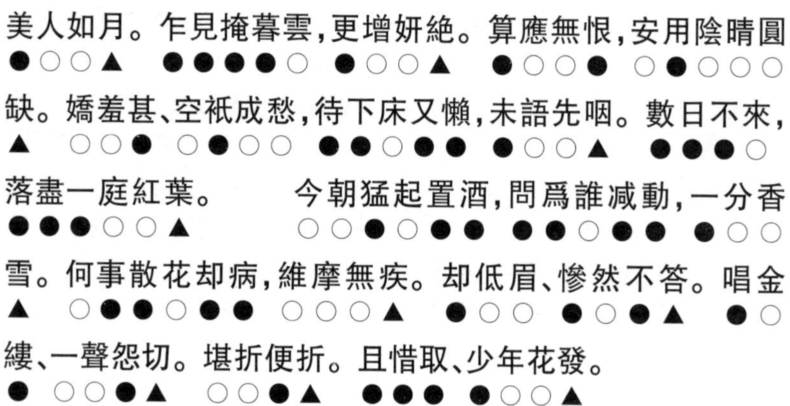

"暮"字用去，各家皆同，惟龍川用平，應從其多者爲是。"語"字用仄，亦是定格。"堪折便折"用平仄仄仄，各家同。"數日"句，各家皆作仄平仄仄，抑或另有此體歟？"事"字各家皆平，恐是"時"字。

〔杜注〕

按，《詞譜》"嬌甚空祇成愁"句，"嬌"下有"羞"字，應遵補。又，"今朝置酒彊起"句，作"今朝猛起置酒"。

【蔡案】

已據杜注改，原譜"九十八字"改爲"九十九字"。又，萬子原注：

“置酒”之“酒”“一聲”之“一”以上、以入作平。

前段第二句當是一四式句法，學者勿誤填爲五言律句句法。故第四字於律，可平可仄，龍川用平，楊澤民用“露半坼芳苞”，亦平，可見均可。“語”字之字位，依律須平，此爲以上作平也，故宋人皆填爲平聲或上聲，不可以去聲填之。又，“今朝猛起置酒”一句，第四字宋人多作平聲，惟本詞一上聲，則“起”字亦可視爲以上作平。如此，則本句成律拗句法。又，楊澤民和清真詞，後段首句作“紅巾又成半蹙”，叶韻，與各體異。

少韻格 九十九字　　周邦彥

浮玉飛瓊，向邃館靜軒，倍增清絕。夜窗垂練，何用交光明
○●○○ ●●●●○ ●○○▲ ●○○● ○●○○○
月。近聞道、官閣多梅，趁暗香未遠，凍蕊初發。倩誰折取，
▲ ●○● ○●○○ ●●○●● ●○○▲ ●○●●
寄贈情人桃葉。　回文近傳錦字，道爲君瘦損，是人都
●●○○○▲ ○○●○●● ●●○●● ●○○
說。衹如、染紅著手，膠梳黏髮。轉思量、鎮長墮睫。都衹
▲ ●○ ●○●● ○○○▲ ●○○ ●○●▲ ○◎
爲、情深意切。欲報信息，無一句、堪喻愁結。
● ○○●▲ ●●○○ ○○● ○○○▲

首句不起韻。“倩誰”句比蘇詞“數日”句異。“袄”字恐誤，“如”字用平，可從。

按，千里和詞，於“聞道”句云“奈相送、行客將歸”，多一字，但觀夢窗、龍川此句皆作七字，或此周詞偶落一字，亦未可知。而前蘇詞亦衹六字，故不敢擅定。至方詞於“何用”句作“天際留殘月”，則“留”字上落一字。“是人”句作“到見時難説”，多一字，查此句吴詞五字，蘇詞、陳詞四字，未知誰是，想不拘也。

〔杜注〕

按，《詞譜》“聞道官閣多梅”句，“聞”字上有“近”字。又，“特贈”作“寄贈”。又，“袄如”作“衹如”。又，“膠脱”作“膠梳”。均應遵照增改。

【蔡案】

已據杜注改，原譜“九十八字”改爲“九十九字”。萬子原注：“一句”之“一”以入作平。又按，“凍蕊”之“蕊”“信息”之“息”，亦爲作平。

後段第二均，其基本句法爲二字逗領四字偶句，故前六字不妨作兩頓連平，蓋須二字讀住也。原譜不讀斷。

多字格 一百字　　吴文英

江鶂初飛，蕩萬里素雲，霽空如沐。詠情吟思，不在秦箏金
○●○○　●●●●○　●○○▲　●○○●　●●○○○
屋。夜潮上、明月蘆花，傍釣蓑夢遠，句清敲玉。翠罋汲曉，
▲　●○●　○●○○　●●○●●　●○○▲　●○●●
欸乃一聲秋曲。　越裝片篷障雨，瘦半竿渭水，伴鷺汀幽
●●●○○▲　●○●○●●　●●○●●　●●○○
宿。那知、暖袍挾錦，低簾籠燭。鼓春波、載花萬斛。帆鬣
▲　○○　●○●●　○○○▲　●○○　●○●▲　○●
轉、銀河可掬。風定浪息，蒼茫外、天浸寒緑。
●　○○●▲　○●●○　○○●　○○○▲

“夜潮上”句、“伴鷺汀”句各多一字。後起句用平，與前異。

〔杜注〕

按，毛斧季校本後半起句作“越裝片篷障雨”，此落“越裝”二字，多“乘風”二字，應更正。

【蔡案】

本調後段首拍原譜作“片篷障雨乘風”，惟各家均爲○○○○●

●,而未有平收之例,原譜所據有異。四印齋所刻詞本《吴文英丙稿》注云:"毛斧季校作'越裝片篷障雨'",而鄭文焯手批吴文英詞亦云:"據清真過片,當從斧季校本改訂。"另,後起除杜注所及,尚脱一"瘦"字。又,"霽空"原作"際空",現據彊村四校本補正,原譜"九十九字"改爲"一百字"。又,"那知"句原譜亦不讀斷,此爲二字逗領四字儷句句法。又按,"浪息"之"息"以入作平。"浸"有平讀,《廣韻》七林切,《集韻》千尋切,在《平水》十二部侵部。

雲仙引 九十八字　　馮偉壽

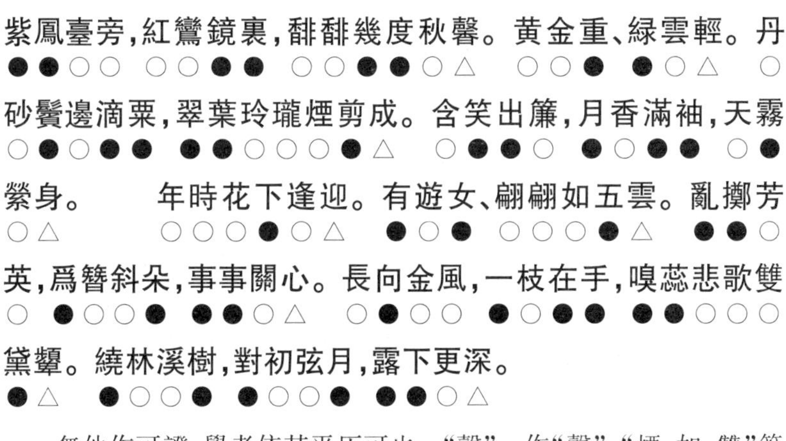
紫鳳臺旁,紅鸞鏡裏,馡馡幾度秋馨。黄金重、緑雲輕。丹砂鬢邊滴粟,翠葉玲瓏煙剪成。含笑出簾,月香滿袖,天霧縈身。　年時花下逢迎。有遊女、翩翩如五雲。亂擲芳英,爲簪斜朵,事事關心。長向金風,一枝在手,嗅蕊悲歌雙黛顰。繞林溪樹,對初弦月,露下更深。

無他作可證,學者依其平仄可也。"聲"一作"馨","煙、如、雙"等字用平,乃詞中起調處,勿循《圖》注可仄之説。

〔杜注〕

按,《詞譜》首句"紫鳳臺高""高"作"旁",此與下句"裏"字作對,應遵改。又,"秋聲"作"秋馨"。又,"遠臨"作"繞林"。

【蔡案】

已據杜注改。前段"丹砂"句原譜不讀斷,此六字對應後段"長向金風，一枝在手”八字，疑“丹砂”前落二字。又按，本詞均拍紊亂，依前段則爲引詞，依後段則爲慢詞，而以字數規模，則當前後各爲四均，前段文字多有脱誤，細品其律，余觀前段“鬢邊”以下，與後段“一枝”以下，極爲工整，則之前前後段句法如此參差，必無此律理，無此情理，故余以爲，前段第二三均，其原詞或爲“●●○○，黄金重●，緑雲輕○。●●丹砂，鬢邊滴粟，翠葉玲瓏煙剪成”，計奪八字，其中○爲平聲字，●爲仄聲字，“輕”字後爲韻字。如此，則與後段相合。學者若以爲合理，則前段第二、第三均可依後段填寫。

芰荷香　九十八字　趙彦端

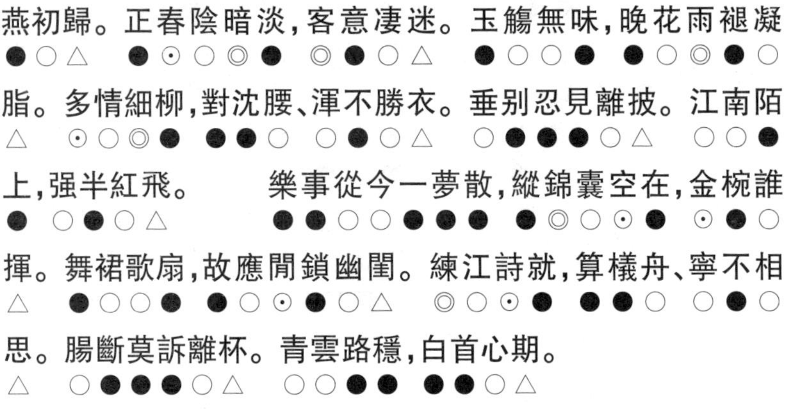
燕初歸。正春陰暗淡，客意凄迷。玉觴無味，晚花雨褪凝脂。多情細柳，對沈腰、渾不勝衣。垂別忍見離披。江南陌上，强半紅飛。　樂事從今一夢散，縱錦囊空在，金椀誰揮。舞裙歌扇，故應閒鎖幽闈。練江詩就，算檥舟、寧不相思。腸斷莫訴離杯。青雲路穩，白首心期。

“正春陰”下，與後“縱錦囊”下同，但“垂別袖”句七字，“腸斷”句六字，恐無此理，必“腸斷”下少一仄聲字無疑，作者宜照前填之。

〔杜注〕

按，《詞譜》“垂別袖”句，無“袖”字，則前後皆六字矣。

【蔡案】

本調前後段尾均，宋人各詞均爲六字一句、四字兩句，故前段“垂别袖”當不可取。今據《欽定詞譜》改。後段起句原譜作“樂事從今一夢”，檢《介庵趙寶文雅詞》作“樂事從今一夢散”，則與諸家同，亦爲七字一句，惟陶氏涉園景宋本《虚齋樂府》趙以夫詞，後段首句作“天上菖蒲五色”，六字，僅此一首，疑亦有奪誤。據此改爲七字，以合正體。

又按，“垂别”“腸斷”二句，宋人多作平起平收式句法，律拗句法僅此一首。

孤　鸞 九十八字　　趙以夫

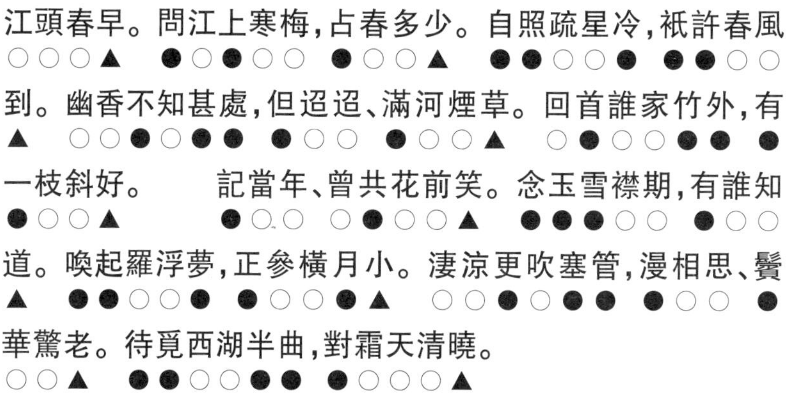

江頭春早。問江上寒梅，占春多少。自照疏星冷，祇許春風
○○○▲　●○●○○　●○○▲　●●○○●　●●○○
到。幽香不知甚處，但迢迢、滿河煙草。回首誰家竹外，有
▲　○○●○●●　●○○　●○○▲　○●○○●●　●
一枝斜好。　記當年、曾共花前笑。念玉雪襟期，有誰知
●○○▲　●○○　○●○○▲　●●●○○　●○○
道。喚起羅浮夢，正參橫月小。淒涼更吹塞管，漫相思、鬢
▲　●●○○●　●○○●▲　○○●○●●　●○○　●
華驚老。待覓西湖半曲，對霜天清曉。
○○▲　●●○○●●　●○○○▲

“自照”二句、“喚起”二句，俱各五字，與前詞異。《譜》於“正”字注可平，誤。“祇許”句五字，應如後段，“正”字領句，此不足法。

【蔡案】

本詞原列於馬莊父詞後，因係正體，故移前。後起八字原譜不讀斷。

本調之别，蓋在前後段第二均，諸家多作五字兩句，偶有作四字一句、六字一句者，故以本調為正體。

讀破格 九十八字　　馬莊父

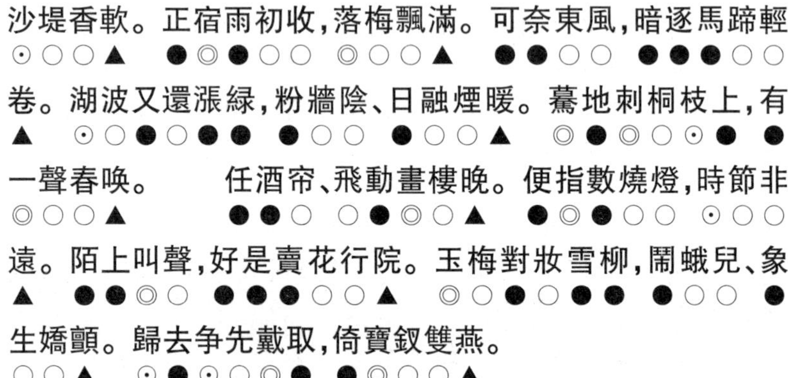
沙堤香軟。正宿雨初收,落梅飄滿。可奈東風,暗逐馬蹄輕卷。湖波又還漲緑,粉牆陰、日融煙暖。驀地刺桐枝上,有一聲春喚。　任酒帘、飛動畫樓晚。便指數燒燈,時節非遠。陌上叫聲,好是賣花行院。玉梅對妝雪柳,鬧蛾兒、象生嬌顫。歸去争先戴取,倚寶釵雙燕。

除兩起句外,前後俱同,旁注照各家查定。"畫"字,朱敦儒亦用"水"字。"時節"亦用"難寄",尤覺發調宜從。至"正、有、任、便、倚"等乃領句虚字,喚起下語,斷無用平之理,《譜》《圖》概作可平。"湖波""玉梅"二句,除首一字外,平仄定須如此,乃注"波"可仄、"又"可平、"漲"可平,謬甚。又,"漲"用平,則全然無調矣。又謂"粉"可平、"蛾"可仄,同語而異注,所不解也。

【蔡案】

本調第三均兩拍,若讀爲六字一句、三字一頓、四字一句,則少頓挫,必讀爲二字一頓一句、三字一頓一句方合其音響聲容。此類作法乃填詞中慣用,後譜《玲瓏四犯》即爲一例。又,萬子原譜旁注"時節"之"節"字可平,則是認可其爲仄聲也,誤。宋詞此處均爲平聲,惟《草堂詩餘後集》無名氏(《欽定詞譜》誤作朱敦儒)作"難寄春色",當是誤填,不必爲據,故本句"節"字以入作平。

少字格 九十七字　　張　榘

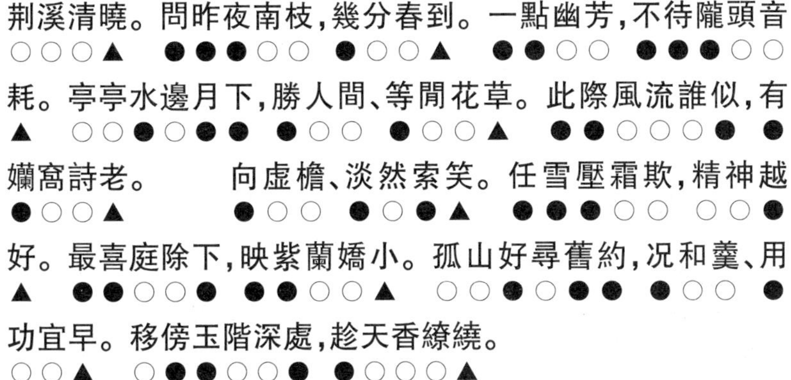

荆溪清曉。問昨夜南枝，幾分春到。一點幽芳，不待隴頭音耗。亭亭水邊月下，勝人間、等閒花草。此際風流誰似，有孏窩詩老。　向虚檐、淡然索笑。任雪壓霜欺，精神越好。最喜庭除下，映紫蘭嬌小。孤山好尋舊約，况和羹、用功宜早。移傍玉階深處，趁天香繚繞。

後段起處二句與前異，但恐誤，不宜從，蓋芸窗别一首，原與前趙詞同也。“一點”二句上四下六，同馬詞。“最喜”二句各五字，同趙詞。又與前異。

按，“一點”二句用一四一六，與兩五者似是各體，自宜前後相合，前兩家可證。此篇後段或宜於“除”字分句，便與前同，蒼崖曰：既有趙詞在，不妨即注兩五，故從之。然作者以照合爲妥。朱敦儒作，《譜》《圖》俱注，前云：“淡泞新妝，淺點壽陽宫額”，後云“試問丹青手，是怎生描得”，前後互異，余則斷之曰“淡泞新妝淺”爲一句也。

〔杜注〕

按，《詞譜》“孤山好喜舊約”句，“喜”作“尋”。此字宜平，且與上文“最喜庭除下”“喜”字重複，應遵改。

【蔡案】

杜注從句法入手，謂“孤山”句第四字宜平，甚是，惟以“喜”字複，其説無理。已據杜注改。

陸勅先校本《芸窗詞》載本詞，後段换頭作"向虚檐、淡然索笑"，然本拍各家均爲上三下五句法，校之二本，原文或爲"向虚檐、且淡然索笑"，或爲减字，合乎律理。惟原譜作"且向虚檐"，其變於律不合，應誤。兹據《芸窗詞》删"且"，原譜"九十八字"改爲"九十七字"。

晝夜樂 九十八字　　　　柳　永

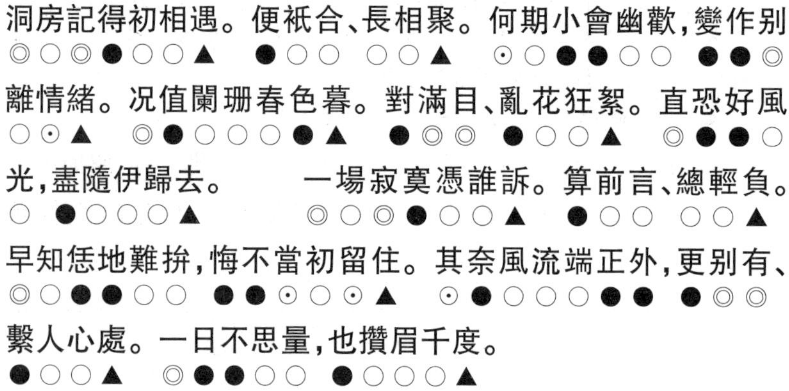
洞房記得初相遇。便祇合、長相聚。何期小會幽歡，變作别離情緒。况值闌珊春色暮。對滿目、亂花狂絮。直恐好風光，盡隨伊歸去。　一場寂寞憑誰訴。算前言、總輕負。早知恁地難拚，悔不當初留住。其奈風流端正外，更别有、繫人心處。一日不思量，也攢眉千度。

前後段同。"暮"字叶，"外"字不叶，山谷一首亦然。而柳别作則前後皆叶，作者自當皆叶爲妥。"色"字别作用平，甚拗，或誤，不必從。兩結各五字二句，須知上句如五言詩，下句上一下四，此二句正如《石州慢》之結耳。

【蔡案】

"外"字與"暮"字相叶，亦不突兀，蓋詞韻第三部叶第四部耳。

後段"人心"之"人"例作平聲，宋人皆如此填，柳永别首"入"字以入作平也，不可誤爲仄聲。又，萬子原注"祇合""總"三字作平。

八節長歡 九十八字　　毛滂

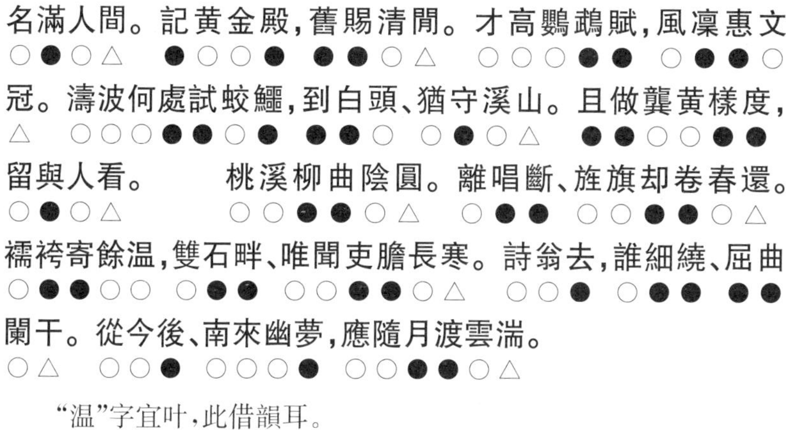
名滿人間。記黃金殿，舊賜清閒。才高鸚鵡賦，風凜惠文
○●○△ ●○○● ●●○△ ○○○●● ○●●○
冠。濤波何處試蛟鼉，到白頭、猶守溪山。且做龔黃樣度，
△ ○○○●●○● ●●○ ○●○△ ●●○○●●
留與人看。　桃溪柳曲陰圓。離唱斷、旌旗却卷春還。
○●○△ ○○●●○△ ○●● ○○●●○△
襦袴寄餘温，雙石畔、唯聞吏膽長寒。詩翁去，誰細繞、屈曲
○●●○○ ○●● ○○●●○△ ○○● ○●● ●●
闌干。從今後、南來幽夢，應隨月渡雲湍。
○△ ○○● ○○○● ○○●●○△

"温"字宜叶，此借韻耳。

〔杜注〕

萬氏注"温"字宜叶，借韻。按，澤民別首用真文韻，此句用"妍"字，則亦不叶也。

【蔡案】

明清詞譜家多無輔韻概念，故有萬子借韻之説，無謂，不取。

本詞中間二均，前後段甚爲參差，總疑文字有舛誤處，惟毛詞二首如一，又無別首可校，悵恨。

逍遥樂 九十八字　　黄庭堅

春意漸歸芳草。故國佳人，千里信沈音杳。雨潤煙光，晚景
○●●○○▲ ●●○○ ○●●○○▲ ●●○○ ●●
澄明，極目危欄斜照。夢當年少。對樽前、上客鄒枚，小鬟
○○ ●●○○○▲ ●○○▲ ●○○ ●●○○ ●○
燕趙。共舞雪，歌塵醉裏談笑。　花色枝枝爭好。鬢絲
○▲ ●●● ○○●●○▲ ○●○○○▲ ●○

年年漸老。如今遇風景，空瘦損、向誰道。東君幸賜與，天
○○●▲ ○○●○● ○●● ●○▲ ○○●●● ○
幕翠遮紅繞。休休、醉鄉岐路，華胥蓬島。
●●○○▲ ○○ ●○○● ○○○▲

祇此一闋，平仄宜遵。

【蔡案】

前段後結原譜作“共舞雪歌塵，醉裏談笑”，四字句兩頓連平失諧。按，歌塵，動聽之歌，或動聽貌。前五字語意欠通，當非成句。又，後段“休休”二字原譜未讀斷，亦兩頓連平失諧。按，此處二字逗領儷句“醉鄉岐路，華胥蓬島”。

本詞前後段極爲參差，疑有文字舛誤。

並蒂芙蓉 九十八字　　晁端禮

太液波澄，向鑒中照影，芙蓉同蒂。千柄緑荷深，並丹臉爭
●●○○ ●●○●● ○○○▲ ○●●○○ ●○●○
媚。天心眷臨聖日，殿宇分明獻嘉瑞。弄香嗅蕊。願君王、
▲ ○○●○●● ●●○○●○▲ ●○●▲ ●○○
壽與南山齊比。　池邊屢回翠輦，擁群仙賞醉，憑闌凝
●●○○○▲ ○○●○●● ●○○●● ○○○
思。萼緑攬飛瓊，共波上遊戲。西風又看露下，更結雙雙新
▲ ◎●●○○ ●○●○▲ ○○●○●● ●●○○■
蓮子。鬥妝競美。問鴛鴦、向誰留意。
○▲ ●○●▲ ●○○ ●○○▲

“向檻中”至“嗅蕊”，與後“擁群仙”至“競美”同。但前用“敞”字仄，後用“新”字平，想可通用，他無可考。《圖譜》乃謂“太、向、緑、臉、眷、殿、弄、壽、與、屢、共、又、更、鬥”等字可平，“芙、同、丹、天、分、君、池、邊、憑、西、雙、鴛”等字可仄。試問據何詞而較定邪？至“嗅”字本仄，而《圖》作平可仄，“凝”字本平，而圖作仄可平，何邪？“芙蓉同蒂”“憑闌凝思”必平平平仄，“殿宇分明”“更結雙雙”必仄仄平平，“弄香嗅蕊”“鬥妝競美”必仄平仄仄，何得信意改竄？更怪者，“千柄綠荷深”與後“蕚綠攬飛瓊”同，“並丹臉爭媚”與後“共波上遊戲”同，皆五字句，乃以“千柄綠荷深並”爲六字一句，“丹臉嬌媚”爲四字一句，豈非異事！

〔杜注〕

按，前半第二句“向檻中照影”，“照影”二字爲去上聲，後半“擁群仙賞醉”句，疑爲“醉賞”倒誤，方與去上聲相諧。又按，《詞譜》“敞嘉瑞”“敞”字作“獻”，應遵改。又，《本事詞》云：“宋政和時，大晟樂府成，蔡京薦晁端禮。詔乘傳赴闕，會禁中嘉蓮生，端禮屬詞以進，名《並蒂芙蓉》，即此詞也。”

【蔡案】

“鑒中”原譜作“檻中”，據《全宋詞》改。又，據杜注改“獻嘉瑞”。

本調前後段起，余疑爲换韻填法，即前段作“太液波澄向鑒中。照影芙蓉。同蔕。”而後段則爲“池邊。屢回翠輦擁群仙。醉賞憑闌。凝思。”改後音律和諧，句意更達，如“同蒂”“凝思”二字屬後一均，更合原貌。謹記於此。又按，“新蓮子”之“新”，此處不可讀爲平聲，庶幾句子合律。而本句正對應前段“殿宇”句之“獻”字，正可證明。

綉停針 九十八字　　陸　游

嘆半紀，跨萬里秦吴，頓覺衰謝。回首鵷行，英俊並遊，咫尺
●●●　●●●○○　●○○▲　⊙●○○　○●●○　◎●
玉堂金馬。氣淩嵩華。負壯略、縱横王霸。夢經洛浦梁園，
●○○▲　●○○▲　●●●　○○○▲　●○●●○○

覺來、淚流如瀉。　山林定去也。却自恐、説著少年時
●○ ●○○▲ ○○●●▲ ●●● ○●●○○
話。静院焚香，閒倚素屏，今古總成虚假。趁時婚嫁。幸自
▲ ◎●○○ ○●●○ ⊙●●○○▲ ●○○▲ ●●
有、湖邊茅舍。燕歸應笑，客中、又還過社。
● ○○○▲ ●○○● ●○ ●○○▲

後段“定去也”用去去上，即與首句“嘆半紀”同。次句“説著”二字作平，與前次句“秦吴”二字亦同。前第三句“覺”字作平，與後“少年”句同。是换頭衹多“山林”二字耳。“過”字讀作平，“並、素”二字必用去聲。

【蔡案】

萬子原注，“頓覺”之“覺”“説著”二字俱作平。按，余以爲“却自恐説著少年時話”九字，不必循前段作五字一句、四字一句，以文理觀之，作九字折腰當更爲圓潤，則不必作平。又，前後結六字，原譜均不讀斷，則語意未免過平，觀其兩頓連平，可知爲二字逗也。

又按，本調元人又名《綉定針》《成功了》，元人詞，前段起調三字均入韻，故余疑放翁詞或爲“半紀跨。嘆萬里秦吴”起調也。

二郎神 一百五字　又名《十二郎》　　湯　恢

瑣窗睡起，閒佇立、海棠花影。記翠楫銀塘，紅牙金縷，杯泛
●○●● ⊙●● ●○○▲ ●●●○○ ○○○● ○●
梨花凍冷。燕子銜來相思字，道玉瘦、不禁春病。應蝶粉半
○○●▲ ●●○○○○● ●●● ◎○○▲ ○●●●
銷，鴉雲斜墜，暗塵侵鏡。　還省。香痕碧唾，春衫都凝。
○ ○○○● ●○○▲ ○▲ ○○●● ⊙○○▲
悄一似荼蘼，玉肌翠帔，消得東風喚醒。青杏單衣，楊花小
●●●○○ ◎○◎● ○●○○●▲ ⊙●○○ ⊙○◎

扇，閒却晚春風景。最苦是、蝴蝶盈盈，弄晚一簾風靜。
● ○●●○○▲ ◎●● ⊙●○○ ●●●○○▲

此爲本調正體，作者多從之。《嘯餘》載徐幹臣詞，亂注平仄，此篇乃和徐韻者，故收之以爲證。“睡”字，徐用“彈”，乃去聲，是彈弓之彈，意謂鵲本報喜之物，今乃無憑準，因以丸彈之，故曰“悶來彈鵲”也。此字不可作平聲，觀夢窗首句，亦作“素天際水”是也。“銜來相思”，徐云“愁端如何”，《譜》以其四個平聲，注“何”字可仄。觀夢窗“又是賓鴻重來後”。“來”字亦平，豈徐、湯、吴三公皆笨伯，不能作七言詩一句乎？又，以“記翠楫”下作九字句、“鵶雲”下作八字句、“香痕”下作八字句、“悄一”下作九字句、“最苦”下作九字句，而凡用仄處皆可作平，人若依之，使一調音響俱索然無味。至“凍冷、唤醒、弄晚”等去上，正同徐詞“燼冷、未醒、遍倚”，所以爲妙，夢窗亦云“過艇、照影、數點”，若皆作平仄，不成調矣。“半”字亦必仄聲。末句或於“盈盈”處豆，或於“弄晚”處豆，總之語氣相貫，可不拘。按，夢窗此詞題曰“十二郎”，《圖譜》不知即此調，又續收之，首句便作七字讀，次句作四字讀，所謂從頭差起，安得不直差到底乎？

又，馬莊父一首，“記翠楫”下九字止作“倩説與、年年相挽”七字，其餘皆同，若謂用前吕詞法，則其餘又與吕不同，恐係脱兩字，不録。

【蔡案】

本詞原列於柳永詞後，因係正體，故移前。萬子謂馬莊父詞或脱二字，按，前列吕渭老詞，此句亦作“向紫陌、秋千影下”七字，疑可减字。“翠帔”原作“翠被”，據《全宋詞》改。

少字格　九十八字　吕渭老

西池舊約。燕語柳梢桃萼。向紫陌、秋千影下，同綰雙雙鳳
○○●▲ ●●●○○▲ ●●● ○○●● ⊙●○○●

索。過了鶯花休則問,風共月、一時閒却。知誰去、喚得秋
▲ ●●○○○●● ◎●● ●○○▲ ○○● ●●○
陰,滿眼敗垣紅葉。 飄泊。江湖載酒,十年行樂。甚近
○ ●●●○○▲ ○▲ ○○●● ●○○▲ ●●
日、傷高念遠,不覺風前淚落。橘熟橙黃堪一醉,斷未負、晚
● ○○●● ●●○○●▲ ●●○○○●● ◎●● ●
凉池閣。祇愁被、撩撥春心,煩惱怎生安著。
○○▲ ●○● ○●○○ ○●●○○▲

"向紫陌"至"閒却",與後段"甚近日"至"池閣"同。"藥"字刻本作"葉","葉"字非韻,今改正。或曰:上用"秋陰",非紅藥時矣。余謂:不更有"桃萼"在前乎?桃尚是萼,春景可知。或曰:後有"橘熟橙黃",是又何説?余笑曰:"晚凉池閣",又是夏景,四時都來,極像嶺南風景。僕亦難以斷定,請公去與吕家那漢理會。

〔杜注〕

按,《詞譜》"喚秋陰"句,"喚"字下有"得"字。又,"滿眼敗紅藥"句,"敗"字下有"垣"字,應遵補。

【蔡案】

已據杜注改。萬子謂四季之象,非一時之景也,奈何混爲一談。"知誰去,喚得秋陰",則"秋陰"顯非當下,"桃萼"則是舊約,全篇四季蓋統而言之,斷不可作眼前景致觀之。

讀破格 一百四字 柳 永

炎光謝。過暮雨、芳塵輕灑。乍露冷風清庭户爽,天如水、
○○▲ ●●● ○○○▲ ●●●○○○●● ○⊙◎
玉鈎遥挂。應是星娥嗟久阻,敘舊約、飆輪欲駕。極目處、
◎○○▲ ⊙●○○○●● ●◎● ○○●▲ ●●●

微雲暗度，耿耿銀河高瀉。　閒雅。須知此景，古今無
○○●● ●●○○○▲ ○▲ ○○●● ●○○

價。運巧思、穿針樓上女，擡粉面、雲鬟相亞。鈿合金釵私
▲ ●●● ○○○●● ○◎● ○○○▲ ◎●○○○

語處，算誰在、回廊影下。願天上人間，占得歡娱，年年
●● ●⊙● ○○●▲ ●○●○○ ●●○○ ○○

今夜。
○▲

"乍露冷"至"欲駕"，同後"運巧思"至"影下"。此調與前後體原是各異，首句向來傳刻皆三字，沈氏謂"光"字下缺"初"字，蓋欲添入一字以湊成四字句，而不知此字不宜作平聲，"初"字之杜撰，不辨而自露也。且此句必欲彊之使同，則後段許多不同處，能使之俱同乎？古人所謂本無事而自擾之也。《嘯餘》依本集作"炎光謝矣"，而亦欲湊四字，竟將下一字補上，作"炎光謝過"，其下祇作六字句，誤失一韻，尤爲可笑。且以"露冷風清"爲四字句，"庭户"至"遥挂"爲十字句，蓋謂"爽天"二字相連，故又注"爽"字可平，奇極，奇極。

【蔡案】

原譜"輕灑"作"瀟灑"，"乍露冷"句於"冷"處讀斷，均據《欽定詞譜》改。

依理柳永前於湯恢，本詞體式或早於湯詞，惟柳詞詞格僅此一首，而宋人多依湯詞詞體填，故今以湯詞爲正體。

畸變格　一百五字　　揚无咎

炎光欲謝，更幾日、薰風吹雨。共説是天公，亦嘉神貺，特作澄清海宇。灌口擒龍，離堆平水，休問功超前古。當中興、

護我邊陲，重使四方安堵。　　新府。祠庭占得，山川佳處。看曉汲雙泉，晚除百病，奔走千門萬户。歲歲生朝，勤勤稱頌，可但民無災苦。□□□、願得地久天長，協佐皇都。

“灌口”以下兩四一六，與後“歲歲”以下同。此即前湯詞後段“青杏”以下三句句法，而前後通用之者也。尾句“都”字初疑是誤，然玩上用“佐”字，則下宜以平字應之，此乃又一平仄互用之體也。

〔杜注〕

按，楊補之《逃禪詞》題爲“清源生辰”，似壽神之詞，原刻亦空三字，以詞意揣之，疑當作“薦樽俎”。

【蔡案】

尾句萬子以爲當叶平韻，必誤。按，本調宋詞無一首有一平韻者，本詞安能獨有一平？據毛校本《逃禪詞》，本詞後段尾均作“□願得、地久天長，佐紹興□□□”，實爲脱一韻脚。又，杜氏所揣，疑有所本，若尾均爲“□願得、地久天長，佐紹興薦樽俎”，則恰在韻，惟不當在前，而應在後，庶幾可信。

本詞錯譌、脱落較多，故不擬譜。

陌上花 九十八字　　張　翥

關山夢裏歸來，還又歲華催晚。馬影雞聲，諳盡倦郵荒館。
○○●●○○　○●●○○▲　●●○○　○●●○○▲
綠箋密記多情事，一看一回腸斷。待殷勤、寄與舊遊鶯燕，
●○●●○○●　●●●○○▲　●○○　●●●○○●
水流雲散。　　滿羅衫，是酒痕凝處，唾碧啼紅相半。祇恐
●○○▲　　●○○　●●○○●　●●○○○▲　●●
梅花，瘦倚夜寒誰暖。不成便没相逢日，重整釵鸞箏雁。但
○○　●●●○○▲　●○●●○○●　○●○○○▲　●

何郎、縱有春風詞筆,病懷渾懶。

此詞風流婉約,在淺深濃淡之間,真絶唱也。吾安得起蜕巖於九京,而北面事之?“還又”下與後“唾碧”下同。《圖》注起處兩六字,“待殷勤”句七字,“鶯燕”連下作六字,更以“香”字連上“酒”字作六字,“痕凝”至“相半”作九字,而又因“凝處唾碧”四仄,乃注“凝處”二字云可平,是苦苦要將好詞讀壞。惜哉!

〔杜注〕

按,《詞譜》前起六字以“來”字爲句,“還又”二字屬下,後起三字以“衫”字爲句,“是酒”二字屬下,無“香”字。

【蔡案】

已據杜注改,原譜“九十九字”改爲“九十八字”。

《廣韻》:郵,驛也。原譜作“倦郵荒館”,是,《欽定詞譜》作“倦遊”,應誤。“待殷勤”九字,原譜作五字一句、四字一句,不如改易爲九字一貫,以合後段“但何郎”九字。

玲瓏四犯 九十九字 周邦彦

穠李夭桃,是舊日、潘郎親試春豔。自別河陽,長負露房煙
⊙●○○ ●●● ○○⊙●○▲ ●●○○ ⊙●●○○
臉。憔悴、鬢點吴霜,細念想、夢魂飛亂。嘆畫闌玉砌都换。
▲ ⊙● ●●○○ ●●● ●○○▲ ●◎○◎●○▲
纔始有緣重見。 夜深偷展香羅薦。暗窗前、醉眠葱蒨。
⊙●◎○○▲ ●○⊙●○○▲ ●○○ ●○○▲
浮花浪蕊都相識,誰更曾擡眼。休問、舊色舊香,但認取、芳
⊙○●●○○● ○●○○▲ ⊙● ●●◎○ ◎●◎ ⊙
心一點。又片時一陣、風雨惡,吹分散。
○◎▲ ●●○◎● ⊙●◎ ○○▲

“細念想”句本七字，觀徽宗、梅溪、松山等作皆同，而方千里和此詞，正作“顧鬢影翠雲零亂”，其爲七字何疑？舊譜去一“細”字，各書多仍其誤，故汲古刻《片玉詞》有“按譜宜是六言，無‘細’字”之注也。各家惟竹屋一首六字，或亦脱落，或有此體，然謂有此體則可，謂周詞六字則不可，蓋有千里和詞爲證也。“又片時一陣”應是五字，各家皆同，舊刻於“又”字上多一“奈”字，不惟失調，於文義亦贅。至尾句，《譜》《圖》俱注“又片時一陣風雨”，爲七字句，“惡吹分散”爲四字句。今考方詞，是“仗夢魂一到，花月底，休飄散”，是知上句五字，於“陣”字分斷，下以“風雨惡”爲一句、“吹分散”爲一句。方詞上句於“到”字住，下以“花月底”爲一句、“休飄散”爲一句耳。又查草窗結云：“倚畫闌無語，春恨遠，頻回首”，更可以爲據。向來原有所疑，考至此，不覺爽然。又思人之所以誤讀者，乃因《玲瓏四犯》又另有四字煞尾一體，故人欲彊而同之，遂致誤耳。但覽後載史詞，可知其分别較然矣。《譜》於五字句謂可用平平平仄仄，下句可用仄仄平平平仄，“惡”字竟作可平，豈不大謬！

〔杜注〕

按，《草堂詩餘》“舊色舊香”句，“舊”皆作“蒨”，與上“蒽蒨”韻複，不必從。

【蔡案】

本調原前段第一均，以平仄譜論，其格律當爲四字一句、上三下六折腰式九字一句，一出一對，是爲正體。然今之注本則多讀爲四字一句、五字一句、四字一句，誤。細玩本調諸詞，除史詞外，皆當讀爲九字一句者。周邦彦“是舊日、潘郎親試春艷”、曹邍“自過了、梅花獨佔清絶”、竹屋“做弄得、飛雲吹斷晴絮”等，尤當如此，若讀爲五四式，語意便不如三六式更爲通達。通。而白石作“垂燈春淺，匆匆時事如許”，則實爲三字逗添字，故六字句獨立成句，正是明證。

又，本調前後段第三均，標點本多作六字一句、七字折腰式一句，蓋明清以來無二字逗意識故。本均兩拍，若讀爲六字一句、三字一頓、四字一句，則少頓挫，必讀爲二字一頓、三字一頓方合其音響聲容。前人因無標點，故以同聲節拍示之，遍觀唐宋詞，莫不如此。

竹屋詞，前段第六拍作“每問著、小桃無語”，萬子謂六字，想其所據本脱一字。

又按，本調前段尾均，就宋人作品觀之，其律當是一字逗領六字兩句，即周邦彦所“嘆”者當是十二字，而非六字，同理，後吴文英之“奈”、梅溪之“更”及周密之“看翠簾蝶舞蜂喧，催趁禁煙時候”、玉田之“問種桃莫是前度。不擬桃花輕誤”、千里之“悵平生把鑒驚换。依約瑣窗逢見”，莫不如此，而史達祖之“暗塵偷鎖鸞影，心事屢羞團扇”更是儷句句法，最能爲證。此乃填詞關紐，若一字逗但領六字，再以另六字合之，便非《玲瓏四犯》矣，惜今人多不知之。

重　格 九十九字　　吴文英

波暖塵香，正嫩日、輕陰摇蕩清晝。幾日新晴，初展綺窗紋綉。年少、忍負才華，儘占斷、艷歌芳酒。奈翠簾蝶舞蜂喧，催趁禁煙時候。　杏腮紅透梅鈿皺。燕歸時、海棠厮勾。尋芳較晚東風約，還約劉郎歸後。憑問、柳陌舊鶯，人比似、垂楊誰瘦。倚畫闌無語，春恨遠、頻回首。

前詞“玉砌都换”“换”字是韻，千里亦和之，此篇“喧”字用平，不叶，徽宗用“翔”字、竹屋用“情”字，亦然。“還約”句比前“誰更”句多一字，“比似”句比前“但認”句少一字。

〔杜注〕

按，戈氏校本“奈翠簾”之“奈”字作“看”。又，“還約劉郎歸後”句無“歸”字。又，“憑問柳陌情人”句，作“憑問柳陌舊鶯”，以“人”字屬下。又按，此爲周草窗詞，非夢窗作也。

【蔡案】

已據杜注改。並據前體所叙重讀前段第二、第五、第七句及後段第五句。然則本詞即前一詞體，周詞“换”字本屬輔韻，可叶可不叶者。不擬譜。

又按，本詞作者應是周密。

多字格 一百一字　　史達祖

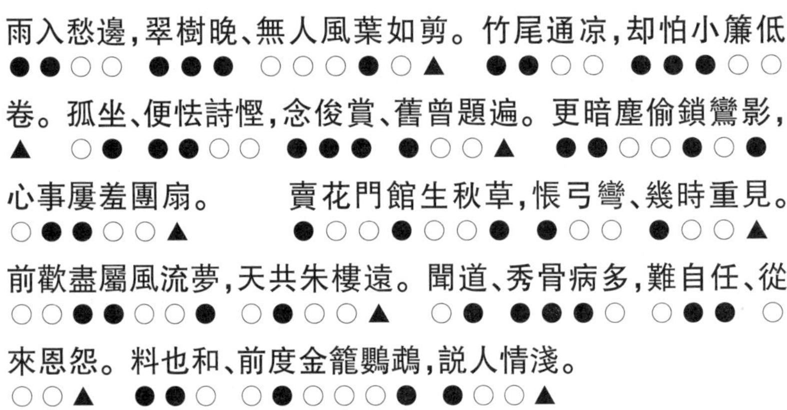

雨入愁邊，翠樹晚、無人風葉如剪。竹尾通凉，却怕小簾低卷。孤坐、便怯詩慳，念俊賞、舊曾題遍。更暗塵偷鎖鸞影，心事屢羞團扇。　賣花門館生秋草，悵弓彎、幾時重見。前歡盡屬風流夢，天共朱樓遠。聞道、秀骨病多，難自任、從來恩怨。料也和、前度金籠鸚鵡，説人情淺。

“影”字仄，“草”字不叶韻，與前二詞異。“幾時重見”，高竹屋作“怨恨誰訴”，“恨”字亦用去聲，與前第三句同，想亦有此體，可從，因餘同，不録。

又按，史别作於“聞道”二句云“方悔翠袖易分難聚有玉香花笑”，論語氣則當於“聚”字斷句，論調格則當於“分”字句、“有”字豆，或謂另一體，非也。蓋此二句一氣貫串，故梅溪巧筆，作此借渡句法。本體定當上六下七，與前"孤坐"二句相同，勿謂有史詞可倚，而作兩四一五也。

【蔡案】

本詞已據前注重讀前段第五、第七句及後段第五句。前段二三句原譜作"翠樹晚無人，風葉無剪"，後四字音步連仄失諧，亦以從改爲好。"暗塵偷鎖鸞影，心事屢羞團扇"爲偶句，由"更"字一字領起，原譜讀爲"更暗塵、偷鎖鸞影"，致成破句，誤。

第二體 九十九字　姜夔

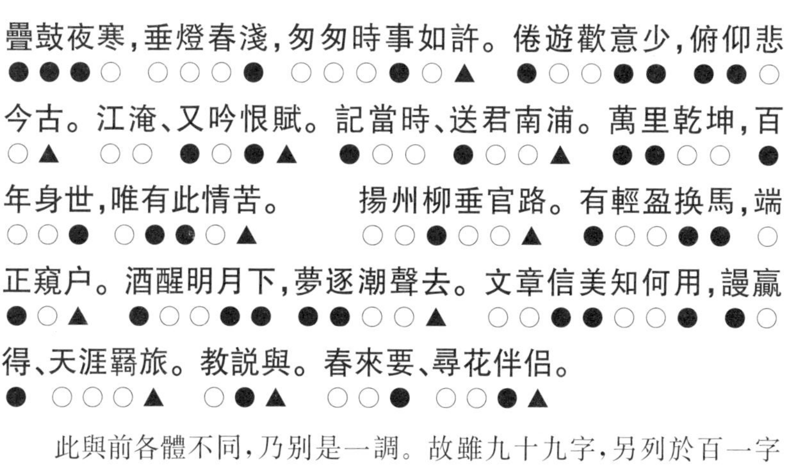
疊鼓夜寒，垂燈春淺，匆匆時事如許。倦遊歡意少，俯仰悲今古。江淹、又吟恨賦。記當時、送君南浦。萬里乾坤，百年身世，唯有此情苦。　揚州柳垂官路。有輕盈換馬，端正窺户。酒醒明月下，夢逐潮聲去。文章信美知何用，謾贏得、天涯羈旅。教説與。春來要、尋花伴侣。

此與前各體不同，乃别是一調。故雖九十九字，另列於百一字之後。

"倦遊"至"南浦"，與後"酒醒"至"羈旅"同，衹"江淹"句六字、"文章"句七字耳。

【蔡案】

本詞校之周邦彦詞格，前後段多處有文字增減，且後段一二均均間攤破，加之前後段尾均亦均讀破，體式律法，差異甚大，可視爲别體。

過片六字疑“柳”字後脱一仄聲字，然《陽春白雪》卷七譚宣子詞，序云“用白石體賦”，故與本體近似，本句則作“生塵每憐微步”六字，同。

燕山亭 九十九字 曾 覿

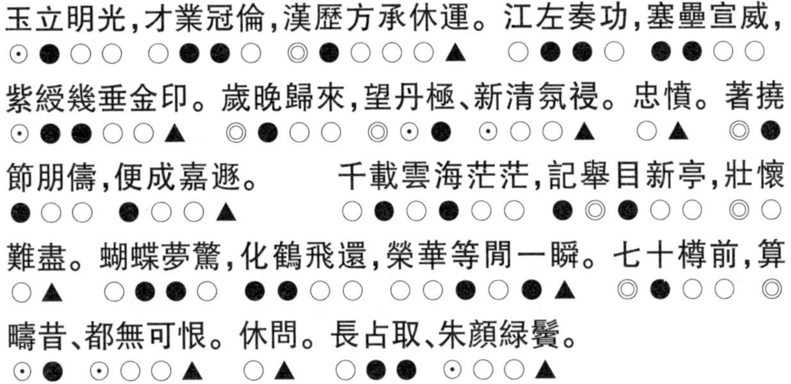
玉立明光，才業冠倫，漢歷方承休運。江左奏功，塞壘宣威，紫綬幾垂金印。歲晚歸來，望丹極、新清氛祲。忠憤。著撓節朋儔，便成嘉遯。 千載雲海茫茫，記舉目新亭，壯懷難盡。蝴蝶夢驚，化鶴飛還，榮華等閒一瞬。七十樽前，算疇昔、都無可恨。休問。長占取、朱顏緑鬢。

“冠、奏、夢”三字，俱宜用仄聲，且以去爲妙，是此調定格。觀徽宗用“數、靚、地”、樵隱用“夜、錦、共”、海野别作用“夜、乍、競”、張伯雨用“翠、素”可見。《圖譜》俱注可平，誤。“江左”至“忠憤”，與後“蝴蝶”至“休問”同，但各家於前“紫綬”句有用後“榮華”句法者，後則不用“紫綬”句法也。各刻載徽宗“裁剪冰綃”一首，於“蝴蝶夢驚”句作“天遥地遠”，誤也，宜作“天遠地遥”乃合，此即同前段之“新樣靚妝”句。而《圖》且謂可作仄平平仄，相反到底矣。余嘗謂《紅拂傳奇》“一江風、試語良人道”句，以平平仄仄平作仄仄平平仄，五字皆反，令歌者捩折嗓子，今見《圖》注此句，乃知反古者蓋多耳。汲古刻《樵隱詞》，“塞壘”下二句云：“密映窺亭亭萬枝開遍”，乃“窺”字下脱一字。尾句云“愁酒醒緋千片”，亦於“緋”字上下落一字，無此九十七字體也。張伯雨第二句作“蛸肌粟聚”，與此調異，恐不可以爲法。按，徽宗詞第三句“冷淡胭脂匀注”，或作“微注”，本六字，《詞統》落一字，止作“冷淡胭脂注”，誤也，不可從。又，此調本名《燕山亭》，恐是燕國之燕，《詞滙》刻作《宴山亭》，非也。

【蔡案】

萬子原注"冠"字必去聲，未必，宋人亦有"紅藥吐時""暈濕海棠"等句。萬子上去之説，頗多無謂。又，前段第六句"紫綬"二字，萬子原注均可平，誤。以萬子之思路，此必校之後段"榮華"句，而後段乃律拗句法，與前段句法不同，自不可互校，且該字位宋人别家凡同句法者，皆爲仄聲。又，"撓"字萬子原注可仄，而該字本爲平上二讀，且檢宋詞諸家多用仄，僅王之道一首用平，此當取其上聲爲是。又，"一瞬"之"一""可恨"之"可""緑鬢"之"緑"，原注作平。

大有 九十九字

周邦彦

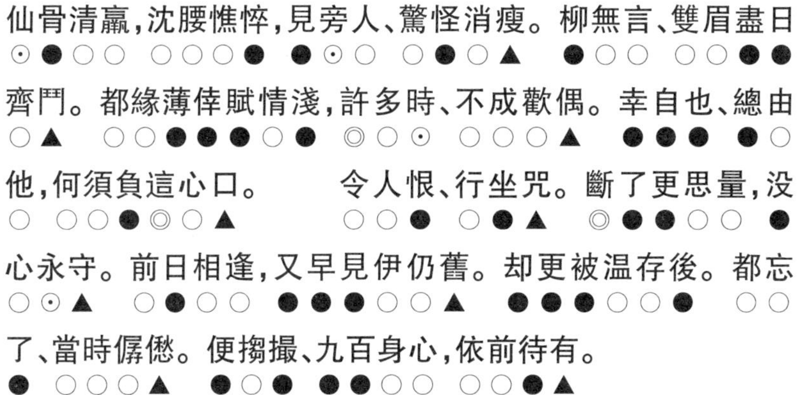

仙骨清羸，沈腰憔悴，見旁人、驚怪消瘦。柳無言、雙眉盡日齊門。都緣薄倖賦情淺，許多時、不成歡偶。幸自也、總由他，何須負這心口。令人恨、行坐咒。斷了更思量，没心永守。前日相逢，又早見伊仍舊。却更被温存後。都忘了、當時僝僽。便搊撮、九百身心，依前待有。

"賦"字，潘希白作"聽"字，《圖譜》讀作平聲，誤。又以"言、都、緣、須、令、思、相"爲可仄，"日、幸、坐、待"爲可平，俱非。前結潘作"十分衛郎清瘦"，"郎"字可用平聲。"却更被温存後"似應在"被"字豆，而潘詞作"彊整帽檐攲側"，則是六字相連，想亦不拘。"待有"應去上聲，潘作"雁後"可見。"九百"，風魔也。金元曲多用之。

【蔡案】

原譜"幸自"六字不讀斷，想是校潘詞故。本詞差訛頗多，愚疑"也總"前後尚有一字脱落，本當爲上三下四式句法，對應後段"便搊撮、九百身心"。又，"行坐咒"，《全宋詞》據吴訥唐宋名賢百家詞本《片玉集》爲"行坐兒"，以文理觀，更恰。此爲輔韻，本不必同潘詞也。

鳳池吟 九十九字　　　　吴文英

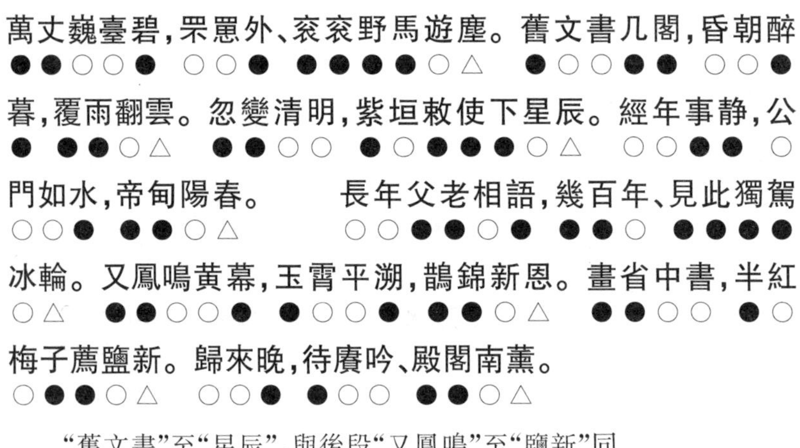
萬丈巍臺碧，罘罳外、衮衮野馬遊塵。舊文書几閣，昏朝醉暮，覆雨翻雲。忽變清明，紫垣敕使下星辰。經年事静，公門如水，帝甸陽春。　長年父老相語，幾百年、見此獨駕冰輪。又鳳鳴黄幕，玉霄平溯，鵲錦新恩。畫省中書，半紅梅子薦鹽新。歸來晚，待賡吟、殿閣南薰。

"舊文書"至"星辰"，與後段"又鳳鳴"至"鹽新"同。

〔杜注〕

按，《詞譜》"鵲錦輕恩"句，"輕"作"新"。又，"事省中書"句，"事"作"畫"。又，"待慶吟"句，"慶"作"賡"。均應遵改。又按，葉《譜》"輕恩"一作"承恩"。

【蔡案】

已據《欽定詞譜》改。

本詞歷代均被誤讀。前段，原譜作"萬丈巍臺，碧罘罳外，衮衮野馬遊塵"，後段首均，原譜作"長年父老相語，幾百年見此，獨駕冰輪"，此各本、各譜皆同，誤甚。按，若依此讀，則不僅“碧罘罳”一説怪異，且後段“幾百年見此”韻律頗拗。修正後，前後段均爲兩拍，一起一收，收拍均爲三字逗領仄起式律拗句法，極爲規整，當是本貌如此。

紫玉簫 九十九字　　晁補之

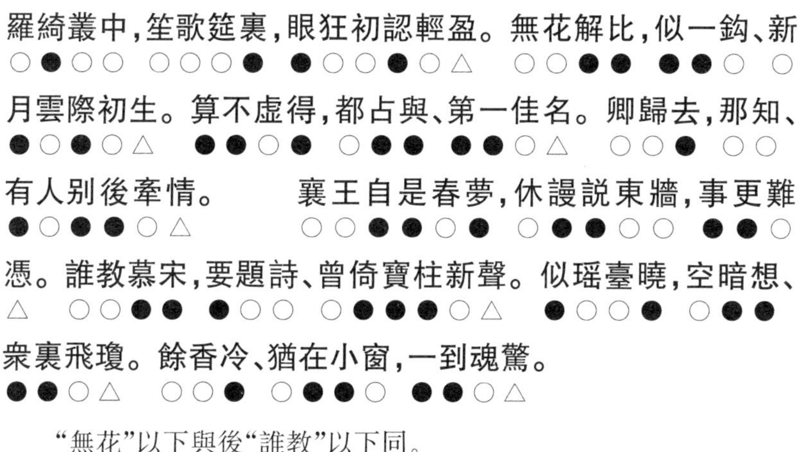

羅綺叢中，笙歌筵裏，眼狂初認輕盈。無花解比，似一鈎、新
○●○○ ○○○● ●○○●○△ ○○●● ●●○ ○
月雲際初生。算不虛得，都占與、第一佳名。卿歸去，那知、
●○●○△ ●●○● ○●● ●●○△ ○○● ○○
有人別後牽情。　襄王自是春夢，休謾説東牆，事更難
●○●●○△ ○○●●○● ○●●○○ ●●○
憑。誰教慕宋，要題詩、曾倚寶柱新聲。似瑤臺曉，空暗想、
△ ○○●● ●○○ ○●●●○△ ●○○● ○●●
衆裏飛瓊。餘香冷、猶在小窗，一到魂驚。
●●○△ ○○● ○●●○ ●●○△

“無花”以下與後“誰教”以下同。

〔杜注〕

按，《詞譜》首句“羅綺叢中”“叢”作“圍”，“叢”字與下句複。又，“卿歸去”句，“卿”作“輕”，應遵改。又，葉《譜》“郎占與”之“郎”字作“都”。又，“低聲”作“新聲”。亦宜從。

【蔡案】

“笙歌叢裏”，宋曾慥《樂府雅詞》卷一作“笙歌筵裏”，明陳耀文《花草粹編》亦同，據改。四庫本《詞律》作“笙歌隊裏”。

“算不虛得”四字，爲一三式句法，後段“似瑤臺曉”亦同，填時切勿以二二式四字填之，以違音響律法。“那知”八字，原譜作四字二句，前四字節奏點連平，音律不諧，應爲二字逗。領六字句。“似一鈎”“要題詩”下九字，萬子原讀爲五字一句、四字一句，但以文理論，則以三字逗領六字句更達。

國香慢 九十九字 周 密

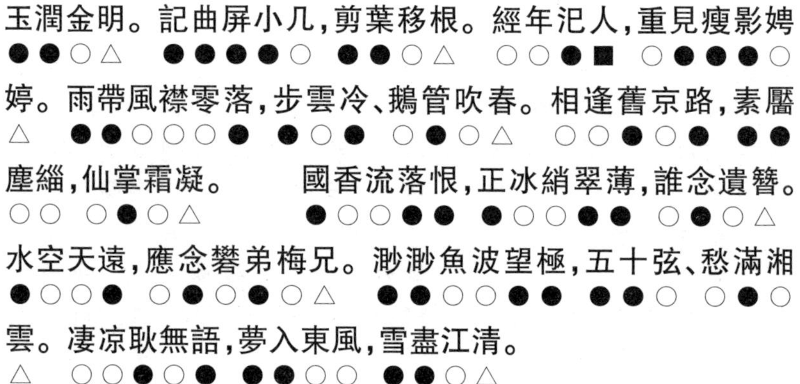
玉潤金明。記曲屏小几，剪葉移根。經年汜人，重見瘦影娉
●●○△ ●●●●○ ●●○△ ○○●■ ○●●●○
婷。雨帶風襟零落，步雲冷、鵝管吹春。相逢舊京路，素靨
△ ●●○○○● ●○● ○●○△ ○○●○● ●●
塵緇，仙掌霜凝。 國香流落恨，正冰綃翠薄，誰念遺簪。
○○ ○●○△ ●○○●● ●○○●● ○●○△
水空天遠，應念礬弟梅兄。渺渺魚波望極，五十弦、愁滿湘
●○○● ○●○●○△ ●●○○●● ●●○ ○●○
雲。凄凉耿無語，夢入東風，雪盡江清。
△ ○○●○● ●●○○ ●●○△

前後惟起句異，餘同。“經年”句上六下四，“水空”句上四下六，似乎有異，然十字語氣相連，作者句法，不妨前後一轍也。“舊京洛”“耿無語”俱用仄平仄，勿誤。此調惟草窗有之，題作“彝則商・國香慢”，愚謂“彝則商”三字乃是宫調，非詞名也，故删之。

【蔡案】

原譜“經年”後空一格，據《全宋詞》補“汜”字；“舊京洛”原作“舊京路”，據《全宋詞》改。此十字萬子原讀爲六字一句、四字一句，六字句韻律失諧。校之後段，則爲四字一句、六字一句。細玩其律，後六字爲仄起式律拗句法，正與前段“重見瘦影娉婷”六字同，當是正體。惟改讀爲四字一句、六字一句後，“經年汜人”於律不合，而此即余嘗云“宋詞‘人’字有仄讀”之例也，可參見《閒中好》《古調笑》《歸田樂》等調，惟余不知其中律理，故以應仄而平符擬之。

詞律卷十六

垂　楊 一百字　　陳允平

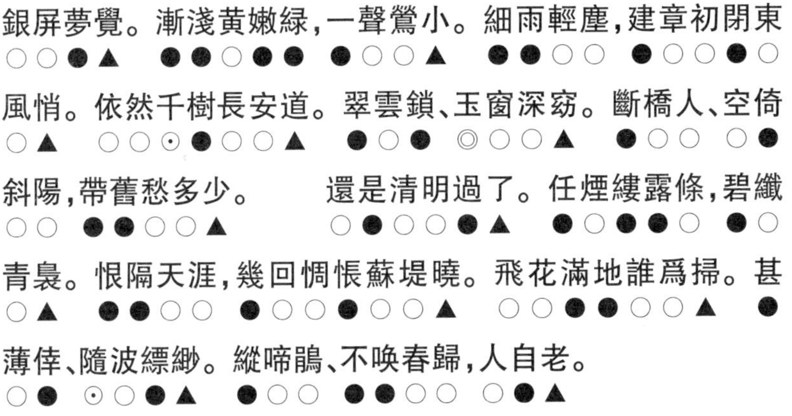

銀屏夢覺。漸淺黄嫩緑，一聲鶯小。細雨輕塵，建章初閉東風悄。依然千樹長安道。翠雲鎖、玉窗深窈。斷橋人、空倚斜陽，帶舊愁多少。　還是清明過了。任煙縷露條，碧織青裊。恨隔天涯，幾回惆悵蘇堤曉。飛花滿地誰爲掃。甚薄倖、隨波縹緲。縱啼鵑、不唤春歸，人自老。

"一聲"至"深窈"，與後"碧織"至"縹緲"同。詞極精緻，聲調如此，不可亂改平仄。蓋"建章"二句、"幾回"二句皆七字，而"建章"句與"幾回"句皆束上語，"依然"句與"飛花"句皆連下相應語，此余前注中所謂段落也。論其細處，則"輕塵""天涯"兩平聲之下以"建、幾"二字頂之，故用仄。"依"字、"飛"字語氣另起，故用平，而其下用"翠雲鎖""甚薄倖"以仄平仄接之，妙絶。即其七字四句中"閉"去"悄"上、"樹"去"道"上、"悵"去"曉"上、"地"去"掃"上，皆極抑揚諧暢之妙。君衡信騷壇高手哉！《譜》注混填，俗極。

〔杜注〕

按，《日湖漁唱》及《絶妙好詞》“漸淡黄嫩緑”句，“淡”作“淺”。又，“啼鵑不喚春歸”句，“啼”字上有“縱”字，應增。

【蔡案】

已據杜注改補，原譜“九十九字”改爲“一百字”。

萬子所謂“段落”者，即“均”，束上連下，正均之所斷也，惜其已無“均”概念矣。至於萬子所謂“建”“幾”二仄聲字頂前二平聲字，“依”“飛”語氣另起云云，則是看相瞽人語，毫無律理之依據也。

本調白樸詞，後段第二句作“恨西園媚景”，平仄與陳詞反，此類句法極多，當是詞律並不拘泥句法，合律即可。而“依然”句與“飛花”句，本爲輔韻所在，故白詞均不叶韻。“誰爲掃”之“爲”字當讀爲平聲，白詞本句作“玉纖空折梨花撚”可證，陳氏所用即所謂借音法也。

又按，前後段第二均，陳詞作四字一句、七字一句，而白詞作“怕上高城望遠，煙水迷南浦……試把芳菲點檢，鶯燕渾無語”，句法既異，則平仄亦有不同，第六字均由平易仄，此正余所謂“微調説”也。又，白詞後段尾均作：“問東君，此别經年，落花誰是主。”結拍五字，正與前結合，故疑陳詞後結“人”字前奪二平聲字，若未奪二字，則“不喚春歸人自老”即自成七字一句矣。

秋宵吟 九十九字 姜夔

古簾空，墜月皎。坐久西窗人悄。蛩吟苦，漸漏永丁丁，箭
●○○ ●●▲ ●●○○○▲ ○○● ●●●○○ ●

壺催曉。 引涼颸、動翠葆。露脚斜飛雲表。因嗟念、似
○○▲ ●○○ ●●▲ ●●○○○▲ ○○● ●

去國情懷，暮帆煙草。 帶眼消磨，爲近日、愁多頓老。
●●○○ ●○○▲ ●●○○ ●●● ○○●▲

衛娘何在，宋玉歸來，兩地暗縈繞。搖落江楓早。嫩約無
●○○●　●●○○　●●●○▲　○●○○▲　●●○
憑，幽夢又杳。但盈盈、淚灑單衣，今夕何夕恨未了。
○　○●●▲　●○○　●●○○　○●○○●●▲

此詞應分三疊。第一段於"催曉"住，蓋"引涼颸"以下與首段全同，亦雙拽頭之謂耳。此堯章自度曲，平仄皆宜遵之。幸《譜》不收，不然，此結必注改七言詩句法矣。

【蔡案】

"蛩吟苦""因嗟念"原譜均讀爲逗，致本均爲上三下五一句、四字一句，甚誤。按，前段"漸"字、後段"似"字，均爲一字逗領四字兩句，若"蛩吟苦、漸漏永丁丁"爲一句，則後四字句無從相屬，且三字逗領，一字逗再領，文法結構上亦殊爲别扭。

原譜"引涼颸"之前不分段。詳見原譜説明。又按，"何夕"之"夕"，以入作平。

迷神引 九十九字　　晁補之

黯黯青山，紅日暮。浩浩大江東注。餘霞散綺，□回向、煙
●●○○　○●▲　●●●○○▲　○○●●　●○●　○
波路。使人愁，長安遠、在何處。幾點漁燈小、迷近塢。一
○▲　●○○　○○●　●○▲　●●○○●　○●▲　●
片客帆低，傍前浦。　暗想平生，自悔儒冠誤。覺阮途
●●○○　●○▲　●●○○　●●○○▲　●●○
窮，歸心阻。斷魂縈目，一千里、傷平楚。怪竹枝，歌聲怨、
○　○○▲　●○○●　●○●　○○▲　●●○　○○●
爲誰苦。猿鳥一時啼、驚島嶼。燭暗不成眠，聽津鼓。
●○▲　○●●○○　○●▲　●●●○○　○○▲

此調多三字句，最爲淒咽。但後段"一千里"句，應即前"回向”句，疑“回”字上下落一字。“怪竹枝歌”比“使人愁”多一“怪”字，亦恐“使人”上落一字。至於“幾點”八字，即後“猿鳥”八字；“一片”八字，即後“燭暗”八字，極爲整齊。且上句“近”字、“島”字用仄聲，下句“前”字、“津”字用平聲，正抑揚可愛處。如此對仗極易考證，而《圖譜》以“幾點”至“前浦”十六字，分作每句四字，不但破壞此調，而“小迷近塢”成何文理？旡咎不幸受冤於六百年之後，可嘆也。

“覺阮途窮”“怪竹枝歌”乃以“覺”字、“怪”字領句，不可泛作仄仄平平，此種處，須細心體認才得。

〔杜注〕

按，《詞譜》參校柳耆卿詞注云：“回向煙波路”句，多一“回”字。又，“怪竹枝歌聲聲怨”句，多一“聲”字。如删去二字，則與《欽定詞譜》所收柳耆卿詞句調相同。

【蔡案】

萬子以爲“回向”句、“使人”句各落一字，杜氏則取《欽定詞譜》之説，以爲各多一字。余玩其意味，後段“怪竹枝歌，聲聲怨，爲誰苦”十字，一氣呵成，皆由“怪”字領起，而“使人愁，長安遠，在何處”九字則明顯三截，落字之疑合理。然校之柳詞、朱詞則皆爲九字，故《欽定詞譜》疑其衍一“聲”字，雖亦爲主觀猜測，却有律理依據。余以爲，填詞雖有添字減字之常見手法，尤其是領字，惟參校所有宋元詞，僅本處一個四字句，畢竟可疑，尤其前後段對應，他詞皆整齊，惟此參差，則衍字説更爲可信。要之，本調前後段之第二第三均，分别爲四字一起、六字折腰一對、三字一起、六字折腰一對，當是正體。據删“聲”字，補一奪字符。

本調起拍，今標點本均作七字一句，此肇自明清，余以爲，此實即

“怒髮衝冠憑欄處”耳，所不同者，《滿江紅》第七字未叶韻，而本調叶韻而已。四字讀住，當爲本格，觀本調通篇短句構成，亦可知之，若作七字一句，則起拍即與全調音響、節奏不諧。

無悶 一百字　　王沂孫

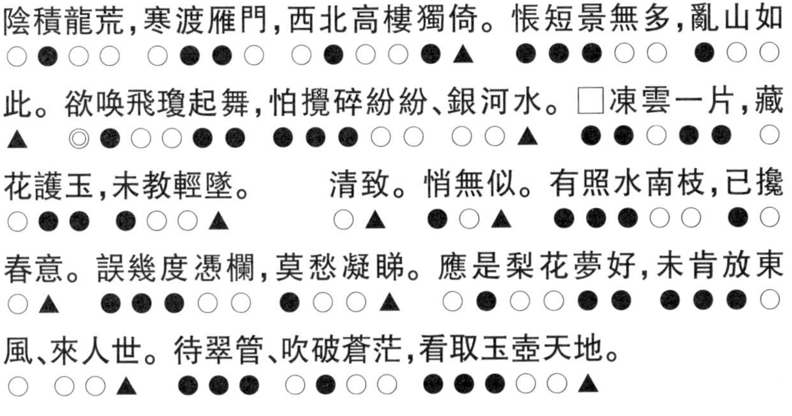

陰積龍荒，寒渡雁門，西北高樓獨倚。悵短景無多，亂山如此。欲喚飛瓊起舞，怕攬碎紛紛、銀河水。□凍雲一片，藏花護玉，未教輕墜。　清致。悄無似。有照水南枝，已攙春意。誤幾度憑欄，莫愁凝睇。應是梨花夢好，未肯放東風、來人世。待翠管、吹破蒼茫，看取玉壺天地。

“悵短景”至“銀河水”，與後“誤幾度”至“來人世”同。

【蔡案】

本調前後段第三均之收拍，依律應是一上五下三式八字句，故程垓詞應作“也不料一春、都成病”“又衹恐愁多、無人問”，吴文英詞應作“趁夜月瑶笙、飛環佩”“早風戾重寒、侵羅被”，本詞萬子原譜均作上三下五式讀，今各標點本亦習慣如此讀，致後五字四字連平失諧。細玩宋人諸家，本句八字本一氣貫之，上五下三句式讀法，或更達意，如周邦彦之“聽竹上清響、風敲雪”，斷不是“清響風敲雪”；吴文英之“趁夜月瑶笙、飛環佩”亦如此。疑似創調作者丁注所填，最爲明了，其前段“鎮獨向尊前、誇輕細”、後段“預先把園林、都裝綴”，“向尊前”“把園林”密不可分也。而後段周邦彦詞，本句添一字作“夢裏又却是，似鶯時節”，則所透消息更明。謹改。此類句法，五字斷、三字斷皆可，故須以韻律和諧爲第一要務。

又，前段尾均，原譜作四字三句，檢本調宋詞，尾均俱爲十三字，本詞奪一字無疑，故補一奪字符。補足後，該句句法爲一字逗領四字句法，與吴文英“正蹇驢吟影”同。

多韻格　一百字　本集名《閨怨無悶》　程　垓

天與多才，不合更與，殢柳憐花情分。甚總爲才情，惱人方
○●○○　●●●○　●●○○○▲　●●●○○　●○○
寸。早是春殘花褪。也不料一春、都成病。自失笑、因甚腰
▲　●●○○○▲　●●●●○　○○▲　●●●　○●○
圍半減，淚珠頻搵。　難省。也怨天、也自恨。怎免千般
○●●　●○○▲　○▲　●●○　●●▲　●●○○
思忖。□倩人説與，又却不忍。拚了一生愁悶。又祇恐愁
○▲　●●○●●　●○○▲　○●●○○▲　●●●○
多、無人問。到這裏、天也憐人，看他穩也不穩。
○　○○▲　●●●　○●○○　●○●●○▲

大略與前詞同，而“自失笑”句法不同。“倩人”句少一字，因用俳體，平仄難學，作者但依前王詞可也。《選聲》將“不合”以下十一字爲一句，而錯以“甚”字爲韻，大誤。“不合”句四字，“殢柳”句六字，“分”字去聲，端然是韻，前詞句法甚明。且“甚”字閉口，不應入此爲叶，蓋未深考耳。按，書舟此詞名《閨怨無悶》，今觀王詞，止作《無悶》，則“閨怨”二字乃所賦之題，後人並調名連刻也。

“自失笑”下十三字，不比前詞，乃與後段“到這裏”下同也。蓋“因甚”句雖六字，“天也”句雖四字，實則一氣貫下，分豆不拘耳。“穩也”之“也”字，上聲可作平，用“不”字亦平。

又按，夢窗有《催雪》一調，與此全同，今録後備考。

無悶·催雪 一百字　　　　吴文英

霓節飛瓊,鸞駕弄玉,杳隔平雲弱水。倩皓鶴傳書,衛姨呼起。莫待粉河凝曉,趁夜月瑶笙、飛環佩。正蹇驢吟影,茶煙灶冷,酒亭門閉。　　歌麗。泛碧蟻。放綉箔半鉤,寶臺臨砌。要須借東君,灞陵春意。曉夢先迷楚蝶,早風戾重寒、侵羅被。還怕掩、深院梨花,又作故人清淚。

此或夢窗以前調賦"催雪"之詞,後傳其題而逸其調名耳。初稿中竟列此調,偶因夜長不寐,於枕上背吟,覺有相髣髴者,因憶與《無悶》正同,急起呼童吹爐火,燃燭改之,不然幾分兩調矣。既以自幸,又復慮譜中尚有類此者,不及檢點,未免詒譏,惟望閲者摘出而駁正之,幸甚,幸甚。丙寅臘八夜附記。

〔杜注〕

按,《詞譜》另列《催雪》一調於《無悶》調下,注云:"《詞律》以此詞與《催雪》類編,《催雪》前結四字三句,已自不同,後段句讀、押韻尤爲迴别,特爲分列。"

【蔡案】

前段第二拍,依律爲仄起平收式句法,其末字,除吴文英爲入聲作平,各家均用平聲,故"更與"之"與"字以上作平無疑,學者以平填爲是。

"又却不忍"四字,宋人皆作●○○▲,如周邦彦之"楚梅堪折"、吴文英之"灞陵春意"、王沂孫之"莫愁凝睇"等,皆是。故本詞之"却、不"當均爲以入作平填法。而後結六字,萬子以爲"也、不"皆當作平,則誤,蓋本句宋人多作仄起仄收式,平起仄收惟此一句,故"不"字固當以入作平看,而第四字"也"字則不可填入平聲,以成平起仄收句法。

萬子引吴文英《催雪》詞，其題原無“無悶”二字。然本詞當爲《無悶》之正體，與王沂孫詞同，惟前段尾均奪一“正”字，故萬子標爲九十九字，誤，現據《全宋詞》補，原題下注“九十九字”改爲“一百字”。本調萬子所引三首，各奪一字，故均作九十九字體，而本調實爲百字格。

《欽定詞譜》以爲本詞爲《催雪》，所論極誤。其所收“催雪”一詞，本即丁注之《無悶》，而《欽定詞譜》誤以爲姜白石詞，其根源已誤，安有不錯之理。至其所謂“《催雪》前結四字三句，已自不同”云，是不知原文爲“正蹇驢吟影”，奪一字耳。而“後段句讀、押韻尤爲迥別”者，校之前王詞及丁注詞，即可知一般無二也。

十月桃 九十九字　　張元幹

年華催晚，聽樽前偏唱，衝暖欺寒。樂府誰知，分付點化金
○○○● ●○○○● ○●○△ ●●○○ ⊙●◎●○

丹。中原舊遊何在，頻入夢、老眼空潸。撩人冷蕊，渾似當
△ ○○●○■● ○●● ●●○△ ○○●● ○●○

時，無語低鬟。　有多情多病文園。向雪後尋春，醉裏憑
○ ⊙●○△ ●○○○●○△ ●●●○○ ◎●○

闌。獨步群芳，此花風度天然。羅浮淡妝素質，呼翠鳳、飛
△ ●●○○ ◎○⊙●○△ ○○●○●● ○●● ○

舞斕斑。參橫月落，留恨醒來，滿地香殘。
●○△ ○○●● ○●○○ ◎●○△

“衝暖”下與後“醉裏”下同。

【蔡案】

“中原”句，宋詞多作平起仄收式句法，第四第五字或作○●，或作●○，獨張詞二首俱用○○，失律，應是誤填。按，此調李彌遜最早，李詞本有兩種填法，一種爲○○●●○●，一種爲○○●○●●，律拗句法,兩種填法句式不同,故不可互校。

新雁過妝樓 九十九字　　吴文英

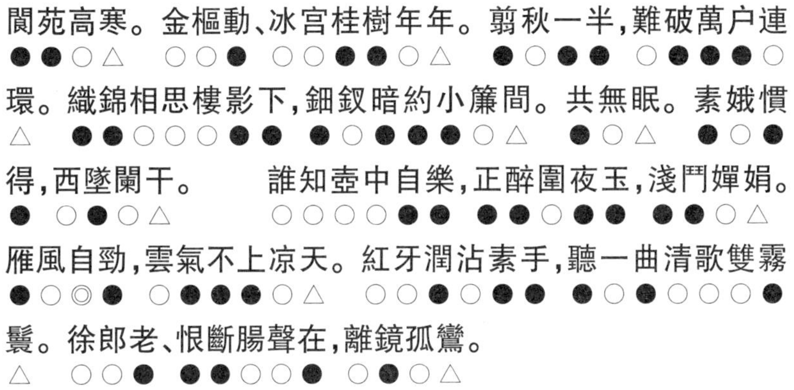
閬苑高寒。金樞動、冰宫桂樹年年。翦秋一半,難破萬户連環。織錦相思樓影下,鈿釵暗約小簾間。共無眠。素娥慣得,西墜闌干。　誰知壺中自樂,正醉圍夜玉,淺鬥嬋娟。雁風自勁,雲氣不上凉天。紅牙潤沾素手,聽一曲清歌雙霧鬟。徐郎老、恨斷腸聲在,離鏡孤鸞。

夢窗此調,二首字法一一相同,作者不可任意更變。觀其所用諸去聲,宜學,蓋其他作亦然,必非偶合者。按,張玉田有《瑤臺聚八仙》一調,陳君衡有《八寶妝》一調,查與此脗合,今皆録於左幅。

瑤臺聚八仙 九十九字　　張　炎

秋月娟娟。人正遠、魚雁待拂吟牋。也知遊事,多在第二橋邊。花底鴛鴦深處睡,柳陰淡隔裏湖船。路綿綿、夢吹舊曲,如此山川。　平生幾兩謝屐,便放歌自得,直上風煙。峭壁誰家,長嘯竟落松前。十年孤劍萬里,又何似、畦分抱甕泉。中山酒,且醉餐石髓,白眼青天。

與前詞皆同,衹"峭壁誰家"平仄稍異,想十字一氣,可以不拘。觀後陳詞可見。"幾兩"二字可作平用,非泛然仄聲也。

八寶妝 九十九字　　陳允平

望遠秋平。初過雨、微茫水滿煙汀。亂洪疏柳,猶帶數點殘螢。待月重樓誰共倚,信鴻斷續兩三聲。夜如何、頓涼驟覺,紈扇無情。　　還思驂鸞素約,念鳳簫雁瑟,取次塵生。舊日潘郎,雙鬢半已星星。琴心錦意暗懶,又争奈、西風吹恨醒。屏山冷,怕夢魂飛度,藍橋不成。

與前詞同,“舊日潘郎”四字與張合。

按,《八寶妝》另有一百十字調,是名同調異者,不可誤認。查夢窗“夢醒芙蓉”一首,尾云:“秋香月中”,初疑是“秋月香中”,今觀此“藍橋不成”,則知此句亦可用平平仄平耳。

兩調用去聲,亦多與吴詞相合,可見是故意推敲,非泛用也。

又按,以上兩詞,俱以八字爲名,或采八調合成,但不可查訂。即前《新雁過妝樓》或係節取,未可知。

〔杜注〕

按,《詞譜》注云:張炎詞名《瑶臺聚八仙》、陳允平詞名《八寶妝》,同是一調。

【蔡案】

“難破”句、“雲氣”句,均用仄起式律拗句法;“誰知”句、“紅牙”句,均用平起式律拗句法。該類句法,第五字必與第四字平仄反,不可不論。

“瑶臺聚八仙”即前一詞體,别名耳,注明即可。“八寶妝”此亦吴詞體,别名。

金菊對芙蓉 九十九字　　康與之

梧葉飄黃,萬山空翠,斷霞流水争輝。正金風西起,海燕東
⊙●○○ ◎○⊙● ◎○⊙●○△ ●○○⊙● ◎●○

歸。憑闌不見南來雁,望故人、消息遲遲。木樨開後,不應
△ ◎○◎●○○● ◎◎⊙ ⊙●○△ ◎○⊙● ◎○

誤我,好景良時。　祇念獨守孤幃。把枕前囑付,一旦分
●● ◎●○△ ◎●◎●○△ ●◎○◎● ◎●○

飛。上秦樓遊賞，酒殢花迷。誰知别後相思苦，悄爲伊、瘦
△ ●○○⊙● ◎●○△ ⊙○◎●○○● ◎◎⊙ ◎
損香肌。花前月下，黄昏院落，珠淚偷垂。
●○△ ⊙○◎● ⊙○●● ⊙●○△

"正金風"以下，與後"上秦樓"以下同。稼軒於"把枕前囑付"句作"嘆年少胸襟"，平仄全異，想不拘。

【蔡案】

《草堂詩餘後集》卷上載辛棄疾詞，後段尾均攤破後變爲兩個六字句："此時方稱情懷，盡拼一飲千鍾。"此亦填詞常見句讀法。

月華清 九十九字

洪　瑹

花影摇春，蟲聲吟暮，九霄雲幕初卷。誰駕冰蟾，擁出桂輪
○●○○ ○○○● ●○○●○▲ ⊙●○○ ●●◎○
天半。素魄映、青瑣窗前，皓彩散、畫闌干畔。凝眄。見金
○▲ ●◎◎ ⊙●○○ ◎●● ●○○▲ ○▲ ●○
波滉漾，分輝鵲殿。　况是風柔夜暖。正燕子新來，海棠
○◎● ⊙○○▲ ●●○○◎▲ ●●●○○ ●○
微綻。不似秋光，衹照離人腸斷。恨無奈、利鎖名韁，誰爲
○▲ ◎●○○ ●●⊙○○▲ ●⊙◎ ◎●○○ ⊙●
唤、舞裙歌扇。吟玩。怕銅壺催曉，玉繩低轉。
● ●○○▲ ○▲ ●○○⊙● ◎○○▲

"誰駕"下與後"不似"下同。"眄"音"面"。

【蔡案】

萬子原注，"鵲殿"之"鵲"以入作平。

重　格 九十九字　　蔡松年

樓倚明河，山蟠喬木，故國秋光如水。常記別時，月冷半山環佩。到而今桂影尋人，端好在、竹西歌吹。如醉。望白蘋風裏，關山無際。　　可惜瓊瑤千里。有年少玉人，吟嘯天外。脂粉清暉，冷射藕花冰蕊。念老去、鏡裏流年，空解道、人生適意。誰會。更微雲疏雨，空庭鶴唳。

"常記得"三句，與前調異。但此處與後"脂粉"二句宜同，或"常"字誤多，"别"字作平，"時"字分句耳，作者從前詞體可也。"少年"下八字，平仄亦異。

〔杜注〕

按，王氏校本"常記得别時，月冷半山環佩"二句，無"得"字，以"時"字爲句。又，"有少年玉人"句，"少年"作"年少"。又，"吟笑天外"句，"笑"作"嘯"。又，"滿空鶴唳"句，"滿空"作"空庭"。《詞譜》未收此詞，注中引此句亦作"空庭"，應照改。

【蔡案】

已據杜注改，原譜"一百字"改爲"九十九字"。如此，蔡詞與洪詞全同，無另立一體之條件，不予擬譜。

三姝媚 九十九字　　王沂孫

紅纓懸翠葆。漸金鈴枝深，瑤階花少。萬顆燕支，贈舊情、
○○○●▲ ●○○○○ ⊙○○▲ ●●○○ ●●○
争奈弄珠人老。扇底清歌，還記得、樊姬嬌小。幾度相思，
○●●○○▲ ○●○○ ○●● ○○○▲ ◎●○○

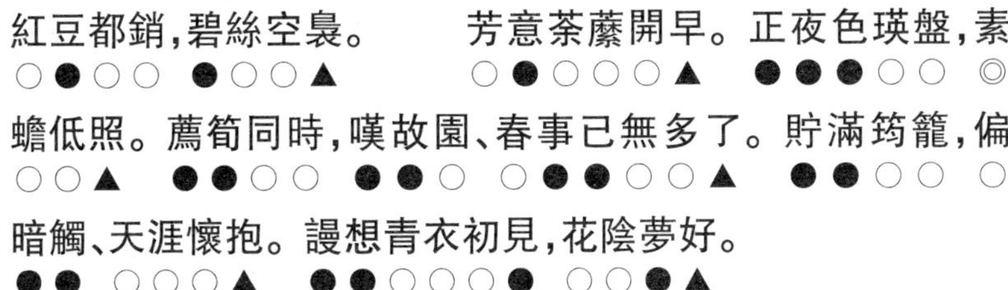
紅豆都銷，碧絲空裊。　芳意荼蘼開早。正夜色瑛盤，素蟾低照。薦笥同時，嘆故園、春事已無多了。貯滿筠籠，偏暗觸、天涯懷抱。謾想青衣初見，花陰夢好。

"瑶階"至"嬌小"，與後"素蟾"至"懷抱"同。"金鈴枝深"四字平聲，定格如此。查碧山别作用"西窗凄凄"，夢窗一用"春衫啼痕"，一用"王孫重來"，一用"清波明眸"，詹玉用"誰家花天"，皆同。各譜收梅溪詞"煙光摇縹瓦"一首，此四字作"晴檐風裊"，"裊"字仄聲，查梅溪本集原係"晴檐多風"，各書誤改"裊"字耳。《圖譜》仍録"晴檐多風"，是矣，而注"多"字可仄，亦誤。若《選聲》，則"多風"二字皆作可仄，尤誤。"瑶"字則不妨作上去聲也。"夢好"二字去上聲，勿誤。碧山别作用"弄晚"，夢窗用"淚滿""未起"，梅溪用"暗寫"，俱妙。天游作"煙雨"，則調不振矣。

〔杜注〕

萬氏以"萬顆"下十三字，照各家句法分作四字、五字、四字三句。按，别家亦有以下二句九字爲上三下六句法者，如此詞應以"贈舊情"三字爲豆，"争奈弄珠人老"六字爲句。又按，此調以古樂府"三婦艷"得名。

【蔡案】

"萬顆"及"薦笥"下十三字，萬子原作四字一句、五字一句、四字一句讀。

讀破格 九十九字　　吴文英

酣春清鏡裏。照清波明眸，暮雲愁思。半緑垂絲，正楚腰纖
○○○●▲　●○○○○　●○○▲　●●○○　●●○○

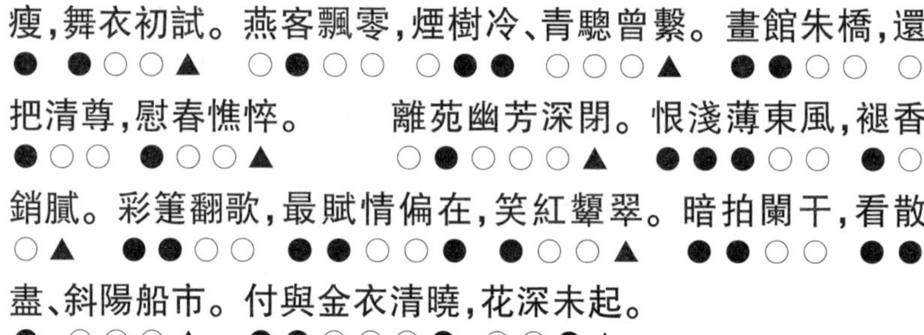
瘦，舞衣初試。燕客飄零，煙樹冷、青驄曾繫。畫館朱橋，還把清尊，慰春憔悴。　離苑幽芳深閉。恨淺薄東風，褪香銷膩。彩箑翻歌，最賦情偏在，笑紅顰翠。暗拍闌干，看散盡、斜陽船市。付與金衣清曉，花深未起。

後結多二字，餘同。"暮雲愁"下應是叶韻，刻本係"斂"字訛，故缺之。諸去聲字各家皆同，萬勿依《譜》《圖》混用。總之，調之協不協，全在平仄，古人於平仄無傳書，其傳詞即可據也。如此篇平仄，各家字字俱同，豈不可信？祗夢窗别作，於"恨淺薄"二句云"但惟得、當年夢緣能短"，"惟"字用平，然此"惟"字無理，恐是"怪"字，蓋此字各家俱去聲也。"最賦情"二句云"傍海棠偏愛，夜淺開宴"，則"淺"字乃"深"字，訛刻無疑耳。

〔杜注〕

萬氏注云："'暮雲愁'下應是叶韻，刻本係'斂'字，訛，故缺之。"按，《詞譜》作"思"字、叶韻，應遵補。又按，宋詞於複字不甚避忌，而此闋"清"字四見，似當有誤。如"清鏡"或是"青鏡"，"清曉"或是"侵曉"。

【蔡案】

前段第三句原作"暮雲愁□"，據《欽定詞譜》補。萬子云吴文英别首"惟"字當作"怪""淺"字當作"深"，是，《全宋詞》所據彊村四校本《吴文英詞》正是"怪"字，"深"字。

又，本詞後結原譜作"付與嬌鶯，金衣清曉，花深未起"，校之宋人諸詞，未有作十二字者，可知萬子所據之"嬌鶯"係衍文耳，故删之，原譜"一百一字"改爲"九十九字"。檢彊村四校本《吴文英詞》，正是十字，去之，則本詞亦即前一詞體，並非又一體也。

本調諸家所填，無甚差異，惟前後段第二均多作四字、五字、四字三拍，偶有四字九字二拍者，當皆無不可。

丁香結 九十九字

吴文英

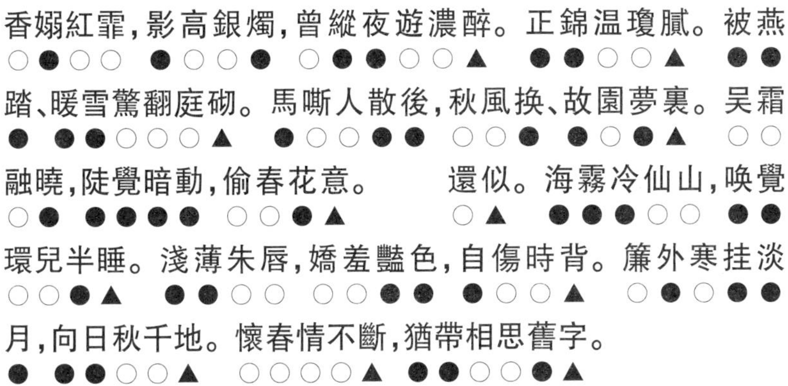

香嫋紅霏，影高銀燭，曾縱夜遊濃醉。正錦温瓊膩。被燕踏、暖雪驚翻庭砌。馬嘶人散後，秋風換、故園夢裏。吴霜融曉，陡覺暗動，偷春花意。還似。海霧冷仙山，喚覺環兒半睡。淺薄朱唇，嬌羞豔色，自傷時背。簾外寒挂淡月，向日秋千地。懷春情不斷，猶帶相思舊字。

"故園"句，美成云："棄擲未忍"，千里云："淚眼暗忍"，"擲、眼"用仄，此"園"字或是"國"字。或曰："擲、眼"乃作平者。"曾縱"，周作"庭樹"、方作"爲誰"，從周爲是。前結十二字，周云："登止臨水，此恨自古，銷磨不盡"，似與此同。方云："青青榆莢滿地，縱買閒愁難盡"，則六字兩句，總是一氣，豆處不拘。此調惟此數篇平仄相合，宜學，勿樂《圖》注之寬而自誤也。"晴"字照周、方，不宜用平，況"晴動"欠妥，必是"暗"字無疑。"海霧"句應一字領句起，必係"似海霧仙山"之訛。〔杜注〕

按，王氏校本"晴動"作"暗動"。又，後半第二句作"似海霧仙山"，與萬氏論合，應照改。

【蔡案】

原譜"晴動""海霧似仙山"，萬子已疑誤，兹據彊村四校本《夢窗詞集》改。惟四校本後結作“舊子”，顯誤，不從。又，萬子原注引周詞“登止臨水”，乃“登山”之誤。

前段尾均，第六字處應有一讀住，故方千里詞可作六字一句爲起拍。而周邦彦詞實爲“此恨、自古銷磨不盡”，則本詞亦即“陡覺、暗動偷春花意”，填者構思當循此。

後段首均，檢現存宋詞，均用二字起韻，故“似”字爲句中短韻，以韻律論，並無錯訛，不當屬後。且“霧冷仙山”字完意足，“似海霧仙山，喚覺環兒半睡”亦莫知其所云，故余以爲必是“海”字有誤，應是一領字。

念奴嬌 一百字　又名《百字令》《百字謡》《酹江月》《大江東去》《大江西上曲》《壺中天》《無俗念》《淮甸春》《湘月》

辛棄疾

野棠花落，又匆匆、過了清明時節。剗地東風欺客夢，一枕
◎○○● ◎⊙⊙ ◎●○○○▲ ◎●○○○●● ◎●

銀屏寒怯。曲岸持觴，垂楊繫馬，此地曾經別。樓空人去，
⊙○○▲ ◎●○○ ⊙○◎● ◎●○○▲ ⊙○○●

舊遊飛燕能說。　聞道綺陌東頭，行人長見，簾底纖纖
●○○●○▲ ○●●●○○ ○○⊙● ○●○○

月。舊恨春江流不盡，新恨雲山千疊。料得明朝，樽前重
▲ ◎●○○○●● ⊙●○○○▲ ◎●○○ ⊙○⊙

見，鏡裏花難折。也應驚問，近來多少華髮。
● ◎●○○▲ ◎○○● ●○○●○▲

此爲《念奴嬌》正體。

“清明”“明”字平，而于湖作“一點”，張樞作“漁唱”，李彭老作“清透”，董明德作“多愛”，亦用仄聲。

〔杜注〕

按，《歷代詩餘》“銀屏”作“雲屏”。“經别”作“輕别”。又，“不盡”

作"不斷"。

【蔡案】

本調别名"淮甸春",宋元詞中僅見張輯一首,此類孤用之名,詞譜學中例不認可,如賀鑄集中此類調名無數,各譜均不録用。如本調米友仁詞,一本又名"白雪詞",《欽定詞譜》亦予收録,而萬子不録,即爲一例。

原譜前段首均作"野棠花落,又匆匆過了、清明時節","了"字後用逗,極是。惟今人多將中五字作句讀斷,故以今之習慣,莫如讀爲上三下六式句法,更合萬子所謂"正體"者。

本調過片,例作仄起式律拗句法,且起二字每有統領全均之作用,尤其是一六一四一五句式者。如本詞,"聞道"所領,並非"綺陌東頭"四字,而是"綺陌東頭,行人長見,簾底纖纖月"十三字。

讀破格 一百字 蘇 軾

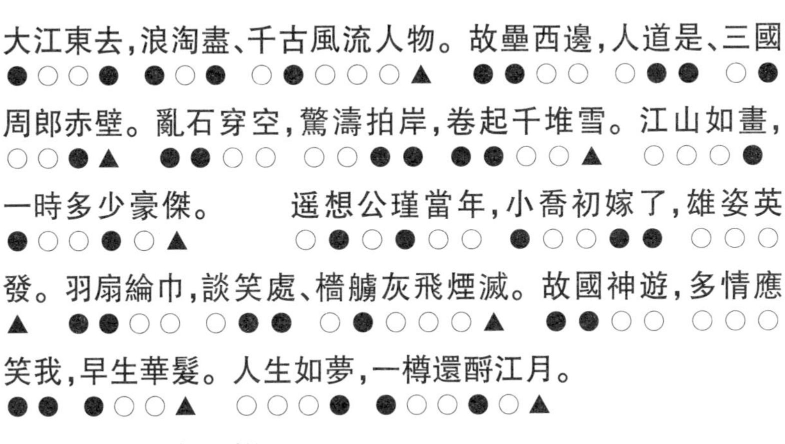
大江東去,浪淘盡、千古風流人物。故壘西邊,人道是、三國周郎赤壁。亂石穿空,驚濤拍岸,卷起千堆雪。江山如畫,一時多少豪傑。　遥想公瑾當年,小喬初嫁了,雄姿英發。羽扇綸巾,談笑處、檣艣灰飛煙滅。故國神遊,多情應笑我,早生華髮。人生如夢,一樽還酹江月。

此爲《念奴嬌》别格。

按,《念奴嬌》用仄韻者,惟此二格止矣。蓋因"小喬"至"英發"九字，用上五下四，遂分二格。其實與前格亦非甚懸殊也。奈後人不知曲理，妄意剖裂，因疑字句錯綜。餘譜諸書夢夢，竟列至九體，甚屬無謂。余爲醒之曰：首句四字不必論，次句九字，語氣相貫，或於三字下、或於五字下略斷，乃豆也，非句也。《詞綜》云："浪淘盡"本是"浪聲沉"，世作"浪淘盡"，與調未協。愚謂：此三字，如樵隱作"算無地""閬風頂"，此等甚多，豈可俱謂之未協乎？人讀首句，必欲作七字，故誤。而譜中不知此義，因以爲各異矣。"故壘"以下十三字，語氣於七字略斷，如此詞"人道是"三字，原不妨屬上讀，譜中不知此義，又以爲各異矣。"羽扇"以下十三字，即與前"故壘"句同，因"處"字訛"間"字，譜又以爲各異矣。至"多情"句，因讀"我"字屬上句，故又以爲異，不知原可以"我"字連下讀也。《詞綜》云：本係"多情應是"一句、"笑我生華髮"一句，世作"多情應笑我"，益非。愚謂：此説亦不必，此九字一氣，即作上五下四，亦無不可。金谷云"九重頻念此，衮衣華髮"、竹坡云"白頭應記得，尊前傾蓋"，亦無礙於音律。蓋歌喉於此滚下，非住拍處，在所不拘也。更謂"小喬"句，必宜四字截，"了"字屬下，乃合。則宋人此處，用上五下四者尤多，不可枚舉，豈可謂之不合乎？又如前詞，"簾底纖纖月"五字，易安作"玉闌干慵倚"、惜香作"倚闌干無力"，句亦稍變，總不拘，亦不必另作一體也。至如芸窗於"道"字、"笑"字作平聲；蘆川後起作"修禊當時今日"，"觴"字作平聲；洛水前結作"臨風浩然搔首"，後結作"歌此與君爲壽"，此等甚多，皆誤筆。又，惜香前結句作八字；聖求於"小喬"句作"小窗寒静盡掩"，多一"盡"字；烘堂於"三國"句少二字；而稼軒集參差處更多，總是誤刻，不然，如此極平熟之調，豈有諸名公不諳者？且此調原名《百字令》，豈有做九十八字與百一字、百二字者乎？至《譜》《圖》之誤，又不止在分體斷句之差而已，所可怪者，此調因坡公詞尾三字名爲《酹江月》，而《圖譜》另收《酹江月》一調，下又注云：即《念奴嬌》第九體，夫不知其即《念奴嬌》而另收，猶不足怪也，既知即《念奴嬌》而又收之，豈非大怪乎？又因蘇詞首四字名爲“大江東去”，傳之既久，落一“去”字，遂謂爲《大江東》，而作譜者不識，以字形相類，誤讀爲《大江乘》，譜中因載一《大江乘》調，豈非大怪乎？然此猶因傳訛而錯。蓋其詞尾句本是“中書二十四考”六字，因添一“還”字於“中書”之下，因以爲一百一字而收之耳。乃同是一百字而另收《無俗念》一調，豈不大怪？此詞名《百字令》，誰不知者？而又收《百字謡》一調，如此則尚有《壺中天》《大江西上》等名色，皆宜另收，孫行者、行者孫，有何窮極乎？《選聲》亦另收《大江西上曲》，《圖譜》又收《賽天香》，調采楊升庵詞爲式，仍是《念奴嬌》，無論重出失考，即明人自度曲，原未協律，如鳳洲《小諾皋》等，亦不可入譜也。又如白石《湘月》一調，自注即“《念奴嬌》鬲指聲”，其字句無不相合。今人不曉宫調，亦不知“鬲指”爲何義，若欲填《湘月》，即仍是填《念奴嬌》，不必巧徇其名也。故本譜不另收《湘月》調。

沈選鮮于伯機詞尾云：“多病年年如削”，此本“年年多病”而誤耳，沈不能辨正，陋哉。《嘯餘》見《百字謡》之名以爲新奇，因不識即《念奴嬌》，故收之，不足怪矣。妙在此詞非宋元人作，不知何人所填，故其題下與目録不書朝代，止有一袁字，而闕其名。至《圖譜》竟换作周邦彦詞，極醜劣。不知美成何不幸，而遭此嫁禍也。或曰：此詞爲賀人新婚，不過俗耳，君何毁之若此？余曰：公自未讀竟耳。如後段於“多情應笑”二句，《譜》《圖》俱連作九字，其詞云“房奩中好物事駸駸近”，無論作三字三句，甚奇。試問：新婚而好物事相近，是何物事乎？真笑斷人腸矣。

〔杜注〕

按，洪邁《容齋隨筆》云：“向巨源謂田不伐家有魯直所書東坡《念奴嬌》，與今人歌不同者數處，如‘浪淘盡’爲‘浪聲沉’，‘周郎赤壁’爲

‘孫吴赤壁’,‘穿空’作‘崩雲’,‘拍岸’爲‘掠岸’,‘如夢’爲‘如寄’。”又,《詞林紀事》云:“容齋去東坡不遠,又爲山谷手書,必非僞託。”又,《詞綜》云:“他本‘浪聲沉’作‘浪淘盡’,三字平仄未嘗不協,覺‘浪聲沉’更沉著耳。”並注此,以備參考。又按,萬氏云:“白石《湘月》一調即《念奴嬌》鬲指聲,若欲填《湘月》,乃是填《念奴嬌》,不必巧徇其名。”《心日齋詞選》駁之曰:“此論未確,今之吹笛者,六孔並用,即成北曲;隔第一孔、第五孔吹之,便成南曲。鬲指過腔,義或如是,况《湘月》詞與《念奴嬌》句豆、聲響皆有不同,審音者當能辨之。”今附録《湘月》原詞於後:

湘　月

此曲即《念奴嬌》之鬲指聲,於雙調中吹之。鬲指,亦謂之過腔,凡能吹竹者,便能過腔也。

五湖舊約,問經年底事,長負清景。暝入西山,漸喚我、一葉夷猶乘興。倦網都收,歸禽時度,月上汀洲冷。中流容與,畫橈不點清鏡。　　誰解喚起湘靈,煙鬟霧鬢,理哀弦鴻陣。玉麈談玄,嘆坐客、多少風流名勝。暗柳蕭蕭,飛星冉冉,夜久知秋信。鱸魚應好,舊家樂事誰省。

查此詞用韻有通叶,是以選家常遺之。

【蔡案】

東坡詞,“人道是”“談笑處”三字,萬子原譜均屬前讀,第二均作七字一句、六字一句,此拘泥於前一體句讀故也。依其文義,則皆當屬下爲是。然本調亦有可讀爲七字一句、六字一句者,惟本詞不合,非此讀必誤也。過片遥想二字,實爲二字逗,詳參前一體注。

萬子引詞,“修禊當時今日”,當爲“修禊當日蘭亭”,“房奩中好物事駸駸近”,當爲“房奩中物,好事駸駸近”。

平韻體 一百字　　陳允平

凝雲冱曉，正蘼花纚積，荻絮初殘。華表翩躚何處鶴，愛吟
人正孤山。凍解苔鋪，水融莎甃，誰憑玉勾闌。茸衫氈帽，
冷香吹上吟鞭。　　將次柳際瓊消，梅邊粉瘦，添做十分
寒。閒踏輕澌來薦菊，半潭新漲微瀾。水北峰巒，城陰樓
觀，留向月中看。巘雲深處，好風飛下晴湍。

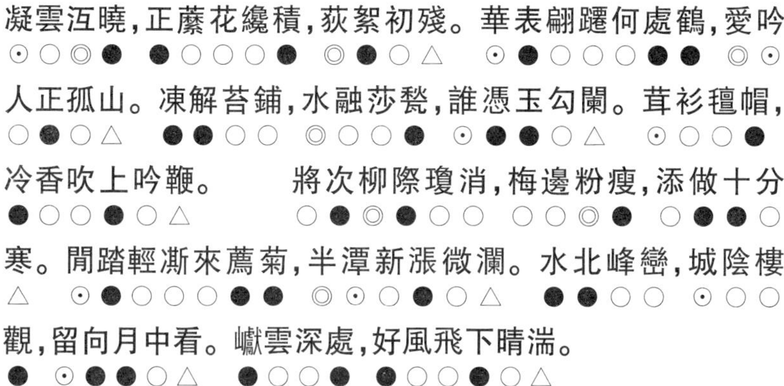

用平韻，蘆川、石林皆有此體。"梅邊"二句，可用"平平平仄仄，平仄平平"，此可證前"小喬"二句不妨上五下四也。汲古於石林此調注云："或刻《百字令》，字句迥異"，蓋不知有用平體，故駭然。然謂字異則可，謂句異則非。

〔杜注〕

按，《歷代詩餘》"愛吟人正孤山"句，"正"作"在"。又按，宋人明於音律，多自度腔，陳西麓則喜以仄調改平聲，如此詞及後之《絳都春》《永遇樂》，皆其創格。然改平究以入聲調爲宜，蓋入可作平，如姜白石之改《滿江紅》是也。又，西麓有《渡江雲》一首，以平聲韻改用入聲韻，亦足爲平入可互改之證。

【蔡案】

"半潭"句，原譜萬子注"潭"字爲可仄，檢宋人諸家，本句第一字皆爲平聲，此字皆爲仄聲，"半潭"二字實爲微調手法，故填此應以○●爲正。

杜文瀾以爲本平韻體爲陳允平首創，誤甚。蓋陳允平爲南宋末

期詞人，而平韻詞北宋葉夢得既已有兩首，張元幹、仲殊、曹勛均有平韻詞，而生皆在陳允平前。

換巢鸞鳳 一百字　　　　　　　　　　　　史達祖

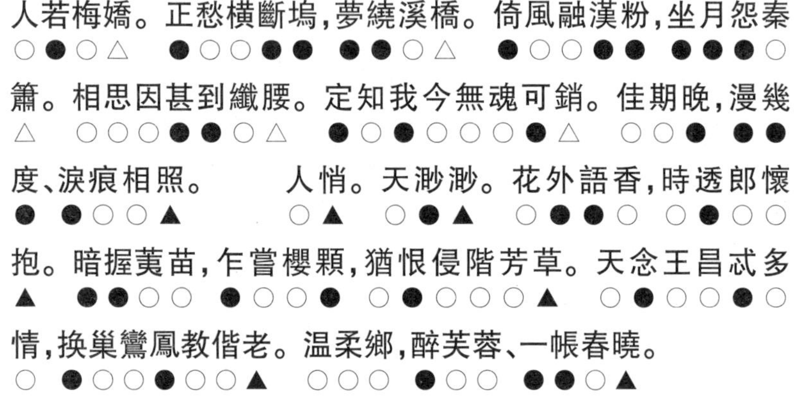

人若梅嬌。正愁橫斷塢，夢繞溪橋。倚風融漢粉，坐月怨秦
〇●〇△　　●〇〇●●　●〇〇△　　〇〇〇●●　●●●〇

簫。相思因甚到纖腰。定知我今無魂可銷。佳期晚，漫幾
△　　〇〇〇●●〇△　　●〇●〇〇〇●△　　〇〇●　●●

度、淚痕相照。　　　　人悄。天渺渺。花外語香，時透郎懷
●、●〇〇▲　　　　　　〇▲　〇●▲　　〇●●〇　〇●〇〇

抱。暗握荑苗，乍嘗櫻顆，猶恨侵階芳草。天念王昌忒多
▲　●●〇〇　●〇〇●　〇●〇〇〇▲　　〇●〇〇●〇

情，換巢鸞鳳教偕老。溫柔鄉，醉芙蓉、一帳春曉。
〇　●●〇●〇〇▲　　〇〇〇　●〇〇、●●〇▲

　　平仄通叶，"苗"字或云是叶平韻。余謂此句與下"乍嘗"句爲偶，無叶韻理。《圖譜》句句俱改，欲其順口，無乃太勞乎？

〔杜注〕

　　按，平仄互叶之體，譜中已屢收，而前半末一韻起改仄，祇此一調。疑調名以此闋始。

【蔡案】

　　萬子以爲"暗握荑苗"句因與"乍嘗櫻顆"相偶，故無叶韻之理，甚誤。詞中偶句乃修辭需要，叶韻則爲韻律需要，彼此並無瓜葛，故既偶且韻者不可枚舉。諸如《一剪梅》之"銀字箏調。心字香燒"，《水調歌頭》之"人有悲歡離合。月有陰晴圓缺"等皆是，已耳熟能詳者也。故填者若需要，盡可於此叶之。

　　又，前段"定知我"句八字，校之後段，可知當屬一字逗領七字句句法，原譜讀爲上三下五式，非是。而後段“换巢鸞鳳”前，依律應有一領字，疑脱。

渡江雲 一百字

張　炎

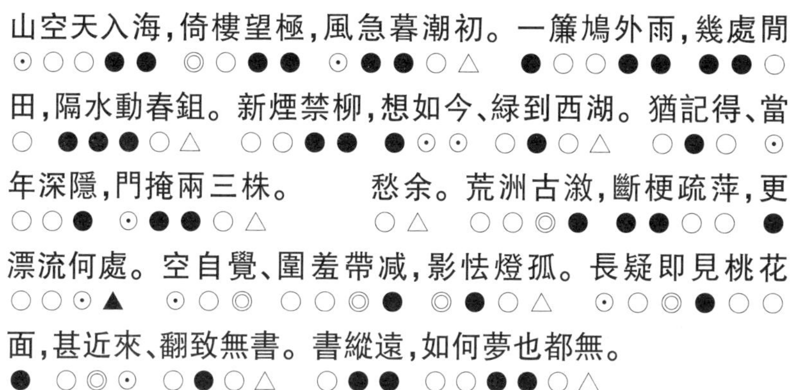
山空天入海，倚樓望極，風急暮潮初。一簾鳩外雨，幾處閒田，隔水動春鉏。新煙禁柳，想如今、緑到西湖。猶記得、當年深隱，門掩兩三株。　愁余。荒洲古溆，斷梗疏萍，更漂流何處。空自覺、圍羞帶減，影怯燈孤。長疑即見桃花面，甚近來、翻致無書。書縱遠，如何夢也都無。

平仄互叶，往往有之，如《西江月》等顯然者，人知之。其他人多未察，遂致失韻。如此“更漂流何處”，正是以“處”字去聲叶上“初、鉏”等平韻，余初於片玉“晴嵐低楚甸”一首，用“指長安日下”謂其以“下”字叶“沙、家”等韻，人多不信，及觀千里和詞，亦用“遏離情不下”，已爲明證。而玉田此詞亦以“處”字爲叶。及别作是“紗、佳”等韻，此句云“想蕭娘聲價”；吴草廬作是“妝、霜”等韻，此句云“似長江去浪”；草窗作是“茵、雲”等韻，此句云“數幽期難准”；詹天游作是“聲、情”等韻，此句云“掩重門夜永”。歷觀諸家如此，豈非此句皆以仄聲叶平乎？若不細察，則少却一韻矣。

又按，片玉結句，本係“時時自剔燈花”，刻本“時”字上加一“但”字，似贅。千里和詞加一“□”於末句上，乃原無此字，而誤以爲缺耳。查玉田、草庵、草窗等，詞尾皆六字，可知本調尾無七字體也。《圖譜》於前尾止有四字，蓋將周詞“漸漸可藏鴉”删去“可”字，異哉。

〔杜注〕

按,《歷代詩餘》"倚樓望極"句,"望極"作"凝望"。又,"翻致無書"句,"致"作"笑"。又按,平聲韻中間叶一仄韻,如卷十七之《晝錦堂》、卷十九之《大聖樂》等,皆是定格。

【蔡案】

萬子原注"緑"字、"得"字以入作平。

本調後段仄聲韻,當以上聲爲正,如周邦彦、周密之"下",吴文英之"準"。而换頭處之"溆",亦不妨視爲叶韻,如蕭元之之"堪嗟。雕弓快馬。敕勒追蹤,向夕陽坡下"然。

琵琶仙 一百字　　　　姜　夔

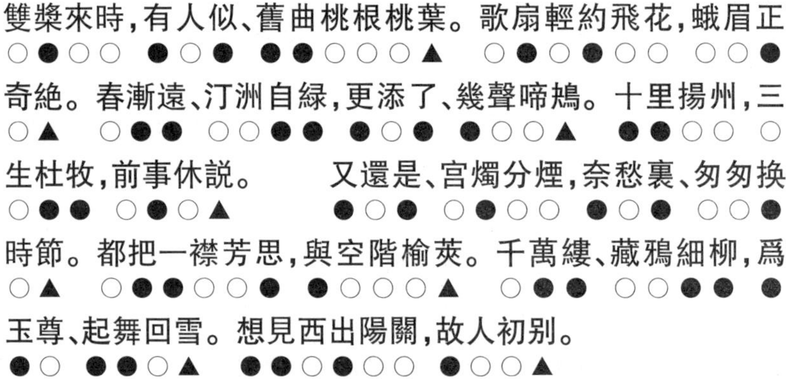
雙槳來時,有人似、舊曲桃根桃葉。歌扇輕約飛花,蛾眉正奇絶。春漸遠、汀洲自緑,更添了、幾聲啼鴂。十里揚州,三生杜牧,前事休説。　又還是、宫燭分煙,奈愁裏、匆匆换時節。都把一襟芳思,與空階榆莢。千萬縷、藏鴉細柳,爲玉尊、起舞回雪。想見西出陽關,故人初别。

此石帚自製腔,平仄俱宜遵之。《圖譜》何據,謂可改易?至讀"思"字作平,反圖可仄,何也?夫以一百字之調,而議改至四十一字,亦可謂善改者矣。沈氏謂:此調與《絳都春》相近,大奇。其音響判若天淵,何爲相近?

〔杜注〕

按,仄聲調上去入三聲皆可選用,而有必須用入聲韻者,則不可用去上聲韻。《詞林正韻》歷述二十餘調,考之宋詞,亦未盡合,惟此調及《暗香》《疏影》《淒涼犯》等般涉、歇指之調宜於健捷激裊,姜白石所謂以啞觱栗吹之者,則斷應用入聲。作者擇韻時一校宋詞,自可無誤。

【蔡案】

萬子原譜"奈愁裏"下八字不讀斷。"想見"句六字不讀斷。

御帶花 一百字 歐陽修

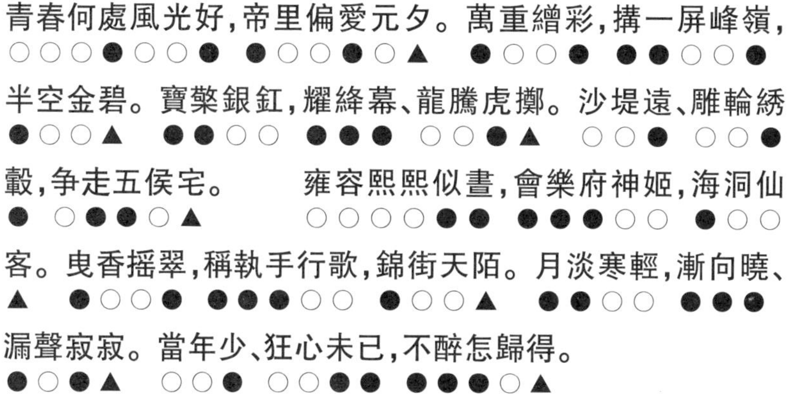

青春何處風光好,帝里偏愛元夕。萬重繒彩,搆一屏峰嶺,半空金碧。寶檠銀釭,耀絳幕、龍騰虎擲。沙堤遠、雕輪綉轂,争走五侯宅。　雍容熙熙似晝,會樂府神姬,海洞仙客。曳香摇翠,稱執手行歌,錦街天陌。月淡寒輕,漸向曉、漏聲寂寂。當年少、狂心未已,不醉怎歸得。

《嘯餘》於此調,以"搆一屏"至"金碧"作一句,"寶檠"至"絳幕"作一句,"作晝會"至"神姬"作一句,"稱執手"至"天陌"作一句,皆誤。蓋"萬重"以下,與後"曳香"以下相同,衹"嶺"字仄、"歌"字平稍異耳。"寶檠"句即"月淡"句,"耀絳幕"即"漸向曉"句也。"檠"字可讀作仄聲,"虎"字可借作平聲,"沙堤遠"即"當年少",何以前段作三字,後段連"狂心未已"作七字乎?"争走"句與"不醉"句皆平仄仄平仄,是定格,奈何注可作仄仄平平仄乎?"曳"字去聲,刻俱作"拽",誤。觀其所用"帝、愛、萬、搆、耀、絳、綉、洞、曳、稱、漸、向"等去聲發調,何得俱作可平？“作晝”亦作可平，“雍雍”本是去聲，注可仄，皆可笑。

按“作晝會”三字欠妥，必有誤處。蓋題是元宵，安得云“作晝會”？愚謂“作”字必是“似”字之訛，乃“雍雍熙熙似晝”一句，“會”字連下“樂府神姬”爲一句，謂神姬仙客俱至，故以會字領之耳。鄙見如此，質諸高明。

〔杜注〕

按，葉《譜》“龍虎騰擲”句作“龍騰虎擲”。又，“争走五王宅”句，作“争入五侯宅”。又，後起作“雍雍熙熙如晝”，爲六字句，“會”字屬下句，與萬氏注合。宜從。

【蔡案】

萬子原譜後起作“雍雍熙熙，作晝會，樂府神姬”，句讀據注解改。而以杜注體悟本句，則萬子謂“作”當爲“似”之誤甚恰。蓋本句乃平起式律拗句法，第五字依律必仄，讀者可參見後一首萬注關於“紅萼”之論，故“如”字誤，“似”字應是原詞。亦據改。

“帝里”之“里”“海洞”之“洞”，皆以上作平。又，换頭“雍雍熙熙”，《歐陽文忠公近體樂府》載此，作“雍容熙熙”，據改。

東風第一枝 一百字　　史達祖

草脚愁蘇，花心夢醒，鞭香拂散牛土。舊歌空憶珠簾，彩筆
●●○○ ○○●● ⊙○○●○▲ ●○⊙●○○ ●●
倦題綉户。黏雞貼燕，想立斷、東風來處。暗惹起、一掬相
●○●▲ ○○◎● ●◎● ○○○▲ ●●◎ ○●○
思，亂若翠盤紅縷。　今夜覓、夢池秀句。明日動、探花
○ ◎●●○○▲ ○●● ●○●▲ ○●● ●○
芳緒。寄聲沽酒人家，預約俊遊伴侶。憐他梅柳，怎忍後、
⊙▲ ●○⊙●○○ ●●●○●▲ ○○⊙● ●◎●

天街酥雨。待過了、一月燈期，日日醉扶歸去。

考梅溪三首、竹屋二首、蜕巖一首，平仄俱注明如右矣。若夢窗“傾國傾城”一首，“草”字作平，“夢”字作平，或亦不妨。若後段起句云“曾被風、容易送去”，“風、易”二字拗，恐是“曾容易、被風送去”。末二句云“信下蔡陽城俱迷，看取宋玉詞賦”，亦拗，不可從。乃如“散、倦、綉、暗、翠、夜、夢、秀、探、俊、伴、待、醉”等去聲，各家皆同，不可亂填。“芳”字亦以去聲爲妙，如梅溪别作“舊家伴侣”“杏開素面”，聖求用“凍香又落”之類可見。至於“彩筆”句，聖求云“陽梢已含紅萼”，“紅”字宜去誤平，此必“絳”字之訛。觀其後段即用“倚闌怕聽畫角”，“畫”字仍是去聲矣。此是詞眼，勿謂太拘，《譜》注不可從。至《詞統》收馬洪一首，陋極，奈何取之，使厠於史、吕、高諸公之後耶？

〔杜注〕

按，《歷代詩餘》首句“草脚愁蘇”，“愁蘇”作“春回”。又，“想立斷”三字，“立”作“占”。又，“俊遊”作“嬉遊”。又按，“怎忍俊”之“俊”字，《詞譜》作“後”，戈氏選本作“潤”。

【蔡案】

萬子原注“拂散”之“拂”“一掬”及“一月”之“一”，均以入作平。又注“彩筆”之“筆”“預約”之“約”可平，竊以爲此二字宋人多作仄讀，雖梅溪别首作平，然終是偶例，故不必爲范。

“散、倦、綉、暗、翠、夜、夢、秀、探、俊、伴、待、醉”諸字，萬子謂須用去聲，且“各家皆同，不可亂填”，余以爲此類胡言，最爲誤人。若此言爲真，則本詞仄聲字共五十六個，已過半，去聲當可獨立爲一聲部矣，何必混入仄聲中。且不論諸家於此十三字中有上有入，更有平聲，僅梅溪自家三首相校，即有六上、二入、二平，其“各家皆同”，實爲夢語。此類去聲特殊論，尤爲無理，但凡言及，必無律理之依據，全然憑空而論，如此，但有去聲，皆可謂之“不可亂填”，誤人太甚，而今之學者，多不識律理，越發有恃無恐矣，詞律之混亂，一至於此，可爲一哭！

春夏兩相期 一百字　　蔣　捷

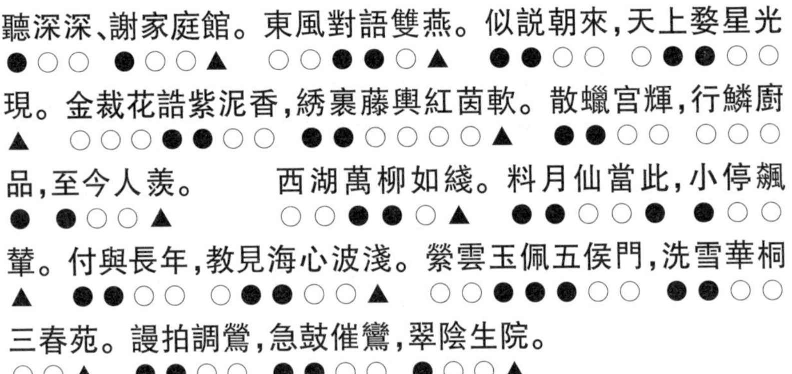

聽深深、謝家庭館。東風對語雙燕。似説朝來，天上婺星光現。金裁花誥紫泥香，綉裹藤輿紅茵軟。散蠟宫輝，行鱗廚品，至今人羨。　西湖萬柳如綫。料月仙當此，小停飆輦。付與長年，教見海心波淺。縈雲玉佩五侯門，洗雪華桐三春苑。謾拍調鶯，急鼓催鸞，翠陰生院。

“似説朝來”下應與後段“付與長年”下同，但“綉裹藤輿”平仄與“洗雲華洞”不同，或曰宜作“綉茵輿裹紅藤軟”，則字句穩順，然不敢議改。“洗雲”“雲”字重上“縈雲”，亦誤。若作“洗雪”以合前段之“綉裹”，則“洞”字亦應作平，不敢彊爲之説也。“急鼓”句平仄，亦與前“行鱗”句異，《圖譜》欲改“藤”“茵”二字爲仄，蓋取其順也。余謂如欲改“茵”爲仄，則寧改“裹”爲平、“輿”爲仄，以合於後段“洗雲”句，猶不失前後相同耳。

〔杜注〕

萬氏注云：“‘洗雲’若作‘洗雪’，以合前段之‘綉裹’，則‘洞’字亦應作平。”按，《詞譜》作“洗雪華桐三春苑”，與萬氏論合，應遵改。

【蔡案】

已據杜注改。本詞宋人惟此一首，“綉裹”句和“洗雪”句音律大拗，且顯與前七字成偶，故亦非四字一句、三字一句者。就各本改易而論，此二句應早非本來面目，姑以此爲準，還應恪守，不可隨意改用平仄。

彩雲歸 一百二字　　柳　永

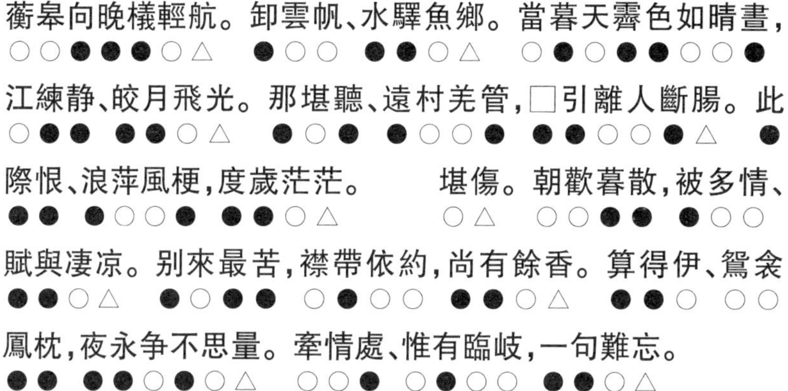

蘅皋向晚檥輕航。卸雲帆、水驛魚鄉。當暮天霽色如晴晝，江練静、皎月飛光。那堪聽、遠村羌管，□引離人斷腸。此際恨、浪萍風梗，度歲茫茫。　堪傷。朝歡暮散，被多情、賦與淒涼。別來最苦，襟帶依約，尚有餘香。算得伊、鴛衾鳳枕，夜永争不思量。牽情處、惟有臨岐，一句難忘。

《圖譜》以“別來”句爲六字，“依約”句爲六字，論文義，應作四字三句，故未注句豆。然其語氣，總一貫者。至其平仄，無他作可證，悉隨意改之，余不敢從。

〔杜注〕

按，《詞譜》“此際浪萍風梗”句，“際”字下有“恨”字，應遵補。又，“襟袖依約尚有餘香”句，“袖”作“帶”。又按，葉《譜》“尚有餘香”“有”字作“帶”。

【蔡案】

已據《欽定詞譜》改添。

原譜“別來”下十二字不讀斷。此爲後段第二均，校之前段，必有衍奪之誤，故萬子糾結之。以文理理解，“別來最苦”如何說到“有餘香”，其間亦必有一轉折語脱去，校之前段，“尚有餘香”前當有此三字轉折無疑。而“别來”八字，亦欠通達，惟依此則“依約”宜平，“約”字須以入作平方是。又按，“引離人”五字，其對應句“夜永”句六字，此二句亦應同屬六字句，今“引離人斷腸”五字，韻律甚覺拗澀，余以爲“引”字上必脱一字，補足後，則本句爲仄起平收式句法，與前段均爲六字律句，如此即合。敢補一字，原譜“一百字”改爲“一百二字”。

萬年歡 一百字　　無名氏

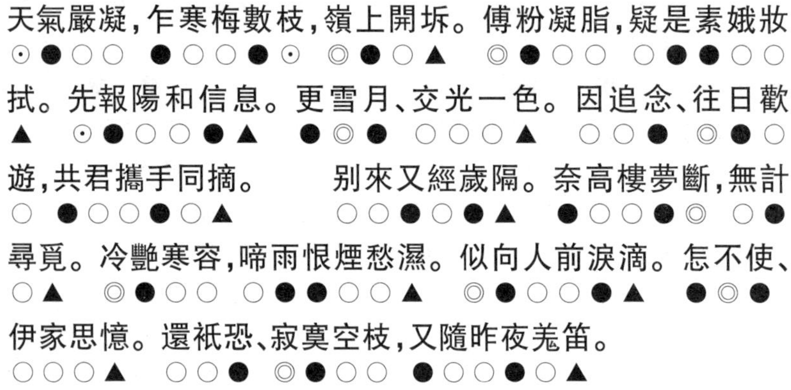

天氣嚴凝，乍寒梅數枝，嶺上開坼。傅粉凝脂，疑是素娥妝拭。先報陽和信息。更雪月、交光一色。因追念、往日歡遊，共君攜手同摘。　別來又經歲隔。奈高樓夢斷，無計尋覓。冷豔寒容，啼雨恨煙愁濕。似向人前淚滴。怎不使、伊家思憶。還衹恐、寂寞空枝，又隨昨夜羗笛。

“乍寒梅”以下，與後段“奈高樓”以下同。衹“斷”字仄聲，與“枝”字異。然此字可平，觀晁詞此句用“算當時壽陽”“肯抽身盛時”，“陽”字、“時”字平也。胡浩然於“乍寒梅”句云“漸輕風布暖”，則“枝”字亦可作仄，二者不拘。可知梅溪於“煙”字作“裏”字，“裏”可作平，切不可用去聲字。若“乍、數、上、信、共、又、歲、夢、計、淚、又”諸去聲，是此調定格，不可假借，理應如此，非拘泥也。内“上”字、“計”字尤不可平。兩結如《念奴嬌》，用仄平平仄平仄，是鐵板一定者，《圖譜》槩欲改之。至於“妝拭”“愁濕”用平仄矣，下二句自相呼應，則用“信息”“淚滴”去仄爲呼，而以“一色”“思憶”平仄爲應，自然諧協可聽，史、晁諸家亦同。即《圖》所收浩然作,亦於前用"醉目如玉",後用"對蹙重續",何皆亂注耶?雖然,倘非深心細玩,豈便解此?彼著譜者,照舊本謄録,急於問世,詎肯費此心血乎?"傅粉"下十字,與"冷艷"下十字一氣,故梅溪前段云:"過了匆匆燈市,草根青發"、无咎後段云:"此事談何容易,冀才方騁",無礙也。"息"字、"滴"字俱用韻,史則用"醒、事"二字,不叶。晁亦有不叶者,想不拘。晁刻本於"還衹恐"止有"那堪"二字,乃"堪"字下落一字,非有九十九字體。史詞第二三句"謝橋邊岸痕猶帶陰雪",或曰應讀上三下六,此篇亦可於"寒"字豆句,但晁詞"似佳人未來,香徑無跡",是其句法應在五字分斷云。

〔杜注〕

按,《歷代詩餘》"怎不使伊家思憶"句,"伊家"作"當窗"。

【蔡案】

萬子原注:"一色"之"一""别來"之"别""衹恐"之"衹""昨夜"之"昨",以入作平。

本調用韻,凡主韻均用○▲,亦即均脚。而輔韻則均以●▲收束,是本調之韻律規則與特徵。萬子因無均概念,故不知其所以然。所謂呼應云云,則所呼者何?所應者何?爲何呼?爲何應?俱不得而知。尤爲重要者,萬子所云,皆爲其"詞"如何,而非其"譜"如何,然則非研譜,論詞耳。"信息""淚滴"既是輔韻,則自然可叶可不叶,史詞及晁詞不叶,自在其理。又,"傅粉"下十字、"冷艷"下十字,依律即爲兩拍,至若或作四字一句、六字一句,或反,讀破而已。所謂"一氣",自不可稱説兩拍也。又按,晁氏别首,後段尾均用"那堪羌管驚心",萬子以爲或爲"那堪□、羌管驚心",余以爲此六字本爲一氣,原詞或作"□那堪、羌管驚心"。

平韻體 一百一字　　　　趙師使

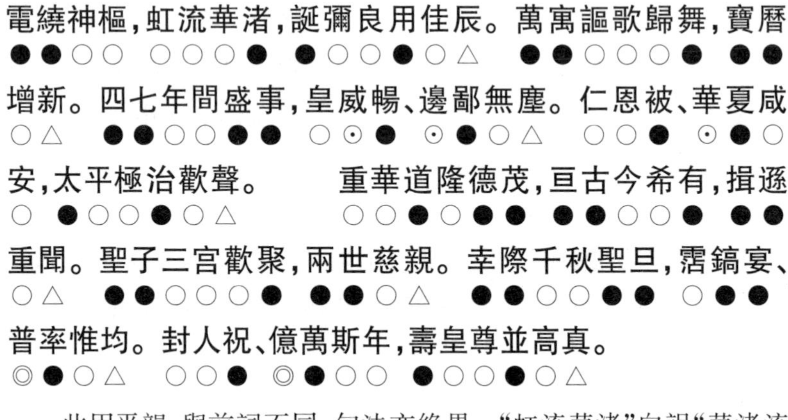

電繞神樞，虹流華渚，誕彌良用佳辰。萬寓謳歌歸舞，寶曆
●●○○　○○○●　●○○●○△　●●○○○●　●●
增新。四七年間盛事，皇威暢、邊鄙無塵。仁恩被、華夏咸
○△　●●○○●●　○⊙●　⊙●○△　○○●　⊙●○
安，太平極治歡聲。　重華道隆德茂，亘古今希有，揖遜
○　●○○●○△　○○●○●●　●●○○●　●●
重聞。聖子三宮歡聚，兩世慈親。幸際千秋聖旦，霑鎬宴、
○△　●●○○○●　●●○△　●●○○●●　○●●
普率惟均。封人祝、億萬斯年，壽皇尊並高真。
◎●○△　○○●　◎●○○　●○○●○△

此用平韻，與前詞不同，句法亦絶異。"虹流華渚"向誤"華渚流虹"，此句乃對首句。"萬寓"以下與後"聖子"以下同。

按，此與《慶春澤》相近。

〔杜注〕

按，賀方回一首與此詞句調平仄略同，惟後起作四字三句，云："青門解袂，畫樓回首，初沉漢佩"，共十二字，此祇十一字，疑誤脱一字，平仄亦異。

【蔡案】

萬子原注"極治"之"極"以入作平。

本調前段首均例作一四、一五、一四，平仄韻皆同，本詞增字讀破，是變格。其正體應仍爲百字體，如李之儀詞："暖律纔中，正鶯喉競巧，燕語新成"。王質詞："一輪明月，古人心萬年，更寸心存"，句法略有差異。

絳都春 一百字　　吴文英

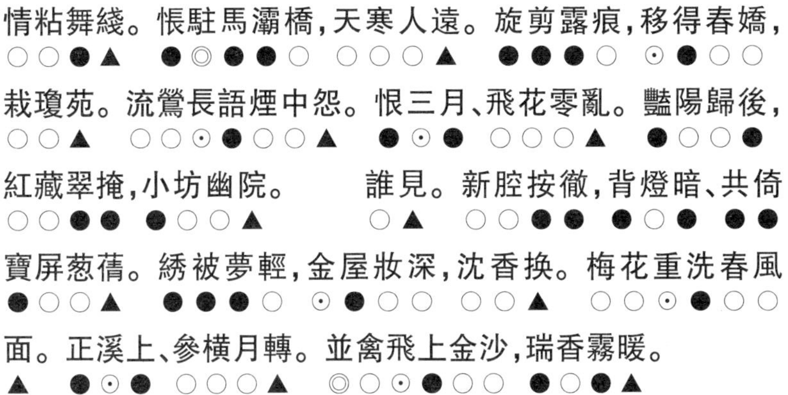
情粘舞綫。悵駐馬灞橋，天寒人遠。旋剪露痕，移得春嬌，栽瓊苑。流鶯長語煙中怨。恨三月、飛花零亂。豔陽歸後，紅藏翠掩，小坊幽院。
誰見。新腔按徹，背燈暗、共倚寶屏葱蒨。綉被夢輕，金屋妝深，沈香換。梅花重洗春風面。正溪上、參横月轉。並禽飛上金沙，瑞香霧暖。

"旋剪"至"零亂"，與後"綉被"至"月轉"同。"栽瓊苑""沉香换"用平平仄，是定格。《譜》《圖》於"金屋妝深沉香换"作七字讀，以四平爲拗，竟注"妝"字、"香"字可仄，大誤。凡作此調者，有於此二字用仄者否？此一調之大關鍵處，而可以己意取其順口，改作七言詩句乎？此調除所旁注外，一字不可改易，而"灞、露、共、夢"四字，人尤易於用平，此則必須去聲，萬萬不可作他音。餘如"旋、恨、豔、翠、按、背、暗、綉、正、上、瑞、霧"等字，亦俱用去聲，各家俱同。即或十中有一用上聲者，萬無誤用平聲之理。"舞、月、小"，亦不可平，慎之，慎之。"流"字似乎可仄，然段落於此另起，必得平聲字爲唤，而下以"恨"字去聲接之。"飛花"四字則用平平平仄頓住，其下"豔陽"句又另起，上用"飛"字既平，故此用仄平平仄，"豔"既仄，"歸"既平，下則接以平平仄仄，"紅"既平，"翠"既仄，下則束以仄平平仄，各家皆同。如竹山"秋千紅架"下云："縱然歸近，風光又是，翠陰初夏"、丁仙現"雙龍銜照"下云："絳綃樓上，彤芝蓋底，仰瞻天表"、澤民"穠華多少"下云："召還和氣，拂開霽色，未妨談笑"、張榘"文章身後"下云："唤回奇事，青油上客，放懷尊酒”，夢窗“初匀妝面”下云：“紫煙籠處，雙鸞共跨，洞簫低按”，又“臨風重岸”下云：“可憐垂柳，清霜萬縷，送將人遠”，又“蓬萊雲氣”下云：“寶街斜轉，冰蛾素影，夜清如水”，無不相同者。而蔣之“又”字、丁之“蓋”字、毛之“霽”字、張之“上”字、吴之“共、萬、素”字，俱必去聲，豈非一定之律乎？尾用“霧暖”，去上煞，尤妙。必如此而後音節和協，可入律吕也。若照《譜》注，則詞調千餘，不管何體，遇五字七字則照詩句，遇四字非平平仄仄即仄仄平平，遇六字非平平仄仄平平即仄仄平平仄仄，一槩施行，於仄字又不辨上去入而亂填之，則作詞有何難事？而古人依律制腔，俱所不必，鏤肝鉥肺，亦爲太愚，所稱高手名篇，亦不足貴矣。

“背燈暗共倚”句，不妨於“暗”字分豆，其下六字易填。或曰：如此，則此詞何不於三字爲豆，乃注連下？余曰：以備此上五下四體也。若丁詞“慶三殿共賞羣仙同到”，則不可於三字豆，而必用此體分法矣。

查趙介庵“旋剪”下作“舊日文章，如今風味，渾如許”，後段亦然。“紅藏翠掩”作“種種風流”，乃不成音律之醜筆，後人不可貪其順便易填，而以此陋詞爲牆壁也。

又，東堂一首，於“恨三月”句祇有六字，後段竟落去。此句七字，乃誤刻，非有此體。

〔杜注〕

按，《夢窗甲乙丙丁稿》“共倚寶屏葱蒨”句，“寶”作“質”。

【蔡案】

前段“移得”七字，後段“金屋”七字，必須讀爲四字一句、三字一句。萬子句讀精準，惜亦但知其然，而不知其所以然也，故云後三字必得用平平仄，一字不可改易。蓋本調前後段第二均例作驪句，然後三字一托，惟明清詞譜學家但知有“領”，而多不知“托”，故每每忽略此等技法，因而句讀失致。如《欽定詞譜》此處七字均不讀斷，詞句因此調不成律。以本調此二均論，如吴文英之“路幕遞香，街馬冲塵，東風細”“葉吹暮喧，花露晨晞，秋光短”“問字翠尊，刻燭紅箋，慳曾展”，趙彦端之“舊日文章，如今風味，渾如許”，蔣捷之“細雨院深，淡月廊斜，重簾挂”，京鏜之“十里輪蹄，萬户簾帷，香風透”，丁仙現之“翠幰競飛，玉勒争馳，都門道”等等，手法莫不如此，自不可作四字一句、七字一句也。但後三字既獨立爲托，則自與前二平無關，其平仄律當以三字爲慮，萬子謂鐵板不可易，必得平平仄，則其本質仍視七字爲一體也。若以三字爲一體，則第二字自可用仄，如毛澤民用“雨露在門，光采充閭烏亦好”、趙彦端用“舉上青雲，却憶梅花如舊否”，“亦”字、“舊”字皆爲仄聲，均不可作平，便是鐵證。

又，萬子每有去聲不可易之宏論，然每不言其何以不可易，一無律理支撑，便覺自説自話。如後段“綉被夢輕”之“綉”字，萬子謂必用去聲，各家俱同，“萬無誤用平聲之理”，而吴文英别首即有“流水翠微”，“流”字平聲。又如後段“正溪上”，萬子謂第一字、第三字俱須用去聲，而所對應之前段，爲“恨三月”，則僅第一字必用去聲，同爲三字逗，前段第三字何以可用入聲，而後段則必用去聲？想萬子亦不能説也。故曰：所有去聲之説，多無律理依據，若去聲如此講究，則當獨立爲一聲調，何須混入仄聲之中。

又按，“月轉”之“月”原注作平。“妝深”原作“裝深”，萬注同，據《欽定詞譜》改。“背燈暗”九字，原譜作五字一逗、四字一句，萬子以爲備體云云，甚爲無謂。

三聲叶體 九十八字 陳允平

鞦韆倦倚，正海棠半坼，不耐春寒。殢雨弄晴，飛梭庭院綉
○○●● ●●○●● ●●○△ ●●●○ ○○○●●

簾間。梅妝欲試芳情懶。翠顰愁入眉彎。霧蟬香冷，霞綃淚搵，恨襲湘蘭。　悄悄池臺步晚。任紅曛杏靨，碧沁苔痕。燕子未來，東風無語又黃昏。琴心不度春雲遠。斷腸難托啼鵑。夜深猶倚，垂楊二十四闌。

用平韻，與前異。而"懶"字、"遠"字仍以仄叶，蓋此二句，格宜叶韻，但一槩用平，則與上句相同，故不得不仄。人不可忽略，謂其用平而於此二句失却一韻也。若換頭"晚"字，則可不必叶矣。"翠顰"句、"斷腸"句比前詞各少一字，故止有九十八字，本譜以字少者居前，因此調以用仄爲正體，此平韻乃君衡所製，故附於後，即如《東堂集》之《憶秦娥》，不得居青蓮之前也。此詞雖用平叶，觀"弄"字、"未"字、"四"字亦用去聲，不可誤。

〔杜注〕

按，此平調爲陳西麓創格，說見前《念奴嬌》詞下。

【蔡案】

本體前後段兩仄韻，均爲輔韻，不叶亦可，若作叶韻，則換頭句"晚"字亦應視爲入韻，蓋過片换頭，乃音律之緊要處，最關乎音響，陳允平必非無意爲之者也，因此補"晚"字爲韻。

繞佛閣 一百字　　周邦彦

暗塵四斂。樓觀迥出，高映孤館。清漏將短。厭聞夜久、籤聲動書幔。　桂花又滿。閒步露草，偏愛幽遠。花氣清
●○●▲　○●●●　○●○▲　○●○▲　○○●●　○○●○▲　●○●▲　○●●●　○●○▲　○●○

婉。望中迤邐、城陰度河岸。　　倦客最蕭索，醉倚斜陽穿柳綫。還似卞堤、虹梁横水面。看緑颺春燈，舟下如箭。此行重見。嘆故友難逢，羈思空亂。兩眉愁、向誰舒展。

此調作者甚少，惟夢窗有三首，其一即此詞重出者。餘二首不惟平仄相同，而四聲無字不合，是知體格定當如此。祇“氣”字吴兩首俱作“情”字，“下”字吴一首作“髩”、一首作“生”，或此兩字可移動耳。《圖譜》憎其語拗，句句欲改而順之，所謂“富翁漆却斷紋琴，老僧削圓方竹節”也。“滿”字失注叶韻，亦誤。“望中”下九字，吴作“怕教徹膽寒光見懷抱”，“還似”以下九字，吴作“還記暗螢穿簾街語悄”，又作“長閉翠陰幽芳楊柳户”。細玩“徹膽寒光、暗螢穿簾、翠陰幽芳”等四字，似不可分斷，可知此九字乃一句。因悟“厭聞”以下九字，吴作“送幽夢與人間秀芳句”亦一氣讀也。汲古刻吴詞，“蒨霞艷錦”一首，前結九字云“東風摇颺花絮□□□”，蓋相傳缺此三字，然其通首用“杼、縷”等韻，“花絮”二字正其煞尾二字，應作“東風摇颺平平仄花絮”方是。閲者勿謂第六字可用“絮”字，仄聲。《圖》注茫茫，切不可效。

〔杜注〕

按，秦氏校本“醉倚斜陽穿柳綫”句，“陽”作“橋”。又，“看緑颺春燈”句，“緑颺”作“浪颭”。《歷代詩餘》同，應遵改。又按，此調戈氏謂是三疊，其二段以“桂花又滿”爲起句。

【蔡案】

原譜“書慢”後不分段，全詞僅作兩段。按，本調體式當爲雙曳頭式三段詞，第一第二兩段各廿五字六句，分爲兩均。此二段細玩其律法便可了然：首句皆平起叶韻，次句以下三個四字句均爲兩頓連仄，聲容極爲拗怒，如此韻律，詞中僅見，前後相合，豈是偶然，且均爲第二字去聲、第四字上聲，周邦彦如此，吴文英如此，陳允平亦如此。而第三第四兩句皆叶，第五句四言律句，第六句又作五言拗句，其韻律結構絲絲入扣，而平仄亦兩段全同。其中"迤"字對應前段"夜"字，故應取其仄讀，若非兩段，焉有如此整齊者？又按，原譜"厭聞"九字、"望中"九字均未讀斷。綜合吴文英等詞，此兩九字句應作四字一逗、五字一句爲是。

霓裳中序第一 一百二字　　姜个翁

園林罷組織。樹樹東風翠雲滴。草滿舊家行跡。時聽得聲
○○●●▲　●●○○●○▲　●●●○○▲　○●●○
聲，曉鶯如覓。愁紅半濕。煞憔悴、牆根堪惜。可念我、飄
○　●○○▲　○○●▲　●○●　○○○▲　●●●　○
零如此，一地送岑寂。　　龜石。當年第一。也似老、人間
○○●　●●●○▲　　○▲　○○●▲　●●●　○○
風日。餘葩選甚顔色。□羞撚江南，斷腸詞筆。留春渾未
○▲　○○●●○▲　○○●○○　●○○▲　○○○●
得。翻些入、啼鵑夜泣。清江晚、緑楊歸思，隔岸數峰出。
▲　○○●　○○●▲　○○●　●○○●　●●●○▲

"聽得"以下與後"羞撚"以下同。但"留春"句五字，與前"愁紅"句四字異。

〔杜注〕

按，《歷代詩餘》云：霓裳本唐之道調法曲，凡十二遍，中分之以按拍作舞，故曰"中序第一"，調名本此。又，"草滿地間行跡"句，"地間"作"舊家"，應遵改。

【蔡案】

已據杜注改。

前段第四拍原譜爲四字一句，惟宋人均作一字逗領四字句，故萬子所據或有脱落。檢《全宋詞》據元《草堂詩餘》本作“時聽得聲聲”，正與諸詞同，當是的本，據補“時”字。同理，其所對應之後段，“羞撚江南”句亦應爲一一字句所領，如周密之“悵洛浦分綃”，惟各本均爲四字，或本是誤填，但填者總以五字爲正，故敢補一奪字符，原譜“一百字”改爲“一百二字”。

重　格 一百二字　　周　密

湘屏展翠疊。恨入宮溝流怨葉。釭冷金花暗結。又雁影帶霜，蛩音淒月。珠寬腕雪。嘆錦箋芳字盈篋。人何在、玉簫舊約，忍對素娥説。　愁絶。衣砧幽咽。任帳底、沈煙漸滅。紅蘭誰採贈別。悵洛浦分綃，漢皋遺玦。舞鸞光半缺。最怕聽離弦乍闋。憑闌久、一庭香露，桂影弄淒蝶。

“又雁影”句與“悵洛浦”句，比前詞“聽得”“羞撚”二句，各多一領句字，故另收之。尹焕一首，前段與周詞“又雁影”句同五字，後段與姜詞“羞撚”句同四字，參差不齊，必無此理，故不收一百一字體。

〔杜注〕

按，姜白石詞集云：“於樂工故書中得商調《霓裳曲》十八闋，皆虚譜無辭，音節閒雅，不類今曲。不暇盡作，作《中序》一闋。”又，《心日齋詞選》云：“此調雖非白石自製，詞則創自白石。《詞律》引姜个翁、周密等詞爲式，个翁謬製不足數，周詞差近，疏誤亦多，且旁注可平可仄，以意爲之，不免隔膜。由萬氏未見白石詞集耳。今照姜詞將可平可仄改注，惟‘悵洛浦分綃’五字，姜作‘笛裏關山’四字，疑姜詞誤脱。”又按，《歷代詩餘》“釭冷金花暗結”句，“釭”上有“銀”字，則與後羅詞同。又，後結“凄蝶”作“棲蝶”。又，《戈氏選本》“衣砧幽咽”句，“衣”作“夜”。此字姜詞仄聲，應遵補照改。

【蔡案】

原譜“嘆錦箋”句、“任帳底”句均作上三下四讀，惟前句“錦箋芳字”一體，且“盈篋”者自是“錦箋”，而非“芳字”，故不可讀斷；而後句對應前段“恨入宫”句，“入宫溝流”不可讀斷，則“帳底沉煙”亦以一體爲佳。然此兩句和後面“最怕聽”句，皆可以文意斷或不斷，惟語氣一以貫之者爲是。

本詞體式同前詞，故不擬譜。

少韻格 一百三字　　羅志仁

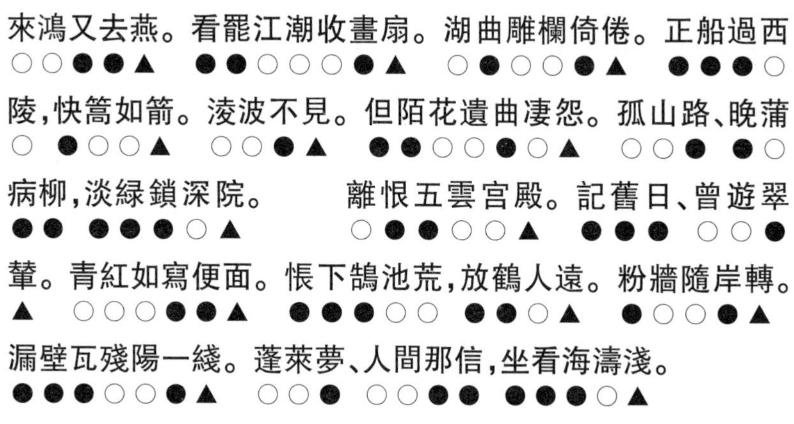
來鴻又去燕。看罷江潮收畫扇。湖曲雕欄倚倦。正船過西
○○●●▲　●●○○○●▲　○●○○●▲　●●●○
陵，快篙如箭。淩波不見。但陌花遺曲淒怨。孤山路、晚蒲
○　●○○▲　○○●▲　●●○○●○▲　○○●　●○
病柳，淡緑鎖深院。　離恨五雲宫殿。記舊日、曾遊翠
●●　●●●○▲　○●●○○▲　●●●　○○●
輦。青紅如寫便面。帳下鵠池荒，放鶴人遠。粉牆隨岸轉。
▲　○○○●●▲　●●●○○　●●○▲　●○○●▲
漏壁瓦殘陽一綫。蓬萊夢、人間那信，坐看海濤淺。
●●●○○●▲　○○●　○○●●　●●●○▲

“謾湖曲”比前二詞多一字。

按，此調首句宜兩平三仄，此三詞不必言矣。如尹焕作“青䰀粲素靨”、應法孫作“愁雲翠萬疊”，皆用三仄，各譜俱收詹天游“一規古蟾魄”一首，“蟾”字獨平。“粉牆”句諸家俱同，詹獨作“佳人已傾國”，“佳”平、“已”仄、“傾”平，俱誤，不宜從。大抵詹詞多不足法也。此詞前第三句“倚”字失叶,後起句“恨”字失叶,亦誤。“收畫扇”三字,或如此平仄仄,或作仄平仄,各家不同。“青紅”句,或如此上三平下三仄,或如前姜詞,想皆不拘。然此二處總宜依周詞,蓋草窗用字精確,必不誤。尹亦宋人,可從,餘皆元人耳。

〔杜注〕

萬氏注:第三句“倚”字失叶。按,《歷代詩餘》此句作“雕闌倚倦”,“倦”字正叶。惟後起“離恨”二字,“恨”字亦失叶,疑尚有誤。

【蔡案】

前段第三句原譜作“謾湖曲雕欄倦倚”,惟本調前段第三句宋人俱作六字一句,《全宋詞》據元《草堂詩餘》收本詞,此句無“謾”字,亦爲六字也,萬子所據本應誤多一字,兹删。又,“但陌花”“漏壁瓦”兩句,原譜俱以上三下四讀斷,今改,理由可參前一詞注。又按,换頭腹韻,本屬輔韻,可叶可不叶,不惟本調,他詞皆是,故本詞不叶亦可,减韻而已,並非如杜氏所云失叶也。前段“倚倦”,原譜爲“倦倚”,據杜注改。

萬子察微審細,常人不及,如此調起拍三仄尾,即是一例。詞之起調畢曲最爲要緊,填詞必恪守唐宋,方能不誤。

解語花 一百字　　吴文英

門橫皺碧,路入蒼煙,春近江南岸。暮寒如剪。臨溪影、一
○○●● ●●○○ ○●○○▲ ●○○▲ ○○● ◎

一半斜清淺。飛霙弄晚。蕩千里、暗香平遠。端正看、瓊樹
●●○○▲ ○○●▲ ◎⊙● ◎○○▲ ○●○ ○●

三枝,總似蘭昌見。　酥瑩雲容夜暖。伴蘭翹清瘦,簫鳳
○○ ●●○○▲ ○●⊙○●▲ ●○○○● ○●

柔婉。冷雲荒苑。幽棲久、無語暗申春怨。東風半面。料
○▲ ●○○▲ ○○● ⊙●●○○▲ ○○●▲ ◎
准擬、何郎詞卷。歡未闌、煙雨青黄,宜晝陰庭館。
◎● ⊙○○▲ ○●○ ○●○○ ○●○○▲

"暮寒"以下與後"冷雲"以下同。但"剪"字是韻,"翠"字非韻。查美成、千里用"瓦、帕"叶"射、下",此字宜叶。夢窗匠心最細,必不失韻。"翠"字或"苑"字、"院"字之訛耳。觀其別作俱叶,可知。其"皺、路、暮、半、弄、夜、鳳、暗、半、未"等去聲,各家皆同,須謹守之,《圖》注非是。至所用上去、去上尤妙,宜熟玩焉。前結五字,上二下三,後結五字,上一下四,句法不同,不可相混。

〔杜注〕

萬氏注:"冷雲荒翠"句,"翠"字宜叶。按,毛斧季校本作"翠荒深院","院"字正叶。別刻作"冷雲荒苑",亦諧。

【蔡案】

"荒翠",已據杜注改。

萬子謂詞中十個去聲字"各家皆同,須謹守之",姑不論宋詞其他,吴文英别首即有"葱"字、"東"字用平聲,可見無理。後結又以爲必作上一下四句法,亦非。蓋本句自周邦彦"從舞休歌罷"後有兩種填法,一爲上一下四,一爲上二下三,或"從舞休歌罷"之理解不同耳。如後一詞,周密作"斜倚秋千立"即是,他如玉田亦有"畢竟如今老"句。周密、玉田皆審音極細者,必無誤。余以爲,此例或説明詞之句法亦非萬子所云之"鐵板"耳。

少韻格 一百一字 周 密

晴絲罥蝶,暖蜜酣蜂,重檐卷、春寂寂。雨萼煙梢,壓闌干、
○○●● ●●○○ ○○● ○●▲ ●●○○ ●○○

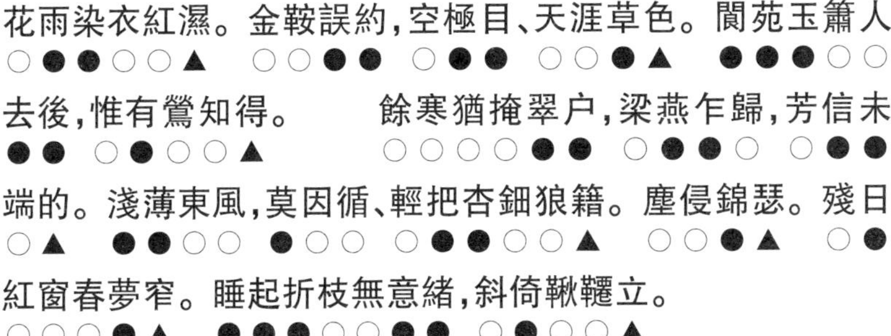
花雨染衣紅濕。金鞍誤約，空極目、天涯草色。閬苑玉簫人去後，惟有鶯知得。　餘寒猶掩翠户，梁燕乍歸，芳信未端的。淺薄東風，莫因循、輕把杏鈿狼籍。塵侵錦瑟。殘日紅窗春夢窄。睡起折枝無意緒，斜倚鞦韆立。

第三句六字，前後第四句俱用平，不叶。“干”字、“循”字平。“閬苑”句、“睡起”句如七言詩。“梁燕”二句上四下五。“殘日”句上四下三。兩結句同，是上二下三，如五言詩。以上俱與前吴詞不同。

按，“約”字宜叶，恐誤。

〔杜注〕

按，《草窗詞》注云：“羽調《解語花》音韻婉麗，有譜，而亡其詞。連日春晴，風景韶媚，芳思撩人，醉撚花枝，倚聲成句。”則此詞爲草窗首唱，應以此爲正體也。又按，《戈氏詞選》“紅窗”作“緑窗”，“緑”字以入作平。又，“折枝”作“折花”，似均不必改。

【蔡案】

本調前段第三句宋人皆作五字句，惟周詞本句六字，疑“寂”字衍。蓋“重檐寂寂”不如“春寂”遠甚。又，原譜本句不讀斷，而若作六字句，則句法亦當爲折腰式，斷無“卷春”之説，萬子不讀斷，誤。謹改。又，過片六字，各家俱作⊙●○○●●，獨本詞第二字用平，“掩”字，以上作平，則本句爲律拗句法。

杜氏以爲本調乃周密首唱，非是。蓋周邦彦有詞也。

桂枝香 一百一字 又名《疏簾淡月》 王安石

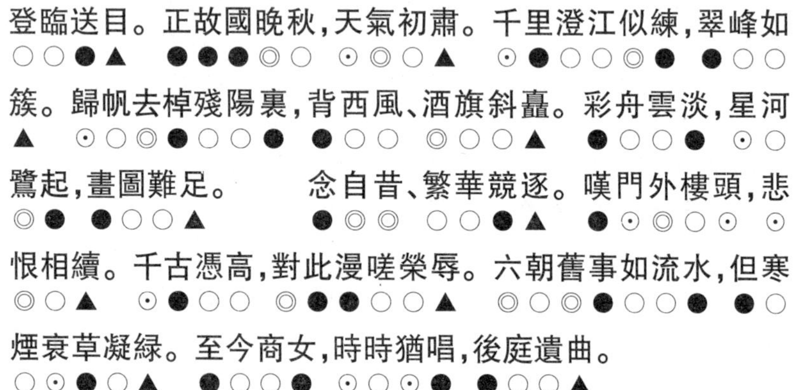

登臨送目。正故國晚秋，天氣初肅。千里澄江似練，翠峰如簇。歸帆去棹殘陽裏，背西風、酒旗斜矗。彩舟雲淡，星河鷺起，畫圖難足。　念自昔、繁華競逐。嘆門外樓頭，悲恨相續。千古憑高，對此漫嗟榮辱。六朝舊事如流水，但寒煙衰草凝緑。至今商女，時時猶唱，後庭遺曲。

“千里”下十字，與“千古”下十字一氣貫下，可作上四下六。如張宗瑞“梧桐雨細”一首是也。張於“晚、氣、恨”三字用平，“門外樓頭”用“草堂春緑”，“裏、水”二字叶韻，其餘皆同，故不另列。至其取名《疏簾淡月》，乃因詞中語名之。張詞首首如此，取名非調有異也。如此旁注可平仄者，各家皆通用之，亦非獨張另爲一體也。《圖譜》必取新名題作《疏簾淡月》，且以爲第二體，誤矣。蓋於張詞後段第二句“負草堂春緑”落去“負”字，遂以爲一百字。人以王詞結句“時時猶唱”作“時時猶歌”，且連末句作八字，故以爲又一體，豈不可大噱乎？

〔杜注〕

萬氏注云：張宗瑞“梧桐細雨”一首，取名《疏簾淡月》，乃因詞中語以名之，非調有異也。按，《東澤綺語債》詞好以詞中語立新名，與本調一無區别。惟此調舊譜分南北詞，如用入聲韻，則名《桂枝香》，用去上聲韻始可名《疏簾淡月》。又按，《詞林紀事》“隨流水”之“隨”字作“如”。

【蔡案】

後段“但寒煙”句有兩種填法，一爲上一下六句式，其第五字必仄，第六字必平，如吴潛之“付坤牛乾馬征逐”、趙以夫之“但波痕浮動金碧”等；一爲上三下四句式，則第五字必平，如龍川之“况東籬、凄凉黄菊”，張宗瑞之“聽商歌、興歸千里”，玉田之“探枝頭、幾分消息”。兩種體式，自不可互混。原譜作上三下四式，謹改。

萬子以爲“千里”“千古”二句但凡一氣貫之即可，無論四六或六四，是，故後段讀爲“千古憑高，對此漫嗟榮辱”則語意方達，原譜作六四式，是萬子拘泥於前後段之平衡也，迂，亦改之。

滿朝歡 一百一字　　柳　永

花隔銅壺，露晞金掌，都門十二清曉。帝里風光爛漫，偏愛
○●○○　●○○●　○○●●○▲　●●○○●●　○●

春杪。煙輕晝永，引鶯囀上林，魚遊靈沼。巷陌乍晴，香塵
○▲　○○●●　●○●●○　○○○▲　●●●○　○○

染惹，垂楊芳草。　因念秦樓彩鳳，楚館朝雲，往昔曾迷
●●　○○○▲　○●○○●●　●●○○　●●○○

歌笑。別來歲久，偶憶歡盟重到。人面桃花，未知何處，但
○▲　●○●●　●●○○○▲　○●○○　●○○●　●

掩朱門悄悄。盡日佇立無言，贏得凄凉懷抱。
●○○●▲　●○●●○○　○●○○○▲

此調無他詞可證，然平仄穩順，可從。

【蔡案】

“盡日”之“日”，以入作平。

萬子以爲本調無他詞可證，非是。《翰墨大全》另有無名氏詞一首，句式與柳詞迥異，然更爲齊整。兩詞相較，或各有错謁，兹録如

下,以備一參:

一點箕星,近天邊,光彩輝耀南極。竹馬兒童,盡道使君生日。元是鳳池仙客。曾曳履、持荷簪筆。稱觴處,晚節花香,月周猶待五夕。　　誰道久拘禁掖。任雙旌五馬,暫從遊逸。九棘三槐,都是等閒親植。見説玉皇側席。但早晚、促歸調燮。功成了,笑傲南山,壽如南山松柏。

以本詞校之柳詞,則柳詞前段尾均必有脱誤錯訛,余以爲或當讀爲“巷陌乍晴香塵,染惹垂楊芳草”爲是,惟“晴”字有誤,須是仄聲,疑爲淺人所改。

剪牡丹 一百一字　　　　張　先

野緑連空,天青垂水,素色溶漾都净。柔柳摇摇,墜輕絮無
●●○○　○○○●　●○○●○▲　○●○○　●○●○
影。汀洲日落人歸,修巾薄袂,擷香拾翠相競。如解淩波,
▲　○○●●○○　○○●●　●○●●○▲　○●○○
泊渚煙春暝。　　彩縚朱索新整。宿綉屏、畫船風定。金
●●○○▲　　●○○●○▲　●●○　●○○▲　○
鳳響、雙槽彈出,古今幽思誰省。玉盤大小亂珠迸。酒上妝
●●　○○○●　●○○●○▲　●○●●●○▲　●●○
面,花豔媚相並。重聽。盡漢妃一曲,江空月静。
●　○●●○▲　○▲　●●○●●　○○●▲

此調惟子野此篇,無可考證,姑依時人句豆。然愚嘗細玩此詞,通篇俱有訛錯,如此分句,不足憑也。如“宿綉屏”“花艷媚”等,及“彈出”句,必非全語。《古今詩話》云:有客謂子野曰:“人皆謂公張三中。”公曰:“何不云三影?”蓋生平警句“雲破月來花弄影”“嬌柔嬾起,簾壓卷花影”“柳徑無人,墮飛絮無影”也。“飛絮無影”句正是此篇,則上句宜作“柳徑無人”,今作“柔柳摇摇”,定係訛錯矣。推此,則通篇訛錯何疑？可惜如此好詞而千古傳訛也。

〔杜注〕

按，《詞譜》“泊渚煙春暝”句，“渚煙”作“煙渚”，應遵改。又，《詞林紀事》“江洲”作“汀洲”，題爲“舟中聞雙琵琶”。

【蔡案】

原譜“金鳳”下十三字，作五字一句、八字一句。校之李致遠詞，當作如是句讀更恰。金鳳者，泛指弦樂；雙槽者，指琵琶也。又，原譜“酒上”下九字不讀斷，據《欽定詞譜》改。又按，前段尾句，杜注引《欽定詞譜》以爲當作“泊煙渚春暝”，非是。校之李致遠詞，作“有萬千牢落”，其平仄正合萬子所據本，《欽定詞譜》顯誤。

今所見本詞，前後段第二均字數懸殊過大，余研之再三，以爲原詞當作如是觀：前段，應是“柔柳摇、柳徑無人，摇墮飛絮無影”，三字逗爲平起式，與後段“金鳳響”正合，四字句據《古今詩話》補，與後段四字句合，故此無疑爲原詞。如此則第二均前後吻合，韻律和諧。又，萬子以爲“花艷媚”一句有奪字，極是，該句對應前段“擷香拾翠相競”，故依律應是六字，奪一字，而前段第三均之起拍，亦應是七字，疑奪一韻字，若補足此二字，則第三均前後亦十分諧和。惟此種種，雖俱無書證，却吻合律理，字或有異，理則一也。

水龍吟 一百二字 又名《龍吟曲》《小樓連苑》《海天闊處》《莊椿歲》

辛棄疾

楚天千里清秋，水隨天去秋無際。遥岑遠目，獻愁供恨，玉
●○⊙●○○ ◎○⊙●○○▲ ⊙○●● ◎○○● ◎

簪螺髻。落日樓頭，斷鴻聲裏，江南遊子。把吴鈎看了，闌
○○▲ ◎●○○ ◎○⊙● ⊙○○▲ ●⊙○◎● ⊙

干拍遍,無人會、登臨意。　休説鱸魚堪膾。盡西風、季
○◎● ○○● ○○▲　⊙●○○⊙▲ ●○○ ◎
鷹歸未。求田問舍,怕應羞見,劉郎才氣。可惜流年,憂愁
○○▲ ⊙○●● ◎○○● ⊙○○▲ ◎●○○ ⊙○
風雨,樹猶如此。倩何人喚取,紅巾翠袖,揾英雄淚。
⊙● ◎○○▲ ●○○●● ⊙○◎● ●○○▲

“遥岑”至“拍遍”,與後“求田”至“翠袖”同。篇中四字句前後各六,但上三句俱仄,下三句一平二仄,勿誤。“把吴鈎”五字句,“闌干”四字句,“無人會”三字句,“登臨意”三字句,此一定鐵板也。少游“賣花聲過盡,垂楊院落,紅成陣,飛鴛甃”句法本同,《嘯餘》誤以“落”字屬下句,讀作“落紅成陣”,遂謂上八下七,另是一格。載之於譜,曰第三體已可怪矣。至《圖譜》因沈氏之辯,將“落”字改“宇”字,然舊刻之誤在讀差句法,非因“宇”字訛寫“落”字也。但須注明字句,何必改“落”爲“宇”?豈“院宇”是成語,“院落”非成語乎?乃既改“宇”字,仍於題下照舊注云:第九句九字、第十句七字。是昔日之誤作“落紅成陣”者,句法雖亂,文理不差,而今所改,曰“宇紅成陣”,如何解法?豈非天下大怪事哉。更怪者,因秦首句故别名曰《小樓連苑》,《圖譜》於《水龍吟》外復收《小樓連苑》一體,而其所取之詞,則仍是《水龍吟》正體,且不收秦詞,而反收楊樵雲詞,怪而又怪矣。後結“倩何人”五字句,“紅巾”四字句,“揾英雄淚”四字句,此一定鐵板也。東坡云:“細看來不是,楊花點點,是離人淚”句法本同,《嘯餘》誤讀“不是楊花”作分句,下六字作兩句,故卓氏晤歌從之。而沈氏亦謂:“此調句豆原不同”,究之何嘗不同乎?章質夫於“獻愁供恨”句作“點畫青林”,平仄相反,此句與後“香毬無數”同,不宜兩樣。諸家無之,不可從。“點畫”句下原是“全無才思”四字,時刻添“誰道”二字於其上,可恨!可恨!此調每段内各有四字六句,前後相同,“全無才思”正對後段“才圓却碎”,何得多此二字?杜撰害古極矣,何異於弋陽腔將舊曲添字乎？沈氏猶謂"一本有'誰道'二字"，《詞統》乃云"俗本失去二襯字，不成語"，吾不知有何不成語？此原用"楊花榆莢無才思"舊詩句也。何反謂之不成語，且妄加二字，又如何成語乎？況因此二字忽添出一個襯字來，則自十數字之調起，至二百幾十字，皆可曰襯矣。且反謂前後相同者曰"俗本"，是凡作此句用四字者，俱可謂之俗耶？真可駭異也。

第一字有用平聲者，不如仄聲起調。後起句可不叶韻。尾句"英雄"二字須用相連語，名作多如此，間有不連者，十中之一耳。《詞綜》載趙汝鈉、李居仁詞，後結作七字一句、三字二句，與本調不合，乃是誤筆，此正誤讀坡詞之類。此調作者最多，俱無此格，姑溪於第二句云"卷霽色、寒相射"，此句雖有六字體，但作三字兩句語氣，雖或偶然用之，不可學也。稼軒於"遥岑"三句作"來論一顧傾城，再顧又傾人國"，似六字兩句，此亦以平仄不差，故弄巧爲，破二作三之句，雖與前趙詞相似，然前後各别，亦不可學。

《嘯餘》又另收《莊椿歲》調，解方叔詞，不知即《水龍吟》也。蓋解詞尾句云"伴莊椿歲"，遂巧立此名。譜不識也，以其名新，故收之，又將前結落去一字，遂注爲九字句，如此迷謬而自號曰譜，異哉！

〔杜注〕

萬樹注謂：尾句"英雄"二字須用相連語，名作多如此。按，卷一入聲《甘州》後結上一句，及卷十八《百宜嬌》結句，皆當如是。

【蔡案】

本詞原列於趙長卿詞後，因係正體，故移前。本調前後段尾均之正體，前段爲一五一四一六，"無人會、登臨意"是折腰式六字句，原譜讀爲三字兩句，於律無據，是誤讀，今予改正。而後段則爲一五二四，該式實由前段六字句減去前二字而來，即"把吴鈎看了，欄干拍遍，會登臨意”,故末句之結構爲一二一格式。

讀破格　一百一字　　趙長卿

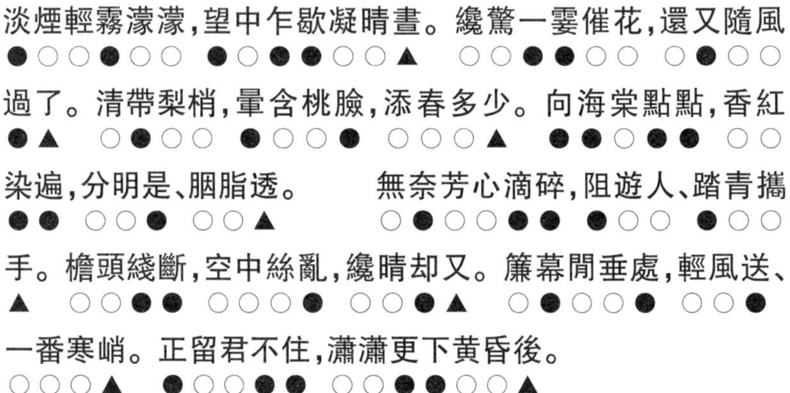

淡煙輕霧濛濛,望中乍歇凝晴晝。纔驚一霎催花,還又隨風過了。清帶梨梢,暈含桃臉,添春多少。向海棠點點,香紅染遍,分明是、胭脂透。　無奈芳心滴碎,阻遊人、踏青攜手。檐頭綫斷,空中絲亂,纔晴却又。簾幕閒垂處,輕風送、一番寒峭。正留君不住,瀟瀟更下黄昏後。

初閲此詞,疑結有誤,及查其別作,亦云“念啼聲欲碎,何人解作留春計”,則另有此體也。然各家俱不明此體,姑存此備考耳。夢窗亦有一首,於“簾幕”下十二字云:“攜手同遊處,玉奴唤、緑窗春近”,與此同,然與前段不合,總不宜從也。

趙係宋南豐宗室,江右人,鄉音最别,故此詞以“了、少、峭”叶“晝、透”等韻,亦不免林外閩音之譏矣。

“纔驚”下十二字,正體該四字三句,此則兩六,雖亦可借作四字讀,然通篇既别,不必彊同也。

〔杜注〕

按,《歷代詩餘》“簾幕閒垂處”句,“閒”作“間”,上多一“中”字。

【蔡案】

前段第二均,趙作六字兩句,是本調固有填法,而非本詞句法“通篇既別”之故,如辛棄疾作“未論一顧傾城,再顧又傾人國”,即與此同。不惟前段,後段亦可不用四字三句,如劉克莊作"不論資望推排,也做五更三老"、揚无咎作"咸驚句琢瓊瑰,端是錦纏腸胃",蓋十二字一均之詞,不但本調如此,各調皆如此也,然此類填法,總以前後一致爲是,萬子謂"前後各別,亦不可學",甚是。

讀破格　一百二字　陸　游

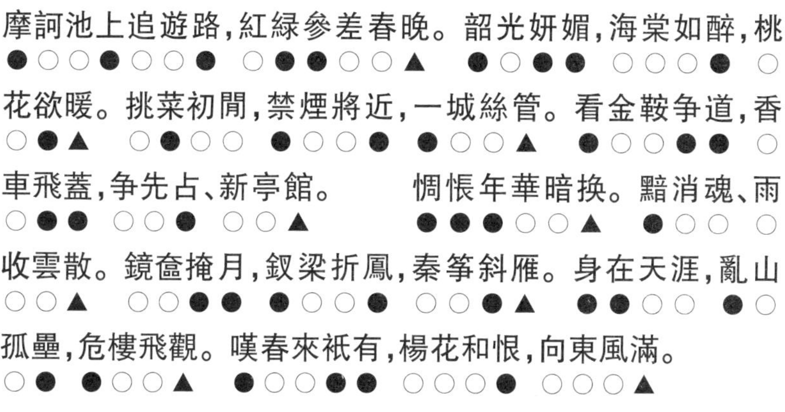

摩訶池上追遊路,紅緑參差春晚。韶光妍媚,海棠如醉,桃花欲暖。挑菜初閒,禁煙將近,一城絲管。看金鞍争道,香車飛蓋,争先占、新亭館。　惆悵年華暗换。黯消魂、雨收雲散。鏡奩掩月,釵梁折鳳,秦筝斜雁。身在天涯,亂山孤壘,危樓飛觀。嘆春來祗有,楊花和恨,向東風滿。

前詞首句六字,次句七字,此詞首句七字,次句六字,餘同。稼軒、竹山、友古、叔安皆有此體。

〔杜注〕

按,《詞譜》收《水龍吟》一調多至二十五體,自一百二字起至一百六字止,首句六七字不一,然以辛稼軒一百二字詞爲正體,餘皆變體也。

【蔡案】

本調體式多變,但大都一二字差異,其不同之一爲六字起、七字起兩種,故本詞亦擬譜,以爲學者範式。

詞律卷十七

玉燭新 一百一字　　　　史達祖

疏雲縈碧岫。帶晚日揺光，半江寒皺。越溪近遠，空頻向、
過雁風邊回首。酸心一縷，念水北、尋芳歸後。輕醉醒、隄
月籠紗，鞍鬆寶輪飛驟。　　秦樓屢約芳春，記扇背題詩，
帕羅沾酒。庾愁易就。因驚斷、夢裏桃源難又。臨風訴舊。
想日暮、梅花孤瘦。還静倚、修竹相思，盈盈翠袖。

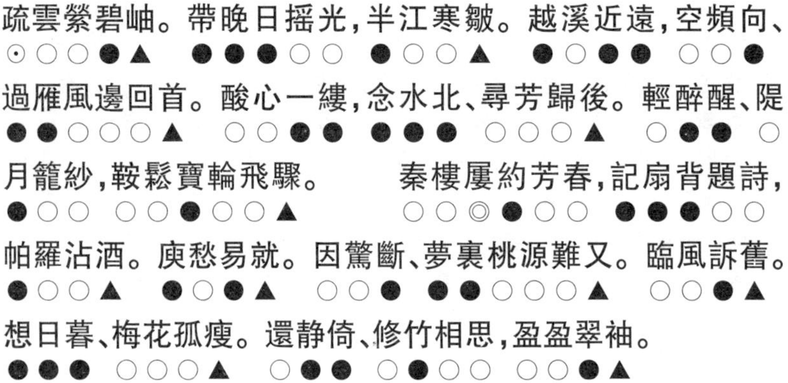

"瘦愁""瘦"字誤,後有"瘦"字叶韻,必不複用,且"瘦愁易就"文義欠妥也。此調自"帶晚日"至"籠紗",與後段"記扇背"至"相思",俱同,衹"就、舊"二字叶韻,與前"遠、縷"二字不同。美成此二字亦後叶而前不叶,想體可如此。但夢窗於"縷"字叶,逃禪則"遠、縷"二處皆叶。畢竟前後相符爲正體也。汲古刻方和周詞,於"想日暮"句少"想"字,"還静倚"句少"倚"字,人因疑有九十九字體。而《圖譜》載周詞"好亂插繁花盈首"句,亦落"好"字,故收作一百字,皆誤。蓋不知"好亂插"即前"念水北"耳。"越、近、一、瘦、易、訴、翠"俱仄,且以去聲爲妙,勿誤可也。《圖譜》議改四十五字,甚奇。而將"越溪"至"頻

向”爲七字句，且謂可作平仄仄平平仄仄，則奇之太甚。後段則又分“瘦愁”句四字下作九字，何也？“就、舊”二句竟不注叶，愚所云“造譜之意，專在破壞詞調”，豈不信哉！

〔杜注〕

萬氏注謂：“瘦愁易就”之“瘦”字誤，以字體擬之，當是“庾”字。

【蔡案】

杜注甚是，據改。

周詞“好亂插、繁花盈首”，《圖譜》所落之“好”字，應是宋代已經脱落，故方千里和詞作“一顧丹鉛低首”，楊澤民和詞作“可與群芳推首”，後人因周詞原爲七字，而於方詞、楊詞各補一奪字符，而實爲二人本詞如此，非有脱字也。

月當廳 一百一字　　史達祖

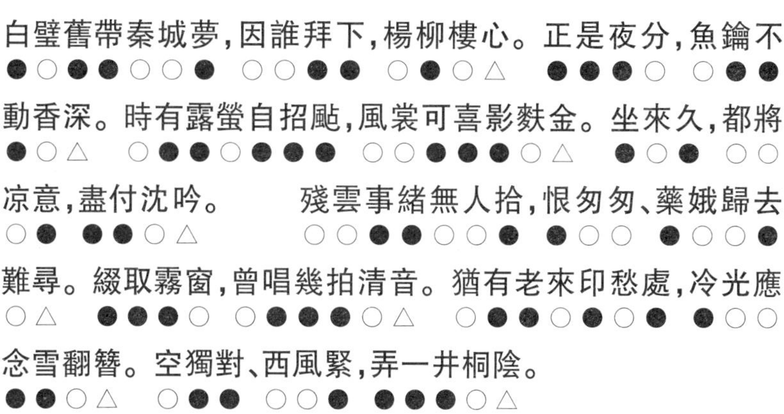

白璧舊帶秦城夢，因誰拜下，楊柳樓心。正是夜分，魚鑰不
動香深。時有露螢自招颭，風裳可喜影麩金。坐來久，都將
凉意，盡付沈吟。　殘雲事緒無人拾，恨匆匆、藥娥歸去
難尋。綴取霧窗，曾唱幾拍清音。猶有老來印愁處，冷光應
念雪翻簪。空獨對、西風緊，弄一井桐陰。

惟梅溪有此一調，他無可考。雖爲句豆，恐有未當，因載三臆説於左：一曰第二字“璧”字作平，與後起七字句同，則“因誰”句該與“恨匆匆”句合。今必“因誰”上少一“問”字，蓋當於“問因誰”讀斷，則

“拜下楊柳樓心”六字與“藥娥”六字合矣。一曰“時有”句六字、“占風裳”句八字，後段“猶有老來印愁處”不宜兩句七字，況“猶有”句文義欠妥，“有”字恐誤也。蓋前段此句已用“時有”，此必不重出“有”字，必係“怕”字之訛。而“愁處”二字乃係倒刻，今改正之，曰“猶怕老來印處，愁冷光、應念雪翻簪”，蓋此詞詠月，後段起處謂恨嫦娥歸去，故唱清音以留之，而猶怕其印我老人頭上，愁冷光之在白髮也。上用“恨”字，下應“怕”字，故用“猶”字於中轉下，且“印處”二字去聲，恰與前段“自照”二字去聲合矣。或曰，此前後二句俱應作七字讀，後段不差，乃前段“時有”句本該七字，但因“照占”二字傳訛，故不得不於“照”字下分斷耳。實則“照占”二字必是“招颭”二字之訛，言螢火於風中招颭，故下云“風裳可喜”也。如此，則“自招颭”三字去平去，正與後“印愁處”合矣。嗟乎，世遠調湮，安得起邦卿而叩之！

〔杜注〕

按，戈氏選本第六句作“時有露螢自招颭”，以“颭”字爲句。“風裳”之“裳”字不豆，屬下句，宜從。又“殘雲事緒無人捨”句，“捨”作“拾”。葉《譜》“事”作“意”。又按，《詞譜》後結“西風緊弄，一井桐陰”二句，以“緊”字爲句，應遵改。

【蔡案】

“壁”，以入作平。餘皆據杜注改，前段第三均，原作“時有露螢自照，占風裳、可喜影鈇金”。前後段第二均，原譜作六字一句、四字一句，但“綴取霧窗曾唱”云云，未免語意生澀，今予改讀。

萬子三臆説，其一涉及首均，但詞之首均，向可參差，而不必前後段相同，惟萬子研詞，前後段互校過度，故反覺其説無謂，蓋詞之起調畢曲，多有變化，不必皆同也。如後段尾均，原譜讀爲“西風緊弄，一井桐陰”，其意必欲與前段“都將涼意，盡付沉吟”相合也，然“西風緊弄”顯不成句,難免弄巧成拙。今亦改正。

瑞雲濃慢 一百四字 陳 亮

蔗漿酪粉,玉壺冰醑,朝罷更聞宣賜。去天咫尺,下拜再三,
●○●● ●○○● ○●●○○▲ ●○●● ●●●○
幸今有母可遺。年年此日,共道是、月入懷中最貴。向暑
●○●●○▲ ○○●● ●●● ●●○○●▲ ●●
天、正風雲會遇,有甚嘉瑞。 鶴冲霄、魚得水。一超便、
○ ●○○○●● ●●○▲ ●○○ ○●▲ ●○●
直入神仙地。植根江表,開拓兩河,做得黑頭公未。騎鯨赤
●●○○▲ ●○○● ○●●○ ●●●○○▲ ○○●
手,問如何、長鞭尺箠。算向來、數王謝風流,祇今管是。
● ●○○ ○○●▲ ●●○ ●○●○○ ●○●▲

此與七十五字之《瑞雲濃》各異,但恐有訛處。

〔杜注〕

按,王氏校本“共道月入懷中”句,“道”字下有“是”字。又,“向來王謝風流”句,“向”字上有“算”字,“來”字下有“數”字,應增。

【蔡案】

“可遺”之“可”,以上作平。“有甚”,原譜作“有恁”,餘從杜注改。原譜“一百一字”改爲“一百四字”。“長鞭”句對應前段“月入”句,故依律其前必脱二仄聲字。

翠樓吟 一百一字 姜 夔

月冷龍沙,塵清虎落,今年漢酺初賜。新翻胡部曲,聽氈幕、
●●○○ ○○●● ○○●●○▲ ⊙○○●● ●○●
元戎歌吹。層樓高峙。看檻曲縈紅,檐牙飛翠。人姝麗。
○○○▲ ○○○▲ ●●●○○ ○○○▲ ○○▲

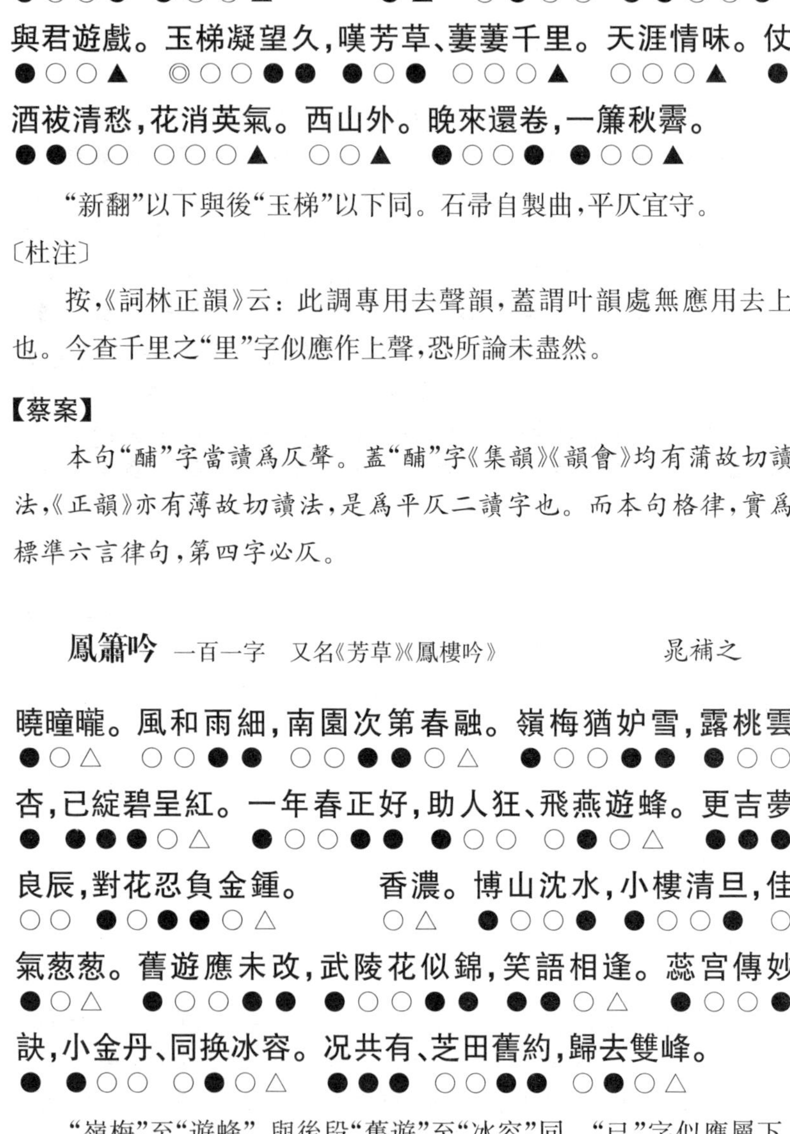

粉香吹下，夜寒風細。　此地。宜有詞仙，擁素雲黃鶴，
●○○●　●○○▲　●▲　○●○○　●●○○●
與君遊戲。玉梯凝望久，嘆芳草、萋萋千里。天涯情味。仗
●○○▲　◎○○●●　●○●　○○○▲　○○○▲　●
酒祓清愁，花消英氣。西山外。晚來還卷，一簾秋霽。
●●○○　○○○▲　○○▲　●○○●　●○○▲

"新翻"以下與後"玉梯"以下同。石帚自製曲，平仄宜守。

〔杜注〕

按，《詞林正韻》云：此調專用去聲韻，蓋謂叶韻處無應用去上也。今查千里之"里"字似應作上聲，恐所論未盡然。

【蔡案】

本句"餔"字當讀爲仄聲。蓋"餔"字《集韻》《韻會》均有蒲故切讀法，《正韻》亦有薄故切讀法，是爲平仄二讀字也。而本句格律，實爲標準六言律句，第四字必仄。

鳳簫吟　一百一字　又名《芳草》《鳳樓吟》　晁補之

曉曈曨。風和雨細，南園次第春融。嶺梅猶妒雪，露桃雲
●○△　○○●●　○○●●○△　●○○●●　●○○
杏，已綻碧呈紅。一年春正好，助人狂、飛燕遊蜂。更吉夢
●　●●●○△　●○○●●　●○○　○●○△　●●●
良辰，對花忍負金鍾。　香濃。博山沈水，小樓清旦，佳
○○　●○●●○△　○△　●○○●　●○○●　○
氣葱葱。舊遊應未改，武陵花似錦，笑語相逢。蕊宮傳妙
●○△　●○○●●　●○○●●　●●○△　●○○●
訣，小金丹、同換冰容。況共有、芝田舊約，歸去雙峰。
●　●○○　○●○△　●●●　○○●●　○●○△

"嶺梅"至"遊蜂"，與後段"舊遊"至"冰容"同。"已"字似應屬下，

但後段"武陵花似錦"五字，故知九字一氣，"已"字可略帶上讀也。

按，韓玉汝有《芳草》一調，與此全同，衹少二字，然必是一調，今録附備證。

芳　草　　韓　縝

鎖離愁，連綿無際，來時陌上初薰。綉闈人念遠，暗垂珠淚，泣送征輪。長行長在眼，更重重、遠水孤村。但望極樓高，盡日目斷王孫。　消魂。池塘從別後，曾行處、緑妒輕裙。恁時攜素手，亂花飛絮裏，緩步香茵。朱顔空自改，向年年、芳意長新。遍緑野嬉遊，醉眠莫負青春。

"暗垂"句比晁詞少一字。"曾行處"上必落一"舊"字，其餘皆同。查宋人奚減亦有此調，"曾行處"作"一眉新月"，無誤。"暗垂"句亦落一字。總之與《鳳簫吟》一調無疑。

〔杜注〕

按，《詞譜》"池塘別後"句，"别"字上有"從"字。又按，《樂府紀聞》"遠水孤村"句作"流水孤雲"。又云：韓有愛姬能詞，奉使時，姬作《蝶戀花》送之，韓作此《鳳簫吟》詠芳草以留別，與《蘭陵王》詠柳叙別同意。後人以"芳草"爲調名，則失原唱意矣。

【蔡案】

原譜"露桃"九字、"小樓"八字未讀斷。"露桃"九字與"武陵"九字同，均爲九字一氣，故填時四五或五四皆可，而不必如萬子所云前段須略帶上讀。蓋詞本爲字本位者，非句本位者也。

韓縝詞，除首三字不叶韻、"泣送"句少一字、後起略句讀參差外，與晁詞本亦差同。原譜後段尾均作"遍緑野、嬉遊醉眼，莫負青春"，"眼"當是"眠"之誤，據宋人《全芳備祖》校改。而校之前段，改爲五字一句、六字一句，更諧。餘據杜注改。

鳳歸雲 一百一字　　柳　永

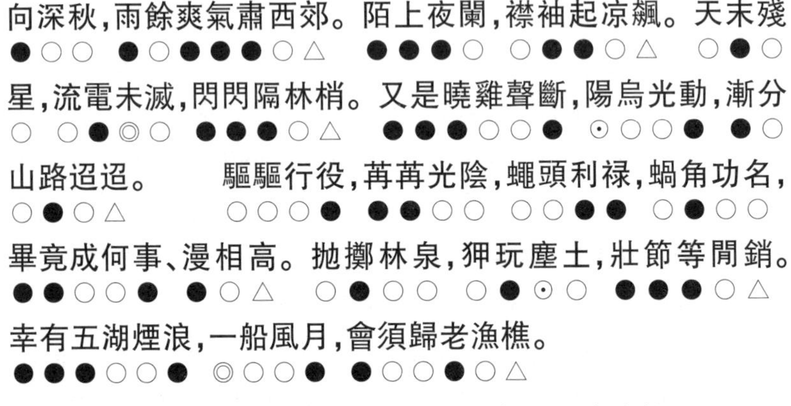
向深秋,雨餘爽氣肅西郊。陌上夜闌,襟袖起凉飆。天末殘星,流電未滅,閃閃隔林梢。又是曉雞聲斷,陽烏光動,漸分山路迢迢。　驅驅行役,苒苒光陰,蠅頭利禄,蝸角功名,畢竟成何事、漫相高。抛擲林泉,狎玩塵土,壯節等閒銷。幸有五湖煙浪,一船風月,會須歸老漁樵。

"天□"以下與後"抛擲"以下同。"電"字、"翫"字去聲。

〔杜注〕

按,宋本"天"字下所空之字作"末"。又按,後結"歸"字下有"計"字,應照增。又按,《歷代詩餘》所空之字作"際"。又,《詞譜》"雲泉"作"林泉"。

【蔡案】

原譜"天末"之"末"爲脱字符空格,據杜注引宋本改。"未滅"之"滅"以入作平。"塵土"之"土"以上作平。後段結,杜氏云宋本作"會須歸計老漁樵",但語意欠通達。彊村叢書本《樂章集》卷下,本句作"會須歸去老漁樵",亦多一字,或本句當爲七字,惟校之前段,並玩其語氣,仍以六字爲順暢,尤其是趙以夫詞,後結作"約君同話心期",亦爲六字,故仍以六字爲正,不改。

本詞規模顯係慢詞,則後段當爲四均,然趙以夫别首亦如此填,至廿四字後方叶,"利禄"後必奪一韻字。後八字則當讀爲"畢竟成□,何事漫相高",與前段合。心雖疑之,奈無詞可校,姑存疑。

鳳歸雲慢　一百十八字　　柳　永

戀帝里、金谷園林，平康巷陌，觸處繁華，連日疏狂，未嘗輕

●●●　○●○○　○○●●　●●○○　○●○○　●○○

負、寸心雙眼。况佳人盡、天外行雲，堂上飛燕。向玳筵、一

●　●○○▲　●○○●　○●○○　○●○▲　●●○　○

一皆妙選。長是、因酒沈迷，被花縈絆。　更可惜、淑景

○○●▲　○●　○●○○　●○○▲　●●●　●●

亭臺，暑天枕簟。霜月夜明，雪霰朝飛，一歲風光，盡堪隨

○○　●○●▲　○●●○　●●○○　●●○○　●○○

分、俊遊清宴。算浮生事、瞬息光陰，錙銖名宦。正歡笑、試

●　●○○▲　●○○●　●●○○　○○○▲　●○●　●

恁暫分散。即是、恨雨愁雲，地遥天遠。

●●○▲　●●　●●○○　●○○▲

用仄韻，與前調迥别。此調因前起於二十七字方用韻，後起於三十字方叶韻，故爾難讀，疑有誤處。不惟選詞不載，譜亦不收，不知當時自有此體，非誤也。據愚論之，前後段本是相同，衹後起多一四字句耳。故敢竟爲分句如右，前自三字起至“巷陌”，語氣一止。“觸處”二句是相對語，一止。“未嘗”二句一止。乃用韻也。後段亦三字起，“簟”字閉口韻，不可誤認是叶，此即前陌字也。“霜月”句對前“觸處”句，該四字蓋因“夜”字下缺一“明”字，故難分句。若作“霜月夜明”，則四字四句，恰與前合。然不敢竟添入，故加一□，以補之。蓋“淑景”句是春，“暑天”句是夏，“霜月”句是秋，“雪霰”句是冬，故下云“一歲風光”也。是則“淑景”以下四句相排，豈可缺一字乎？“一歲風光”句乃總上四句，故下云盡堪遊宴，是則此處比前段多“一歲風光”一句。“盡堪”二句乃叶韻也。其下則前後俱相同，衹前則“筵”字平、“妙”字仄，後則“笑”字仄、“分”字平，稍異，不拘。

〔杜注〕

按，宋本“霜月夜”下所空之字作“凉”。又，“恁暫分散”句，“暫”字下有“時”字。又，“即是恨雨愁雲”句，“即”作“却”，應增改。又按，《詞譜》所空之字作“明”。

【蔡案】

原譜本詞作“又一體”，按，本詞與前一詞當屬同名異調，故不可以又一體名之，姑以“慢”字别之。

前段“况佳人”下十二字，《欽定詞譜》《全宋詞》皆讀爲上三下五八字一句、四字一句，誤。按，此十二字正對應後段“算浮生事”下十二字，其結構爲四字一逗領四字儷句，故四字逗之結構須一二一式句法，切不可二二式句法，四字逗爲罕見結構，加之一二一結構容易誤讀爲三字逗，惟若作三字逗，則成三字逗領一字逗再領四字兩句，致本均句法雜蕪，填者務須知之。又，原譜“夜□”，據《欽定詞譜》改“夜明”。又，“一一”，以入作平。又按，後段第九拍，清人俞樾、鄒祗謨均填爲上三下五式八字一句，則其所見柳詞如此也，此八字正與前段合，杜氏以爲應添一“時”字，其本或誤。

本調前後段尾均原譜均爲六字一句、四字一句，故六字句兩頓連仄，實本調前後尾均皆爲二字逗領兩四字偶句之結構，填此勿誤。

山亭宴 一百二字　　張先

宴亭永晝喧簫鼓。倚青空、畫闌紅柱。玉瑩紫微人，藹和
●○●●○○▲ ●○⊙ ●○○▲ ◎●●○○ ●⊙
氣、春融日煦。故宮池館舊樓臺，約風月、今宵何處。湖水
● ○○●▲ ◎○○●●○○ ●⊙● ⊙○○▲ ⊙●
動鮮衣，競拾翠、湖邊路。　落花蕩漾愁空樹。曉山靜、
●○○ ●●● ○○▲ ●○●●○○▲ ●○◎

數聲杜宇。天意送芳菲，正黯淡、疏煙逗雨。新歡寧似舊歡
●○◎▲ ⊙●●○○ ●◎● ○○●▲ ⊙○●●●○
長，此會散、幾時還聚。試爲挹飛雲，問解寄、相思否。
○ ●◎● ◎○○▲ ◎●●○○ ●●● ○○▲

前後俱同，衹前結六字，後結五字。"怨"平聲，佛家"冤親""冤"字皆作"怨"。坡公《醉翁操》亦作平用。《圖譜》以"玉瑩紫微人藹"爲六字句，且不必言與後段"天意"句乖謬，衹"人藹"二字，索解人不得。〔杜注〕

按，子野詞原刻首句"宴堂"作"宴亭"。又，"故宫池館更樓臺"句，"更"作"舊"。又，"落花蕩漾怨空樹"句，萬氏注"怨"爲平聲，實則"愁"字也。又，"正黯淡疏煙短雨"兩句，"短"作"逗"。又，"問解相思否"句，"解"字下有"寄"字。均應改補。

【蔡案】

已據杜注改，原譜"一百一字"改爲"一百二字"。

曲江秋 一百一字 揚无咎

香消燼歇。喚沈水重燃，熏爐猶熱。銀漢墜懷，冰輪轉影，
○○●▲ ●⊙●○○ ⊙○○▲ ⊙●●○ ○○●●
冷光侵毛髮。隨分且宴設。小槽酒、真珠滑。漸覺夜闌，烏
◎○○○▲ ○●●◎▲ ◎○● ○○▲ ◎●◎○ ○
紗露濡，畫簾風揭。 清絶。輕紈弄月。緩歌處、眉山怨
○●● ●○○▲ ○▲ ○○●▲ ●○● ○○●
疊。持杯須我醉，香紅映臉，雙腕凝霜雪。飲散晚歸來，花
▲ ○○○●● ○○◎● ○●○○▲ ●●●○○ ○
梢指點流螢滅。睡未穩、東窗漸明，遠樹又聞鶗鴂。
○●●⊙○▲ ●◎● ○○◎○ ●●●○○▲

此照楊集三首平仄爲注，其詞是和韻，必不參差。但"夜闌"二字

一作“攲枕”、一作“龍津”，稍異。“濡”字兩首俱作去聲，想不拘耳。後“睡未穩”以下，此作三字、四字、六字讀，其一云“竚望久，空嘆無才可賦，厭聽鵾鴂”，是作三字、六字、四字讀者；其一云“正攜手無端，驚回檻外，數聲鵾鴂”則又似作五字、兩四字讀者，此則與後載韓詞相合。然此十三字總是一氣貫下，可兩借耳。

〔杜注〕

按，《歷代詩餘》“香紅映臉”句，“臉”作“頰”，初疑叶韻，檢其疊韻一首，此句作“渾疑同泛”，並不叶韻，或係偶合，或本“臉”字。

【蔡案】

萬子原注“夜闌”之“闌”可仄讀，蓋校之别首之“攲枕”也，而三首中一作“漸覺夜闌”、一作“深炷龍津”，則“永日攲枕”顯係亦爲仄仄平平句法，“枕”，以上作平耳。故不從。又，本調楊氏三首，第十拍一作“知誰是伴”，一作“濃熏絳幕”，第四字均仄讀，而“濡”字爲平仄二讀字，此應讀去聲，《集韻》在遇韻部，擬音爲儒遇切。萬子原譜擬爲平可仄，誤。

多字格 一百三字　　韓　玉

明軒快目。正雨過湘溪，秋來澤國。波面鑒開，山光瀲沸，

○○●▲　●●●○○　○○●▲　○●●○　○○●●

竹聲摇寒玉。鷗鷺戲晚浴。芰荷動、香紅蔌。千古興亡意，

●○○○▲　○●●●▲　●○●　○○▲　○●○○●

凄凉颶舟，望迷南北。　髣髴。煙籠霧簇。認何處、當年

○○●○　●○○▲　●▲　○○●▲　●○●　○○

綉轂。沈香花萼事，蕭然傷感，宫殿三十六。忍聽向晚菱

●▲　○○○●●　○○○●　○●○○▲　●○●●○

歌，依稀猶是當時曲。試與問、如今新蒲細柳，爲誰摇緑。

○　○○○●○○▲　●●●　○○○○●●　●○○▲

“千古”句五字,“忍聽”句六字,與前詞異。後結正與楊别作“正攜手”以下同。

按,刻本於“颸”字下作一“□”,“傷”字下反不加“□”,誤也。“蕭然”句即前詞“香紅映臉”,必落一“感”字,若作三字,文理便不通矣。或曰:可惜如此佳詞,祇用韻欠當。余曰:“日”字、“鬅”字前詞用叶,此不叶,想有此體。若“國”字、“北”字則白石、清真諸名家亦皆借叶,或無礙也。若謂“日、鬅”二字亦是借叶,則不可。

〔杜注〕

萬氏注“鷗鷺戲晚日”句,謂“日”字宜叶,按,戈氏校本“日”作“浴”,叶韻,宜從。又按,《詞譜》“蕭然傷”三字下所空一字作“感”,應遵補。

【蔡案】

原譜注“三十”之“十”以入作平,此字位宋人皆作平聲也。餘據杜注改。

“忍聽”句六字,與前段不合,與其他宋詞皆不合,必有衍文。細玩文意,“忍”字多餘也,删之,則句法與其餘宋詞俱同。又,後結原譜作“試與問如今,新浦細柳”,失致,此處音律之正體,應是三字逗領六字句法,各詞皆然。

壽樓春 一百一字　　史達祖

裁春衫尋芳。記金刀素手,同在晴窗。幾度因風殘絮,照花
○○○○△　●○○●●　○●○△　●●○○○●　●○
斜陽。誰念我、今無裳。自少年、消磨疏狂。但聽雨挑燈,
○△　○●●　○○△　●●○　○○○△　●●●○○
攲床病酒,多夢睡時妝。　飛花去、良宵長。有絲闌舊
○○●●　○●●○△　○○●　○○△　●○○●

曲,金譜新腔。最恨湘雲人散,楚蘭魂傷。身是客、愁爲鄉。
● ○●○△ ●●○○○● ●○○△ ○●● ○○△
算玉簫、猶逢韋郎。近寒食人家,相思未忘,蘋藻香。
●●○ ○○○△ ●○●○○ ○○●● ○●△

"記金刀"至"挑燈",與後"有絲蘭"至"人家"同。或謂:結句中"忘"字亦是叶韻,未必也。此調多平聲疊用,似拗,他無可證,然通篇音響如此,乃是定格,並非有訛字也。《圖譜》句句欲改之,以前段"裁、衫、同、因、花、誰、今、磨、敧、多,後段花、良、絲、金、湘、蘭、身、愁、寒、忘、蘋"俱作可仄,"素、幾、照、自、聽、有、最、玉、食、未、藻"俱作可平,自宋迄今,未見有第二首《壽樓春》,不知何從考其可换也。其平之改仄者,謂惡其拗耳,若"誰念我""身是客","誰、身"二字極順,反改作三仄之拗,何歟?至諸仄字並不曾拗,而亦遭一例更變,何歟?想改到興頭上,亦顧不得也。若依所改,填一詞以示人,即最深最熟之詞家,亦斷斷不識其爲《壽樓春》矣。余讀至此,不覺浩嘆,蓋嘆梅溪大不幸,不得生於今世一讀此譜,而當日填此腔時費盡心力也。

〔杜注〕

按,此詞題爲"尋春服感"。"念我今無腸"句,"腸"字當作"裳"。

【蔡案】

首句五連平,此種填法罕見,疑非"音律所關"。考之後段,本句或是折腰式六字句,原句爲"裁春衫,尋●芳",如此,不但音律可解,句意亦豁然開朗。後段結中"忘"字,萬子似亦作平讀,然校之前段"但聽雨挑燈,敧床病酒",則"忘"字與"酒"相對,當仄讀,原譜未讀斷,而應予讀斷,故改。

憶舊遊 一百二字 張 炎

記開簾送酒,隔水懸燈,款語梅邊。未了清遊興,又飄然獨
●○○●● ●●○○ ●●○△ ●●○○● ●○○●

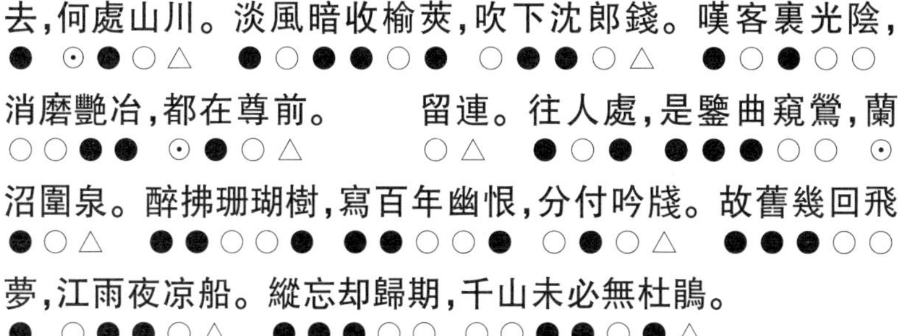

去，何處山川。淡風暗收榆莢，吹下沈郎錢。嘆客裏光陰，
消磨艷冶，都在尊前。　　留連。往人處，是鑒曲窺鶯，蘭
沼圍泉。醉拂珊瑚樹，寫百年幽恨，分付吟牋。故舊幾回飛
夢，江雨夜凉船。縱忘却歸期，千山未必無杜鵑。

"款語"至"光陰"，與後"蘭沼"至"歸期"同。"未了"句與"醉拂"句，句法上二下三相合。而美成後段用"也擬臨朱户"，千里和詞用"奈可憐庭院"，是作上一下四句法，總之是仄仄平平仄，不拘也。《詞綜》載劉應幾，此句作"奈菰蒲舊地"，"菰"字平，"舊"字仄，想亦不妨。然觀夢窗與張同，恐劉詞未可爲據也。夢窗起處云"送人猶未苦，苦送春隨人去天涯"，首句用上二下三，或不拘，然他無同者。"苦送"句例用四字，當在"隨"字住，夢窗八字蟬聯，乃是巧句，不可認"苦送春"爲三字句也。"收"字、"回"字考他家或上或入，俱不用平，似應從多者爲是。若"回"字平而"舊"字反仄，尤爲不可。此"舊"字恐是"人、園、山、鄉"等字之訛，觀前用"風"字，知玉田必不用去聲字耳。《詞綜》載劉將孫於"未了"句作七字，乃誤刻，而其餘諸字，亦無調不可從。夢窗於"又飄然"句無"又"字，乃刻本誤遺。沈氏謂前段少一字，似有此體矣。"留連"二字用韻，周、方等俱同，將孫失韻，更誤，此則夢窗亦不叶也。周詞"迢迢問音信"，《譜》《圖》不知"迢迢"二字是叶，注此五字可用仄仄平平仄，奇乎不奇。結句凡作者平仄皆同，乃一定之格，《譜》《圖》謂可作仄平平仄仄平平，可笑之極。豈不見周作"東風竟日吹露桃"、吴作"殘陽草色歸思賒"、方作"重尋當日千樹桃"、應幾作"瀟湘近日風卷湖"、將孫作"黄昏細雨人閉門"乎？

〔杜注〕

按，《歷代詩餘》"住人處"句，"住"作"彌"。又，"故舊幾回飛夢"句，"舊"作"鄉"，均應遵改。又按，此調後結"千山未必無杜鵑"句，第四字應用入聲，如注中所引周清真、吴夢窗、方千里三句，及周草窗作"愁痕沁碧江山峰"，王碧山作"涓涓露濕花氣生"，玉田另作"陽關西出無故人""蕭蕭漢柏愁茂陵""遥知路隔楊柳門""清聲漫憶何處簫"等句，第四字皆入聲，爲此調定格。萬氏知詞中去上聲有分别，不知入聲亦間有定律也。

【蔡案】

"也擬臨朱户"與"奈可憐庭院"，句法截然不同，萬子以爲皆爲一領四句法，誤，前者應是律句。而兩句句法迥然，豈可謂之"總之是仄仄平平仄"？惟本句兩可，宋詞多首如此，是填詞句法可换之例。而"奈菰蒲舊地"，"菰"字平，"舊"字仄，是句法不同，則第二第四字自可不拘，故不可謂之"總之是仄仄平平仄"。又按，句法可不同，填詞中時有所見，與詞句平仄無關，吴文英用"送人猶未苦"，亦非因平仄相同故。後結則疑是五四四脱字之循誤，觀前段和周密詞可知。

花犯 一百二字　　王沂孫

古嬋娟、蒼鬟素靨，盈盈瞰流水。斷魂十里。嘆紺縷飄零，
●○○　○○●●　○○●○▲　●○○▲　○●●○○

難繫離思。故山歲晚誰堪寄。琅玕聊自倚。謾記我、綠簑
○●○▲　●○●●○○●　○○○●▲　●●●　●○

冲雪，孤舟寒浪裏。　三花兩蕊破蒙茸，依依似有恨、明
○●　○○○●▲　○○●◎●○○　○○●●●　○

珠輕委。雲卧穩、藍衣正，護春憔悴。羅浮夢、半蟾挂曉，幺
○○▲　○●●　○○●　●○○▲　○○●　●○●●　⊙

鳳冷、山中人乍起。又唤取、玉奴歸去，餘香空翠被。
●● ○○○●▲ ●●● ●○○● ●○○●▲

周、方二作，律度森然，而歷覽各家，無不字字摹擬。其所用諸去聲若出一手，後人何棄此程式而自以爲是乎？此篇仿美成丰度，至所用上去字十餘，皆妙絶，真名詞也。"蕊"字，周、方皆作"花"字，平聲，譚在軒亦用"邊"字，至碧山用"蕊"，草窗用"怨"，皆仄聲，想可通用。仄聲雖易填，然周倡方和皆平，能守之爲高手。雖夢窗，亦一首用"中"字、一首用"作"字矣，然"作"字或是"爲"字。"依依"下九字一氣，可於五字豆，亦可於三字豆也。

按，《譜》《圖》分句、注字無不混亂，至此調尤爲欠理。"斷魂十里"是韻，各家無不叶者。《譜》收周詞"露痕輕綴"，"綴"字正叶上"味"字，方亦云"霧綃紅綴"，而乃失注，遂落一韻。一誤也；"故山"句七字、"琅玕"句五字，皆叶韻。周云"去年勝賞曾孤倚。冰盤同燕喜"，"倚、喜"是韻，方和詞現明。而注"去年勝賞"爲四字句，"曾孤倚"至"燕喜"爲八字句，遂又落一韻。二誤也；"三花"句七字、"依依"句九字，周云"今年對花最匆匆，相逢似有恨依依愁悴"，乃注"今年對花最匆匆相逢"爲九字句，真無理之甚。又因"匆匆相逢"四個平聲相疊，遂於"匆"字下注可仄，誤到極處矣。人奈何惟譜是守哉？

汲古刻《夢窗集》"小娉婷"一首，注云：重押"髻"字。蓋前用"翠翹欹髻"，後用"又還見、玉人垂紺鬢"，而傳訛作"髻"字也。夢窗豈有複韻之事乎？況此句必以平去上爲煞，如美成之"煙浪裏"、千里之"香步裏"、草窗之"薰翠被"、夢窗别作之"驚换了"，無非平去上者，豈獨此誤作平去去耶？尾二字去上尤爲吃緊，"翠被""被"字上聲，勿誤讀去聲。

〔杜注〕

萬氏注"斷魂十里"句，"十"字作平，按，此疑"千"字之誤。又按，詞中應用去上聲，惟此調最多，如“素靨、紺縷、歲晚、自倚、記我、浪裹、卧穩、挂晚、鳳冷、乍起、唤取、翠被”凡十二處，周美成、方千里等名作皆同，爲此調定格，必宜恪守。

【蔡案】

原譜起調七字不讀斷，無謂。

後段第二均，“護春”四字對應前段“難繫”四字，“云卧”下六字必對應前段“嘆紺”五字，而前五字，今存諸詞皆循周邦彦詞來，竊以爲必是周詞已脱一字，周詞原詞應爲“疑净洗，鉛華□、無限佳麗”，對應後段“吟望久，青苔上、旋看飛墜”，如此方諧。至於《譜》注“去年勝賞”爲四字句，“曾孤倚”至“燕喜”爲八字句，亦並未錯，此處爲第三均，周詞前段亦必有脱字，應是“□□□、去年勝賞，曾孤倚。冰盤同宴喜”，以對應後段“相將見、脆丸薦酒，人正在、空江煙浪裏”，在王詞，則是“□□□、故山歲晚，誰堪寄。琅玕聊自倚”對“羅浮夢、半蟾挂曉，幺鳳冷、山中人乍起”。蓋詞之韻律特徵，前後段對應極爲吻合和諧，尤其首均第二第三拍起，至整個尾均，皆用整齊句拍者，中間第二第三均便無如此參差之理，細觀諸調，自可體悟。

瑞鶴仙 一百二字　　毛开

柳風清晝溽。山櫻晚，一樹高紅争熟。輕紗睡初足。悄無
●○○●▲　○○●　●●○○○▲　○○●○▲　●○
人，敧枕虛檐鳴玉。南園秉燭。嘆流光、容易過目。送春歸
○　○●○○○▲　○○●▲　●○○　○●●▲　●○○
去，有無數弄禽，滿徑新竹。　閒記追歡尋勝，杏楝西廂，
●　●○●●○　●●○▲　○●○○○●　●●○○
粉牆南曲。別長會促。成何計、奈幽獨。縱湘弦難寄，寒香
●○○▲　●○●▲　○○●　●○▲　●○○○●　○○

終在，屏山蝶夢斷續。對沿階、細草萋萋，爲誰自緑。
○● ○○○●○▲ ●○○ ●●○○ ●○●▲

汲古刻《樵隱詞》題作《瑞仙鶴》，誤。

〔杜注〕

按，《歷代詩餘》"韓香終在"句，"韓"作"鱗"，别刻作"寒"。

【蔡案】

萬子原注："蝶夢"之"蝶"，以入作平。又，"悄無人"九字，萬子讀作五字一句、四字一句。又，"湘弦"原作"緗弦"。

少韻格 一百二字　　周邦彦

悄郊原帶郭。行路永、客去車塵漠漠。斜陽映山落。斂餘
●○○●▲ ○●● ●●○○●▲ ○○●○▲ ●○

紅、猶戀孤城闌角。淩波步弱。過短亭、何用素約。有流鶯
○ ○●○○○▲ ○○●▲ ●●○ ○□●▲ ●○○

勸我，重解綉鞍，緩引春酌。　不記歸時早暮，上馬誰扶，
●● ○●○○ ●○○▲ ●●○○●● ●●○○

醒眠朱閣。驚飆動幕。扶殘醉、繞紅藥。嘆西園、已是花深
●○○▲ ○○●▲ ○○● ●○▲ ●○○ ●●○○

無地，東風何事又惡。任流光過却。猶喜洞天自樂。
○● ○○○●●▲ ●○○●▲ ○●●○●▲

介庵亦有此體，"行路永"下九字上三下六，與前詞同，而方和詞"更暮草萋萋，疏煙漠漠"，乃上五下四，平仄亦稍異，可不拘。後起第二字不叶韻，與前詞同，而千里和詞用叶，想亦不拘。惜香、夢窗亦有不叶者，然以叶者爲是。後結"任流光"句五字，"猶喜"句六字，與前詞不同。而方詞則與毛合，亦應從方爲妥。蓋第二字不叶，猶有毛詞可證，若後結句法，則他家俱無。余謂此二處必係傳訛，蓋方氏遵周甚嚴，即體可兩用，亦必不作另調而與周異也。"用素"二字、"事又"二字用去聲，與前詞"易過、夢斷"四字同。方用"負厚、是易"、趙文用"鬥妙、到夢"、惜香用"緒正、待問"、介庵用"散晝、事醉"，皆同，是知原有此體，其俱平者又一格也，但不宜前後互異。"斜陽映山落"平平仄平仄，是一定之格，作者如林，無不同者。《譜》《圖》注可作仄仄平平仄，此有心拗到底也。惜香一首，此五字句失叶，誤。"幕"字與前"弱"字同，必叶。惜香、子逸、介庵有失叶者，雖或有此體，不宜從。"繞紅藥"定用仄平仄，不可如《譜》《圖》改平平仄。如空同之"巫陽館"、惜香之"垂天翼"是敗筆。上句"扶殘醉"可用平仄仄，有一二用仄平仄者。若惜香二句用"金井梧""東籬菊"，尤是敗筆，不可學也。此調"步、動、又、洞"等字必要仄聲，且以去爲妙，古詞無一首異同者。而尾句之仄平去上或仄平去入尤爲吃緊，不可作平平平仄。如陸子逸之"怎生意穩"、夢窗之"采花弄水""鏡中未晚"、玉蟾之"等閒過了"、審齋之"恨長怨永"、介庵之"淺如故否"、西樵之"醉扶玉腕"，皆絶妙。蓋第三字去聲一縱，而末字上聲一收，方諧音律。若用去去上上且不可，何況平仄乎？或謂此言太鑿，余曰：若於宋元詞内檢出一用平平平仄者，則余甘受妄言之罰可也。毛詞首"柳風"句上二下三，此篇以"悄"字領句，上一下四，不拘。但平仄皆同，若審齋用"彝吾在江左"，"在江"用仄平，他家無之，不可從。毛詞前結"送春"句四字，"有無數"句五字，此篇"有流鶯"句五字，"重解"句四字，此係各體，故不同。又，"重解綉鞍"句，海野用"黄昏院宇"、惜香用"年華荏苒"，平仄不同，夢窗亦有此體。若惜香一首，前結云"漸危樓向晚，魂消處，倚遍闌干曲"，尾作一三一五，則更爲躍冶，自不宜從。

〔杜注〕

按，《詞苑叢談》"不計歸時早暮"句，"歸"作"春"。又，"扶殘醉"句，"扶"作"猶"。又，後結"猶喜"作"歸來"。

【蔡案】

“斂餘紅”下九字、“嘆西園”下九字，原譜作五字一句、四字一句，此九字本一氣，故五字一逗或三字一逗皆可。

“過短亭”句第五字，宋人多用平聲，故“用”字以平讀爲佳，其音“容”，《韻補》以爲叶餘封切，在冬部韻。另，元人周伯琦之《六書正譌》曰：用，古鏞字，鐘也……後人借爲施用字。《詩·小雅·小旻》有“謀臧不從，不臧覆用”可證。又，前段結句，周詞别首此句作“院宇深寂”，第二字亦爲上聲。而考之宋人實際，本句例作○○●▲，則此“引”字當是以上作平也。然則本句第二字以平聲爲正，偶可上聲，而不可用去聲也。

又按，萬子謂結拍一句，第三字必用去聲，且“若於宋元詞内檢出一用平平平仄者，則余甘受妄言之罰可也”，今檢《全宋詞》，即有“長生真訣”“賜酴醾酒”“千秋偕老”等等九例，不知萬子如何罰法？一笑。

讀破格 一百二字

史達祖

杳煙嬌濕鬢。過杜若汀洲，楚衣香潤。回頭翠樓近。指鴛
◎○○●▲ ●◎◎⊙⊙ ◎○○▲ ○○●○▲ ●○

鴦沙上，暗藏春恨。歸鞭隱隱。便不念、芳盟未穩。自簫
⊙○◎ ◎○○▲ ○○●▲ ●◎◎ ○○●▲ ●○

聲、吹落雲東，再數故園花信。 誰問。聽歌窗罅，倚月
○ ⊙●○○ ◎●●○○▲ ○▲ ◎○○● ●●

鈎闌，舊家輕俊。芳心一寸。相思後、總灰燼。奈春風多
○○ ●○○▲ ○○●▲ ⊙⊙● ●○▲ ●○○⊙

事，吹花摇柳，也把幽情唤醒。對南溪、桃萼翻紅，又成
● ○○○● ◎●○○●▲ ●○○ ⊙●○○ ●○

瘦損。
●▲

第二三句用上五下四，"痕"字、"情"字用平，"自簫聲"七字、"再數"句六字，後起第二字叶韻，此四者俱與前詞異。此體各家多從之。"指鴛鴦"九字可上三下六，"過杜若"句梅溪别作云"爲發妝酒暖"，平仄互異。玉蟾、介庵俱有。"指鴛鴦沙上"，稼軒作"似三峽波濤"，審齋作"更堆積愁腸"，即有此體，而各家不用，不宜從。又，夢窗於末句用"周公拜前，魯公拜後"，則因使成語取巧耳，上句"公拜"二字拗矣。介庵前結亦用"耕相借牛，社相留客"，亦然。吴禮之"心"字作"步"，惜香"寸"字失叶，俱勿從。餘如"吹落雲東"句，竹山作三字，空同作"夜來枕上"。"過杜若"句，空同作四字，夢窗作"看畫堂凝香"，"堂"字平。又於"吹花"句作"玉墀班平"，"墀"字平。惜香於"桃萼"句作"爲誰縈牽"，"誰"字平。審齋於"舊家"句多一字，皆係刻本之訛，非有此體。夢窗"彩雲棲翡翠"一首更多訛脱。

又按，竹山通首用"也"字住句，然"也"字之上俱是用韻，即如和稼軒《水龍吟》，用"些"字上一字亦叶韻耳。但《瑞鶴仙》共十三韻，而"也"字之上七平叶、六仄叶，可知古人用韻，平仄可相通也。至如惜香效之，亦作"也"字住句，而其上字不叶，則頗無義趣矣。審齋於"樓"字用"酒"，上可作平，勿認作仄聲而用去字。陸子逸第二三句用"睡覺來，冠兒還是不整"，上三下六，平仄雖稍異，此句或可如此，但無此高手秀句，恐亦難學，不然，或本係"還是冠兒不整"。

又按，張樞詞於"相思後"六字作"西湖上多少歌吹"，多填一字，他家俱無此體，必係傳訛。

〔杜注〕

按，《詞譜》"芳痕未穩"句，"痕"作"盟"。又按，萬氏所引張樞詞即玉田之父，於此詞"奈春風多事"句作"粉蝶兒撲定"，《詞源》云："按之歌譜,惟'撲'字不叶,改爲'守'字始叶。"

瑞鶴仙 一百二字　　周邦彦

暖煙籠細柳,弄萬縷千絲,年年春色。晴風蕩無際、濃於酒,
●○○●● ●●●○○ ○○○▲ ○○●○● ○○●
偏醉情人詞客。闌干倚處,度花香、微散酒力。對重門半
○●○○○▲ ○○●● ●○○ ○●●▲ ●○○●
掩,黄昏淡月,院宇深寂。　愁極。因思前事,洞房佳宴,
● ○○●● ●●○▲ ○▲ ○○○● ●○○●
正值寒食。尋芳遍賞,金谷里、銅駝陌。到而今、魚雁沈沈
●○○▲ ○○●● ○●● ○○▲ ●○○ ○●○○
無信,天涯常是淚滴。早歸來、雲館深處,那人正憶。
○▲ ○○○●●▲ ●○○ ○●○● ●○●▲

首句不起韻。"濃於酒"下與"到而今"下俱與前詞異。"倚處""處"字、"賞"字俱不叶。此體雖録於此,然必有訛錯,不必從。

【蔡案】

萬子原注,"正值"之"值",以入作平。又按,"到而今"十字,原譜不讀斷。此二句各家皆作九字,原譜作"到而今、魚雁沉沉無信息",毛校本並無"息"字,的本,可信。且本句宋人一百餘首均不入韻,必無突兀一韻之理,據毛校本删,原譜"一百三字"改爲"一百二字"。

又,據杜注改"調客"爲"詞客"。

曲遊春 一百二字　　周　密

禁苑東風外,颺暖絲晴絮,春思如織。燕約鶯期,惱芳情偏
●●○○● ●◎○○● ○●○▲ ◎●○○ ●○○⊙
在,翠深紅隙。漠漠香塵隔。沸十里、亂絲叢笛。看畫船、
● ◎○○▲ ◎●○○▲ ◎●● ◎○○▲ ●◎○

盡入西泠，閒却半湖春色。　　柳陌。新煙凝碧。映簾底
●●○○　○◎●⊙○▲　　●▲　○○○▲　●⊙●

宫眉，堤上遊勒。輕暝籠煙，怕梨雲夢冷，杏香愁冪。歌管
○○　○●○▲　⊙●○○　●○○◎●　◎○○▲　⊙●

酬寒食。奈蝶怨、良宵岑寂。正恁醉月摇花，怎生去得。
○○▲　◎●●　⊙○○▲　◎●◎●○○　◎○●▲

"春思"至"叢笛"，與後"堤上"至"岑寂"同，"思"字、"上"字俱仄聲，不可作平。元人趙功可一首用"雨"字、"處"字，《圖》注可平，誤。"漠漠"句五字，"沸十里"句七字，俱是叶韻，正對後段"食"字、"寂"字二韻也。《圖》以"漠漠香塵隔沸"爲句，奇甚。不惟失一韻，不知"隔沸"二字作何解法？後段何不亦作"歌管酬寒食奈"耶？尾句《選聲》謂"去"字可平，亦誤。其所載王竹澗詞，於"看畫船"句云"起來踏碎松陰"，止有六字，此仍《詞統》之誤也。後起"陌"字，趙功可不叶。

〔杜注〕

按，《蘋洲漁笛譜》"正恁醉月摇花"句，作"正滿湖、碎月摇花"。又，查施仲山和韻詞，此句作"任滿身、露濕東風"，可見係七字句，應照改。

【蔡案】

"蝶怨"之"蝶""十里"之"十"，原譜萬子注曰作平。原譜後段尾均之起拍作"正恁醉月摇花"六字，彊村叢書本《蘋洲漁笛譜》卷一作"正滿湖、碎月摇花"，於詞意論，更恰，與前段及施詞校，尤恰，可知本句原貌爲三字逗領。今據杜注改。

倒　犯　一百二字　　　　　　方千里

晝日、任梧桐自飛，翠階慵埽。閒雲散縞。秋容瑩、暮天清
●●　●○○●○　●○○▲　○○●▲　○○●　●○○

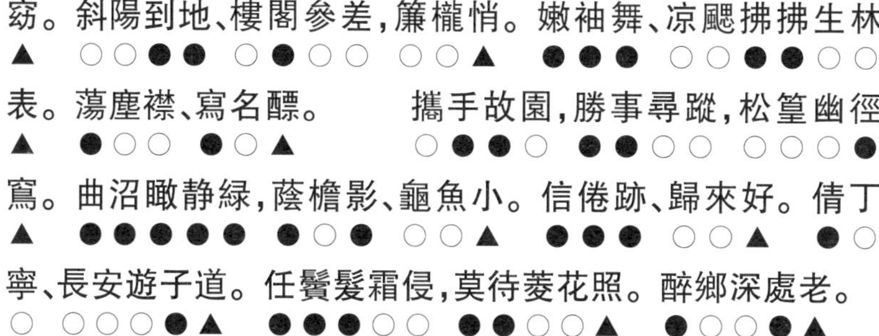
窈。斜陽到地、樓閣參差，簾櫳悄。嫩袖舞、凉飔拂拂生林表。蕩塵襟、寫名醥。　攜手故園，勝事尋蹤，松篁幽徑窵。曲沼瞰静緑，蔭檐影、龜魚小。信倦跡、歸來好。倩丁寧、長安遊子道。任鬢髮霜侵，莫待菱花照。醉鄉深處老。

舊刻於"遊子道"下落一"道"字，今補之。蓋方本和周詞，此句五字，而夢窗亦作五字也。查此調作者不過數篇，其平仄一字不易，故不能加旁注，恐意欲假借者見責，幸察而諒之。

按"斜陽"至"參差"八字，吴作"清溪上慣來往扁舟"，似宜於"上"字分句，周作"何人正弄孤影蹁躚"，則可兩借，而此方詞不可於"到"字住句，因思其上句或是"斜陽地"，而"到"字原是"倒"字之訛，其下句乃是"倒樓閣參差"耳。姑將臆説附此。或曰：吴詞"清溪上慣"乃四字句，"上"字讀作上聲，"上慣"猶"行慣"也。"凉飔"二字，或云當屬上句，未知是否。後段起處，或云當於"勝事"斷句，觀周云"淮左舊遊，記送行人，歸來山路窵"，自當於"遊"字斷。吴云"回首詞場，動地聲名，春雷初啓户"，尤當於"場"字斷也。

或問："蔭檐影"六字，"信倦跡"亦六字，君何上則旁注句字，下則旁注豆字？余曰：上則語斷，下則意連也。如夢窗，上云"數間屋，梅一塢"，兩句語意自分，下云"待共結、良朋侶"，氣自貫下；美成云："印遥碧，金樞小""愛秀色、初娟好"，亦同。句豆之辨以此，他可類推。問者嘆以爲然。

〔杜注〕

按，此爲和周美成詞，原作首二字爲豆，陳西麓和詞及吴夢窗所作皆如是。此詞應以"盡日"爲豆，"任"字屬下。又，《歷代詩餘》"道鬢髮雲侵”句,“道”作“任”,“雲”作“霜”,應遵改。

【蔡案】

有周詞在,而用方詞,萬子此見不如秦巘遠甚。

“斜陽”下八字,自應依周詞,作四四結構;此爲第三均,整體爲四字二句、三字一托結構,前八字爲烘托“簾櫳悄”服務。吴文英詞,“上慣”二字必有一訛,或謂“上慣”即“行慣”,亦未必。而讀爲上三下五句法,“慣來往扁舟”尤澀不可讀,不必爲范。“嫩袖”十字,本詞總是一氣,故“凉颸”二字屬上屬下皆可。又,“曲沼”五字,周詞作“駐馬望素魄”,“馬”字上聲,作平,觀宋詞諸作俱同,而“望”字實應平讀,如周詞《蘭陵王》“登臨望故國”然。又按,萬注中“蔭龜影”,應是“蔭檐影”之誤,據原譜改。

餘據杜注改。

鬥百草　一百二字　　晁補之

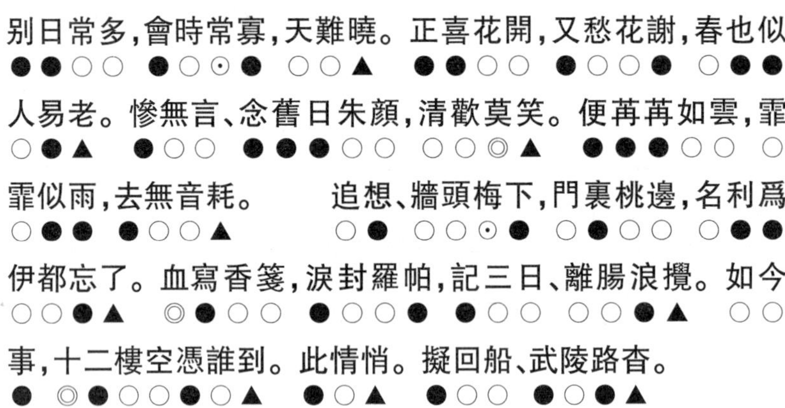
別日常多,會時常寡,天難曉。正喜花開,又愁花謝,春也似人易老。慘無言、念舊日朱顔,清歡莫笑。便苒苒如雲,霏霏似雨,去無音耗。　追想、牆頭梅下,門裏桃邊,名利爲伊都忘了。血寫香箋,淚封羅帕,記三日、離腸浪攪。如今事,十二樓空憑誰到。此情悄。擬回船、武陵路杳。

无咎此調二首。刻本此首一百一字別作一百二字,細考之,則此篇落一“霏”字。其實相同,衹“憑誰到”作“轉愁寂”,“轉”字用仄聲耳。"忘"字去聲。觀其別作用"恨"字,去聲可見。此篇"笑"字是叶韻,別作不叶,乃誤刻也。第二句"少"字非叶,別作至"曉"字方起韻。〔杜注〕

按,《詞譜》"離腸恨攪"句,"恨"作"浪"。

【蔡案】

萬子原注"三日"之"日"作平,"憑誰"之"憑"可仄。按,"憑"字依律當仄,晁氏別首作"前度劉郎轉愁寂",正同。又,"常寡"原作"常少",據《欽定詞譜》改。

前起爲四字儷句三字托句法,《欽定詞譜》讀爲四字一句、七字一句,未免太過疏闊。後起則爲二字引四字儷句句法,若以二字逗構思,更佳。原譜"追想"後不讀斷,於律而言,亦覺略欠。

瑶花 一百二字　或加"慢"字　　周密

朱鈿寶玦。天上飛瓊,比人間春別。江南江北,曾未見、漫
○○◎▲　⊙●○○　●⊙○○▲　○○⊙●　⊙●●　◎

擬梨雲梅雪。淮山春晚,問誰識、芳心高潔。消幾番、花落
●⊙○○▲　⊙○⊙●　●⊙●　⊙○○▲　⊙●⊙　⊙●

花開,老了玉關豪傑。　金壺剪送瓊枝,看一騎紅塵,香
○○　●●◎○○▲　⊙○◎●○○　●◎●○○　○

度瑶闕。韶華正好,應自喜、初識長安蜂蝶。杜郎老矣,想
●○▲　○○◎●　⊙●●　⊙●⊙○○▲　◎○◎●　●

舊事、花須能説。記少年、一夢揚州,二十四橋明月。
◎●　⊙○○▲　●●⊙　◎●○○　●●◎○○▲

"江南"以下與後段"韶華"以下同。

按,夢窗此調,於"曾未見"下九字云:"應笑春空鎖淩煙高閣",人多讀"空"字爲句,誤。照周詞,應於"春"字豆。張天雨此句云"怎一夜换作連城之璧”可見。但“應笑春”三字欠妥,“春”字恐誤。此字觀後段及各家俱不用平聲,作者但用仄爲是。《圖》注平仄悉改,若“明”字改仄,恐有不便,至“度”字改平,尤不便耳。

【蔡案】

原譜“消幾番”“記少年”下七字均未讀斷。

本調後段首均,現存作品文法上多作六字一句、五字一句、四字一句,而究之文字平仄律,則實爲六字一句、上三下六九字一句,如吴文英“冰澌細響長橋,蕩波底、蛟腥不涴霜鍔”,最爲地道。故填者須以吴詞爲范,若需六五四構思,則四字句第二字須微調爲平聲,庶幾合律。

齊天樂　一百二字　又名《臺城路》《五福降中天》《如此江山》　　王沂孫

一襟餘恨宮魂斷,年年、翠陰庭樹。乍咽涼柯,還移暗葉,重
◎○⊙●○○●　○○　●○○▲　●●○○　○○●●　⊙
把離愁深訴。西窗過雨。怪瑶佩流空,玉箏調柱。鏡暗妝
●○○○▲　○○●▲　●⊙●○○　●○○▲　●●○
殘,爲誰嬌鬢尚如許。　銅仙鉛淚似洗,嘆移盤去遠,難
○　●○●●●○▲　○○●◎●●　●○○●●　○
貯零露。病翼驚秋,枯形閲世,消得斜陽幾度。餘音更苦。
◎○▲　●●○○　○○●●　●●○○○▲　○○●▲
甚獨抱清商,頓成悽楚。謾想薰風,柳絲千萬縷。
●◎●○○　●○○▲　●●○○　●○○●▲

“乍咽”以下至“妝殘”,與後“病翼”以下至“薰風”同。“過雨、更苦”去上聲,妙,萬萬不可用平仄,而“萬縷”尤爲要緊。前後結平仄,一字不可更改。後結須如五言詩一句,白石用“一聲聲最苦”,“一聲”

二字原是相連，且上面一個“聲”字原可讀斷，故妙。沈氏收王月小一首，末云“一夜聲聲是怨”，乃多“夜”字，沈不能去之，但注前段多一字，謬甚。近見今人詞，有竟用上一下四句法，且因如此，竟於“絲”字用仄，“萬”字用平，若《甘草子》結句“惹兩眉離恨”矣，豈是《齊天樂》乎？各譜俱屬亂注，切不可從，“銅仙”句三平三仄，是定律，間有用平平仄平仄仄者，然依此爲是。夢窗用四平二仄，竹屋第二字用仄。若秋崖“歸去來兮怎得”，則尤不可從。“貯”字宜仄聲，間有用平者，亦當依此爲是。總之，凡調中字句如古人俱同，從之不必言，即十中拗七順三，亦當從。其多者，蓋其中必有當然去處，不然古人何其愚，而舍易就難也。況往往拗者，是大家名詞，順者，不及此理，極易曉也。“嘆移盤”句，可用上二下三五言詩句法。玉田一首，於“消得”句少二字；千里一首，於“難貯”句多二字；夢窗一首，於後起作五字；俱係誤刻，非有此體。君衡“黄昏盡矣”，刻誤“盡也”，非不叶。

《圖譜》失收之調甚多，若《齊天樂》極在眼前而不收，反收《五福降中天》，蓋見一新名不覺驚喜，亦不知其即《齊天樂》也。前結上四下七，乃讀作上六下五，妙絶。又於“苦”字失注叶，“難貯零露”句少一“貯”字，“甚獨抱”句少一“甚”字。此則汲古刻沈端節詞原少此二字，《圖譜》既爲人誤，又即以誤人耳。然刻詞集者，未嘗以爲人作式，既曰譜矣，寧得草草從事乎？至其圖字平仄之誤不必言矣。更異者，續集又收《臺城路》一調，仍是《齊天樂》，而怪“瑶佩”句又落一字，一首作一百字，一首作一百一字，究竟遺却一百二字之《齊天樂》矣。

【蔡案】

本調前段第二句平仄律例作平平仄節奏，故以二字逗相讀爲好，雖原譜不讀斷。今人填此，過片第四字宜平。

多字格 一百三字 陸 游

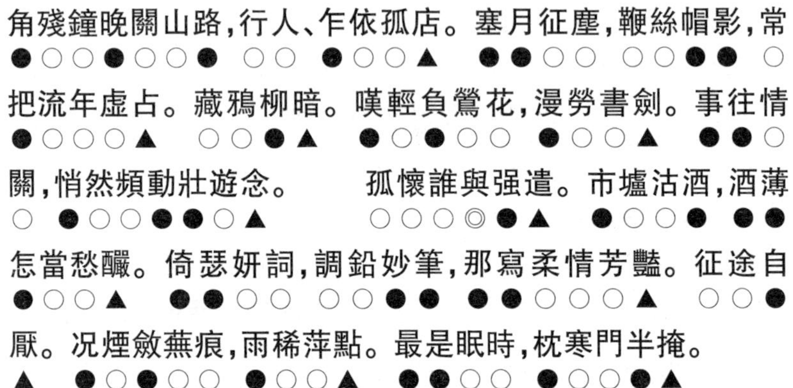
角殘鐘晚闕山路，行人、乍依孤店。塞月征塵，鞭絲帽影，常
●○○●○○● ○○ ●○○▲ ●●○○ ○○●● ○

把流年虚占。藏鴉柳暗。嘆輕負鶯花，漫勞書劍。事往情
●○○○▲ ○○●▲ ●○●○○ ●○○▲ ●●○

關，悄然頻動壯遊念。　孤懷誰與强遣。市壚沽酒，酒薄
○ ●○○●●○▲ ○○○◎●▲ ●○○● ●●

怎當愁釅。倚瑟妍詞，調鉛妙筆，那寫柔情芳豔。征途自
●○○▲ ●●○○ ○○●● ●●○○○▲ ○○●

厭。况煙斂蕪痕，雨稀萍點。最是眠時，枕寒門半掩。
▲ ●○●○○ ●○○▲ ●●○○ ●○○●▲

用韻甚精，佳詞也。“市壚”句四字，“酒薄”句六字，與前詞上五下四者不同。陸詞二首如一，自另是一體。前後起句有用韻者，乃偶合，不必叶也。

【蔡案】

本調後段第一均，例作六五四三拍，然宋元亦有少量作六五六者，如吕渭老之“重來劉郎又老，對故園桃紅，春晚盡成惆悵”、方千里之“鱗鴻音信未睹，夢魂尋訪後，關山又隔無限”及元人王丹桂之“聽予重重付屬。向舊來境上，挑剔勿令差互”。本體式僅放翁兩首、曹勛一首如此，或從六五六減字而來。

慶春宫 一百二字 陳允平

斜日明霞，殘虹分雨，軟風淺掠蘋波。聲冷瑤笙，情疏寶扇，
⊙●○○ ○○○● ●○●●○△ ⊙●○○ ⊙○◎●

酒醒無奈秋何。彩雲輕散，漫敲缺銅壺浩歌。眉痕留怨，依
●○⊙●○△ ●○○● ●○●○○●△ ⊙○○● ○

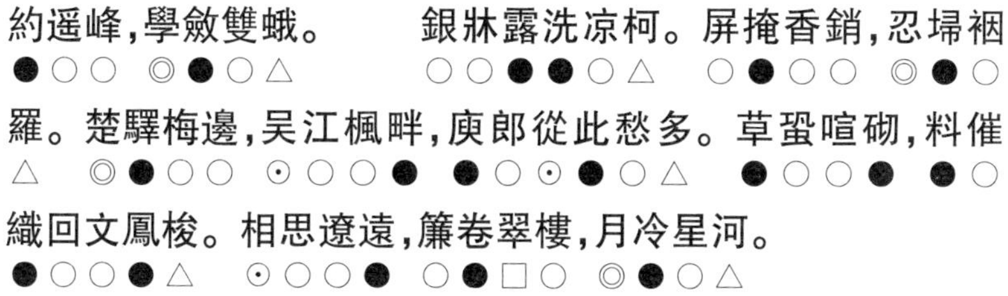
約遥峰，學斂雙蛾。　銀牀露洗凉柯。屏掩香銷，忍埽裀羅。楚驛梅邊，吴江楓畔，庾郎從此愁多。草蛩喧砌，料催織回文鳳梭。相思遼遠，簾卷翠樓，月冷星河。

"聲冷"下與後"楚驛"下同。"銅壺浩歌""回文鳳梭"用平平去平方是。《慶春宫》調《譜》《圖》載清真詞，於"微茫見星""匆匆未成"俱注可作仄仄平平，與《滿庭芳》《高陽臺》《金菊對芙蓉》等調中七字語同，安得謂之《慶春宫》乎？

《詞綜》載王碧山"淺蕚梅酸"一首，乃係《慶春澤》，誤刻《慶春宫》，不可錯認。又，或訛題名作《慶宫春》，尤誤。

〔杜注〕

按，《歷代詩餘》此詞爲張樞作。"依約遥峰"句，"遥"作"遠"。又，"相思遼遠"句，"遼遠"作"遥夜"，應遵改。

【蔡案】

王沂孫《高陽臺》詞，亦名《慶春宫》，疑爲後人誤植，而非别名，否則當有别首可見。《高陽臺》與本調之别，只需看其前後段尾均，《高陽臺》爲一三二四式，本調則爲四字三句。又，"漫敲缺"七字、"料催織"七字，原譜讀爲上三下四句法，惟"敲缺銅壺""催織回文"均以連讀爲佳，而此七字之韻律，正是一領六格式，此則尤爲至要。雖今之標點本多作三字逗讀，但周邦彦"恨、密約匆匆未成"之類，本亦不妨讀爲一領六句法，而據此韻律，第六字最爲緊要，絶不可用平。又按，後結"翠"字誤填，該字宋詞各家均用平聲，以周邦彦"只爲當時"句爲范，故今用應平而仄符注出。

仄韻體 一百二字　　王沂孫

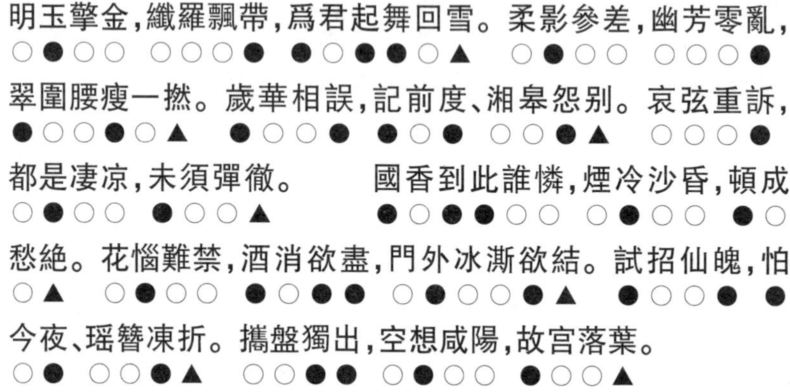

明玉擎金，纖羅飄帶，爲君起舞回雪。柔影參差，幽芳零亂，翠圍腰瘦一撚。歲華相誤，記前度、湘皋怨別。哀弦重訴，都是淒涼，未須彈徹。　國香到此誰憐，煙冷沙昏，頓成愁絶。花惱難禁，酒消欲盡，門外冰澌欲結。試招仙魄，怕今夜、瑶簪凍折。攜盤獨出，空想咸陽，故宫落葉。

用入韻。“柔影”下同前。劉灝前結“須”作“下”，後結“宫”作“醒”，想可用仄。但“花惱”句作“平生高興”，前後各異，誤也。

〔杜注〕

按，《花外集》“翠闌腰瘦一捻”句，“闌”作“圍”。又，“江皋怨别”句，“江”作“湘”。又，《詞譜》“却是淒凉”句，“却”作“都”。後結“落葉”作“落月”。

【蔡案】

已據杜注改。又，“翠圍”句爲平起仄收式六言句，第五字必平，故“一”字以入作平。又，兩結之“須”“宫”，依律當平，宋詞諸家皆如此，如姜夔用“黛痕低壓”，周密用“玉龍吹裂”等，至於劉灝詞，乃是敗筆，不可謂“想可用仄”。

後結“落”字，原注“作平”。

湘春夜月　一百二字　　黄孝邁

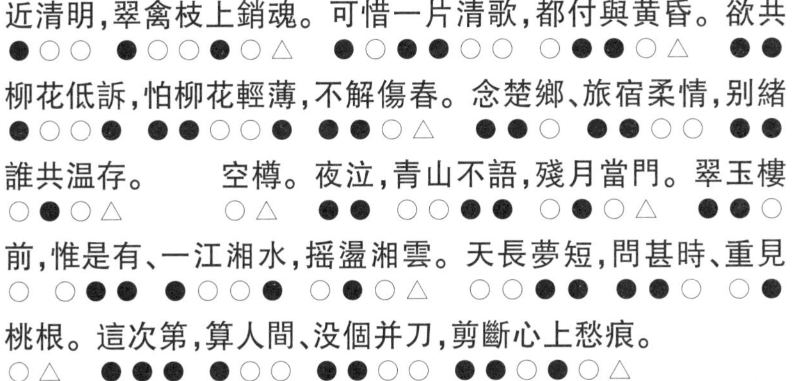
近清明，翠禽枝上銷魂。可惜一片清歌，都付與黄昏。欲共柳花低訴，怕柳花輕薄，不解傷春。念楚鄉、旅宿柔情，别緒誰共温存。　空樽。夜泣，青山不語，殘月當門。翠玉樓前，惟是有、一江湘水，摇盪湘雲。天長夢短，問甚時、重見桃根。這次第，算人間、没個并刀，剪斷心上愁痕。

此調他無作者，想雪舟自度，風度婉秀，真佳詞也。或謂首句"明"字起韻，非也。如此佳詞，豈有借韻之理。

〔杜注〕

按，《詞譜》"誰與"作"誰共"。又，"一陂"作"一江"。

【蔡案】

已據杜注改。又，"可惜"之"惜"依律當平，此爲以入作平。又，换頭句原譜讀作"空尊夜泣"，失標句中短韻。又按，原譜後段尾均讀爲"這次第、算人間没個，并刀剪斷，心上愁痕"，此乃萬子强爲對應，以合前段尾均之"念楚鄉旅宿，柔情别緒，誰共温存"。惟若讀爲"算人間、没個并刀，翦斷心上愁痕"，則自可解之，前段亦可讀爲"念楚鄉、旅宿柔情，别緒誰共温存"，則前後渾然對應，捨此而讀，豈非畫虎之故事哉。

石州慢　一百二字　“慢”或作“引”。又名《柳色黄》　賀　鑄

薄雨催寒，斜照弄晴，春意空闊。長亭柳色纔黄，遠客一枝
◎●○○　○●●○　○●○▲　○○◎●○○　●●●○

先折。煙横水際，映帶幾點歸鴉，東風消盡龍沙雪。還記出
○▲　○○●●　●◎◎●○○　○○⊙●○○▲　⊙●●

關時，恰而今時節。　將發。畫樓芳酒，紅淚清歌，頓成
○○　●○○○▲　○▲　◎○⊙●　⊙●○○　●○

輕別。已是經年，杳杳音塵都絶。欲知方寸，共有幾許清
○▲　◎●○○　◎●⊙○○▲　◎○⊙●　●◎◎●○

愁，芭蕉不展丁香結。望斷一天涯，兩厭厭風月。
○　○○◎●○○▲　◎●●○○　●○○○▲

“煙横”以下，與後“欲知”以下同。“長亭”二句，因向傳蘆川詞“溪梅晴照，生香嫩蘂，數枝争發”，人多讀作四字三句，故高季迪亦云“春來長恁，樂章懶按，酒籌慵把”。今據賀詞，則又六字兩句，謝勉仲亦同，想此十二字一氣，句豆不拘。《譜》作一八一四，則無謂矣。後段已是二句，蘆川云“辜負枕前雲雨，樽前花月”，作上六下四，此十字於四字分句、六字分句，亦不拘也。《圖譜》更收一《石州引》，又因舊刻之訛，於“共有”六字句止存下四字，遂另列一體，“引”字、“慢”字或不知其原是相同，乃不於“石州”二字一留心察之，何也？且“輕顰淺笑”刻“淺顰輕笑”，而後尾兩句云：“回首一銷凝，望歸鴻容與”，誤讀“凝望”相連，遂分上句爲六字，真可笑矣。“弄”字、“意”字必用去聲，觀蘆川用“意、際”，勉仲用“半、意”，元遺山用“賦、少”，高季迪用“頓、院”可見。若蘆川别作用“驚天”二字，不足法，且衹此一首，不可托以自便也。至若《譜》中字字亂注，乃其長技矣。兩結各五字二句，須知上句是上二下三，下句是上一下四，勿誤同。此篇後結，上句該於“望”字略豆，不可因“望斷”相連，謂可作上一下四。然此句到底有

疵,或誤,不可學耳。後起遺山作"羇旅山中父老,相逢應念,此行良苦","山中"下似六字二句,且"相逢應念"四字平仄與本調異,不可學。

〔杜注〕

按,《歷代詩餘》首句"薄雨催寒","催"作"初"。又,"出門時"三字作"出關來"。又,"枉望斷天涯"句作"望斷一天涯"。又按,《能改齋漫録》云:"方回嘗眷一姝,别久,姝寄詩云:獨倚危闌淚滿襟,小園春色懶追尋。深恩縱是丁香結,難展芭蕉一寸心。賀用其語賦《石州慢》答之。"即此詞也。

【蔡案】

盧川"溪梅"下十二字,自應讀爲"溪梅晴照,生香嫩蕊,數枝争發",作四字三句者。但此類句子,常六字二句和四字三句不拘,亦非萬子所謂十二字一氣者,乃屬句子讀破。而後段,余疑賀鑄詞已奪二字,原詞當是"已是經年□□,杳杳音塵都絶",與前段十二字合,蓋其前其後文字均整齊如一,不當此處有参差也,且本調體格,本爲添頭式結構,即除後段多"將發"二字外,其餘文字,必爲前後相同者。

"映帶"句、"共有"句,均用律拗句法,但第二字亦可用平,如張炎用"未教背寫腰肢""謾餘恍惚雲窗",惟第五字當以平爲正,不可用仄。

本調兩結各五字二句,前爲上二下三,後爲上一下四。後段原作"枉望斷天涯",顯誤,當以《歷代詩餘》爲正,萬子知依律當作五言律句,故强解"枉望"一逗,未免削足適履矣。

晝錦堂　一百二字　　蔣　捷

染柳煙消,敲菰雨斷,歷歷猶寄斜陽。掩冉玉妃芳袂,擁出
●●○○　○○●●　●●○●○△　●●◎○○●　◎●

靈場。倩他鴛鴦來寄語，駐君舴艋亦何妨。漁榔静、獨奏棹歌，邀妃試酌清觴。湖上。雲漸瞑、秋浩蕩。鮮風支盡蟬糧。贈我非環非佩，萬斛生香。半蝸茅屋歸炊影，數螺苔石壓波光。鴛鴦笑、何似且留雙檝，翠隱紅藏。

“歷歷”下至“漁榔静”，與後“鮮風”至“鴛鴦笑”同，衹“歷歷”二字入聲，不知可與後段相同借作平否？觀美成用“日日”二字、夢窗用“獨鶴”二字，皆故作兩入聲字，不知何也？惜千里不和，他無可考耳。此調中兩七字句參差難訂，美成前段云“愁聞雙飛新燕語，更堪孤枕宿醒忺”，後段云“短歌新曲無心理，鳳簫龍管不曾拈”，兩段比對不同，“愁聞雙飛新”五字連平，甚拗。或曰：是宜作“愁聞雙燕新飛語”則順，且與後“短歌”句合。余亦以爲然。及見竹山此篇，則與片玉一轍，方信調宜如此，而古調不可輕議改竄也。又查夢窗“舞影燈前”一詞，前云“愁結春情迷醉眼，老憐秋鬢倚蛾眉”，後云“淚香沾濕孤山雨，瘦腰折損六橋絲”，後二句與周、蔣俱同，其“愁結”句雖不拗，而與“淚香”句平仄相反，未知又是何故。今録蔣詞爲式，以其與周相合，作者自宜從之。後起第二字叶韻，片玉用“多厭”，“厭”字理當作平聲，夢窗用“當時”二字，以叶“歸、眉”等韻，則此字自宜平聲。而竹山却用“上”字，殆不可解。琰青謂：豈竹山誤認“厭”字作去聲耶？余曰：“厭”字固可音懨，然“多厭”二字無理，不可解，若謂即是“懨懨”之誤，則周詞尾句正用“懨懨”，況竹山此詞字字摹仿片玉，豈有誤用去聲者？再四思之，乃悟曰：此字確是去聲，乃以仄叶平者也。周詞是賦春景，其上用“懊惱、幽恨、愁聞”等語，其下亦用“俱嫌、惆悵”等語，是通篇皆閨中怨辭，觀“多厭”之下云“晴晝永，瓊户悄”，蓋謂：閨中寂寞，當此三月時，偏覺日長，多爲可厭。是“厭”字原作厭惡之“厭”，並非借作平聲。故竹山亦用“上”字爲叶耳。此必平仄可以通用者，若夢窗平叶，則又原不妨也。

汲古《夢窗詞》刻《晝錦堂》二首，余方喜其可以互證，及觀其第二首，則全然迴别，同人見是又一體，謂可另列，余細繹之，則《慶春澤》也。

〔杜注〕

按，《歷代詩餘》“半蝸茅屋歸吹影”句，“吹”作“雲”。又疑爲“炊”字之訛。又按，換頭“湖上”之“上”字間仄韻。考周清真“雨洗桃花”一首用鹽咸韻，此二字作“多厭”。萬氏謂作仄用，而南宋孫季蕃“薄袖禁寒”一首，用寒先韻，此二字作“嬋娟”，則專用平叶矣，作者宜從夢窗用平叶爲妥。

【蔡案】

“歷歷”句，本爲律拗句法，無須作平亦在律，但第二字亦可用平，則爲平起平收式句法，皆可，故宋詞此字平上去入皆有。至於“倩他”句，除本詞外，其他宋詞多用平起仄收式句法，即第四字用仄，少數則用仄起式，如吴文英“愁結春情迷醉眼”，惟有《履齋先生詩餘》一句，作“管簫笙簧相間鬥”，余以爲亦是前人抄寫錯誤，原詞本句當是“簫管笙簧相間鬥”，即亦是仄起式句法。故本詞“他”字應用去聲讀，借音法，即萬子所謂“借作平聲”者。而萬子注云“愁聞雙飛新燕語”，是爲倒文之誤，若將“聞”視爲去聲，則本無礙也。

氏州第一　一百二字　　周邦彦

波落寒汀村渡，向晚遥看，數點帆小。亂葉翻鴉，驚風破雁，

○●○○○●　●●○○　●●○▲　●●○○　○○●●

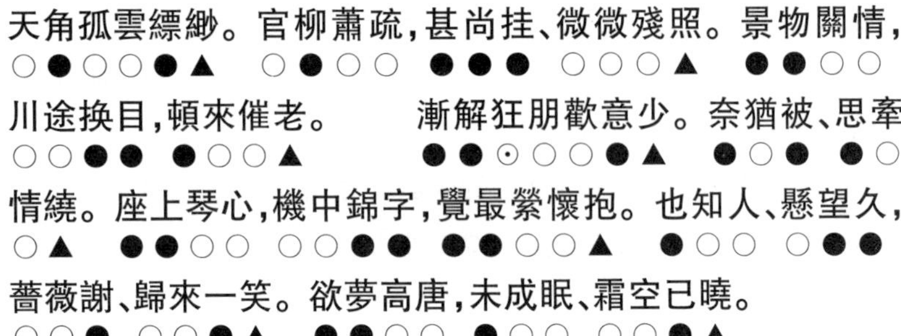
天角孤雲縹緲。官柳蕭疏，甚尚挂、微微殘照。景物關情，川途換目，頓來催老。　漸解狂朋歡意少。奈猶被、思牽情繞。座上琴心，機中錦字，覺最縈懷抱。也知人、懸望久，薔薇謝、歸來一笑。欲夢高唐，未成眠、霜空已曉。

"村渡"句平去去上定格，千里和韻用"天氣豔冶"，《譜》注"渡"可作平，誤。"遥"字注作仄，猶可，"點"字乃注作平，則大誤矣。至"官柳"句四字，"甚尚挂"句七字，蓋言柳色蕭疏，已悽楚矣，爲甚事尚挂斜陽，更添景物之慘乎？其義易明，《譜》《圖》奈何作上句五字、下句六字耶？千里和詞云"芳草如薰，更瀲灧波光相照"，豈可讀作"芳草如薰更"乎？"川途"句用平平仄仄，故下用去平平上接之，《譜》以上句作仄平平仄，而下用平平平仄，便無調矣。"也知人"六字，"人"字一豆，亦不可概連作平平仄平平仄。末句因讀作一七一四，覺七字中"高唐未成"爲拗，遂將"成"字注作可仄，不知原可於"高唐"住句也。但徇己意，不管古詞，愚所謂必要改作七言詩句是已。題本《氐州第一》，與《霓裳中序第一》，《圖譜》俱刻作"第一體"，蓋因造慣第一、第二之次序，故不覺於題下添體字，可笑，不知《氐州》與《霓裳中序》之第二、第三體在何處耳。

〔杜注〕

按，别刻"遥看"作"遥見"，此字宜去聲，萬氏注平聲，似誤。又按，《詞律拾遺》云："亂葉翻鴉"二句，與《齊天樂》第三四相同，大抵四字二句相對者，上句第一字、下句第三字多用去聲。

【蔡案】

"村渡向晚"句，萬子謂平去去上爲定格，非是。前段首均，原譜及各本皆讀爲“波落寒汀，村渡向晚，遥看數點帆小”，但研究後段首均，則應知本詞前段首均原爲“波落寒汀村渡，向晚遥看，數點帆小”，蓋前二句讀破，故成一七一三，“寒汀村渡”皆爲波落處。楊澤民詞，最能見出“瀟瀟寒庭深院，綉蓋佳人，就中嬌小”，“寒庭深院”爲一並列結構，豈可讀斷。而所謂“就中”者，固是指綉蓋下之佳人也。方千里詞亦是，今各本皆讀爲“朝日融怡，天氣豔冶、桃英杏萼猶小”，均爲依樣畫瓢，而未作詞意之體悟也。試問融怡之日，豈有“天氣艷冶”之説？即便春光明媚，唐詩宋詞中亦無“天氣艷冶”之狀。而“燕壘初營”“蜂銜乍散”“芳草如薰”之時，顯已春光爛漫，桃花豈會“猶小”？杏花略晚於桃花，故有桃花艷冶，杏萼猶小之説。且萼可言“猶小”，花亦可言“猶小”，然後慢慢長大？諸詞中，惟陳允平詞首均用讀破法，故其詞平仄覺異，作“閒倚江樓，凉生半臂，天高過雁來小”，“生”字獨用平聲，此正余所謂句法讀破，平仄微調者也。同陳詞者，尚有劉天遊一首，作“冰縮寒流，川凝凍靄，前回鷺渚冬晚”，前八字爲偶句，故“凝”字亦讀平，十四字平仄，與陳詞一般無二。

又按，余疑本詞有三字脱誤，前段“官柳蕭疏”，原詞或爲“□官柳、蕭疏□”，後段“覺最縈懷抱”句，“覺”字前後亦脱一字。至若今所見宋詞皆如此，蓋因周詞落字，而以訛傳訛之故也。

南　浦 一百二字　　　　　　魯逸仲

風悲畫角，聽單于、三弄落譙門。投宿駸駸征騎，飛雪滿孤
○○●●　●○○　○●●○△　⊙●○○○●　○●●○
村。酒市漸闌燈火，正敲窗、亂葉舞紛紛。送數聲驚雁，乍
△　●●●○○●　●○○　●●●○△　●●○○●　●
離煙水，嘹唳度寒雲。　好在半朧淡月，到如今、無處不
○○●　○●●○△　　●●●○●●　●○○　○●●

銷魂。故國梅花歸夢，愁損緑羅裙。爲問暗香閒豔，也相
○△　●●○○○●　○●●○△　●●●○○●　●○
思、萬點付啼痕。算翠屏應是，兩眉餘恨倚黄昏。
○　●●●○△　●●○○●　●○○●●○△

“聽單于”至“驚雁”，與後段“到如今”至“應是”同。《譜》《圖》不識，於“爲問”句注在“也”字分斷，致後人認此爲兩七字句，如律詩矣，何其謬哉！“算翠屏”句注在“眉”字住，又以“兩眉”爲拗，注“兩”作平，亦誤。“聽單于、正敲窗、到如今”俱云可平仄平，必欲將好詞注壞，可嘆！

【蔡案】

《唐宋諸賢絶妙詞選》卷八收録本詞，其作者署爲孔夷。又，原譜“爲問”下九字不讀斷。

南　浦 一百五字　　程　垓

金鴨懶熏香，向晚來、春酲一枕無緒。濃緑漲瑶窗，東風外、
○●●○○　●●○　○○●●○▲　○●●○○　○○●
吹盡亂紅飛絮。無言佇立，斷腸惟有流鶯語。碧雲欲暮。
○●●○○▲　○○●●　●○○●○○▲　●○●▲
空惆悵韶華，一時虛度。　追思舊日心情，記題葉西樓，
○○●○○　●○○▲　○○●●○○　●○●○○
吹花南浦。老去覺歡疏，傷春恨、都付斷雲殘雨。黄昏院
○○○▲　●●●○○　○○●　○●●○○▲　○○●
落，問誰猶在憑闌處。可堪杜宇。空祇解聲聲，催他春去。
●　●○○●○○▲　●○●▲　○●●○○　○○○▲

此是用仄韻者，與前異。“濃緑”下與後“老去”下同。此調句字多有參差，但以一百五字爲正，如碧山於“傷春恨”作“萍花”是落一字，片玉於“碧雲”下十三字止有十二字，亦是落一字，此係缺而不全者，不必具論。其他各家不同處不能悉載，摘録於後。“向晚”至“無緒”九字，此篇上三字下六字，片玉、梅溪皆同碧山，作“認麴塵乍生，色嫩如染”，又一首亦然，是上五字下四字，而“乍”字用去聲者，此另一體。陶九成作“羨雲屏九疊，波影涵素”，“疊”字作平，正與此同。然玉田作“燕飛來，好是蘇堤纔曉”，“是”字用仄，“堤”字用平，另一體。

“暮”字、“宇”字此篇叶韻，他家皆不叶。“碧雲”至“虛度”十三字，此篇“暮”字叶韻，四字句，其下九字作一五一四，後段亦然。梅溪作“謝屐未蠟，安排共文鴛，重遊芳徑”，“屐”字仄，或可作平，後段作“海棠夢在，相思過西園，秋千紅影”。“蠟”字、“在”字不叶，而“安排”連下作五字，或連上作六字，文義皆不妥，是另一體。玉田作“回首池塘青欲遍，絶似夢中芳草”，上句如七言詩一句，下六字結，後段亦然，是另一體。或謂“塘”字住句，亦平仄各異。碧山作“再來漲緑迷舊處，添却殘紅幾片”，又一首亦然，雖上七下六，而“再來漲緑”四字與玉田不同，其後段作“采香幽徑鴛鴦睡，誰道湔裙人遠”，又一首亦然。上句七字雖亦如七言詩，而與玉田平仄相反，是又一體。此體惟陶九成用之。

〔杜注〕

萬氏謂：王碧山於“傷春恨”句作“萍花”，係落一字。按，《歷代詩餘》有此詞，作“萍花岸”，並無脱字。

【蔡案】

本仄韻詞與前平韻詞絶非同調，非惟韻之故也。考其四均文字，如第二均平短仄長，而第三均反之，可見音律决然不同也。故原譜作“又一體”者失當。

前段首均之收拍，或作上三下六，或作上五下四，總是一氣，其不同處，全在兩頓之平仄，如本詞，《全宋詞》讀爲“向晚來春酲，一枕無緒”，“來”字、“酲”字皆平，上五便覺不諧，萬子讀爲上三下六則諧。而萬子所舉史達祖“認麯塵”者，亦不當作上五下四讀。後段亦同，如史浩詞，後段《全宋詞》讀作“化衆生令求，塵埃脱離”，“生”字、“求”字俱平，韻律則不諧，須讀爲“化衆生、令求塵埃脱離”，後六字爲律拗句法，自然和諧，蓋“求脱離”本爲一體也。

前後段尾均，則有兩種讀法，其一如本詞，但起拍除本詞外皆不叶韻；其二則如張炎詞，讀破爲七字一句、六字一句：“回首池塘青欲遍，絶似夢中芳草”。

宴清都 一百二字　又名《四代好》　盧祖皋

春訊飛瓊管。風日薄、度牆啼鳥聲亂。江城次第，笙歌翠
⊙●○○▲　○○●　●○○●○▲　○○●●　○○●
合，綺羅香暖。溶溶澗緑冰泮。醉夢裏、年華暗換。料黛眉
●　●○○▲　○○●●○▲　●◎○　○○●▲　●●○
重鎖隋堤，芳心還動梁苑。　新來、雁闊雲音，鸞分鑒影，
○●○○　⊙○⊙●○▲　○○　●●○○　○○◎●
無計重見。啼春細雨，籠愁淡月，恁時庭院。離腸未語先
⊙●○▲　○○●●　○○●●　●○○▲　○○●●○
斷。算猶有、憑高望眼。更那堪、芳草連天，飛梅弄晚。
▲　●⊙●　○○●▲　●●○　⊙●○○　○○●▲

“江城”至“隋堤”，與後“啼春”至“連天”同。“鳥、緑、計、語”俱仄聲，十中一二用平而已。“暗、望、弄、黛、那”五字亦須用仄，去聲更妙。“江城笙歌”二句平平仄仄。“綺羅”句仄平平仄，後段亦同。凡作者俱然，不可隨意亂填。此等處最易忽略也。“泮、斷”二字可以不叶，兼可用平聲，亦有前平後仄者。“風日”以下九字，夢窗一首云“荆州昔、未來時正春暖”，是於“昔”字下借豆，非另有此體。“動”字夢窗

一作"沉"、一作"章",想不拘。結用"弄晚"去上聲,甚妙。觀片玉之"認否"、草窗之"弄晚"、善扛之"露醑"、千里之"在否"、夢窗之"路淺、桂酒、在否"皆然。《譜》調"弄"字可平,誤矣。至謂"度牆"句可作平仄仄平平仄,尤誤。

按,此詞何籀於前結云"那更天遠、山遠、水遠、人遠",書舟效之,云"那更春好、花好、酒好、人好",因名之曰《四代好》。人見《四代好》之名甚新,不知其即《宴清都》也。但"遠"字、"好"字上聲,可以代平,故借入平用,不礙音律。若不知其理,而泛謂仄聲可以上去通用,填入去字,則爲大謬。夫詞曲中四聲,以一平對上去入之三仄,固已然三仄可通用。亦有不可通用之處,蓋四聲之中,獨去聲另爲一種沉著遠重之音,所以入聲可以代平,次則上聲亦有可代,而去則萬萬不可。人但於口中調之,其理自明,南北曲之肯綮全在此處。人或謂:今日之曲,付於歌喉尚且不必拘泥,詞又不入歌,何妨混填?此大謬之説。何也?詞即曲之先聲,當時本以按拍,豈可以聱牙捩嗓者號爲樂府乎?如此"遠"字、"好"字若作去聲,便落腔矣。明王漢陂作南曲,亦采"天遠"八字爲結,歌者不以爲拗,因是上聲也,去則唱不得矣。且"天遠""春好""天、春"二字即此篇"隋"字,"人遠""人好""人"字即此篇"梁"字,須要平聲,不可謂下用四個"遠"字、"好"字,而其上面之字平仄不拘也。《譜》《圖》因收何詞,見四"遠"字謂爲定格,於"天遠山遠"二"遠"字不敢注平。各調無不亂注,偏於此二字不注可平,蓋誤將此句於"山遠"下分斷耳。然則此篇可讀"重鎖隋堤芳心"爲一句乎?此調作者頗多,何未一查也。何詞後起用"堪嘆"二字,《譜》作叶韻,正伯亦用"春好"二字,或另有叶韻之體。然夢窗一字不苟者,所作此字俱用平聲,但從之不叶可也。

【蔡案】

萬子原注"風日"之"日"作平。又,凡詞,後起第二字多可入韻,此過片處音律之變化也，即便其字平仄與韻不同，亦可叶之，本調即是，宋元人多如此填。非惟程垓之“春好”、何籀之“堪嘆”如此填法，曹勛三首分作“鈞奏”“香滿”“凝佇”，胡翼龍作“誰念”，皆是。又按，過片二字，既有用句中短韻者，則可知其律應有一讀住，原譜本詞换頭不讀斷，則易模糊其句法關係，蓋本詞後段首均，實爲二字逗領四字偶句也，故當讀斷。

又，“緑”字、“語”字，並非絶對不可用平，衹是用平後，其後一字須易爲仄聲，如程垓作“相逢盡拚醉倒”，“拚”字即可視爲平聲。

西平樂 一百二字　　柳　永

晝日憑高寓目，脈脈春情緒。嘉景清明漸近，時節輕寒乍
●●○○●● ◎●○○▲ ○●○○●● ○●○○●
暖，天氣纔晴又雨。煙光澹蕩，妝點平蕪遠樹。黯凝
● ○●○○●▲ ○○●● ○●○○◎▲ ●○
佇。　臺榭好、鶯燕語。正是和風麗日，幾許繁紅嫩緑，
▲ ○●● ○●▲ ◎●○○◎● ◎●○○●●
雅稱嬉遊去。奈阻隔、尋芳伴侣。秦樓鳳吹，楚臺雲約，空
●●○○▲ ●●● ○○●▲ ○○●● ◎○○● ○
悵望、在何處。寂寞韶光暗度。可憐向晚，村落聲聲杜宇。
●● ●○▲ ◎●○○●▲ ●○●● ○●○○●▲

按，晁无咎此調一首與柳詞俱同，衹向來《樂章集》“雅稱”句止五字，而晁詞此句作“準擬金尊時舉”六字，是知柳集必落去一字，故於“遊”字下補□。

或曰：柳與晁或是二體，子安得必合之爲一？余曰：觀前段有六字三句，一調中句法定應相似，况《樂章》多訛脱，如汲古刻於“寂寞”句亦無“暗”字，則的係誤落，非兩體也，况其餘字句平仄無不同乎？“乍暖、又雨、燕語、伴侣、向晚、杜宇”等去上聲妙。晁亦同。又晁於

“嫩緑”二字作一部，乃叶通篇韻者，此“緑”字，恐亦宜作叶韻，北音“緑”字原作“慮”音也。

〔杜注〕

萬氏謂“‘去’字上落一字”，按，朱雍有和詞，此句作“好趁飛瓊去”，亦五字。又按，《詞譜》收此詞爲一百二字體，可見無落字也。

【蔡案】

“煙光”原作“煙花”“妝點”原作“裝點”“可憐”原作“可堪”，“雅稱嬉遊去”原作“雅稱嬉遊□去”，皆據《欽定詞譜》改。又，萬子疑“嫩緑”爲韻，是。本句入韻，則後段均拍足矣。而朱雍詞，此句亦以入作去，顯以之爲範也。

西平樂慢 一百三十七字　周邦彦

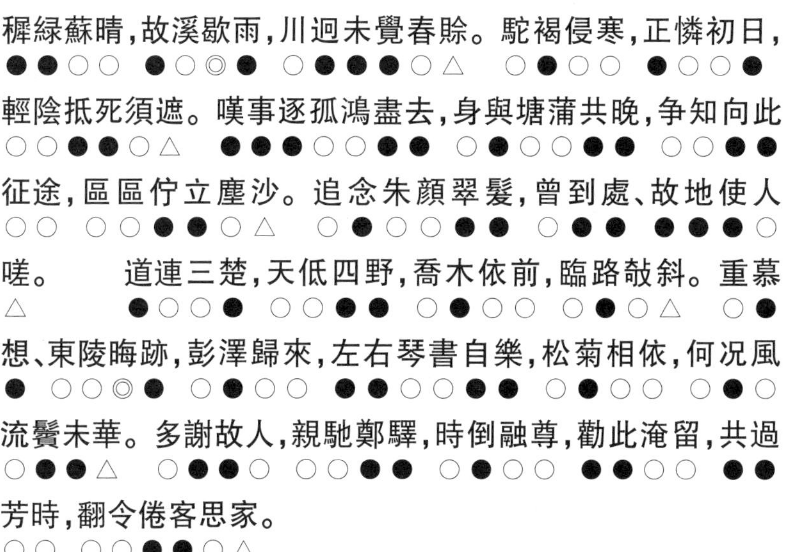

穉緑蘇晴，故溪歇雨，川迴未覺春賒。駝褐侵寒，正憐初日，輕陰抵死須遮。嘆事逐孤鴻盡去，身與塘蒲共晚，争知向此征途，區區佇立塵沙。追念朱顔翠髮，曾到處、故地使人嗟。　道連三楚，天低四野，喬木依前，臨路敧斜。重慕想、東陵晦跡，彭澤歸來，左右琴書自樂，松菊相依，何况風流鬢未華。多謝故人，親馳鄭驛，時倒融尊，勸此淹留，共過芳時，翻令倦客思家。

如此長調衹用七韻，初疑有誤，乃不惟千里和詞一字無訛，查夢窗所作亦字字相同,可知古人細心,不若今人自以爲是也。但方詞及吴稿俱於“争知”句下無“區區”二字,方云“流年迅景,霜風敗葦驚沙”,吴云“當時燕子,無言對立斜暉”,似不宜更贅兩字,恐此篇“區區”二字或“征途”二字是誤多耳。吴稿於“塵沙”下分斷,誤。

此篇用平韻,字句亦與前詞迥别。

〔杜注〕

萬氏注謂:“區區征途”或誤,多二字。按,《詞譜》收此詞有“區區”二字。又按,萬氏所引方千里和詞,乃“流年迅景”下誤落“他鄉”二字,實相同也。

【蔡案】

“川迴”句爲律拗句法,第五字不可用仄聲字。又,如此長調,後段僅得三韻,必奪一韻脚也。又按,原譜本詞作又一體,然本詞字句、韻律皆與前詞迥異,故以慢詞名之。

金盞子 一百三字　　吴文英

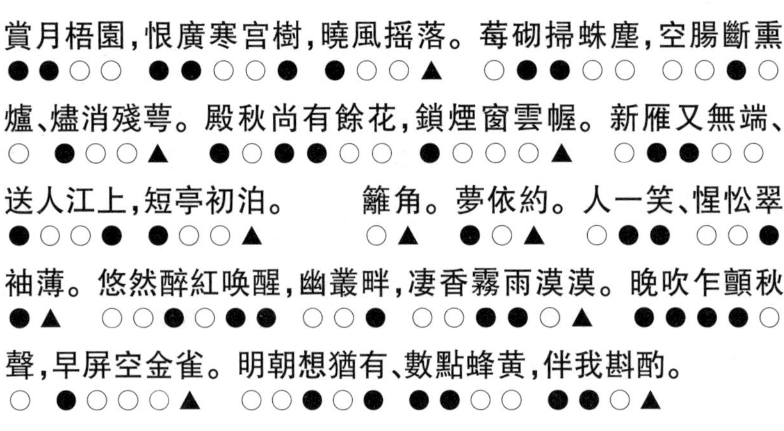

賞月梧園,恨廣寒宫樹,曉風摇落。莓砌掃蛛塵,空腸斷熏爐、燼消殘萼。殿秋尚有餘花,鎖煙窗雲幄。新雁又無端、送人江上,短亭初泊。　籬角。夢依約。人一笑、惺忪翠袖薄。悠然醉紅唤醒,幽叢畔,凄香霧雨漠漠。晚吹乍顫秋聲,早屏空金雀。明朝想猶有、數點蜂黄,伴我斟酌。

查梅溪詞落去一字,故本譜不收一百二字體。

按,此調作者雖少,而人各一體,難於歸一。如此詞“空腸斷”下九字,似應先五後四,梅溪作“江南岸、應是草穠花密”,又應先三後六。或曰:此篇亦於“空腸斷”豆句,與後“幽叢畔”九字同耳。蓋其下“殿秋”二句與後“晚吹”二句相合,則其上亦必合也。然觀夢窗别作云“爲偏愛吾廬,畫船頻繫”,則是先五後四,而竹山云“人孤另,雙鵜被他羞看”,又是先三後六。愚謂:總之此九字一氣,分豆不拘,其後段此九字亦然。前結尤爲參差,如夢窗别作“石橋鎖煙霞,五百名仙,第一人是”,“五百名仙”與此篇“送人江上”不同,一人而兩格矣。梅溪作“風光外除是,倩鶯煩燕,謾通消息”,與此篇相似,而“是”字用仄矣。竹山作“無情雁正用,恁時飛來,叫雲尋伴”,“用”字仄、“來”字平矣。後結夢窗别作“轉城處、仙山小隊登臨,待西風起”,“山”字、“西”字用平矣。梅溪作“空遺恨、當時留秀句,蒼苔蠹壁”,此固“當時”下落去一字,而“時”字用平、“句”字用仄矣。竹山則兩結如一,云“風刀快,但剪畫檐梧桐,怎剪秋斷”,“但剪”句三仄三平,與前段“正用恁時飛來”同,而“怎剪”之“剪”又用仄矣。作者不知何所適從。愚謂:學吴則依吴到底,學史、學蔣亦然,則庶幾無誤云。

“恨廣寒”九字,蔣云“夢乍醒,黄花翠竹庭館”,句法異,不拘。《圖》以首句作七字,誤。後起竹山云“猶記杏櫳暖”,“杏”字宜仄,沈氏誤作“香”,反注云“一本作杏,誤”,可笑人一笑。下八字竹山云“銀燭下,纖影卸佩鸞”,“鸞”字乃是以平聲而叶仄韻者,想此調亦可平仄通用。《詞綜》“鸞”字作“欸”字,雖以仄叶,然“佩欸”亦未妥。《圖譜》乃云可作仄仄平平平平平平,甚爲可駭,然亦無可奈何矣。“悠然”句,蔣云:“春渦暈紅豆小”,此句各家皆六字,《圖》作三字兩句。“幽叢畔”,蔣云“鶯花嫩”,却注是叶,“嫩”與“館、看”豈是同韻?是又誤人多用一韻也。“明朝想”,蔣云“風刀快”,言風利如刀,故下云“但剪畫檐梧桐,怎剪秋斷”,《圖》作“鳳刀”,奇絶。却又偏不圖可平,至通篇平仄改得七顛八倒，於《金盞子》何仇乎？

此詞换頭，二字一叶，蔣云“猶記杏籠暖”，“記”字不叶，亦異。

〔杜注〕

按，汲古閣本“悠然醉紅唤醒”句，“紅”作“魂”。又按，此調宋人各有一體，换頭二字不叶居多。

【蔡案】

前後段第二均，萬子謂“空腸斷”下九字，總是一氣，甚是。蓋此九字乃第二均之收拍也。然既爲一氣，則當用逗，不當用句，原譜“爐”字後作句，終非完美，據改。

“新雁”九字，原譜作上三下六，九字一句，後六字諸家填法各異，如梅溪作“除是倩鶯煩燕”、吴文英别首作“煙霞五百名仙”，雖句法各異，畢竟俱中規矩，本詞若讀作上三下六，未免失諧，故當讀爲上五下四爲是。又，本調换頭多作五字一句，亦有作六字一句者，如晁端禮“屈指。重算歸期”、無名氏“廣庭。羅綺紛盈”。又按，“凄香霧雨漠漠”句，爲平起仄收式律句，第五字必平，故前“漠”字以入作平。

萬子以爲竹山“纖影卸佩鸞”爲以平叶仄，然通篇仄韻間一平韻之詞雖有，却無别首可證，終覺不甚可靠。檢本句，不但《詞綜》，彊村叢書本《竹山詞》亦爲“銀燭下、纖影卸佩款”，正是仄韻。

龍山會　一百三字　趙以夫

九日無風雨。一笑憑高，浩氣横秋宇。群峰青可數。寒城
●●○○▲　◎●○○　●●○○▲　⊙○○●▲　⊙⊙
小、一水縈回如縷。西北最關情，漫遥指、東徐南楚。黯銷
●　◎●⊙○○▲　⊙●●○○　●⊙●　○○⊙▲　●○
魂，斜陽冉冉，雁聲悲苦。　今朝寒菊依然，重上南樓，草
○　○○●●　●○○▲　○○⊙●○○　⊙●○○　●

草成歡聚。詩朋休浪賦。舊題處、俯仰已隨塵土。莫放酒行疏，清漏短、凉蟾當午。也全勝、白衣未至，獨醒凝佇。

祇後起句是换頭，餘俱同。前段此詞完整可從。查夢窗此調，汲古刻本止一百字，今查脱誤處甚多，頼有此篇作證，知《龍山會》非一百字耳。吴詞録後備考：

石徑幽雲冷，步帳深深，艷錦青紅亞。小橋和夢醒，環佩杳，煙水茫茫城下。何處不秋陰，問誰借、東風艷冶。最嬌嬈，愁侵醉霜，淚灑紅綃。　　摇落翠莽平沙，挽斜陽、駐短亭車馬。曉妝羞未墮，沈恨起、金谷魂飛深夜。驚雁落、清歌酹花，觥船快瀉。去來舍月，向井梧、梢上挂。

首句不起韻，是有此體，非誤也。"杳"字誤刻"香"字。"愁侵"句"綃"字作結，大誤。或"綃"字是"帕"字之訛，或是"灑"字爲煞，而上下顛倒耳。"挽斜陽"句比前"重上"句少一字。"駐"字領句，亦與前異。此或换頭處另體如此。"酹花"句即前段"問誰"句，不應作六字，是"酹花"下少一字矣。"去來舍"，文理不明，必誤。尾句七字，亦比前少一字，此亦或另體。總論之，是有訛脱，不可從也。

〔杜注〕

萬氏録夢窗詞首句"石徑幽雲冷"，謂不起韻，按，《詞譜》及《甲乙丙丁稿》，"冷"字作"罅"，並非不叶也。又，"淚灑紅綃"句應作"紅綃淚灑"，叶韻。又，"挽斜陽"句，"挽"字上落"欲"字。又，"酹花"二字下有"底"字。又，後結二句原作"後歸來，井梧上有玉蟾遥挂"，與趙詞字數相同，並無一百字體。均應遵照改補。

【蔡案】

前段第四拍趙詞三首均入韻，但吴文英詞則不入韻，蓋此爲輔韻處，可叶可不叶者也。後段“清漏”之“清”，宜用仄聲一字領。

渠蘭香　一百四字　吴文英

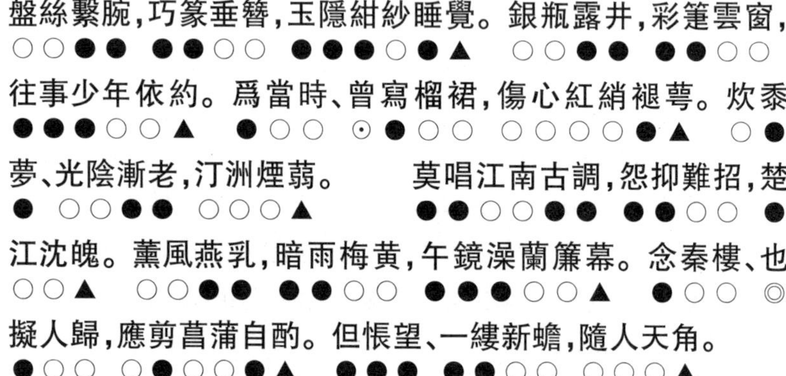

盤絲繫腕，巧篆垂簪，玉隱紺紗睡覺。銀瓶露井，彩箑雲窗，往事少年依約。爲當時、曾寫榴裙，傷心紅綃褪萼。炊黍夢、光陰漸老，汀洲煙蒻。莫唱江南古調，怨抑難招，楚江沈魄。薰風燕乳，暗雨梅黄，午鏡渠蘭簾幕。念秦樓、也擬人歸，應剪菖蒲自酌。但悵望、一縷新蟾，隨人天角。

“銀瓶”至“褪萼”，與後“薰風”至“自酌”同。“心”字若照後“剪”字，可用仄聲，且順妥和協。然因無他首可證，未敢旁注。“黍夢”下十字，《圖譜》作上六下四，誤。

“魄”字非韻，惟“落魄”之“魄”可作“托”音，未便取叶此韻。然夢窗或必有所據耳。

〔杜注〕

按，《詞譜》“黍夢光陰”句，“黍”字上有“炊”字，應遵補。

【蔡案】

“炊黍夢”下十一字，原譜無“炊”字，作四字一句、六字一句，據《欽定詞譜》補並句讀，原譜“一百三字”改爲“一百四字”。又，“傷心”六字爲律拗句法，第五字不可用平聲。萬子不知其律，謂“心”字可仄，則非此句法也。而前段用律拗句法，後段又用仄起仄收式句法，是填詞本不拘於句法，此爲一例。

詞律卷十八

喜朝天 一百三字　　　　晁補之

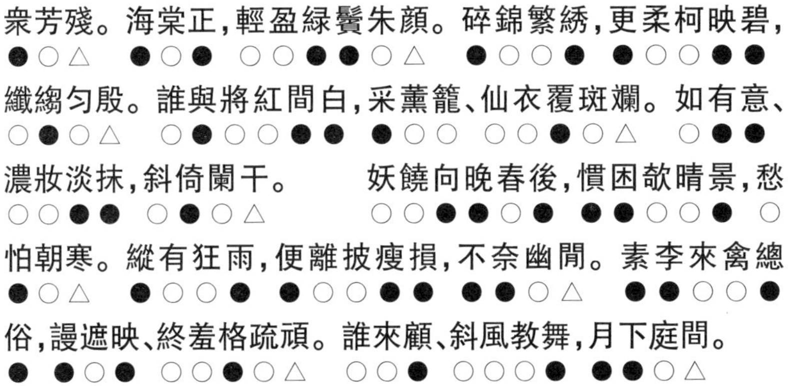
衆芳殘。海棠正，輕盈綠鬢朱顔。碎錦繁綉，更柔柯映碧，纖綿匀殷。誰與將紅間白，采薰籠、仙衣覆斑斕。如有意、濃妝淡抹，斜倚闌干。　妖饒向晚春後，慣困欹晴景，愁怕朝寒。縱有狂雨，便離披瘦損，不奈幽閒。素李來禽總俗，謾遮映、終羞格疏頑。誰來顧、斜風教舞，月下庭間。

此調他無可證，然據鄙意揣之，乃“披”字、“素”字下各落一字。蓋“綠鬢”下與後“愁怕”下俱同也。“碎錦繁綉”用仄仄平仄，而“縱有狂雨”“有”字恰與“錦”字合也。“更柔柯”二句九字，對後“便離披”二句，則豈非披字下少一字乎？况“離披損”不成語，必是“滴損”或“折損”也。“誰與”句六字，“素來禽”句五字，必“素”字下落一“奈”字。蓋此詞詠海棠，故以素奈、來禽兩種花爲比，云此兩花相較，但見其俗，即共相遮映，而此兩花之體格終覺疏頑可羞耳。“終羞格疏頑”恰對前“仙衣覆斑斕”，同是平平仄平平，豈非前後如一乎？至兩結各三句，尤合矣。故敢入二“□”於字間，此但據理論斷，未知識者肯見俞否也。

〔杜注〕

按,《詞譜》"離披"下有"瘦"字,"素"字下有"李"字,均應增補。又按,此調以張子野詞爲正體,前後段第五句各四字,此各多一字,乃變體也。

【蔡案】

原譜"海棠"下九字作五字一句、四字一句,五字句兩頓連平失諧。按,本調首均,據其律理當是六字折腰一拍起,六字律句一拍收,"殘"字爲句中短韻。宋人詞,玩其意均爲如此句式,如張先詞作"曉雲開、睨仙館,陵虛步入蓬萊",《全宋詞》讀爲"睨仙館陵虛,步入蓬萊",則成"睨陵虛"之義,顯然不通。而黄裳詞爲"雪雲濃、送愁思,衾寒更怯霜風",最爲明了,《全宋詞》亦如此讀。故改爲三三六句法。本詞中"海棠"爲雙字起式,不諧。"碎錦""縱有"兩句,其第二字依律當平,宋人均用上聲或入聲,故不可以去聲替。

原詞後段五六七三句,作"便離披□損,不奈幽閒。素□來禽總俗",據杜注補。

"更柔柯映碧"一句,張子野作"對青林近",黄裳作"爲光陰惱",各少一字,且其句法結構均爲一字領三字,作一二一句法,如此,則余以爲"便離披損"一句實爲原詞,而並無脱字。"更柔柯映碧",細玩其意,原詞必是"柔柯碧",後人以爲奪誤而妄添一字耳。故填本調當以張先詞爲正體,此二句格律,則以●○○●爲正。

竹馬兒 一百三字 "兒"一作"子" 葉夢得

與君記、平山堂前細柳,幾回同挽。又狂帆夜落,危檻依舊,
◎○● ○○○○●● ●○○▲ ●○○●● ○□○●

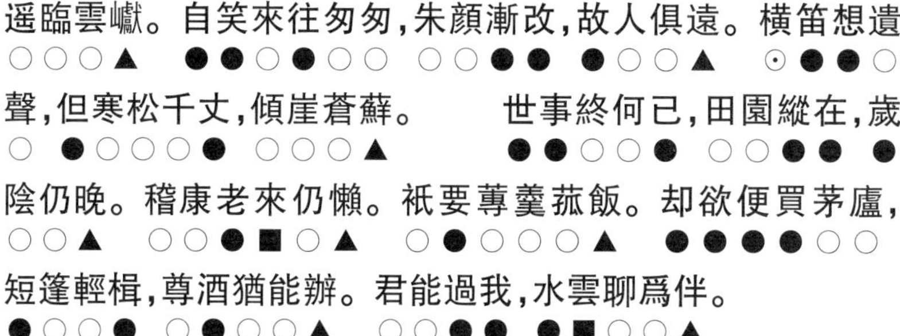

遥臨雲巘。自笑來往匆匆，朱顔漸改，故人俱遠。横笛想遺聲，但寒松千丈，傾崖蒼蘚。　世事終何已，田園縱在，歲陰仍晚。稽康老來仍懶。衹要蓴羹菰飯。却欲便買茅廬，短篷輕楫，尊酒猶能辨。君能過我，水雲聊爲伴。

柳詞起句云“登孤壘荒凉危亭曠望”，《圖譜》以爲上五下四，而此篇“平山堂前”四字相連；“但寒松”九字，柳云“指神京非霧非煙深處”，應作上三下六，而此篇該上五下四，二處想皆不拘。“檻”字柳作平，恐是“欄”字之訛。尾句柳云“又逐殘陽去”，比此尾較順，或曰此尾是“雲水”誤倒“水雲”，或曰柳用“逐”字亦是以入作平，未敢臆斷，作者依柳仍用入聲可也。若“細、又、夜、漸、故、縱、歲、便、晝”等字，須用去聲，柳詞正同，《譜》不足據。至云“幾回”可平仄、“自笑、却欲”可平平、“稽康”可仄仄，則改得愈爲無謂。

〔杜注〕

按，《歷代詩餘》“田陰縱在”句，“陰”作“園”。又，葉《譜》“嵇康老來尤懶”句，“尤”作“仍”。

【蔡案】

危檻，依律當平，宋人俱填爲平聲，或本即“危欄”之誤。填者以平聲爲正。又按，“狂帆”原作“征帆”“田園”原作“田陰”“仍懶”原作“尤懶”，均據《欽定詞譜》改。

“自笑”“却欲”兩句，俱用兩頓連仄之律拗句法，余嘗謂“兩頓連平或連仄，爲二字逗之標識”，本詞“自笑”者，非“來往匆匆”四字，所領爲“來往匆匆，朱顔漸改，故人俱遠”十二字明矣，故實爲二字逗也。讀斷尤佳。“却欲”同。

萬子謂"細、又"等九字"須用去聲",但凡此類,萬子皆無律理之闡述,如"又狂帆夜落"之"又"須用去聲,何以"但寒松千丈"之"但"字不必定用去聲?前段"朱顔漸改"之"漸"須用去聲,何以對應之後段"短篷輕楫"之"輕"可用平聲?後段"歲陰仍晚"之"歲"須用去聲,何以對應之前段"幾回同挽"之"幾"可用上聲?萬子之邏輯,無非柳永詞與此俱爲去聲,則必用去聲,然則柳永"殘蟬噪晚"之"晚"字,本詞"朱顔漸改"之"改"字俱用上聲,何以不説"朱"字須用平聲,"改"字須用上聲?柳永"極目霽靄霏微"之"極目",本詞"却欲便買茅廬"之"却欲"俱爲入聲,何以不説"却欲"二字須用入聲?無他,病"去聲特殊"故也。可見其論荒謬。又,萬子所引諸去聲字,"晝"字並不在詞中。

征部樂 一百六字　　柳　永

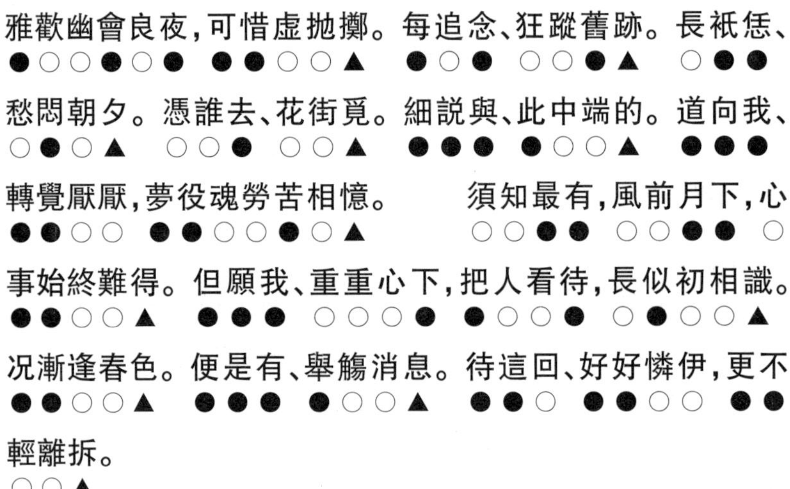

雅歡幽會良夜,可惜虛拋擲。每追念、狂蹤舊跡。長祇恁、
愁悶朝夕。憑誰去、花街覓。細説與、此中端的。道向我、
轉覺厭厭,夢役魂勞苦相憶。　須知最有,風前月下,心
事始終難得。但願我、重重心下,把人看待,長似初相識。
况漸逢春色。便是有、舉觴消息。待這回、好好憐伊,更不
輕離拆。

或曰:"惜"字是起韻,非也。"勞魂"當作"魂勞",不然,上是"役夢"。

〔杜注〕

按,《詞譜》“追念狂蹤舊跡”句,“追”字上有“每”字。又,“細説與、此中端的”句,無“與”字。又,“況逢春色”句,“況”字下有“漸”字。又,“舉場消息”句,“場”作“鵬”。又,“更不輕折”句,“折”字上有“離”字。宋本同,應遵照增删改正。又,宋本“蟲蟲心下”句,“蟲蟲”作“重重”,宜從。

【蔡案】

前起原作“雅歡幽會,良夜可惜虚抛擲”。按,既言“雅歡幽會”,則如何是“良夜虚抛”,便不合理。該處“虚抛”者,非良夜也,是雅歡幽會於良夜一事也,故後云“追念”。又,“細説與”,《欽定詞譜》如此,杜氏所説有誤。又按,原譜末一字作“折”,誤,於韻於意皆當爲“折”。餘據杜注改。

湘江静 一百三字　　史達祖

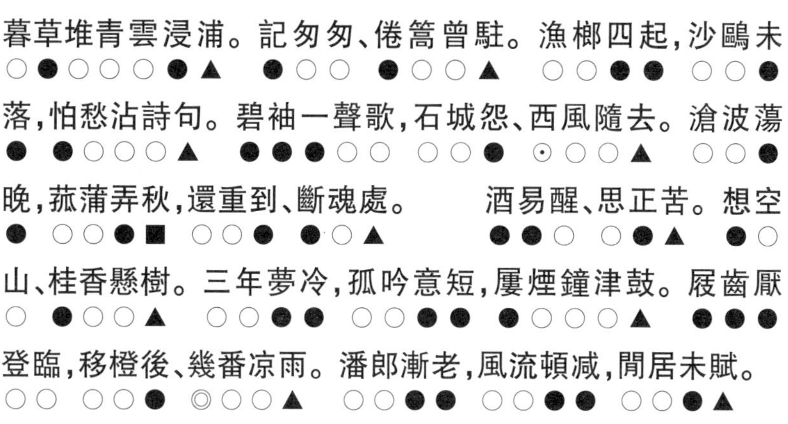

暮草堆青雲浸浦。記匆匆、倦篙曾駐。漁榔四起,沙鷗未落,怕愁沾詩句。碧袖一聲歌,石城怨、西風隨去。滄波蕩晚,菰蒲弄秋,還重到、斷魂處。　酒易醒、思正苦。想空山、桂香懸樹。三年夢冷,孤吟意短,屢煙鐘津鼓。屐齒厭登臨,移橙後、幾番凉雨。潘郎漸老,風流頓減,閒居未賦。

“記匆匆”至“蕩晚”,與後“想空山”至“漸老”同。《圖譜》於此調衹改得二十一字,可云善矣。衹“漁榔”二句、“三年”二句皆平平仄仄，何後則免改，而前以“漁、沙”二字爲可仄、“四”字爲可平耶？“重”改仄猶可，“斷”豈可改平？至“怕”字、“屢”字領句，其下四字爲平平平仄，《圖譜》欲讀作五言詩句，故於“愁、煙”二字改作可平，便使此句不響矣。

【蔡案】

萬子原注“石城”之“石”以入作平。又，萬注“‘愁、煙’二字改作可平”句，據其意及實際，當是“可仄”之誤。惟此二字若仄，當亦在律，不響云云，或亦臆想。

前段尾均，“秋”字後段對應“減”字，宋詞别首作“銅壺漏永”，亦爲平平仄仄，應是正體，故“秋”字顯係敗筆，以應仄而平擬之。

雙聲子 一百四字　　柳　永

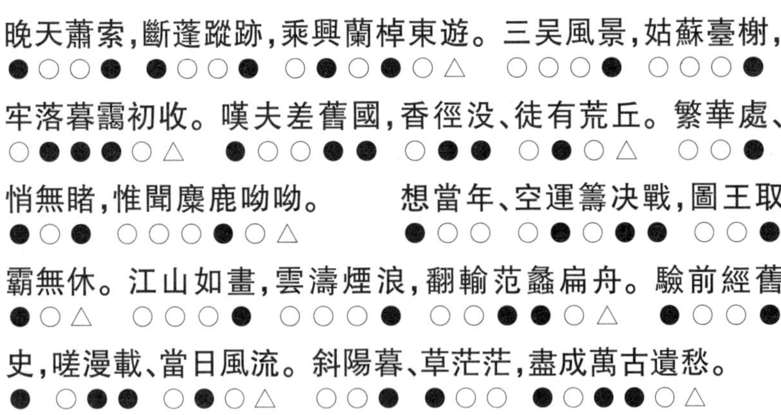

晚天蕭索，斷蓬蹤跡，乘興蘭棹東遊。三吴風景，姑蘇臺榭，
牢落暮靄初收。嘆夫差舊國，香徑没、徒有荒丘。繁華處、
悄無睹，惟聞麋鹿呦呦。想當年、空運籌决戰，圖王取
霸無休。江山如畫，雲濤煙浪，翻輸范蠡扁舟。驗前經舊
史，嗟漫載、當日風流。斜陽暮、草茫茫，盡成萬古遺愁。

後起或讀作三字兩句，是以“籌”字似叶韻也，不知此句該在“决戰”住句，蓋後段之“圖王”至“風流”，即與前段之“乘興”至“荒丘”相同。况“圖王”句連上“决戰”二字，文義亦不妥也。“覩”字上疑有落字，“驗前經”句比前多一“驗”字，或“夫差”上缺一字耳。

〔杜注〕

萬氏注“夫差舊國”句上缺一字，應照别刻補“嘆”字。又，《歷代詩餘》“舊史”作“後史”，《閩詩鈔》作“舊壘”。

【蔡案】

據萬子所論，則换頭於“籌”字韻，並無不妥。蓋前後段首均本無必要對應整齊，各有讀破，太過常見。而“决戰圖王”，詞意亦無不妥處，若以爲“圖王取霸”需並列，則讀詞亦忒狹隘。而余以爲“籌”字非韻，蓋在韻律不諧，若讀爲“想當年，空運籌。决戰圖王，取霸無休。”則“决戰圖王”大不諧，蓋此處“王”字爲去聲也，萬子竟未讀出，將其擬爲平聲，則所論不能自圓矣。

“牢落”之“落”字對應後段“輸”字，則也可視爲以入作平。又，原譜萬子後結讀爲四字三句，“茫茫盡成”連平失諧，據其詞意，亦當爲六字二句爲妥，且前一六字句對應前段“繁華處，悄無睹”，亦應爲折腰式讀，謹改。另據杜注補“嘆”字。

惜餘歡 一百四字　　黄庭堅

四時美景，正年少賞心，頻啓東閤。芳酒載盈車，喜朋侶簪
●○●● ●⊙●◎○ ○○○▲ ○●●○○ ●○○○
盍。杯觶交飛，勸酬互獻，正酣飲、醉主公陳榻。坐來争奈，
▲ ○●○○ ●○●● ●○● ●●○○▲ ●○○●
玉山未頽，興尋巫峽。　　歌闌旋燒絳蠟。況漏轉銅壺，煙
●○●○ ●○○▲ ○○●○●▲ ●◎●⊙○ ○
斷香鴨。猶整醉中花，借纖手重插。相將扶上，金鞍騕褭，
○○▲ ○●●○○ ●○○○▲ ○○○● ○○●●
碾春焙、願少延歡洽。未須歸去，重尋豔歌，更留時霎。
●○● ●●○○▲ ●○○● ○○●○ ●○○▲

以“閣、合、峽、蠟”同叶，是江西音也。“正年少”以下，與後“況漏轉”以下同。“啓、侣、未、斷、手、艷”等字仄聲，不可依《圖》用平，“頻、山、歌、闌、煙、纖”等字平聲，不可依《圖》作仄，其餘亂注，亦皆不可從。如“玉山未頹”正與“重尋艷歌”前後相對，通篇照合，甚是森然，且别無他作相證，何以見其爲可平可仄乎？“旋、焙”二字乃去聲，讀作平亦誤。況“焙”字對前“飲”字，豈可作平？至“杯觴”以下七字，乃落去一字，兼有訛錯。蓋此句即對後段“相將”以下八字，該每句四字，愚謂必係“飛觴交勸”爲一句、“□杯酬獻”爲一句，或“杯觴飛勸，交□酬獻”，□必是平聲字，而刻本顛倒脱落也。《圖》因之作七字句，無論前後不侔，而上四字疊四平，下三字“勸酬獻”更可笑，谷老豈若是不通耶？且因四平相疊，岸然注“杯觴”二字爲可仄，則更奇矣。“醉主公陳榻”亦差，愚謂“公”字是“人”字之訛，蓋以“主人”比陳蕃耳。若“主公陳榻”，則除非戲場上有“主公”之稱，豈非笑語。

〔杜注〕

萬氏注云：閣、合、峽、蠟同叶，是江西音。按，王氏校本“閣”作“閤”“合”作“盍”，並非誤叶。又，“杯觴交飛勸酬獻”句，應遵《詞譜》“觴”作“觶”，於“獻”字上補“互”字。又，萬氏論“主公”爲“主人”之誤，各本皆未更正，考蔣竹山賦《大聖樂》詞有句云：“主翁樓中披鶴氅”，似宋人常用“主翁”，或此“公”字爲“翁”字之誤，字形亦相近也。

【蔡案】

已據王氏校本改“閤、盍”，並補“互”字。原譜“一百三字”改爲“一百四字”。又，“主公”，即主人也，唐詩宋詞中常用，如杜牧《張好好詩》：“主公顧四座，始訝來踟躕。”劉克莊《沁園春》“假使汝主公，做他將相，懶迎揖客，緊閉麴材。”萬子以爲“公”字是“人”字之誤，杜氏以爲乃“主翁”，皆無謂。又按，“觶”字，原譜作“觴”，失諧，據《歷代詩餘》改。

"頻啓"之"啓"、"煙斷"之"斷"對應,"朋侶"之"侶"、"纖手"之"手"對應,四字依律均當爲平聲,均爲以上作平。斷,在旱部。

春雲怨 一百十二字　　馮偉壽

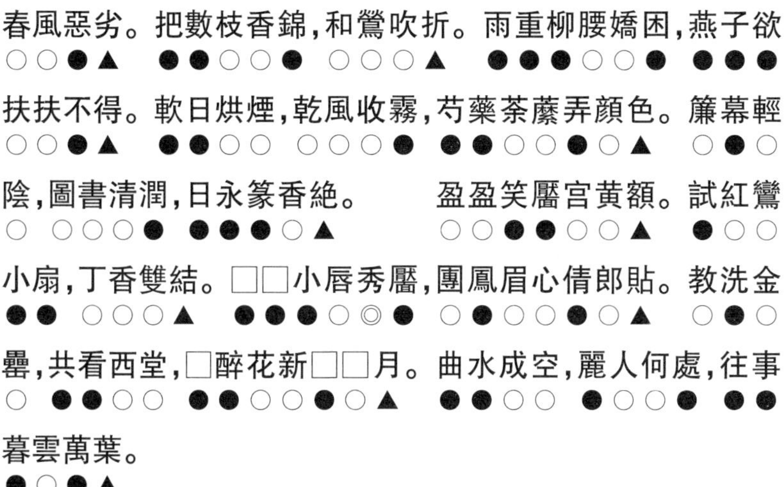

春風惡劣。把數枝香錦,和鶯吹折。雨重柳腰嬌困,燕子欲扶扶不得。軟日烘煙,乾風收霧,芍藥荼蘼弄顔色。簾幕輕陰,圖書清潤,日永篆香絶。　　盈盈笑靨宫黄額。試紅鸞小扇,丁香雙結。□□小唇秀靨,團鳳眉心倩郎貼。教洗金罍,共看西堂,□醉花新□□月。曲水成空,麗人何處,往事暮雲萬葉。

此係雲月自度曲,平仄當依之。"弄顔色""篆香絶""倩郎貼"皆用去平入,此一調之音響所關也。《圖譜》隨意亂注,至以"日永"句謂可用平仄平平仄,"共看"二句"共、醉"謂可平,"西、新"謂可仄,"往事"句"往、暮、萬"謂俱可平。按,"雨重"下十三字,《譜》作兩四一五,《選聲》仍之,余謂"嬌困"不對"雨重",且"困"字去聲不響,祇作"燕子欲扶"有理有致。

〔杜注〕

按,《詞譜》"教洗金罍"句,"金"作"尊"。又按,馮偉壽名艾子,字偉壽,號雲月,萬氏因知其别號,故誤以字爲名。

【蔡案】

清人皆無均拍理念。本詞爲慢詞，故依律前後段應各有四均，惟後段第二均現祇得“團鳳眉心倩郎貼”七字一拍，則必落去一拍，比較前段，則後段亦應有對應“雨重柳腰嬌困”六字之●●●○○●一拍也。惜文字已不可全考，余讀沈自南《藝林匯考》，有引文曰：“小唇秀靨，團鳳眉心倩郎貼”，謹補“小唇秀靨”四字及奪字符。又，後段“醉花新月”四字亦頗爲生硬，於文理論，本詞所寫乃是“軟日烘煙”之事，突然夾入“新月”，不知是何作法？故該句當依據文理及平仄，對應前段“芍藥酴醾弄顔色”七字，讀爲“●醉花新●○月”爲是。

還京樂 一百三字　　方千里

歲華慣，每到和風麗日、歡再理。爲妙歌新調，粲然一曲，千
●○●　●●○○●●　○●▲　●●○○●　●○●●　○

金輕費。記夜闌深際。更衣換酒珠璣委。帳畫燭搖影，易
○○▲　●●○○▲　○○●●○○▲　●●○○●　●

積銀盤紅淚。　　向笙歌底。問何人、能道平生，聚合歡
●○○○▲　　●○○▲　●○○　○●○○　●●○

娛，離別興味。誰憐露浥煙籠，盡栽培、豔桃穠李。漫縈牽、
○　○●●▲　○○●●○○　●○○　●○○▲　●○○

空坐隔千山，情遥萬水。縱有丹青筆，應難摹畫憔悴。
○●●○○　○○●▲　●●○○●　○○○●○▲

“再”字、“畫燭”“畫”字、“積”字夢窗用平，“桃”字夢窗作“翳”，雖或不拘，然千里和美成則兩首如一也。“帳畫燭”以下周作“任去遠、中有萬點，相思清淚”，當於“點”字爲豆，此篇則“搖影易積”四字不可相連，蓋“搖”屬燭、“積”屬淚也。吴作“風吹遠、河漢去槎，天風吹冷”，則用周句法，想一氣貫下，分豆不拘。

〔杜注〕

按,《歷代詩餘》"記夜闌沉醉"句,"沉醉"作"深際"。此爲和清真詞,清真原作云"望剪波無際",則必應遵改,以叶原韻。萬氏亦知爲和詞,以楊澤民所和此句作"算枕前盟誓"未叶"際"字,故未深考耳。

【蔡案】

方千里和周邦彦詞,喜用四聲諧和,此乃個人喜好,無關韻律,若以之爲詞律之依據,謂二人如一,便是律法之所在,便屬荒唐。方詞幾無佳作,故惟在四聲中謀求"規正",若此類四聲和便是定律,則要詞譜何用,列詞即可。

已據杜注改。又,"每到"九字原譜作二字逗領七字句法。又,"畫燭"之"燭",以入作平。

雨霖鈴 一百三字　　黄　裳

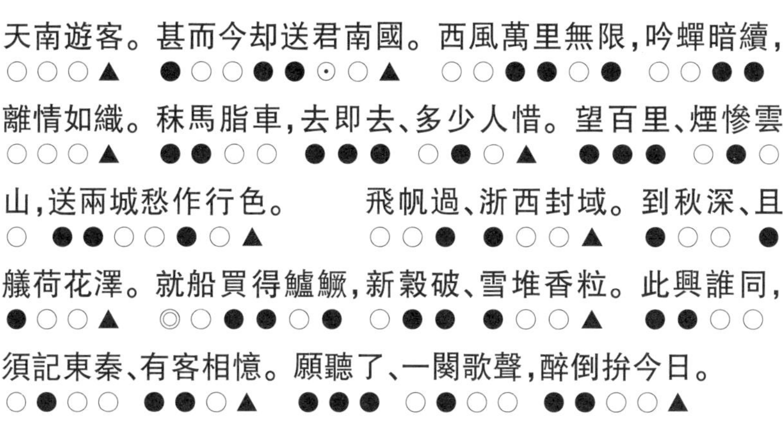

天南遊客。甚而今却送君南國。西風萬里無限,吟蟬暗續,離情如織。秣馬脂車,去即去、多少人惜。望百里、煙慘雲山,送兩城愁作行色。　飛帆過、浙西封域。到秋深、且艤荷花澤。就船買得鱸鱖,新穀破、雪堆香粒。此興誰同,須記東秦、有客相憶。願聽了、一闋歌聲,醉倒拚今日。

此係《詞綜》所載,與屯田"曉風殘月"詞相符。衹"君"字柳用"雨"字,或可不拘,不如依柳爲是。而"飛帆"句柳云"多情自古傷離别",如七言詩句,此則上三下四不同,自應從柳詞。所以取此者,欲廣見聞也。“甚而今”八字，柳云“對長亭晚，驟雨初歇”，是“晚”字斷句，此應於“今”字作豆，蓋此八字總一氣，亦於“却”字借豆耳。“秣馬”以下十一字，柳云“執手相看淚眼，竟無語凝咽”，《譜》分上作六字句、下作五字句，大差。而“語凝”二字，注可用平仄；“送兩城”句，柳云“暮靄沉沉楚天闊”，注可用平平仄仄平平仄；“鱸”字注可仄；“須記”下八字，柳云“應是良辰好景虛設”，注謂“良辰好景”可用仄仄平平，更差。

〔杜注〕

按，《詞譜》“送兩城愁作行色”句，“城”作“程”，應遵改。又按，屯田“曉風殘月”詞爲名作，萬氏既云依柳爲是，自應收此詞入律，今補列於後：

寒蟬淒切。對長亭晚，驟雨初歇。都門帳飲無緒，方留戀處，蘭舟初發。執手相看淚眼，竟無語凝咽。念去去千里煙波，暮靄沈沈楚天闊。　　多情自古傷離别。更那堪、冷落清秋節。今宵酒醒何處，楊柳岸、曉風殘月。此去經年，應是良辰好景虛設。便縱有、千種風情，更與何人説。

【蔡案】

“甚而今”八字，檢宋詞多作四四讀，而又以一三、四爲正，其正體當是一字逗領三四式折腰句。然一三、四如此結構本屬異常，實即一字逗領三字再逗領四字，句法疊床架屋，譜中所無。柳詞多有舛誤，余疑“長亭”後或奪一字，其句原貌實爲一四式句法。此有李綱詞可窺端倪：“正君王恩寵，曼舞絲竹。”柳詞原貌若爲“對長亭□晚，驟雨初歇”，則正是一體。若一四式句法爲正，則晁端禮之“雨餘花落，酒病相續”、杜龍沙之“畫樓平曉，翳柳啼鴉”，便並非誤填，而是五字句減領字之常見填詞方式也。

又，杜注引柳詞“都門帳飲”原作“都門悵飲”，誤，據《彊村叢書》本改。

眉嫵 一百三字　又名《百宜嬌》　王沂孫

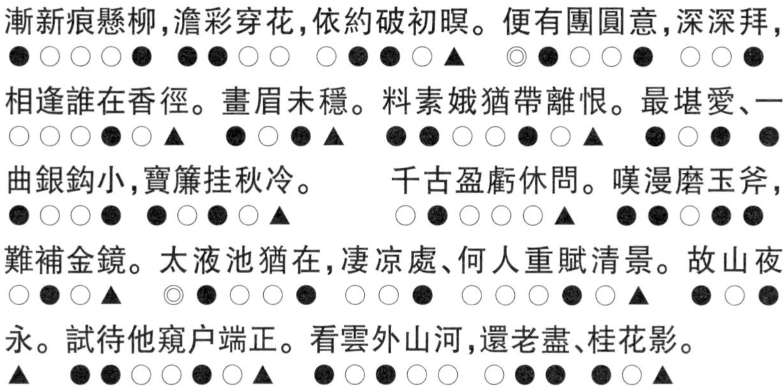

漸新痕懸柳，澹彩穿花，依約破初暝。便有團圓意，深深拜，相逢誰在香徑。畫眉未穩。料素娥猶帶離恨。最堪愛、一曲銀鈎小，寶簾挂秋冷。　千古盈虧休問。嘆漫磨玉斧，難補金鏡。太液池猶在，凄凉處、何人重賦清景。故山夜永。試待他窺户端正。看雲外山河，還老盡、桂花影。

“便有”至“離恨”與後“太液”至“端正”同。“畫眉未穩”“故山夜永”用去平去上，真名筆也。觀石帚“翠尊共款”“亂紅萬點”可見。《圖譜》奈何以意竄定乎？其餘“破、在、帶、挂、補、賦、户”等字，俱用仄，是定格。石帚後起云“無限風流疏散”，《譜》因注二字叶韻起，觀此篇則知非叶也。

按石帚於前尾五字云“愛良夜微暖”，是上一下四，此則上二下三句法，各異。又，石帚後結云“又争似、相攜乘一舸，鎮長見”，“乘一舸”下與此篇不同，想亦可如此。然石帚在前，定宜從之。此所以載碧山此篇者，正欲人兩相對勘，以見用字之法也。愚又疑此或是“還老桂、舊花影”，於“桂”字豆，本與姜同，而誤以“桂花”連寫耳。

按此調俱作《百宜嬌》，不知《百宜嬌》另有一體，係一百五字。

〔杜注〕

按，《詞譜》“淡影穿花”句，“影”作“彩”。又，“難補金鏡”句，“難補”作“猶挂”。又,後結作“還老盡,桂花影”,有“盡”字,無“舊”字。查姜白石、張仲舉二詞,後結均作折腰句法,應遵改。

【蔡案】

“料素娥”“試待他”二句,原譜讀爲上三下四折腰句式,此應是一字逗領六字句法。謹改。又按,後結原譜作“還老桂花蒨影”。

萬子以爲姜夔後起“無限。風流疏散”二字非叶,所論未免偏仄教條,蓋詞之後起,多有句中韻者,非惟《眉嫵》如此也,此爲一般規律,豈可因張三不叶,便認定李四亦非叶。而就本調實際,張翥詞後段起調云:“私語。釵盟何處。”便是與姜夔同一格式。

情久長 一百三字 或作《情長久》 呂渭老

瑣窗夜永,無聊盡作傷心句。甚近日、帶腰移眼,梨臉沾雨。
◎○●● ○○●●○○▲ ●●● ●○○● ○●○▲

春心償未足,怎忍聽、啼血催歸杜宇。暮帆挂、沈沈暝色,衮
⊙○○●● ●◎● ○●○○●▲ ●○● ○○●● ●

衮長江,流不盡、來無據。 點檢風光,歲月今如許。趁
●○○ ○●● ○○▲ ◎●○○ ●●○○▲ ●

此際、浦花汀草,一棹東去。雲窗□霧閣,洞天曉、同作煙霞
●● ●○○● ○●○▲ ○○○●● ●⊙● ○●○○

伴侶。算誰見、梅簾醉夢,柳陌晴遊,應未許、春知處。
●▲ ●○● ○○●● ●●○○ ○●● ○○▲

“盡作”至“擇雨”,與後“歲月”至“東去”同。“怎忍聽”以下與後“洞天曉”以下同。衹“雲窗霧閣”一句四字,與“春心償未足”五字異。是必“雲窗”句下缺一字,故以“□”補之。“擇”字必係“揮”字之訛。此調止聖求二首,平仄相同,不可亂改。其第二首於“棹”字作平,必係誤刻,此字對上“臉”字也。至“梨臉”句作“天外飄逐”,其通篇用

“里、睡”等韻,“逐”字失叶,亦必誤刻,或是“飄逐天外”倒寫耳。

〔杜注〕

按,《詞譜》“帶紅移眼”句,“紅”作“腰”,應遵改。又,“梨臉擇雨”句,“擇”作“沾”,《歷代詩餘》作“揮”,以字形擬之,應遵改“揮”字。又,“雲窗霧閣”句,萬氏於“窗”字下空一格,謂缺一字,查聖求另一首此句作“想伊睡起”,亦四字,並無脱誤。

【蔡案】

前起十一字,原作六字一句、五字一句,語意未能暢達,查吕氏别首作“冰梁跨水,沈沈霽色遮千里”,可知本詞作四字一句、七字一句更佳。又,“擇”字據《欽定詞譜》改爲“沾”字。又按,萬子原注:“一棹”之“一”以入作平。餘據杜注改。

萬子以爲聖求别首“天外飄逐”當是“飄逐天外”,甚是。蓋此句乃均脚所在,屬主韻,若“逐”收,則必出韻違律也。

迎新春 一百六字　　柳　永

嶰管變青律,帝里陽和新布。晴景回輕煦。慶嘉節、當三
●●●○● ●●○○○▲ ○●○○▲ ●○● ○○
五。列華燈、千門萬户。遍九陌、羅綺香風,□微度。十里
▲ ●○○ ○○●▲ ●●● ○●○○ ○○▲ ●○
燃絳樹。鼇山聳、喧喧簫鼓。　漸天如水,素月當午。香
○●▲ ○○● ○○○▲ ●○○● ●○○▲ ○
徑裏,絶纓擲果無數。更闌燭影花陰下,少年人、往往奇遇。
●● ●○●●○▲ ○○●●○○● ●○○ ●○○▲
太平時、朝野多歡,民康阜。堪隨分良聚。對此景、争忍獨
●○○ ○●○○ ○○▲ ○○●○▲ ●●● ○●●
醒歸去。
○○▲

按此調必係雙疊,或當於"簫鼓"下分段。或曰:"漸天如水"二句,似"對此爭忍"二句,恐於"當午"下分段。總無他詞可證,難以臆斷也。

〔杜注〕

按,《歷代詩餘》以"香徑裏"爲後段起句。又,戈氏校本"堪隨分良聚"句删"堪"字。又,"對此"作"堪對此景",應於上下補"堪、景"二字。又按,《詞譜》"慶喜節"句,"喜"作"嘉"。應遵改。

【蔡案】

"十里"之"里""往往"之後"往",以上作平;"素月"之"月",以入作平。餘據杜注改。

"太平"十字,原譜作"太平時、朝野多歡民康阜",七字句音律不諧。按,本調前後段第二第三兩均相對,而"慶嘉節"六字,"更闌"句七字,"慶"字後必落一字。"太平時"十字與前段"遍九陌"九字應相對,故可知"徹度"前亦脱一平聲字,"遍九陌、羅綺香風,□徹度"則與"太平時、朝野多歡,民康阜"兩句文字、平仄、韻脚甚合,"阜"字亦當在韻,而萬子原譜未能標示,誤。

戈氏校本、彊村叢書本《樂章集》之後結均作"隨分良聚。堪對此景,爭忍獨醒歸去",然細玩文意,可知"堪"字或誤。余以爲,"堪"字當從萬子所據本,在前一句,如此則正與前段"十里"句相合,皆爲五字一句,均拍雙諧,或爲原貌。又按,校稿時恰讀《夢秋詞》,汪夢秋本調後結爲"漸風化南土。蔓草盡,爭肯獨行多露。"則正與余"堪隨分良聚。對此景,爭忍獨醒歸去"同。夢秋所步宋詞,其音律甚細,每每四聲填詞,而絶無一字增減者,其後段尾均如此,必所見之柳詞版本爲五三六句法也。

合歡帶 一百五字　　柳　永

身材兒、早是妖嬈。算舉措、實難描。一個肌膚渾似玉，更
○○○　●●○△　●○●　●○△　●●○○○●●　●
都來、占了千嬌。妍歌豔舞，鶯慚巧舌，柳妒纖腰。自相逢、
○○　●●○△　○○●●　○○●●　●●○△　●○○
便覺韓娥價減，飛燕聲銷。　桃花零落，溪水潺湲，重尋
●●○○●●　○●○△　○○○●　○●○○　○○
仙徑非遥。莫道千金酬一笑，便明珠、萬斛須邀。檀郎幸
○●○△　●●○○○●●　●○○　●●○△　○○●
有，淩雲詞賦，擲果風標。況當年、便好相攜，鳳樓深處
●　○○⊙●　◎●○△　●○○　●●○○　●○○●
吹簫。
○△

首句比前調多一字，"自相逢"下，前詞一四一六，此一六一四。後起兩四一六，亦與前異。後結與前調之前結同，而"便好相攜"四字平仄亦異。

【蔡案】

本詞原列於杜安世詞後，因係正體，故移前。本調起拍彊村叢書本《無弦琴譜》仇遠詞作"令巍巍、一段風流"與柳詞同，可知此當爲正體，杜詞少一字也。"自相逢"下九字，仇遠詞作"到黄昏飲散，口雖未語"（其中"口"字前人誤作脱字符□），破爲兩句，句讀不同。

少字格 一百四字　　杜安世

樓臺高下玲瓏。鬥芳樹、緑陰濃。芍藥孤棲香豔晚，見櫻
○○○●○△　●○●　●○△　●●○○○●●　●○
桃、萬顆初紅。巢喧乳燕，珠簾鏤曳，滿户香風。罩紗幃、象
○　●●○△　○○●●　○○●●　◎●○△　●○○　●

床屏枕，晝眠纔是朦朧。起來無語更兼慵。念分明、事成空。被你厭厭牽繫我，怪纖腰、綉帶寬鬆。春來早是，分飛兩處，長恨西東。到如今、扇移明月，簟鋪寒浪與誰同。

“鬥芳樹”至“屏枕”，與後“念分明”至“明月”同。然觀前結與後載柳詞，恐尾句誤多“與”字也。“分明”“明”字疑誤，此字即前段“樹”字，恐原係“分手”“分袂”“分別”之類耳。此篇調明字穩，可學。

〔杜注〕

萬氏謂“念分明、事成空”句，“明”字疑誤。按，《歷代詩餘》此句作“念分明、往事成空”，“明”字非訛，乃落“往”字也。

【蔡案】

本調後段首均，各家皆爲二四一六填法，本詞七字起，疑原詞爲“起來無語，更兼嬌慵”，脱少一字。故應以柳詞爲正。

“纔是”原譜作“纔似”，據《欽定詞譜》改。“念分明”句，萬子所言在理，《歷代詩餘》七字顯誤，《宋六十名家詞》之《壽域詞》本句亦作六字，與前段正合。惟萬子以平仄相校，似無謂之舉，蓋三字句本平仄可易也。

月中桂　一百四字　　趙彦瑞

露醑無情，送長歌未終，已醉離別。何如暮雨，釀一襟凉潤，來留佳客。好山侵座碧。勝昨夜、疏星淡月。君欲翩然去，

人間底許，員嶠問帆席。　詩情病酒非昔。賴親朋對影，且慰良夕。風流雨散，定幾回腸斷，能禁頭白。爲君煩素手，剪碧藕、輕絲細雪。去去江南路，猶應水雲秋共色。

“已醉”至“然去”，與後“且慰”至“南路”同。“長歌未終”用平平去平，“已醉”句、“且慰”句用仄仄平仄，“問帆席”用去平仄，皆不可擅改。“暮”字、“雨散”“雨”字，皆仄。“淡、細”皆去，妙。“送、釀、勝、賴、定、薦”等爲領句字，尤須去聲。“影”字不可用去。

〔杜注〕

按，《詞譜》“薦碧藕”之“薦”字，作“剪”。

【蔡案】

剪碧藕，“剪”原作“薦”，據《欽定詞譜》改。“送長歌”下九字，本律當是三字一逗、六字一句，如元人丘處機三首，最爲工穩：“上高台、回觀天地寥廓”“倚浮云、大山高佔幽僻”“慕巢由、隱淪活計蕭索”，後六字均爲平起仄收，第五字必平。又，後起一作“詩情酒病非疇昔”，如《介庵趙寶文雅詞》，然檢宋元諸詞，均爲六字，當是正體。但宋元諸詞，本句均爲平平仄仄平平，第四字爲仄聲，則“詩情酒病”並非有誤，所衍者必爲“疇”字。又按，後段結句之“應”，當是“對應”之義，仄讀。

陽　春　一百九字　或加“曲”字　　揚无咎

蕙風輕、鶯語巧，應喜乍離幽谷。飛過北窗前，迎清曉、麗日明透翠幃縠。篆臺□□芬馥。初睡起、横斜簪玉。□因甚、

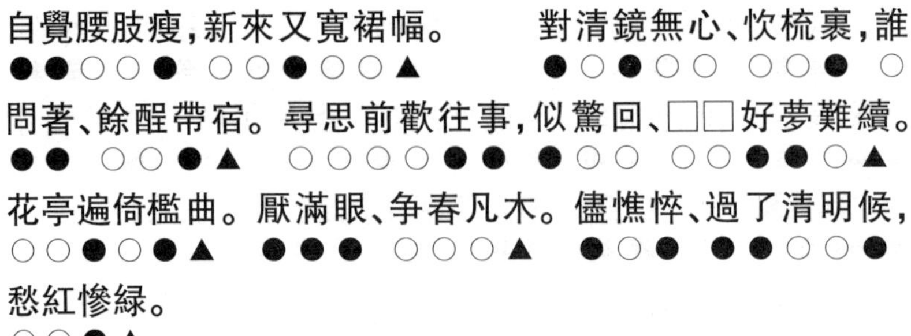
自覺腰肢瘦，新來又寬裙幅。　對清鏡無心、忺梳裹，誰問著、餘酲帶宿。尋思前歡往事，似驚回、□□好夢難續。花亭遍倚檻曲。厭滿眼、争春凡木。儘憔悴、過了清明候，愁紅慘緑。

按此調與梅溪"杏花煙"一首同，衹"因甚"二句上七下六，史云"還是寶絡雕鞍，被鶯聲唤來香陌"，乃上六下七，無他作可證，作者隨所擇，從之可也。至其平仄處，與史皆合，如"麗日明透"，史云"舊火銷處"，《圖譜》乃謂可用平仄仄平。"對清鏡"句，史云"記飛蓋西園寒猶凝"，《圖》謂"飛、西、猶"三字可仄。又謂"思"字、"回"字可仄，"夢"字並"厭、滿、過、了、慘"字俱可平，不知何據。"遍倚檻曲"四仄，史云"故里信息"，亦改"信"字可平，皆出自新裁者。"儘憔悴"句八字，"愁紅"句四字，無可疑也。史云"奈芳草正鎖江南夢，春衫怨碧"，上云"故里信息"俱無，故此句言江南之夢亦被芳草鎖住耳。《圖》乃讀作上七字下五字，"夢春衫"如何解？

按，"麗日"句史云"舊火銷處近寒食"，愚謂"火"字與此篇"日"字恐是作平，高明者試於口中調之，以爲何如？"欣"字應是"忺"字。

【蔡案】

萬子糾結本調前段尾均，實是未能讀懂史達祖詞故。史詞，今各標點本亦皆作一六一七，讀爲"還是寶絡雕鞍，被鶯聲、唤來香陌"，甚誤。蓋史詞之結，實爲"雕鞍被寶絡"之意。校之後段"奈芳草、正鎖江南夢"，史詞亦應是上三下五式一拍，然史詞與本詞所循之譜，前結已奪一字，故史詞當爲"□還是、寶絡雕鞍被，鶯聲唤來香陌"，與本詞之"□因甚、自覺腰肢瘦，新來又寬裙幅"，字句、韻律絲絲入扣，全同。

本調有字脱落，計奪五字。前段“篆臺芬馥”，對應後段“花亭遍倚檻曲”，故“臺”字後奪二仄聲字；而後段“檻”字，依律當平，如史達祖是“資”字，此必“欄”字之誤。“因甚”句原譜不讀斷，音律不諧，本句對應後段“盡憔悴、過了清明候”，後五字顯係逗領，余更疑原詞或爲“却因甚、自覺腰肢瘦”。又，“似鶯回”七字對應前段“迎清曉、麗日明透翠幃縠”，而校之前段第二均，此爲讀破句法，則“鶯回”前後必奪二平聲字。“忺”原作“欣”，據《欽定詞譜》改。又按，“麗日”之“日”取萬子説以入作平。

按，《填詞圖譜》於“舊火銷處”句作◎●⊙◎●○▲，並無萬子所云平仄仄平。

綺羅香　一百四字　　張　翥

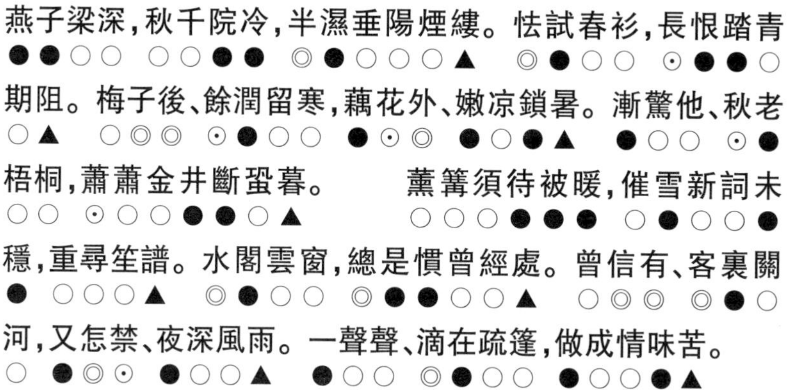
燕子梁深，秋千院冷，半濕垂陽煙縷。怯試春衫，長恨踏青
●●○○　○○●●　◎●○○○▲　◎●○○　⊙●●○
期阻。梅子後、餘潤留寒，藕花外、嫩凉鎖暑。漸驚他、秋老
○▲　○◎◎　⊙●○○　●⊙◎　●○●▲　●○○　⊙●
梧桐，蕭蕭金井斷蛩暮。　薰篝須待被暖，催雪新詞未
○○　⊙○○●●○▲　○○○●●●　○●○○●
穩，重尋笙譜。水閣雲窗，總是慣曾經處。曾信有、客裏關
●　○○○▲　◎●○○　◎●●○○▲　○◎◎　◎●○
河，又怎禁、夜深風雨。一聲聲、滴在疏篷，做成情味苦。
○　●◎⊙　●○○▲　●○○　◎●○○　●○○●▲

“怯試”至“梧桐”，與後“水閣”至“疏篷”同。“催雪”句六字，舊刻梅溪“做冷欺花”一首此句作“還被春潮急”，蓋“急”字上落一“晚”字也。歷查他家俱作六字，可證。後起六字須用三平三仄，間有用平平仄平平仄者，十中之一耳。前結“金井斷蛩暮”必用平仄仄平仄，後尾“味苦”二字必用去上聲。更有細處，如“秋千院冷”“新詞未穩”則用平平仄仄,“垂楊煙縷”“重尋笙譜”則用平平平仄,“踏青期阻”“嫩涼銷暑”“慣曾經處”“夜深風雨”則用仄平平仄,此則詞中用字關鍵處。如謂鄙言爲鑿,請驗諸古人名詞可也。

按,前結句、後起句、後結二句俱與《齊天樂》平仄脗合,不可爲《譜》注淆惑。“情味”二字必須相連,説見《齊天樂》下。

【蔡案】

本調以史達祖“做冷欺花,將煙困柳”詞爲初見,而史詞過片云:“沉沉江上望極”,是平起仄收式句法,故“望”字無疑當作平聲讀,然獨王沂孫詞作“佳期渾似如水”,和諧合律,而後人多讀爲去聲,至有“薰篝須待被暖”之句,是亦定數矣。

又按,本調宋詞十餘首,而本體式亦有十首,以元人詞爲範,甚無必要。

霜花腴 一百四字 吴文英

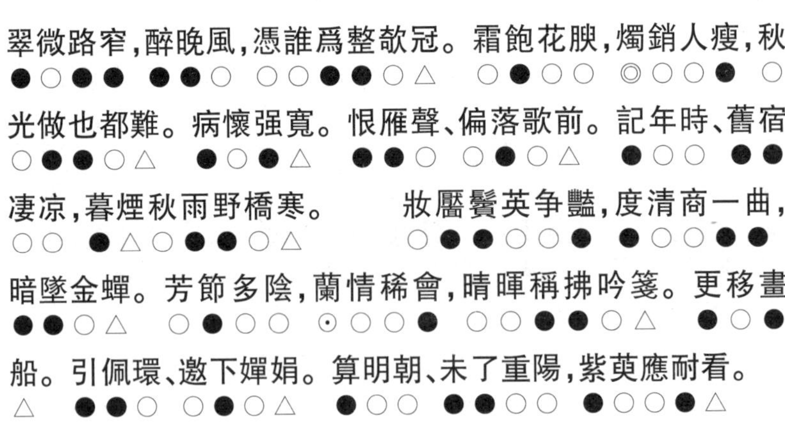

翠微路窄,醉晚風,憑誰爲整欹冠。霜飽花腴,燭銷人瘦,秋光做也都難。病懷强寬。恨雁聲、偏落歌前。記年時、舊宿凄凉,暮煙秋雨野橋寒。　妝靨鬢英争豔,度清商一曲,暗墜金蟬。芳節多陰,蘭情稀會,晴暉稱拂吟箋。更移畫船。引佩環、邀下嬋娟。算明朝、未了重陽,紫萸應耐看。

“霜飽”至“凄凉”,與後“芳節”至“重陽”同。“病懷”句、“更移”句用仄平仄平,《圖》以“懷”字可仄,誤也。至認“煙”字爲叶,而以“記年時舊宿”爲五字句,“凄凉暮煙”爲四字句,尤誤。“晚風憑”《圖》謂可平仄仄,猶可,若“雁”字、“佩”字改平而“偏”字改仄,則此二句失調矣。此腔是夢窗自製,惟有此曲,何所見爲可改乎?

【蔡案】

“妝靨”原譜作“妝壓”,形近而誤,據《欽定詞譜》改。又,“暮煙”爲叶,亦可爲一説,蓋前後結之差異,僅在“暮煙”二字,餘則皆同,即七字一句、五字一句,而“暮煙”一拍即“過變曲終,不妨多加拍也”之謂也。但不應讀爲“記年時舊宿,凄凉暮煙。秋雨野橋寒”,徑作“記年時、舊宿凄凉,暮煙。秋雨野橋寒”即可。

西湖月　一百四字　　黄子行

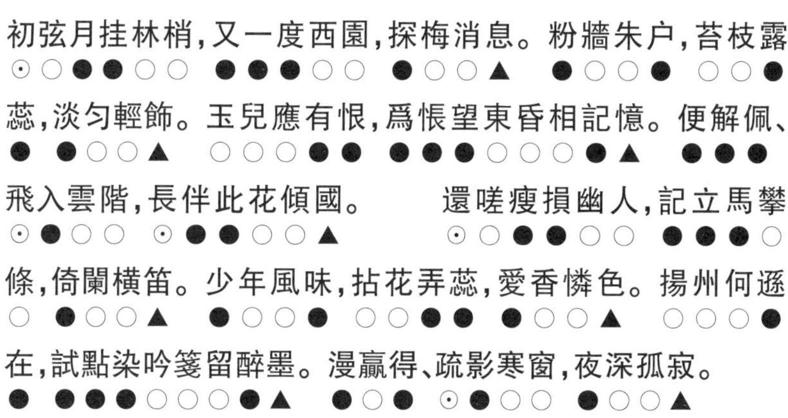
初弦月挂林梢,又一度西園,探梅消息。粉牆朱户,苔枝露蕊,淡匀輕飾。玉兒應有恨,爲悵望東昏相記憶。便解佩、飛入雲階,長伴此花傾國。　還嗟瘦損幽人,記立馬攀條,倚闌横笛。少年風味,拈花弄蕊,愛香憐色。揚州何遜在,試點染吟箋留醉墨。漫贏得、疏影寒窗,夜深孤寂。

此調二首,黄注自度商調,查他家别無同作者。其平仄二首如一,自當恪守,不可亂填。别一首,“謾贏得”句刻本作“消瘦沈約詩腰”乃“消瘦”上落了一字,故《圖譜》收作一百三字,誤也。况此詞兩段字句相同,衹前結六字、後結四字,比前少“長伴”二字耳。前起句六字,即同後起句六字,《圖譜》見其别作云“湖光冷浸玻瓈,蕩一餉薰風，小舟如葉”，竟不及觀其此篇，而遽録之，遂以“蕩”字連上讀，不知此“蕩”字蓋指下“小舟”，非指上“湖光”，有何難明處乎？豈此篇亦可讀作“初弦月挂林梢又”乎？其别作之後段又注六字，何不亦讀作“殢人小摘牆榴爲”乎？異哉，異哉。《譜》《圖》等書，每遇四字，槩作平平仄仄與仄仄平平，不知此中正有大分别處。如此篇“探梅”句、“倚欄”句是仄平平仄，此是上三句住語，其下三句亦俱四字，而第一句用仄平平仄，第二句必須用平平仄仄，第三句則仍用仄平平仄，抑揚頓挫，方爲有調，此是詞中深微處，而亦是詞中明顯處，須悟此理，便可操鑰，以開各調之關鎖矣。彼亂填亂注者，豈解此哉？如《圖譜》所收此調，即黄子行首作，其餘字字相同，不必言矣。所謂四字三句者，前云“藕花十丈，雲梳霧洗，翠嬌紅怯”，後云“舊遊如夢，新愁似織，淚珠盈睫”，豈不與此篇一轍？故不憚饒舌而詳録之，以證鄙言之不妄云。

〔杜注〕

按，别刻後起“還嗟瘦損幽人”句，作“詩腰瘦損劉郎”。

【蔡案】

“初弦月挂林梢又”，亦未必不可，倒是别首明明是“蕩薰風”，非解爲“蕩小舟”，於文法反而不通，而“蕩薰風”云云，亦頗覺生硬。余以爲不如一七二四，蓋起調處原不必强求前後段對應也。

“爲悵望”句、“試點染”句爲對應句，原譜不讀斷，是。此二句不可讀爲三字逗領，蓋玉兒、東昏，用東昏侯典，東坡有“月地雲階漫一樽，玉奴終不負東昏”句，即此。故其意當是玉兒悵望東昏，不可讀斷。又，黄氏别首本句作“正酒酥吹波潮暈頰”，亦可旁證。而後段“點染吟箋”，語義上亦不可讀斷。

綺寮怨 一百四字 周邦彦

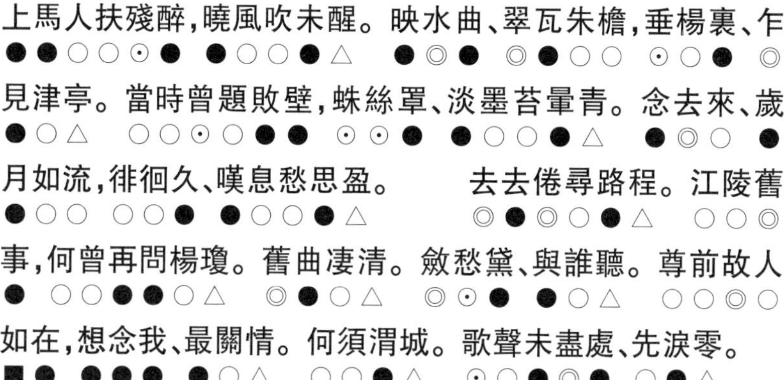

查宋詞止此一首,無可據正。元人王學文有一詞,字句與此俱同,祇平仄稍異,今取注於旁。學文首、次句云:“忽忽東風又老,冷雲吹晚陰”,《圖譜》以“忽忽東風”爲首句,“又老冷雲”爲次句起韻,“吹晚陰”爲三句叶韻,奇乎不奇? 其詞所用韻乃“陰、林、禁、深、尋、臨、沉、心、吟、音”,皆十二侵閉口字,豈起韻用一“雲”字? 況“又老冷雲”如何解乎? “當時”二句,學文云“江南庾郎憔悴,睡未醒、病酒愁怎禁”,本上六下八,《圖》以“江南庾郎”爲一句,“憔悴睡未醒”爲一句,“病酒愁怎禁”爲一句。又讀“庾”平聲,遂以“江南庾郎”四字疊平,竟注“江南”二字可仄。又以“憔”可仄,“酒”可平,奇乎不奇? “斂愁黛”六字,總讀作一句,故於“黛”字云可平,而其餘之亂圖者,更不可勝舉矣,奇乎不奇?

〔杜注〕

萬氏云:宋詞止此一首。按,宋末有趙儀可名文者一首,與所引王竹澗之作平仄叶韻相同。

【蔡案】

“淡墨”之“墨”“嘆息”之“息”,以入作平,宋人填此二字多用入聲，偶有如“淡墨”句，劉辰翁作“上陽宫女心”者；“嘆息”句，趙功可做“落花如雪深”者，故此二字宜以入聲爲正。又按，後段“尊前”句，即前段“當時”句，爲平起仄收式律拗句法，故第五字依律須仄，“如”字，疑是“若”字之誤，故擬以應仄而平符。

萬子注引王學文詞，實爲趙功可作。且本調並非“止此一首”，現存宋詞計有七首，周邦彦、陳允平、劉辰翁等均有完璧在，惟鞠華翁詞後段尾拍作“何人正、聽隔壁聲”，應是奪一字，非別體也。

送入我門來 一百四字　　胡浩然

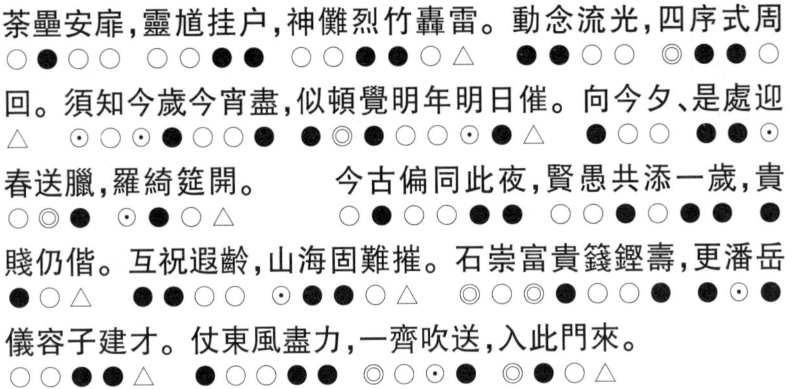

茶壘安扉，靈馗挂户，神儺烈竹轟雷。動念流光，四序式周回。須知今歲今宵盡，似頓覺明年明日催。向今夕、是處迎春送臘，羅綺筵開。　今古偏同此夜，賢愚共添一歲，貴賤仍偕。互祝遐齡，山海固難摧。石崇富貴籛鏗壽，更潘岳儀容子建才。仗東風盡力，一齊吹送，入此門來。

“動念”以下與後“互祝”以下同。“向今夕”句五字，即同後“仗東風”句，“夕”字入作平，《譜》《圖》不識，以“向今夕”分句，謂可作平仄仄，“是”字翻作可平，竟與後全異矣。“明日”“明”字妙，後“子”字上聲，亦可。大約調中此等句，此一字得平爲佳，用去聲便下乘矣。

按，《詞統》載此調七十八字一體，前段無“向今夕”以下、後段無“仗東風”以下各十三字，乃明人吴鼎芳作，不知其何所本，歷查唐宋金元，皆無此體，不足爲法。《選聲》收之，又誤刻吴鼎南。恐人不知其爲明人而學之，轉謂本譜失載，故備注於此。

〔杜注〕

按，《詞譜》“神儺烈竹轟雷”句，“烈”作“裂”。又，“山海固難摧”句，“催”作“摧”。應遵改。

【蔡案】

本調有晁端禮詞，調名《百寶裝》，另又有元人長筌子入聲韻詞，字句同，調名《百寶妝》。《高麗史·樂志》又有無名氏《百寶妝》，除“須知”至前結作“輕攏慢捻，生情艷態，翠眉黛顰，無愁謾似愁。變新聲曲，自成獲索，共聽一奏梁州”，與胡詞不同，後結多一字外，其餘與晁詞全同。余以此謂本調原名當是《百寶妝(裝)》，胡氏填此，因後結文而又作《送入我門來》，後人因之，以爲正名也。若正名不傳，反别名之作累出，斷無是理也。而《高麗史·樂志》無名氏詞，《欽定詞譜》誤入《新雁過妝樓》，是兩調略近之故，陳允平《新雁過妝樓》詞又作《八寶妝》，當亦是後人因兩調相近而誤植。

前結萬子讀爲“向今夕是處，迎春送臘，羅綺筵開”，前五字過澀，改。

憶瑶姬 一百五字　　蔡伸

微雨初晴。洗瑶空萬里，月挂冰輪。廣寒宮闕迥，望素娥縹
○●○△　●○○●●　●●○△　●○○●●　●●○●

緲，丹桂亭亭。金盤露冷，玉樹風輕，頓覺秋思清。念去年、
●　○●○△　○○●●　●●○○　●●○●△　●●○

曾共吹簫侶，同賞蓬瀛。　奈此夜、旅泊江城。漫花光眩
○●○○●　○●○△　●●●　●●○△　●○○●

目，緑酒如澠。幽懷終有恨，恨綺窗清影，虛照娉婷。藍橋
●　●●○△　○○○●●　●●○○●　○●○△　○○

路杳，楚館雲深，擬憑歸夢輕。强就枕，無奈孤衾夢易驚。
●●　●●○○　●○○●△　●●●　○●○○●●△

此調有訛缺，觀其前後，則“洗瑶空”至“風輕”與“謾花光”至“雲深”相合，但“藍橋”下落一字耳。“□覺”下與“擬憑”下未知確否。

〔杜注〕

按，《詞譜》及《歷代詩餘》“廣寒宫闕”四字下有“迴”字。又，“覺秋思清”句，“覺”字上有“頓”字。又，“藍橋杳”句，“杳”字上有“路”字。均應遵補。又，“擬憑歸夢去”句，“去”作“尋”，注叶。“尋”與上“深”字均侵韻，疑偶通叶也。又按，此調《歷代詩餘》作《别瑶姬慢》。

【蔡案】

已據杜注改補，原譜“一百四字”改爲“一百五字”。杜注云原譜“歸夢去”當作“歸夢尋”，該句本爲主韻所在，“去”字定誤，惟“歸夢尋”雖在韻，然文理覺拗，《欽定詞譜》本句作“擬憑歸夢輕”，可取，據改。

多字格　一百九字　　　　史達祖

嬌月籠煙，下楚嶺，香分兩朵湘雲。花房時漸密，弄杏箋初
○●○○　●●●　○○●●○△　○○○●●　●●○○
會，歌裏殷勤。沈沈夜久西窗，屢隔蘭燈幔影昏。自彩鸞、
●　○●○△　○○●●○○　●●○○●●△　●●○
飛入芳巢，綉屏羅薦粉光新。　十年未始輕分。念此飛
○●○○　●○○●●○△　●○●●○△　●●○
花，可憐柔脆銷春。空餘雙淚眼，到舊家時節，漫染愁巾。
○　●○○●○△　○○○●●　●●○○●　●●○△
神仙説道淩虛，一夜相思玉樣人。但起來、梅發窗前，哽咽
○○●●○○　●●○○●●△　●●○　○●○○　●○
疑是君。
○●△

此與前調甚異，亦有訛缺，姑爲句豆，未必果然也。起二句仿佛與前同,“花房”句“時”字宜仄,或“花房時漸密”而誤倒也。“沉沉”以下與前詞全異,至後段“空餘雙淚眼”之下,竟不可讀。愚謂“可憐”句對前“香分”句,“空餘”句對前“花房”句,“郎”字乃是“節”字,“到舊家時節”五字對前“弄杏”句五字,其下“漫染愁巾”四字對前“歌裏慇勤”四字,則與蔡詞之“望素娥”九字、“恨綺窗”九字合矣。“袖止”二字係訛字,此六字乃對前“沉沉”六字,而“一夜”句七字,對前段“屢隔”句七字,亦相合矣。“但起來”七字亦對前段“自彩鸞”七字,“哽咽”句則尾也。

〔杜注〕

按,《詞譜》“下楚領”句,“領”作“嶺”。又,“漸密時”作“時漸密”。又,“時郎”作“時節”。又,“袖止”作“神仙”。均應遵改。

【蔡案】

已據杜注改。又按,後段結句第二字依律當平,宋人俱如此填。咽,以入作平。

萬子以爲本詞與前調甚異,其實最大差異惟兩結本詞各增二字耳。其餘不同,無非首均九字讀法小異,第三均蔡詞讀爲四字二句、五字一句而已,四四五和六七式二句,皆爲填詞所常見之句法讀破變化。而前後段尾均,本詞作七字一句、五字一句,而前段則爲八字一句、四字一句,不惟句法迥異,且本詞更添二字,方是“甚異”處。

永遇樂 一百四字　又名《消息》　　趙師使

日麗風暄,暗催春去,春尚留戀。香褪花梢,苔侵柳徑,密幄
◎●○○　●○○●　⊙◎○▲　⊙●○○　⊙○◎●　◎●

清陰展。海棠零亂,梨花淡泞,初聽鬧空鶯燕。有輕盈、妍
○○▲　◎○○●　⊙○◎●　⊙●●○○▲　◎○⊙　○

姿靚態，緩步斷風仙苑。　　綠叢紅萼，芳鮮柔媚，約略試
○◎●　◎◎●⊙○▲　　　　◎○⊙●　⊙○○●　●●○

妝深淺。細葉來禽，長梢戲蝶，簇簇枝頭見。酕顔鬓髮，春
○○▲　◎○●○　⊙○●●　⊙●○○▲　⊙○●●　⊙

愁無力，困倚畫屏嬌軟。衹應怕、風欺雨恨，落紅萬點。
“香褪”至“靚態”與後“細葉”至“雨恨”同。“尚”字多用仄聲，用平者十中二三而已。“步”字可平，“風”字可仄，不拘。尾句仄平仄仄，是定格。舊詞無不同者，“萬點”去上，猶妙。若《譜》所收“淡煙細雨”，正是名詞妙處，而注作可用平平平仄，不知何解。正如一絶色美人，乃必欲矐其目、髡其鬟而以之示人，曰：此美人也。有是理哉？

竹山於“陰”字用“逝”字，“頭”字用“幾”字，兩五字句俱拗。查趙以夫亦用“點”字、“萬”字，想有此體也。耆卿二首，於“梨花淡泞”句皆作平仄平平，後起第二句皆作六字，第三句皆作四字，而“鮮”字作仄，“媚”字作平。“酡顔”三句，一首作“藩侯瞻望彤庭，親攜僚吏，竟歌元首”，是一六二四，一首於“春愁無力”作“槐府登賢”，與此篇異，因他家無，此不必從之，故不另列。

晁无咎題名《消息》，注云：自過腔，即越調《永遇樂》，故知入某調即異其腔，因即異其名，如白石之《湘月》即《念奴嬌》，而腔自不同，此理今不傳矣。

〔杜注〕

按，趙介之《坦庵詞》“風欺雨恨”句，“恨”作“横”。《歷代詩餘》同。雖同是去聲字，而此題爲詠金林檎，意恐摇落，以作“横”爲妥。

【蔡案】

本調前後段尾均有少量多字格，爲折腰式七字一句、六字一句形式，因其餘與本詞同，故僅作注明，不另録。

平韻體 一百四字　　陳允平

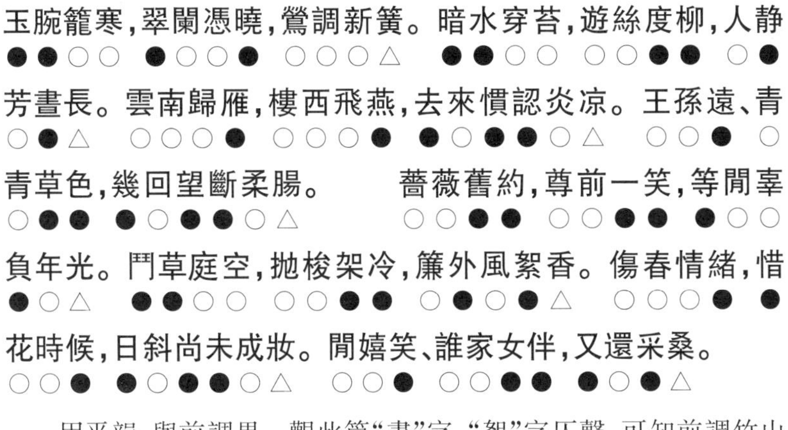

玉腕籠寒，翠闌憑曉，鶯調新簧。暗水穿苔，遊絲度柳，人靜
●●○○　●○○●　○○○△　●●○○　○○●●　○●

芳晝長。雲南歸雁，樓西飛燕，去來慣認炎涼。王孫遠、青
○●△　○○○●　○○○●　●○●●○△　○○●　○

青草色，幾回望斷柔腸。　薔薇舊約，尊前一笑，等閒辜
○●●　●○●●○△　○○●●　○○●●　●○○

負年光。鬥草庭空，拋梭架冷，簾外風絮香。傷春情緒，惜
●○△　●●○○　○○●●　○●○●△　○○○●　●

花時候，日斜尚未成妝。閒嬉笑、誰家女伴，又還采桑。
○○●　●○●●○△　○○●　○○●●　●○●△

用平韻，與前調異。觀此篇“晝”字、“絮”字仄聲，可知前調竹山以夫用仄字，非拗矣。

【蔡案】

作者陳允平，“允”字誤刻爲“元”字。《彊村叢書·日湖漁唱》原注：“舊上聲韻，今移入平聲。”按，今所見平仄兩可之詞調，多爲入聲轉入，此則以上聲轉入，蓋因入聲、上聲均可作平故也。以君衡之注論，則蘇軾詞多處用去聲叶，大不合律，不當爲正體之例也。

拜星月慢 一百四字　或無“慢”字。“星”或作“新”　　吴文英

絳雪生涼，碧霞籠夜，小立中庭蕪地。昨夢西湖，老扁舟身
●●○○　○○○●　●●○○○▲　●●○○　●○○○

世。嘆遊蕩，暫賞、吟花酌露樽俎，冷玉紅香罍洗。眼眩意
▲　●○●　●●　○○●●○●　●●○○○▲　◎●□

迷，古陶州十里。　翠參差、淡月平芳砌。甎花滉、小浪
○　●○○○▲　●○○　●●○○▲　⊙○●　●●

魚鱗起。霧盎淺障青羅，洗湘娥春膩。蕩蘭煙、麝馥濃侵
○○▲　●●◎●○○　●○○○▲　●○○　●●○○

醉。吹不散、綉屋重門閉。又怕便、緑减西風，泣秋檠燭外。
▲　○○●　●●○○▲　●◎●　⊙●○○　●○○○▲

作此調者甚少，今按，片玉“夜色催更”一首，於“暫賞”至“罍洗”云“似覺、瓊枝玉樹相倚，暖日明霞光爛”，其本集原是十四字，《嘯餘》及《圖譜》《詞統》《詞綜》諸書俱去“相倚”二字，論其順拗，則去此二字便於讀、便於填，然查夢窗此篇及周草窗“膩葉陰清”一首，俱作十四字，惟《詞綜》載元人彭泰翁一首云“怕似流鶯歷歷，惹得玉銷瓊碎”，止十二字，但彭詞後於“蕩蘭煙”句少一字，必係殘闕，且其尾句云“月明天似水”，用五言詩句法，與本調不合，不足以爲程式，則其十二字者愈不足據矣。蓋美成詞意，以“似覺”二字領起下二句，仿佛相對，言相遇之人如瓊玉之潤，如日霞之光，故言“似覺”也。夢窗亦以“暫賞”二字領起，“樽俎”正與“罍洗”相對，“洗”亦是酒器，故言“暫賞”也。“相倚”二字正用蒹葭倚玉故事，今若去此二字，則此篇亦可去“樽俎”二字矣，豈得謂全調哉？至草窗詞云：“想人在，絮幕香塵凝望，誤認、幾許煙檣風幔”，“想人在”即此“嘆遊蕩”三字，其下於“凝望”分斷，而“誤認”以下爲一句，比周句法各異，或可不拘。然其字數平仄，則未有異耳。

此詞用五字句者四，皆須上一下四，不可上二下三，且皆是仄平平平仄，愚疑此五字四句，當分四段，首於“老扁舟身世”住；次爲换頭，於“古陶洲十里”住。蓋不惟結句相同，而並上四字句且並上六字句亦皆相似也。三段於“洗湘娥春膩”住；後爲末段。蓋“翠参差”八字句與“蕩蘭煙”八字同，“甎花滉”八字句與“吹不散”八字同，祇“又怕”句比“霧盎”句多一字耳。

又按，四八字句亦有别，“翠参差”與“蕩蘭煙”是仄平平，“甎花滉”與“吹不散”是平平仄，但草窗於“甎花滉”作“砑箋紅”，不如周、吴紀律也。“醉”字本集作“酒”，此字該叶韻，今改正。舊譜注末句於“西風泣”處分作八字，而尾作四字，大謬。

《圖譜》收美成《拜星月》，又收草窗《拜星月慢》調，竟未一校對，何怪其句字之各亂乎？

【蔡案】

萬子原注：“碧霞”之“碧”“十里”之“十”“不散”之“不”“燭外”之“燭”均以入作平。

前段第三均有二字逗，萬子所論極是，惜此理念萬子不能一以貫之，他處多有忽略者。

向湖邊 一百四字　　江　緯

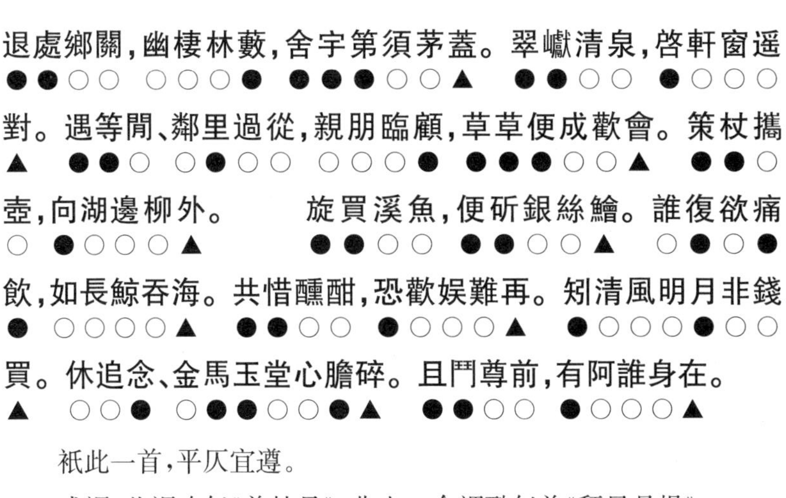
退處鄉關，幽棲林藪，舍宇第須茅蓋。翠巘清泉，啓軒窗遥對。遇等閒、鄰里過從，親朋臨顧，草草便成歡會。策杖攜壺，向湖邊柳外。　旋買溪魚，便斫銀絲鱠。誰復欲痛飲，如長鯨吞海。共惜醺酣，恐歡娱難再。矧清風明月非錢買。休追念、金馬玉堂心膽碎。且鬥尊前，有阿誰身在。

祇此一首，平仄宜遵。

或謂，此調略似《剪牡丹》，非也。余謂酷似前《拜星月慢》。

〔杜注〕

萬注謂：此調酷似前《拜星月慢》。按，詞内有“向湖邊柳外”句，似本譜《拜星月慢》,因此句而另立新名,不必另立一調。又,“便砍銀絲鱠”句,“砍”當作“斫”。又按,《詞譜》亦另列此調,注云“江緯”自製,有張栻和詞。

【蔡案】

萬子原注:“柳外”之“柳”“阿誰”之“阿”作平。又按,後段第三句“欲”字,以入作平。

本調與《拜星月慢》惟前段相同,故萬子以爲酷似。按,後段兩調有所不同,字句伸縮俱跨均,不合詞變體規則,尤其本調第二第四均節拍短促,可想見其音律之迥異也。

瀟湘逢故人慢 一百四字 王安禮

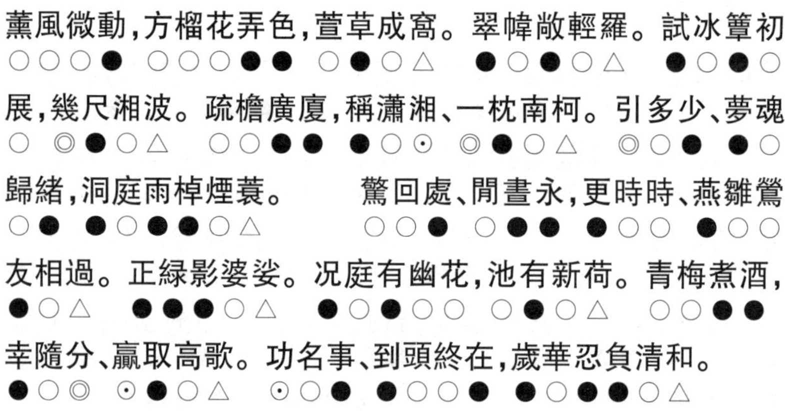
薰風微動,方榴花弄色,萱草成窩。翠幃敞輕羅。試冰簟初
○○○● ○○○●● ○●○△ ●○●○△ ●○●○
展,幾尺湘波。疏檐廣廈,稱瀟湘、一枕南柯。引多少、夢魂
○ ◎●○△ ○○●● ●○⊙ ◎●○△ ◎○● ●○
歸緒,洞庭雨棹煙蓑。驚回處、閒晝永,更時時、燕雛鶯
○● ●○●●○△ ○○● ○●● ●○○ ●○○
友相過。正緑影婆娑。况庭有幽花,池有新荷。青梅煮酒,
●○△ ●●●○△ ●○●○○ ○●○△ ○○●●
幸隨分、贏取高歌。功名事、到頭終在,歲華忍負清和。
●○◎ ⊙●○△ ⊙○● ●○○● ●○●●○△

“翠帷敞”下與後“正緑影”下同。“帷”字平、“緑”字仄,似不合,不知此句在三字略豆,其第二字平仄可不拘,况“緑”字入可作平。或曰:“帷”字是“帳”字之訛,亦未可知也。若《圖譜》云可作平平仄仄平,則無此理也。此調凡叶韻句俱平平住,豈有忽插一仄平住者乎?此亦理之最淺近者。“展”字亦以上作平,歌者不於此字住拍,故不拘耳。

按,《詞統》載王秋英一首,用仄韻,另爲一體,因是女鬼所作,又明時小説,故不敢收列,而附載其詞於注,云:

春光將暮,見嫩柳拖煙,嬌花帶霧。頃刻間,風雨把、堂上深恩,閨中遺事。鑽火留餳,都付却、落花飛絮。又何心、挈罍提壺,鬬草踏青盈路。　子規啼,蝴蝶舞,遍南北山頭紙灰緑醑。奠一丘黄土。嘆海角飄零,湘陰悽楚。無主泉扃,也能得、有情雞黍。畫角聲、吹落梅花,又帶離愁歸去。

調甚悠揚,或有所本,而愚偶未及見耳。"事"字應用韻,此借叶也。

〔杜注〕

按,《樂府雅詞》"方榴花弄色"句,"榴花"作"櫻桃"。又,"疏檐廣夏"句,"檐"作"簾"。又,"稱瀟湘"句,"稱"作"寄"。又,"夢魂歸緒"句,"魂"作"中"。可從。

按,王秋英詞,《歷代詩餘》標名"元女鬼答韓夢雲"。

春從天上來 一百四字　　王　惲

羅綺深宫。記紫袖雙垂,當日昭容。錦封香重,彤管春融。
○●○△　●●●○○　●●○△　●○○●　○●○△
帝座一點雲紅。正臺門事簡,更捷奏、清畫相同。聽鈞天,
●●●●○△　●○○●●　●●●　○●○△　●○○
侍瀛池内宴,長樂歌鐘。　回頭、五雲雙闕,恍天上繁華,
●○○●●　○●○△　○○　●○○●　●○●○○
玉殿珠櫳。白髮歸來,昆明灰冷,十年一夢無蹤。寫杜娘哀
●●○△　●●○○　○○○●　●⊙●●○△　●●○○
怨,和淚點、彈與孤鴻。淡長空。看五陵何似,無樹秋風。
●　○●●　○●○△　●○△　●●○○●　○●○△

"帝座"下與後"十年"下同。衹後"空"字叶,而前"天"字不叶耳。

吴彦高作亦然。“年”字若照前“座”字，不宜作平，或可通用。吴作前用“歌吹”，後用“風雪”，能細心者，亦以不用平爲佳也。《譜》《圖》平仄不必言，其所收吴詞，於“看五陵”句本作“對一軒凉月”，乃落一“對”字，遂收此調爲一百三字，竟不見吴詞前段此句云“似林鶯嚦嚦”，有一“似”字也。

【蔡案】

本調後段首拍原譜不讀斷，本詞架構爲典型添頭結構，而删去後段“回頭”二字，則前後段同。故“回頭”後必有一讀住，以添頭之製可知，以兩頓連平亦可知，以張炎填爲“煙霞。自延晚照，盡换了西林，窈窕紋紗”，置入一句中短韻更可知。宋金元諸家幾同，惟前後段第六拍均作●●●●○△，爲律拗句法，第五字不可用仄填，後段第二字用平，則已改變句法，非正體，惟詞變易句法亦屬通用手法。

原譜萬子云前後段尾均中三字句，王詞及吴激詞均作後叶前不叶，此非律如此也。諸家所填，此句均可韻可不韻，而以叶韻爲多，如玉田詞，前後段尾均作：“更堪嗟。似荻花江上，誰弄琵琶。……减繁華。是山中杜宇，不是楊花。”三字句均叶韻。現存宋金元本調廿六首，前後均叶者十六首，均不叶者僅四首，前叶後不叶者二首，後叶前不叶者四首，故可知填此當以前後均叶爲正。萬子又云，後段“年”或平仄不拘，此實爲二字逗無意識故，此字位音步所在，原本當平仄分明，惟因是二字逗，故可不拘也。且廿六首中僅五首用平，雖可謂不拘，然總以仄聲爲佳。

花心動　一百四字　　史達祖

風約簾波，錦機寒、難遮海棠煙雨。夜酒未蘇，春枕猶欹，曾
○●○○　◎○⊙　○○●○○▲　◎●●○　○●○○　⊙

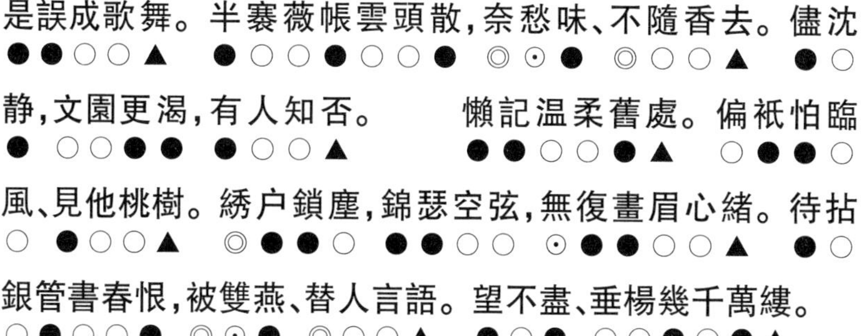

是誤成歌舞。半褰薇帳雲頭散，奈愁味、不隨香去。儘沈靜，文園更渴，有人知否。　懶記温柔舊處。偏祇怕臨風、見他桃樹。綉户鎖塵，錦瑟空弦，無復畫眉心緒。待拈銀管書春恨，被雙燕、替人言語。望不盡、垂楊幾千萬縷。

"未蘇""鎖塵"俱宜仄平，《譜》《圖》注可平平，大錯。觀美成之"褪香""鳳幃"，蘆川之"乍開""未平"，竹山之"貫簾""叩冰"，惜香之"乍濃""系心"，又一首"半開""綉裀"，竹屋之"舊家""勁松"，阮氏之"乍晴""綉衾"，黄子行之"乍零""淚乾"，無不同者，且俱用去聲，尤妙。豈得杜撰謂可平平耶？"垂楊幾千萬縷"，亦宜平平仄平去上，此乃定格。上所引各家，亦無不同者。《譜》乃云可用仄平平仄平仄，如《念奴嬌》尾句，豈非杜撰耶？至沈天羽續集，收"風裹楊花"一首，謂是謝無逸所作，查《溪堂集》内並無此詞，余以爲必非無逸所作，蓋於"海"字作"高"，"未"字作"懸"，"更"字作"花"，"鎖"字作"雙"，已皆失調。而"待拈"句作"猛期月滿會姮娥"，不知此句即配前段"半褰"句，乃"會"字用去，"娥"字用平。"垂楊"句作"甚日于飛時節"，"甚日"二字用仄，"于飛"二字用平，全失體格矣。豈有無逸大名家，而作此落腔詞乎？且其語鄙陋不堪，沈氏亟賞之，並引惡濫可笑、歪娼傖卒口中之"桂枝"句以爲媲美，何其村醜至此！可爲一嘆。"縷"字誤刻"里"，今改正。

〔杜注〕

按，《歷代詩餘》"有人收否"句，"收"作"知"，應遵改。又按，宋元人此調十餘首，句調平仄約略相同。

【蔡案】

原譜後結作“意不盡、垂楊幾千萬縷”，萬子注“不”字以入作平，“意”字《欽定詞譜》作“望”，是，據改。此結宋人多用三字逗領六字句法，然六字句律拗，今人填此，亦可填爲“望不盡垂楊、幾千萬縷”。

萬子注云，《圖》注“未蘇”“鎖塵”爲可平平者大錯，非是。此本四字句，依律第三字可平，乃是大律所在，故如吴文英作“翠館朱樓……海角天涯”，第三字皆平，正是明證。

歸朝歡　一百四字　又名《菖蒲緑》　　張　先

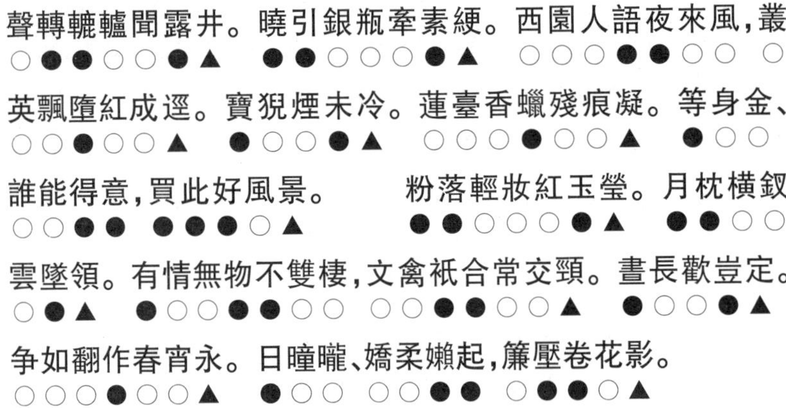
聲轉轆轤聞露井。曉引銀瓶牽素綆。西園人語夜來風，叢英飄墮紅成逕。寶猊煙未冷。蓮臺香蠟殘痕凝。等身金、誰能得意，買此好風景。　粉落輕妝紅玉瑩。月枕横釵雲墜領。有情無物不雙棲，文禽衹合常交頸。晝長歡豈定。争如翻作春宵永。日曈曨、嬌柔嬾起，簾壓卷花影。

“猊”字平，“夜”字仄，此二字不拘。如稼軒、東坡前後俱平，耆卿則前仄後平，馬莊父則前平後仄，可通用也。此調前後符合，起二句第二字俱用仄，三四兩句第二字俱用平，各家皆同，衹莊父於後起句用“團團寶月憑纖手”，此乃誤筆，必不可從，或本是“寶月團團憑素手”，亦未可知，斷無與前段首句兩様之理。若《譜》注並首句亦改從“團團”句平仄，則尤爲無理矣。“好”字、“卷”字間有作平者，然不如仄聲起調。子野用字致密，自在蘇、辛上耳。

〔杜注〕

按，宋陳師道《後山詩話》，"晝夜歡豈定"句，"夜"作"長"。又，"簾壓卷花影"句，"壓"作"幕"。

【蔡案】

後段第五句第二字原譜作"夜"，於律不諧，萬子以爲不拘，或誤。檢宋元人諸作，均爲平聲，而《張子野詞》前段作"漸漸分曙色"，之所以萬子以爲"前仄後平"，是萬子誤讀"漸漸"爲仄，此"漸漸"正是宋詩中"添得明朝詩興好，池塘草漲水漸漸"之"漸漸"，讀此須觀柳詞之大環境，其詞曰："別岸扁舟三兩隻。葭葦蕭蕭風淅淅。沙汀宿雁破煙飛，溪橋殘月和霜白。漸漸分曙色。"正漸漸聲中曙色判然之謂也，豈是"逐漸"之義哉？至若馬子嚴詞，前段作"麝煤銷永晝"，後段作"投分須白首"，均爲平平平仄仄句法，"分"字則是借音法讀平，以合平平之一頓，端然無疑者也。據改。

西　河　一百五字　　吴文英

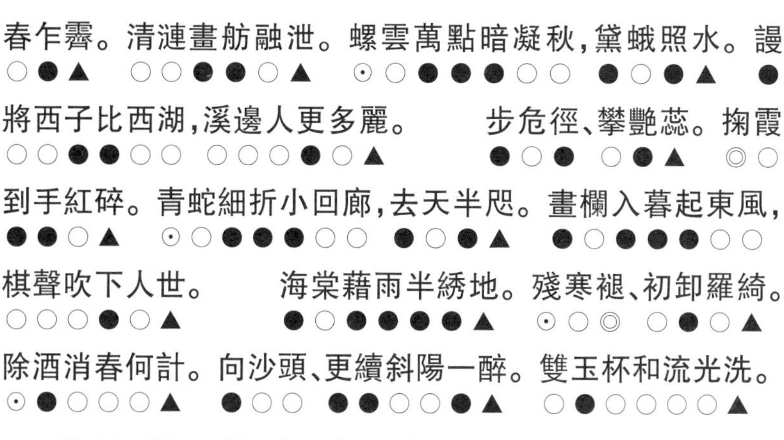
春乍霽。清漣畫舫融泄。螺雲萬點暗凝秋，黛蛾照水。謾將西子比西湖，溪邊人更多麗。
步危徑、攀艷蕊。掬霞到手紅碎。青蛇細折小回廊，去天半咫。畫欄入暮起東風，棋聲吹下人世。
海棠藉雨半綉地。殘寒褪、初卸羅綺。除酒消春何計。向沙頭、更續斜陽一醉。雙玉杯和流光洗。

"向沙頭"句比前詞多一字，美成、千里皆用此體。"照、半"亦如前詞用去聲。其餘"乍、晝、舫、萬、黛、謾、更、步、徑、艷、細、去、晝、暮、下、藉、半、綉、卸、向、更"諸去聲俱與周、方、張無異。《圖譜》亂注,謬矣。又謂"步危徑"二句是六字句,"攀"字、"光"字可仄,俱背謬之甚。且以前二段合而爲一,尤未體察也。

按,稼軒"西江水"一首,俱與前"長安道"一調同,衹後結用此篇體,但於"醉"字不叶韻,"步危徑"六字用"會君難,别君易",平仄稍異,因注明不另録。又,玉田一首於"畫闌"上多一字,此段宜同首段,不應多一字,故本譜不收一百六字體。其原刻題作《西河》,《圖譜》另收《西湖》一調,誤。且"螺雲"下十一字,本上七下四,玉田云"鬧紅深處小秦箏,斷橋夜飲"是也,《圖譜》分作上四下七。"青蛇"下十一字亦上七下四,與前段同,美成云"空餘舊跡鬱蒼蒼霧沉半壘"是也,《圖譜》亦分作上四下七。真顛倒錯亂,可嘆也。後結云"且脱巾露髪,飄然乘興。一葉愁香天風冷","興"字乃叶韻,正與吴詞"醉"字同。尾句乃七字也,以"飄然乘興一葉"爲一句,以尾爲五字,尤誤。

按此篇汲古刻於"細折"分斷,"咫"作"尺","向"作"高",俱誤,今改正。

〔杜注〕

按,戈氏校本"螺雲萬點暗凝秋"句,"點"作"疊","暗"作"黯",宜從。

【蔡案】

本詞原列於王彧詞後,因係正體,故移前。本詞實同周邦彦詞,惟第三段起拍、結拍例作七字拗句,周邦彦之起拍折腰式、結拍四字一句三字一句僅此一例,且前段起拍例以叶韻爲正,故以吴文英詞爲正體。

讀破格 一百五字 又名《西湖三疊》 周邦彦

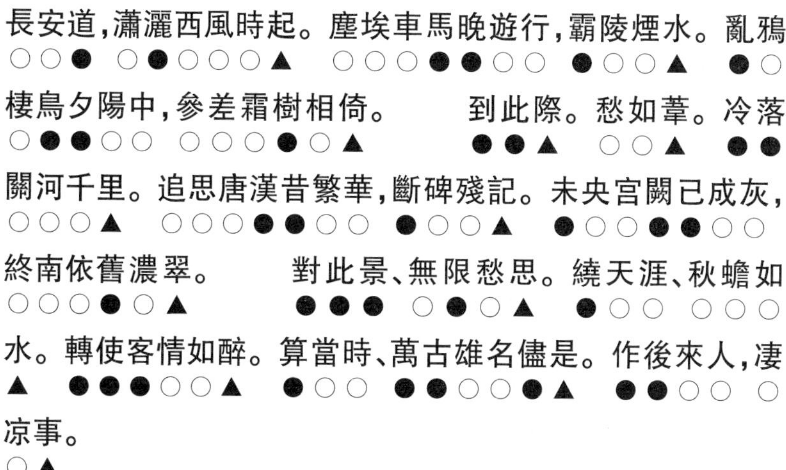

長安道，瀟灑西風時起。塵埃車馬晚遊行，霸陵煙水。亂鴉棲鳥夕陽中，參差霜樹相倚。到此際。愁如葦。冷落關河千里。追思唐漢昔繁華，斷碑殘記。未央宮闕已成灰，終南依舊濃翠。對此景、無限愁思。繞天涯、秋蟾如水。轉使客情如醉。算當時、萬古雄名儘是。作後來人，凄凉事。

《清真集》誤作兩段，今分正。"際"字偶合，非叶，觀各家可知。此體他無作者。

按，"如葦"當作"似葦"，此字各家皆作仄，況後"如水""如醉"二句相承，此不宜更複。

〔杜注〕

按，《欽定詞譜》"斷碣殘記"句，"碣"作"碑"。又，"盡作往來人"句，"盡"下有"是"字，"往"作"後"，應遵改。又按，清真另一首起句"佳麗地"，"地"字叶韻，後結上一句云："相對如説興亡"，可見此句應六字，下有"是"字也。又可平可仄，今校另一首補注。

【蔡案】

本調第三段尾均依律當爲十六字，如周邦彦别首作："入尋常、巷陌人家相對。如説興亡斜陽裏。"吴文英作："向沙頭、更續殘陽一醉。雙玉杯和流花洗。"玉田作："且脱巾露髮，飄然乘興。一葉浮香天風泠。"且第九字須叶韻。萬子原譜作"想當時、萬古雄名,盡作往來人,凄凉事",顯脱一字、落一韻。而今人諸本則均依《欽定詞譜》讀爲"算當時、萬古雄名,盡是作、後來人,凄凉事",將韻脚"是"字入句,亦誤。謹改。又按,杜氏注云周邦彦詞後結上一句爲"相對如説興亡",顯誤,"對"字亦爲韻脚,觀王奕、方千里、楊澤民和詞可知,今人標點本如《全宋詞》者,亦多誤落。

少字格　一百四字　　王　彧

天下事。問天怎忍如此。陵圖誰把獻君王,結愁未已。少豪氣概總成塵,空餘白骨黄葦。　千古恨、吾老矣。東遊曾吊淮水。綉春臺上一回登,一回揾淚。醉歸撫劍倚西風,江濤猶壯人意。　衹今袖手野色裏。望長淮、猶二千里。總有英心誰寄。近新來、又報烽煙起。絶域張騫、歸來未。

首三字起韻、第三段起句上四下三及後結,俱與前詞不同。而"未已"之"未"字、"揾"字用去聲,亦異。

"袖手野色裏"五字疊仄,且宜去上去去上方佳,不可不知。"張騫歸來"四字疊平,勿誤。

【蔡案】

第三段"近新來、又報烽煙起"僅得八字,而宋元諸家均爲九字,則本詞當落一字無疑,故不擬譜。

百宜嬌　一百四字　　吕渭老

隙月垂篦,亂蛩催織,秋晚嫩凉庭户。燕拂簾旌,鼠窺窗網,
●●○○　●○○●　○●●○○▲　●●○○　●○⊙●

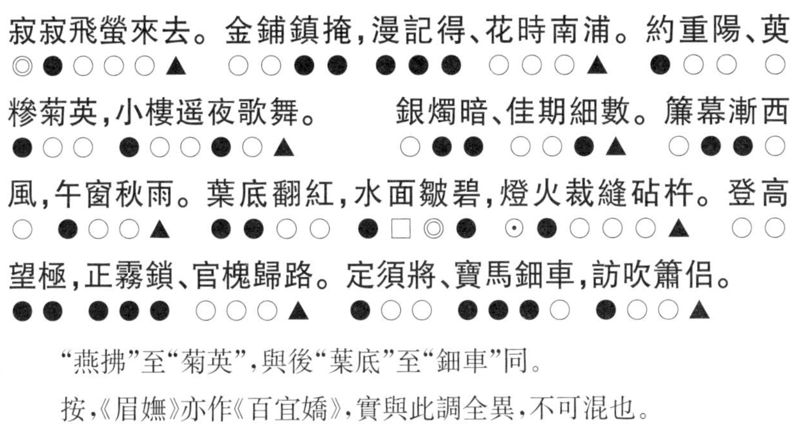

寂寂飛螢來去。金鋪鎮掩，漫記得、花時南浦。約重陽、萸
◎●○○○▲ ○○●● ●●● ○○○▲ ●○○ ○
糝菊英，小樓遥夜歌舞。 銀燭暗、佳期細數。簾幕漸西
●○○ ●○○●○▲ ○●● ○○●▲ ○●●○
風，午窗秋雨。葉底翻紅，水面皺碧，燈火裁縫砧杵。登高
○ ●○○▲ ●●○○ ●□◎● ⊙●○○○▲ ○○
望極，正霧鎖、官槐歸路。定須將、寶馬鈿車，訪吹簫侣。
●● ●●● ○○○▲ ●○○ ●●●○ ●○○▲

"燕拂"至"菊英"，與後"葉底"至"鈿車"同。

按，《眉嫵》亦作《百宜嬌》，實與此調全異，不可混也。

此調微似《氐州第一》。

〔杜注〕

按，秦氏校本"秋晚軟凉房户"句，"房"作"庭"，應照改。又按，後結"吹簫"二字須相連，與《水龍吟》句法同。

【蔡案】

萬子原注："菊"字作平，"面"字宜平。按，"水面"對應前段"鼠竄"，"面"字依律須平，擬應平而仄符。又，篦，以入作平。

夢横塘 一百五字 劉一止

浪痕經雨，林影吹寒，晚來無限蕭瑟。埜色分橋，剪不斷、前
●○○● ○●○○ ●○○●○▲ ●●○○ ●●● ○
溪風物。船繫朱藤，路迷煙寺，遠鷗浮没。聽疏鐘斷鼓，似
○○▲ ○●○○ ●○○● ●○○▲ ●○○●● ●
近還遥，驚心事、傷羇客。 新醅旋壓鵝黄，拚清愁在眼，
●○○ ○○● ○○▲ ○○●●○○ ○○○●●
酒病縈骨。綉閣嬌慵，争解説、短書傳憶。念誰伴、塗妝綰
●●○▲ ●●○○ ○●● ●○○▲ ●○● ○○●

髻，嚼蕊吹花弄秋色。恨對南雲，此時凄斷，有何人知得。
●　●●○○●○▲　●●○○　●○○●　●○○○▲

平仄宜悉依之。“病”字不可從譜作平。

〔杜注〕

按，《詞譜》“鬢影吹寒”句，“鬢”作“林”。又，“短封傳憶”句，“封”作“書”，應遵改。

【蔡案】

已據杜注改。前後第三均文字疑有舛誤。

尉遲杯 一百五字　　吴文英

垂楊逕。洞鑰啓、時遣流鶯迎。涓涓暗谷流紅，應有緗桃千
○○▲　●●●　⊙●○○▲　○○●●○○　○●○○○

頃。臨池笑靨，春色滿、桐華弄妝影。記年時、試酒湖陰，褪
▲　○○●▲　⊙●●　○○●○▲　●○○　●●○○　●

花曾采新杏。　蛛窗綉網玄經，纔石研，開奩雨潤雲凝。
○○●○▲　○○●●○○　○◎○　○○●●○▲

小小蓬萊香一掬，愁不到、朱嬌翠靚。清樽伴、人間永日，斷
◎●○○○●▲　○●●　○○●▲　⊙○●　○○●●　●

琴和、棋聲竹露冷。笑從前、醉卧紅塵，不知仙在人境。
⊙●　○○●◎▲　●⊙○　◎●○○　●○○●○▲

“臨池”以下與後“人間”以下同。此篇比片玉“隋堤路”一首平仄相合，衹“時”字作“密”、“窗”字作“念”、“石”字作“隈”耳。其餘旁注者，則依《詞綜》所載元人尹公遠詞也。

“纔石研”九字，周云“長偎傍、疏林小檻歡聚”，上三下六，此是一氣，分豆不拘。《圖譜》將此調改圖三十七字，幾不似《尉遲杯》矣。

【蔡案】

萬子原注：“迎”，去聲；“一”，作平。按，一字作平，顯因周邦彦

“冶葉倡條俱相識”句，惟晁補之亦有“怎得春如天不老”，雖可解爲“不”字作平，而其實二字亦可視爲仄聲，以成律句，因後段第二均本從柳永“困極歡餘，芙蓉帳暖，别是惱人情味”讀破而來。而柳詞應是正體，他如万俟雅言“見説徐妃，當年嫁了，信任玉鈿零落”、賀梅子“寶瑟弦調，明珠佩委。迴首碧雲千里”及後一體，皆是。故第六字用平，周邦彦易爲“冶葉倡條俱相識，仍慣見、珠歌翠舞”，正余所謂“以彼調填此句”者也。

讀破格 一百五字 無名氏

歲云暮。嘆光陰、苒苒能幾許。江梅尚怯餘寒，長安信音猶
●○▲ ●⊙○ ◎●○○▲ ○○●●○○ ⊙■●○○
阻。東風無據。憑闌久、欲去還凝佇。憶溪邊、月夜徘徊，
▲ ○○○▲ ○⊙● ●●○○▲ ○○○ ●●○○
暗香疏影庭户。 朝來凍解霜消，南枝上、香英數點微
●⊙○◎○▲ ○○●●○⊙ ○○● ○○●●○
露。把酒看花，無言有淚，還是那時情緒。花依舊、晨妝何
▲ ●●○○ ○○●● ⊙●●○○▲ ○○● ○○○
處。漫贏得花前、愁千縷。盡高樓、畫角頻吹，任教紛紛
▲ ●⊙●○○ ○○▲ ●○○ ●●○○ ●■○○
飛素。
○▲

此篇與樂章“寵嘉麗”一首平仄同。但前結柳用“自有憐才深意”，與此平仄不同，然此句當如《念奴嬌》之結，此篇是也，柳詞恐是“憐才自有深意”。“霜消”二字，柳用“鴛被”，似叶韻者。或云“被”字係“衾”字之訛，原與此無異也。其與前調異處，首一字用仄、“據”字叶韻、“還”字平、“把酒”下四字兩句、“還是”句止六字、“花依舊”句叶韻，此數處不同，另一體也。“教”字，柳用“肯”字，自不宜用平聲。

〔杜注〕

按,《歷代詩餘》"月夜徘徊"句,"夜"作"底"。又,"庭户"作"朱户"。

【蔡案】

前段第二句"幾"字,柳永作"難",周邦彦作"深",宋人多作平讀,故當是以上作平,此句亦可讀爲"嘆光陰冉冉、能幾許",總是八字一氣。又,"長安"句,第二字諸家俱用仄聲字,如柳永"不假施朱描翠"、周邦彦"還宿河橋深處"、吴文英"應有緗桃千頃",故"長安"是用地名入詞,平仄可權,而譜應爲仄。

後段,"漫贏得"八字,亦是一氣,宋人多作上三下五讀,句法則多變,柳永填爲"况已斷香雲、爲盟誓",上五下三式;周邦彦爲"夜如歲、焚香獨自語",律句,"獨"字或作平,故陳允平和曰"算誰是、知音堪共語",吴文英同此;万俟雅言爲"夜深待、月上欄干角",五字句仄起,賀鑄同此;尹公遠爲"甚比似、人間更愁苦",則用拗句。本詞同柳永,但原譜讀爲上三下五,則五字句音律失和,故改之。後段結拍萬子注"宜仄",檢宋人諸作,本句或作○○●●○▲,或作●●○○○▲,均爲律句,而無第二第四字俱平者,此亦作者誤填或後世抄誤、刻誤者。至若前結句,萬子以爲當是○○●●○▲,亦非,此與後結同,雖宋人多作平起仄收,然柳永外,賀鑄作"領略當歌深意"、万俟雅言作"戲蝶遊蜂看著",可見亦可兩用之。又按,後段起拍本調自可叶韻,如万俟雅言"重重綉簾珠箔。障穠豔霏霏,異香漠漠",此本填詞之慣例也,萬子以爲柳永首句不當爲叶,誤。

平韻體 一百六字　　晁補之

去年時。正愁絶、過却紅杏飛。沈吟杏子青時,追悔負好花
●○△　●○●　●○○●△　○○●●○○　○●●●○

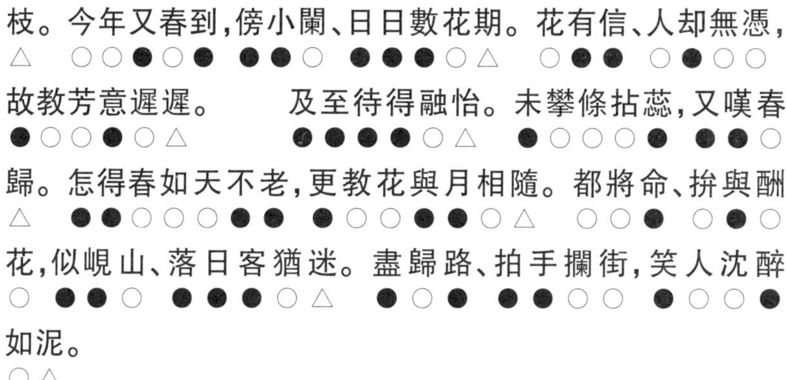

枝。今年又春到，傍小闌、日日數花期。花有信、人却無憑，
△ ○○●○● ●●○ ●●●○△ ○●● ○●○○

故教芳意遲遲。　　及至待得融怡。未攀條拈蕊，又嘆春
●○○●○△ ●●●●○△ ●○○○● ●●○

歸。怎得春如天不老，更教花與月相隨。都將命、拚與酬
△ ●●○○○●● ●○○●●○△ ○○● ○●○

花，似峴山、落日客猶迷。盡歸路、拍手攔街，笑人沈醉
○ ●●○ ●●●○△ ●○● ●●○○ ●○○●

如泥。
○△

用平韻句法，與仄韻多同，衹“更教”句對上，如七言偶句。

〔杜注〕

按，《歷代詩餘》“更教花與月相隨”句，下即接“盡歸路”二句，計少“都將命伴與酬花”等共十五字，疑脱。

【蔡案】

前段第二句中“却”字以入作平。

秋霽 一百五字　即《春霽》　　史達祖

江水蒼蒼，望倦柳殘荷，共感秋色。廢閣先凉，古簾空暮，雁
○●○○ ●●●○○ ●○○▲ ◎●○○ ●○○● ◎

程最嫌風力。故園信息。愛渠入眼南山碧。念上國。誰
○●○○▲ ●○●▲ ●○◎●○○▲ ●●▲ ○

是，鱠鱸江漢未歸客。　　還又歲晚、瘦骨臨風，夜聞、秋聲
● ●○○●●○▲ ○○●● ●●○○ ●○ ○○

吹動岑寂。露蛩悲、清燈冷屋，翻書愁上鬢毛白。年少俊遊
○●○▲ ●○○ ○○●● ○○○●●○▲ ⊙●●○

渾斷得。但可憐處，無奈苒苒魂驚，采香南浦，剪梅煙驛。
○●▲ ●○○● ⊙●●●○○ ●○○● ●○○▲

此與《草堂》舊載胡浩然詞平仄如一，而夢窗作亦同。甚矣，古人守律之嚴也。西麓一首，“國”字失叶，乃係誤刻。此公精密絶倫，必不誤也。“又”字亦誤作“思”，乃是“念”字之訛。草窗一首，於“倦柳愁荷”作“芳園載酒”，恐是“載酒芳園”誤倒。“嫌”字作“舊”字，仄聲，或不拘。“故園”句宜仄平去仄，草窗“故”字作“年”，誤。“又”字作“蛩”，“聞”字作“眼”，“可”字作“遊”，亦俱誤，或係傳訛，或係敗筆，皆不可從。作者但守胡、史、吴足矣。

按，《草堂》收胡詞，以此爲《春霽》，又收《秋霽》一調，與此一字無殊，甚爲無謂。且題下注陳後主作，怪甚。陳後主於數百年前先爲此調，而字句多學浩然，豈非奇事？今查史、陳、周俱作《秋霽》，故題名從之。《譜》《圖》以首句爲七字，“念上國”連“誰是”爲一句，俱奇。至調中平仄，除旁注外一字不可移，《譜》注乃無一字不可移，尤奇之奇也。

【蔡案】

本調多處以上作平。前段第三句第二字按律當平，而宋人多用上聲代平，如吴文英用“洗”、胡浩然用“草”、陳允平用“下”、盧祖皋用“老”，而周密則徑用平聲“船”字。又，前段尾均原譜作：“念上國。誰是、鱠鱸江漢未歸客。”然前三字本非獨立句子，蓋此“。”號本爲律法單位之韻號，而非文法單位之句號也，原譜對此類文法單位每每不知。於本詞論，“念上國誰是”爲一句，“國”字爲句中韻，同理，吴文英詞“試縱目空際，醉來風露跨黄鵠”、陳允平詞“有素鷗閒伴，夜深呼棹過環碧”、曾紆詞“細細酌簾外，任教月轉畫闌角”，均爲文法意義上之兩句。故陳允平不用腹韻則爲“有素鷗閒伴，夜深呼棹過環碧”、盧祖皋則爲“向豔歌偏愛，賦情多處寄衷曲”。知此，則方能準確擬譜。否則，“空際醉乘”“閒伴夜深”云云，俱不成句也。而後段首拍亦同，第四字須用上聲，如吴文英之“緲”、陳允平之“里”、胡浩然之“想”、盧祖臯之“有”及周密之“草”。又如“但可憐處”句，句法或一三式，或二二式，第二字依律當平，宋人除周密作“舊遊空在”及曾紆作“寄寒香與”外，均用上聲替平聲。

“夜聞”下八字，原譜作四字一逗，則萬子已知此八字爲一句也，此誠詞譜家之敏感。然四字一逗終究罕見，且前四字音步連平、後四字音步連仄，亦殊爲拗違。考宋詞實際，此八字多作二字逗領六字句，如胡浩然之“儼然、遊人依舊南陌”、吴文英之“恍然、煙蓑秋夢重續”、陳允平之“幾回、瓊台同駐鸞翼”，若作“儼然遊人”“恍然煙蓑”“幾回瑶臺”，便不成句矣，而第七字但用平聲字，已有律句平起仄收之消息。又如本詞，夜聞者，非秋聲也，乃“秋聲吹動岑寂”也。細玩可知。惟此八字若需作四字兩句，則平仄需微調，如周密之“轉眼西風，又成陳跡”，第六字改平，又如《類編草堂詩餘》收無名氏“到今空有，當時蹤跡”，不僅第六字改平，前句平仄亦可反。

曲玉管 一百五字　　柳　永

隴首雲飛，江邊日晚，煙波滿目憑闌久。一望關河，蕭索千
●●○○ ○○●● ○○●●○○▲ ●●○○ ○●○

里清秋。忍凝眸。　杳杳神京，盈盈仙子，別來錦字終難
●○△ ●○△ ●●○○ ○○○● ●○●●○○

偶。斷雁無憑，冉冉飛下汀洲。思悠悠。　暗想當初，有
▲ ●●○○ ●●○●○△ ●○△ ●●○○ ●

多少、幽歡佳會，豈知聚散難期，翻成雨恨雲愁。阻追遊。
○● ○○○● ●○●●○○ ○○●●○△ ●○△

悔登山臨水，惹起平生心事，一場銷黯，永日無言，却下
●○○○● ●●○○○● ●○○● ●●○○ ●●

層樓。
○△

此調亦平仄通叶者，“思悠悠”三字疑是後疊起句，因無他作可證，依舊録之。

〔杜注〕

按，葉《譜》以“杳杳神京”作第二段，爲雙拽頭，宜從。《詞譜》亦注雙拽頭，未分段。

【蔡案】

本詞原譜分爲兩段，前段十二句，誤。按，本調實爲雙曳頭結構，三段，前十二句當作兩段，每段六句。又，“一望”下十字，原譜作六字一句、四字一句，該十字對第二段“斷雁”下十字，則以均爲四字一句、六字一句相對爲佳，謹改。

泛清波摘遍　一百五字　晏幾道

催花雨小。著柳風柔，都似去年時候好。露紅煙緑，盡有狂
○○●▲　○●○○　●●●○○●▲　●○○●　●●○
情鬥春早。長安道。秋千影裏，絲管聲中，誰放豔陽輕過
○●○▲　○○▲　○○●●　○●○○　○●●○○●
了。倦客登臨，暗惜光陰恨多少。　楚天渺。歸思正如
▲　●●○○　●●○○●○▲　●○▲　○●●○
亂雲，短夢未成芳草。空把吴霜鬢華，自悲清曉。帝城杳。
●○　◎●●○○▲　⊙●○○●○　●○○▲　●○▲
雙鳳舊約漸虚，孤鴻後期難到。且趁朝花夜月，翠尊頻倒。
○●●○●○　⊙■●○○▲　◎●○○●●　●○○▲

此詞丰神婉約，律度整齊，作者何寥寥耶？而各譜中失收，更不可解。

愚按，此調當是四段合成，“催花”至“春早”爲一段，“秋千”至“多少”爲二段，而“長安道”三字乃换頭語也。祇“露紅”句與“倦客”句平仄異耳。“楚天渺”至“清曉”爲三段，“帝城杳”至末爲四段。此則字數俱齊者。“華”字照後“月”字，宜仄，恐是“影”字之訛，抑或後“月”字是作平，皆未可知。然此等不歇拍處，原不拘也。如前“露紅”“倦客”二句，唱字皆平平帶過，其勢趨向下句，於“門”字、“恨”字兩去聲著力縱激，而以“早”字、“少”字兩上聲收之。“空把”“且趁”二句亦然，故後二段煞句亦皆用上聲，而“自”字、“翠”字先用去聲也。管見如此，知天下人莫不以爲迂且怪矣。

前結句《詞滙》作“暗惜花光，飲恨多少”，甚無義理。原疑其誤，及查汲古刻《小山詞》，又作“暗惜花光，陰恨多少”，“花光飲”與“花光陰”皆不通，因恍然悟：後結又用“花月”，則此“花”字乃誤多，而《詞滙》又因“陰”字訛作“飲”字耳。

〔杜注〕

按，《詞譜》“空把吴霜鬢華”句，“霜”字下有“點”字，應遵補。

【蔡案】

萬子所論甚是在理，故杜注不必從。又，原譜首句未入韻，誤。詞之每段首句均可押韻或不押韻，此乃詞之韻律如此，各調皆然。圖譜據改。而“鬢華”之“華”，萬子以爲或是“鬢影”，余以爲太過臆測，或是抄誤，原詞爲“華鬢”耳。至於“夜月”之“月”以入作平，則憑空增加拗澀，大可不必作如是解。又按，“舊約”對前“正如”，“約”字以入作平；“孤鴻”對前“短夢”，“鴻”字或爲“雁”之誤。

詞律卷十九

角　招　一百七字　　　　趙以夫

曉寒薄。苔枝上，剪成萬點冰萼。暗香無處著。立馬斷魂，
●○▲　○○●　●○●●○▲　●○○●▲　●●●○

晴雪籬落。溪橫略彴。恨寄驛、音書遼邈。夢繞揚州東閣。
○○○▲　○○●▲　●●●　○○○▲　●●○○○▲

風流舊日何郎，想依然林壑。　離索。引杯自酌。相看
○○●●○○　●○○○▲　○▲　●○●▲　○○

冷淡，一笑人如削。水雲寒漠漠。底處群仙，飛來霜鶴。芳
●●　○●○○▲　●○○●▲　●●○○　○○○▲　○

姿綽約。正月滿、瑤臺珠箔。徙倚闌干寂寞。盡分付、許多
○●▲　●●●　○○○▲　●●○○●▲　●○●　●○

愁，城頭角。
○　○○▲

“暗香”至“東閣”，與後“水雲”至“寂寞”相合，則“溪略彴”句與“芳姿綽約”正同，尚應有一字。况“略彴”是小橋，止加一“溪”字，恐無此文情耳。

按，趙作《角招》《徵招》二詞，乃詠梅雪，正如白石《暗香》《疏影》之意。“招”字雖相同，而《徵招》已有小令類附，故不便並列。

《圖譜》全未玩味，不知“薄”字是起韻，却將首句作六字，而以“萼”字爲起韻，是使此調失却一韻矣。又不知“邈”字音“莫”，本是叶韻,正與後“箔”字同,因不注葉,是使此調失二韻矣。又不知“徙倚”句六字,“寞”字本是叶韻,正與前“閣”字同,因讀作七字,連下“盡”字爲一句,是使此調失三韻矣。趙虚齋何不幸哉!雖然,虚齋往矣,其不幸俱在後之信譜者矣。

〔杜注〕

萬氏注云:“溪略彴”句尚應有一字,按,《詞譜》“溪”字上有“横”字,應遵補。又,葉《譜》“底處群仙”句,“底處”作“十萬”。又,“飛來雙鶴”句,“飛來”作“同驂”。又,“芳姿綽約”句作“幾多幽約”。又,“徙倚闌干寂寞”句,“徙倚”作“夢斷”。宜從。又按,此調及卷八之《徵招》,皆姜白石所製。趙用父自注亦云“姜夔製《徵招》《角招》二曲,余以《角招》賦梅”,自應以姜詞爲正體。今以對校,惟“苔枝”上九字姜作“何堪更繞西湖,盡是垂柳”十字,此落一字,其餘平仄衹“東閣”之“東”字作仄,餘則全同。

【蔡案】

萬子原注“晴雪”之“雪”作平。又,“一笑”,姜白石作“相映”,則“一”字亦作平。又,“風流”句,姜詞作“過三十六離宫”,句法爲一字逗領五字式,故後段姜詞作“問誰識曲中心”,亦爲一字逗領五字句句法。邵亨貞兩首,一作“爲分得一枝來”,一作“向天角歇孤帆”,均爲一字逗領五字句法。即使趙以夫詞之後段,亦作“盡吩咐許多愁”,句法同。可見“風流”句乃是敗筆,填者應以一五式構思本句爲是。又按,“溪略彴”,杜注《欽定詞譜》“溪”字上有“横”字,而内府本《欽定詞譜》“横”字則在“溪”後,玩其文意,“溪横略彴”爲是,據改,原譜“一百六字”改爲“一百七字”。

解連環　一百六字　又名《望梅》　蔣捷

妒花風惡。吹青陰漲却，亂紅池閣。駐媚景、別有仙葩，遍瓊教小臺，翠油疏箔。舊日天香，記曾繞、玉奴弦索。自長安路遠，膩紫肥黃，但譜東洛。　　天津霽虹似昨。聽鵑聲度月，春又寥寞。散艷魄、飛入江南，轉湖渺山茫，夢境難托。萬疊花愁，正困倚、鈎闌斜角。待攜尊、醉歌醉舞，勸花自落。

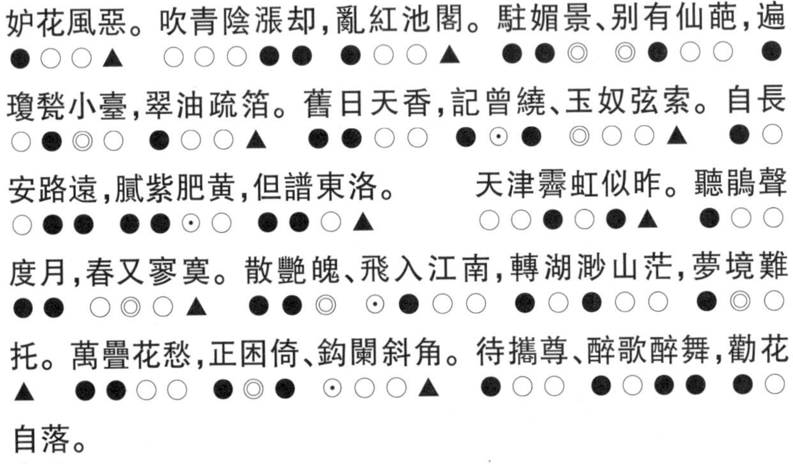

"吹青陰"至"弦索",與後"聽鶻聲"至"斜角"同。

按,片玉於"散艷魄"句止作六字,方千里、楊補之和詞亦同,但此句正對前段"駐媚景"句,宜用七字。此調作者頗衆,皆用七字,自當從其大同者。故本譜不收一百五字,非失考漏列也。且多此一字,填詞較便,學者但作七字無誤。沈刻周詞加"慢"字,是也。"小、譜、又、境"等字,周、方、姜、張翥等俱用仄聲,竹屋、逃禪多用平聲,似應用仄爲有調。後結兩"醉"字、"勸"字、"自"字,俱用去聲,是定格,即高、楊亦守之矣。《譜》乃無一字不注可平可仄,安在其爲《解連環》也。

按,前結一五兩四,各家皆同。補之本和美成者,美成云"想移根換葉,還是舊時,手植紅藥",補之則云"自無心彊陪醉笑,負他滿庭花藥",應於"笑"字分句,或一氣貫下,可以不拘。然"陪"字平聲,終覺不順,學者自有周、方及他家典型在也。

又按,舊《草堂》載柳詞《望梅》一調,查與《解連環》全同,當時亦誤兩收，猶《慶春澤》之與《高陽臺》也。今録於左，覽者對勘，當知之。

望　梅 一百六字　　柳　永

小寒時節。正同雲幕慘，勁風朝冽。信早梅、偏占陽和，向日處淩晨，數枝先發。時有香來，望明艷、遥知非雪。展礲金嫩蕊，弄粉素英，旖旎清徹。　仙姿更誰並列。有幽光照水，疏影籠月。且大家、留倚闌干，鬬緑醑飛看，錦箋吟閲。桃李春花，料比此、芬芳俱别。見和羹大用，莫把翠條慢折。

句字、平仄、音響俱同，豈非與《解連環》一調？後結雖於"大用"斷句，然一氣不拘。正如補之前尾用"負他"句六字也。想此調或可兩名，或耆卿用前調作梅花詞，題曰"望梅"，因誤襲爲調名。故本譜不復另收《望梅》調。按，向來《嘯餘》《圖譜》等書，於"鬥緑醑"九字，俱將"看"字讀作去聲，故以"鬥緑醑"三字爲豆，而下作六字句，且因"看"字差認，並上"飛"字亦注可仄，謂"飛看"六字可作仄仄平平仄仄，訛錯相沿，莫知訂正。余謂"看"字平聲，此九字上五下四，蓋在梅花之下必宜詩酒，故用緑醑錦箋，飛字屬酒，吟字屬詩，"看"與"閲"則屬花言，飛觴以看花，吟句以閲花也。若作六字句，則"看、閲"二字複矣。此兩句自相爲對，而以"鬥"字領起，正應上"大家"二字也。且此調後段比前，衹换頭尾，中皆相合，前"淩晨"二字平，則此"飛看"二字亦必平矣。同人猶未深信，余因檢《放翁集・望梅》詞出示之，則此九字云："奈回盡鵬程，鎩殘鸞翮"，正用儷語，"鵬程"二字豈可連下句？於是此調始明，而知向來徇譜之謬。

〔杜注〕

按，《望梅》一首，《詞譜》列《解連環》調。"淩晨數枝先發"句，"先"作"争"。又，"展礲金軟蕊"句，作"想玲瓏軟蕊"。又，"旖旎清徹"句，"徹"作"絶"。又，"有幽光照水"句，"照"作"映"。又，"鬥緑醑飛看"句，"看"作"觥"。又，"桃李春花"句，"春花"作"繁華"。又，"料比此”三字作“奈彼此”。又,“見和羹”句,“見”作“等”。又,“莫把翠條謾折”句,“莫”作“休”。均應遵改。

【蔡案】

前詞萬注云:《片玉詞》中後段第四拍少一字,按,此爲奪字,南宋所傳《片玉詞》已有奪字,黄昇與南宋選編《花庵詞選》,便是奪字詞,故本調多首該拍僅得四字,非有此格,後人沿誤也。周邦彦原詞,該句爲“謾記得、當日音書”,正是七字,與蔣捷詞合。

至於柳詞,校之蔣詞之後段尾均,是讀破手法,而非“一氣”。所謂“一氣”者,乃指文字爲一長句,中間可略作停頓,停前停後,則依文意如何,或依各人之好。

飛雪滿群山　一百七字　又名《扁舟尋舊約》　蔡　伸

冰結金壺,寒生羅幕,夜闌霜月侵門。翠筠敲韻,疏梅弄影,
⊙●○○ ○○○● ●○⊙●○△ ◎○○● ○○◎●
數聲雁過南雲。酒醒欹粲枕,愴猶有、殘妝淚痕。綉衾孤
●○●●○△ ●○○●● ●○● ○○●△ ●○○
擁,餘香未減,猶是那時薰。　長記得、扁舟尋舊約,聽小
● ○○●● ○●●○△ ○●● ○○○●● ●●
窗風雨,燈火昏昏。錦裀纔展,瓊簽報曙,寶釵又是輕分。
○○● ⊙●○△ ◎○○● ○○◎● ●○●●○△
黯然攜手處,倚朱箔、愁凝黛顰。夢回雲散,山遥水遠、空
●○○●● ●○● ○○●△ ●○○● ○○●● ○
斷魂。
●△

“餘香”句與前詞“鈴閣”句平仄異,然前詞“薰”字或作“黛”字,則仍是仄聲。或“閣”字作平用也。蔡别作此句用“塵生綉衾”,是依此詞爲妥。“聽小窗”句比前詞多一字,此篇全整可從。前詞“是誰邀”

“盡青油”二句，以“是”字、“盡”字領句，故“滕、談”二字用平，此如五言詩句，“粲、手”二字用仄，此可不拘。

又按，蔡別作是“猗”字起韻，後用“時、衣”等叶，而於“殘妝淚痕”作“渾如夢裏”，是知“裏”字乃以上聲叶平者。又一平仄通用之調也。“殘妝”句、“愁凝”句俱用平平仄平，末三字必用平仄平，不可誤。此則《圖譜》俱不誤改，可愛。

〔杜注〕

按，《詞譜》“夜闌雪月侵門”句，“雪”作“霜”。又，“翠篘敲竹”句，“竹”作“韻”。又，“燈火昏昏”句，上“昏”字作“黄”。均應遵改。又按，《歷代詩餘》“愴猶有”三字，“愴”字下有“然”字。

【蔡案】

本詞原列於張槩詞後，因係正體，故移前。後段第二拍爲五字。餘已據《欽定詞譜》改。《歷代詩餘》本誤，不從。

後結“山遥水遠空斷魂”，看似拗句，實乃尾均由四字兩句、三字一托構成，而本詞“夢回雲散，山遥水遠”及前詞“功名做了，雲臺寫作”皆爲儷句，惟“寫作圖畫看”文意過緊，故不易看出。後文有《望海潮》，其前段尾均亦多作“市列珠璣，户盈羅綺競豪奢”讀，而究其句法本質，亦四字兩句、三字一句也。本詞較之前段，其作“綉衾孤擁，餘香未減，猶是那時薰”，正是四字儷句後托五字句，章法本一，減字而已。故吾輩填此，若以此構思，方爲正體。

又按，萬注中“塵生錦衾”句版本有誤，應是“塵生錦帳”，與本詞合。而前詞平仄反，句法不同而已，詞中時有所見，本可。

少字格 一百六字 “群”或作“堆” 張 槩

愛日烘晴，梅梢春動，曉窗客夢方還。江天萬里，高低煙樹，
●●○○ ○○○● ●○●●○△ ○○●● ○○○●

四望猶擁螺鬟。是誰邀滕六,醸薄暮、同雲沍寒。却原來
●○○●○△ ●○○○● ●○● ○○●△ ●○○

是,鈐閣雲蒸,俄忽老青山。 都盡道、來年須更好,無緣
● ○●○○ ○●●○△ ○●● ○○○●● ○○

農事,雨澀風慳。鶤池夜半,銜枚飛渡,看尊俎折衝間。儘
○● ●●○△ ○○●● ○○○● ●○●●○△ ●

青游談笑,瓊花露、杯深量寬。功名做了,雲臺寫作、圖
○○○● ○○● ○○●△ ○○●● ○○●● ○

畫看。
●△

"江天"至"沍寒",與後"鶤池"至"量寬"同。"看尊俎"句三字一豆,與前"四望"句稍異,然觀後蔡詞,自宜從前段爲是。"圖畫",汲古誤刻"畫圖"。題名,本集作《飛雪滿堆山》,然查《友古詞》,"堆"作"羣",調本相同,而"羣"字較"堆"字爲妥。

〔杜注〕

按,《詞譜》"鈐閣露熏"句,"露熏"作"雲蒸"。又,"年來須更好"句,"年來"作"來年"。又,"銜梅飛渡"句,"梅"作"枚"。均應遵改。又按,秦氏校本,"儘清油談笑"句,"清油"作"青遊",可從。

【蔡案】

後段尾均詞意,實爲"功名做了圖畫看,雲臺寫作圖畫看",詳見前一首考正。後段第二拍或奪一字,故不作正體。餘據杜注改。

望海潮 一百七字 秦觀

梅英疏淡,冰澌溶洩,東風暗換年華。金谷俊遊,銅駝巷陌,
○○○● ○○⊙● ○○●●○△ ○●●○ ○○●●

新晴細履平沙。長記誤隨車。正絮翻蝶舞,芳思交加。柳
○○●●○△ ○●●○△ ●◎○◎● ⊙●○△ ◎

下桃蹊，亂分春色、到人家。　西園夜飲鳴笳。有華燈礙

●○○ ●○○● ●○△　○○●●○△ ●○○◎

月，飛蓋妨花。蘭苑未空，行人漸老，重來事事堪嗟。煙暝

● ⊙●○△ ○●●○ ○○●● ○○●●○△ ○●

酒旗斜。但倚樓極目，時見棲鴉。無奈歸心，暗隨流水、到

●○△ ●◎○◎● ⊙●○△ ⊙●○○ ●○○● ●

天涯。

○△

"金谷"以下與後"蘭苑"以下同。"俊"字、"未"字用去聲，是定格，歌至此，要振得起，用不得平聲。觀自來宋金元名詞，無不用去，惟有石孝友一首用"摇、生"二字，乃是敗筆。其别作一首，即用"命、薦"二字矣。奈何《譜》《圖》注可平耶？其餘平仄，除旁注外，亦不可亂用，《逃禪集》首句"菊暗荷枯"，用仄仄平平，恐是"荷枯菊暗"之誤，無此體也。

【蔡案】

本調爲耆卿所創，而不用柳詞，甚奇。《詞律》每有此陋習，於調式研究及填詞摹範甚爲有害，惜其不知。

萬子謂"俊"字、"未"字用去聲乃定格，未知何據；"歌至此，要振得起"，亦不知何據。惟現存宋詞，平上去入皆有之，陳德武六首，更是十處用平，想來皆振不起，直墮泥中矣，奈何？前後段結拍原譜均不讀斷，詳參後詞注釋。

讀破格 一百七字　　秦　觀

秦峰蒼翠，耶溪瀟灑，千巖萬壑争流。鴛瓦雉城，譙門畫戟，

○○○● ○○○● ○○●●○△ ○●●○ ○○●●

蓬萊燕閣三休。天際識歸舟。泛五湖煙月，西子同遊。茂

○○●●○△ ○●●○△ ●●○○● ○●○△ ●

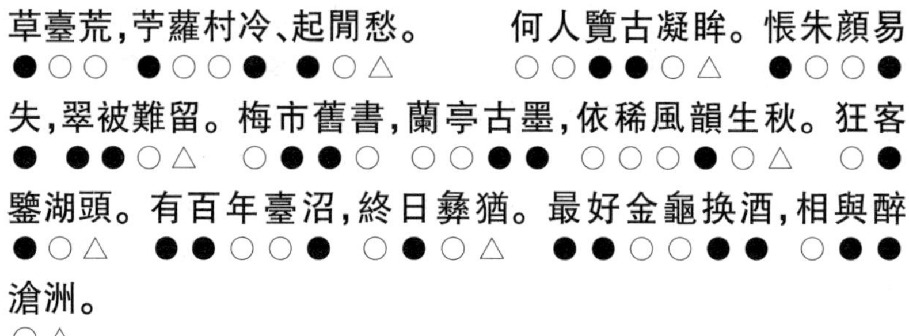

草臺荒，苧蘿村冷、起閒愁。何人覽古凝眸。悵朱顏易失，翠被難留。梅市舊書，蘭亭古墨，依稀風韻生秋。狂客鑒湖頭。有百年臺沼，終日彝猶。最好金龜換酒，相與醉滄洲。

後段結語二句。前詞上四下七，前後相同，此篇用上六下五，與前段各異。

按，柳詞"東南形勝"一首，於"泛五湖"句作"怒濤卷霜雪"，"有百年"句作"乘醉聽簫鼓"，句法不同，可以通用。然"聽"字應讀平聲，而"怒濤"句"濤"平"卷"仄，終覺不順，恐原是"卷怒濤霜雪"而傳訛也。作者俱照秦，則無失矣。柳後結本云"異日圖將好景，歸去鳳池誇"，與秦詞如一，《嘯餘》落却"歸去"二字，大謬。蓋此詞因孫何知杭州，柳不得見，作此，囑妓楚楚，因宴會歌之，孫即迎柳預座。故云異日須畫西湖之景，歸去汴京之鳳池而誇之也。若删"歸去"二字，則"鳳池"在何處乎？乃《圖譜》沿襲，收作一百五字調，試問自宋以來，有一百五字之《望海潮》否？此調作者如林，隨意可取一篇爲式，而偏取此脱誤者，作譜以誤後人，何歟？此調二十二句，其第一字除"泛、茂、悵、有"四字必仄，"翠、最"二字不拘，其餘俱要平字起，勿爲譜所誤。

【蔡案】

前段尾均，萬子以爲乃四字一句、七字一句，誤。按，本調前後結例作四字儷句，後用三字句承托，此亦填詞律法之一。蓋詞有領、有托，領在前，托在後。於本詞論，"起閒愁"者，非"苧蘿村冷"也，而是"茂草臺荒，苧蘿村冷"。又如創調詞者卿用"市列珠璣，户盈羅綺，競豪奢"正是如此手法。又，萬子原譜作"茂草荒臺"，誤，此儷句也。

望湘人 一百七字　　賀　鑄

厭鶯聲到枕,花氣動簾,醉魂愁夢相半。被惜餘熏,帶驚剩
●○○●● ○●●○ ●○○●○▲ ●●○○ ●○●
眼。幾許傷春春晚。淚竹痕鮮,佩蘭香老,湘天濃暖。記小
▲ ●●○○○▲ ●●○○ ●○○● ○○○▲ ●●
江、風月佳時,屢約非煙遊伴。　須信鸞弦易斷。奈雲和
○ ○●○○ ●●○○○▲ ○●○○●▲ ●○○
再鼓,曲終人遠。認羅襪無蹤,舊處弄波清淺。青翰棹艤,
●● ●○○▲ ●○●○○ ●●●○○▲ ○●●□
白蘋洲畔。儘目臨皋飛觀。不解寄、一字相思,幸有歸來
●○○▲ ●●○○○▲ ●●● ●●○○ ●●○○
雙燕。
○▲

"青翰"下《譜》作八字句,誤。其他用平仄處,皆古人配定成腔,故抑揚協律。《譜》注"厭"字可平,從頭差起。凡所爲抑揚者,皆要改作落腔,悲夫!

〔杜注〕

按,《詞譜》"臨高飛觀"句,"高"作"皋"。

【蔡案】

已據杜注改。

萬子以爲"青翰"下八字當作四字兩句,若文字如此,則誤。蓋青翰棹,舟名也,此言青翰棹艤於白蘋洲畔也,故當爲上三下五句法。然此八字實爲儷句,故"艤"字恐誤,其原貌當爲名詞,庶幾與後四字對偶。萬子又注"翰"字平讀,實應第四字平讀,與"畔"字對。

余嘗疑後段第二均、第三均有錯簡,即"青翰"下十四字應在"人遠"後,如此,"青翰"至"飛觀"正對前段"被惜"至"春晚",平仄、字數、

對仗、韻脚均絲絲入扣。而“認羅襪”句當脱一字，此二句應有十二字，正對前段“淚竹”下十二字，惟句法不同而已。而六字兩句對四字三句，此亦詞中所常見者。今次玩味再三，或另有一種可能，即詞中奪五字。蓋“湘天濃暖”句對應後段“盡目臨皋飛觀”句，則前段應脱二字。如此，則後段第四拍五字若補足三字，即爲“認□□□，羅襪無蹤”，然則前後段對應整齊，必無舛誤。之所以如此思考，是前後段兩尾均對應十分整齊，故前文無理由參差如此也。

夜飛鵲 一百五字　或加“慢”字　　周邦彦

河橋送人處，良夜何其。斜月遠墮餘輝。銅盤燭淚已流盡，
○○●○●　○●○△　○●●●○△　○○●●●○●

霏霏凉露沾衣。相將散離會，探風前津鼓，樹杪參旗。花驄
⊙○○●○△　○○●○●　●○○○●　●●○△　○○

會意，縱揚鞭、亦自行遲。　迢遞路回清埜，人語漸無聞，
●●　●○○　◎●○△　○●●○○●　○●●○○

空帶愁歸。何意重經前地，遺鈿不見，斜逕都迷。兔葵燕
○●○△　○●○○○●　○○●●　○●○△　●○●

麥，向斜陽、影與人齊。但徘徊班草、欷歔酹酒，極望天西。
●　●○○　●●○△　●○○○●　○○●●　◎●○△

“相將”句，夢窗作“西風驟驚散”，蒲江作“牽衣揾彈淚”，俱五字，恐此篇“處”字係誤多者。然自來相傳如此，故不敢收一百六字體，而作者用五字亦可。“送人處”宜仄平仄，夢窗作“印遥漢”，蒲江作“破清曉”，《譜》注可平仄仄，而“河”字並注可仄，誤。“兔葵”句，夢窗作“輕冰潤玉”，汲古刻落“玉”字。“斜月”句，似應於“遠”字分豆，夢窗“清雪泠沁花薰”、蒲江“花下恁月明知”，亦然。“已”字《譜》注可作平，誤。夢窗云“天街曾醉美人畔”、蒲江云“餘光是處散離思”，可見。“相將散”注可用仄仄平，亦誤。

〔杜注〕

萬氏注謂:“相將散離會處”句,恐“處”字誤多。按,《詞譜》《歷代詩餘》、葉《譜》此句均無“處”字。又按,張玉田、陳君衡諸作於此句亦衹五字,應遵删。

【蔡案】

前段第三拍,萬子謂應讀爲六字折腰句法,似不必。“遠墜”自可連讀,吴文英“冷沁”亦可連讀,但張炎之“都緣水國秋清”則不可折腰,陳允平之“雲陰未放晴暉”亦不可折腰。即便“斜月遠墮餘輝”可以兩讀,亦無必要人爲分作兩種句法,徒增複雜。又,萬子原注:“燭淚”之“燭”,作平,無謂。蓋此字本在可平可仄處,宋詞用仄者參半,足證此處亦非非平不可。

前段第六拍,原譜六字,已據杜注改,原譜“一百六字”改爲“一百五字”。

無愁可解　一百九字　　蘇　軾

光景百年,看便一世。生來不識愁味。問愁何處來,更開解

○●●○ ○○●▲ ○○●●○▲ ●○○●○ ●○●

個甚底。萬事從來風過耳。又何用、著在心裏。你喚做、展

●○▲ ●●○○○●▲ ●○● ●●○▲ ●●● ●

却眉頭,便是達者,也則恐未。　此理。本不通言,何曾

●○○ ●○●● ●○●▲ ●▲ ●●○○ ○○

道歡遊,勝如名利。道則渾是錯,不道如何即是。這裏元無

●○○ ●○○▲ ●○○●● ●●○○●▲ ●●○○

我與你。甚喚做、物情之外。若須待醉了,方開解時,問無

●●▲ ●●● ●○○▲ ●○●●● ○○●○ ●○

酒、怎生醉。

● ●○▲

此坡公自度曲，無他作可對。《圖譜》誤於“眉”字下添一“頭”字。“問愁”三句，與後“道則”三句仿佛相同，或曰：“問愁”下前後相同。蓋“何用”句誤落一字，“便”字下多“是”字，“則”字下多“恐”字，“則”字作平，是與後同也。“若須”句多“須、了”二字，“方開”句多“開”字，是與前同也。此因用俗語，後人誤加餘字耳。此説亦通。

〔杜注〕

按，《詞譜》及戈氏校本“何用不著心裏”句，作“又何用、著在心裏”。又，“展却眉”句，“眉”下有“頭”字。又，後起以“此理”二字爲句，“理”字注叶。均應遵照改補。

【蔡案】

此爲陳慥之作。

“何用”句對應後段“甚喚”句，故六字必誤，據《欽定詞譜》補。又，後起“此理”應是腹韻，原譜失記。又按，“甚底”之“甚”“著在”之“在”“便是”之“是”“也則”之“則”“道則”之“則”，皆作平。餘據杜注改，原譜“一百七字”改爲“一百九字”。

折紅梅 一百八字

杜安世

喜輕澌初泮，微和漸入，郊原時節。春消息、夜來陡覺，紅梅
●○○○● ○○●● ○○○▲ ○○● ●○●● ○■
數枝争發。玉溪仙館，不似個、尋常標格。化工別與、一種
●○○▲ ●○○● ●●● ○○○▲ ●○●● ●●
風情，似匀點胭脂，染成香雪。 重吟細閱。比繁杏夭
○○ ●○●○○ ●○○▲ ○○●▲ ●○●○
桃，品流終別。祇愁共、彩雲易散，冷落謝池風月。憑誰向
○ ●○○▲ ●○● ●○●● ●●●○○▲ ○○●
説。三弄處、龍吟休咽。大家留取、時倚闌干，聞有花堪折，
▲ ○●● ○○○▲ ●○○● ○●○○ ○●○○●

勸君須折。
●○○▲

“玉溪”下與後“憑誰”下同。但“館”字不叶，“説”字則叶。“有花”句平仄亦異。此調惟壽域有此詞，其平仄不可如《圖譜》亂填。“息”字不是韻，非叶也。按，此詞全采屯田《望梅》字句。

〔杜注〕

按，《詞譜》首句“初綻”作“初泮”。又，“玉溪珍館”句，“珍館”作“仙館”。應遵改。又按，龔明之《中吴紀聞》“可惜彩雲易散”句，“可惜”二字作“衹愁共”三字。《歷代詩餘》同。

【蔡案】

已據杜注改。又，本詞宋人《梅苑》卷三載，作者爲吴感。

萬子謂，本詞自“玉溪”後始前後段相合，是因“梅”一字不合故也。本詞前後段實自第三拍起，即字句相合，惟前段第五拍“梅”字，對應後段應是“落”字，故不合。此實爲誤填，析律而可知也，故以應仄而平符擬其譜。

一萼紅 一百八字　　周　密

步深幽。正雲黄天淡，雪意未全休。鑒曲寒沙，茂林煙草，
●○△　●⊙○⊙●　○●●○△　◎●○○　◎○⊙●
俛仰今古悠悠。歲華晚、飄零漸遠，誰念我、同載五湖舟。
◎◎○●○△　●⊙◎　○○◎●　⊙◎◎　○●●○△
磴古松斜，厓陰苔老，一片清愁。　回首天涯歸夢，幾魂
◎●○○　⊙○⊙●　◎●○△　⊙●○○⊙●　●○
飛西浦，淚灑東州。故國山川，故園心眼，還似王粲登樓。
○○●　◎●○△　◎●○○　◎○⊙●　⊙◎○●○△
最負他、秦鬟妝鏡，好江山、何事此時遊。爲喚狂吟老監，共
●◎⊙　○○⊙●　◎⊙⊙　○●●○△　●●⊙○◎●　◎

賦銷憂。
●○△

“鑿曲”至“湖舟”,與後“故國”至“時遊”同。《圖譜》收尹礀民一首,於“何事此時遊”作“更忍凝眸”,落去一字,此句正與“同載五湖舟”相對,豈可聽其缺落,而收作一百七字調乎?《詞綜》載李彭老,亦誤落一字。又,尹詞起句“玉搔頭”,二字正是起韻,《圖》注起句八字,直至第十三字方起韻,誤人不少。

按,白石於“爲喚”句作“待得歸鞭到時”,“時”字平聲,不拘。《詞綜》載劉天迪云:“夢破梅花角聲”,“聲”字平聲,正用此體。

〔杜注〕

按,草窗詞“最負他”三字,“負”作“憐”,可從。又按,此調王碧山五首,張玉田三首,句調皆與此同。至萬氏所論尹礀民、李篔房二詞,謂誤落一字,查劉伯温一首,亦一百七字,如謂劉係踵前詞之誤,而尹、李乃同時之人,何以所少之字皆同?尹作“更忍凝眸”、李作“老是來期”,疑另有此體,非誤落也。

【蔡案】

萬子原注:“雪”字作平。

萬子原注云:白石“爲喚”句作“待得歸鞭到時”,“時”字平聲,不拘。此不盡然。蓋本句多作仄起仄收式,偶有仄起平收式如白石者,惟前者第五字可平,如玉田之“長日一簾芳草”,而後者第五字必仄也。又,劉天迪句,當是“夢破梅花,角聲又報春闌”,句法不同,不可佐證,若非作“夢破梅花角聲”,則是仄起平收式,理同姜詞。

薄　倖 一百八字　　呂渭老

青樓春晚。晝寂寂、梳勻又懶。乍聽得、鴉啼鶯弄,惹起新
⊙○○▲　●◎●　○○●▲　●○●　○○○●　◎●○

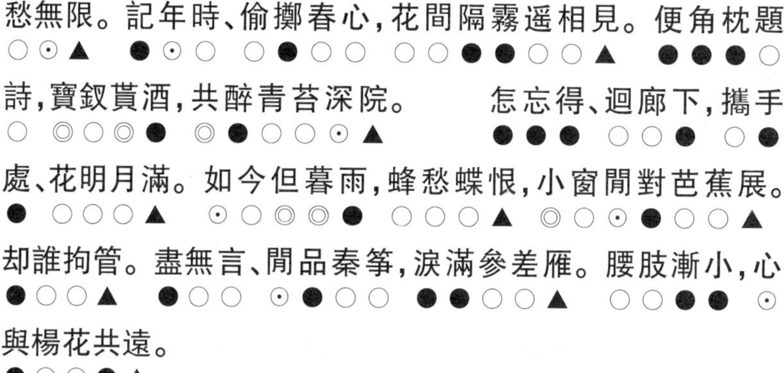

平仄照各家考定,勿亂爲佳。"如今但暮雨"句,方回用"幾回憑雙燕",克齋用"閒愁消萬縷",樵隱用"奈當時消息",南澗用"任雞鳴起舞",句法平仄各異,不拘。"盡無言"下十二字一氣,如此詞及克齋"倚屏山、挑盡琴心,誰識相思怨",則當於第三字豆、第七字句,若方回云"正春濃酒困,人間晝永無聊賴"、樵隱云"怕嬌雲細雨,東方驀地輕吹散"、南澗云"趁酴醾香暖,持杯且醉瑶臺路",則當於五字分句,平仄不殊,總不拘也。

按,方回詞後起云:"自過了、燒燈後",一本落"後"字,《詞綜》亦依之,查各家俱六字。賀前結云"向睡鴨爐邊,翔鴛屏裹,羞把香羅偷解",而一本誤作"待翡翠屏開,芙蓉帳掩,羞把香羅暗解",比"睡鴨"三句雅俗相去遠甚,沈氏云皆通,非知音者也。"乍聽得"二句,賀云"便認得、琴心先許,與綰合歡雙帶",上七下六,《譜》注上五下八,誤。觀各家可知,《圖譜》改上七下六是矣。而"先許"二字,仍舊注可作仄平,通篇平仄亦皆依舊。然則何以另譜爲哉?"却誰拘管",賀云"約何時再,"正是叶韻,各家皆同,而《譜》連下五字,作九字句,大謬。蓋意於"時"字分豆,而下作"再正春濃酒困"也,故於"再"字作可平。"再"既作平,不得不於"何"字作可仄,奇絶,奇絶。吾不知"再正"二字相連，如何解法耳。“漸小”用去上，妙。觀賀用“睡起”、克齋用“瘦損”、樵隱用“病也”、南澗用“記取”，無不相符。“共遠”二字亦然。

【蔡案】

萬子原注：“月滿”之“月”“蝶恨”之“蝶”，作平。

奪錦標　一百八字　　張埜

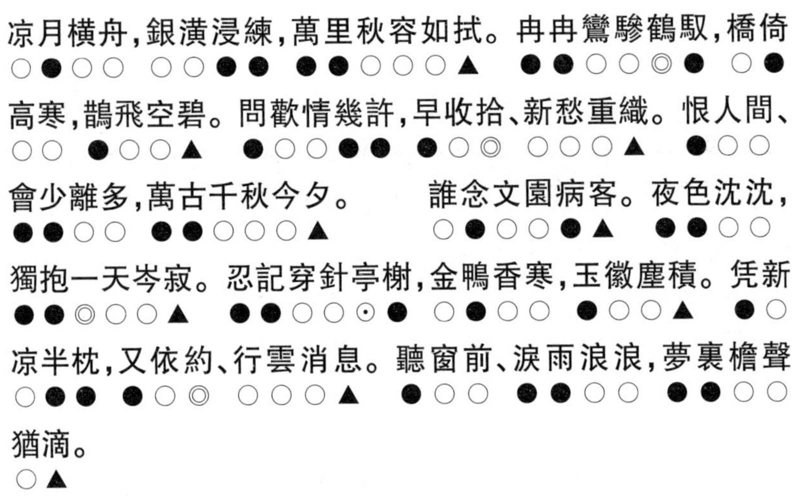

涼月橫舟，銀潢浸練，萬里秋容如拭。冉冉鸞驂鶴馭，橋倚高寒，鵲飛空碧。問歡情幾許，早收拾、新愁重織。恨人間、會少離多，萬古千秋今夕。　誰念文園病客。夜色沈沈，獨抱一天岑寂。忍記穿針亭榭，金鴨香寒，玉徽塵積。凭新涼半枕，又依約、行雲消息。聽窗前、淚雨浪浪，夢裏檐聲猶滴。

“萬里”下與後段“獨抱”下同。

〔杜注〕

按，《詞譜》“又依稀”句，“稀”作“約”，此字宜仄聲。又按，此調後段起句有不叶者。

【蔡案】

已據杜注改。按，本調有宋人曹勛詞，似不必以元詞爲範。但元詞諸首除本詞外，第三均中三字逗均用●○○句法，故可知本詞中“早收拾”“又依約”之尾字，均爲以入作平，杜氏謂“此字宜仄聲”者，蓋誤。即便宋人曹勛詞，前用“覺”，後用“極”，亦是以入作平無疑。

一寸金 一百八字　　周邦彦

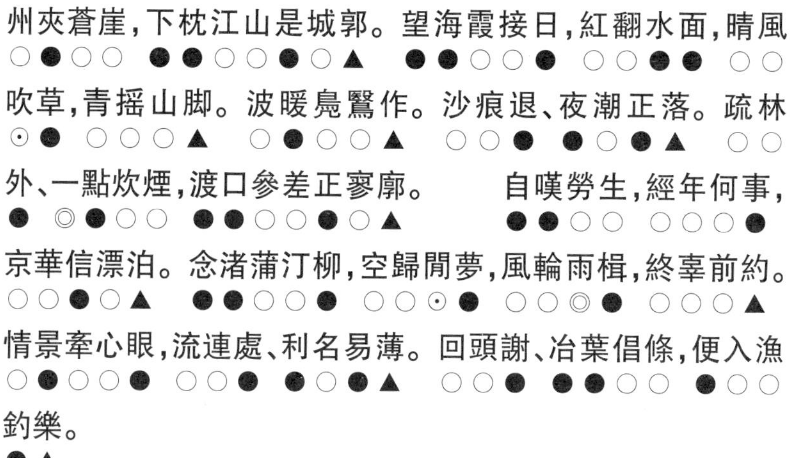

州夾蒼崖，下枕江山是城郭。望海霞接日，紅翻水面，晴風吹草，青摇山脚。波暖鳧鷖作。沙痕退、夜潮正落。疏林外、一點炊煙，渡口參差正寥廓。　自嘆勞生，經年何事，京華信漂泊。念渚蒲汀柳，空歸閒夢，風輪雨楫，終辜前約。情景牽心眼，流連處、利名易薄。回頭謝、冶葉倡條，便入漁釣樂。

“望海霞”至“炊煙”，與後“念渚蒲”至“倡條”同。“波暖”句對後“情景”句。而“作”字叶，“眼”字不叶。初恐其誤，考夢窗二首，一則前叶後不叶，一則前後俱叶，想不拘。自首至尾，所用“下、是、望、面、退、夜、正、外、渡、正、事、信、念、夢、處、利、易、謝、便、釣”等去聲字，妙絶。此皆跌宕處，要緊，必如此，然後起調。周郎之樹幟詞壇，有以哉。夢窗之心如鏤塵剔髮者，故亦用“看、瘦、正、地、透、尚、暗、記、綉、挂、事、愛、嘆、思、重、袖、下、醉、露”等字，又一首亦同。嗚呼！詞豈可草草如《圖》注哉？若如注，以“正寥”作平仄，真笑話矣。結句“入”字，吴用“情”字，可知入字以入作平也。《譜》不圖“入”字作平，翻圖“釣”字作平，相去幾許。

吴詞第六句“玉龍横笛”，與通篇不叶，此乃“竹”字訛“笛”字，非不叶韻也。

〔杜注〕

按,《詞譜》"波暖鳧鷖作"句,"作"作"泳",不叶韻。而吴夢窗、李筠溪二詞,此第七句皆叶。

【蔡案】

萬子原注:"接日"之"接""入漁"之"入",作平。

擊梧桐 一百十字　　柳　永

香靨深深,姿姿媚媚,雅格奇容天與。自識伊來,便好看承,
○●○○ ○○●● ●●○○○▲ ●●○○ ●●○○
會得妖嬈心素。臨岐再約同歡,定是、都把平生相許。又恐
●●○○○▲ ○○●●○○ ●● ○●○○○▲ ●●
恩情、易破難成,未免千般思慮。 近日書來,寒暄而已,
○○ ●●○○ ●●○○○▲ ●●○○ ○○○●
苦没忉忉言語。便須認得,聽人教當,擬把前言輕負。見説
●●○○○▲ ●○●● ○○○● ●●○○○▲ ●●
蘭臺宋玉,多才多藝,最是善詞賦。試與問、朝朝暮暮,行雲
○○●● ○○○● ●●●○▲ ●●● ○○●● ○○
何處。
○▲

前後起三句同,其下多不可定。或曰:"自識來"句七字,原與後"便認得"七字同,其第二"來"字必係誤多者。後段"教當"二字,是當時人口氣,本是聽人教,帶一"當"字,猶金元人曲用"問當"耳。或曰:"自識來"三字對後"便認得","來便好"三字對後"聽人教","看伊"下兩四字句,後段"當"字下又落一"時"字也,亦是八字,同前。總之,此詞字有訛錯,舊刻不足爲據也。

〔杜注〕

按宋本,首句"香厭深深","厭"作"靨"。又,"自識來,來便好看

伊”二句，作“自識伊，來便好看承”。又，“便認得”三字，“便”字下有“須”字。又，“善詞賦”三字，“善”字上有“最是”二字。又，末句“行雲何處去”句，無“去”字，以“處”字爲末拍，照此增改，則與後詞字數相同，惟分句異耳。

【蔡案】

已按杜注改，原譜“一百八字”改爲“一百十字”。惟前段第二均起拍“自識”八字，對後段“便須”八字，故宜讀爲“自識伊來，便好看承”方諧，故改。如此，則前自起至“同歡”與後自起至“宋玉”，字句皆同。又，第三均，前段較之後段少一字，應是同病。又按，“定是”下八字，原作四字一逗。

讀破格 一百十字　　李　珏

楓葉濃於染。秋正老、江上征衫寒淺。又是秦鴻過，霽煙
⊙●○○▲ ○●● ○●○○○▲ ●●○○● ●○
外、寫出離愁幾點。年來歲去，朝生暮落，人似吴潮展轉。
● ●●○○●▲ ○○●● ○○◎● ⊙●○○●▲
怕聽陽關曲，奈短笛，喚起天涯情遠。　雙屐行春，扁舟
●●○○● ●●● ●●○○○▲ ⊙●○○ ⊙○
嘯晚。憶著鷗湖鶯苑。小小梅花屋，雪月夜、記把山扉牢
●● ●●○○○▲ ●●○○● ●●● ●●○○○
掩。惆悵明朝何處，故人相望，但碧雲半斂。定蘇堤、重來
▲ ○●○○⊙● ●○○● ●●○●▲ ●○○ ○○
時候，芳草如剪。
○● ○●○▲

與前調迥異。“江上”至“幾點”，與後“憶著”至“牢掩”同，而“年來”二句與“惆悵”二句平仄相反。“相望”句比“人似”句多一字，或云前則“年來”四字誤倒，後則“何處故人”誤倒。“但”字誤多，前後本是

相合。然此調止有此詞，無可考證。或又謂“惆悵”句六字，“故人”句四字，“但碧雲”句五字，原與前段不侔。此説頗妥，可從。

〔杜注〕

按，《絶妙好詞箋》“小小梅花屋”句，“小小”作“鶴帳”。又，萬氏注云：“年來”二句與“惆悵”二句平仄相反，“相望”句比“人似”句多一字。按，此詞另有一首與此平仄句法均同，並無倒誤。惟“惆悵”下應以“處”字、“望”字爲句。

【蔡案】

原譜“奈短笛唤起”五字一句，然五字連仄，於律不諧，尾拍作六字一句則無礙矣。本調現存四首，李甲詞與此同，李詞前段後結作“念往歲、上國嬉遊時節”，正同。又，原譜後段第三均讀爲“惆悵明朝何處，故人相望，但碧雲半斂”，且萬子糾結於“年來”二句與“惆悵”二句平仄相反，似校之以李甲詞即可冰釋。按，李甲“杳杳春江闊”詞與本詞同，“年來”句作“群鷗聚散”，“惆悵”下十五字則作“看那梅生翠實，柳飄狂絮，没個人共折”，與後一“或云”所析正合，故據而改之。又按，原譜未作可平可仄旁注，譜圖中可平可仄均據李甲詞校。

大聖樂　一百八字　　周　密

嬌綠迷雲，倦紅顰曉，嫩晴芳樹。漸午陰、簾影移香，燕語夢
●●○○　●○○●　●○○▲　●●○　○●○○　●●●
回，千點碧桃吹雨。冷落錦衾，人歸後，記前度蘭橈停翠浦。
○　○●●○○▲　●●●○　○○●　●○●○○○●▲
憑欄久，謾凝竚鳳翹，慵聽金縷。　留春問誰最苦。奈花
○○●　●○●●○　○○○▲　○○●○●▲　●●
自無言鶯自語。對畫樓殘照，東風吹遠，天涯何許。怕折露
●○○○●▲　●●○○●　○○○●　○●○▲　●●●

條、愁輕別，更煙暝長亭啼杜宇。垂楊晚，但羅袖、晴沾
○ ○○● ●○●○○○●▲ ○○● ●○● ○○

飛絮。
○▲

此調古詞惟此，無可覈證。但取康、蔣用平韻者相對，亦可仿佛得之。蓋韻雖殊而字則合也。但後段"怕折"二句，康、蔣竟與前段全別，與此篇異。愚謂：此篇前後本是相對，衹因向來相傳，於"冷落"句誤缺一字耳。今據《詞滙》作"冷落錦人歸後"，人豈可稱"錦"？其誤不必言。《詞綜》作"冷落錦衾歸後"，衾豈可言"歸"？是亦有誤。愚因合而斷之，乃是"冷落錦衾人歸後"七字，恰與"怕折露條愁輕別"七字相對，而平仄亦符合矣。至"更煙暝"句之與"記前度"句，則原無異也。故敢竟加"人"字於"衾"字之下，而列爲一百八字云。

〔杜注〕

按，《蘋洲漁笛譜》"謾凝竚鳳翹"句，"竚"作"想"。又，"晴沾飛絮"句，"晴"作"暗"。萬樹以此調無可覈證，用平韻者相對，今攷草窗另有一首，與此相校，惟"謾凝竚鳳翹"句，彼作平平平仄仄，又"但羅袖"之"袖"字作平，此外平仄全同。又按，《沁園春》亦有《大聖樂》之名，與此迥別。

【蔡案】

前段"冷落"下七字、後段"怕折"下七字，均爲四字一句，三字一句，而不可連讀爲七字一句，蓋此三字即"三字托"，在此勾連前四字和後八字。參《飛雪滿群山》第二首、《望海潮》第二首蔡案。故後八字當一氣讀下，而不必三字一逗也。而平韻體中此十五字多作四字兩句，七字一句，其第二個四字句，正是三字句融合八字句中領字而成，此本填詞之慣用手法，萬子未慮及於此，遂謂康、蔣詞"與此篇異"，實則自有其衍變之脈絡也，故改，後段"怕折"句亦同。又按，過片“留春”二字爲添頭，去之，則前後段首均字數相等，故亦可作二字逗讀住，同類詞調可參見《解連環》《杜韋娘》《選冠子》等。

平韻體 一百十字　　蔣　捷

笙月凉邊，翠翹雙舞，壽仙曲破。更聽得、豔拍流星，慢唱壽
○●○○ ●○○● ●○○▲ ●●● ●●○○ ●●●

詞初了，羣唱蓮歌。主翁樓中披鶴氅，展一笑、微微紅透渦。
○○● ○●○△ ●○○○○●● ●○● ○○○●△

襟懷好，縱炎官駐繖，長是春和。　千年鼻祖事業，記曾
○○● ●○○●● ○●○△ ○○●●●○ ●◎

趁、雷聲飛快梭。但也曾三徑，撫松采菊，隨分吟哦。富貴
● ○○○●△ ●●○○● ●○●● ○●○△ ●●

雲浮，榮華風過，淡處還他滋味多。休辭飲，有碧荷貯酒，深
○○ ○○○● ⊙●○○○●△ ○○● ●○○●● ○

似金荷。
●○△

“破”字以去聲起韻，“歌”字換平，以下俱叶平韻。又是一平仄通用之調也。向讀《草堂》舊載伯可詞，第三句云“曉來初過”，而下即用“多、波”等叶，《圖》《譜》皆以“過”爲平音，是書素善亂注可平可仄者，而此字則以爲平，蓋不意此調之反可以平仄通用也。得竹山此篇，甚釋前疑，若“過”字可作平，“破”字豈亦可作平乎？通首俱與康無異，信乎另有此體矣。“主翁”句，康云“淺斟瓊巵浮緑蟻”，“斟”字平，正與此篇“翁”字合。《譜》以爲拗，而改曰可仄，怪甚。“紅”字、“飛”字、“滋”字用平，正是調中肯綮。康亦用“生”字、“邀”字、“時”字，《譜》俱改可仄，何也？更可笑者，“襟懷好”三句，康作“輕紈舉、動團圓素月，仙桂婆娑”，正與後結三句一樣，《譜》注截“動”字連上，“輕紈舉動”成何語？真不顧人笑殺。將此篇亦可讀“襟懷好縱”耶？康後結云“休眉鎖、問朱顏去了，還更來麼”，亦可讀“休眉鎖問”耶？吾不知自有此譜以來，詞家之依譜而作《大聖樂》者誤了幾位矣。悲哉！

更有謂此調即《沁園春》者，傖父也。

〔杜注〕

按，《歷代詩餘》“壽詞初子”句，“子”作“了”，“子”字想刻誤也。又按，《詞譜》收竹山另一首，亦用歌韻，第三句作“晚來初過”，疑即萬氏所引，誤以爲伯可作，又以“晚”字誤“曉”字也。

【蔡案】

萬子原注“曲破”之“曲”“一笑”之“一”“碧荷”之“碧”作平。

杜韋娘 一百九字　　杜安世

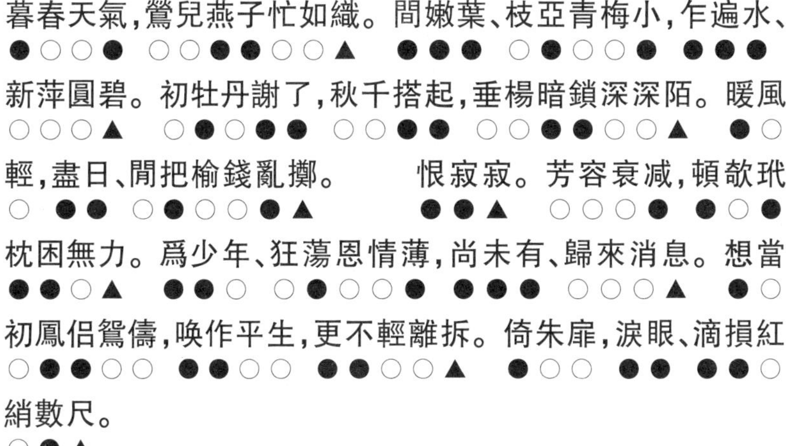

暮春天氣，鶯兒燕子忙如織。間嫩葉、枝亞青梅小，乍遍水、新萍圓碧。初牡丹謝了，秋千搭起，垂楊暗鎖深深陌。暖風輕，盡日、閒把榆錢亂擲。　恨寂寂。芳容衰減，頓欹玳枕困無力。爲少年、狂蕩恩情薄，尚未有、歸來消息。想當初鳳侶鴛儔，喚作平生，更不輕離拆。倚朱扉，淚眼、滴損紅綃數尺。

惟安世有此詞，他無可證。

愚謂，“老”字當是“兒”字，蓋此句七字，對後“頓欹”句七字也。“頓”字恐是“頻”字。“間嫩葉”句八字，對後“爲少年”句八字，但“間嫩葉”句字有訛錯，當以後段爲正。“哨”字無理，恐是“間題詩、嫩葉青梅小”耳。“乍遍水”七字，對後“尚未有”七字。“初牡丹”下十六字，對後“想當初”下十六字，但前段應作五字一句、四字一句、七字一句，後則上句該在“鴛儔”住，“唤作”二字連上連下俱不妥，必有誤字，雖十六字平仄與前無異，語氣貫下，分豆或可不拘。然“唤作”二字於理不順，作者但照前段“初牡丹”以下填之可耳。“暖風輕”以下，與後“倚朱扉”以下同。

〔杜注〕

《詞譜》“鶯老燕子忙如織”句，“老”作“兒”，與萬氏注合。又，“間嫩葉題詩哨梅小”句作“間嫩葉枝亞青梅小”。應遵改。

【蔡案】

原譜“間嫩葉”下八字、“爲少年”下八字、“想當初”下十六字俱不讀斷。又，“盡日”下八字、“淚眼”下八字原譜俱作四字一逗，音律不諧，改爲二字逗則可化解該失諧，且後六字蟬聯而下，氣脈更暢。蓋尾均亦可作五字一句、六字一句，如無名氏詞作“盡千工萬巧，惟有心期難問”，故第五字後本有一讀住也。或云：若尾均作三四四，則須微調平仄，如無名氏之“擁紅爐，鳳枕慵欹，銀燈挑盡”，故第七字本詞前後段均爲上聲，無名氏詞則一平一上，因其可作平也。又，“初牡丹謝了”句，“初”字疑誤。按，本句無名氏詞作“惹離恨萬種”，則句法當是一字逗領○○●●四字句，校之後段，二詞亦均爲一字逗起，上聲，二詞互參，該字因以上聲爲宜。又按，無名氏詞，“青梅小”“恩情薄”處均叶韻。

過秦樓 一百九字　　李　甲

賣酒壚邊，尋芳原上，亂紅飛絮悠悠。已蝶稀鶯散，便擬把
●●○○　○○○●　●○○●○△　●●○○●　●●●

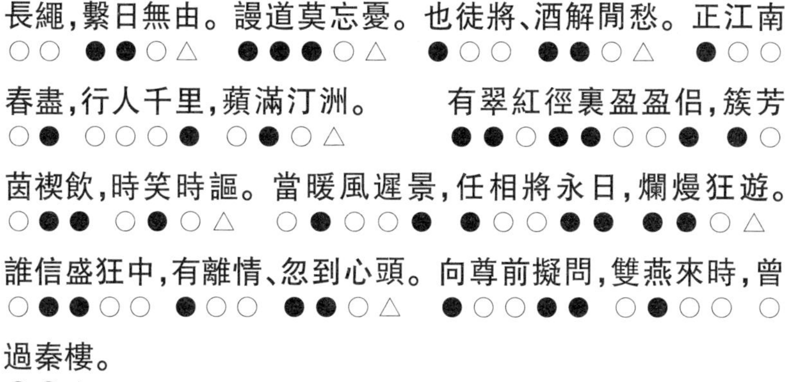
長繩,繫日無由。謾道莫忘憂。也徒將、酒解閒愁。正江南春盡,行人千里,蘋滿汀洲。　有翠紅徑裏盈盈侶,簇芳茵禊飲,時笑時謳。當暖風遲景,任相將永日,爛熳狂遊。誰信盛狂中,有離情、忽到心頭。向尊前擬問,雙燕來時,曾過秦樓。

按,此調因又名《惜餘春慢》、又名《蘇武慢》、又名《選冠子》,故紛紜最甚,難以訂正。今將此篇列於前幅,因用平韻,與後詞各異,而詞尾有"過秦樓"三字,恐此調之名因此而起,故以首列也。餘説詳見後篇。

〔杜注〕

按,《詞譜》"謾道草忘憂"句,"草"作"莫"。又,《歷代詩餘》列此詞爲《選冠子》,蓋《過秦樓》調因此詞後結而立新名也。又按,《樂府雅詞》"時笑時謳"句,二"時"字作"宜"。又,"爛漫狂遊"句,"狂"作"從"。

【蔡案】

《惜餘春慢》等諸調名,俱用於仄韻體,與此無涉,"又名"云云,誤。

《樂府雅詞》换頭句"侶"作"似",當是將"侶"誤作"似"之異體字"佀"也。故以《全宋詞》爲代表,本均作"有翠紅徑裏,盈盈似簇,芳茵禊飲,時笑時謳"。細玩之,"盈盈似簇",莫知所云,當以萬子原譜八字一句、五字一句、四字一句爲是。

還冠子　一百十一字　　周邦彦

水浴清蟾，葉喧凉吹，巷陌雨聲初斷。閒依露井，笑撲流螢，
●●○○　●○○●　●●●○○▲　○○●●　●●○○

惹破畫羅輕扇。人静夜久憑闌，愁不歸眠，立殘更箭。嘆年
●●●○○▲　○●●●○○　○●○○　●○○▲　●○

華一瞬，人今千里，夢沈書遠。　空見説、鬢怯瓊梳，容銷
○●●　○○○●　●○○▲　○●●　●●○○　○○

金鏡，漸懶趁時匀染。梅風地溽，虹雨苔滋，一架舞紅都變。
○●　●●●○○▲　○○●●　○●○○　●●●○○▲

誰信無聊爲伊，才減江淹，情傷荀倩。但明河影下，還看疏
○●○○●○　○●○○　○○○▲　●○○●●　○●○

星幾點。
○●▲

後起比前段多三字，後結比前段少二字。

按，此詞舊《草堂》收之，題曰《過秦樓》，而以魯逸仲一百十三字者另載題曰《惜餘春慢》，但魯詞比此，衹後結多二字，其餘無字不同，豈如此長調，但因二字而另爲一調乎？故沈天羽辯之，兩詞俱刻作《惜餘春慢》，此言是已，然論之猶未詳也。今考方千里和周詞，末句一本作“濃似飛紅萬點”，則與此篇相同，一本作“濃於空裹，亂紅千點”，則爲一百十三字，與魯詞同矣。是知千里雖和周詞，亦即可名曰《惜餘春》，而《過秦樓》與《惜餘春》爲一調無疑矣。且此詞又名《蘇武慢》，於“人静”下十四字，句法與此不同，而各處俱注即《過秦樓》，未必確然。若謂即《過秦樓》，則友古之《蘇武慢》一百十一字，與周詞同；放翁、孏窟之《蘇武慢》一百十三字與魯詞同。至如虞邵庵之《蘇武慢》，一首一百十一字，一首一百十三字，是《蘇武慢》可多二字、可少二字，正與《過秦樓》《惜餘春》相合，更無疑矣。又，《蘇武慢》亦名

《選冠子》，而楊補之、張景修之《選冠子》皆一百十三字，與《惜餘春》字數正同。乃比後所載吕渭老之《選冠子》竟多至六字，是可知此調，字本多寡不同，不可以一百十一字者必屬之《過秦樓》、一百十三字者必屬之《惜餘春》也。或曰：《草堂》舊本分兩調，必有所據，子何得後起而紛更之？余曰：天下事之訛錯者，雖古人定論，亦須駁正，不然何貴於讀書尚論乎？如君言，則《春霽》《秋霽》二調，一字無異，《草堂》列作二體而並存之，今亦將因其古本而阿諛遵奉之耶？又如《慶春澤》之即《高陽臺》、《解連環》之即《望梅》，其不能辨者亦多矣。錫鬯謂《草堂》選詞可謂無目者也，選詞尚無目，論調又豈能有目哉？《嘯餘譜》照《草堂》分收兩調，《圖譜》改之，不收《蘇武慢》，而以一百十一字者爲《惜餘春》，以一百十三字者爲《惜餘春慢》，更爲奇創，未知何據矣。今總斷之，曰：李甲詞當名《過秦樓》，以其止有一百九字，而平聲迴異，且有此三字在末也。周、魯等詞當名曰《惜餘春慢》，吕詞止一百七字，當名曰《蘇武慢》，蔡同於周，陸同於魯，則各附之。至《選冠子》之名，則竟以别號置之，庶幾歸於畫一耳。然合而言之，大約原總一調，故類集於此。

〔杜注〕

按，《詞譜》以此詞及後之《惜餘春慢》《蘇武慢》各體，均列《選冠子》調内。又，“虹雨”應作“梧雨”，與上“梅風”爲偶。

【蔡案】

萬子原譜以本詞爲《過秦樓》之又一體，誤，《草堂》收此而名之曰《過秦樓》，亦誤名耳。按，《過秦樓》與《選冠子》，非惟韻脚平仄不同，其前後段第二、三兩均之句法亦大異，《選冠子》均爲雙字起式之四字句或六字句，而《過秦樓》則以單字起式句法爲主，僅一個四字句。换頭處，《過秦樓》首均亦是一字起句法爲主，而《選冠子》則僅多一添頭而已。由此可見，兩調之聲容截然不同也。故改"又一體"爲"選冠子"，而《選冠子》亦即《惜餘春慢》《蘇武慢》。至若字有多寡，則或因抄誤，或因刻誤，或因填誤，本詞之常耳，而本調文字參差，俱在後段尾均之二字之差，愚以爲此或因美成詞稿，嘗奪二字所致。

惜餘春慢 一百十三字 或無"慢"字 魯逸仲

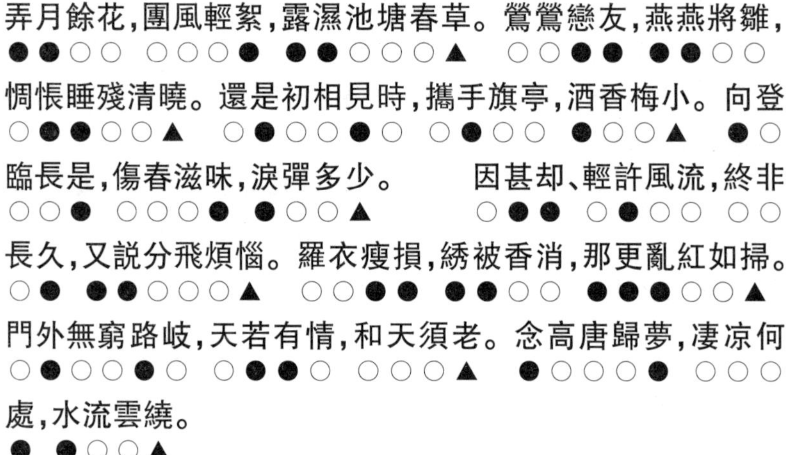

尾句與千里之"濃於空裏，亂紅千點"同。又按，"念高唐"以下，《譜》作上七下六兩句，雖亦可讀，但應照前結一五兩四爲是。

【蔡案】

據《全宋詞》考，本詞作者爲孔夷。

《惜餘春慢》即《選冠子》《蘇武慢》，全詞當以一百十三字爲正。美成一百十一字體，就方千里和詞之尾均作"料相思此際，濃於空裏，亂紅千點"、楊澤民和詞作"把新詞拍段，偎人低唱，鳳鞋輕點"、趙崇嶓和詞作"但晚來江上，眼迷心想，越山兩點"觀之，所和無一不作十三字填，今本周詞必有二字脱落。而陳西麓和詞作"凭危樓望斷，江外青山亂點”，雖亦爲十一字，然觀其别首後結作“看雙鸞飛下，長生殿裏，賜薔薇酒”，可知其原詞亦當是“凭危樓望斷，□□江外，青山亂點”無疑，或後人爲與美成詞合而妄改，删去第二句兩平聲字矣。故本調應以本詞爲正。

蘇武慢　一百七字　　吕渭老

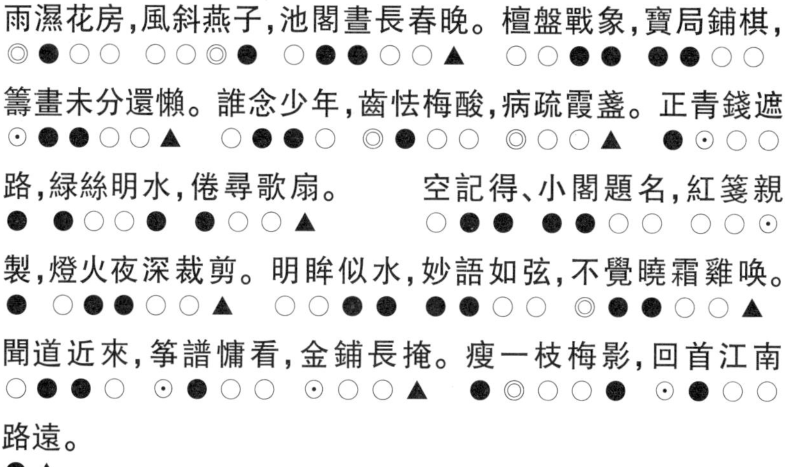

雨濕花房，風斜燕子，池閣晝長春晚。檀盤戰象，寶局鋪棋，籌畫未分還懶。誰念少年，齒怯梅酸，病疏霞盞。正青錢遮路，緑絲明水，倦尋歌扇。　空記得、小閣題名，紅箋親製，燈火夜深裁剪。明眸似水，妙語如弦，不覺曉霜雞唤。聞道近來，箏譜慵看，金鋪長掩。瘦一枝梅影，回首江南路遠。

“誰念少年”“聞道近來”，平仄仄平，不可誤。觀其别作，與此篇無一字不合，森然可法也。“齒怯”至“霞盞”八字，比他家少二字。“箏譜”下亦然，後結與周詞同。

〔杜注〕

按，《聖求詞》此調亦名《選冠子》，與《詞譜》同。又按，“紅箋青製”句，“青”疑當作“親”。

【蔡案】

“紅箋親製”原作“紅箋青製”，據《欽定詞譜》改。

少字格 一百十一字 蔡伸

雁落平沙,煙籠寒水,古壘鳴笳聲斷。青山隱隱,敗葉蕭蕭,
●●○○ ○○○● ●●○○○▲ ○○●● ●●○○
天際暝鴉零亂。樓上黃昏,片帆千里歸程,年華將晚。望碧
○●●○○▲ ○●○○ ●○○●○○ ○○○▲ ●●
雲空慕,佳人何處,夢魂俱遠。 憶舊遊、邃館朱扉,小園
○○● ○○○● ●○○▲ ●●○ ●●○○ ●○
香徑,尚想桃花人面。書盈錦軸,恨滿金徽,難寫寸心幽怨。
○● ●●○○○▲ ○○●● ●●○○ ○●●○○▲
兩地離愁,一樽芳酒凄凉,危欄倚遍。盡遲留、憑仗西風,吹
●●○○ ●○○●○○ ○○●▲ ●○○ ●●○○ ○
乾淚眼。
○●▲

此《蘇武慢》之一百十字,與《過秦樓》字數相同者。"樓上"至"將晚"十四字,與周詞異。後段"兩地"下十四字亦然。尾句周用上五下六,此用上七下四,而"風"字用平,亦稍異。卲庵亦同此體。

〔杜注〕

按,《歷代詩餘》"望碧雲空慕"句,"慕"作"暮"。

【蔡案】

本詞二三均句法章法皆與《過秦樓》迥異,本非一體,故字數相同,不必提及,如《望海潮》亦一百十字,而不必言"與《望海潮》字數相同"者,一也。此即魯詞體,亦後段尾均少二字耳。

讀破格 一百十三字 陸游

澹靄空蒙,輕陰清潤,綺陌細塵初静。平橋繫馬,畫閣移舟,
●●○○ ○○○● ●●●○○▲ ○○●● ●●○○

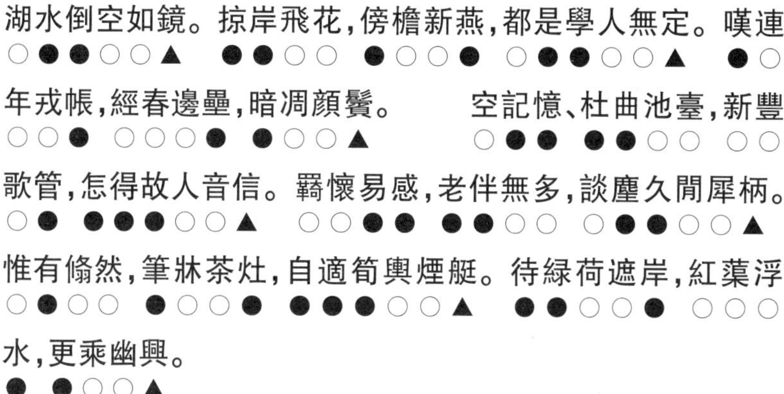

湖水倒空如鏡。掠岸飛花，傍檐新燕，都是學人無定。嘆連年戎帳，經春邊壘，暗凋顔鬢。　空記憶、杜曲池臺，新豐歌管，怎得故人音信。羈懷易感，老伴無多，談麈久閒犀柄。惟有儵然，筆牀茶灶，自適筍輿煙艇。待緑荷遮岸，紅蕖浮水，更乘幽興。

此《蘇武慢》之一百十三字，與《惜餘春》字相同者。“掠岸”下與“惟有”下各十四字，蔡用四六四，此又用四四六，想不拘。亦足見此調之變體甚多耳。尾與前段同，與《惜餘春》兩結正相合也。

【蔡案】

此即魯詞體，惟前後段第三均讀破異。

八寶妝 一百十字

李　甲

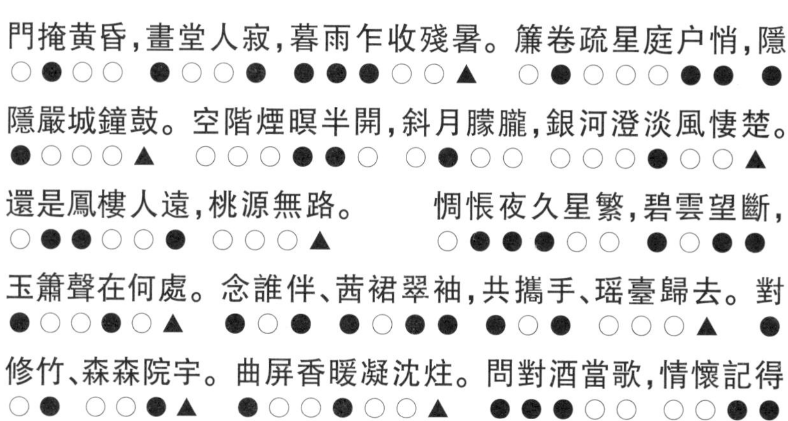

門掩黄昏，畫堂人寂，暮雨乍收殘暑。簾卷疏星庭户悄，隱隱嚴城鐘鼓。空階煙暝半開，斜月朦朧，銀河澄淡風悽楚。還是鳳樓人遠，桃源無路。　惆悵夜久星繁，碧雲望斷，玉簫聲在何處。念誰伴、茜裙翠袖，共攜手、瑶臺歸去。對修竹、森森院宇。曲屏香暖凝沈炷。問對酒當歌，情懷記得

劉郎否。

陳君衡有《八寶妝》一首,九十九字者,與《新雁過妝樓》全同,已入《新雁》本調下注明矣。此則真《八寶妝》也。

〔杜注〕

《四庫全書·詞律提要》云:《綠意》之爲《疏影》,樹方齗齗辨之,而不知《疏影》之前爲《八寶妝》,《疏影》之後爲《八犯玉交枝》,即已一調兩收。按,李景元此調與後《八犯玉交枝》之仇仁近詞字句皆同,可見《疏影》《八寶妝》《八犯玉交枝》《綠意》《解佩環》,五名同是一調。

【蔡案】

本詞據宋人曾慥之《樂府雅詞拾遺》,爲劉燾所作,清人詞本多誤作李甲,原譜如此,《詞綜》《欽定詞譜》亦如此。又,過片兩頓連仄,故亦可讀爲二字逗,蓋所惆悵者,其後三句也。

杜氏謂《疏影》《綠意》《解佩環》《八寶妝》《八犯玉交枝》五者爲一調,大誤。《綠意》《解佩環》乃《疏影》別名,故三者爲一調,其餘兩者應是別調。僅以尾均分析,前者前後段尾均字句皆同,均爲一七一六,後者則前後段字句均不同,前段尾均爲一六一四,後段爲一五一七,無一與《疏影》相合者。

八犯玉交枝　一百十字　　仇遠

滄島雲連,綠瀛秋入,暮景却沈洲嶼。無浪無風天地白,聽
○●○○ ●○○● ●●●○○▲ ○●○○○●● ●
得潮生人語。擎空孤柱。翠倚高閣憑虛,中流蒼碧迷煙霧。
●○○○▲ ○○○▲ ●●○●○○ ○○○●○○▲
惟見廣寒門外,青無重數。　不知是水是山,不知是樹。
○●●○○● ○○○▲ ●○●●●○ ●○●▲

漫漫知是何處。倩誰問、凌波輕步。漫凝睇、乘鸞秦女。想
○○○●○▲ ●○● ○○○▲ ●○● ○○○▲ ●
庭曲、霓裳正舞。莫須長笛吹愁去。怕喚起魚龍,三更噴作
○● ○○●▲ ●○○●○○▲ ●●●○○ ○○●●
前山雨。
○○▲

"八犯",想采八曲而集成此詞,但不知所犯是何調耳,聊據其韻脚臆注云。

極眼前調,作者尚須細心勘校,恐有疏忽不合於古之處,況孤調無可證據乎。譜於此等詞從來祇一篇者,必不肯仍其舊,務要强出己意,謂可平可仄,除是知音識律,高出於古作詞之人之上,而後可如此。嗚呼!其果高出於古人否耶?

〔杜注〕

按,《詞譜》此詞列《八寶妝》調,"暮景却沉洲渚"句"渚"作"嶼"。又按,《絶妙好詞箋》後起作"不知是水,不知是山是樹"。又,"謾凝睇"句,"睇"作"竚",叶韻。

【蔡案】

本詞原譜列於《高山流水》前,因本詞即前《八寶妝》,惟前段第三均略有讀破,故移至此,以便讀者比較。

《欽定詞譜》收本詞,調名謂《八寶玉嬌枝》,非八犯,故或無"採八曲"集成之謂。"洲嶼"原作"洲渚",據《欽定詞譜》改。

疏　影 一百十字　又名《綠意》　　姜　夔

苔枝綴玉。有翠禽小小,枝上同宿。客裏相逢,籬角黃昏,
○○●▲ ●●⊙●◎ ○●○▲ ●●○○ ○●○○
無言自倚修竹。昭君不慣龍沙遠,但暗憶、江南江北。想佩
⊙⊙◎◎○▲ ○○●●○○● ●●● ⊙○○▲ ●●

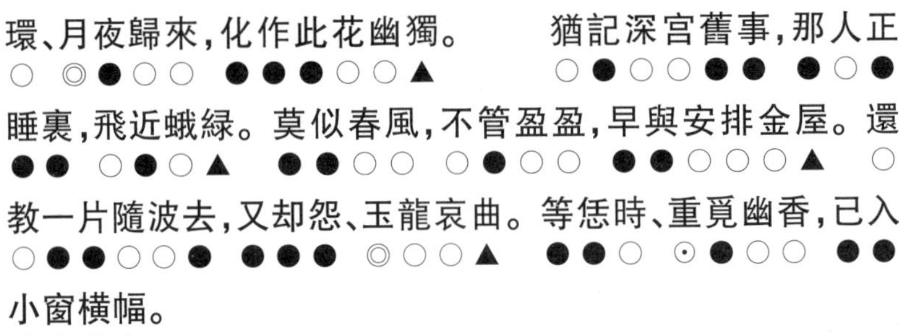
環、月夜歸來，化作此花幽獨。　猶記深宫舊事，那人正睡裏，飛近蛾緑。莫似春風，不管盈盈，早與安排金屋。還教一片隨波去，又却怨、玉龍哀曲。等恁時、重覓幽香，已入小窗横幅。

余前於《暗香》録夢窗所作，此調夢窗亦有，因有殘缺，故仍載白石原篇。“枝上同宿”以下，與後“飛近蛾緑”以下俱同，但“無言自倚”四字與“早與安排”四字異。觀夢窗此句，後用“香滿玉樓瓊闕”，而前亦用“淩曉東風吹裂”，則知“無言自倚”四字亦不妨與“早與安排”相同，故敢於字旁注之。此雖白石自製腔，然夢窗與白石交最深，自當知其律吕也。又查玉田於“翠禽小小”作“滿地碎陰”，平仄亦異。玉田詞亦金科玉律者，則此句亦必可用仄仄仄平，故亦於旁注之。其餘平仄，皆於本詞前後相同處爲注耳。他如夢窗於“翠”字作“横”“上”字作“花”“但”字作“全”“正”字作“漪”，玉田於“客”字作“枝”“化”字作“應”(平聲)、“已”字作“空”，而“客”字、“莫”字、“不慣”“不”字、“一”字俱或作平，不拘，但未敢注。“北”字，自孫光憲已與“促”字同叶，宋人用於屋沃韻内者尤多，非白石之誤也。

此調本姜詞爲祖，《圖譜》收鄧剡詞，其平仄與姜相合，乃以前結“想佩環”二句分作三句，一五字、兩四字，而後則仍作上七下六，可謂亂點兵矣。至《嘯餘》不收《暗香》而收《疏影》，又將“疏”字誤認“棘”字，所載即鄧剡詞，豈不更昏謬乎?

按，白石爲石湖製《暗香》《疏影》二曲，自後作者寥寥，不知何人改作《紅情》《緑意》，今人見《紅情》《緑意》之名新巧可喜，遂從而填之，竟莫能察其即是《暗香》《疏影》矣。毛氏解題謂:《紅情》起於柳耆卿，蓋未細考。朱錫鬯《紅豆詞》固絶妙，而衹就《紅情》填之，亦不及辨其爲《暗香》也。《緑意》見於《樂府雅詞》無名氏詠荷者，人亦莫知其是《疏影》，可見詞調紛紜錯亂，不可勝考。余雖深思詳勘，大費心力，而其間訛錯正恐多端，惟冀大雅君子憫其勞而諒其公，遇有乖謬處，爲條舉而教正之，幸甚，幸甚！不然，人將謂此狂夫於各家舊譜妄肆譏彈而已，所編述動成罅漏，則其罪有不可勝數者矣。今恐人不見信，姑録《緑意》一闋於右，以便稽覽。

緑　意 一百十字　　無名氏

碧圓自潔。向淺洲遠渚，亭亭清絶。猶有遺簪，不展秋心，能卷幾多炎熱。鴛鴦密語同傾蓋，且莫與、浣紗人説。恐怨歌、忽斷花風，碎却翠雲千疊。　回首當年漢舞，怕飛去、謾皺留仙裙摺。戀戀青衫，猶染枯香，還嘆鬢絲飄雪。盤心清露如鉛水，又一夜、西風吹折。喜静看、匹練秋光，倒瀉半湖明月。

《疏影》本一百十字，此於“怨歌”上落去一字耳。以此兩詞相對，豈非同調乎？而《紅情》之即《暗香》，更不必言矣。按，此詞是詠荷葉，原本作“荷花”，誤。

又按，彭元遜有《解佩環》一詞，亦即此調，或因姜詞有“想佩環”三字，因變此名，今録附後，校對自明。

解珮環 一百十字　　彭元遜

江空不渡。恨蘼蕪杜若，零落無數。還道荒寒，婉娩流年，望望美人遲暮。風煙雨雪陰晴晚，更何須、春風千樹。盡孤城、落木蕭蕭，日夜江聲流去。　日晏山深聞笛，恐他年流落，與子同賦。事闊心違，交淡媒勞，蔓草沾衣多露。汀

洲窈窕餘酲寐，□遺珮、浮沈澧浦。有白鷗淡月，微波寄語，逍遥容與。

此詞各刻亦於"遺珮"上落一字，其實即《疏影》也。蓋前詞"怨歌"句，與後段"喜浄看"同，此詞"遺珮"句與前段"更何須"同，俱不可作六字也。至《圖譜》以"有白鷗淡月"爲一句，"微波寄語"爲一句，遂與前段各異，而文理亦不通矣。

〔杜注〕

萬氏謂不知何人改作《紅情》《緑意》，按，此二闋，乃張玉田譜《暗香》《疏影》之調，詠荷花、荷葉也。

按，《山中白雲詞》（校訂者按，指萬氏前引《緑意》一詞）"怨歌"上所空之字作"恐"字。又，"聽折"作"吹折"。又，"淨看"作"静看"。又按，此調爲張炎作，原書"無名氏"失考。

按，《草堂詩餘》萬氏空字處作"遺佩環"，應照補。

【蔡案】

萬子原注："不管"之"不"以入作平。又，"龍沙"，原譜作"吴沙"，據《欽定詞譜》改。又，本調前後段之起拍，入韻與否應屬不拘，如張玉田有"雪空四野，照歸心萬里，千峰獨立。"之前段起，首拍不入韻；後起則玉田均首拍入韻，如作"閒款樓臺夜色。料水光未許，人世先得。"等。

萬氏所引《緑意》一詞已據杜注和杜氏校勘記改。本詞即《疏影》，故不作譜。

彭元遜《解佩環》（江空不渡）前段尾均作"盡孤城、落落蕭蕭，日夜江聲流去"，據元《草堂詩餘》改。本詞即《疏影》，故不作譜。

高山流水 一百十字 吴文英

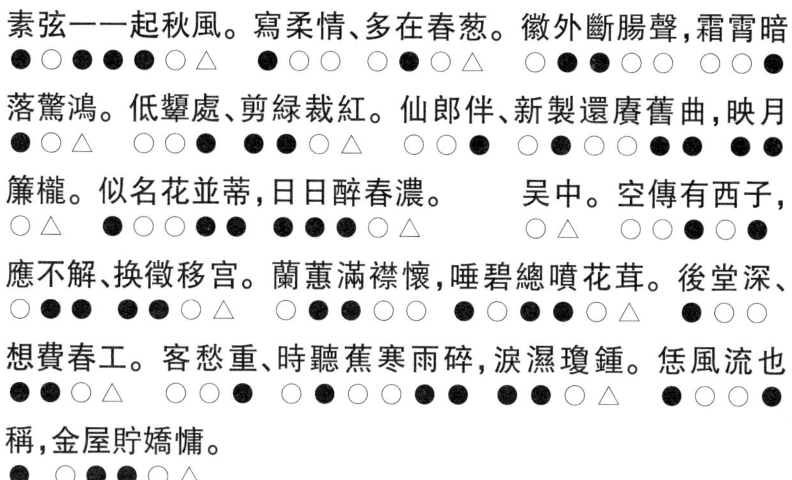

素弦一一起秋風。寫柔情、多在春葱。徽外斷腸聲,霜霄暗
●○●●●○△　　○○●、●○△　○●●○○　○○●

落驚鴻。低鬟處、剪綠裁紅。仙郎伴、新製還賡舊曲,映月
●○△　○○●、●●○△　○○●、○●○○●●　●●

簾櫳。似名花並蒂,日日醉春濃。　　　吳中。空傳有西子,
○△　●○○●●　●●●○△　　　○△　○○●○●

應不解、換徵移宮。蘭蕙滿襟懷,唾碧總噴花茸。後堂深、
○●●、●●○△　○●●○○　○●●○○△　●○○

想費春工。客愁重、時聽蕉寒雨碎,淚濕瓊鍾。恁風流也
《圖譜》注此詞，謂“蘭蕙滿”三字句、“襟懷唾碧”四字句、“總噴花茸”四字句、“客愁重”三字叶韻、“恁風流”三字句、“也稱金屋貯嬌慵”七字句，愚謂非也。“蘭蕙”以下與前段俱同。“蘭蕙滿襟懷”五字，對前“徽外斷腸聲”句，“總”字必係“窗”字之訛，而又誤倒刻，乃是“碧窗唾噴花茸”六字，對前“霜霄暗落驚鴻”也。否則“碧”字作平，必無“襟懷唾碧”之理。後“堂深”句七字，對前“低顰處”句。“客愁重”，“重”字去聲，非平聲叶韻者。此三字對前“仙郎伴”句。“時聽”二句十字，對前“新製”二句。“恁風流也稱”五字，“稱”字去聲，對前“似名花並蒂”句。若“稱”字作平，文義欠通矣。“金屋貯嬌慵”五字，對前“日日醉春風”句，豈非字字相合乎？

〔杜注〕

按，《四庫全書提要》云：《高山流水》後闋“唾碧窗，噴花茸”句，音律不叶，文義亦不可解，應如萬氏所注作“碧窗唾噴花茸”。又按，此詞原題丁基仲妾善琴,題贈。宋詞無别首可校,疑爲夢窗自製之曲。

【蔡案】

萬子原注:"客愁"之"客",作平。又,"唾碧"之"碧",作平。《圖譜》不識,故讀爲"蘭蕙滿、襟懷唾碧,總噴花茸",欲協聲律耳。

慢卷紬 一百十一字

柳　永

閒窗燭暗,孤幃夜永,欹枕難成寐。細屈指尋思,舊事前歡
○○●● ○○●● ○●○○▲ ●○●○○ ●●○○

都來,未盡平生深意。到得如今,萬般追悔,空祇添憔悴。
⊙■ ●●○○○▲ ●●○○ ●○○● ○●○○▲

對好景良宵,皺著眉兒,成甚滋味。 紅茵翠被。當時
●◎●○○ ●●○○ ⊙●○▲ ○○●▲ ○○

事、一一堪垂淚。怎生得依前,似恁偎香倚暖,抱著日高猶
● ●●○○▲ ●○●○○ ●●○○●● ●●●○○

睡。算得伊家,也應隨分,煩惱心兒裏。又争似從前,澹澹
▲ ●●○○ ●○○● ○●○○▲ ●⊙●○○ ●●

相看,免恁縈繫。
○○ ◎●○▲

"細屈指"下與後"怎生得"下同。但"似恁"句該六字,"抱著"句該六字,而"舊事"至"都來"不成句,"都來"二字平聲,必有誤耳。

按,題名"卷紬"無義理,"紬"字恐是"袖"字之訛。

〔杜注〕

按,《詞譜》"當時一一堪垂淚"句,"時"字下有"事"字,《花草粹編》同。又按,宋人李景元一首與此相同,亦一百十字,惟"都來"二字作"悄悄",仄聲。萬氏謂平聲有誤,以此。

【蔡案】

萬子原注:“屈指”之“屈”作平。又,“舊事”下十二字,萬子不讀斷。餘據《欽定詞譜》改。又按,“都來”之“來”必誤,當是仄聲字,填者不可用平。而《全宋詞》此十二字讀爲四字三句,雖平仄和諧,然“都來未盡”云云,終是費解。

五彩結同心 一百十一字 趙彥端

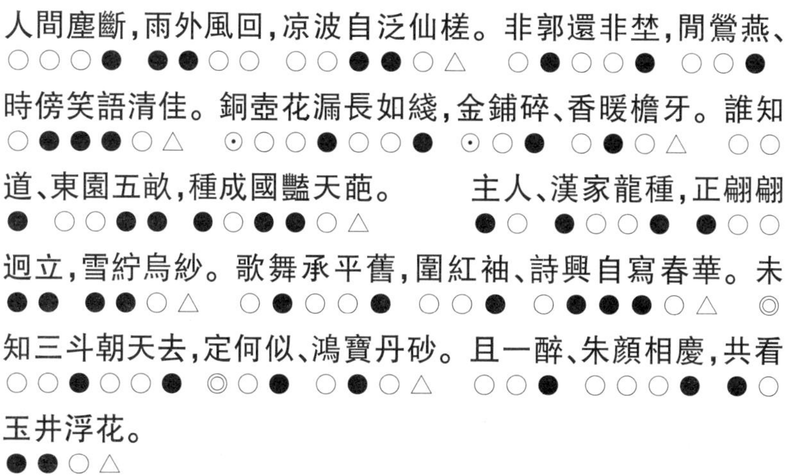

人間塵斷,雨外風回,凉波自泛仙槎。非郭還非埜,間鶯燕、時傍笑語清佳。銅壺花漏長如綫,金鋪碎、香暖檐牙。誰知道、東園五畝,種成國豔天葩。　主人、漢家龍種,正翩翩迴立,雪紵烏紗。歌舞承平舊,圍紅袖、詩興自寫春華。未知三斗朝天去,定何似、鴻寶丹砂。且一醉、朱顏相慶,共看玉井浮花。

“非郭”下與後“歌舞”下同。《圖譜》不解,將“歌舞”句作四字,而以“舊”字搭下作四字,不知前段不可以“非郭還非”爲一句也。

歲在甲子,僕在端州制幕,適吴太守薗次、徐太史電發兩先生前後入粤,因啖荔枝,太史遂有《五彩結同心》之作,制府和之,僕暨雪舫亦附賡吟。其調與此字句雖同,而用仄韻。署中苦無詞書,莫可考究,因請於太史,訊其源流,時太史亦忘之。故至今耿然於衷,未得收此體入譜。更思詞格之繁正多遺缺,必待廣搜緩覈,方可成編。緣琰青以剞劂之便,慫恿立成,漏萬貽譏,自所不免。但調之未輯者,不妨續編而體之。妄議者難以自訟，統祈高明糾其譌謬，示所遺亡，共成全璧，以便學者，是合尖之功，勝此帙萬萬矣。望之，望之。

〔杜注〕

萬氏注云：徐電發太史作此調，用仄韻，苦無詞書，未收此體入譜。按，《詞綜補遺》有袁綯作"珠簾垂户"一首，用仄韻，句法與趙詞同，已列入《拾遺》。綯一作"裪"。

【蔡案】

萬子原注"且一"二字均作平。又，過片句原譜不讀斷，故音律失諧，是失記换頭之二字逗也，謹補。又按，後段第三句原譜作"雪竚烏紗"，現據《欽定詞譜》改正。

萬子所云仄韻體者，兹録於下，以備學者翻檢：

五彩結同心 一百十一字　　無名氏

珠簾垂户。金索懸窗，家接浣沙溪路。相見桐陰下，一鈎月、恰
○○○▲　○●○○　○●●○○▲　○●○○●　●○●　●
在鳳凰棲處。素瓊撚就宫腰小。花枝嫋、盈盈嬌步。新妝淺、滿
●●○○▲　●○●●○○●　○○●　○○○▲　○○●　●
腮紅雪，綽約片雲欲度。　塵寰、豈能留住。唯祇愁、化作彩
○○●　●●●○●▲　○○　●○○▲　○●○　●●●
雲飛去。蟬翼衫兒薄，冰肌瑩、輕罩一團香霧。彩箋巧綴相思
○○▲　○●○○●　○○●　○●●○○▲　●○●●○○
苦。脈脈動、憐才心緒。好作個、秦樓活計，要待吹簫伴侣。
▲　●●●　○○○▲　●●●　○○●●　●●○○●▲

較之平韻體，本體前後段首句、第三均首句俱叶韻，故比平韻體多四韻脚。其餘皆同。

霜葉飛 一百十一字　　吴文英

斷煙離緒。關心事、斜陽紅隱霜樹。半壺秋水薦黄花，香噀
●○○▲　○○●　○○○●○▲　●○○●●○○　⊙●

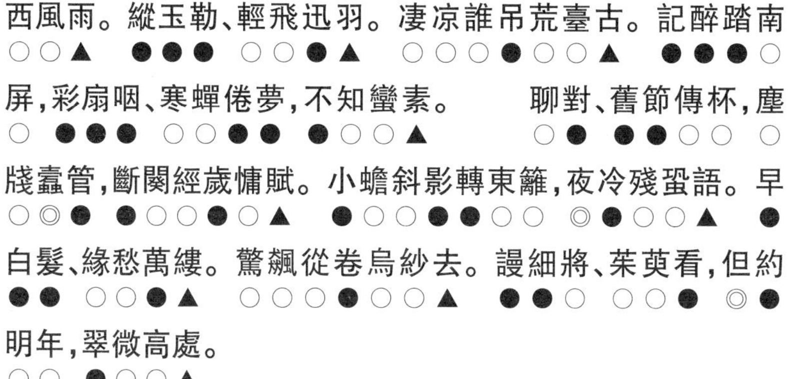

西風雨。縱玉勒、輕飛迅羽。凄凉誰吊荒臺古。記醉踏南屏，彩扇咽、寒蟬倦夢，不知蠻素。聊對、舊節傳杯，塵牋蠹管，斷闋經歲慵賦。小蟾斜影轉東籬，夜冷殘蛩語。早白髮、緣愁萬縷。驚飆從卷烏紗去。謾細將、茱萸看，但約明年，翠微高處。

“斜陽”至“臺古”，與後“斷闋”至“紗去”同。“香噀”句、“夜冷”句如五言詩，而美成作“正倍添凄悄”“奈五更愁抱”，上一下四，句法不同。觀千里和詞，前云“臺榭還清悄”，後云“況老來懷抱”，可知此句句法不拘也。“彩扇”下，或云一五一六，周云“又透入清輝半晌特地留照”，余謂若於“輝”字住，與上句句法連疊相同矣。自宜“入”字豆、“晌”字句也。方云“自遍拂塵埃，玉鏡羞照”，是落兩字，無此體。“知”字，周、方皆作去聲，夢窗細摹清真者，不知何以此字各異耳。“斷闋”二字，似宜連上讀，但周云“度日如歲難到”，方云“未落人後先到”，則應連下作六字，況此句即與前“斜陽”句同也。周用“日”字，方用“落”字，此用“闋”字，皆以入作平，原與前“陽”字一樣耳。“將”字方作“質”字，亦入作平，不可誤用上去字，各家平仄如一，不可擅易。“迅羽、萬縷”去上聲，妙。周用“憾曉、閉了”，方用“怨曉、過了”可見。《圖譜》因周詞起句“霧迷衰草疏星挂”，遂謂“草”字起韻，注作四字句起，而以下句爲九字，誤甚。

〔杜注〕

按，此調張玉田有三首，均首句第四字有暗韻，周清真“霧迷衰草”一首，“草”字亦叶，此詞“離緒”之“緒”字應注韻。萬氏因清真另一首及方千里、楊澤民和詞未叶，故未注，然各有一體，未可拘執，此"緒"字實暗韻也。

【蔡案】

萬子原注："斷闋"之"闋"作平；"不知"之"知"可仄。又，過片以二字逗讀斷爲佳，蓋此爲二字逗領四字儷句，亦可證"斷闋"二字不當屬上也。

八 歸 一百十三字　　高觀國

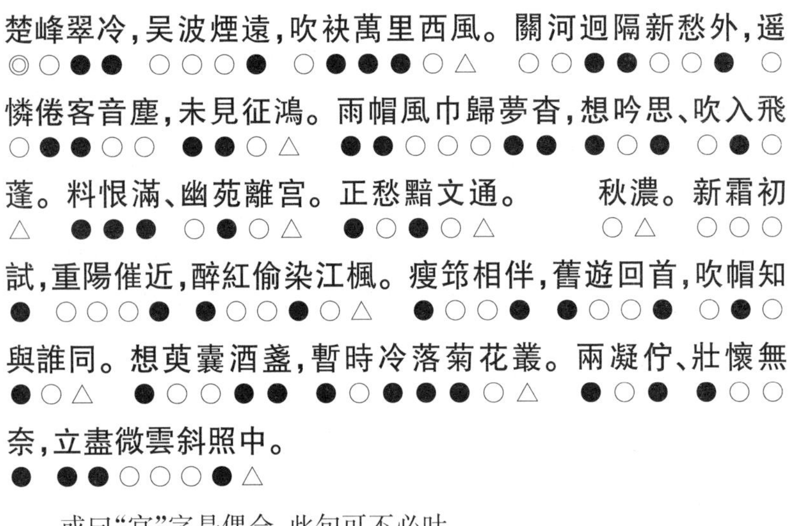

楚峰翠冷，吴波煙遠，吹袂萬里西風。關河迴隔新愁外，遥憐倦客音塵，未見征鴻。雨帽風巾歸夢杳，想吟思、吹入飛蓬。料恨滿、幽苑離宫。正愁黯文通。　秋濃。新霜初試，重陽催近，醉紅偷染江楓。瘦筇相伴，舊遊回首，吹帽知與誰同。想萸囊酒盞，暫時冷落菊花叢。兩凝佇、壯懷無奈，立盡微雲斜照中。

或曰"宫"字是偶合，此句可不必叶。

〔杜注〕

按，《詞譜》"壯懷立盡"句，"壯懷"下有"無奈"二字，以"無奈"爲句，"立盡"二字屬下句。應遵補。

【蔡案】

已據杜注改補，原譜"一百十一字"改爲"一百十三字"。本調平仄韻體字句幾同。惟仄韻體後結，史詞十六字，姜白石詞作"歸來後、翠尊雙飲，下了珠簾，玲瓏閒看月"，亦爲十六字，平韻體則僅得十四字，或疑脱落二字，抑或調式不同而有所增減耳。

仄韻體 一百十五字　　史達祖

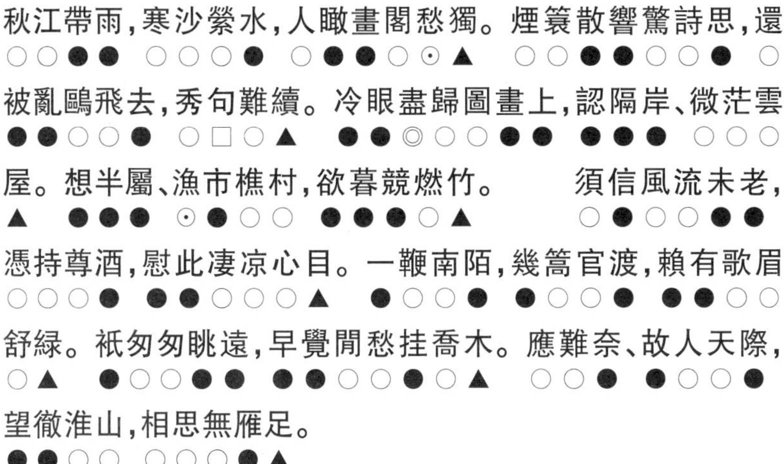
秋江帶雨，寒沙縈水，人瞰畫閣愁獨。煙簑散響驚詩思，還被亂鷗飛去，秀句難續。冷眼盡歸圖畫上，認隔岸、微茫雲屋。想半屬、漁市樵村，欲暮競燃竹。　須信風流未老，憑持尊酒，慰此淒凉心目。一鞭南陌，幾篙官渡，賴有歌眉舒緑。祇匆匆眺遠，早覺閒愁挂喬木。應難奈、故人天際，望徹淮山，相思無雁足。

用仄韻。比前調後結多"望徹淮山"句，换頭亦不於二字叶，查白石調與此全合，平仄必有定格，不可隨譜妄填。"憑持"句該四字，白石用"而今何處"，是也。此篇乃刻本誤落一字耳。觀前吴詞，雖韻脚用平，而聲調則一，其於此句，正用"重陽催近"，則該是四字無疑。故添"□"於内。《圖譜》不解，於姜詞下反注"而"字羨，想因史詞，故如此注。乃題下又注一百十五字，則仍以"而"字爲正，何其自相矛盾也。

〔杜注〕

按，"憑持酒"句，"持"字下空一字，戈氏《詞選》補"誰"字，《歷代詩餘》及《心日齋詞選》均作"憑持尊酒"，應遵改。

【蔡案】

"持"字下空字已據杜注補"尊"字。"須信"後十字，原譜不讀斷。又，"畫閣"之"閣"，以入作平。又按，"秀句"句，白石作"薛階蛩切"，第二字平，則史詞"句"字當是誤填，學者當以平爲正。

透碧霄　一百十二字　　柳　永

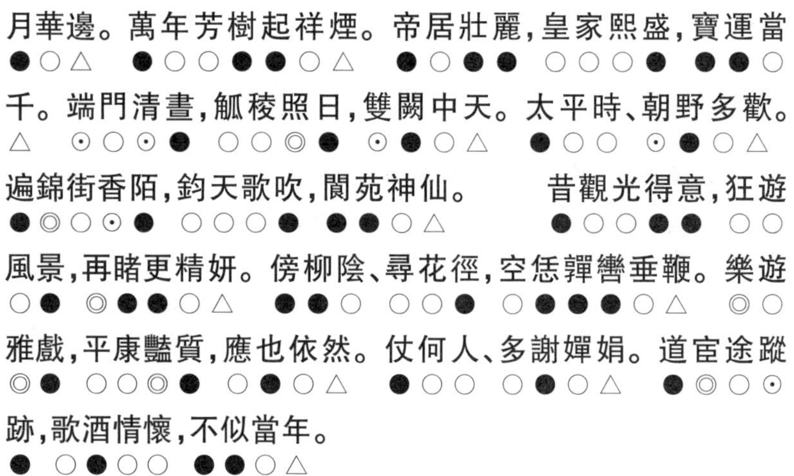
月華邊。萬年芳樹起祥煙。帝居壯麗，皇家熙盛，寶運當
●○△　●○○●●○△　●○●●　○○○●　●●○
千。端門清晝，觚稜照日，雙闕中天。太平時、朝野多歡。
△　⊙○⊙●　○○◎●　⊙●○△　●○○　⊙●○△
遍錦街香陌，鈞天歌吹，閬苑神仙。　昔觀光得意，狂遊
●◎○⊙●　○○○●　●●○△　●○○●●　○○
風景，再睹更精妍。傍柳陰、尋花徑，空恁嚲轡垂鞭。樂遊
○●　◎●●○△　●●○　○○●　○●●●○△　◎○
雅戲，平康豔質，應也依然。仗何人、多謝嬋娟。道宦途蹤
◎●　○○◎●　○●○△　●○○　○●○△　●◎○⊙
跡，歌酒情懷，不似當年。
●　○●○○　●●○△

"端門"下與後"樂遊"下同。衹"歌酒情懷"與"鈞天歌吹"平仄異耳。《圖譜》收查荎一首，於"端門"三句云："相從争奈心期久要屢變霜秋"，《圖譜》作六字兩句，蓋讀"要"字作平聲也。觀此"觚稜"三句，端然俱是四字，且正與後"樂遊"三句相對，是知不可作六字也。"傍柳陰"下十二字，查云："愛渚梅幽香動須采掇倩纖柔"，《圖》作上句五字、下句七字，甚謬。"愛渚梅"三字豆，即此篇之"傍柳陰"也，又以"梅幽香"三字疊平，竟將"梅"字圖作可仄，更可笑矣。但"須采掇"句六字，亦三字豆者，與此"空恁"句句法似别，然玩查句文義，亦有可疑，若作"采掇須倩纖柔"，則理順語協，與此相符矣。

或云：查用《論語》"久要"字，自當作平聲，此詞"日"字與後段"質"字，乃入作平耳。"照、艷"二字不可用平，然查之後段，却用"誰傳餘韻"，是不可以一處而拗三處也。

按，王荆公《老人行》云："古來人事已如此，今日何須論久要"。"要"字叶上"笑、誚"韻，是"久要"原可讀去聲，查詞之與此篇"觚稜照日"正合矣。

〔杜注〕

按，宋本"朝夜多歡"句，"夜"作"野"。應改正。

【蔡案】

"帝居"原作"帝君"，欠通，據恩杜本、彊村叢書本《樂章集》改。又，"朝野多歡"，"野"原作"夜"，據杜注改。"久要"作仄聲，唐人已有，李德裕云："曳履忘年舊，彈冠久要情"，即是，至宋則更多。但第三均填詞若作六字二句，亦無不可，後一句作●●●●○△，亦在律中。

玉山枕 一百十三字　　柳　永

驟雨新霽。蕩原野、清如洗。斷霞散彩，殘陽倒影，天外雲
●○○●　●○●　○○▲　●○●●　○○●●　⊙●○
峰，數朵相倚。露莎煙芰滿池塘，見次第、幾番紅翠。當是
○　●○○▲　●○○●●○○　●◎●　●○○▲　⊙◎
時、河朔飛觴，避炎蒸、想風流堪繼。　晚來高樹清風起。
○　⊙●○○　●○○　●○○○▲　●○○●○○▲
動簾幕、生秋氣。畫樓晝寂，蘭堂夜静，舞豔歌姝，漸任羅
●○●　○○▲　●○●●　○○●●　◎●○○　●○○
綺。訟閒時泰足風情，便争奈、雅歡都廢。省教成、幾闋新
▲　●○○●●○○　●⊙●　●○○▲　◎⊙○　◎●○

歌，盡新聲、好尊前重理。

“蕩原野”以下，與後“動簾幕”以下俱同。此調無他作者，平仄當悉遵之。或謂：“芰”字、“泰”字亦是叶韻，未知是否。“泰、外”等古亦連押，然不必。《圖譜》以起句四字爲二句，不知何據。此詞用韻甚正，柳七雖俗，亦從不肯借韻，豈有以魚語韻字入齊薺者？况以借叶之字，爲第一個韻脚乎？“雨”字與“霽”叶，乃吴越間俗音，近來傖父多此痼疾，稍知沈韻者，必不犯此，而謂柳七爲之耶？况如此長調，又非换頭，豈有以兩字起句，二字繼叶之理？不比《醉翁操》，原學琴操爲之也。“蕩原野”二句，反合爲六字，至“動簾幕”則又仍分二句，俱不可解。

“當是時”用平仄平，後“省教成”用仄平平，兩結相同，故旁注可平可仄。然愚謂：“當是時”三字，恐原係“是當時”三字也，讀者可玩而知之。又，前後二結，讀者俱如右注上七下八，姑仍之，然愚謂當以上三字爲豆，而中七字爲句，下五字爲尾，蓋“河朔避炎”是一件事，下則想繼其風流，是另一層意。“新歌新聲”是一件事，下則要重理其歌曲，亦是另一層意。如此，則語意不累墜矣。願以質之具正法眼藏者。

〔杜注〕

按，“幾闋新歌”句，“新”字與下句“盡新聲”複，疑當作“清”。

【蔡案】

首句“雨”字、第六句“朵”字，皆以上作平；“任”字，讀平。

丹鳳吟 一百十四字　　方千里

宛轉回腸離緒，嬾倚危欄，愁登高閣。相思何處，人在綉帷

●●○○○● ●●○○ ⊙○○▲ ○○⊙● ○●●○

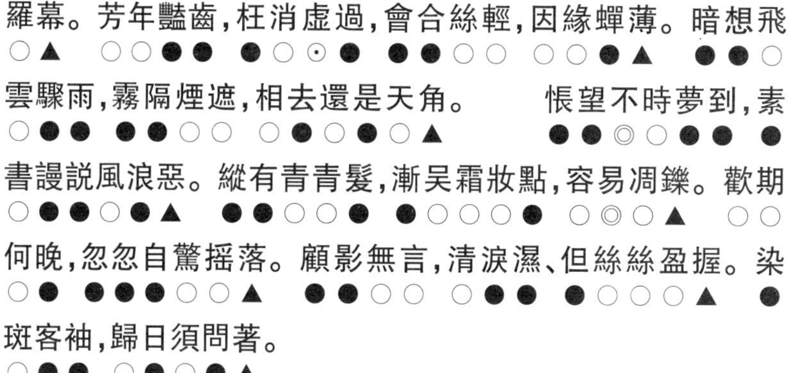

羅幕。芳年豔齒，枉消虛過，會合絲輕，因緣蟬薄。暗想飛雲驟雨，霧隔煙遮，相去還是天角。　悵望不時夢到，素書謾説風浪惡。縱有青青髮，漸吴霜妝點，容易凋鑠。歡期何晚，忽忽自驚摇落。顧影無言，清淚濕、但絲絲盈握。染斑客袖，歸日須問著。

讀詞非僅采其菁華，須觀其格律之嚴整和協處，然人見其嚴整，便以爲拗句，不知其拗句正其和協處。但多吟詠數遍，自覺其妙，而不見其拗矣。字之平仄，人知辨之，不知仄處上去入亦須嚴訂。如千里和清真，平上去入，無一字相異者，此其所以爲佳，所以爲難。若徒論平仄，則對客揮毫，小有才者，亦優爲之矣。即此詞可見，"風浪惡"時本作"風波惡"，誤。美成用"心緒惡"，夢窗用"城外色"，夢窗詞與此平仄亦同，但"容易凋鑠"作"燕曾相識"，不合，未審傳訛乎，抑夢翁偶誤也？

〔杜注〕

按，《歷代詩餘》"素書漫説風浪惡"句，"風"作"波"。又，"忽忽自驚摇落"句，上三字作"忽忽坐。"

【蔡案】

萬子對"拗句"之認識極爲錯誤。所謂"拗句"，意謂"不合一般格律之句"，如結拍"歸日須問著"，若是合律之句，或用平平平仄仄，或用仄仄平平仄，其二四兩字之平仄必反，本句俱仄，是爲拗也。故拗句縱讀上一萬遍，亦仍是拗句，萬子以爲"多吟詠數遍自不見其拗"者，是視"拗句"爲"拗口之句"也，謬甚。其云"拗句正其和諧處"，尤謬,貽誤後人至今。若拗句亦即“和協處”,則拗句必於詞調中觸目皆是也。何以其“和協處”鳳毛麟角耶?以本詞論,前段尾拍美成作“殘照猶在亭角”,“在”字上聲,故千里以“是”字填,而夢窗作“泛”字,此處作“覆蓋”解,亦爲上聲也,故可知本詞“是”字正萬子所謂以上作平者,並無違拗。又如“容易凋鑠”,夢窗用“燕曾相識”,亦未必傳訛或填誤也。

輪臺子 一百十四字　　柳　永

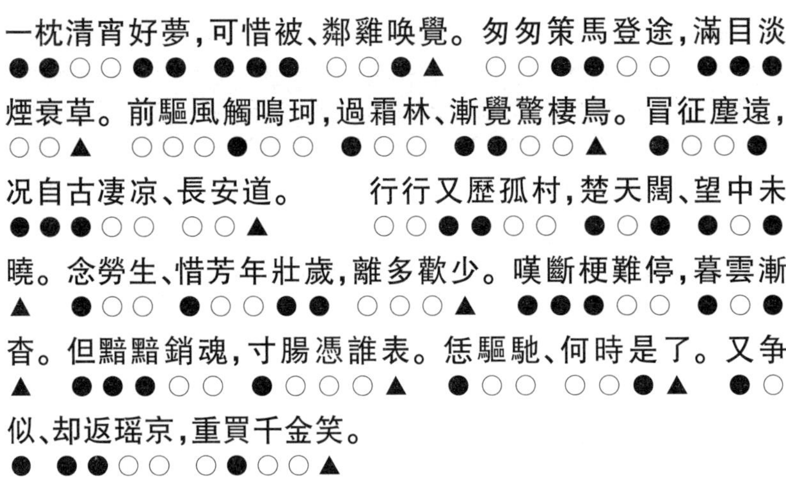
一枕清宵好夢,可惜被、鄰雞喚覺。匆匆策馬登途,滿目淡
●●○○●● ●●● ○○●▲ ○○●●○○ ●●●
煙衰草。前驅風觸鳴珂,過霜林、漸覺驚棲鳥。冒征塵遠,
○○▲ ○○○●○○ ●○○ ●●○○▲ ●○○●
况自古凄涼、長安道。　行行又歷孤村,楚天闊、望中未
●●●○○ ○○▲ ○○●●○○ ●○● ●○●
曉。念勞生、惜芳年壯歲,離多歡少。嘆斷梗難停,暮雲漸
▲ ●○○ ●○○●● ○○○▲ ●●●○○ ●○●
杳。但黯黯銷魂,寸腸憑誰表。恁驅馳、何時是了。又争
▲ ●●●○○ ●○○○▲ ●○○ ○○●▲ ●○
似、却返瑤京,重買千金笑。
● ●●○○ ○●○○▲

衹此一首,平仄宜遵,亦熨帖可從。“驅驅”恐是“驅馳”。

〔杜注〕

按,《歷代詩餘》“驅驅”作“驅馳”,與萬氏説合。應遵改。

【蔡案】

“驅馳”原作“驅驅”,已據杜注改。“冒征塵”下十二字,原譜作“冒征塵遠况,自古凄涼長安道”。按,此二句句讀有誤。以文法論,“冒……遠”通,“冒……遠况”則不通,故可知“况”字當屬下。然則此十二字當讀爲“冒征塵遠，况自古凄凉、長安道”，文通律合。謹改。

紫萸香慢　一百十四字　姚雲文

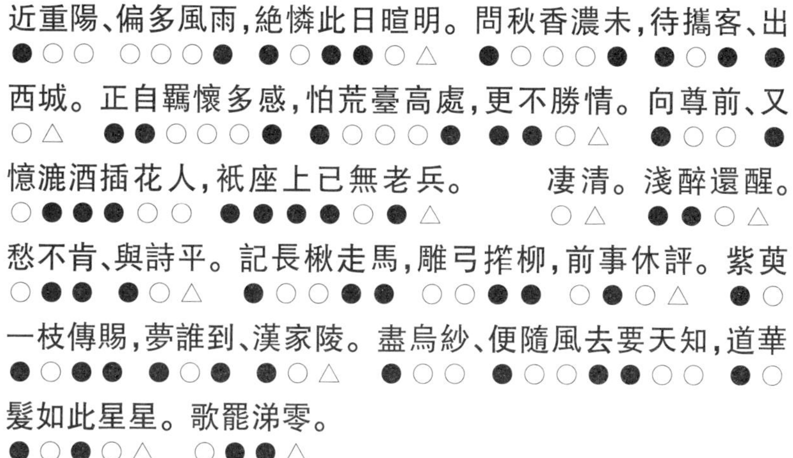
近重陽、偏多風雨，絶憐此日暄明。問秋香濃未，待攜客、出西城。正自羈懷多感，怕荒臺高處，更不勝情。向尊前、又憶漉酒插花人，衹座上已無老兵。　凄清。淺醉還醒。愁不肯、與詩平。記長楸走馬，雕弓搾柳，前事休評。紫萸一枝傳賜，夢誰到、漢家陵。盡烏紗、便隨風去要天知，道華髮如此星星。歌罷涕零。

無他作可考，平仄當悉依之。通篇韻語皆平平住句，衹前結用上平，後結用去平，是其音律如此也。《圖譜》注改，並“涕零”亦謂可作平平，則不敢奉命矣。

〔杜注〕

按，“雕弓搾柳”句，“搾”字似當作“躪”。

【蔡案】

“正是”，《欽定詞譜》作“正自”，據改。“傳賜”之“傳”去聲，《説文解字》注云“驛遞曰‘傳’”，猶今日之言“特快專遞”也。

又，前段結拍原譜作上三下四讀，誤，此句依律當爲一字逗領六字句句法，謹改。又按，前段尾均“憶”字讀平，此即後段“隨”字。而後段原讀爲“盡烏紗、便隨風去，要天知道，華髮如此星星”，對應前段，則應改爲今讀，如此，字句韻律皆合。

沁園春 一百十四字 陸　游

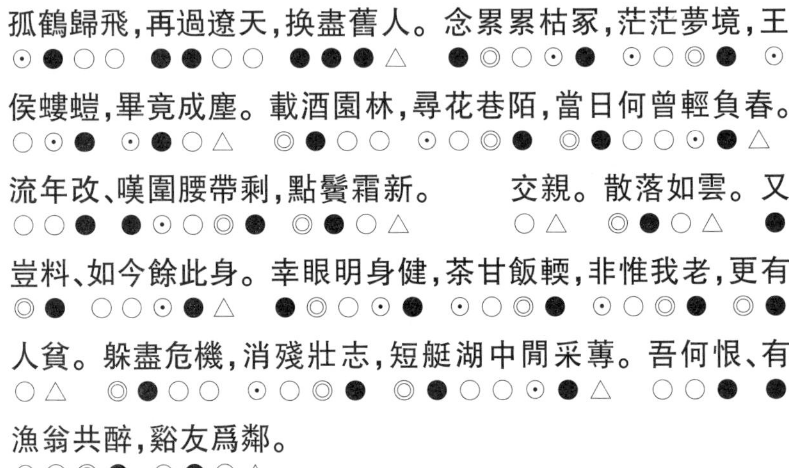

孤鶴歸飛，再過遼天，換盡舊人。念累累枯冢，茫茫夢境，王侯螻蟻，畢竟成塵。載酒園林，尋花巷陌，當日何曾輕負春。流年改、嘆圍腰帶剩，點鬢霜新。　交親。散落如雲。又豈料、如今餘此身。幸眼明身健，茶甘飯輭，非惟我老，更有人貧。躲盡危機，消殘壯志，短艇湖中閒采蓴。吾何恨、有漁翁共醉，谿友爲鄰。

此一百十四字爲《沁園春》正體。"念累累"以下與後"幸眼明"以下同。"當日"句、"短艇"句七字，"又豈料"句八字，定格也。各家有前後用八字，而過變處反用七字者，更有前八後七、前七後八者，非偶筆，即誤刻。蓋兩段相同，不宜參差作者，但宜從此篇爲妥。首起三句，平仄多不拘，惟此篇爲正。大約首句俱同，第二句則或用仄平平仄，或用平平平仄，或用仄平仄平，或用平平仄平，或用平平仄仄，或用仄平平平，或用仄仄仄平，或用仄平仄仄，或用平仄平仄。第三句則或用平仄仄平，或用仄仄平平，或用仄平仄平，或用平平仄平。以上皆不拘。"累累枯冢"與"眼明身健"，間有用仄仄平平者，亦不拘，然數十中之一也。"親"字可以不叶，其叶者亦一二而已。若石屏"一曲狂歌"一首，於"又豈料"句少一字，夢窗"澄碧西湖"一首，於"流年改"句多一字，及芸窗前結云"又何須聽那，西樓弦管，南陌簫笙"，則尤差誤，無此體也。"輕、餘、閒"三字平仄不拘，然用平最爲起調。

沈選蔣詞“當日”句云“絶勝珠簾十里迷樓”，八個字，“珠簾十里”正用杜樊川詩，與隋家“迷樓”何與？竹山豈不通如此？沈不知“迷”字誤多，乃注第十句八字，可嘆可嘆。豈有此句八字之《沁園春》乎？〔杜注〕

按，此爲《沁園春》正體，前三句平仄均可不拘，其四、五、六、七等四句，别家多作對偶，或兩句各對，或四句互對。萬氏獨收放翁一首，六、七兩句未對，非正體也。又，後起“交親”之“親”字叶韻，統考百餘闋中，僅六、七首相叶，恐係偶合。

【蔡案】

本調正體，前後段尾均均爲三五四填法，但宋元亦有不少三四四式之結法，前後段均有，如前段宋吕渭老之“争知道，冤家誤我，日許多時”，元洪希文之“人争道，卿雲甘露，毓瑞儲精”，後段宋王之道之“何須問，蘧蘧栩栩，孰是莊周”，元張之翰之“歸來儘，不妨詩筆，顛倒南溟”，前後段宋王質之“家無力，雖然咫尺，强作縈回。……門通水，荷汀蓼渚，足可徘徊”、元密璹之“凄凉否，瓶中匱粟，指下忘琴。……掀髯笑，一杯有味，萬事無心”，而諸譜於此均未指出。萬子謂吴文英“澄碧西湖”詞前段尾均多一字，檢《夢窗詞》作“一泓地，解新波不涸，獨障狂瀾”，與正體合，應是其所據本有誤。蓋本調前後段尾均，惟五字句常有减一領字者，其餘罕有文字增减者，全宋四百三十首中，僅得六首。

讀破格 一百十五字　　秦　觀

宿靄迷空，膩雲籠日，晝景漸長。正蘭皋泥潤，誰家燕喜，蜜
●●○○ ●○○● ●●●△ ●○○○● ○○●● ●

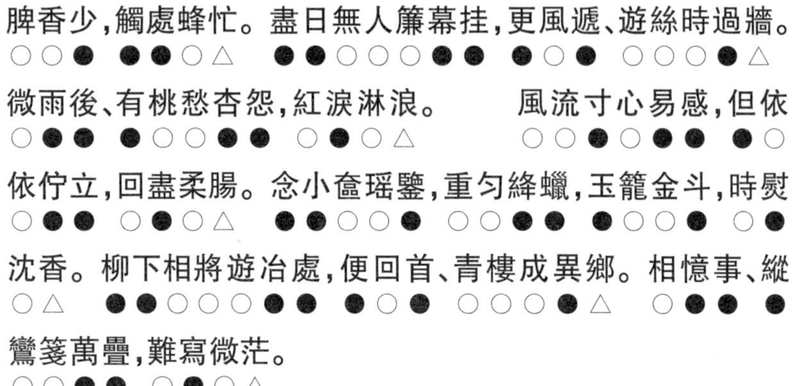

脾香少，觸處蜂忙。盡日無人簾幕挂，更風遞、遊絲時過牆。微雨後、有桃愁杏怨，紅淚淋浪。　風流寸心易感，但依依佇立，回盡柔腸。念小奩瑶鑒，重匀絳蠟，玉籠金斗，時熨沈香。柳下相將遊冶處，便回首、青樓成異鄉。相憶事、縱鸞箋萬疊，難寫微茫。

“盡日”句、“柳下”句俱七字，“更風遞”句、“便回首”句俱八字。後段起句用仄，不叶韻。“但依依”句五字，“回盡”句四字，俱與前調異。

【蔡案】

前後段第三均讀破，作七字一句、八字一句，鮮有如此填者，全宋百不足四，後段首均“但依依佇立，回盡柔腸”，多一字，除黄人傑“算蟬嫣襲慶，都付仇香”一例外，僅此一首，無須爲例。

花發沁園春　一百五字　劉圻父

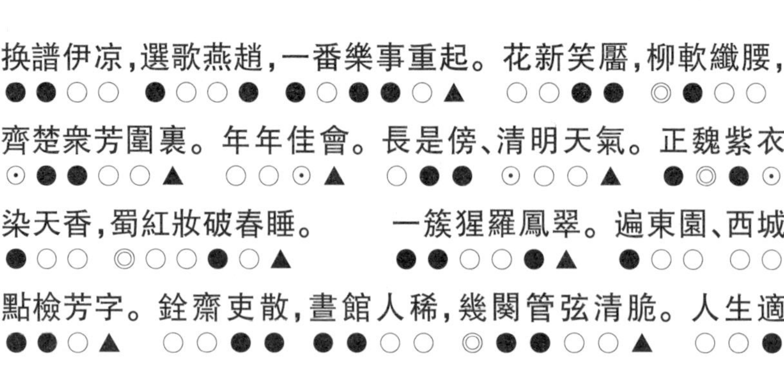

換譜伊凉，選歌燕趙，一番樂事重起。花新笑靨，柳軟纖腰，齊楚衆芳圍裏。年年佳會。長是傍、清明天氣。正魏紫衣染天香，蜀紅妝破春睡。　一簇猩羅鳳翠。遍東園、西城點檢芳字。銓齋吏散，書館人稀，幾闋管弦清脆。人生適

意。流轉共、風光遊戲。到遇景取次成歡，怎教良夜休醉。
▲　○●●　⊙○○▲　●◎○◎●○○　◎○○●○▲

此與《沁園春》絶異，因以名類從列此。又因《沁園春》是古調，且多作者，其名最顯，故列之於前，而以此調附後焉。

“花新”以下，與後“銓齋”以下同。“東園西城”四字俱平，不可仄。“點檢”要二仄字，不可平。花庵詞用“天姿妖嬈”“不減姚魏”二句，正與此同。《圖譜》亂注，切不可從。“會、意”二字是叶韻，花庵用“砌、美”二字，《圖譜》失注，是使此調少却二韻矣。

〔杜注〕

按，葉《譜》“花新笑靨”句，“新”作“迎”。又，“蜀紅妝破春睡”句，“紅妝”作“妝紅”。“銓齋吏散”句，“銓”作“鈐”。又按，《歷代詩餘》“齊楚衆芳園裹”句，“齊”作“濟”。均應遵改。

【蔡案】

萬子以爲“東園西城”當四字連平，故原譜此九字作五字一句、四字一句。按，花庵詞作“晝暖朱闌困倚。是天姿，妖嬈不減姚魏。”本句句法亦同。而“西城點檢芳字”與前段“一番樂事重起”對，平仄正合。

洞庭春色　一百十三字　　陸　游

壯歲文章，暮年勳業，自昔誤人。算英雄成敗，軒裳得失，難如人意，空喪天真。請看邯鄲當日夢，待炊罷黄粱徐欠伸。方知道、許多時富貴，何處關身。　　人間定無可意，怎换得玉鱠絲蒓。且釣竿魚艇，筆牀茶灶，閒聽荷雨，一洗衣塵。洛水情關千古後，尚棘暗銅駝空愴神。何須更、慕封侯定

遠，圖像麒麟。

此調與《沁園春》秦詞全合，似應不必另列，然“怎换得”句七字，與秦之“但依依”以下九字不同，而書舟“錦字親裁”一首，亦名《洞庭春色》，亦於此句作“但贏得雙髩成絲”七字，是或此格别名《洞庭春色》耳。故雖附於《沁園春》之後，而仍其《洞庭春色》之名，正如《過秦樓》之於《惜餘春慢》也。程詞於“尚棘暗”句缺“尚”字，此句對前“待炊罷”，不可少此一字，程刻乃誤耳。

〔杜注〕

按，《沁園春》取漢沁水公主園以名調，一名《洞庭春色》，一名《大聖樂》，一名《壽星明》，一名《東仙》，以一百十四字者爲正體。《歷代詩餘》所收，多至一百二十餘闋，其字數或多或少，皆屬變格。萬樹曾論好列新名之病，不必列《洞庭春色》之名也。又按，《詩餘》此闋“尚棘暗銅駝空愴神”句，上五字作“對樹暗蒼茫”。

【蔡案】

此即《沁園春》，故不擬譜。

摸魚兒 一百十六字 “兒”或作“子”。又名《買陂塘》《安慶摸》 張翥

漲西湖、半篙新雨，趨塵波外風軟。蘭舟同上鴛鴦浦，天氣
●○○ ●○○● ○○○●○▲ ○○⊙●○○● ⊙●
嫩寒輕暖。簾半卷。度一縷、歌雲不礙桃花扇。鶯嬌燕婉。
●○○▲ ○●▲ ◎●● ○○◎●○○▲ ○○●▲
任狂客無腸，王孫有恨，莫放酒杯淺。 垂楊岸。何處紅
●⊙●○○ ⊙○◎● ◎●●○▲ ○○▲ ⊙●○
亭翠館。如今遊興全嬾。山容水態依然好，惟有綺羅雲散。
○●▲ ○○○●○▲ ○○◎●○○● ⊙●●○○▲

君不見。歌舞地、青蕪滿目成秋苑。斜陽又晚。正落絮飛
○●▲ ⊙●● ○○◎●○○▲ ○○●▲ ●◎●○
花，將春欲去，目斷水天遠。
○ ⊙○◎● ◎●●○▲

“趨塵”下與後“如今”下同。

按，《摸魚兒》調最幽咽可聽，然平仄一亂，便風味全減。如“趨塵”句、“如今”句必要平平平仄平仄，“天氣”句、“惟有”句必要平（可仄）仄仄平平仄，而“何處”句則必要平（可仄）仄平平仄仄，《圖譜》總用混注。“簾半卷”之“半”字、“君不見”之“不”字，或有用平聲者，然不如仄爲佳。蓋此用仄，而下“歌雲”用平，正是抑揚起調處也。“燕婉、又晚”去上，妙，妙！不可用平仄，至“酒”字、“水”字，則自有此調以來便用仄字，曾見舊作有以平平仄爲煞者，否。注曰“可平”，是作譜者之創見也。然見有時流亦往往誤用者。“度一縷”及“歌舞地”以下十字，必於上三字爲豆而下用七字句，方妙。人多作兩五字句，雖無礙音律，而覺於調情不愜，知音者熟味，自知之耳。

又按，各刻如“度一縷”十字，竹山多一字，芸窗少一字，書舟、碧山於後結多一字，此類甚多，乃傳刻之誤。又，芸窗於“歌舞地”下十字用“看塵袂方清，有恩綸催入”，句法差。《詞綜》載何夢桂，於“山容”句用“風急岸花飛盡也”，平仄全拗，此則係作者之誤也。又，夢桂“天氣”句用“折不盡、長亭柳”，李彭老“惟有”句用“一葉又、秋風起”，俱三字一豆，此係偶筆，不必學也。

晁無咎此調，起句“買陂塘、旋栽楊柳”，故人取其首三字，名此調爲《買陂塘》，而又寫差，以“買”作“邁”，試問陂塘如何邁法？何不通至此！俗傳笑府所謂春雨如膏、夏雨如饅頭、周文王如燒餅也，豈不絶倒哉！

沈氏收杜伯高一首，於“君不見”下云“君試問，問此意，衹今更有何人領”，因誤落一“問”字，天羽遂認此調後段少一字，奇矣。又收徐一初，於“簾半卷”下云“君看取。便破帽飄零，也傳名千古”，蓋本是“也博名千古”耳，不知“博”字，而以“傳名”相連，妙絶。

〔杜注〕

按，《歷代詩餘》後結“目斷水天遠”句，“斷”作“送”，此字各家多用去聲，應遵改。又按，“正落絮飛花”爲一領四句法，辛稼軒一首云“休去倚危闌”，作上二下三，且“休”字用平，蓋此字並非領調，故可不拘，若領調，則必須去聲也。

【蔡案】

萬子原注：“趨塵”之“趨”作平。又，“垂楊岸”，原譜萬子不叶韻。

多字格 一百十七字　　歐陽修

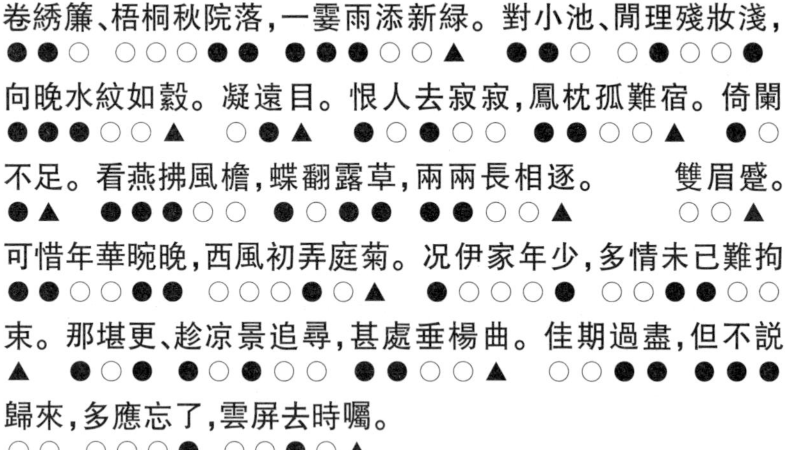
卷綉簾、梧桐秋院落，一霎雨添新緑。對小池、閒理殘妝淺，向晚水紋如縠。凝遠目。恨人去寂寂，鳳枕孤難宿。倚闌不足。看燕拂風檐，蝶翻露草，兩兩長相逐。　雙眉蹙。可惜年華晼晚，西風初弄庭菊。况伊家年少，多情未已難拘束。那堪更、趁凉景追尋，甚處垂楊曲。佳期過盡，但不説歸來，多應忘了，雲屏去時囑。

此調惟歐公有此詞，宋元諸公無有作者。前段起句多一字，次句平仄亦異，三句亦多一字。結用“長”字，平聲，俱與本調不合。後段則竟全異，結用“屏”字，平聲，亦不協。雖録於此，然必係差錯，不可法也。

〔杜注〕

按,《歷代詩餘》"梧桐秋院落"句,無"秋"字。又,"對小池"句,無"對"字。又,"寂寂"作"寂寥"。又,"長相逐"作"鎮相逐"。又,"雙眉促"句,"促"作"蹙"。又,"况伊年少"句,"伊"字下有"家"字。又,後結"雲屏去時祝"句,"祝"作"囑"。又按,《欽定詞譜》"閒立殘妝"之"立"字作"理"。均應遵照增改。

【蔡案】

原譜首句、第三句、"恨人"下十字均不讀斷,"那堪"下讀爲六字一句、七字一句。又,"寂寂",萬子原注作平。又,已據杜注補"家"字,并改"促"爲"蹙",改"祝"爲"囑";據《欽定詞譜》改"婉娩"爲"畹晚""閒立"爲"閒理"。

本格原是歐陽修多字格,於起拍添一字,於前後段第二均各添一字,但細玩其律,則可知後段第二均奪二字,其原詞必爲"况伊家年少多情●,●未已難拘束","多情未已"云云,亦不知所云。

詞律卷二十

賀新郎 一百十六字　“郎”一作“凉”　又名《乳燕飛》《金縷曲》《貂裘换酒》

毛　幵

風雨連朝夕。最驚心、春光晼晚，又過寒食。落盡一番新桃
⊙●○○▲　●○○　⊙○●●　●○○▲　◎●◎○○○
李，芳草南園似積。但燕子、歸來幽寂。況是單棲饒惆悵，
●　○●○○●▲　◎●●　○○○▲　◎●⊙○○○●
盡無聊、有夢寒猶力。春意遠，恨虛擲。　東君自是人間
●○○　◎●○○▲　○●●　●○▲　○○●●○○
客。暫時來、匆匆却去，爲誰留得。走馬插花當年事，池畹
▲　●○○　○○●●　●○○▲　◎●◎○○○●　○●
空餘舊跡。奈老去、流光堪惜。杳隔天涯人千里，念無憑、
○○●▲　◎●●　○○○▲　◎●⊙○○○●　●○○
寄語長相憶。回首處，暮雲碧。
◎●○○▲　○●●　●○▲

“最驚心”下與後“暫時來”下同。

〔杜注〕

按，《歷代詩餘》“寄語長相憶”句，“寄語”作“爲寄”。

【蔡案】

本調有四處被視爲“拗句”之七字句，余以爲原非拗句。詞本於近體，例以律句爲本，偶有不律之句，亦多因誤填誤傳而致，何以本詞

不律處竟達四句？蓋此四句，原本俱爲“四字句”及“三字逗”之偶合，猶“怒髮衝冠憑欄處”耳。而今存最早之《賀新郎》，此四句俱爲“律句”，亦頗可玩味。其詞爲唐李演、宋蘇軾所作，李詞四句均爲仄起仄收式律句，蘇詞四句七字句依次爲“手弄生綃白團扇”“簾外誰來推綉户”“穠艷一枝細看取”“若待得君來向此”，其中第二均俱爲小拗句法，第三均俱爲仄起仄收式律句句法，其中亦必有講究，萬子謂“皆係偶然”，是未作深慮也。

重　格 一百十六字　　高觀國

月冷霜袍擁。見一枝、年華又晚，粉愁香凍。雲隔溪橋人不
●●○○▲ ●●○ ○○●● ●○○▲ ○●○○○●

度，的皪春心未縱。清影怕、寒波摇動。更没纖毫塵俗態，
● ●●○○●▲ ○●● ○○○▲ ●●○○○●●

倚高情、預得春風寵。沈凍蝶，挂幺鳳。　一杯正要吴姬
●○○ ●●○○▲ ○●● ●○▲ ●○●●○○

捧。想見那、柔酥弄白，暗香偷送。回首羅浮今在否，寂寞
▲ ●●● ○○●● ●○○▲ ○●○○○●● ●●

煙迷翠壟。又争奈、桓伊三弄。開遍西湖春意爛，算羣花、
○○●▲ ●○● ○○○▲ ○●○○○●● ●○○

正作江山夢。吟思怯，暮雲重。
●●○○▲ ○●● ●○▲

此與前調俱同，但前調兩段中，七字四句末三字如“新桃李”“饒惆悵”“當年事”“人千里”俱用平平仄，是拗句也。此篇用平仄仄，竟與七言詩句相同。查此四字或順或拗，隨意不拘，各家於一篇中參差不一，不能悉録，今止列前毛詞係全拗者、此高詞係全順者以爲式，作者隨筆填之可耳。

前後第二句，“年華又晚”“柔酥弄白”可用仄仄平平，如竹山前用

"千樹高低",文溪後用"黄菊猶葩",芸窗前用"放浪江湖",後用"尊酒論詩",皆不拘,然十中之一耳。又如善扛於"人"字用"半"字,文溪於"塵"字用"也"字,東坡於"今"字用"細"字,石屏於"春意"之"春"字用"與"字,是七字句之末用仄平仄,皆係偶然,不可從也。又如文溪於"想見那"下十一字云:"便三臺兩地,也衹等閒如拾",又云:"訝銀盃羽化,折取戲浮醽醁",夢窗於"雲隔"下十三字云:"紅日闌干,鴛鴦枕畔,枉裙腰褪了",皆不必學。梅溪前第二句云:"是天地中間,愛酒能詩之社",後第二句云:"爲狂吟醉舞,毋失晉人風雅",雖另一體,然他無同者,亦不必學。若蘆溪於"態"字、"爛"字叶韻,或效之亦可,然此體亦無同者。至李南金於前第二句云:"我亦三生杜牧,爲秋娘著句",是誤筆,不可謂有此體。他如芸窗後起句不叶韻;夢窗"雲隔"句用"千尺晴虹映碧漪";烘堂後第二句用"更撩人情興異香芸馥",少却二字;以上皆係訛錯,勿誤認也。至若坡公《乳燕飛》一詞,妙絶古今,而失體處亦有,但傳誤已久,人不細解耳。如"人不度"作"白團扇""今在否"作"細看取","白、細"二字原有用仄者,前已指明,況"白"字原可作平,無害;"酥"字作"蕊",上可代平,亦無害。"寂寞"句用"芳心千重似束","心"字一本作"意"字,即係"心"字,亦不甚害。至"開遍"二句,作"若待得君來向此,花前對酒不忍觸","花前"上少了一字,或公偶失填,或原有一字而傳刻遺落,不復可知。若"不忍"二字則可借作平,亦無害於歌喉,但後人不宜學耳。《嘯餘譜》雖作一百十五字,然於此二句亦作兩七字,至《圖譜》則並不知此義,竟以"若待得君來"作五字句,"向此花前"作四字句,"對酒不忍觸"作五字句,則大謬可怪,而以此誤人,使坡公亦貽譏千古,豈不可嘆哉!至於兩結三字用仄平仄,是此調定格,歷觀各家可見。其間或有一二用平平仄者,乃是敗筆,如坡公前尾之"風敲竹"是也。《譜》不以此爲失,反於後尾之"兩簌簌"注"兩"字爲可平,則誤甚矣。第一個“簌”字原是入聲作平,《譜》謂可平,亦誤。夫謂之可平者,本身是仄也,今以“簌”字本身是仄,則將使人於此句用仄仄仄或平仄仄矣,豈不失調哉。《嘯餘》因坡詞兩句七字,故收李玉詞上七下八者爲第二體,注云“前段與第一體同,惟後段第九句作八字是也”,而又收劉克莊詞爲第三體,尾句本云“聊一笑,吊千古”,乃落去“聊”字,作五字句收爲第三體,可笑甚矣。更奇者,《圖譜》收劉詞爲第二,既知添入“聊”字,而於題下仍舊譜之注,云“第九句作八字,末句作六字”,夫此調末句,誰非六字乎?但因添“聊”字,故改注五字爲六,而忘其前後皆六字耳。既於劉詞添“聊”字,則體已盡,無所用第三體矣,乃又仍收李玉詞倒作第三,奈李玉與劉字字皆同,無可注其相異處,遂注曰“惟後第四句分作四三”,蓋李云“月滿西樓凴欄久”,端端正正七字,而忽然分作兩句讀,遂謂上句四字、下句三字,與劉體有異,於此而奇絶矣。

本調因坡詞“乳燕飛華屋”,又名《乳燕飛》。《圖譜》既收《賀新郎》,又收《乳燕飛》,《選聲》亦複兩列,且以前後第二句皆分作兩句,而所收竹齋詞“清影”句云“但莫賦、緑波南浦”,本七字,誤以“賦”字爲叶韻,惜哉。《圖譜》於二體外又收《金縷曲》更奇。

〔杜注〕

按,《歷代詩餘》“柔酥弄白”句,“柔”作“揉”。又按,此調七字四句,末三字或順作平仄仄,或拗作平平仄,或前後一順一拗,皆可,不拘。然《詩餘》收辛稼軒十七首,全順者衹一首,似仍用拗句爲宜。

【蔡案】

詞即前一詞格,全同。詞不以句法之異而别體,否則詞譜將數倍於此矣。

萬子謂“文溪於‘想見那’下十一字云:‘便三臺兩地,也衹等閒如拾'’，不必學。雖此類填法頗多，應是本調主要讀破格。

子夜歌 一百十九字

彭元遜

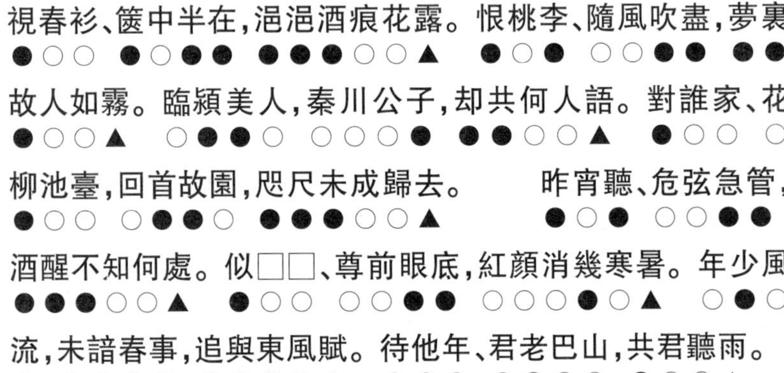

視春衫、篋中半在，浥浥酒痕花露。恨桃李、隨風吹盡，夢裏故人如霧。臨潁美人，秦川公子，却共何人語。對誰家、花柳池臺，回首故園，咫尺未成歸去。　昨宵聽、危弦急管，酒醒不知何處。似□□、尊前眼底，紅顔消幾寒暑。年少風流，未諳春事，追與東風賦。待他年、君老巴山，共君聽雨。

彭係元人，此調宋詞無之，作者須遵此平仄。《圖》以首句作五字，次句作八字，誤。又以"半在浥浥"疊四仄字，遂改"浥浥"二字爲可平，更誤。"似尊前"二句，作上七下四，亦誤。"事"字注叶，甚奇。此句毋論不用叶，"事"字亦並非同韻。

"共君聽雨"恐是"共聽夜雨"，"聽"字平聲。

〔杜注〕

按，明人馮素人鼎位一首，校其平仄，惟第三句"吹"字作仄，第四句"夢"字作平，餘均相合。後結作仄平平仄，萬氏謂"聽"字平聲，誠是。謂恐是共聽夜雨，非。

【蔡案】

前結"回首"下十字，原譜作六字一句、四字一句，似不如《欽定詞譜》更暢，據改。又據校勘記改"臨穎"爲"臨潁"。

原詞後段計有五均，爲："昨宵聽、危弦急管，酒醒不知何處。漂泊情多，哀遲感易，無限堪憐許。似尊前眼底，紅顔消幾寒暑。年少風流，未諳春事，追與東風賦。待他年、君老巴山，共君聽雨。”余以爲本詞版本必有錯訛，其後段“年少風流，未諳春事，追與東風賦”三句，必是對應前段“臨潁美人，秦川公子，晚共何人語”三句，字、句、韻、律，無一不合也。而第二均“漂泊情多，哀遲感易，無限堪憐許”三句，必屬别調竄入，如此，則後段二、三均當爲：“似○○、尊前眼底，紅顔消幾寒暑。年少風流，未諳春事，追與東風賦。”而前後段則正各爲四均，合乎慢詞體制。否則，以目前結構論，則前段四均、後段五均，且前段第三均又與後段第四均對應，與體例頗爲不合也，故敢作如是改，原譜“一百十七字”改爲“一百六字”。

金明池 一百二十字　　秦　觀

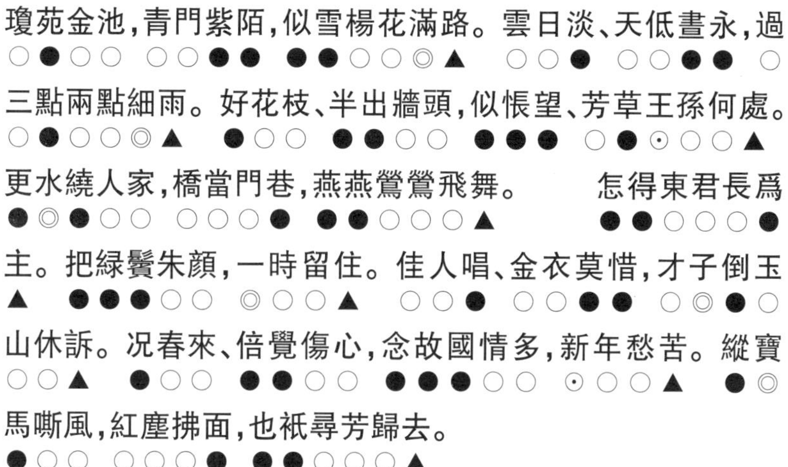
瓊苑金池，青門紫陌，似雪楊花滿路。雲日淡、天低晝永，過三點兩點細雨。好花枝、半出牆頭，似悵望、芳草王孫何處。更水繞人家，橋當門巷，燕燕鶯鶯飛舞。　怎得東君長爲主。把緑鬢朱顔，一時留住。佳人唱、金衣莫惜，才子倒玉山休訴。况春來、倍覺傷心，念故國情多，新年愁苦。縱寶馬嘶風，紅塵拂面，也祇尋芳歸去。

余謂詞中有以上聲作平聲用者，人多不信，如此詞“兩點”二字，鑿然以上作平也。“雲日淡”以下，與“佳人唱”以下同。“過三點”句即後“才子倒”句，比對自明。仲殊“天闊雲高”一首，前段云“朱門掩、鶯聲猶嫩”，後段云“厭厭意、終羞人問”，“鶯聲”二字即“兩點”二字，應用平也。人不知此義，見此句連用五個仄聲，便以爲難，而自以爲知者，又亂將去聲字填入，則拗而不叶律矣。歐公亦用“三點兩點雨霽”，注見《越溪春》。“爲主”“爲”字讀作去聲，言爲人作主也，若作平則拗，觀仲殊用“門”字可見。“似悵望”九字，與“念故國”九字一氣，分豆不拘。

按，《詞滙》失收《夏雲峰》本調，而以仲殊《金明池》詞題曰《夏雲峰》，大謬。若不校正，不幾令學者名實相乖乎？

〔杜注〕

按，萬氏注所謂仲殊爲僧揮之號，所引“鶯聲猶軟”句，“猶”字原作“欲”。

【蔡案】

杜注所引“鶯聲猶軟”，“軟(輭)”字應是“嫩(媆)”字之誤。

萬子原注：“雲日”之“日”“兩點”二字、“玉山”之“玉”“拂面”之“拂”，均作平。

“過三點”七字，對後段“才子倒”七字，俱爲一氣，原譜均讀爲上三下四句法，此則其律如此也。惟古人因無標點，故填詞偶有以甲律填乙句、以乙律填甲句者，此爲一例。故“三點兩點”便被讀破。本詞句法當是“過、三點兩點細雨”“才子倒玉山、休訴”，否則“玉山休訴”又成何語也？兩句句法不同，而容於同一律法，勢必不諧，且前者爲單字起式句子，後者爲雙字起式句子，韻律亦終究不同，故絕非佳構也。

“似悵望”九字有兩種讀法，若作三六式讀，則第五字仄聲，若作五四式讀，則第五字平讀，此余所謂句法微調者也。現存宋人諸家皆爲如此，如趙崇嶓前段五四式，爲“別妝點薰風，盡成清致”，仲殊作

“旋占得餘芳，已成幽恨”，劉弇作“似閬苑神仙，參差相繼”，但李彌遜前段三六式，爲“春去也、把酒南山誰伴”，與本詞正同。而後段諸家均作五四式，故第五字均爲平聲。萬子不知，注“草”字可平，則將有五連平之謬，誤甚。

又按，《全宋詞》以爲本詞乃屬誤入《淮海詞》，該詞見《草堂詩餘》，爲無名氏所作。

送征衣 一百二十一字　　柳　永

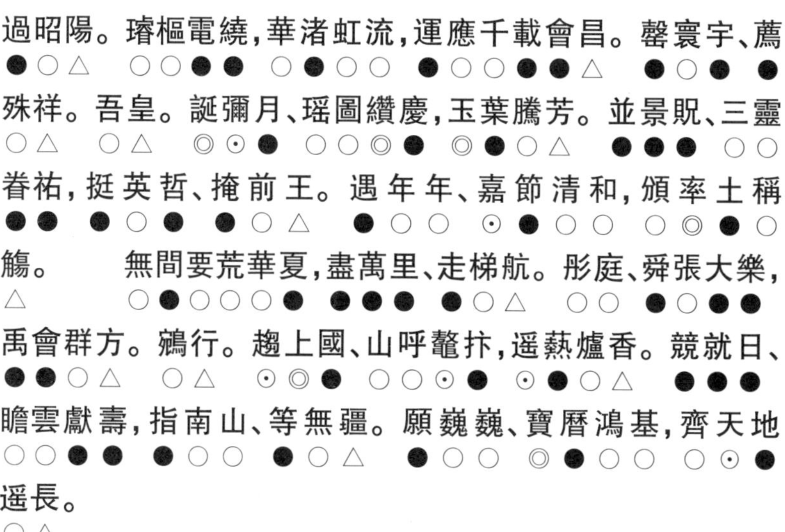

過昭陽。璿樞電繞，華渚虹流，運應千載會昌。罄寰宇、薦殊祥。吾皇。誕彌月、瑤圖纘慶，玉葉騰芳。並景貺、三靈眷祐，挺英哲、掩前王。遇年年、嘉節清和，頒率土稱觴。　無間要荒華夏，盡萬里、走梯航。彤庭、舜張大樂，禹會群方。鵷行。趨上國、山呼鼇抃，遥爇爐香。競就日、瞻雲獻壽，指南山、等無疆。願巍巍、寶曆鴻基，齊天地遥長。

“吾皇”下與後“鵷行”下同。

按，此調六字句凡四用，皆中三字一豆者，如“罄寰宇”“宇”字、“挺英哲”“哲”字、“盡萬里”“里”字，皆用仄聲，則“指南山”“山”字亦應用仄，恐是“嶽”字之誤也。

〔杜注〕

按，《歷代詩餘》後結作“天地齊長”四字。又，别刻“頒率土稱觴”

句,"頒"作"頌"。

【蔡案】

"大樂"原作"太樂""競"原作"竟",均據《欽定詞譜》改。前段第四句"應"字借音平讀。又按,"形庭"六字原譜不讀斷。按,此二句當爲二字逗領四字兩句格式,且兩四字句爲儷句,故"形庭"後以讀斷爲佳。

笛家 一百二十五字　　柳永

花發西園,草薰南陌,韶光明秀。乍晴輕暖清明後。水嬉舟
○●○○ ●○○● ○○○▲ ●○○●○○▲ ●○○
動,禊飲筵開,銀塘似染,金堤如綉。是處王孫,幾多遊妓,
● ●●○○ ○○●● ○○○▲ ●●○○ ●○○●
往往攜纖手。遣離人、對嘉景,觸目傷懷,盡成感舊。
●●○○▲ ●○○ ●○● ●●○○ ●○●▲
別久。帝城當日,蘭堂夜燭,百萬呼盧,畫閣春風,十千沽
●▲ ●○○● ○○●● ●●○○ ●●○○ ●○○
酒。未省、宴處能忘弦管,醉裏不尋花柳。豈知秦樓,玉簫
▲ ●● ●●○○○● ●●●○○▲ ●○○○ ●○
聲斷,前事難重偶。空遺恨、望仙鄉,一晌消凝,淚沾襟袖。
○● ○●○○▲ ○○● ●○○ ●●○○ ●○○▲

按,此調他無可考,惟屯田此一篇耳。舊刻以"別久"二字屬在前段之末,余力斷之,曰:凡兩字句,多用於换頭之首,或用於一段之中,未有前半已完而贅加兩字者。況上説離人對景而感舊矣,又加"別久"二字,真爲蛇足。若作"感舊別久",語氣不成文,四字疊仄,音韻亦不和協,且"舊"字明明用韻,顯而易見。前尾"觸目"句六字,後尾"一晌"句亦六字,端端正正兩結相同,而人竟不察,沿習訛謬,可嘆也。然於"舊"字用韻,而加兩字於下,猶爲不妨,乃將"感舊別久"四

字合成一串,《選聲》連上作八字句,時人因有作轉嘆離索者,豈不截雀添凫哉。且因此句讀錯,並將上“觸目盡成”四字岸然作一句,而爲無奈閒愁矣,異哉。

又按,凡長調詞,起結前後互異,而中幅每每相同,此詞恐有顛倒,今以臆見附此,蓋“别久帝城當日”是换頭起語,其下當移入“未省”至“花柳”十四字,而以“蘭堂”四句對前“水嬉”四句,“豈知”八字對前“是處”八字,“前事難重偶”對前“往往攜纖手”,“空遺恨”以下兩三字、一六字對前“遣離人”以下三句,句法字法相同,豈不恰當?蓋謂因别久而追思當日在帝城之時,宴處即聽弦管,醉裏必尋花柳,從未有忘此二事者,故上加“未省”二字,未省者,不解如此也,下即以“蘭堂”四句,實注彼時歡會之勝,而下以“豈知”二字接之,言不料如今若此寂寥也。如此,則意順調協矣。嗟嗟,安得起屯田於遮須國芙蓉城而證其説乎?總之,舊集中惟《樂章》最多差訛脱落,難於稽覈,然後人亦宜將舊詞詳審妥確,而後填之,寧得躁率而自謂作家耶?如此詞,論改易前後處,人或以古調傳久,不便議改,若“别久”二字,則斷斷不可繫於前尾,“舊”字斷斷不可不叶韻,任人間詈我狂妄,哂我穿鑿,而余必硜硜守是鄙説矣。

〔杜注〕

按,《歷代詩餘》第三句“韶光明媚”,“媚”作“秀”,即以“秀”字起韻。又按,宋本“觸目盡成感舊”句,“觸目”下有“傷懷”二字。又,“一晌淚沾襟袖”句,“一晌”下有“消凝”二字。又,“别久”二字屬後半起句,與萬氏説合。均應遵照改補。

【蔡案】

本調朱雍、王質詞均名爲《笛家弄》。

本詞有朱雍和詞,前段第三句朱詞作“天然疏秀”,則杜注《歷代詩餘》"媚"作"秀"當是的本，據改。又，本調前後段尾均，王質詞爲"因緣斷，時節轉，自然如彼，自然如此。""今看昔、後看今，未一回頭，已百彈指。"各爲十四字，而朱雍和詞爲"與東君、叙睽遠，脈脈兩情有舊。""空餘恨，惹幽香不滅，尚沾春袖。"各爲十二字，則本調原貌或爲十四字。杜注"傷懷""消凝"係脱落無疑，而柳詞在朱雍時已然脱字，故朱詞俱少二字。現據補，原譜"一百二十一字"改爲"一百二十五字"。

又按，萬子所論錯版一節，極是極是。余更謂"醉裏"句尚奪一字，此句正對前段"乍晴"句，若補足一字，則前後段僅後段多"别久"二字，全詞正所謂添頭式結構也。

白　苧　一百二十五字　　柳　永

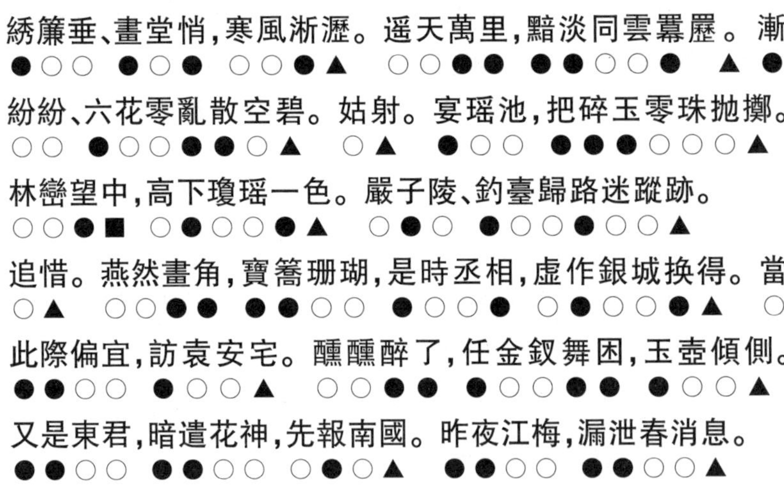
綉簾垂、畫堂悄，寒風淅瀝。遥天萬里，黯淡同雲冪羃。漸
●○○　●○●　○○●▲　○○●●　●●○○●▲　●
紛紛、六花零亂散空碧。姑射。宴瑶池，把碎玉零珠抛擲。
○○　●○○●●○▲　○▲　●○○　●●●○○○▲
林巒望中，高下瓊瑶一色。嚴子陵、釣臺歸路迷蹤跡。
○○●■　○●○○●▲　○●○　●○○●○○▲
追惜。燕然畫角，寶籥珊瑚，是時丞相，虚作銀城换得。當
○▲　○○●●　●●○○　●○○●　○●○○●▲　○
此際偏宜，訪袁安宅。醺醺醉了，任金釵舞困，玉壺傾側。
●●○○　●○○▲　○○●●　●○○●●　●○○▲
又是東君，暗遣花神，先報南國。昨夜江梅，漏泄春消息。
●●○○　●●○○　○●○▲　●●○○　●●○○▲

蔣、柳二詞相同，祇换頭二字句下，柳比蔣多"燕然畫角"四字，故另作一體，"愔愔門巷""巷"字柳作"中"字，平聲，稍異，然此字用平拗，恐是"裏"字。

按，蔣用“欲落、作惡、約略”，俱兩個入聲字相連，初謂偶然，乃柳詞亦用“淅瀝、羃麗、一色”六入聲，因思此調或宜如此用字，不然何其相符也。然此論太微，未知得免於穿鑿之誚否？《譜》誤不一，備摘於此：“畫堂悄”即蔣之“又春冷”也，乃以三字盡改平仄平，蓋其意欲連下作七言詩也，“畫堂”正與上“綉簾”相對，有何不解？“遥天萬里”即蔣之“璚苞未剖”也，“萬里、未剖”去上，最妙，乃以“遥”作仄，“萬”作平。“漸紛紛”即蔣之“旋安排”也，三字盡改平仄仄。“林巒望中”即蔣之“愔愔門巷”也，此句惟“中”字不合，乃以平平仄仄翻改作仄仄平平，而“中”字偏不注可仄。“嚴子陵”下十字，宜於三字爲豆，下作七字句，乃分兩五字。“嚴子陵釣臺”即蔣之“知甚時霽華”也，乃作仄仄仄平平。“當此際”九字宜上五下四，乃分上三下六。“偏宜”即蔣之“眉山”也，乃作仄仄。“金釵”正對下“玉壺”，以“任”字領下二句，頂上言醉後光景，蔣亦以“任”字領下“朱絲、玉箏”也，乃“金”字訛作“他”字，而以“任”字作平、“釵”字作仄、“困、玉”二字作平、“傾”字作仄，蓋意欲將“任他”二字領句，而下作七言詩句也。並其餘平仄改注者共五十二字。尤不便者，“散、報”二字即蔣之“鎮、在”二字，必用去聲，今亦作平。“射”字音“亦”，正叶韻二字句，蔣亦用“幽壑”，今祇作五字句，失注叶韻，如此注法，何不别名此調爲“黄麻”“緑葛”，而仍曰“白苧”乎？

〔杜注〕

按，前詞增“聽鶯柳畔”四字，平仄可與此互參。蓋本是一體，萬氏不知前之誤落四字，列爲又一體，轉嫌詞費矣。

【蔡案】

本詞原列於蔣捷詞後，因係正體，故移前。萬子以爲蔣、柳二詞之韻脚有雙入聲之特點，確乎過微，然本調之押韻宜以○▲收，當是本調之韻律特征，柳、蔣、史三詞，除柳詞後段有“换得”外，其餘韻前字俱爲平聲，或入聲替平。而耆卿精於音律，斷不如此。本詞據宋人王灼《碧雞漫志》云，世傳紫姑神作，非柳詞亦可一證也。

又按，本調前段，實爲兩段構成：“綉簾垂，畫堂悄，寒風淅瀝”對“宴瑶池，把碎玉、零珠抛擲”，“遥天萬里，黯淡同雲冪冪”對“林巒望中，高下瓊瑶一白”，“漸紛紛、六花零亂散空碧”對“嚴子陵、釣台歸路迷蹤跡”，字數、平仄莫不絲絲入扣。前瞻蔣詞，亦同。惟第二段有一换頭語，柳詞爲“姑射”，蔣詞爲“幽壑”。而傳統觀念均以爲雙曳頭格式則一二段必須字數、句法乃至韻脚全同者，方可謂是，余以爲此見偏仄，雙曳頭者，次段亦可有换頭語之增减，本調即爲一例。又如前列之《塞翁吟》亦如此，如夢窗前一二段爲“草色新宫綬，還跨紫陌驕驄。好花是，晚開紅。冷菊最香濃。”“黄簾，緑幕蕭蕭夢，燈外换幾秋風。叙往約，桂花宫。爲别剪珍叢。”第二段增二字作一添頭，與本調爲同一章法。

而萬子以爲“林巒望中”當是“林巒望裏”，甚是。蓋不僅萬子參校之蔣詞“愔愔門巷”如此，本詞所對之“遥天萬里”亦如此，可證。

少字格 一百二十一字 蔣捷

正春晴，又春冷，雲低欲落。瓊苞未剖，早是東風作惡。旋安排、一雙銀蒜鎮羅幕。幽壑。水生漪，皺嫩緑、潛鱗初躍。愔愔門巷，桃樹紅纔約略。知甚時、霽華烘破青青萼。
憶昨。引蝶花邊，近來重見，身學垂楊瘦削。問小翠眉山，爲誰攢却。斜陽院宇，任蛛絲罥遍，玉箏弦索。户外惟聞，放剪刀聲，深在妝閣。料想裁縫，白苧春衫薄。

首句本集是“正春晴”，而他刻多作“春正晴”，觀柳詞則“正春晴”平仄爲是，而首用“正”字、次用“又”字，恰相唤應，故知他刻之誤也。

〔杜注〕

按，别刻後起“憶昨”下有“聽鶯柳畔”四字，與下句相偶，且字數與下柳詞相同，應增入。

【蔡案】

史浩詞同柳詞，後段首均爲：“惜取。欄干遍倚，月淡黄昏，水邊清淺，不放紅塵染汙。”則杜注以爲蔣詞於“憶昨”後或脱四字，當與柳詞同者，是。而非《欽定詞譜》所云減字，蓋宋詞未見有直減四字者也，然則本體即柳體，不足爲範，不予擬譜。

秋思耗　一百二十三字　又名《畫屏秋色》　吴文英

堆枕香鬟側。驟夜聲、偏稱畫屏秋色。風碎串珠，潤侵歌
○●○○▲　●●○　○●●○○▲　○●●○　●○○
板，愁壓眉窄。動羅箑清商，寸心低訴敘怨抑。映夢窗、零
●　○○○▲　●○●○○　●○○●●●▲　●●○　○
亂碧。待漲緑春深，落花香泛，料有斷紅流處，暗題相
●▲　●●●○○　●○○●　●●●○○●　●○○
憶。　歡夕。檐花細滴。送故人粉黛重飾。漏侵瓊瑟。
▲　○▲　○○●▲　●●○●●○▲　●○○▲
丁東敲斷，弄晴月白。悄一曲霓裳未終，催去驂鳳翼。嘆謝
○○○●　●○●▲　●●●○○●○　○●○●▲　●●
客、猶未識。漫瘦却東陽，燈前無夢到得。路隔。重雲
○　○●▲　●●●○○　○○○●●▲　●▲　○○
雁北。
●▲

或云自“潤侵”至“春深”，與後“丁東”至“東陽”相同。“動羅箑”以下十二字，於“商”字分豆；“怕一曲”以下十二字，於“終”字分豆。然總之十二字一氣，平仄不差，分豆語句不拘也。或謂：“客”字亦是叶韻，“燈前無夢”四字句與前“落花香泛”同，“到得”二字句，叶韻。“路隔”亦二字句，叶韻。“重云雁北”四字句，叶韻。俱用去入二聲，正此調促拍淒緊之處。此説甚新，然不敢從，姑采其説於此。

〔杜注〕

按，葉《譜》後結“雁北”作“南北”。又按，此調音節迫促，必有加拍，或謂“客”字及“到得”“路隔”均叶韻，可信。

【蔡案】

萬子原注：“壓”“客”作平。杜氏以爲“詞調音節迫促，必有加拍”，甚是。不惟“客、得、隔”三字叶韻，過片尚有“夕”字，萬子失記。兹據杜注補“得、隔”二韻符，“客”字不從。又按，原譜“送故人”句作上三下四句法，音步連仄失諧。按，於詞意論，此所言非送人，乃送粉黛也，故不可讀斷。

春風嫋娜　一百二十五字　　馮艾子

被梁間雙燕，話盡春愁。朝粉謝、午花柔。倚紅闌、故與蝶
●○○○●　●●○△　○●●　●○△　●○○　●●●
圍蜂繞，柳綿無數，飛上搔頭。鳳管聲圓，蠶房香暖，笑挽羅
○○●　●○○●　○●○△　●●○○　○○○●　●●○
衫須少留。隔院蘭馨趁風遠，鄰牆桃影伴煙收。　些子
○○●△　●●○○●○●　○○○●●○△　○●
風情未減，眉頭眼尾，萬千事、欲説還休。薔薇露、牡丹毬。
○○●●　○○●●　●○●　●●○△　○○●　●○△
殷勤記省，前度綢繆。夢裏飛紅，覺來無覓，望中新緑，別後
○○●●　○●○△　●●○○　●○○●　●○○●　●●

空稠。相思難偶，嘆無情明月，今年已是，三度如鈎。
○△　○○○●　●○○○●　○○●●　○●○△

雲月自度曲，當悉依其平仄。

〔杜注〕

按，《詞林紀事》及《古今詞話》，"薔薇露"三字，"露"作"刺"，可從。

【蔡案】

本詞前段第三均、後段第二均疑有脱落。

翠羽吟 一百二十七字　　蔣　捷

紺露濃。映素空。樓觀悄玲瓏。粉凍霽英，冷光摇盪古青
●●△　●●△　○●●○△　●●●○　●○○●●○
松。半規黄昏淡月，梅氣山影溟濛。有麗人、步依修竹，翩
△　●○○○●●　○●○●○△　●●○　●○○●　○
然態若遊龍。　　綃袂微皺水溶溶。仙莖清瀣，净洗斜紅。
○●●○△　○●○●●○△　○○○●　●●○△
勸我浮香桂酒，環佩暗解，聲飛芳靄中。弄春弱柳垂絲，慢
●●○○●●　○●●●　○○○●△　●○●●○○　●
按翠舞嬌童。醉不知何處，驚剪剪、凄緊霜風。夢醒尋痕訪
●●●○△　●●○○●　○●●　○●○△　●●○○●
蹤。但留殘月挂遥穹。梅花未老，翠羽雙吟，一片曉峰。
△　●○○●●○△　○○●●　●●○○　●●●△

此調祇此一詞，難以考定，恐有訛字。"但留殘"句必有脱落，意謂殘月挂蒼穹也。

〔杜注〕

按，葉《譜》前結"瀟然態若遊龍"句，"瀟"作"翩"。又，"净洗斜紅"句，"斜"作"鉛"。又按，《詞譜》"但留殘挂穹"句，"殘"字下有"月"

字,“挂”字下有“遥”字,應遵補。

【蔡案】

已據杜注改補。原譜“一百二十五字”改爲“一百二十七字”。又,原譜“悄玲瓏”作“峭玲瓏”。“仙莖”下八字不讀斷。

本詞前後段字句參差,當有分段之誤。余校之,本調前後段應各爲五均,其分段則於“勸我”前爲是。全詞脱字亦非“但留殘”一句,如“梅氣”句當與“驚剪剪”句對,則“驚”字疑衍,於文理論,此處亦無可驚處,“剪剪凄緊霜風”正對“梅氣山影溟濛”,兩句皆用律拗句法,全然一致。而此“驚”字疑從“醉”後誤移至此,前句若作“醉驚不知何處”,則與前段“半規黄昏淡月”對,其兩句亦皆拗,句法正合。此相連二句之音步分爲平平仄、仄仄平,若非相對,應無如此巧合者。

十二時 一百三十字

柳 永

晚晴初、淡煙籠月,風透蟾光如洗。覺翠帳、涼生秋思。漸
●○○ ●○○● ○●○○○▲ ●●● ○○○▲ ●
入微寒天氣。敗葉敲窗,西風滿院,睡不成還起。更漏咽、
●⊙○○▲ ●●⊙○ ○○◎● ●●○○▲ ○●●
滴破憂心,萬感並生,都在離人愁耳。 天怎知、當時一
●●○○ ●●●○ ○●○○○▲ ⊙●○ ○○◎
句,做得十分縈繫。夜永有時,分明枕上,覷著孜孜地。燭
● ●●◎○○▲ ●●◎○ ⊙○◎● ●●○○▲ ●
暗時酒醒,元來又是夢裏。 睡覺來、披衣獨坐,萬種無
●○●● ○○●◎◎▲ ◎●○ ○○◎● ●●⊙
憀情意。怎得伊來,重諧連理。再整餘香被。祝告天發願,
○○▲ ●●⊙○ ○○⊙▲ ●●○○▲ ●●○●●
從今永無拋棄。
○○●⊙○▲

此係三疊，後兩段相同。各譜於“天怎知”作三字，“睡覺來”又作七字，“分明”下作九字，“重諧”下又作一四一五字，真所謂隨意亂填，何以作譜？

按朱敦儒有小令四十六字者，亦名《十二時》，因查其即是《憶少年》，故不收列此調之前。

〔杜注〕

按，宋本“重諧雲雨”句，“雲雨”作“連理”，應更正。

【蔡案】

《十二時》本爲宋代流行曲，但宋詞中現存詞則最爲紊亂，惟和峴平韻詞體及柳永本詞仄韻體尚可一觀。本詞體另有彭耜詞及朱雍詞可校，但朱詞僅得前二段，第三段闕如，且前段第五句、次段首句各少一字，疑爲脱落；而彭詞前二段同柳詞，惟第三段對應柳詞之結句，彭詞有三拍，爲“一歲復一歲。此心終日繞香盤，在篆畦兒裹”十七字。鑒於柳詞第二第三段十分整齊，故當是此處彭詞衍十一字。

平韻體《十二時》詞，一百二十五字，雙疊，宋人填者遠多於仄韻體詞，其詞及譜如下：

十二時 一百二十五字　　和　峴

承寶運，馴致隆平。鴻慶被寰瀛。時清俗阜，治定功成。遐邇詠

○●●　●●○△　○●●○△　○○●●　●●○△　○●●

由庚。嚴郊祀、文物聲明。會天正、星拱奏嚴更。布羽儀簪纓。

○△　○○●　○●○△　●○●　○●●○△　●●○○△

宸心虔潔，明德播惟馨。動蒼冥。神降享精誠。　燔柴半、萬

○○○●　○●●○△　●○△　○●●○△　○○●　●

乘移天仗，肅鑾輅旋衡。千官雲擁，群后葵傾。玉帛旅明庭。韶

●○○●　●○●●△　○○○●　○●○△　●●●○△　○

濩薦、金奏諧聲。集休亨。皇澤浹黎庶，普率洽恩榮。仰欽元

●●　○●○△　●○△　○●●○●　●●●○△　●●○

后，叡聖貫三靈。萬邦寧。景貺福千齡。

●　●●●○△　●○△　●●●○△

蘭陵王 一百三十字　　史達祖

漢江側。月弄仙人佩色。含情久、摇曳楚衣，天水空蒙染嬌

●○▲　◎●○○●▲　○○●　○●●○　⊙●○○●○

碧。文漪簟影織。凉骨。時將粉飾。誰曾見、羅襪去時，點

▲　○○●●▲　○▲　○○●▲　○○●　○●●○　◎

點波間冷雲積。　相思舊飛鵠。謾想像風裳，追恨瑶席。

●○○●○▲　○○●○▲　●●●○○　○●○▲

涉江幾度和愁摘。記雪映雙腕，刺縈絲縷，分開緑蓋素袂

◎○◎●○○▲　◎●●○●　●○○●　○○◎●●●

濕。放新句吹入。　寂寂。意猶惜。念净社因緣，天許

▲　●○●○▲　○▲　●○▲　●●●○○　○●

相覓。飄蕭羽扇摇團白。屢側卧尋夢，倚欄無力。風標公

○▲　○○◎●○○▲　●●●○●　●○○▲　○○○

子，欲下處、似認得。

●　●●●　●●▲

平仄如此，無字可移。如以爲不便，而欲出己意改之，則奉勸不須作此調可也。欲作此調，則未有出此範圍者。《譜》於"弄、佩、楚、染、粉、去、冷、舊、恨、映、素、放、許"等字俱作可平，至以"染嬌、冷雲、映雙、放新、許相"俱作平仄，全與《蘭陵王》風馬矣。至以"屢側卧"分作三字句，"尋夢"連下讀，而末句作七字，蓋其所收《蘆川詞》末句本云"相思除是，向醉裏、暫忘却"，《譜》乃改"相思前事，除夢魂裏暫忘却"，不惟作七字，而一句之中有三謬焉："除"字是上面移下來，一也；"魂"字是添出，二也；"忘"字讀作平聲，三也。意欲湊成末句七字，移了上文下來，故"相思"下補"前事"二字耳。不知此調尾句六字俱是仄聲，自有《蘭陵王》以來，即便六仄字，無一平者，而《譜》何冒昧若此耶？汲古刻《片玉》亦作"似夢魂裏淚暗滴"，何其所見略同，豈"夢"字之下必應聯"魂"字耶？稼軒"衹合化、夢裏蝶"，《詞統》亦以"裏"字訛

“中”字，是則凡遇“夢”字即做夢矣。一笑。劉須溪於後兩段俱用“春去”二字起句，查第二段“相思”字他家無用仄叶者，可不必從。且劉詞用字多出入，總不足法也。“凉骨”是叶韻二字句，觀蘆川“卷珠箔”一首云“吹落。梢頭嫩萼。”可見。或初見余此注訝然，指爲穿鑿，余檢美成“柳陰直”詞示之，曰：“誰識。京華倦客。”而千里和周者亦曰：“曾識。傾城幼客。”《詞綜》載彭履道詞云：“飛去。黄鸝自語。”雖他家或有不叶者，不可謂此非叶也。

〔杜注〕

按，《隋唐嘉話》：齊文襄長子長恭封蘭陵王，與周師戰，勇冠三軍，武士共歌謡之，曰《蘭陵王入陣曲》，此調名所始也。又按，此調後結必用六仄聲，以仄去仄去去入爲最合。

【蔡案】

本調使用腹韻是一特色，然所有腹韻均非必用。如“凉骨。時將粉飾”句，秦觀便作“誰念温柔蘊結”、袁去華作“清淺溪痕旋落”等等，皆不用句中短韻；又如第二段起拍處，劉辰翁作“春去。最誰苦”“哀拍。頽歸骨”，則採用句中短韻填法。惟第三段起拍處，各詞均用句中短韻調節音律，則吾輩填時，不可不用矣。

破陣樂 一百三十三字　　柳　永

露花倒影，煙蕪蘸碧，靈沼波暖。金柳摇風木末，繫彩舫、龍
●○●●　○○●●　○○○▲　●●○○●●　●●◎　○

舟遥岸。千步虹橋，參差雁齒，直趨水殿。繞金堤、曼衍魚
⊙○▲　○●○○　○○●●　◎○●▲　●○○　●●○

龍戲，簇嬌春羅綺，喧天絲管。霽色榮光，望中似睹，蓬萊清
○●　●○○○●　○○○▲　●●○○　●○●●　○○○

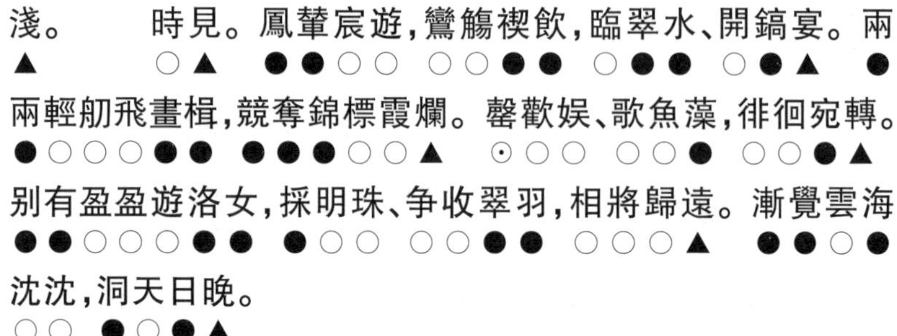
淺。　　時見。鳳輦宸遊，鸞觴禊飲，臨翠水、開鎬宴。兩兩輕舠飛畫楫，競奪錦標霞爛。罄歡娛、歌魚藻，徘徊宛轉。別有盈盈遊洛女，採明珠、争收翠羽，相將歸遠。漸覺雲海沈沈，洞天日晚。

此調無考證處。

“木木”二字無理。“金柳”至“水殿”，似對後段“兩兩”至“宛轉”，但“聲歡娛歌魚藻”六字比“千步”二句少二字，必係差落，蓋“聲歡娛”不成語也。“各明珠”句，“各”字下落“采”字。但“別有”以下直至尾才叶韻，亦必有訛脱，不可考也。

〔杜注〕

按，宋本“金柳摇風木木繫”句，“木木”作“樹樹”，初疑此因避英宗“曙”字嫌名，妄改爲“木”，及考《歷代詩餘》“木木”作“木末”，則字形近似，應遵以第二“木”字改“末”，其“繫”字本應屬下句，乃萬氏之誤。又，宋本後半起句“時光”作“時見”，“見”字短韻注叶。又，“聲歡娛”之“聲”字作“罄”。又，《歷代詩餘》“別有”二句作“別有盈盈遊洛女，採明珠、争收翠羽”，萬氏據坊刻誤“洛”爲“各”，與“女”字倒誤，復落“採”字，亦均應遵照改補。至葉《譜》“各”字下有“委”字，乃因“各明珠”不成文理，妄增“委”字，不可從。

【蔡案】

萬子原譜“望中”下八字、“臨翠水開鎬宴”“聲歡娛歌魚藻”均未讀斷。餘已據杜注改補，原譜“一百三十二字”改爲“一百三十三字”。

前段第三句，“沼”字以上作平，張先用“閣”，以入作平。後段第四均尾拍原譜作“相將歸去”，誤。蓋本詞前後段各爲五均，本拍則均脚所在也，焉有不入韻之理？現據彊村叢書本《樂章集》改正。

細玩本調，綜合諸本觀之，萬子原詞當脱七字，姑妄説之：其一，“金柳”下十三字，“繫”字仍當屬上，因“繫彩舫龍舟遥岸”文理不通，而應是“金柳摇風○●繫”，爲一平一仄，“木末”本是前人猜測之字，此二字應從“繫”字揣度，余疑是“○不繫”，將“不”錯爲“木”，形近而誤耳。如此，“金柳”十三字正對後段“兩兩”下十三字。其二，“罄歡娱，歌魚藻”六字亦文理不通，萬子已指出，其原貌當爲“□罄歡娱，歌□魚藻”，脱二字，如此則正對前段“千步虹橋，參差雁齒”。其三，“别有盈盈遊洛女”或爲上三下五句法，脱一字，原詞或爲“□别有、盈盈遊洛女”，古詞此類三字逗脱誤最多，如此則正對前段“繞金堤、曼衍魚龍戲”。其四，“採明珠、争收翠羽”一句，前段或是“簇□□、嬌春羅綺”，則可相對。此四處計脱五字，補足後，文理便無不通處，前段“金柳”下與後段“兩兩”下俱相吻合。讀者若以爲然，不妨循而填之。

瑞龍吟 一百三十三字 張翥

鰲溪路。瀟灑翠壁丹崖，古藤高樹。林間猿鳥欣然，故人隱
○○▲ ○●●●○○ ●○○▲ ○○○●○○ ●○●
在，溪山勝處。　久延竚。渾似種桃源裏，白雲窗户。燈
● ○○●▲ ●○▲ ○●●○○● ●○○▲ ○
前素瑟清樽，開懷正好，連牀夜語。　應是山靈留客，雪
○●●○○ ⊙○●● ○○●▲ ○●○○○● ●
飛風起，長松掀舞。誰道倦途、相逢傾蓋如故。陽春一曲，
○○● ○○○▲ ○●●○ ○○○●○▲ ○○●●
總是關心句。何妨共、磯頭把釣，梅邊徐步。祇恐匆匆去。
○●○○▲ ○○● ○○●● ○○○▲ ●●○○▲
故園夢裏，長牽别緒。寂寞閒鍼縷。還念我、飄零江湖煙
●○●● ○○●▲ ○●○○▲ ○●● ○○○○○

雨。斷腸歲晚，客衣誰絮。
▲　●○●●　●○○▲

此調以清真"章臺路"一曲爲鼻祖。向讀千里和詞，愛其用字相符，今此蜕巖詞亦和周韻者，平仄亦復字字俱合，信知樂府之調板如鐵，古賢之心細如髮也。《花庵》云：前兩段屬正平調，謂之雙拽頭，後屬大石，尾十七字再歸正平，故近刻周詞皆分三段。愚謂：既以尾爲再歸正平，則該分四疊，而清真及此詞應在"縷"字再分一段矣。若夢窗《甲稿》二首，猶刻作兩段，誤也。夢窗《丁稿》一首，於"誰道"二句落兩字，其下亦多訛錯，而三首俱以第一字作去聲，若較第二段首字，或可不拘，然作者當依周爲妥也。"竚"字吴用"梯"字，平叶，恐誤。"連牀"句五字亦誤。翁處静一首亦與此字字皆同，但於"途"字用"幕"字，"飄零"用"曲曲"二字，此雖借入爲平，然此調以周詞作準繩，用入終屬第二着，人不可以其仄聲，而亂填上去也。《圖譜》於此詞衹"長松"句失注叶韻，其平仄全不議改，妙甚妙甚。

〔杜注〕

按，雙拽頭體，後止一段，若如萬氏説作四疊，則不能有雙拽頭之名。蓋雙者，别於後之一段也。又按，注所引翁處静一首，於"長牽别緒"句四字作"添新恨"三字。又，劉伯温一首，作"鳴羈鳥"，亦三字，似另有此一百三十二字體。

【蔡案】

萬子原注："總是"之"總""寂寞"之"寂"，作平。

前段二三句，美成詞爲"還見、褪粉梅梢，試花桃樹"，其句法爲二字逗領四字儷句，張詞亦如此，其餘如方千里和詞作"愁對、萬點風花，數行煙樹"、夢窗作"腸斷、去水流萍，住船繫柳""遥望、綉羽冲煙，錦棱飛練"等，皆是。故作者於此構思，勿失之。

萬子所據本多有舛誤，此皆因其流離之故也，一嘆。其謂夢窗詞

“梯”字，實爲“睇”，謂“誰道”二句處落二字，“連床”句用五字，等等，均屬版本之誤。惟“誰道”下十字，周邦彦作“唯有舊家、秋娘聲價如故”，應讀如上四下六句法，而各譜悉以六字一句、四字一句讀爲兩句，韻律盡失，句法亦拗，今予糾正。

又，杜氏以爲翁詞“添新恨”三字或爲別體，甚爲無謂。蓋全宋惟此一句，且“長病酒”“添新恨”文意對偶，應是句首脱字無疑，以劉伯温詞説之，尤覺無理。又按，雙拽頭乃是就詞體結構而言，云其起調爲兩段，當不關乎其後，亦非雙起單收之意也。惟萬子之“‘縷’字後再分一段”之説，全無古詞結構理念，單均爲段，確屬無謂。

大　酺 一百三十三字　　方千里

正夕陽閒，秋光淡，鴛瓦參差華屋。高低簾幕迴，但風搖環
●●○○ ○○● ○●○○○▲ ○○⊙●● ●○○○
佩，細聲頻觸。瘦怯單衣，涼生兩袖，零亂庭梧窗竹。相思
● ●○⊙▲ ◎●○○ ○○●● ○●⊙○○▲ ○○
誰能會，是歸程客夢，路諳心熟。况時節黄昏，閒門人静，憑
⊙○● ●○○●● ●○○▲ ●○◎○⊙ ⊙○○● ◎
欄身獨。　歡情何太速。歲華似、飛馬馳輕轂。謾自嘆、
○○▲ ⊙○⊙◎▲ ●○● ○●⊙○▲ ●●◎
河陽青鬢，苒苒如霜，把菱花、悵然凝目。老去疏狂減，思墮
○○⊙● ◎●○○ ●⊙○ ◎⊙⊙▲ ◎◎⊙○● ⊙●
策、小坊幽曲。趁遊樂、繁華國。回首無緒，清淚紛於紅蔌。
● ◎○○▲ ◎○● ○○▲ ⊙○○● ⊙●○○○▲
話愁更堪剪燭。
◎○●○●▲

方和周詞，平仄如一，此旁注者，依劉須溪“任瑣窗寒”一首載之，因字同，不另列。隨作者取法而填之，但或學周、方則依周、方，或學

劉則依劉，不可相混也。《譜》注斷不可從。第一字喚起，用去聲領句，妙甚，豈可作平乎？“趁遊樂”句，周云“況蕭索、青蕪國”，“國”字乃借叶，即如借“北”字同。詞人亦有不拘者，故千里和之。《詞統》云：“‘國’字不通，一作‘園’，又失韻。”此論甚謬，“園”字可笑，豈不失韻便可作“青蕪園”乎？“青蕪國”頗有意味，但可謂借韻，不可謂不通也。“閒”字必是“閉”字之訛，周用“夢”字，去聲，方必不作平也。

【蔡案】

本調起拍爲一字逗領三字儷句，此爲正體，且以去聲爲宜，雖有吴文英“峭石帆收”句，當是敗筆，不必從也。

“回首無緒”句，萬子注“首”字可平，誤。按，本字周邦彥作“糝”，“糝”字平上二讀，故其後宋詞或平或上，偶有入聲，蓋入聲上聲皆可替平故也。然則本句依律當爲平平平仄，“首”字，以上作平。

歌　頭 一百三十六字　唐莊宗

賞芳春、暖風飄箔。鶯啼綠樹，輕煙籠晚閣。杏桃紅、開繁萼。靈和殿、禁柳千行，斜金絲絡。夏雲多、奇峰如削。紈扇動微涼，輕綃薄。梅雨霽、火雲爍。臨水檻、永日逃煩暑，泛觥酌。　露華濃，冷高梧、凋萬葉。一霎晚風，蟬聲新雨歇。暗惜此光陰、如流水，東籬菊殘時，嘆蕭索。繁陰積，歲時暮、景難留，不覺朱顔失却。好容光，旦旦須呼賓友，西園長宵，宴雲謡、歌皓齒，且行樂。

後半叶韻甚少，必有訛處，不敢擅注句豆，即前半亦未必確然。原注大石調，姑存其體爲餼羊而已。

〔杜注〕

按,《詞譜》"惜惜此光陰"句,上"惜"字作"暗"。又,"且且須呼賓友"句,"且且"作"旦旦",《歷代詩餘》同。均應遵改。又,萬氏注云"後半叶韻甚少,必有訛處",按,"彫萬葉"句之"葉"字、"蟬聲新雨歇"句之"歇"字,《詞譜》均注叶。又,"禁柳千行""斜金絲絡"二句,萬氏注"行"字爲句,或謂以"斜"字屬上,作五字一句、三字一句,意義較妥。又,此詞後半萬氏未注句叶,今遵《詞譜》補注。

【蔡案】

萬子原譜,後段僅於"索、却、樂"三字讀斷注叶,餘俱未讀,今據《欽定詞譜》補注,然亦仍有錯訛,惟本調但此一首,無從參校。余嘗對此吟誦數日,斟酌再三,僅作如下揣度:其一,本調前段"鶯啼"至"雨霽",與後段"一霎"至"容光"當爲整齊對應之句,此爲大局,識此則可與論本調之文字矣。其二,前段"杏桃紅,開繁萼"對應後段"暗惜此光陰",則後段應爲折腰式六字句或三字兩句,其中必奪一字,且據後所述,當是奪一平聲字,原文應是"○暗惜,此光陰"。而本句爲第二均首拍,韻或不韻均可,無須對應。其三,前段萬子讀爲"靈和殿、禁柳千行,斜金絲絡",《欽定詞譜》從之,而實爲誤讀,蓋此二拍對應後段"東籬菊殘時,嘆蕭索",則當讀爲"靈和殿、禁柳千行斜,金絲絡"方合。其四,比照第二均前後段之平仄及文法關係,可知前段文字亦有舛誤,本均平仄律當是○○●　●○○　○○●　●●○○○　○○●,如此,則前段文字應是"靈和殿,杏桃紅,開繁萼。禁柳千行斜,金絲絡"。其五,"禁柳千行斜""東籬菊殘時"二句之平仄不諧,參見本詞其餘五字及六字句,均爲律句,則此處不當有三平式句法,更不當有"東籬菊殘時"如此古拗之句法,其中疑仍有舛誤,余以爲當讀爲"東籬菊,殘時嘆蕭索",庶幾韻律圓滿。其六,第三均中，兩段均爲十五字，且第四句首拍工整，故第三均應有兩相對應句法之基礎，則前段“夏雲多、奇峰如削”所對者顯非“繁陰積，歲時暮”，此處《欽定詞譜》必定誤讀，應是“繁陰積，歲時暮景”。其七，前段“紈扇動微涼”對應後段者，當爲●●●○○，余疑或是“不覺□難留”，亦奪一字。其八，第三均尾拍爲“朱顔失却”，則前段亦應是“輕綃□薄”。其九，“旦旦”以下，與前段不合，此乃尾均，不必整齊，但“西園長宵”四字韻律不諧，“宴雲謠”違意拗澀，尾均當讀爲“好容光，旦旦須呼，賓友西園，長宵宴，雲謠歌皓齒，且行樂”方是。如此，本詞第二第三均中六十六字，計脱落三字，兩處倒文，其餘則均爲後人誤讀，作此調整，其詞及譜當做如是觀：

歌　頭 一百三十六字　　唐莊宗

賞芳春、暖風飄箔。鶯啼緑樹，輕煙籠晚閣。杏桃紅、開繁萼。
●○○ ●○○▲ ○○●● ○○○●▲ ●○○ ○○▲
靈和殿、禁柳千行斜，金絲絡。夏雲多、奇峰如削。紈扇動微涼，
○○● ●●○○○ ○○▲ ●○○ ○○○▲ ○●●○○
輕綃□薄。梅雨霽、火雲爍。臨水檻、永日逃煩暑，泛觥
○○●▲ ○●● ●○▲ ○●● ●●○○● ●○
酌。　露華濃、冷高梧，凋萬葉。一霎晚風，蟬聲新雨歇。□
▲ ●○○ ●○○ ○●▲ ●●●○ ○○○●▲ ○
暗惜，此光陰、如流水，東籬菊，殘時嘆蕭索。繁陰積，歲時暮景，
●● ●○○ ○○● ○○● ○○●○▲ ○○● ●○●●
不覺□難留，朱顔失却。好容光，旦旦須呼、賓友西園，長宵宴、
●●●○○ ○○●▲ ●○○ ●●○○ ○●○○ ○○●
雲謠歌皓齒，且行樂。
○○○●● ●○▲

多　麗 一百三十九字　又名《緑頭鴨》　　張　翥

晚山青。一川雲樹冥冥。正參差、煙凝紫翠，斜陽畫出南
●○△ ◎○⊙●○△ ●⊙○ ⊙○◎● ⊙○◎●○

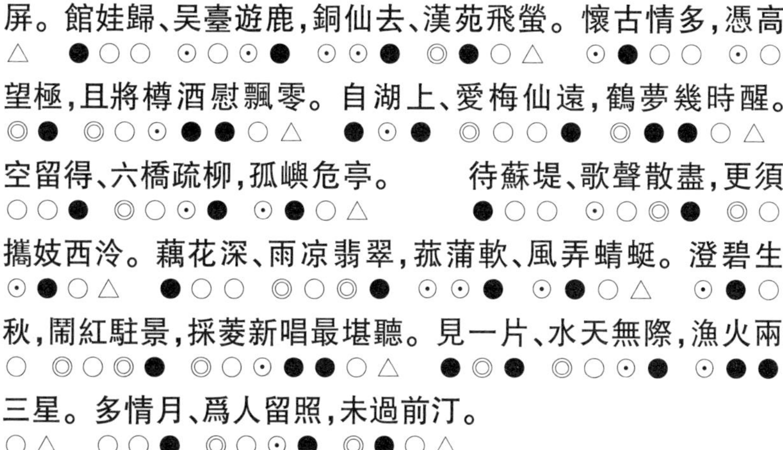
屏。館娃歸、吴臺遊鹿，銅仙去、漢苑飛螢。懷古情多，憑高
△ ●○○ ⊙○⊙● ⊙⊙● ◎●○△ ⊙●○○ ⊙○
望極，且將樽酒慰飄零。自湖上、愛梅仙遠，鶴夢幾時醒。
◎● ◎○⊙●●○△ ●⊙● ◎○○● ◎●●○△
空留得、六橋疏柳，孤嶼危亭。　待蘇堤、歌聲散盡，更須
○○● ◎○⊙● ⊙●○△ ●○○ ⊙○◎● ◎○
攜妓西泠。藕花深、雨凉翡翠，菰蒲軟、風弄蜻蜓。澄碧生
⊙●○△ ●○○ ◎○◎● ⊙⊙● ⊙●○△ ⊙●○
秋，鬧紅駐景，採菱新唱最堪聽。見一片、水天無際，漁火兩
○ ◎○◎● ◎○⊙●●○△ ●◎● ◎○⊙● ⊙●●
三星。多情月、爲人留照，未過前汀。
○△ ○○● ◎○⊙● ◎●○△

《詞品》以此詞爲石孝友作，今查《金谷遺音》不載，而張仲舉《蜕巖樂府》自注云："西湖泛舟，席上以'晚山青'爲起句，各賦一詞"，且玩其字句，非蜕巖無此手筆，其爲張詞無疑。此調作者雖多，求其諧協婉麗，無逾此篇者。

起句他家多不用韻，惟盧炳、李漳有之。他家平仄或有不齊者，今注明。然如本詞，可謂精當之至，學者所當摹仿也。"一片"上，汲古缺"見"字，今補正。侯寘於"疏柳"二字作"是誰"，"留照"二字作"化爐"，平仄異，或不拘。然他家無之，若詹玉於"空留得"作"夜沉沉"，"更須"句作"却孤劍水雲鄉"，"火"字作"封"，俱不可從。《詞統》載"鳳凰簫"一首，云是柳詞，於"歸"字、"深"字用仄，《樂章》不載，必非柳作也。"聲"字，次山作"里"字，天游作"絮"字，想不拘。天游於"采菱"句云"隔牆又唱謝秋娘"，沈氏選詞落一"謝"字，遂注題下云"後段少一字"，不知自己誤脱，而謂另有此體，謬哉。

〔杜注〕

安，《升庵詞品》云："見一片、水天無際"句，無"見"字，是循汲古

之誤。又按,《歷代詩餘》"歌聲"作"歌姬",餘與此同。

【蔡案】

本調前段八字添頭,去之,則前後段字句、韻律皆同。今構思本調,宜於此在心。

讀破格 一百三十九字 晁補之

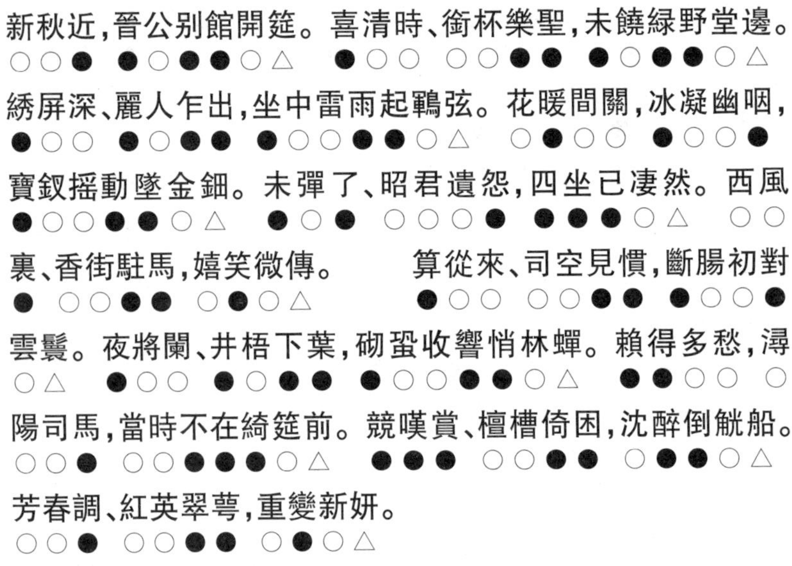

新秋近,晉公别館開筵。喜清時、銜杯樂聖,未饒緑野堂邊。綉屏深、麗人乍出,坐中雷雨起鹍弦。花暖間關,冰凝幽咽,寶釵摇動墜金鈿。未彈了、昭君遺怨,四坐已凄然。西風裏、香街駐馬,嬉笑微傳。　算從來、司空見慣,斷腸初對雲鬟。夜將闌、井梧下葉,砌蛩收響悄林蟬。賴得多愁,潯陽司馬,當時不在綺筵前。競嘆賞、檀槽倚困,沈醉倒觥船。芳春調、紅英翠萼,重變新妍。

起三字用仄,與前調不同。"坐中"句、"砌蛩"句雖亦七字,而用上四下三,與七言詩句同,比前調兩句相對者異,是另一體也。

〔杜注〕

按,《琴趣外篇》此詞名《緑頭鴨》。又按,《歷代詩餘》以此詞爲《多麗》正體,列第一首,然譜此調,以用蜕巖體爲妥。

仄韻體 一百三十九字 聶冠卿

想人生,美景良辰堪惜。向其間、賞心樂事,古來難是并得。

●○○ ●●○○○▲ ●○○ ●○●● ●○○●○▲

况東城、鳳臺沁苑,泛清波淺照金碧。露洗華桐,煙霏絲柳,

●○○ ●○●● ●○○●●○▲ ●●○○ ○○○●

緑陰摇曳蕩春色。畫堂迴、玉簪瓊佩,高會盡詞客。清歌

●○○●●○▲ ●○○ ●○○● ○●●○▲ ○○

久、重然絳蠟,别就瑶席。　有翩若驚鴻體態,暮爲行雨

● ○○●● ●●○▲ ●○●○○●● ●○○●

標格。逞朱唇、緩歌妖麗,似聽流鶯亂花隔。慢舞縈回,嬌

○▲ ●○○ ●○○● ●●○○●○▲ ●●○○ ○

鬟低嚲,腰肢纖細困無力。忍分散、彩雲歸後,何處更尋覓。

○○● ○○○●●○▲ ●○● ●○○● ○●●○▲

休辭醉、好花明月,莫漫輕擲。

○○● ●○○● ●●○▲

用仄韻,與前異。此詞相傳如此,豈敢他議?然竊有疑者:凡詞之平仄可兩用者,其調本同,但叶字用仄耳。如《聲聲慢》《絳都春》之類甚多,可證。即今南曲中《畫眉序》《高陽臺》等曲亦然。雖韻不同,而中間字句則合,即此理也。此篇與前平韻詞自是一樣,蓋"想人生"三字爲領,"美景"句爲接,是起韻語。"向其間"下十三字與"况東城"句亦皆同,"泛清"句,向讀作上三下四,今疑是七言詩句法,蓋用晁詞體,故後段"似聽流鶯"句亦七言詩句法,不然無前後兩般之理。但"似聽"句該仄平平仄仄平平,而此乃相反,因思"聽"字必讀平聲,而"流鶯"乃"鶯語"之誤耳。"露洗"二句,每句四字,"緑陰"句該七字,愚謂"一"字乃誤多者,且"蕩春一色"亦難解,其爲七字句無疑。原調平聲者一百三十九字,此仄聲者今作一百四十字,恰是誤多此一字也。自來選家、譜家從未留心體察耳。"畫堂迴"下字句皆相同,"明

月好花”必是“好花明月”，此句對前“重然絳蠟”也。如此相對，豈非此篇衹換得韻脚，其餘皆相符乎？

《嘯餘》不收前平聲調，惟收此詞，又欲改六十六字，可怪。《圖譜》亦依之，乃後添又一體，注云：“前段八句、九句並作七字”，蓋指“緑陰摇曳”句也。又云：“十句十一句亦並作七字”，蓋指“畫堂迴”句，此句原七字，不知何以謂之“並作七字”？其詞又不載，真無從摸索也。又云：“用平韻，餘俱同前”，既云用平，則安得餘俱同前乎？

〔杜注〕

按，葉《譜》“淺照金碧”句，“淺”作“琖”。又，“蕩春一色”句無“一”字。又，“清歌久”句，“歌”作“歡”。又，《復齋漫録》“鳳臺”作“鳳池”，“朱唇”作“珠喉”。此亦平調改入聲者。

【蔡案】

“并得”之“并”，萬子注云平讀，按，此“并”字意謂“兼”，并得者，兼得也。表“兼”義之“并”讀如府盈切，在第八部庚韻，平聲。如此，則本句平仄恰爲平起仄收式標準六言律句。本句對應後段之“暮爲行雨標格”，兩句平仄一也，亦可旁證。據改。又，“泛清波”句，萬子謂用晁詞句法，此固不錯，但云其爲律句句法，總是不妥。余謂本句文字必有倒誤，原詞想是“清波淺泛照金碧”，則與後段相合，韻律無誤。又按，“緑陰”句原譜作八字句，不讀斷，現據杜注删“一”字，原譜“一百四十字”改爲“一百三十九字”。並據萬注改“明月好花”爲“好花明月”，蓋本句各詞例作平平仄仄也。

玉女摇仙佩 一百三十九字　　　　柳　永

飛瓊伴侣，偶别珠宫，未返神仙行綴。取次梳妝，尋常言語，
○○●●　●●○○　●●○○○▲　●●○○　○○○●

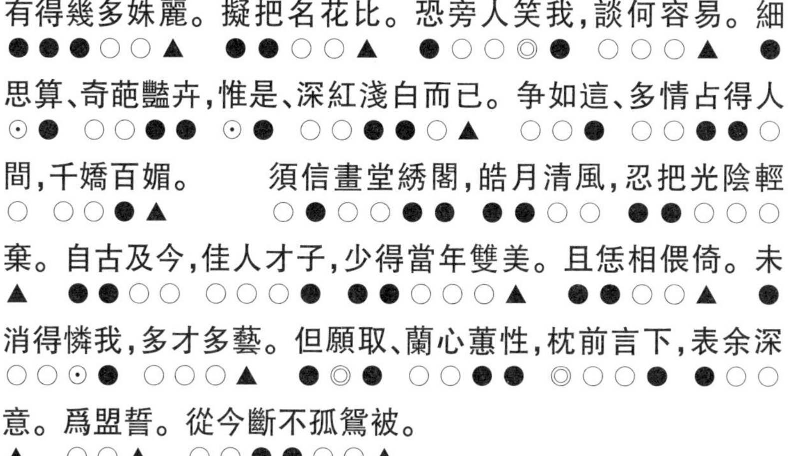

有得幾多姝麗。擬把名花比。恐旁人笑我，談何容易。細思算、奇葩豔卉，惟是、深紅淺白而已。争如這、多情占得人間，千嬌百媚。　須信畫堂綉閣，皓月清風，忍把光陰輕棄。自古及今，佳人才子，少得當年雙美。且恁相偎倚。未消得憐我，多才多藝。但願取、蘭心蕙性，枕前言下，表余深意。爲盟誓。從今斷不孤鴛被。

"偶别"至"而已"，與後"皓月"至"深意"同。但"枕前言下"四字，平仄與"惟是深紅"不同。此調《圖譜》不收，《嘯餘》於"表余深意"句不知是叶韻，竟連下"爲盟誓"作七字句，豈如此著譜而能禁人之指摘乎哉！

〔杜注〕

按，宋本"願奶奶"三字作"但願取"。又，"從今斷不負鴛被"句，"負"作"孤"，宜平聲，均應照改。

【蔡案】

"惟是"下八字對後段"枕前"八字，萬子糾結其平仄不同，並將"白"字解爲以入作平，無謂。蓋因前段爲二六式句法，後段則爲四四式句法，句法不同，平仄微調，此填詞之基本也。萬子於"惟是"句亦讀爲四四式，誤，謹改。又，"争如這"下九字，原譜讀爲五字一句、四字一句，竊以爲不如三六式讀流暢，且宋人於此多如此讀，據改。又按，後段結拍原譜作"斷不負"，杜氏據宋本校改，作"斷不孤"，而《欽定詞譜》作"斷不辜"，或據"孤"而擅改，李陵《答蘇武書》毛氏注云："凡孤負之孤，當作孤。俗作辜，非。"可見本當爲"孤"。

萬子原譜注云：“自古及今”之“及”“未消得”之“得”，以入作平。

六　醜　一百四十字　　方千里

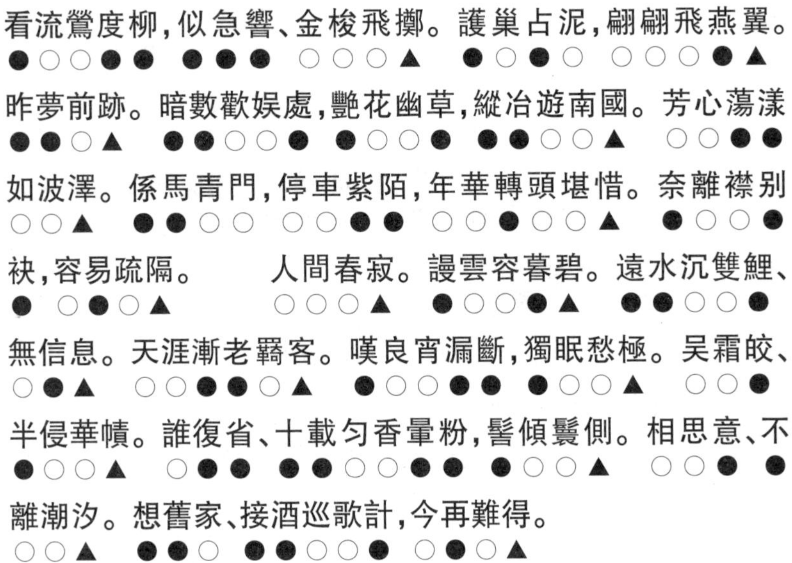
看流鶯度柳，似急響、金梭飛擲。護巢占泥，翩翩飛燕翼。昨夢前跡。暗數歡娛處，艷花幽草，縱冶遊南國。芳心蕩漾如波澤。係馬青門，停車紫陌，年華轉頭堪惜。奈離襟別袂，容易疏隔。　人間春寂。謾雲容暮碧。遠水沉雙鯉、無信息。天涯漸老羈客。嘆良宵漏斷，獨眠愁極。吴霜皎、半侵華幘。誰復省、十載匀香暈粉，鬢傾鬟側。相思意、不離潮汐。想舊家、接酒巡歌計，今再難得。

與清真詞平仄無異，篇中諸去聲字俱妙，而“占、易、離”尤吃緊。夢窗“漸新鵝映柳”一首，亦皆相合，衹“春”字作“翠”字，去聲；“家”字作“永”字，上聲耳。汲古刻於“春寂”分段，非。今查《夢窗詞》於“隔”字分，則當如右所録也。《譜》中字字亂注，而於“縱冶遊南國”云可平平平仄仄、“芳心蕩漾如波澤”云可仄仄平平平仄仄，尤爲怪異，不知何所見而云然也。且此調楊升庵以其名不雅，改曰《箇儂》，已爲無謂，《圖譜》乃於《六醜》之外又收《箇儂》一詞，兩篇相接，何竟未一點勘耶？且楊本和周韻，而兩詞分句大異，可怪之甚，是則升庵和詞而誤，其誤者十之三，《圖譜》創立新調，而誤其誤者十之七矣。今據《圖譜》所書備列於後，以見愚非敢謗先賢與時賢爾。

（恩杜本校：按，“接酒迎歌計”句，“接”字當作“按”。）

箇儂 楊慎

恨箇儂無賴，嬌賣眼、春心偷擲。蒼苔花落，一雙先印下月樣春跡。聞氣不知名，似仙樹御香，水邊韓國。羅襦襟解聞香澤。雌蝶雄蜂，東城南陌。何人輕憐痛惜。窺宋玉鄰牆，巫山寧隔。　尋尋覓覓。又暮雲凝碧。良夜千金，繁華一息。楚宮盼睞留客。愛長袖風流，鍾情何極。唱道是鳳幃深處附素足。裊嫋周旋惡，憐伊盡傾側。叫檀郎莫枉春夕。恐佳期別後青天樣，何由再得。

右詞本和周韻，而合於周者“擲、跡、國、澤、陌、惜、隔、碧、息、客、極、側、得”十三韻。其失和而自用韻者：“寂”字以“覓”字代叶、“汐”字以“夕”字代叶。其忘爲韻脚而失和者：“翼”字、“幘”字二韻。其句法誤者：“遠水”句上五下三，楊因周作“静繞珍叢底，成嘆息”誤讀“底成”相連，因爲四字兩句矣；“艷花”二句，周云“夜來風雨，葬楚宮傾國”，楊誤讀“葬”字屬上句，因作上五下四矣；“十載”句，周云“一朵釵頭顫嫋，向人欹側”，本上六下四，楊誤讀“一朵釵頭”爲四字句，因作“顫嫋周旋”矣。其他平仄誤處，則“個、無、蒼、聞、石、名、樹、香、輕、痛、暮、凝、楚、袖、風、流、鐘、唱、道、附、憐、伊、盡、叫、郎、舊”等字俱平仄相反，而“窺宋玉”句全差矣。然“夢”字楊用“樣”字、“離”字楊用“枉”字，猶知用仄也。至《圖譜》之注，則並此一槩改抹，且以“翩翩”句作九字、“吴霜皎”句作十字，更異者，楊作“顫嫋周旋”二句不過誤作上四下六。而《圖譜》乃注作五字兩句，以“顫嫋周旋惡”分斷。又，楊本“蒼苔落花”，《圖譜》改爲“花落”，豈非誤而又誤乎哉？

〔杜注〕

按，《詞譜》另列《箇儂》調，收廖瑩中一詞，前二句與此同，以下字句參差，韻亦不同，多至一百五十九字，疑就此詞增改衍成也。《詞林紀事》所載，與《詞譜》全同。又按，《蓮子居詞話》云："《六醜》詞，周邦彦所作。上問《六醜》之義，對曰：此犯六調，皆聲之美者，然極難歌。高陽氏有子六人，才而醜，故以比之。"楊用修易爲《箇儂》，殆未喻清真之義耶。

【蔡案】

《六醜》與《箇儂》當爲不同之調，所謂楊詞，亦必有淺人改竄。楊用修雖爲明人，焉有不識周詞之韻者？蓋後人不知此爲和作而妄自修改也。故不予擬譜。而杜氏以爲廖瑩中詞乃增改楊詞而來，亦屬無稽，焉有宋人改明人詞者？

玉抱肚 一百四十三字　　楊无咎

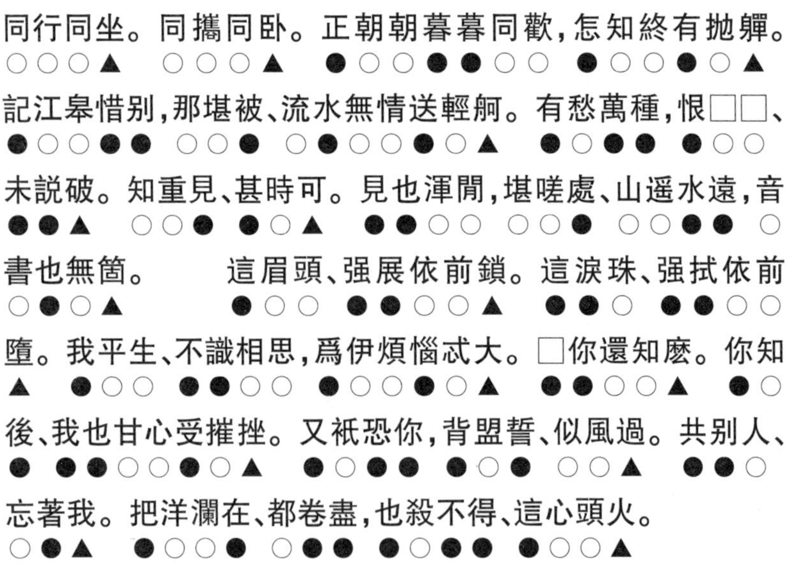
同行同坐。同攜同卧。正朝朝暮暮同歡，怎知終有抛嚲。
○○○▲ ○○○▲ ●○○●●○○ ●○○●○▲
記江皋惜别，那堪被、流水無情送輕舸。有愁萬種，恨□□、
●○○●● ○○● ○●○○●○▲ ●○●● ●○○
未説破。知重見、甚時可。見也渾閒，堪嗟處、山遥水遠，音
●●▲ ○○● ●○▲ ●●○○ ○○● ○○●● ○
書也無箇。　這眉頭、强展依前鎖。這淚珠、强拭依前
○●○▲ ●○○ ●●○○▲ ●●○ ●●○○
墮。我平生、不識相思，爲伊煩惱忒大。□你還知麽。你知
▲ ●○○ ●●○○ ●○○●○▲ ●●○○▲ ●○
後、我也甘心受摧挫。又衹恐你，背盟誓、似風過。共别人、
● ●●○○●○▲ ●○●● ●○● ○○▲ ●●○
忘著我。把洋瀾在、都卷盡，也殺不得、這心頭火。
○●▲ ●○○● ○●● ●○●● ●○○▲

此詞姑照本集録之，分段恐不確，惜無可引證也。按，"那堪被"十字，是對"你知後"十字，因思"正朝朝"二句可對"我平生"二句，但

"你還知麽"比"記江臯"句少一字。是則"這眉頭"二句乃是换頭,配首起"坐、卧"二韻。而"見也"至"無箇",尚屬前段耳,不然前短後長矣。

〔杜注〕

按,《詞譜》"這淚珠彊收依前墮"句,"收"作"拭"。又,"把洋瀾左都卷盡與"句,"洋"作"揚",左字下有"蠡"字,"盡"字下無"與"字。又,"殺不得這心頭火"句,"殺"字上有"也"字,均應遵照改補。

【蔡案】

萬子分段甚爲的當,以文理論,"見也"如何如何,正是緊承前文"知重見甚時可",自不可割斷。另考《鳴鶴餘音》有元人《玉抱肚》,雖字句與楊詞多有不同,但其於"堪嗟處"後分段,而楊詞此處非韻,故元詞所分亦誤。而毛校本《逃禪詞》後結作"把洋瀾在,都卷盡與,殺不得,這心頭火。"《全宋詞》從之,元詞則爲"衆仙舉我,赴金闕。寥陽勝境,教我怎生説",前三句爲四三四句法。綜合各本,余試爲補充:其一,前段"恨未説破"句,必是"恨當時、未説破",脱二字,如此則對後段"背盟誓、似風過"。其二,"把洋瀾左"則顯係"把洋瀾在"之形近所誤,意謂設若洋瀾在,如此,則"蠡"字亦爲淺人所添。而後結當作"把洋瀾在,都卷盡、也殺不得",與前段"見他渾閒,堪嗟處、山遥水遠"正相合。其三,"你還知麽"句脱一字。如此,詞當於"也無箇"後分段,前後段恰各爲四均,正合張玉田"慢詞八均"之大律。而慢八均爲所有詞之綱,必無差錯,故將原譜依前述改定,原譜"一百四十字"改爲"一百四十三字"。又,元詞後段起作"兩獸擒來吾怎捨。爐烹鼎煉無暫歇",本詞兩"這"字或爲襯字。

又按,依此分段,則"爲伊煩惱忒大"句對"怎知終有拋嚲"句,"忒"顯係以入作平。"又祇恐你"對"有愁萬種","也殺不得"對"山遥水遠"，"祇""殺"二字亦爲以入作平。

六州歌頭　一百四十三字　　張孝祥

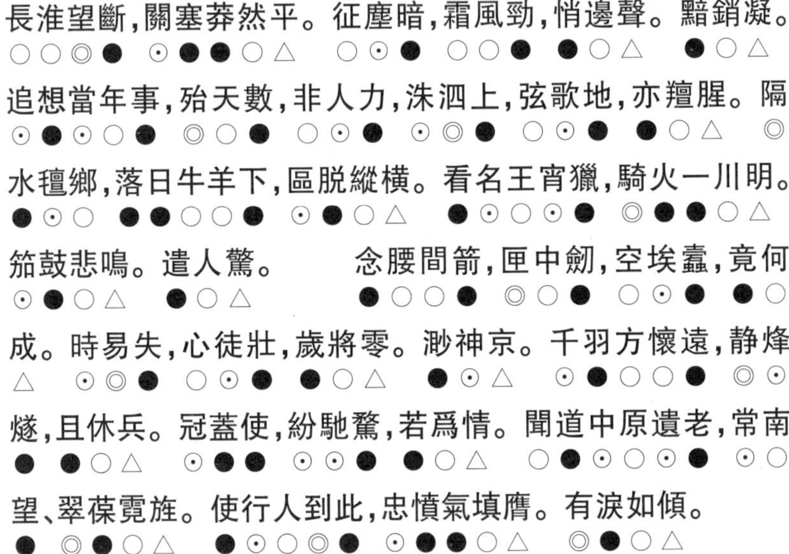
長淮望斷，關塞莽然平。征塵暗，霜風勁，悄邊聲。黯銷凝。追想當年事，殆天數，非人力，洙泗上，弦歌地，亦羶腥。隔水氈鄉，落日牛羊下，區脱縱横。看名王宵獵，騎火一川明。笳鼓悲鳴。遣人驚。　念腰間箭，匣中劒，空埃蠹，竟何成。時易失，心徒壯，歲將零。渺神京。干羽方懷遠，静烽燧，且休兵。冠蓋使，紛馳騖，若爲情。聞道中原遺老，常南望、翠葆霓旌。使行人到此，忠憤氣填膺。有淚如傾。

此則稼軒、後村、龍洲諸家俱用此體。旁注照各家作。龍洲又一篇，首段起句云"鎮長淮一都會古楊州。升平日、朱簾十里春風，小紅樓"，後段云"悵望金陵，宅丹陽，郡山不斷綢繆"，與此篇又異，兹注明不另録。

又按，此調或於"亦羶腥"處分爲首段，"且休兵"處分爲次段，共成三疊，未知孰是。《譜》不知何故，將"征塵暗"六字、"殆天數"六字、"洙泗上"六字、"看名王"十字、"匣中劒"六字、"時易失"九字、"冠蓋使"九字皆各合爲一句，然此猶不大害也，復將"悄邊聲"二句合而爲一，則失去"聲"字一韻，"笳鼓"二句合而爲一，則失去"鳴"字一韻，"渺神京"至"懷遠"合而爲一，則失去"京"字一韻，一調而使人失叶三韻，尚得爲譜乎？作圖者尚從之而弗敢變，填詞者亦從之而弗敢易，真所不解矣。然《圖譜》不議改字，甚善。

"念"字領句，"腰間"相連，勿誤。

〔杜注〕

按，《詞林萬選》"銷凝"作"銷魂"。又，"當年事"下有"跡"字。又，"氈鄉"作"旃鄉"。又，"渺神京"作"渺渺神京"。又，"紛馳鶩"無"紛"字。又按，"聞道中原遺老"句，如以"原"字爲句，則與韓詞"前度劉郎"句法相合。

【蔡案】

本詞原列於韓元吉詞後，因係正體，故移前。

《詞林萬選》所異者，皆不合法度，"追想當年事"句，例作五字一句，"渺神京""紛馳鶩"亦各例作三字句，不當增減，俱不從。

重　格 一百四十三字　　　　程　珌

向來抵掌，未必總談空。難遍舉，質三事，試從公。記當年，賦得一丘一壑，天鳶闊，淵魚静，莫擊磬，但酌酒，盡從容。一水西來，他日會從公，曳杖其中。問前回歸去，笑白髮成蓬。不識如今，幾西風。　　蒙莊多事，論虱豕，推羊蟻，未辭終。又騾説，魚得計，孰能通。□□□，嘆如雲網罟，龍伯啖，渺難窮。凡三惑，誰使我，釋然融。豈是匏瓜繫者，把行藏、悉付鴻濛。且從頭檢校，想見共迎公。湖上千松。

"會從公""公"字或謂亦是叶，玩此調及語氣，應是偶合者。況前後有"公"字叶，豈複三韻乎？此體惟程此篇，恐有誤，姑列於此，作者自從辛、張等調可耳。

〔杜注〕

按，王氏校本“笑白髮成蓬”句，“笑”字上有“已”字。又，“想見迎公”句，原空一字，《歷代詩餘》作“喜”字，《詞譜》作“共”字，自以遵改“共”字去聲爲諧。又按，程大昌《演繁露》云：“《六州歌頭》本鼓吹曲，近世好事者倚其聲爲吊古詞，音調悲壯，不與艷詞同科。”又，《六州》爲伊、凉、甘、石、氐、渭。

【蔡案】

本詞後段“孰能通”後，《全宋詞》據毛扆校汲古閣本《洺水詞》校語補三□脱字符，兹亦據補，原譜“一百四十一字”改爲“一百四十四字”。又，“賦得”句，檢宋賢諸詞均爲五字，其所對後段“嘆如雲網罟”亦爲五字，則本句當衍一字。又，杜注“笑”字上有“已”字者，檢宋賢諸詞本句均爲五字，校之後段，本句對“想見共迎公”，亦爲五字句，且添之語意亦澀，故不從。前述三處糾正，則程詞即正體，同張孝祥詞，故本詞不另擬譜，以其不足爲範也。

又按，“一水”下十三字，原譜作“一水西來他日，會從公、曳杖其中”，不通，改。

多韻格 一百四十三字　　韓元吉

東風著意。先上小桃枝。紅粉膩。嬌如醉。依朱扉。記年
○○●▲　○●●○△　○●▲　○○▲　●○△　●○

時。隱映新妝面。臨水岸。春將半。雲日暖。斜陽轉。夾
△　●●○○▲　○●▼　○○▼　○●▼　○○▼　●

城西。草軟沙平，驟馬垂楊渡，玉勒争嘶。認蛾眉凝笑，臉
○△　●●○○　●●○○●　●●○△　●○○○●　●

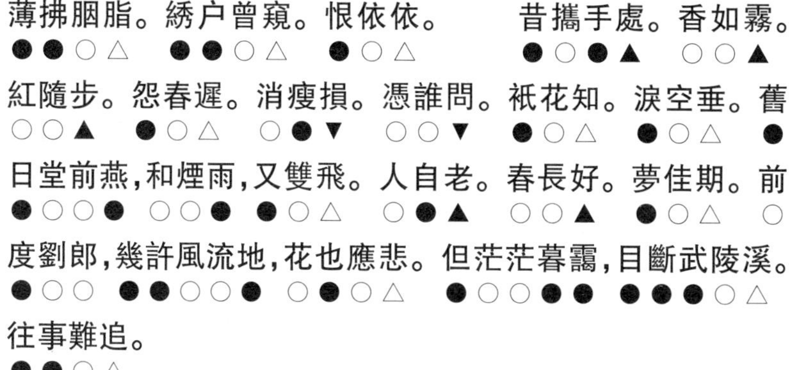

薄拂胭脂。綉戶曾窺。恨依依。　　昔攜手處。香如霧。
●●○△　●●○△　○○△　　　●○●▲　　○○▲
紅隨步。怨春遲。消瘦損。憑誰問。祇花知。淚空垂。舊
○○▲　●○△　○●▼　○●▼　○○△　●○△　●
日堂前燕，和煙雨，又雙飛。人自老。春長好。夢佳期。前
●○○●，○○●，●○△　○●▲　○○▲　●○△　○
度劉郎，幾許風流地，花也應悲。但茫茫暮靄，目斷武陵溪。
●○○，●●○○●，○●○○　●○○●●，●●●○△
往事難追。
按,此調較辛、張等詞,惟"也應悲"句少一字,"認蛾眉"下十字,他家作兩五字句,餘同。但其所用三字句,皆逐段自相爲叶,凡换五韻,此則他家俱無。此體獨此首爲然,然余亦細玩而得之,人多未察也。"前度"句他家俱作六字,"風流"以下作七字,與此亦異。

〔杜注〕

萬氏注云:"認蛾眉"下十字,他家作兩五字句。按,此詞應以"笑"字爲句,以"臉"字屬下,亦五字兩句,不宜分作三三四句法。又,萬氏注云:"也應悲"句少一字。按,此句有作"花也應悲",有作"到也應悲",有作"也是應悲",蓋傳抄誤落,各刻所補不同,然爲四字句無疑,似以"花"字與前"衹花知"句"花"字相應爲妥。

【蔡案】

"前度"下十三字,萬子以爲"他家俱作六字一句、七字一句",亦非皆如此,賀梅子詞,此處作"不請長纓,繫取天嬌種。劍吼西風",即與此同。

又按,原譜前段首拍不叶韻,但本詞雖平韻爲主,或亦不妨首句入韻。蓋詞之首拍入韻,乃是基本格律,無須迴避。

夜半樂 一百四十四字 柳　永

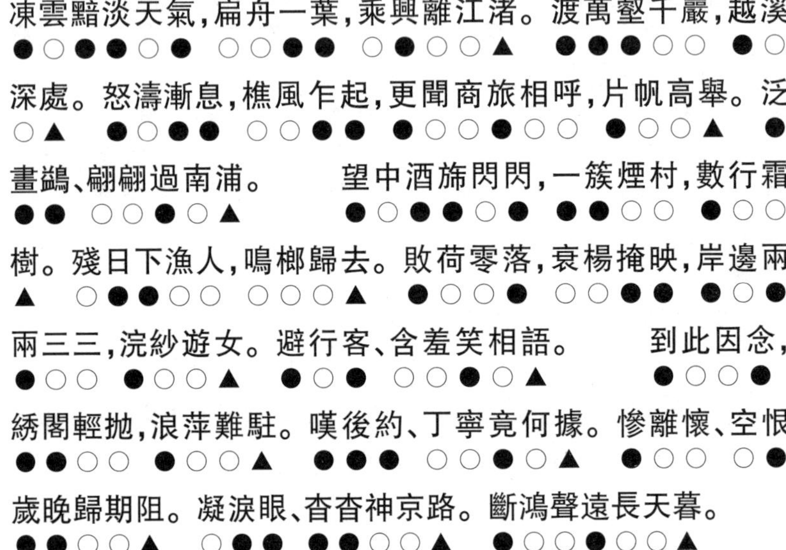

凍雲黯淡天氣，扁舟一葉，乘興離江渚。渡萬壑千巖，越溪
●○●●○●　○○●●　○●○○▲　●●●○○　●○

深處。怒濤漸息，樵風乍起，更聞商旅相呼，片帆高舉。泛
○▲　●○●●　○○●●　●○○●○○　●○○▲　●

畫鷁、翩翩過南浦。　望中酒旆閃閃，一簇煙村，數行霜
●●　○○●○▲　●○●●○●　●●○○　●○○

樹。殘日下漁人，鳴榔歸去。敗荷零落，衰楊掩映，岸邊兩
▲　○●●○○　○○○▲　●○○●　○○●●　●○●

兩三三，浣紗遊女。避行客、含羞笑相語。　到此因念，
●○○　●○○▲　●○●　○○●○▲　●○○●

綉閣輕拋，浪萍難駐。嘆後約、丁寧竟何據。慘離懷、空恨
●●○○　●○○▲　●●●　○○●○▲　●○○　○●

歲晚歸期阻。凝淚眼、杳杳神京路。斷鴻聲遠長天暮。
●●○○▲　○●●　●●○○▲　●○○●○○▲

此調三疊，首段“渡萬壑”以下，與中段“殘日”以下同。雖“渡萬壑”二句上五下四，“殘日”句應三字豆，然語氣一貫，不拘也。中段起亦六字，《圖》於“旆”字分句，誤。閃閃而動，正言酒旆，不可指煙村。中段尾“笑相語”正對首段尾“過南浦”，同仄平仄，而各刻俱作“相笑語”，誤甚，不特失調，而“笑相語”比“相笑語”用字遒俊，豈淺人所知。後段“杳杳神京路”是叶韻，後詞亦用“暮”字，《圖》以“斷”字連上，而下“鴻聲遠，長天暮”作三字兩句，誤。

〔杜注〕

按，《歷代詩餘》“嘆後約丁寧竟無據”句，無“嘆”字。

【蔡案】

原譜“殘日”下九字作三字逗領六字句法，然校之第一段，此九字對“渡萬壑千巖，越溪深處”，校之後詞，正是“擡粉面韶容，花光相妒”，故亦當讀爲五字一句、四字一句，庶幾音律諧和，不至“漁人鳴榔歸”五字連平，萬子以爲兩段語氣一貫，非是。謹改。又，“望中”句對“凍雲”句，故前“閃”字當以上作平，方不違律，後詞用“簇簇”，亦是以入作平。又，“歸期阻”，萬子未作叶韻，校之後一首，對“等閒度”，亦在韻，故予補入。又，杜注“嘆後約”句，後一首作“念解佩、輕盈在何處”，當是八字句，《歷代詩餘》脱字。又按，“慘離懷”十字，原譜作上三下七式十字句，七字句不諧，應讀爲兩五字；又按，本調後段結拍，疑當以後一體爲證，作八字一句。

又按，本調實爲雙曳頭詞體，故第一第二兩段，字、句、韻當爲一致，首段“乘興離江渚”五字，則次段不當爲“數行霜樹”四字，必有一字脱落，惟柳詞别首前後段首均亦參差一字，故不敢妄補，但前二段字數相同，則是必定如此者也。

多字格　一百四十五字　　柳　永

艷陽天氣，煙細風暖，芳草郊汀閒凝竚。漸妝點亭臺，參差
●○○● ○●○● ○●○○○●▲ ●○●○○ ○○
佳樹。舞腰困力，垂楊綠映，淺桃穠李夭夭，嫩紅無數。度
○▲ ●○●● ○○●● ●○○●○○ ●○○▲ ●
綺燕流鶯鬥雙語。　翠蛾南陌簇簇，躡影紅陰，緩移嬌
●●○○●○▲ ●○○●○● ●●○○ ●○○
步。擡粉面韶容，花光相妒。絳綃袖舉，雲鬟風顫，半遮檀
▲ ○●●○○ ○○○▲ ●○●● ○○○● ●○○
口含羞，背人偷顧。競鬭草金釵笑争賭。　對此嘉景，頓
●○○ ●○○▲ ●○●○○●○▲ ●●○● ●
覺銷凝，惹成愁緒。念解佩、輕盈在何處。忍良時、辜負少
●○○ ●○○▲ ●●● ○○●○▲ ●○○ ○●●

年等閒度。空望極、回首斜陽暮。嘆浪萍、風梗如何去。
○●○▲　○●●　○●○○▲　●●○　○●○○▲

比前多二字，其大略相同，然恐有訛字，而“芳草”下數字尤差。“斂”字亦差，應是“釵”字之訛。“光數”應是“無數”之訛，首節應在“鬥雙語”分段，次節應於“笑争睹”分段，兹姑照原本録之。

〔杜注〕

按，宋本“芳草郊燈明閒凝佇”句，“燈明”二字作一“汀”字。又，“嫩紅光數”句，“光”作“無”。又，“金斂笑争睹”句，“斂”作“釵”“睹”作“賭”。分段與萬樹論合。均應更正。又按，《詞譜》“淺桃穠李夭夭”句，“夭夭”作“小白”，屬下句，亦應遵改。

【蔡案】

除“夭夭”外，已據杜注改，原譜“一百四十六字”改爲“一百四十五字”。改後兩詞之别，惟在第一第二段結拍句法爲一七式，後段結拍較前一體多一字而已。又，“簇簇”，前字以入作平。

寶鼎現 一百五十七字　　康與之

夕陽西下，暮靄紅隘，香風羅綺。乘麗景、華燈争放，濃焰燒
●○○●　◎●○●　○○○▲　⊙●●　⊙○○●　⊙●○
空連錦砌。睹皓月、浸嚴城如畫，花影寒籠絳蕊。漸掩映、
○○●▲　●●●　●○○⊙●　⊙●○○◎▲　●●●
芙蕖萬頃，迤邐齊開秋水。　太守無限行歌意。擁麾幢、
○○●●　◎●○○○▲　●○○●○○▲　●○○
光動珠翠。傾萬井、歌臺舞榭，瞻望朱輪駢鼓吹。控寶馬、
⊙●○▲　⊙●●　⊙○●●　⊙●○○○●▲　●●●
耀貔貅千騎，銀燭交光數里。似爛簇、寒星萬點，引入蓬壺
●○○⊙●　⊙●○○◎▲　●●●　○○●●　◎●○○

首段"乘麗景"下與次段"傾萬井"下同。此調作者各有參差,向疑此篇有誤,蓋"宴閣多才"比他家少二字,"恐看看"句亦有誤,但思伯可名擅一時,此篇尤爲膾炙,當時元夕必歌此曲,故竹山《女冠子》云:"緑鬟隣女,綺窗猶唱,夕陽西下",則此篇傳世最盛,不應有訛落也。及查《惜香樂府》,則字數適與此同,"宴閣"句亦四字,"恐看看"二句亦一五一六,始信此詞自有此體。祇惜香於"芙蕖萬頃"作"巷陌連甍","吹老寒梅"作"恁時恁節",平仄稍異耳。因考此調結處,如"漸掩映"下十三字,三段皆同,有作上七下六者,有作一五兩四者,可以不拘也。"靄、隘"二字俱仄,各家多同,惜香於"隘"字作平,恐誤。《譜》並"紅"字俱作可仄,則萬無此理。"太守"二字注作可平,以及通篇,俱亂注,無謂之甚,必不可從也。"騎"字偶合,不必叶。

按,石孝友"雪梅清瘦"一首,汲古刻以次段尾句爲三段首句,誤。而第三段多錯字,竟不可讀,且止存一百五十一字,故不敢録。

〔杜注〕

按,《詞譜》"浸嚴城如畫"句,"畫"作"晝"。又,"宴閣多才"句,"宴"字上有"來伴"二字。又,"丹詔催奉"句,"催奉"二字作"歸春",屬上句。又,"緩引笙歌妓"句,作"莫放笙歌起"。均應遵改。

【蔡案】

"似爛簇",萬子原譜作"似亂簇","引入"原作"擁入","便趁早"七字,宋詞例作上三下四式句法,原譜作上四讀斷,均據《欽定詞譜》

改正。另據杜注改補，原譜"一百五十五字"改爲"一百五十七字"。又，"太守"之"守"，以上作平。

據宋人龔明之所著《中吴紀聞》載，本詞爲范周所作。范周，字無外，范文正公之姪孫。龔明之與范周爲同時代人，可信。

多韻格　一百五十八字　　劉辰翁

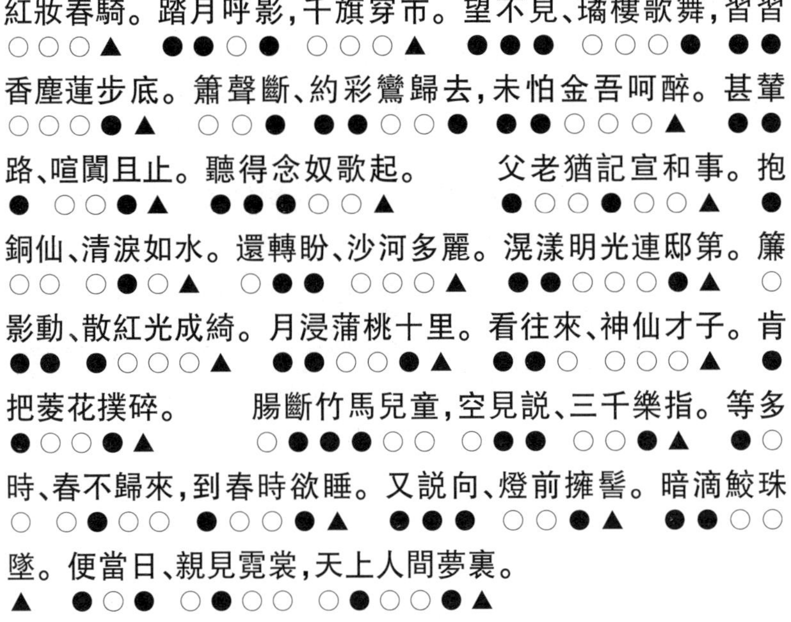

紅妝春騎。踏月呼影，千旗穿市。望不見、瑠樓歌舞，習習香塵蓮步底。簫聲斷、約彩鸞歸去，未怕金吾呵醉。甚輦路、喧闐且止。聽得念奴歌起。　父老猶記宣和事。抱銅仙、清淚如水。還轉盼、沙河多麗。滉漾明光連邸第。簾影動、散紅光成綺。月浸蒲桃十里。看往來、神仙才子。肯把菱花撲碎。　腸斷竹馬兒童，空見説、三千樂指。等多時、春不歸來，到春時欲睡。又説向、燈前擁髻。暗滴鮫珠墜。便當日、親見霓裳，天上人間夢裏。

與前詞大槩相同，祇第三段六字起，"等多時"二句，上七下五，與前詞"恐看看"二句上五下六者異。三結與前同。"騎"字、"止"字、"麗"字、"綺"字、"子"字偶合，可不叶。

按程珌"綠楊欲舞"一首，亦一百五十八字，雖多闕文而字皆相合。祇"未怕"句作"問元功誰爕理"，"月浸"句作"恬然如談笑耳"，"等多時"二句則依康詞，爲稍異也。

〔杜注〕

按,葉《譜》“踏月呼影”句,“呼”作“花”。又,“千旗穿市”句,“千”作“牙”。宜從。又按,《詞律拾遺》云:“先君子嘗言詞有二病,與詩之平頭聚脚相似。一曰犯韻,如此詞‘騎、止、麗、綺、子’五字是。又如用‘昔、錫’等韻,而於不叶句之末用‘屑、薛’等韻之字,其音亦與韻相犯也。一曰犯聲,如此詞第三段,起句及第三句末一字俱平聲,若用同韻之字,使人疑换韻自爲叶,固屬非是,即不同韻,而所用之字如‘庚青、真文’土音易混者,亦未爲謹嚴。”此論入微,學者宜以爲則。

讀破格 一百五十八字　　張元幹

山莊圖畫,錦囊吟詠,胸中丘壑。年少日、如虹豪氣,吐鳳詞

○○○● ●○○● ○○○▲ ○●● ○○○● ●●○

華渾忘却。便袖手、向巖前溪畔,種滿煙梢露籜。想別墅平

○○●▲ ●●● ●○○○● ●●○○●▲ ●●●○

泉,當時草木,風流如昨。　瘦藤閒倚看鋤藥。雙芒鞋、

○ ○○●● ○○○▲ ●○○●○○▲ ○○○

雨後常著。目送處、飛鴻滅没,誰問蓬蒿争燕雀。乍霽月、

●●○▲ ●●● ○○●● ○●○○○●▲ ●●●

望松雲南渡,短艇欹沙夜泊。正萬里青冥,千林虛籟,從渠

●○○○● ●●○○●▲ ●●●○○ ○○○● ○○

贈繳。　攜幼尚有筇丁,誰會得、人生行樂。岸幘綸巾歸

○▲ ○●●●○○ ○●● ○○○▲ ●●○○○

去,深户香迷翠幕。恐未免、上凌煙閣。好在秋天鶚。念小

● ○●○○●▲ ●●● ●○○▲ ●●○○▲ ●●

山叢桂,今宵狂客,不勝杯勺。

○○● ○○○● ●○○▲

三結俱用一五兩四者。“岸幘”二句俱六字,又與前二體不同。“囊、藤”各家俱仄,此恐誤。

【蔡案】

此即正體，惟前二段尾均讀破異。

萬子原注："錦囊"之"囊""瘦藤"之"藤"宜仄。按，"藤"字檢宋賢諸家，或當以平爲正。至於前二詞一用"守"，一用"老"，又如趙長卿作"政簡物阜清閑處"，陳允平作"畫鼓簇隊行春早"，吴潛作"老子歡意隨人意"，則皆爲上聲作平。或石孝友作"鼎軸元老詩書帥"，陳著作"壽骨奇聳神清峭"及"是則龜組隨瓜卸"，用入聲作平。而陳著别首作"五行俱下流光電"，李彌遜作"並遊不見鞭鸞侣"，陳合作"天衣細意從頭補"，無名氏作"斷橋壓柳時非淺"，則徑用平聲矣。又按，萬子原注第三段首拍"丁"字叶韻，或是手誤，改。

又，"杯勺"原作"杯匀"，顯誤，據恩杜本改。

穆護砂　一百六十九字　　宋　聚

底事蘭心苦。便凄然泣下如雨。倚金臺獨立，揾香無主，斷
●●○○▲　●○○●●○▲　●⊙○○●　◎○○●　◎
腸封家如妒。亂撲簌、驪珠愁有許。向午夜、銅盤傾注。便
○⊙○●▲　●●●　○○○●▲　●●●　⊙○○▲　●
不是、紅冰綴頰，也濕透、仙人煙樹。羅綺筵中，海棠花下，
●●　⊙○◎●　◎●●　⊙⊙○▲　⊙●○○　●○○●
淫淫常怕鳳脂枯。比雒陽年少，江州司馬，多少定誰
⊙○⊙●●○△　●●○○●　○○○●　○●●○
如。　照破别離心緒。學人生、有情酸楚。想洞房佳會，
△　●●●○○▲　●○○　●○○▲　●◎○○●
而今寥落，誰能暗收玉筋。算衹有、金釵曾巧補。輕拭了、
⊙○○●　⊙○◎○●▲　●●●　○○○●▲　⊙●●
粉痕如故。愁思減、舞腰纖細，清血盡、媚臉膚腴。又恐嬌
◎○○▲　⊙●●　◎○⊙●　⊙●●　◎◎○△　◎●○

羞,絳紗籠却,緑窗伴我撿詩書。更休教、鄰壁偷窺,幽蘭啼
○　●○○●　◎○◎●●○△　●○○　○●○○　○○○
曉露。
●▲

"倚金臺"至"脂枯",與後"想洞房"至"詩書"同,此調以"枯、腴、書"爲叶,是平仄通用者。"似"字係借韻。

〔杜注〕

按,此詞平仄兼叶,何必借"似"字爲韻? 當是"如"字之訛。又按,《升庵詞品》云:《穆護砂》,隋朝曲,與《水調》《河傳》同時,皆開汴河時辭人所製勞歌,其聲犯角。

【蔡案】

萬子原注:"獨立"之"獨""玉筋"之"玉"以入作平。"煙樹"之"樹"可平聲叶,"膚腴"之"腴"可仄聲叶。又,"便凄然"七字,原譜作上三下四讀住。按,"玉"字依律須仄,該句本爲律拗句法,第五字不可爲平,萬子必校之前段"相"字,而謂作平,而實應"相"字借音爲仄。

又按,原譜前段結拍作"多少定誰似",萬子以爲"似"字爲借韻,或非。據彊村叢書本《燕石近體樂府》載,前段結拍爲"多少定誰如",則正與前一韻脚"枯"字相叶。余以爲結拍若爲仄聲韻,則"枯"字便須遥叶後段,似亦不甚合理,據改。

稍　遍 二百三字　"稍"一作"哨"　　蘇　軾

爲米折腰,因酒棄家,口體交相累。歸去來,誰不遣君歸。
●●●○　⊙●●○　◎●○○▲　⊙◎○　⊙●◎○△
覺從前皆非今是。露未晞。征夫指予歸路,門前笑語喧童
●○○⊙○○▲　●●△　○○●●○●　⊙○◎●○○
稚。嗟舊菊都荒,新松暗老,吾年今已如此。但小窗容膝閉
▲　○●●○○　○○◎●　⊙⊙⊙◎○▲　●◎○⊙●●

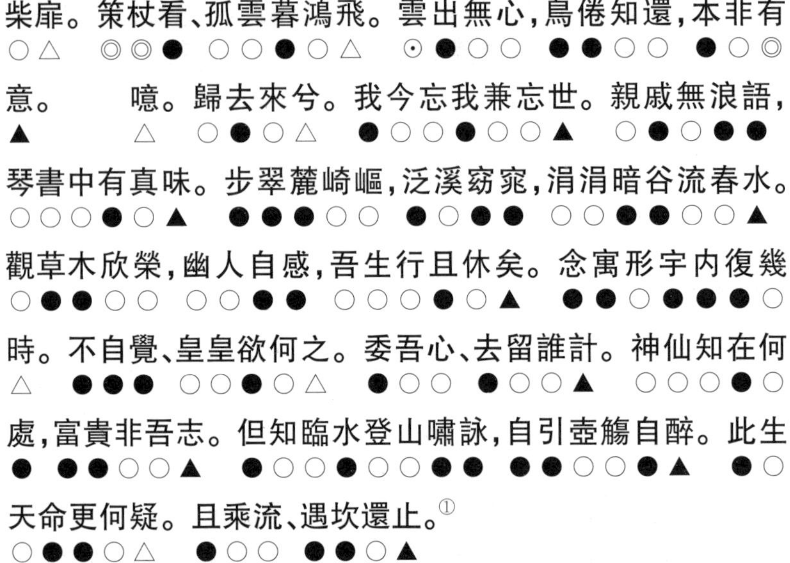

柴扉。策杖看、孤雲暮鴻飛。雲出無心，鳥倦知還，本非有意。　噫。歸去來兮。我今忘我兼忘世。親戚無浪語，琴書中有真味。步翠麓崎嶇，泛溪窈窕，涓涓暗谷流春水。觀草木欣榮，幽人自感，吾生行且休矣。念寓形宇内復幾時。不自覺、皇皇欲何之。委吾心、去留誰計。神仙知在何處，富貴非吾志。但知臨水登山嘯詠，自引壺觴自醉。此生天命更何疑。且乘流、遇坎還止。[①]

爲米折腰，因酒棄家，口體交相累（“折、棄”二字須仄聲，“累”字起韻，各家俱同。以後韻脚平仄通叶，不拘。）歸去來（亦有叶者。然可以不必。）誰不遣君歸（坡公《春詞》云：“洗出碧蘿天”，不叶韻。細考坡《春詞》一篇，與本調多不合處，不必從也。稼軒此句云：“翠藻青萍裏”，用上聲叶，但不可去。）覺從前、皆非今是（各家同。）露未晞（稼軒、方秋崖用上聲叶，王初寮不叶。）征夫指予歸路（有叶者，然不必。稼軒“莊周談兩事”句，乃“談”字上落一“嘗”字或“曾”字耳。）門前笑語喧童稚（各家同坡《春詞》，以上三句云“一霎晴風回，芳草榮光浮動，卷皺銀塘水”，與本調不合，不必從。）嗟舊菊都荒，新松暗老（各家同。）吾年今已如此（初寮、後村同。稼軒云“之二蟲，又何知”，用平叶。秋崖同。稼又云：“又説於羊棄意”，坡又云“園林翠紅排比”，與

① 萬氏注釋原列於本詞各句後，因不便讀者閲譜，故移至全詞下方，括號内爲萬氏注釋。

此稍異。）但小窗容膝閉柴扉（各家同。秋崖云“凡三千五百廿年餘”，“廿”字本音“濕”，《詞滙》刻作“二十年餘”，多一字，便難讀而失調矣。“窗”字坡又作“燕”，不如用平。）策杖看、孤雲暮鴻飛（各家同。稼軒末三字云“爲得計”，用仄叶，“爲得”二字不合，此雖不拘，依坡爲妥。）雲出無心，鳥倦知還（各家同。稼於“鳥倦”句又云“冰蠶語熱”，平仄異，方亦然，或可不拘也。）本非有意（各家同。稼軒“非”作“我”，上聲。）噫（一字句。譜俱連下讀，誤。各家如稼軒三首，兩用“噫”字，一用“嘻”字。後村、秋崖亦用“噫”字。初寮用“嗟”字。是知此一字爲起語，而坡“春詞”“便乘興攜將佳麗，深入芳菲裏”，不但無此一字，其下句亦非一四一七者，故云與本調不合也。至稼軒“池上主人”一首，本用“噫”字，下云：“子固非魚”，而《圖譜》偏改作“子固非魚噫”，注爲五字句，毋論失韻、失調，試問“子固非魚噫”文理如何解得去？稼軒於千載下冒此不通之名，亦冤矣。或曰：凡詞調從無一字句者，子安得創爲此説？余曰：《十六字令》已用一字爲首句，況詞爲曲祖，北曲之《上馬嬌》《九條龍》《貨郎兒》《山坡羊》《閱金經》等，一字句甚多，“噫”字正用《論語》“噫，斗筲之人”句，而梁伯鸞《五噫歌》亦用於詩中，詩、曲可用一字，豈詞獨不可用乎？蘇、辛、劉、方等皆用支、微、齊韻，故皆以“噫”字領句，若用他韻，即以此本韻一字叶之，但須通得去耳。）歸去來兮（或有不叶者。不拘。）我今忘我兼忘世（初寮同。辛、劉、方俱用平叶。）親戚無浪語（辛、劉同。初寮、秋崖“浪”作平。）琴書中有真味（初寮同。方、辛用平叶。中有二字可分豆，亦可相連，坡《春詞》此二句作上四下六，與本調不合。）步翠麓崎嶇，泛溪窈窕（“泛”字恐是“清”字。各家同。）涓涓暗谷如流水（各家同。稼軒云“過而留泣計應非”，用平叶。）觀草木欣榮，幽人自感（各家同。坡《春詞》及後村，於上句少“觀”字，乃誤落也。方於上句“榮”字亦叶韻，可以不必。）吾生行且休矣（各家同。後村云“采於山，釣於水”，上三字分豆。）念寓形、宇内復幾時。不自覺、皇皇欲何之（此二句即同前，但“小窗”二句，蓋自“涓涓”至此六句，與前段“門前”至“鴻飛”同也。初寮、後村及坡《春詞》俱與此合。辛云“看一時魚鳥忘情喜。會我已忘機更忘己”，用仄叶。方亦然。坡《春詞》“任滿頭紅雨落花飛”，各刻俱於“飛”字下增一“墜”字，人遂謂九字句，誤也。劉云：“大丈夫不遇之所爲”，刻亦於“遇”字下誤多一“時”字。）委吾心、去留難計（各家同。辛云“似鵾鵬變化□幾”，“幾”是叶韻，各刻俱於“幾”字上落一字。《譜》因注“似鵾鵬變化”爲五字句，而以“幾”字連下，作“幾東遊入海”，亦注爲五字句，而下更注爲七字句矣。可嘆。可嘆）。神仙知在何處（各家同。坡《春詞》云“君看今古悠悠”，與本調不合。）富貴非吾願（此句各家俱叶。舊刻作“非吾願”，“願”字乃誤也。蓋此詞乃檃括《歸去來辭》，故因成語差刻，愚謂必“志”字或“事”字之訛。人未細考，故相傳成誦耳。各家俱仄叶，獨辛一首於此二句云“東遊入海此計，直以命爲嬉”，嬉字平叶，但“此計”二字恐有誤處。《圖譜》因“東遊”四字連上“幾”字，故以“此計”字連下作七字句，尤無此體例也。“嬉”字恐是“戲”字之誤）。但知臨水登山嘯詠，自引壺觴自醉（此十四字一氣讀。如此詞應作上八下六，而“臨水登山”又應相連。方云“幾時明潔，幾時昏暗，畢竟少晴多雨”，則明是兩四一六。坡《春詞》亦然。辛一首亦同。而又一首云“大方達觀之家，未免長見，悠然笑耳”，“觀”音“貫”，此則句法不同。若王、劉則一六兩四，故知平仄不異，分豆可不拘耳。辛又一首云“古來謬算狂圖，五鼎烹死，□爲平地”，各刻“爲”字上一字或作“柏”，或作“恒”，此必有誤。《譜》不置辨，而又不注斷，止於第二體題下注云：“十五句作七字，十六句六字，十七、八句四字”，竟如夢囈，雖智者亦不能明其故也。）此生天命更何疑。且乘流、遇坎還止（各家同。）

此調長而多訛，故逐句注釋，以便省覽。

〔杜注〕

按,《漁隱叢話》"泛溪窈窕"句,"溪"字上有"清"字。又,"如流水"句,作"流春水"。又,"非吾願"句,"願"作"志"。萬氏注亦謂必"志"字或"事"字之訛。又,"更何疑"句,"何"作"奚",此詞檃括《歸去來辭》,自當作"奚"。均應遵改。又按,《古今詞話》卓人月曰:此般涉調曲,於華言爲五聲,五聲,羽聲也。羽於五音之次爲五。

【蔡案】

"流春水"原作"如流水",已據杜注改。

萬子原注:"歸、晞"可用仄韻。"此"可用平韻。又,"覺從前"七字,原譜作上三下四式,惟"從前皆非"不可讀破。又,"指予歸路"之"予",本讀爲余吕切,上聲,郭忠恕《佩觿集》云:"予讀若余。本無余音,後人讀之也。"故本處當擬仄讀。而萬子原注"歸"字可仄,亦誤。又,"幾時"之"幾",以上作平。

原譜後段"富貴非吾願",萬子注"願"宜叶。按,本句爲均脚所在,必須押韻。檢《東坡詞》本句以"志"住,當是的本,據改。又,原譜後段結拍作"且乘流"讀住,誤。"乘流遇坎"不可讀破。又按,萬子引東坡别首,有"園林翠紅排比"句,誤,當是"園林排比紅翠"。

戚　氏 二百十二字　　柳　永

晚秋天。一霎微雨灑庭軒。檻菊蕭疏,井梧零亂。惹殘煙。
●○△　○○○●●○△　●●○○　●○○▲　●○△

凄然。望江關。飛雲黯淡夕陽間。當時宋玉悲感,向此臨
○△　●○△　○○◎●●○△　○○●●○●　●○○

水與登山。遠道迢遞,行人悽楚,倦聽隴水潺湲。正蟬鳴敗
●●○△　◎●○●　○○○●　●○◎●○△　●○○●

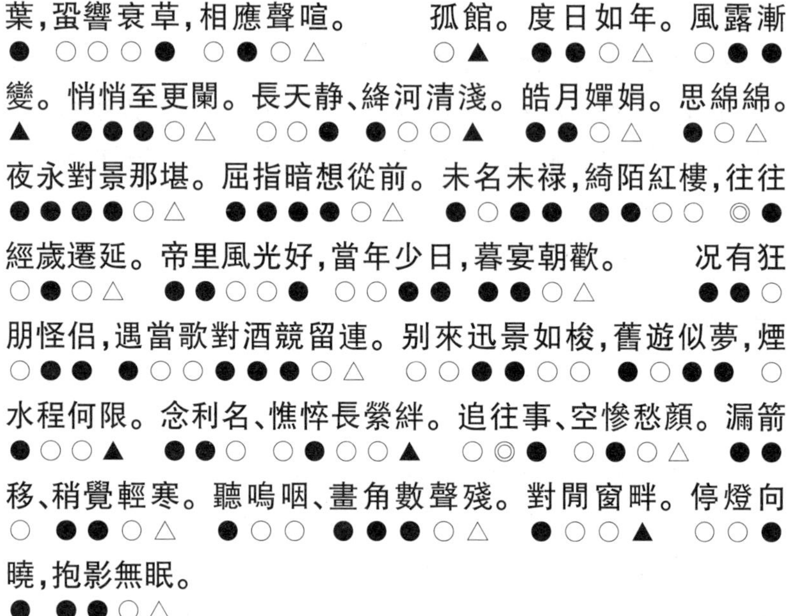

葉,蛩響衰草,相應聲喧。　孤館。度日如年。風露漸
● ○○○● ○●○△　○▲ ●●○△ ○●●
變。悄悄至更闌。長天静、絳河清淺。皓月嬋娟。思綿綿。
▲ ●●●○△ ○○● ●○○▲ ●●○△ ●○△
夜永對景那堪。屈指暗想從前。未名未禄,綺陌紅樓,往往
●●●●○△ ●●●●○△ ●○●● ●●○○ ◎●
經歲遷延。帝里風光好,當年少日,暮宴朝歡。　况有狂
○●○△ ●●○○● ○○●● ●●○△　●●○
朋怪侣,遇當歌對酒競留連。别來迅景如梭,舊遊似夢,煙
○●● ●○○●●●○△ ○○●●○○ ●○●● ○
水程何限。念利名、憔悴長縈絆。追往事、空慘愁顔。漏箭
●○○▲ ●●○ ○●○○▲ ○◎● ○●○△ ●●
移、稍覺輕寒。聽嗚咽、畫角數聲殘。對閒窗畔。停燈向
○ ●●○△ ●○○ ●●●○△ ●○○▲ ○○●
曉,抱影無眠。
● ●●○△

《圖譜》於“然”字不注叶,失一韻矣。“遠道迢遞”,《譜》云可平平平平,“蛩響衰草”,《譜》云可仄平仄仄,“風露漸變”《譜》云可仄平平仄,誤。觀後坡詞可知。

【蔡案】

原譜“孤館”六字不讀斷,音律不諧,“館”字乃换頭短韻也。又,“當歌對酒”爲一緊密文法單位,原譜讀斷,欠妥。

萬子原注“一霎”二字、“向此”之“此”“嗚咽”之“咽”,作平。另,“蛩響”句東坡作“玄圃清寂”,第二字亦爲上聲,均應作平。

原譜僅第三段“何限”“縈絆”兩仄聲韻。惟本詞韻脚密植,起首兩均“晚秋天。一霎微雨灑庭軒”“慕殘煙。凄然。望江關”之作法已然立定基礎。疑全詞三段均爲平仄相叶韻法,與東坡詞不同。第一段之“井梧零亂”,第二段之“孤館、風露漸變、絳河清淺”,第三段之

“暮宴、對閒窗畔”等均可視爲三聲叶，如此，韻律促迫，別有一格，耆卿在多處安排仄聲同韻，絶非偶然也。填者大可一試。

本調總體結構，歷來俱誤，第二段應從“朝歡”後分段。蓋如此多段式長調，若段與段之間參差不齊，則全調旋律必亂，何以成歌？觀前文三段式《寶鼎現》之第一第二段，後文四段式《鶯啼序》之第一第二段，皆爲整齊有次者，即可悟出。試作分析如次：

本調共計三段，每段五均，此爲基本架構，原詞分段在“遷延”後，致第二段僅得四均，而第三段則達六均，總體架構顯誤。此其一；按每段五均分，則第一第二段之對應大致齊整：前段起拍至“零亂”爲第一均，後段起拍至“更闌”爲第一均，此爲首均，文字有參差處；“惹殘煙”至“夕陽間”爲第二均，與後段“長天净”至“思綿綿”相對，校之前段或奪一字，原詞應爲“絳河□清淺”；“當時”下兩句十三字，與後段“夜永”下十二字爲第三均，該段字數不合，但從“向此臨水”和“屈指暗想”中可看出消息，此四字正是仄起式律拗句法之基礎，而“向此臨水與登山”便是不律句，故此句“與”字應是衍字，去之，則句法、平仄、韻律皆與後段相合；“遠道”至“潺湲”爲第四均，與後段“未名”至“遷延”合；“正蟬”至“聲喧”爲第五均，與後段“帝里”至“朝歡”合。

多字格 二百十三字　　蘇　軾

玉龜山。東皇靈姥統群仙。絳闕岧嶢，翠房深迥倚霏煙。
●○△　○○○●●○△　●●○○　●○○●●○△
幽閒。志蕭然。金城千里鎖嬋娟。當時穆滿巡狩，翠華曾
○△　●○△　○○⊙●●○△　○○●●○●　●○○
到海西邊。風露明霽，鯨波極目，勢浮輿蓋方圓。正迢迢麗
●●○△　○●○●　○○●●　●○⊙●○△　●○○●
日，玄圃清寂，瓊草芊綿。　争解綉勒香韉。鸞輅駐蹕，
●　○○○●　○●○△　○●●●○△　○●●●

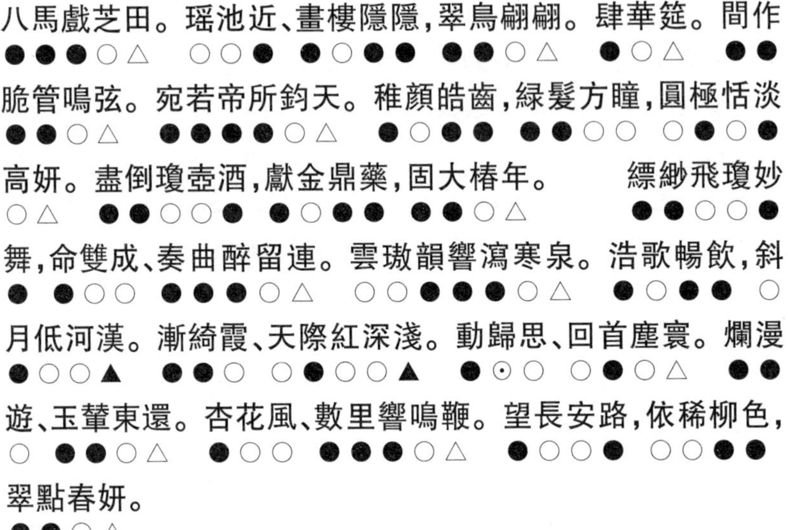
八馬戲芝田。瑤池近、畫樓隱隱，翠鳥翩翩。肆華筵。間作
●●●○△　○○●　●○●●　●●○△　●○△　●●
脆管鳴弦。宛若帝所鈞天。稚顔皓齒，緑髮方瞳，圓極恬淡
●●○△　●●●●○△　●○●●　●●○○　○●○●
高妍。盡倒瓊壺酒，獻金鼎藥，固大椿年。　縹緲飛瓊妙
○△　●●○○●　●○●●　●●○△　●●○○●
舞，命雙成、奏曲醉留連。雲璈韻響瀉寒泉。浩歌暢飲，斜
●　●○○　●●●○△　○○●●●○△　●○●●　○
月低河漢。漸綺霞、天際紅深淺。動歸思、回首塵寰。爛漫
●○○▲　●●○　○●○○▲　●⊙○　○●○△　●●
遊、玉輦東還。杏花風、數里響鳴鞭。望長安路，依稀柳色，
○　●●○△　●○○　●●●○△　●○○●　○○●●
翠點春妍。
●●○△

刻本"漸"字下誤重一字，"盼"字誤"兮"字，今改正。

"雲璈"句七字，叶韻，與前調"别來"句六字不叶異。其餘俱同。人每謂坡公詞不協律，試觀如此長篇，字字不苟，何常不協乎？故備録之。且李方叔云：此是因妓歌，此調詞不佳，公適讀《山海經》，乃令妓復歌，隨字填去，歌完詞就。然則坡仙豈非天人？而奈何輕以失律譏之歟？"□間作管鳴弦"，"作管"二字必誤，此句對前詞"夜永"句，應改"間(去聲)作□管鳴弦"爲是。

〔杜注〕

按，《歷代詩餘》及《詞苑》"靈媲"作"靈姥"。又，"稚頭"作"稚顔"。又，"圓極"作"舉止"。又，"倚霞"作"綺霞"。又，"迴盼"作"回首"。又，"春妍"作"秦川"。均應遵改。又按，"間作管鳴弦"句，"間"上原空一字，《詞苑》作"間作吹管鳴絲"，《詞譜》及《詞林紀事》作"間作脆管鳴弦"，亦應遵改。又，《詞律拾遺》云："諸體雙曳頭者，前兩段往往相對，獨此調不然，且第二段字數亦與第一段懸殊，若以三段'盡倒瓊壺酒，獻金鼎藥，固大椿年’三句屬第二段，則與第一段字數略稱，結尾句法亦略同。即以文義論之，第一段叙巡行，第二段叙宴飲，第三段叙歌舞，層次亦復井然也。”

【蔡案】

已據杜注改。第二段原譜在“高妍”後分段，詳參前一體注。又，“圓”作平，詳前一體注。

鶯啼序 二百四十字　　吴文英

殘寒正欺病酒，掩沈香綉户。燕來晚、飛入西城，似説春事
○○●○●● ●○○●▲ ●○● ○●○○ ●○○●

遲暮。畫船載、清明過却，晴煙冉冉吴宮樹。念羈情、遊蕩
○▲ ●○● ○○●● ○○●●○○▲ ●○○ ○●

隨風，化爲輕絮。　十載西湖，傍柳繫馬，趁嬌塵軟霧。
○○ ●○○▲ ●●○○ ●○●● ●○○●▲

溯紅漸、招入仙溪，錦兒偷寄幽素。倚銀屏、春寬夢窄，斷紅
●○● ○●○○ ●○○●○▲ ●○○ ○○●● ●○

濕、歌紈金縷。暝堤空、輕把斜陽，總還鷗鷺。　幽蘭旋
● ○○○▲ ●○○ ○●○○ ●○○▲ ○○●

老，杜若還生，水鄉尚寄旅。别後訪、六橋無信，事往花萎，
● ●●○○ ●○●●▲ ●●● ●○○● ●○○●

瘞玉埋香，幾番風雨。長波妒盼，遥山羞黛，漁燈分影春江
●●○○ ●○○▲ ○○●● ○○○● ○○○●○○

宿，記當時、短楫桃根渡。青樓仿佛，臨分敗壁題詩，淚墨慘
● ●○○ ●●○○▲ ○○●● ○○●●○○ ●○●

澹塵土。　危亭望極，草色天涯，嘆鬢侵半苧。暗點檢、
●○▲ ○○●● ●●○○ ●●○●▲ ●●●

離痕歡唾，尚染鮫綃，嚲鳳迷歸，破鸞慵舞。殷勤待寫，書中
○○○● ●●○○ ●●○○ ●○○▲ ○○●● ○○

長恨,藍霞遼海沈過雁,謾相思、彈入哀箏柱。傷心千里江
○● ○○○●○○● ●○○ ○●○○▲ ○○○●○

南,怨曲重招,斷魂在否。
○ ●●○○ ●○●▲

詞調最長者惟此序,而最難訂者亦惟此序。蓋因作者甚少,惟夢窗數闋與《詞林萬選》所收黄在軒一首耳。其中句法字法多有不一,今細細校定,大約從其合者可也。起句六字,合矣。次句五字,句法上一下四,吴之“引鴛鴦戲水”“凝春空燦綺”;“凝”去聲。黄之“卧長龍一帶”,合也。次七、次六亦合,但“説”字,吴他作用“紗”字、“碧”字,“説、碧”入作平,而黄用“市”字,仄,然照後段“兒”字,應作平聲耳。次七字,人多因“横塘棹穿艷錦”一曲云“潤玉瘦冰輕倦浴”,疑是七言詩一句,於“冰”字讀斷,作上四下三句法,而黄作“芳草岸灣環半玉”,似亦可兩借,不知此作“畫船載”、又别作“彩翼曳、扶摇宛轉”,則顯然上三下四,是本無不合,而人誤讀也。次七字俱合。次“念羈情”至“輕絮”十一字,可作上五下六讀,亦可作一三兩四讀。觀吴他作“聽銀水聲細,梧桐漸攪涼思”,黄作“看碧天連水,翻成箭樣風快”,則當爲上五下六,而觀第二段之結,及吴他作“怕因循、羅扇恩疏,又生秋意”、黄作“黛眉修,依約霧鬟,在秋波外”,則是一三兩四者。夢窗“天吴駕雲閬海”一篇,首段云“近玉虚高處、天風笑語飛墜”,次段云“步新梯、藐視年華,頓非塵世”。或者因謂前必上五下六,次必一三兩四,乃是定格,余曰:非也。總之此十一字意義相貫,但平仄聲響不誤便是,難訂難從處不在此也。第二段起句四字、次句四字、次句五字,乃一定之體。蓋起二句爲换頭,而五字句仍與前段合也。人因“横塘”曲内次句用“冉冉迅羽”,乃上上去上四仄字,故讀作“窗隙流光冉冉”一句,“迅羽颸空梁燕子”一句,不知四仄乃此調定格,此詞“傍柳繫馬”四字亦然,不可截“傍柳”連上作“西湖傍柳”,亦不可截

“繫馬”連下作“繫馬趁嬌塵”也。況吴他作“清濁緇塵，快展曠眼，傍危欄醉倚”、黄作“白露横江，一葦萬頃，問靈槎何在”，“快展”句、“一葦”句皆四仄，尤爲明證。考此，則不惟句法該兩四一五，而四仄字萬無夾一平聲，如時人所作，薄鉛不御之理矣。所用“趁”字、“傍”字、“問”字領起五字句，正與首段“掩沉香”句法同。次七、次六與前合，但“遡紅漸”，黄作平仄仄，“幽”字，吴他作“金”字，平聲，“不”字亦作平聲，黄作“沆”字，去聲，然照前段“遲”字，應作平耳。“遡紅漸”七字本上三下四，黄作“空翠濕衣不勝寒”，人多讀“空翠濕衣”，此誤認也。但觀前段“燕來晚”句，上三下四，原無不合。次七字上三下四，四詞皆合，但“夢”字黄作“襯”，吴他作“雨”，俱仄聲，且前段此句吴用“過、倦、宛”三字，黄用“半”字，則此字宜仄。乃《詞統》《詞滙》於吴“横塘”曲刻云“記琅玕、新詩陳跡，掐香痕、纖葱玉指”，“陳”字乃是平聲，可疑。及查吴本稿，則“記琅玕、新詩細掐，早陳跡、香痕纖指”，是“細”字，本是仄聲，而各書誤刻耳。因一字之差，遂致參差不合，甚矣！書之不可不細校也。次又七字句，此句最爲可疑，論前段“晴煙冉冉”句，則上四下三，該如七言詩一句，四詞皆合。而此句獨黄作“瓊田湧出神仙界”，與前段合，若此首“斷紅濕、歌紈金縷”，與他作“早陳跡、香痕纖指”，又“燕泥動、紅香流水”，則用上三下四矣。此則依吴、依黄可以不拘也。次十一字，與前合，不必再論。衹“斜”字吴他作“恩”字、“年”字，平聲，與前段合，而黄作“霧”字，去聲，此則當依吴爲是。“還”字與前“爲”字皆平聲，而吴他作二首與黄作，皆前結用仄，次結用平，想皆可不拘。其難訂難從處，猶不在此也。第三段起處，兩四一五，四詞皆同。衹“水鄉”句句法稍異，若作“尚水鄉寄旅”，則與前段合，觀他作“嘆幾縈夢寐”可見。黄作“飛蓋蹴鰲背”，亦不合，不必從也。乃《詞統》《詞滙》於“横塘”曲第三段誤刻，云：“西湖舊日，畫舸頻移不定，嘆幾縈夢寐。霞佩冷、飛雨乍濕鮫綃，暗盛紅淚”，比前段於"頻移"下多"不定"二字,於"霞佩冷"下少五字,讀之再三不解,及查本稿,則"頻移"下原無"不定"二字,而"霞佩冷"下乃"疊瀾不定,麝靄飛雨,乍濕鮫綃,暗盛紅淚",與前段原合。其他作"翁笑起、離席而語,敢詫京兆,以後爲功,落成奇事",字字相同,奈爲後人訛亂耳。黄作《萬選》刻云:"燈火暮、相輪倒景,隃睇别浦,片片歸帆",共十五字,以"燈火暮"三字抵"别後訪",則其下少四字,且失一叶韻句,其誤不必言矣。"事往花萎""萎"字平聲,亦可作仄讀,"麝靄飛雨""敢托京兆"等皆仄仄平仄,至後之"尚染鮫綃"則各篇俱用仄仄平平,想不拘,然用平爲有調也。次兩四字相對,下以七字句承之,四詞皆合。衹黄作於"漁燈"句汲古刻云"有人剪取江水",此乃"江"字上落一字,或"吴"字或"淞"字耳。次八字上三下五,四詞皆合。次四字、次六字、又次六字,皆合。衹"臨分"之"分"字,吴他作用"頭"字、"街"字,而黄用"見"字,去聲,不必從也。第四段,兩四一五與前合,四詞皆同。衹"嘆鬢侵"句,"横塘"曲云"也感紅怨翠","翠"字仄聲,與此相合,而黄作"寄語休見猜",吴他作"正午長漏遲","猜、遲"二字想可以平叶仄,但"寄語"二字亦如"飛蓋"二字句法,不如上一下四也。"暗點檢"以下至"慵舞",與前段合,黄作於首三字句止有"洗却"二字,乃脱去一字。吴他作《詞滙》於"省慣"二字上乃脱一"念"字也。次"殷勤"至"過雁"十五字,與前段俱合,四詞亦皆同。"過"字宜仄聲讀,吴他作"浪"字、"褉"字,黄作"我"字,俱仄聲,不可平也。次"謾相思"下二十二字,四詞俱合,但汲古刻吴他作"御爐香、分染朝衣袂",脱"染"字耳。據此結該六字與兩四字,或因謂前結亦應以六字領句,"青樓仿佛臨分"可以讀斷,不知黄與吴他作不可讀斷。詞於結處另異,乃是常格,第四段尾衹還他一六兩四可耳。總之,作詞須從其多者,須從其全者,尤須從其前後相同者,便無差謬。故以愚見論次如右,不知時流肯謂余之狂言爲然否也。又,汲古載夢窗稿附絶筆一首,即"天吴”一曲，而殘闕幾半，毛氏未訂，並載於帙耳。

按，楊升庵先生於詞道原不甚精究，但喜用新穎之字，故人多愛而仿之。不知天下未有眉目不全之女人而以脂粉爲絶色者。如此調六字起句，用平平去平去上，是定格也，升庵作“碧雞唱曉”四字；次句五字，用去平（可上）平去上，定格也，升庵作“霞散綺、重闕幢畫”，全不相涉。時流不以古人爲法，而偏學升庵，未審何意。且於“碧雞唱曉”之仄平仄仄，又變而爲仄仄平平，則尤不解矣。至“畫船載”二句，升庵亦未錯也，學之者乃誤作兩句七言相對，如《滿江紅》中語，豈不大誤。“隨風”二字，升庵作“聯翩”，亦未錯也，學之者乃誤作兩去聲，豈不大誤？“傍柳繫馬”，升庵作“雨信頃刻”，亦未錯也，學之者乃誤於“柳”字用平，豈不大誤？“春寬夢窄”，升庵作“洛神襯襪”，亦未錯也，學之者乃誤作平仄平平。“杜若還生”，升庵作“文石錦沙”，衹“錦”字用上聲，猶可借也，學之者用仄仄仄平平仄六字，豈不大誤。“事往花萎”下該有“瘞玉”二句，升庵衹有五字叶韻一句，“桃根渡”下反多一七字叶韻句。“青樓”下衹有一五一六兩句，共少五字，誤矣。學之者於“别後訪”作五字，其下四句四字，不叶韻，即用七字叶韻句接之。而七字又作仄仄平平仄平仄，豈不大誤？“暗點檢”句，升庵衹作六字，“寫”字誤平。“藍海”句誤上三下四，學之者於“嘆鬢侵半苧”用仄仄平平仄，其第二段亦然，俱作五言詩句法，豈不大誤？《春秋》責備賢者，故余後學鄙人，不禁娓娓，高明定能諒之。然則既欲作詞，何不一斟酌於古人，而必擇一失調者爲式，且更於其失調之外，更多失調耶？至《圖譜》之亂分字句，亂注平仄，不可枚舉，又不足論。乃收升庵明人之詞，二百三十五字者爲式，已爲可怪，又續收一夢窗詞，杜撰一名，命之曰《添字鶯啼序》，則又安得怪人之吹毛索瘢也哉！

琰青曰：“余初讀此調，即疑有誤，然數詞並列，未能確辨其是非，及閲紅友稿，見其逐句逐字論定，胸次疑團不覺冰釋。因嘆不具此眼光心血，豈能使五百餘載之傳訛，一日剖去蔓藤，瑩爲明鏡乎？前此《哨遍》一篇訂釋，已嘆希有，至此尤不能不爲心悦誠服矣。天下有不心悦誠服者，非庸妄之夫，即僞爲支飾者矣。將付梓時，紅友必欲於此注另加删定，蓋謂談及時流，恐以賈怨也。余曰：風雅一道，於今淪亡，有志於此者，正願有同志之人疑義相晰，有疵繆處，正望有人爲我糾正，若護短飾非，反咎人之針砭，豈名流賢者之心哉！况欲訂正此調，不得不援古證今，臚列而加考論，詎可慮及賈怨而不詳明剖白，猶仍作葫蘆提語耶？故亟索原稿授梓，而蒼崖、雪舫、守齋、葯庵、韓若諸同人亦以余言爲韙云。"

〔杜注〕

按，"藍霞遼海沈過雁"句，"霞"字疑"闕"字之誤。又，萬氏注汲古刻吴他作"御爐香分染朝衣袂"句，脱"染"字。按，此字《夢窗甲稿》原闕，而於《丁稿》復刻作"惹"字，較"染"字佳。

【蔡案】

萬子原注："似説"之"説""淚墨"之"墨"以入作平。又，"傍柳"之"柳"，萬子以爲定格須仄，而此字宋人實以平填者爲正，如汪元量之"錦心綉口""荒臺敗壘"，劉辰翁之"追桃恨李"，皆是，即便夢窗三首作"柳、冉、展"，黄詞作"葦"，亦與此相同，皆爲作平者，故當以以上作平視之。

本調雖詞中最長，但整體結構依然井然有序，萬子詳爲詮釋，惟未能提綱挈領，道其要害處。蓋本調雖分四段，而實可分爲兩製，一二段爲前製，兩兩相合，衹起拍少二字耳；三四段爲後製，亦兩兩相合，衹結拍少二字耳。其餘宋詞，若有與本詞相牴牾者，或是填誤，或是衍奪，余細考十五首現存宋詞，莫不如此。

附　録

四庫全書總目・詞律提要

國朝萬樹撰。樹有《璿璣碎錦》,已著録。是編糾正《嘯餘譜》及《填詞圖譜》之訛,以及諸家詞集之舛異。如《草堂詩餘》有小令、中調、長調之目,舊譜遂謂五十八字以内爲小令,五十九字至九十字爲中調,九十一字以外爲長調。樹則謂《七娘子》有五十八字者,有六十字者,將爲小令乎?中調乎?《雪獅兒》有八十九字者,有九十二字者,將爲中調乎?長調乎?故但列諸調,而不立三等之名。又舊譜於一調而長短不同者,皆定爲第一、第二體。樹則謂調有異同,體無先後,所列次第,既不以時代爲差,何由知孰爲第幾。故但以字數多寡爲序,而不列名目。皆精確不刊。其最入微者,以爲舊譜不分句讀,往往據平仄混填。樹則謂七字有上三下四句,如《唐多令》"燕辭歸客尚淹留"之類。五字有上一下四句,如《桂華明》"遇廣寒宫女"之類。四字有横擔之句,如《風流子》"倚欄杆處""上琴臺去"之類。一爲詞字平仄,舊譜但據字而填。樹則謂上聲、入聲有時可以代平,而名詞轉折跌宕處,多用去聲。一爲舊譜五、七字之句所注可平可仄,多改爲詩句。樹則謂古詞抑揚頓挫,多在拗字。其論最爲細密。至於考調名之新舊,證傳寫之舛訛,辨元人曲、詞之分,斥明人自度腔之謬,考證尤一一有據。雖其考核偶疏,亦所不免。如"緑意"之即爲"疏影",樹方齗齗辨之,連章累幅,力攻朱彝尊之疏。而不知"疏影"之前爲“八寶妝”,“疏影”之後爲“八犯玉交枝”,即已一調複收。試取李甲、仇遠詞合之,契若符節。至其論《燕臺春》《夏初臨》爲一調,乃謂《嘯餘譜》顛倒複收,貽笑千古,因欲於張子野詞“探芳菲走馬”下添入“歸來”二字爲韻,而不知其上韻已用“當時去燕還來”。一韻兩用,其謬較一調兩收爲更甚。如斯之類,千慮而一失者,雖間亦有之,要之,唐、宋以來倚聲度曲之法,久已失傳,如樹者,固已十得八九矣。

詞律校勘記序

詞學始於唐，盛於宋，更唱迭和，有一定不移之律，亦有通行共習之書。南宋時，修内司所刊《樂府混成集》，巨帙百餘，周草窗《齊東野語》稱其“古今歌詞之譜靡不備具，而有譜無詞者，實居其半”。故當日填詞家，雖自製之腔，亦能協律，由於宫譜之備也。元明以來，宫譜失傳，作者腔每自度，音不求諧，於是詞之體漸卑，詞之學漸廢，而詞之律則更鮮有言之者。黄鐘毁棄，瓦缶雷鳴，七百年古調元音，直欲與高筑嵇琴同成絶響。使非萬氏紅友以《詞律》一書起而振之，則後之人群奉《嘯餘》《圖譜》爲準繩，日趨於錯矩偭規而不能自覺；又焉知詞之有定律，律之必宜遵哉？

其書爲卷二十，爲調六百六十，爲體一千一百八十有奇。凡格調之分合、句逗之短長、四聲之參差、一字之同異，莫不援名家之傳作，據以論定是非，俾學者按律諧聲，不背古人之成法，其有功於詞學也大矣！惟其幕遊橐筆，載籍無多，考訂偶疏，誠所不免。就中所載之詞，有明知其闕誤，而行篋中無善本印證，遂有譌敚至數十字者，非其識之未明，實由力之未逮。故自叙云“興既敗於饑驅，力復孱於孤立”，才人遭際，慨乎其言之矣。更觀其凡例云：“限於見聞，未能廣考；惟冀高雅，惠教德音。”吴夢窗《無悶》詞後注云：“復慮譜中尚有類此者，不及檢點，未免貽譏，惟望閲者摘出而駁正之。”趙介庵《五彩結同心》詞後注云：“統祈高明，糾其譌謬，示所遺亡，共成全璧，以便學者。"是萬氏之心，固深望閲者之補闕拾遺，初未嘗矜己護前，不欲後人之匡正也。然其振興詞學，不啻新辟康莊；繼起者守轍循塗，始免趨於歧路，斷不可矜踐跡擴充之力，而忘開山導引之勤。豈得因萬氏攻擊《嘯餘》《圖譜》諸書，語多深刻，遂從而效其尤哉？

余少好爲詞，服膺此帙，研究之際，旁及他書，偶有發明，筆之簡首。歲月既久，所記遂多，編次上下二册，名曰《詞律校勘記》。昔吴縣戈君順卿載擬輯《增訂詞律》，又與高郵王君寬甫敬之議作《詞律訂》《詞律補》，均未克成。余獲見王君《詞律》校本，亟加採録；又得戈君校刻《七家詞選》，及江都秦君玉生巘所輯《詞繫》，其中可以校正《詞律》者，亦附載焉。自媿管見未周，不足言補，亦不足言訂，謹就校勘所及，勉效一得之愚。自附於箋釋之例，藉以求唐宋詞人之律度云爾。秀水杜文瀾叙。

（輯自清咸豐十一年曼陀羅華閣刻本《詞律校勘記》）

詞律續説

萬紅友《詞律》一書，作於宫譜失傳之後，振興詞學，獨闢康莊，嘉惠學者甚厚。第以幕游，橐筆載籍無多，攷訂偶疏，見聞未廣，脱漏錯誤，誠所不免。《自叙》及《發凡》中，言之詳矣。

嘉慶道光間，高郵王君寬甫敬之、吴縣戈君順卿載擬彙輯增訂，均未成書。咸豐庚申、辛酉間，余官海陵，獲見王寬甫《詞律》舊本、戈順卿《七家詞選》及江都秦氏玉笙鈔本，均有校正《詞律》之處，因作《詞律校勘記》二册，刊刻單行，然頗愧挂漏。今恩竹樵方伯，性耽詞學，以《詞律》原板模糊，復屬同爲采訪，互相討論，以錯誤脱落之處，分注本調之下，就原書重刊之。

同治癸酉時，德清徐氏誠菴有《詞律拾遺》八卷之刻，前六卷補《詞律》之未備，以未收之詞爲補調，已收而未盡厥體爲補體，後二卷則訂正原書爲補注，是書刊而未行。今按，補注二卷，採取校勘記居多，亦間有采自他書，别出新意者，足補校勘記之闕，因亦分注於《詞律》本調之下，間有新意，注明《拾遺》所云，不敢没其善也。至補調補體六卷，體例與《詞律》略同，故不復重刻，附於《詞律》，一併裝印，以廣其傳。

恭查《欽定詞譜》列八百二十六調、二千三百六體，今《詞律》六百六十調、一千一百八十體，又《拾遺》補一百六十五調、四百九十五體，又續得五十餘調，列爲補遺，調雖略備，體尚未全，私家撰述，聊備詞人考覽，楷模粗具，不再旁搜，閲者諒之。

萬氏是書重於備律，不重選詞，故俳體之粗鄙者亦收之。徐氏補調、補體，即師其意，惟《詞律》原收黄山谷《望遠行》《少年心》各一闋，《鼓笛令》二闋，又石孝友《惜奴嬌》二闋，語太猥褻，且有字書未載之字，萬氏原注中曾詆之。余謂此數詞明有闕譌，既不足以備格律，復有傷大雅，因一併删除，仍以删詞字數附注本調之後，俾存其體。

原書分調分體，舛誤之處如改列重刻，恐致目次紛更，後難查考，因將應附何卷何調，於本詞下注出，並於應附列處注明，俾免淆誤。又，書中作詞人僅載姓名，不載字號、爵里，因遵《御選歷代詩餘》之例，另編《詞人姓氏録》一卷，列於目録之後，以備稽考。

原書目次，以字數爲先後，有類列者，則不拘字數；又一調而有數名者，附於本詞，亦不拘字數，檢閲頗爲不易，因另列分韻目録，以詩韻爲綱，以詞名末一字爲目，注明卷數，有一調數名者，亦互注本韻之下，以便翻閲，其原書目次，循舊存之。

校出字句與《欽定詞譜》及《歷代詩餘》參差錯誤者，均於本詞原注之後注明。應遵照增補改正，其異於他書者，則注明應增應改。有疑似之間，或宜從，或可從，亦分别注明。更有與他書雖不同，而其不同之字遜於《詞律》者，概不登注。至有字體偶誤，以及旁注换叶平仄，明係原刻錯誤，决無可疑者，即更正之，不復加注，以省筆墨。凡所校注，均低原注一格，加一“按”字以别之。

宋人填詞，格律至爲嚴整，自明以後，頗少講求，只按平仄聲爲長短句而已，即著名詞家，如朱竹垞、厲樊榭諸公，亦不能免。惟萬紅友獨嚴去、上聲之辨，惜所注尚未能詳盡。兹就所知者，如《花犯》調應用去、上處，《法曲獻仙音》調應用入聲處，併爲附注。第見聞有限，參考未精，惟望閲者推廣訂正之，以匡不逮，是爲厚幸。

原書字體或古寫，或俗寫，前後參差不齊，兹刻改爲一律。惟如

"憑"之與"凭",據《説文》一字而異體,書家相承以"憑"爲平聲,"凭"爲仄聲;"萍"之與"蘋",據《爾雅》一物而異名,書家相承以"萍"爲"浮萍","蘋"爲秋花,如此之類,不妨從俗區分,以便觀覽。至如"薰"爲香草,而不能通作"熏","蒸"爲薪蒸,而不能通作"烝",字本不同,非歧出也。若夫"協"省作"叶""讀"省作"豆",悉仍其舊,以便寫刻。

杜文瀾　纂

（輯自清光緒二年刻本《詞律》）

詞律序

《唐藝文志·經部·樂類》，有崔令欽《教坊記》一卷，其書羅列曲調之名，自《獻天花》至《同心結》，凡三百二十有五[①]，而今詞家所傳小令，如《南歌子》《浪淘沙》，長調如《蘭陵王》《入陣樂》[②]，其名皆在焉。以此知今之詞，古之曲也；而《唐志》列之《樂類》，又以此知今之詞，古之樂也。

近世儒者，與言十二律之還相爲宫，六十律之由執始而終南事，皆茫乎莫辨，而獨與言詞，則曰小道也。伸紙染翰，率爾而作。嗟乎！詞即樂也，可易言乎？此萬氏《詞律》一書所以發憤而作也。《詞律》之作，蓋以有明以來，詞學失傳，舉世奉《嘯餘》《圖譜》爲準繩，但取其便乎吻，而不知其戾乎古。于是掃除流俗，力追古初，一字一句，皆取宋元名作排比而求其律，律嚴而詞之道尊矣。惟因行匧之中，書籍無多，且成於康熙二十六年，其時《欽定詞譜》未出，無所據依，故考訂之疏，猶或不免。道光中，吴縣戈君順卿、高郵王君寬甫，均議增訂之，而卒未果。咸豐中，秀水杜筱舫觀察乃始有《詞律校勘記》之作。萬氏原文有誤叶者，有失分段落者，有脱漏至廿餘字者，有并作者姓名而誤者，一一爲之釐訂，洵乎萬氏之功臣矣。同治中，吾邑徐誠庵大令又撰《詞律拾遺補》，其未收之調一百六十有五，補其未備之體三百

---

① 原作"三百三十五"，據實際數量改。
② 按，詞調無《入陣樂》，似應爲"破陣樂"。

一十有六，雖遺漏尚多，然搜輯之功，亦不可没也。恩竹樵方伯久任蘇藩，去煩蠲苛，與民休息，公事之暇，不廢詠歌，而尤工於倚聲。所著《蘊蘭吟館詩餘》，深入宋賢之室。每以《詞律》一書爲詞家正鵠，而原版漫漶已甚，乃與筱舫觀察重校刻之。即以筱舫《校勘記》散附各闋之後，以便學者。又購得誠庵拾遺原版，使附《詞律》以行，以廣其傳。此在詞學中亦可云學覽之潭奥，摛翰之華苑矣。

余幸與諸公游，樂觀厥成，乃書此於簡端，俾學者知萬氏創造之功與諸君子精益求精之意，勿以詞爲小道而易言之。且由今樂而推古樂，則漢初所謂制氏之鏗鏘者，或猶可得其仿佛也。

光緒二年歲在丙子冬十月甲午，德清俞樾并書。

（輯自清光緒二年刻本《詞律》）

調 名 索 引

1. 本索引僅限《重訂詞律》所録入的調名、別名，其餘概不録入；

2. 本索引僅供讀者查找用，故正名與別名混同，不作注明；

3. “令、引、近、慢”本無須列入，考慮到讀者方便，一併贅録；

C

D

E

F

G

H

J

K

L

M

N

P

Q

R

S

T

W

X

Y

Z

後　記

這本書是我對詞體韻律的一些思考。這個領域的很多問題，其實到今天我還是在懵懂之中，所以寫出來的目的，只是想有一個機會和更多的師友們進行廣泛的請教和交流，如果能得到讀者的賜教，也就如我所願了。

書的寫作過程不是一氣呵成，因此最後面對校樣，極感慚愧，因爲文字上文白雜糅，實在醜陋，衹是木已成舟，難以再予改易了，希望念在我還算用了些力氣的份上，不要因此哂我。

對書中的内容我衹想説一下“體、格”問題，依據“調有定格”的基本原則，將傳統龐雜無緒的“又一體”系統分成體、格兩個層級是一個創新，也是很有意義的事，我想新的標準就應該如此。不過事實上的詞格具有很多種類型，爲使體例不至於過於繁複，每個“格”中實際上合併了幾種樣式，如“换韻格”包含了换平韻、换仄韻、换疊韻等，“少字格”“少韻格”也包含了作者創作時主觀上的删減和作品流傳時客觀上的脱落。此外，由於我確定“正體”的依據是從傳播學的角度出發，考慮更多的是爲今天的創作服務，所以以詞多爲正，而不是首見爲正，這樣，當南宋詞成爲正體時，北宋某詞的減字，實際上可能是正體的增字。所以，這些“格”主要起一個分類標籤的作用。

這套書最早是受邵清兄的啓發而構思撰寫的。2017 年我退休不久，時爲省社科聯主席的邵清把我叫去，問我是否可以爲“浙江省文化研究工程”系列設計一套叢書，於是觸動了我研究整理“兩浙詞譜要籍”的念頭。後來因故未能繼續，但今天總算開花結果了。能有這套書，邵清兄算是第一功臣。

這一套書的寫成，還要感謝内子袁安華女士。退休之後，我全力以赴進行寫作，每天除了吃飯睡覺之外全是伏案，每天經常工作長達十四五個小時，所有的家務甚至包括一些力氣活都被内子承攬，五年來，已碼字近 800 萬，將出、已出的已達 600 多萬字，每個字中都有她的一份辛勞。

這本書的寫成，尤要感激的是兩位責編，袁嘯波先生和祝伊湄先生，他們不但在文字校對上付出了大量的心血，更在書的體例等方面也提出了積極的建議和中肯的批評，期間恰好遇到上海疫情，光整個審稿時間就耗費了兩年。還有大量的溝通，有時持續到三更時分，尤其令人感激。

感謝謝桃坊老師、施議對老師、鍾振振老師、朱惠國老師、王兆鵬老師對我的鼓勵和教導。尤其是鍾老師，多年來一直在幫助我，經常會有兄長般令人興奮的鼓勵，也有嚴師般直言不諱的教導，這次又爲這套叢書撥冗作序，對他切切實實的支持之感激，無以言表。

接下來的幫助，就期待廣大讀者能對拙著給予批評和點撥了，若有任何賜教，請至我微信公衆號“老道雅譚”(laodao-yatan)中的本書專欄留言，或給我發電郵，我的 E-mail 是：xixibuke@qq.com、xixibuke@asia.com(境外)。

最後附詞一闋，記《重訂詞律》即將付梓，調寄《武陵春》：

案上稿成驚四寸，忽忽去三年。最憐是、窺窗月不眠。獨看我、雪埋顛。　　五更滑鼠伴燈殘。禿鍵繞茶煙。謾回首、前塵説那堪。有落葉、舞千千。

壬寅重陽於西溪抱殘齋